ALLAN COLE & CHRIS BUNCH

Die Sten-Chroniken 4
Division der Verlorenen

Autoren

Allan Cole und Chris Bunch, Freunde seit über dreißig Jahren, sind hierzulande mit der Fantasy-Saga um die *Fernen Königreiche* bekannt geworden. Ihre achtteilige Sten-Saga gehört zu den erfolgreichsten amerikanischen Science-fiction-Serien und wird komplett im Goldmann Verlag erscheinen. Chris Bunch lebt im Staat Washington, Allan Cole in New Mexico.

Allan Cole & Chris Bunch im Goldmann Verlag

Die Fernen Königreiche. Fantasy-Roman (24608)
Das Reich der Kriegerinnen. Fantasy-Roman (24609)
Das Reich der Finsternis. Fantasy-Roman (24610)
Die Rückkehr der Kriegerin. Fantasy-Roman (24686)

Die Sten-Chroniken 1: Stern der Rebellen (25000)
Die Sten-Chroniken 2: Kreuzfeuer (25001)
Die Sten-Chroniken 3: Das Tahn-Kommando (25002)
Die Sten-Chroniken 4: Division der Verlorenen (25003)
Die Sten-Chroniken 5: Feindgebiet (25004)
Die Sten-Chroniken 6: Morituri – Die Todgeweihten (25005)
Die Sten-Chroniken 7: Vortex – Zone der Verräter (25006)
Die Sten-Chroniken 8: Tod eines Unsterblichen (25007)

Weitere Bände in Vorbereitung.

ALLAN COLE 4 CHRIS BUNCH

DIE STEN-CHRONIKEN

DIVISION DER VERLORENEN

Aus dem Amerikanischen
von Gerald Jung

GOLDMANN

Die amerikanische Originalausgabe erschien 1988
unter dem Titel »Fleet of the Damned«
bei Del Rey Books, New York

Für
Owen Lock,
Shelly Shapiro
und Russ Galen.
Mitgefangen, mitgehangen.

Umwelthinweis:
Alle bedruckten Materialien dieses Taschenbuches
sind chlorfrei und umweltschonend.
Das Papier enthält Recycling-Anteile.

Der Goldmann Verlag
ist ein Unternehmen der Verlagsgruppe Bertelsmann

Deutsche Erstveröffentlichung 11/96
Copyright © der amerikanischen Originalausgabe 1988
by Allan Cole and Christopher Bunch
Published in agreement with the authors and Baror
International, Inc., Bedford Hills, New York, U.S.A.
Copyright © der deutschsprachigen Ausgabe 1996
by Wilhelm Goldmann Verlag, München
Umschlaggestaltung: Design Team München
Umschlagillustration: Mangoni/Schlück, Garbsen
Satz: deutsch-türkischer fotosatz, Berlin
Druck: Elsnerdruck, Berlin
Verlagsnummer: 25003
Redaktion: Gerd Rottenecker
V. B. · Herstellung: Peter Papenbrok
Made in Germany
ISBN 3-442-25003-X

3 5 7 9 10 8 6 4 2

Buch 1

FRONTLINIE

Kapitel 1

Der Schlachtkreuzer der Tahn flog in einem eleganten Bogen um die sterbende Sonne. Ziel und Kurs waren einprogrammiert, und innerhalb weniger Stunden würde das Raumschiff auf der grau-weißen Oberfläche von Fundy aufsetzen. Fundy war der Haupt-planet des Erebus-Systems.

Das Erebus-System war so ziemlich der letzte Ort, an dem sich ein Lebewesen gerne aufgehalten hätte. Seine Sonne stand kurz vor dem Verlöschen und warf nur noch ein fahlgelbes Licht auf ihre mit Kraternarben übersäten Satelliten. Alles, was auf diesen ausgeschlachteten Himmelskörpern noch an Mineralien zu holen war, reichte kaum aus, um einem einzelnen Schürfer den Lebens-unterhalt zu sichern. Wollte man jedoch vom Tod träumen, dann war das genau der richtige Ort.

Lady Atago lauschte ungeduldig dem Funkgeschnatter zwi-schen ihrer Besatzung und der Nachrichtenzentrale des zentralen Raumhafens von Fundy. Im Gegensatz zu den harschen Wortket-ten ihres eigenen Nachrichtenoffiziers klangen die Stimmen am anderen Ende nachlässig und unaufmerksam, ohne jede Disziplin – eine Beleidigung für ihr Selbstverständnis als Tahn.

Offenbar hatte man die Verhältnisse auf Fundy schon viel zu lange schleifen lassen.

Lady Atago war eine hochgewachsene Frau, die viele ihrer Of-fiziere an Körpergröße überragte. Auf den ersten Blick hätte man sie für eine exotische Schönheit halten können – langes, sanft fließendes dunkles Haar, große schwarze Augen und sinnliche

Lippen. Sie war eigentlich eher schlank, nur hier und da war ein Anflug von Üppigkeit zu entdecken. Momentan kam ihr Körper besonders vorteilhaft in ihrer Galauniform zur Geltung: dunkelgrüner Umhang, rote Uniformjacke und grüne, enganliegende Hosen.

Schon der zweite Blick verscheuchte jedoch jeden Gedanken an Schönheit und jagte dem Betrachter ein eisiges Schaudern die Wirbelsäule hinauf. Lady Atago gehörte dem höchsten Tahn-Adel an. Mit einem einfachen Nicken konnte sie so manches Schicksal besiegeln, und keines davon auf angenehme Weise.

Als ihr Raumschiff in den Landeorbit eintauchte, warf sie ihrem Captain, der die Landung überwachte, einen Blick zu.

»Sofort, Milady.«

»Ich brauchte nicht mehr als eine Gruppe«, sagte sie.

Dann entließ sie den Captain, indem sie den Kopf zur Seite drehte. Lady Atago dachte an die undisziplinierten Idioten, die sie auf Fundy erwarteten.

Das große Schiff landete etwa einen halben Kilometer vom Raumhafencenter auf dem Eis. Nachdem der Antrieb ausgeschaltet war, umhüllte der eisige Wind den Kreuzer sofort mit einer schiefergrauen Eisregenkruste.

Die Oberfläche von Fundy bestand größtenteils aus Eis und schwarzem Gestein. Ein Ort, der sich für so ziemlich nichts eignete, schon gar nicht für die Zwecke, zu denen er von seinen momentanen Bewohnern benutzt wurde.

Die Tahn bereiteten sich auf einen Krieg gegen den Imperator vor, und das Erebus-System war der Grundstein ihres Plans. Erebus war unter allergrößter Geheimhaltung in eine systemumspannende, gigantische Produktionsstätte für Kriegsschiffe verwandelt worden.

Erebus war so unbedeutend und lag so weit ab vom Schuß, daß es höchst unwahrscheinlich war, daß der Ewige Imperator vorzeitig auf die intensiven Aufrüstungsbemühungen aufmerksam wurde. Eintausend Schiffe wurden hier neu gebaut, umgerüstet oder von Grund auf überholt.

Während Lady Atagos Schlachtkreuzer in das System eindrang, konnte sie von Bord aus einen Teil dieser Aktivitäten wahrnehmen. Kleine, kräftige Schlepper zogen die Außenhüllen der zukünftigen Kampfschiffe an Ketten von Hunderten Kilometern Länge hinter sich her. Unten auf der Planetenoberfläche wurden sie einsatzfähig fertiggestellt. Auf jedem Planeten hatte man in aller Eile gigantische Fabrikhallen errichtet, deren Hochöfen den Nachthimmel gespenstisch erleuchteten.

Die Tahn hatten jeden einigermaßen einsetzbaren Arbeiter eingezogen. Die schlechte Qualität ihrer Arbeitskräfte war einer der Gründe, weshalb die Tahn sich dazu entschlossen hatten, einen Großteil ihrer Rüstungsindustrie auf die Planeten zu verlegen, anstatt im All zu produzieren. Weltraumarbeit erforderte hervorragend ausgebildete Fachkräfte, und genau dieser Punkt war aufgrund der massiven Rüstungsanstrengungen bis zum Gehtnichtmehr strapaziert worden. Außerdem stellten Raumfabriken enorme Investitionen dar, und die Tahn sahen ohnehin schon mit Sorge, wie die Münzen aus ihren Schatzkammern herausflossen.

Sie wollten so viele Schiffe wie möglich bauen – und so billig wie möglich. Jede erdenkliche Fehlfunktion, egal wie lebensbedrohend, war das Problem der betreffenden Besatzung.

Die Tahn waren eine Kriegerrasse mit ausgestanzten Stahlspeeren.

Umringt von einem schwerbewaffneten Begleittrupp ihrer besten Soldaten blieb Lady Atago am Fuß der Rampe stehen. Bei dieser Gruppe handelte es sich um ihre persönliche Leibwache, die nicht nur hinsichtlich militärischer Fähigkeiten und absoluter Loyalität, sondern auch nach Körpergröße ausgesucht worden war. Jedes Mitglied dieser Gruppe überragte sogar Lady Atago um einiges. Die Soldaten scharrten in der plötzlichen Eiseskälte mit den Füßen, doch Atago blieb an Ort und Stelle stehen, ohne auch nur den Thermomantel enger um die Schultern zu ziehen.

Voller Abscheu betrachtete sie das weit entfernte Hafencenter. Warum hatten diese inkompetenten Idioten sie so weit weg landen lassen? Auf der anderen Seite verwunderte sie dieses Verhalten nicht im geringsten.

Lady Atago marschierte mit entschlossenen Schritten über die dünne Schicht aus Eis und Schnee; ihre Gruppe folgte mit knarrender Ausrüstung und knirschenden Stiefeln. Große A-Grav-Gleiter, beladen mit Ersatzteilen und anderem Nachschubmaterial, dröhnten vorüber. An einigen klammerten sich Männer und Frauen an den Seiten fest und ließen sich ein Stück von oder zu ihren Arbeitsstätten in den Fabrikhallen mitnehmen, die den gesamten Raumhafen mit Rauch und weit in den Himmel hinaufschießenden Flammensäulen umgaben.

Lady Atago würdigte die eigenartige Szenerie keines einzigen Blickes, sondern schritt unbeirrbar auf das Hauptgebäude des Raumhafens zu. Ohne nach links oder rechts zu sehen, erreichten sie das Center.

Ein Wächter blaffte etwas Unverständliches aus einem Wachhäuschen, das direkt neben dem Eingang stand, doch sie ignorierte ihn völlig. Ihre Leute brachten die Waffen in Anschlag und beendeten damit jede weitere Diskussion. Mit laut knallenden

Absätzen marschierten sie durch den langen Flur, der zum Verwaltungszentrum führte.

Als sie um eine Ecke bogen, kam ein untersetzter Mann, der eilig seine Uniformjacke zuknöpfte, im Laufschritt auf sie zu. Als Lady Atago sah, daß es sich um die Uniform eines Admirals handelte, blieb sie stehen und wartete, bis der Mann sie erreicht hatte. Sein Gesicht war rot und verschwitzt.

»Lady Atago«, stieß er atemlos hervor. »Es tut mir schrecklich leid, aber ich konnte ja nicht ahnen, daß Sie so früh …«

»Admiral Dien?« schnitt sie ihm barsch das Wort ab.

»Jawohl, Milady.«

»Ich brauche Ihr Büro«, sagte sie und setzte sich wieder in Bewegung. Dien stolperte hinter ihr her.

Lady Atago saß schweigend vor dem Computer und überprüfte die Eintragungen. Zwei ihrer Leute standen mit schußbereiten Waffen an der Tür. Die anderen hatten sich strategisch in den verschwenderisch eingerichteten Büroräumen des Admirals verteilt.

Beim Eintreten hatte sie einmal kurz in die Runde geblickt und mit leicht hochgezogener Oberlippe signalisiert, was sie davon hielt: nicht gerade eines Tahn würdig.

Während sie durch die Aufzeichnungen scrollte, stieß Dien einen endlosen Strom gemurmelter Erklärungen aus.

»Da … da … da können Sie's genau sehen. Der Sturm. Wir haben einen ganzen Produktionstag verloren.

Und dort, dieser Eintrag! Wir mußten neue Landestreifen freisprengen, damit die Frachter überhaupt landen können! Ein wahnsinniger Zeitdruck, Milady! Der Himmel war schwarz vor Frachtern, und wir hatten nur unzulängliche Möglich-«

Er verstummte abrupt, als sie auf eine Taste drückte und der Bildschirm plötzlich erlosch. Dann starrte sie noch eine Zeitlang schweigend auf den leeren Monitor. Schließlich erhob sie sich und blickte Dien an.

»Admiral Dien«, sagte sie mit amtlicher Stimme. »Im Namen von Lord Fehrle und dem Hohen Rat der Tahn enthebe ich Sie hiermit Ihres Kommandos.«

Jeder Arzt hätte sich bei der weißlichen Verfärbung, die das Gesicht des Mannes annahm, Sorgen gemacht. Als sie das Zimmer verlassen wollte, kam einer der Soldaten auf ihn zu.

»Warten Sie doch, Milady, bitte«, beschwor sie Dien.

Sie wandte sich halb zu ihm herum und hob leicht die Augenbrauen: »Was gibt es noch?«

»Würden Sie mir wenigstens noch erlauben … Äh, dürfte ich wenigstens meine Dienstwaffe behalten?«

Sie überlegte einen Augenblick. »Auf Ehre?«

»Jawohl, Milady. Auf Ehre.«

Wieder ließ sie ihn lange warten. Schließlich antwortete sie: »Nein, lieber nicht.«

Lady Atago verließ den Raum. Leise schloß sich hinter ihr die Tür.

Kapitel 2

Lisa Haines und Sten drängten sich durch das Gewühl von Soward. Der Hauptraumhafen der Erstwelt litt schon seit seiner Fertigstellung an Überfüllung. In letzter Zeit war das Gedränge und Geschiebe der unterschiedlichsten Lebewesen jedoch fast unerträglich geworden; Arm quetschte sich an Tentakel, Tentakel an Fühler und Fühler an Arm.

Die beiden bahnten sich einen Weg zu dem gemieteten A-Grav-Gleiter und wurden dabei immer aggressiver und ungeduldiger.

»Was ist hier denn los?« fragte Sten, ohne ernsthaft eine Antwort zu erwarten.

»Keine Ahnung«, gab Lisa trotzdem zurück, »aber ich glaube, meine frische Sonnenbräune schwindet schon wieder dahin, und wenn wir nicht bald von hier wegkommen, wird mir bestimmt schlecht.«

»Mach mich nicht schwach«, erwiderte Sten. »Polizistinnen vom Morddezernat wird es nicht schlecht. Das gehört zu den Grundvoraussetzungen ihres Jobs.«

»Dann behalte mich mal genau im Auge.«

Sten packte sie am Arm und dirigierte den Polizei-Captain um den torkelnden Fleischberg eines jungen Soldaten herum.

»Seit der Grundausbildung habe ich nicht mehr so viele Uniformen auf einem Haufen gesehen«, kommentierte er.

Sie schoben sich in den A-Grav-Gleiter und Sten wartete auf die Abfahrtserlaubnis der örtlichen Verkehrskontrolle. Man teilte ihnen mit, daß sie mindestens vierzig Minuten warten müßten. Aufgrund eines angeblich ungewöhnlich hohen Verkehrsaufkommens von Militärfahrzeugen erhielten sie anderthalb Stunden später endlich grünes Licht zum Abheben.

Auch nachdem sie die Stadt durchquert und den Weg zu Lisas Wohnung eingeschlagen hatten, wurde der Verkehr nicht wesentlich flüssiger. Ganz Fowler war ein fast lückenloses dreidimensionales Verkehrschaos. Die beiden sprachen so gut wie nichts, bis sie endlich die Außenbezirke hinter sich gelassen hatten und unterwegs zu dem ausgedehnten Wald waren, über dem Lisas Hausboot schwebte.

»Ist es eigentlich schon immer so schlimm gewesen?» fragte Lisa. »Oder sind wir einfach nicht mehr daran gewöhnt?«

Commander Sten, der ehemalige Kommandeur der Leibgarde des Ewigen Imperators, antwortete nicht. Die Uniformen und die vielen Militärfahrzeuge und Konvois, die ihnen begegnet waren, sprachen eine deutliche Sprache.

Es sah fast so aus, als bereitete sich die Erstwelt auf eine Invasion vor. Sten wußte, daß das völlig unmöglich war, doch es lag auf der Hand, daß der Imperator für eine große militärische Aktion mobil machte. Und er wußte, daß alles, was auch nur entfernt mit kämpfen und schießen zu tun hatte, bedeutete, daß er garantiert wieder einmal seinen jungen Arsch aufs Spiel setzen mußte.

»Ich glaube, ich will es gar nicht wissen – noch nicht«, meinte er. »Außerdem haben wir noch einige Tage Urlaub übrig, die wir gefälligst genießen werden.«

Lisa schmiegte sich an ihn und streichelte die Innenseite seines Oberschenkels.

Als sie bei Lisas Hausboot ankamen, kehrte die beinahe rauschhafte Ruhe, die sie im langen Urlaub von ihren jeweiligen Jobs gefunden hatten, sofort wieder zurück.

Das ›Boot‹ schaukelte träge an seinen Haltetauen hoch über dem ausgedehnten, unberührten Wald. Der Wald war eines der vielen Naturschutzgebiete, die der Imperator auf der Erstwelt eingerichtet hatte. Da die Hauptstadt des Planeten dieses riesigen Imperiums hoffnungslos überfüllt war, Mieten und Grundstückspreise in astronomische Höhen stiegen, war man jedoch schon bald gezwungen, kreative Lösungen für Wohnraumprobleme zu finden.

Lisas Polizistengehalt war nicht gerade überwältigend, und so hatten sie und viele andere aus einer Lücke im Imperialen Naturschutzgesetz ihren Nutzen gezogen. Es war zwar strengstens verboten, *im* Wald zu bauen, von *über* dem Wald stand allerdings kein Wort in den Vorschriften.

Ihr Vermieter hatte also das unbebaubare Land gepachtet und jeden, der den Transport bezahlen konnte, ein großes, von McLean-Generatoren getragenes Hausboot zur Verfügung gestellt.

Sten und Lisa machten seitlich fest und gingen über die breite Sonnenveranda zur Tür. Lisa preßte den Daumen auf das Fingerabdruckschloß, und die Tür glitt auf. Bevor sie eintraten, spähte sie mißtrauisch in den Innenraum – eine Polizeiangewohnheit, die sie nicht ablegen konnte, und eine der vielen Gemeinsamkeiten, die sie und Sten verband. Nach seinen Jahren bei Mantis war es ihm unmöglich, einen Raum zu betreten, ohne sich vorher vergewissert zu haben, daß alles zumindest einigermaßen in Ordnung schien.

Wenige Minuten später lagen sie lang ausgestreckt auf einer Couch; die Fenster standen weit offen, um die stickige Luft herauszulassen.

Sten nippte an seinem Bier und hoffte, damit das dumpfe Gefühl von Traurigkeit in seinem Bauch wegzuspülen. Er war nicht zum erstenmal verliebt und hatte so manche Frau gehabt, doch nie zuvor hatte er so lange mit einer Frau zusammengelebt, ohne andere Verpflichtungen einzugehen, als sich aneinander zu erfreuen.

Lisa nahm seine Hand und drückte sie. »Schade, daß es fast vorbei ist«, sagte sie leise.

Sten sah sie an.

»Noch ist es nicht vorbei«, erwiderte er und zog sie in seine Arme.

Alle waren sich darüber einig, daß Sten und Lisa bei der Aufdeckung und Zerschlagung der auf höchster Ebene angesiedelten Verschwörung gegen den Imperator hervorragende Arbeit geleistet hatten. Natürlich war nicht alles wie am Schnürchen verlaufen, aber man kann schließlich nicht alles haben.

Trotzdem waren sie beide befördert und mit mehreren Monaten Urlaub belohnt worden. Dank Stens alter Mantis-Kameradin Ida war genug Geld vorhanden, um den langen Urlaub stilvoll zu verleben.

Die beiden hatten sich Flugkarten zu einer weit entfernten Welt gekauft, die hauptsächlich aus Meeren und Tausenden von kleinen, idyllischen Inseln bestand. Dort hatten sie ein Amphibienfahrzeug gemietet und ganze Wochen damit verbracht, von einer Insel zur anderen zu fahren oder einfach nur auf den Wellen zu schaukeln und die Sonne und einander zu genießen.

Die ganze Zeit über hatten sie sorgsam jeden Kontakt mit dem restlichen Universum und vor allem mit Nachrichten von der Erstwelt vermieden. Nichts war ihnen wichtiger gewesen, als die blankgelegten Nerven zu pflegen und vorsichtig Pläne für ihre Zukunft zu schmieden.

Sten wußte nicht genau, ob er sich sehr auf seine nahe Zukunft freuen sollte. Der Imperator hatte ihn nicht nur befördert, sondern ihm auch dringend angeraten, von der Armee zur Imperialen Raumflotte zu wechseln. Ein Rat vom Kommandeur und Herrscher All Dessen Über Das Er Gebot, das wußte Sten genau, kam einem Befehl ziemlich nahe.

Und so dachte er mit einer Mischung aus Schrecken und Neugier darüber nach, was als nächstes auf ihn zukam. Der Flotte beizutreten bedeutete, selbst als Commander, noch einmal ganz von vorne anzufangen. Es hieß Fliegerschule. Sten fragte sich, ob er wohl seinen alten Job wiederbekommen würde, falls er es bei der Flotte versiebte. Verdammt nochmal, er war sogar dazu bereit, wieder als dummer, unbelasteter gemeiner Soldat anzufangen.

Genau. Und wenn du das glaubst, mein Junge, dann kann ich dir ein Stück erstklassiges Sumpfland zu einem absoluten Tiefstpreis auf einem Gefängnisplaneten der Tahn anbieten.

Langsam wurde Sten wach. Er tastete neben sich und merkte, daß Lisa nicht da war. Sie saß auf der anderen Seite des großen Hauptraums des Hausboots und durchforstete ihre Computerdateien nach Post und Anrufen.

»Rechnung«, murmelte sie, »Rechnung, noch eine Rechnung, noch eine, Brief, noch eine Rechnung, Beiträge für die Polizeigewerkschaft, Brief … Verdammt! Hört auf mit dem Quatsch, Jungs! Ich war doch im Urlaub!«

»Was für mich dabei?« erkundigte sich Sten schläfrig. Da er keine Privatadresse hatte – und das schon nicht mehr, seit er siebzehn war –, hatte er veranlaßt, daß alles zu Lisa weitergeleitet wurde.

»Ja. Ungefähr fünfzig verdammte Anrufe, und alle von dem gleichen Kerl.«

Sten stand auf. Ein häßliches Gefühl arbeitete sich von seinem Magen bis in seinen Hals hinauf.

»Von wem denn?«

»Ein gewisser Captain Hanks.«

Sten ging zu ihr, beugte sich über ihre Schulter und hämmerte auf der Tastatur herum, um das Verzeichnis aufzurufen. Der Bildschirm zeigte die Anrufe an, einen nach dem anderen, und alle stammten sie von Captain Hanks. Nicht einmal bei der Anzahl hatte Lisa übertrieben; es waren tatsächlich an die fünfzig.

Sten drückte die Taste, die Hanks' aufgenommene Nachricht abspielte. Hanks war ein quengeliger Typ, dessen Stimme von grundsätzlicher Dringlichkeit bis hin zu Alarmstufe Rot immer gepreßter wurde. Kern der Sache war jedoch, daß Sten sich sofort melden sollte, wenn möglich noch schneller. Sobald er zurückkehrte, hatte er eventuellen Resturlaub als abgesagt zu betrachten und sich sofort bei der Imperialen Fliegerausbildung einzufinden.

»Mist!« fluchte Sten.

Er stampfte vom Computer weg und blickte aus dem weit offenen Fenster hinaus auf den grünen, rauschenden Wald. Man konnte sein Hirn förmlich rauchen sehen. Er spürte, wie Lisa sich von hinten an ihn schmiegte und die Arme um seine Hüften schlang.

»Ich würde am liebsten heulen«, sagte sie. »Komisch. Ich glaube, ich habe noch nie geweint.«

»Das ist ganz einfach«, antwortete Sten. »Man quetscht die Augen zusammen und denkt an den ganzen Mist um einen herum.«

Sten meldete sich nicht sofort zum Dienst zurück. Er und Lisa mußten sich erst ausgiebig voneinander verabschieden.

Kapitel 3

Der Ewige Imperator wußte ganz genau, wie ein Picknick auszusehen hatte.

Dazu gehörte ein sanfter Regenschauer von fünf bis zehn Minuten Dauer, der kurz vor dem Eintreffen der Gäste nachließ und zum richtigen Aroma der Luft beitrug.

Besagter Regen war bestellt und prompt geliefert worden.

Der Imperator war überzeugt davon, daß eine frische Brise belebte und den Appetit erst richtig anregte. Im Laufe des Tages sollte die Brise dann weicher und wärmer werden, damit die Picknickgäste sich in den Schatten der ausladenden Bäume verziehen konnten, um sich vor der heißen Sonne zu schützen.

Auch besagte sanfte und warme Winde waren bestellt worden.

Letztendlich hielt der Ewige Imperator ein Barbecue für die vollendetste Form eines Picknicks, wobei jedes Gericht vom Gastgeber persönlich zubereitet werden mußte.

Der Ewige Imperator fügte seiner berühmten Barbecue-Soße eine letzte Prise hiervon und einen letzten Spritzer davon hinzu und inspizierte anschließend die weitläufigen Picknickwiesen von Arundel mit wachsender Enttäuschung. Inzwischen kopierten fünfzig über das ganze Picknickgelände verteilte Waldo-Köche vor ebensovielen Grillstationen jede Prise und jeden Spritzer.

Das Barbecue des Imperators fand jedes halbe Jahr einmal statt und hatte vor einhundert Jahren seinen Anfang als inoffizielle Veranstaltung genommen. Ursprünglich war der Auslöser das große Hobby des Imperators: er kochte gerne, und wer gerne kocht, sieht gerne anderen dabei zu, wie sie sich an dem erfreuen, was man so liebevoll zubereitet hat. Zuerst wurden nur enge Freunde eingeladen, nicht mehr als zweihundert – eine Meute, die er jederzeit mit einer Handvoll Helfer bewältigen konnte. Der Imperator glaubte sogar fest daran, daß es so manches Gericht gab, das erst richtig zur Entfaltung kam, wenn es für so viele Leute zubereitet wurde; seine Barbecue-Soße beispielsweise.

Es war eine recht überschaubare Veranstaltung, die er bequem auf einem begrenzten, schattigen Areal des fünfundfünfzig Kilometer langen und breiten Grundstücks seines Palastes abhalten konnte.

Es dauerte nicht lange, da wurde er sich der wachsenden Eifersüchteleien unter den Mitgliedern seines Hofstaats bewußt. Manch einer war verstimmt, weil er sich übergangen und nicht dem inneren Kreis – den es eigentlich gar nicht gab – zugehörig fühlte. Die Lösung des Problems lag schließlich darin, daß er die Gästeliste erweiterte, woraufhin Neid und Eifersucht der noch immer Ausgeschlossenen nur noch größer wurden und sich bis in die am weitesten entfernten Sonnensysteme des Imperiums erstreckten. Die Gästeliste wuchs ins Unermeßliche.

Zur Zeit mußte er mit einem Minimum von 8.000 Gästen rechnen. Selbst der Imperator konnte für soviel hungrige Mäuler das Essen unmöglich selbst zubereiten. Die ganze Sache war ihm aus den Händen geglitten und lief Gefahr, zu einem hochoffiziellen Staatsakt zu mutieren – das Gegenstück zum Empire Day.

Er war schon fast versucht, alles wieder abzublasen; allerdings war das Barbecue eines der wenigen gesellschaftlichen Ereignisse, die ihm wirklich Spaß machten, denn eigentlich hielt sich der Ewige Imperator selbst nicht für einen besonders geselligen Menschen.

Das Kochproblem wurde auf ziemlich einfache Weise gelöst: Er ließ eine ganze Reihe tragbarer Küchen mitsamt den dazugehörigen Waldo-Köchen anfertigen. Jede seiner Bewegungen wurde von ihnen dupliziert, bis hinunter zum kleinsten Gewürzmolekül, das aus seinen Händen stäubte. Gegen die mittlerweile offizielle Natur der Veranstaltung anzugehen, erwies sich hingegen als unmöglich. Also beschloß der Ewige Imperator, das Beste daraus zu machen.

Er lud ausschließlich die allerwichtigsten Leute seines Imperiums aus der Erstwelt ein und nutzte dabei jedes verfügbare Eifersuchtspotential der Nichteingeladenen so gut es ging zu seinem Vorteil. Oder, wie er Mahoney einmal anvertraute: »Es ist eine wunderbare Möglichkeit, diesen Hühnerstall kräftig durcheinanderzuscheuchen.«

Der Imperator schnupperte an seiner blubbernden Soße. Mmmmm … Perfekt. Es war eine Substanz, die zu Anfang so gemein aussah und roch, daß Marr und Senn, die Imperialen Caterer, sich der Mitwirkung an dieser Vorführung verweigerten. Jedesmal, wenn ihr Boß sein Barbecue abhielt, buchten sie einen Kurzurlaub an einem sehr weit entfernten Ort.

Der Grundsud wurde in einem 40-Liter-Topf angerührt. Der Imperator bereitete ihn immer schon mehrere Tage im voraus zu. Seiner Meinung nach brauchte das Gebräu Zeit zum Atmen. Marr und Senn nannten es immer ›Zeit zum Brüten‹, was der Imperator jedoch geflissentlich überhörte. Die 40 Liter Grundsud wurden wie eine Art Sauerteig eingesetzt – jetzt galt es nur noch entsprechend der Zahl der erwarteten Gäste die Menge der Zutaten zu bestimmen und beizufügen.

Der Ewige Imperator tunkte einen Kanten hartes Brot in die Soße und biß ein Stück davon ab. Sie wurde immer besser. Wieder ließ er den Blick über das Picknickgelände schweifen. Alle Grillstationen waren bereit. Das Fleisch befand sich in Kühlboxen und mußte nur noch auf die Roste gelegt werden. Die Beilagen kochten oder kühlten bereits ab, und das Bier stand fässerweise zum Anzapfen bereit.

Wo blieben nur die Gäste? Allmählich wurde ihm klar, daß so einige der Lebewesen, die er eingeladen hatte, sich entweder fürchterlich verspäteten oder nicht das geringste Interesse zeigten, seiner Einladung Folge zu leisten. Jetzt machten sich sogar einige seiner Gefolgsleute daran, die Tische, die offensichtlich nicht gebraucht wurden, mit Folie abzudecken.

Was sollte das denn schon wieder? Zu einem richtigen Picknick gehörten nun mal ein paar Ameisen! Dem Imperator war nicht danach, sich die gute Laune verderben zu lassen. ›Die Soße‹, dachte er. ›Konzentriere dich auf die Soße.‹

Das Geheimnis der Soße waren die Fleischreste. Es hatte den Imperator Jahre seines Lebens gekostet, bis er seinen Metzgern klarmachen konnte, was er mit Fleischresten meinte. Er wollte keine Scheibchen vom feinsten Filet. Er brauchte Fleischabfall, so kurz vor dem Verderben, daß das Fett schon gelb und ranzig wurde. Die Tatsache, daß er es mit Knoblauch, Rosmarin, Salz und Pfeffer einrieb, änderte nichts an dem aufdringlichen Geruch. »Wenn dir flau im Magen wird«, sagte er immer zu Mahoney, »dann riech an dem Knoblauch an deinen Händen.«

Wieder kamen einige A-Grav-Gleiter an. Gäste sprangen eilig heraus und blickten argwöhnisch zu den rauchenden Feuerstellen. Der Imperator bemerkte, daß sie sich zu kleinen Grüppchen zusammenstellten und leise, aber aufgeregt unterhielten. Viele Blicke wurden in seine Richtung geworfen. Der Klatsch war so deftig, daß er ihn sogar durch seine Soße hindurch riechen konnte.

Das Soßenfleisch lag in häßlichen Haufen auf Rosten übereinander, die schon seit einiger Zeit in den Rauch der Grillfeuer gehalten worden waren; in diesem Stadium verlangte das Rezept nur wenig Hitze, aber sehr viel Rauch aus Hartholzspänen. Wenn er es kriegen konnte, war dem Imperator Walnuß am liebsten. Er drehte die Fleischstapel unermüdlich von einer Seite auf die andere, damit der Geruch des Holzes in sämtliche Poren dringen konnte. In dieser Hinsicht kam ihm die Chemie der beinahe schon verwesenden Reste zu Hilfe: sie waren ausgetrocknet und porös und saugten die rauchige Luft förmlich in sich hinein.

Dann kippten er und seine Waldo-Doppelgänger das Fleisch in einer synchronen Bewegung in den Topf, gossen den Sud mit Wasser auf und ließen alles mit jeder Menge Knoblauchzehen und den folgenden Gewürzen aufkochen: drei oder vier Lorbeerblättern, anderthalb Handvoll Oregano und eine gute Handvoll Bohnenkraut, um der Bitterkeit des Oregano entgegenzuwirken.

Dann mußte die Soße mindestens zwei Stunden lang köcheln, je nach Fettanteil des Fleisches auch drei – je mehr Fett, um so länger mußte es köcheln. Das Picknickgelände roch wie ein Planet, dessen Atmosphäre größtenteils aus Schwefel bestand.

Der Imperator sah, wie Tanz Sullamora mit einem enormen Troß eintraf und mit den Seinen sofort zwei oder gar drei Tische besetzte. Sullamora wirkte gewiß als Schrittmacher. Der Handelsfürst gehörte nicht zu den Leuten, deren Gesellschaft der Imperator freiwillig suchte. Er mochte den schmierigen Kerl nicht besonders, doch er brauchte ihn. Der wirtschaftliche Einfluß des Mannes war einfach zu groß, außerdem verfügte er trotz der gegenwärtigen Spannungen über enge Verbindungen zu den Tahn. Der Imperator hoffte darauf, daß nach Beseitigung der momentanen Schwierigkeiten wieder an diese Verbindungen angeknüpft werden konnte.

Der Ewige Imperator hatte in seinem langen Leben – und erst recht während seiner Regentschaft – schon mit vielen Schwierigkeiten zu kämpfen gehabt, doch die Tahn standen ganz oben auf der Liste der Probleme, die ihm den Schlaf raubten.

Bei den Tahn handelte es sich um eine unsägliche Kriegerkultur, die sich unablässig immer weiter an die Grenzen seines Imperiums herangeschlichen hatte. Vor ein- oder zweitausend Jahren hätte er das Problem noch leicht lösen können, indem er seine Flotten blitzartig eingreifen und zuschlagen ließ. Im Lauf der Zeit war das aufgrund der Politik seines auf kommerziellen Grundsätzen basierenden Imperiums immer undurchführbarer geworden. Es sei denn, er wurde provoziert – und eine derartige Provokation mußte schon saftig ausfallen. Der Ewige Imperator konnte sich nicht mehr leisten, den ersten Schlag auszuführen.

Noch vor wenigen Monaten schien sich die Gelegenheit zu ergeben, die schwierige Angelegenheit auf diplomatischem Wege beizulegen, doch diese Lösung wurde durch blutigen Verrat zunichte gemacht.

Wie hieß er noch gleich, dieser junge Kerl, der dem Imperator den durchlauchtigen Arsch gerettet hatte? Stregg? Nein, Sten.

Genau – Sten. Der Ewige Imperator war stolz darauf, wie gut er sich Namen und Gesichter merken konnte. Hunderttausende von ihnen waren in seinem Gehirn abgespeichert. Stregg war, wie er sich jetzt erinnerte, ein hundsgemeiner Drink, mit dem Sten ihn bekanntgemacht hatte, und bei dem er sich immer an den jungen Mann erinnern würde.

Während er darauf wartete, daß das Fleisch fertigköchelte, konnte er so manchen Schluck Stregg trinken und dabei nebenher den nächsten Schritt für die Soße vorbereiten.

Es gab viele Rezepte, doch der Imperator schwor auf zehn oder mehr große Zwiebeln, des weiteren Knoblauchzehen – lieber zuviel als zuwenig –, Pfefferschoten, grüne Paprika, noch mehr Oregano und Bohnenkraut sowie Worcestersoße. Einmal hatte er den Versuch unternommen, Mahoney zu erklären, wie Worcestersoße hergestellt wurde, doch der massige Ire hatte bereits zu würgen angefangen, als er ihm nur erzählte, die Prozedur beginne mit gut angegammelten Sardellen.

Der Imperator sautierte das Gemenge in heißer Butter. Dann kippte er es in einen anderen Topf und brachte es gemeinsam mit einem Dutzend gevierteler Tomaten, einer Tasse Tomatenpaste, vier grünen Paprika und einer kleinen Prise getrocknetem Senf zum Aufkochen.

Hinzu kam ein ordentlicher Schluck – oder auch drei – eines sehr trockenen Rotweins, und dann folgte der allerletzte Schliff. Er rührte den rauchigen Grundsud, den er bereits vorbereitet hatte, hinein, drehte die Hitze auf und ließ alles zehn Minuten lang aufkochen. Schon war die Soße fertig.

Er trank noch etwas mehr Stregg.

Zwei seiner Köche durchbohrten ein riesiges Stück Rindfleisch mit einem Spieß und drehten es über dem offenen Feuer. In der Zwischenzeit wurde ein Schweinerumpf geviertelt und die

Stücke ebenfalls auf Drehspieße gesteckt. Es war höchste Zeit für das Barbecue.

Inzwischen wußte der Imperator, daß alle Gäste, die kommen würden, angekommen waren. Ein rascher Blick zu den Tischen hinüber verriet ihm, daß zwei Drittel der Personen auf seiner Gästeliste anderweitig beschäftigt zu sein schienen.

Der Imperator beschloß, die Liste später durchzugehen und sich die Namen zu merken.

Jetzt holte er seine Bürste heraus und fing damit an, das brutzelnde Fleisch mit der Soße zu bestreichen. Die fetten Tropfen, die ins Feuer fielen, ließen die Flammen immer wieder lodernd aufzischen. Ein rauchiges Parfum durchzog das gesamte Picknickgelände, denn die Waldo-Köche vollführten exakt die gleichen Bewegungen. Normalerweise war das der Zeitpunkt, zu dem sich der Imperator zurücklehnte und in der Sonne rekelte.

Es war auch der Zeitpunkt, zu dem er den verzückten Gesichtern seiner Gäste die größte Gleichgültigkeit vorgaukelte. Seine Stimmung trübte sich, als er sah, wie verkniffen und besorgt das Meer der Gesichter heute aussah.

Was hatten diese Tahn überhaupt vor? Der Geheimdienst hatte so gut wie nichts herausgefunden. Seit er Mahoney befördert hatte, war das Mercury Corps nicht mehr das gleiche.

»Dieser verflixte Mahoney«, sagte er laut vor sich hin. »Wo steckt der Kerl bloß immer, wenn ich ihn brauche?«

Die Stimme ertönte direkt hinter ihm: »Ich habe Ihnen ein Bier besorgt, Euer Hoheit.«

Major General Ian Mahoney, der kommandierende General der 1. Gardedivision, hielt zwei vor Schaum überlaufende Bierkrüge in den Händen.

»Was zum Teufel hast du hier zu suchen? Du warst doch gar nicht eingeladen!«

»Ich habe mir ein wenig Urlaub gegönnt, Sir. Zahlt sich immer aus, wenn man sein eigener General ist. Dachte mir, es würde Ihnen nichts ausmachen.«

»Ach was! Es war doch schon immer meine Rede: Wenn du dich schon von hinten an einen Mann heranschleichst, dann aber immer mit einem Bier in der Hand.«

Kapitel 4

Mahoney wischte den Rest der Barbecuesoße mit einem Stück Knoblauchbrot vom Teller, biß in das Brot und seufzte. Dann nahm er einen großen Schluck Bier, saugte auch noch die letzten Spuren Soße mit dem letzten Brotfetzen auf, schob ihn in den Mund und lehnte sich zurück.

Der Ewige Imperator, der seinen eigenen Teller kaum angerührt hatte, betrachtete ihn interessiert.

»Also was?« fragte er.

»Himmlisch«, sagte Mahoney. »Entschuldigen Sie bitte: Himmlisch, Sir.«

Der Imperator nahm einen kleinen Happen von seinem Teller und zog die Stirn kraus. »Vielleicht habe ich diesmal ein bißchen zuviel Kreuzkümmel drin.«

Mahoney blickte inbrünstig auf und warf dem Imperator einen fragenden Blick zu. Der reichte ihm den vollen Teller, und Mahoney stopfte sofort ein ansehnliches Stück Fleisch in den Mund.

»Nein. War wohl doch nicht zuviel Kreuzkümmel«, sagte der Imperator. Er schob seinen Stuhl zurück, um die letzten wärmenden Sonnenstrahlen zu erwischen. Der Ewige Imperator schien ein wesentlich jüngerer Mann als Mahoney zu sein. Vielleicht Mitte dreißig, sehr muskulös, in etwa so gebaut wie ein altertümlicher Zehnkämpfer. Er ließ die Sonne auf die Haut einwirken und wartete, bis Mahoney den wirklichen Grund für seine Anwesenheit kundtat.

Schließlich nahm Mahoney noch einen Schluck Bier, wischte sich über die Lippen, strich die Uniformjacke glatt und setzte sich beinahe in Habachtstellung in seinem Stuhl auf.

»Euer Majestät«, sagte er, »ich ersuche Sie hiermit bei allem Respekt um die Erlaubnis, die 1. Gardedivision in die Randwelten zu entsenden.«

»Also ehrlich«, erwiderte der Ewige Imperator. »In die Randwelten? Machen Sie sich etwa Sorgen um die Tahn?«

Mahoney sah seinen Boß fest an. Inzwischen merkte er hin und wieder, ob er ihn auf den Arm nahm oder nicht.

»Richtig, Sir. Die Tahn.«

Der Ewige Imperator konnte nicht anders, als den Blick weit über das Picknickgelände schweifen zu lassen. Die wenigen Gäste, die überhaupt aufgetaucht waren, hatten sich schon früh wieder verabschiedet, und die Servierrobots waren bereits beim Aufräumen. In einer halben Stunde würde das Areal wieder wie unberührt aussehen; nur noch ausgedehnte Rasenflächen und seltene Azaleen.

Der Ewige Imperator zeigte auf einen der blühenden Büsche.

»Weißt du, wie viele Jahre ich an denen gearbeitet habe, Mahoney?«

»Nein, Sir.«

»Viel zu viele. Diese Dinger brauchen ein trockenes Klima. Aussie-Wüsten und sowas.«

»Aussie, Euer Majestät?«

»Ist ja auch egal. Der Witz dabei ist, daß ich Blumen nicht ausstehen kann. Man kann diese blöden Dinger nicht mal essen. Wozu sind sie überhaupt gut, frage ich mich.«

»Richtig, Sir. Wozu sind sie gut?«

Der Ewige Imperator pflückte eine Blüte von einem nahen Busch und fing an, ein Blütenblatt nach dem anderen abzureißen.

»Was haben sie deiner Meinung nach vor? Die Tahn, meine ich.«

»Bei allem Respekt, Sir, ich bin davon überzeugt, daß sie drauf und dran sind, uns kräftig in den Hintern zu treten.«

»Mach keine Witze. Was glaubst du wohl, habe ich die ganze Zeit über getan?«

Der Imperator schnappte einen Krug am Henkel und ließ mehr Bier in sein Glas schäumen. Er setzte es an die Lippen, stellte das Glas jedoch wieder ab und dachte eine Weile nach, wobei seine Gedanken sich in konzentrischen Kreisen bewegten, von denen einer in den anderen überging.

»Das Problem liegt darin, Mahoney«, sagte er schließlich, »daß ich mehr als nur die Tahn zu bedenken habe. Allein um meine gegenwärtigen Besitztümer zu halten, müßte ich meine Flotte verdoppeln. Für einen Gegenangriff brauche ich nochmal ein Drittel mehr. Für eine richtige Attacke noch zweimal mehr.

Vor tausend Jahren oder so hätte ich es bestimmt nicht erst soweit kommen lassen, das schwöre ich. Der reinste Wahnsinn. Es ist zu groß. Viel zu groß, um es ordentlich schützen zu können.

Mein Gott, weißt du, wie lange es heutzutage dauert, den Auftrag für ein einziges neues Schiff durchzubringen?«

Mahoney antwortete klugerweise nicht.

»Ich habe versucht, es dadurch wettzumachen, daß ich den besten Geheimdienst aufbaute, der jemals ... den es eben jemals gab«, fuhr der Imperator fort.

»Und was zum Teufel habe ich davon? Eine Handvoll Dreck, das ist alles.«

»Jawohl, Sir.«

»Oh, klingt da so etwas wie Belehrung durch, General? Eine Kritik an Ihrer Beförderung?«

»Beförderung und Versetzung, Sir.«

»Und Versetzung, richtig«, wiederholte der Imperator. »Unter normalen Umständen hätte ich gesagt, daß ich immer ein wenig Widerspruch im Leben brauche. Ein wohlgesetzter Tadel hält einen Imperator stets wachsam.

Jedenfalls theoretisch. Ich weiß es auch nicht. Ich habe keine anderen Bosse meines Schlages, auf die ich mich verlassen könnte.«

Mahoney hielt den richtigen Moment für gekommen: »Und auf wen können Sie sich verlassen, Sir?«

Es folgte Schweigen. Der Imperator sah zu, wie die Teller und Platten geleert, die Gabeln saubergemacht und die Tische weggestellt wurden. Bis auf die Arbeiter waren der Imperator und Mahoney als einzige übriggeblieben. Mahoney war es schließlich leid, auf den nächsten Zug des Imperators zu warten.

»Wie lautet Ihre Antwort auf mein Ersuchen, Sir? 1. Gardedivision, Randwelten?«

»Ich muß mehr darüber wissen«, sagte der Imperator. »Ich muß genug wissen, um einen großen Haufen Zeit kaufen zu können.«

»Dann also die 1. Gardedivision, Sir?«

Der Imperator schob sein Glas zur Seite.

»Nein. Ersuchen abgelehnt, General.«

Mahoney hätte sich fast die Zunge durchgebissen, um seine logische Antwort darauf zurückzuhalten. Wieder war Schweigen die klügere Taktik.

»Finden Sie es für mich heraus, Mahoney, bevor Sie mir erzählen, ich hätte eine Chance verpaßt«, sagte der Ewige Imperator.

Mahoney fragte nicht, wie er das tun sollte.

Der Imperator erhob sich und ließ sein noch fast volles Glas stehen.

»Sieht so aus, als wäre das Barbecue vorbei«, sagte er.

»Das glaube ich auch, Sir.«

»Eigenartig, daß so viele nicht gekommen sind. Ich stelle mir vor, daß die meisten meiner Verbündeten sich bereits den Kopf darüber zerbrechen, wie sie am besten mit den Tahn ins Geschäft kommen – falls ich verliere.«

Der Ewige Imperator täuschte sich gewaltig. Die Zeit des Kopfzerbrechens war schon lange vorbei.

Kapitel 5

Phase eins der Imperialen Fliegerausbildung fand auf dem Ferienplaneten Salishan statt. Sten und der bunt zusammengewürfelte Haufen seiner zukünftigen Pilotenkollegen fanden sich in einem Einweisungszentrum ein, wurden in über dreißig Kompanien eingeteilt und erhielten Anweisung, sich für ihren Transport zum eigentlichen Stützpunkt bereitzuhalten.

Die neuen Rekruten kamen teilweise direkt aus der Grundausbildung, andere waren Absolventen von zivilen Vorbereitungsschulen, die die Raumflotte belieferten, bis hin zu mehreren versprengten Offizieren und Mannschaftsdienstgraden. Die meisten waren jedoch Neulinge beim Militär, wie Sten an den fehlenden Auszeichnungen, den schlechtsitzenden, eben erst empfangenen Uniformen und dem übertrieben steifen Verhalten, das ihnen die Konditionierung eingeimpft hatte, feststellte.

Aber auch mit geschlossenen Augen hätte Sten seine Kameraden als Frischlinge erkannt.

Während sie auf den A-Grav-Gleiter warteten, machten wilde Gerüchte die Runde – zum Beispiel wurde die Tatsache, daß sie sich auf einer Erholungswelt befanden, als Hinweis auf eine leichte Ausbildung gewertet. Als würde ihnen auf diese Weise der Zugang zum Paradies besonders leicht gemacht. Sogar der Stützpunkt selbst sollte wie ein Palast angelegt sein.

Sten machte ein aufgeräumtes Gesicht und schaute weg.

Als er einen amüsierten Blick von einem Rekruten auf der anderen Seite des aufgeregten Haufens aufschnappte, wurde ihm sofort klar, daß außer ihm noch jemand wußte, wie der Hase lief.

Sten sah sich den Mann genauer an. Er sah so aus, wie sich jeder Ausbilder den perfekten Soldaten erträumte: groß, schlank und mit den Narben überlebter Schlachten im Gesicht. Er trug die braungesprenkelte Uniform einer Gardeeinheit; an der Jacke prangten drei Reihen Lametta plus einer Planetenkampfspange. Ein harter Mann, der wußte, was Krieg bedeutete. Andererseits war er mit Sicherheit nicht das, was man sich gemeinhin unter einem Piloten vorstellte. Sten fragte sich, an welchen Fäden der Soldat wohl gezogen hatte, um in die Ausbildungskompanie aufgenommen zu werden.

Ein A-Grav-Gleiter landete, und ein würdevoll aussehender Offizier stieg heraus. Er hielt ein Klemmbrett in der Hand.

»Also gut«, sagte der Offizier. »Wenn Sie jetzt so liebenswürdig wären und sich in einer Reihe aufstellten, können wir Sie registrieren und zum Rest dieses Ausbildungsjahrgangs bringen.«

Fünf Minuten später, nachdem der Gleiter abgehoben und die herrliche Stadt hinter sich gelassen hatte, hörte sich der nächste Befehl des Offiziers schon ganz anders an: »Jetzt reicht's mit dem Geschnatter! Wir sind hier nicht beim Nähkränzchen!«

Eine Grundregel beim Militär lautete: Die Höflichkeit deines Vorgesetzten verhält sich direkt proportional zur Anzahl der potentiell geschockten Zivilisten.

Sten, der, wie er manchmal dachte, schon so ziemlich jede Militärschule – von der Grundausbildung über Mantis bis hin zu umwelttechnischer und medizinischer Ausbildung sowie Waffen und so weiter – bis zum Erbrechen durchgemacht hatte, wunderte sich auch nicht darüber, daß sich die Landschaft unter ihnen in eine öde, mit Kiefern bewachsene Ebene verwandelte.

Im Garten Eden würde das Militär seinen Stützpunkt garantiert neben der Müllhalde einrichten.

Eher erstaunte ihn, daß die Basis, zumindest aus der Luft, nicht einmal so übel aussah, sondern mehr oder weniger wie jede normale Raumbasis wirkte, komplett mit Hangars, Reparatureinrichtungen, diversen Landefeldern und Betonflächen.

An einer Seite des Stützpunkts erhob sich eine Ansammlung dreistöckiger, von Gärten umgebener Gebäude aus rotem Ziegelstein: das Hauptquartier.

Die zweite Überraschung stellte sich ein, als der A-Grav-Gleiter vor diesen Gebäuden landete.

Genau in diesem Moment erinnerte sich Sten an ein anderes Grundgesetz der militärischen Ausbildung und stieß einen stillen Fluch aus. Alle Kurse begannen damit, daß der Kandidat bis zum Scheitel in den Dreck gestoßen und anschließend neu geformt und in die gewünschte Paßform gebracht wurde.

Die Ausbilder machten das meist dadurch sehr anschaulich, daß sie direkt nach der Ankunft einen armen Kerl, der ihnen aus irgendeinem Grund auffiel, so richtig fertigmachten.

Und Sten war potentiell auffällig.

Eilig knöpfte er seine Uniformjacke auf und machte die Spange mit seinen Auszeichnungen ab. Die Bänder und Orden waren alle echt, auch wenn er einige davon für absolut geheime Mantis-Operationen verliehen bekommen hatte, die er nicht einmal erwähnen durfte. Insgesamt waren es jedoch für einen jungen Commander verdächtig viele; zu viele.

Gerade noch rechtzeitig, bevor das Kabinendach des A-Grav-Gleiters mit einem Scheppern aufsprang, schob er sich die Spange in die Hosentasche; schon brüllte ein Maat mit zornrotem Gesicht seine Befehle in die Runde.

»Raus! Raus, raus! Wer hat euch Schleimscheißern gesagt, ihr sollt dort hockenbleiben? Ich will nur noch Ärsche und Ellbogen sehen!«

Die Neuankömmlinge packten ihre Seesäcke und sprangen seitlich aus dem Gleiter, woraufhin der Maat weiter auf sie einbrüllte.

»Du! Ja, du dort! Und du auch, wenn ich's mir genau überlege! Auf den Boden! Liegestütze! Viele, viele Liegestütze!«

›Großer Gott‹, dachte Sten, als er aus dem Gleiter herauskletterte. ›Schon wieder Grundausbildung. Sie benutzen sogar die gleichen Ausdrücke. Dieser Maat könnte, vom Geschlecht einmal abgesehen, ein Doppelgänger von … wie hieß sie noch gleich … genau, von Carruthers sein.‹

»Ich will drei Reihen, Leute, und zwar vorgestern! Lulatsche links von mir, Zwerge auf die andere Seite.«

Nicht zum erstenmal war Sten dankbar dafür, daß er zwar recht schmal gebaut war, aber nicht so klein, um in die Fliegengewichtsklasse eingeordnet zu werden.

Irgendwann hatte der Maat genug vom Herumbrüllen und den sportlichen Übungen. Sten fand, daß er in dem allgemeinen Chaos mit fünfzig Kniebeugen ganz gut abgeschnitten hatte. Es gab viel zu viele andere, augenfälligere Opfer, die sich der Maat heraussuchte.

»Gruppe … Acht-tung! Rechts um! Vorwärts … marsch!«

Sten war dankbar dafür, daß sich jetzt alle an ihre Grundausbildung erinnerten. Er wollte einfach nicht mitansehen, was geschah, wenn einer der Rekruten aus dem Tritt geriet.

Man ließ sie in das Betonrechteck marschieren, das in der Mitte des Stützpunkts lag. Dort mußten sie auf der Höhe eines Paradepodests anhalten und sich in seine Richtung umdrehen.

Auf den Punkt genau kam ein großer, dünner Mann aus einem Gebäude heraus und schritt forsch auf das Podest zu. Er sah so aus, als hätte man ihn für diese Rolle aus Tausenden von Bewerbern ausgesucht: ein Einsterne-Admiral und der Kommandant der Schule. Zweifellos ein erfahrener Pilot, der jedes Schiff, das das Imperium jemals zum Einsatz gebracht hatte, in- und auswendig kannte und unter allen erdenklichen Umständen selbst geflogen hatte. Unglücklicherweise paßte seine Stimme nicht ganz zu dieser Rolle. Sie hätte eher zu einem Operntenor gepaßt.

Sten wartete, bis sich der Kommandant als Admiral Navarre vorgestellt hatte, und wandte dann den Großteil seiner Aufmerksamkeit anderen Themen zu.

Es handelt sich um ›Die Rede‹, die gleiche, die so vor jedem Auszubildenden bei jeder militärischen Ausbildung von jedem Kommandanten mit den gleichen Worten gehalten wurde:

Willkommen. Sie erwartet bei uns eine intensive und harte Zeit der Ausbildung. Vielleicht gefällt Ihnen nicht, wie wir manche Dinge tun, aber wir wissen inzwischen genau, was funktioniert und was nicht. Diejenigen von Ihnen, denen es gelingt, sich unserem System anzupassen, werden keine Probleme damit haben. Die anderen jedoch … Hier herrscht strikte Disziplin, aber jedem von Ihnen, der sich unfair behandelt fühlt, steht mein Büro jederzeit offen.

Blah blah blah.

Phase eins des Flugtrainings war die Vorauswahl. Das Ziel dieser Phase war, herauszufinden, ob der Anwärter zumindest *prinzipiell* dazu in der Lage war, zu fliegen.

Sie war überall beim Militär des Imperiums als die Durchfallphase bekannt.

Admiral Navarre informierte sie darüber, daß Phase eins aufgrund der unglücklichen politischen Lage beschleunigt würde. ›Na wunderbar‹, dachte Sten.

Jeder Auszubildende mußte seine Rangabzeichen entfernen. Von jetzt an würde man sie nur noch mit ›Kandidat‹ ansprechen.

Von wegen. Sten konnte sich noch gut an einige der anderen Anreden erinnern: Blödmann, Dreck, Abschaum, Drecksack und viele andere Bezeichnungen, die den Imperialen Bestimmungen nach ausdrücklich verboten waren.

Mehr mußte man darüber eigentlich nicht wissen.

In erster Linie mußte sich Sten daran gewöhnen, daß er jetzt ein Kandidat war. Kein schneidiger Commander, nicht der ehemalige Chef der persönlichen Gurkha-Leibgarde des Imperators und auch kein Mantis-Spezialist für verdeckte Aktionen.

Eigentlich war er nicht einmal mehr Offizier.

›Denk wie ein Rekrut, Sten. Vielleicht kommst du damit besser durch.‹

Sten stand der Aussicht, Pilot zu werden, eher neutral gegenüber. Er war hier nur aufgrund des persönlichen und privaten Vorschlags des Imperators höchstpersönlich gelandet. Der Imperator hatte ihm gesagt, daß als nächster Schritt in Stens Karriere unbedingt ein Wechsel zur Raumflotte – der Teil war bereits erledigt – und zur Fliegerschule erfolgen mußte.

Wenn er aus der Fliegerschule ausgesiebt wurde, würde Sten wahrscheinlich in die Logistikabteilung der Flotte abgestellt werden.

Er fragte sich zum vielleicht hundertsten Mal, wie schwer es im Falle eines Versagens wohl war, wieder zurück zur Armee und zur Sektion Mantis zu kommen.

Irgendwann während Stens Gedankenflügen hatte Navarre seine Ansprache beendet und sich wieder entfernt. Der Maat hetzte die Rekruten im Laufschritt um die Gebäude; ihre Seesäcke blieben inzwischen vor dem Podest liegen.

›Dann werden wir jetzt wohl mit den Killern bekanntgemacht oder wie die Drill-Sergeants bei der Fliegerschule genannt werden‹, dachte Sten. ›Die müssen uns nämlich als erstes vorführen, wie wertlos wir sind und daß sie uns fertigmachen, wenn wir es wagen sollten, zu laut zu atmen.‹

Und mehr oder weniger genau so lief das Szenario dann auch ab – mit einigen bemerkenswerten Überraschungen allerdings.

Die Gruppe mußte inmitten eines riesigen Quadrats, das knöcheltief mit Sand bedeckt war, stehenbleiben. Der Maat ließ sie erneut in die Liegestützposition gehen und verschwand dann. Minuten vergingen. Einige der Kandidaten brachen im Sand zusammen. Dafür würden sie bezahlen.

Für Sten war die Ruheposition auf den Armen kaum mehr als eine Belästigung.

Ein Mann kam auf sie zugeeilt, der nicht im entferntesten dem Sadisten entsprach, den Sten erwartet hatte. Ausbilder achteten normalerweise immer darauf, bessere Soldaten zu sein, als jedes einzelne ihrer Rekrutenschweine jemals zu werden hoffen durfte. Dieser Mann war schwer übergewichtig und trug einen ziemlich schmuddelig wirkenden Fliegeroverall ohne Rangabzeichen. Eine der Taschen war eingerissen. Der Mann ging vor der langen Reihe der mit den Gesichtern nach unten vor ihm ausgestreckten Kandidaten auf und ab. Als wieder einer der Auszubildenden keuchend zusammenbrach, zischte er verächtlich durch die Zähne.

»Guten Tag, ihr Gewürm.« Die Stimme klang heiser, die Aussprache war schleppend und vernuschelt. »Mein Name ist Ferrari. Ihr nennt mich Mr. Ferrari oder Sir, andernfalls werdet ihr hier nicht lange überleben.

Ich bin euer oberster Pilotenausbilder.

In der Zeit, die wir hier gemeinsam verbringen, werde ich mir allergrößte Mühe geben, euch davon zu überzeugen, daß der Wunsch, Pilot zu werden, die schlimmste, elendeste und am wenigsten wünschenswerte Form ist, sein Dasein zu fristen.

Wie die Tür eures ehrenwerten Kommandanten steht euch auch meine Tür jederzeit offen.

Aber nur zu einem Zweck.

Für eure Kündigung.

Ich möchte, daß sich jeder von euch während der ihm oder ihr bevorstehenden endlosen Tage und Nächte ständig daran erinnert, wie leicht es ist, dieser Qual ein für allemal ein Ende zu setzen.

Ein Besuch in meinem Büro oder auch nur ein Wort zu einem der anderen Ausbilder genügt, und schon seid ihr in eine garantiert weitaus vielversprechendere Zukunft unterwegs.

Nebenbei bemerkt sind wir Ausbilder der Phase eins persönlich davon überzeugt, daß selbst Sheol wünschenswerter sein dürfte.

Diejenigen von euch, die aus anderen Kulturen stammen und vielleicht nicht wissen, was Sheol ist, könnten sich bei ihren Kameraden erkundigen. Ich zweifle jedoch nicht daran, daß unser Programm jede Unklarheit rasch beseitigt.

Diejenigen von euch, die sich immer noch auf die Hände stützen, dürfen jetzt aufstehen. Diejenigen, die zusammengeklappt sind, dürfen anfangen zu kriechen. Ich möchte, daß ihr in einer Reihe bis zum Rand des Exerzierplatzes kriecht – und zwar auf dem Bauch.

Und bitte zweimal um das Feld herumkriechen.

Es handelt sich hier, nebenbei bemerkt, nicht um eine Übung in Sadismus. Ich glaube, ich habe heute hier irgendwo ein Viertelcredit-Stück verloren, und ich wäre unendlich dankbar, wenn einer von euch es wiederfindet.«

Sten sah, wie die Schwacharmigen an ihm vorüberglitten und hoffte nur, daß keiner von ihnen sich für besonders schlau hielt und eine Münze aus der eigenen Tasche zog, um sie Ferrari in der Hoffnung zu überreichen, daß die Schinderei damit beendet sei. Ferrari würde die Münze zweifellos genau untersuchen und dann betrübt behaupten, daß hier ein Fehler vorläge, da das Prägedatum diese Münze eindeutig als nicht die seine ausweise, und dem entsprechenden Kandidaten dann wirklich die Hölle heiß machen.

Ferrari trat zur Seite.

›Jetzt kommt der Mann fürs Grobe‹, dachte Sten.

Auch dieser Mann trug einen schmucklosen Fliegeranzug, aber einen maßgeschneiderten mit Bügelfalten wie Rasierklingen. Eine lange Narbe zog sich quer durch sein Gesicht, außerdem humpelte der Mann leicht. Seine Stimme erinnerte an das attraktive Raspeln einer Holzfeile auf Metall.

»Mein Name ist Mason.

Ich kann nicht so gut mit Worten umgehen wie Ferrari, deshalb fasse ich mich kurz.

Ich habe mir die Akten von jedem einzelnen von euch angesehen.

Ihr seid der allerletzte Dreck. Einer wie der andere.

Nicht einer von euch ist qualifiziert genug, um auch nur einen Kampfwagen zu fliegen.

Wenn wir hier nur den kleinsten Fehler machen und einen von euch auf ein Flugdeck lassen, bringt ihr am Ende noch jemanden um.«

Er pochte mit dem Finger auf seine Narbe.

»Auf die Art habe ich das hier abgekriegt. Weil sie einen von euch Clowns in mein Schlachtschiff gelassen haben.

Kollision mitten in der Luft.

Achtzehn Tote.

Jetzt habe ich eine einfache Aufgabe. Ich muß nur jeden von euch davon abhalten, jemand anderen als sich selbst umzubringen.

Vielleicht habt ihr so etwas Ähnliches schon von einem anderen Ausbilder gehört und denkt euch jetzt, ich klopfe nur Sprüche.

Da liegt ihr falsch, ihr Schwachköpfe!

Ich hasse jeden einzelnen von euch ganz persönlich.«

Er ließ seinen Blick über die Formation schweifen. Sten fröstelte tatsächlich ein wenig. Er hatte Variationen dieser Rede bereits von anderen Schleifern gehört. Bei Mason hatte er allerdings das Gefühl, daß er es wirklich so meinte.

»Eins liegt mir besonders am Herzen«, fuhr Mason fort. »Ich werde dafür sorgen, daß jeder einzelne von euch hier durchfällt, so wie ich es bereits angekündigt habe.

In jedem Anfängerkurs gibt es jedoch einen, den ich aus irgendeinem Grund ganz besonders hasse, mehr als alle anderen aus dieser lächerlichen Truppe.

Ich werde diesen einen oder diese eine schon sehr bald finden.

Und derjenige wird es auf keinen Fall schaffen.«

Wieder wanderte Masons Blick die Reihen entlang.

Einige Sekundenbruchteile, bevor dieser lauernde Schlangenkopf stehenblieb, wußte Sten, wen er ansehen würde.

›Scheiße, Scheiße, Scheiße‹, dachte Sten, wobei er so unbewegt wie ein Hühnchen unter dem hypnotischen Blick der Schlange verharrte.

Kapitel 6

Als Ferrari und Mason die Folter, die sie »Muskelbildung« nannten, abbrachen, war es später Nachmittag. Der Maat, dessen Namen sich Sten einfach nicht merken konnte, übernahm die Formation, ließ die Rekruten im Laufschritt zu den ihnen zugeteilten Unterkünften zurücktraben und entließ sie fürs erste.

Erschöpft betraten die eingeschüchterten Kandidaten das Backsteingebäude durch die doppelte Glastür, hinter der sie den nächsten als Ausbilder maskierten Werwolf erwarteten.

Sie erwarteten auch, daß die Mannschaftsbaracke, wie ansprechend sie auch von außen aussehen mochte, innen aus polierten Kunststoffböden, hallenden Gruppenräumen und alten, ausgeleierten Spinden bestehen würde, wie bei der Grundausbildung auch.

Sie täuschten sich.

Im Foyer, das eher an die Empfangshalle eines kleinen, aber feinen Hotels erinnerte, hatten sich etwa fünfzig Gestalten mittleren Alters versammelt. Ihrem Aussehen und ihrer Kleidung nach erinnerten sie Sten unwillkürlich an die Bediensteten, die er im Palast des Imperators kennengelernt hatte.

Einer von ihnen kam jetzt auf sie zu.

»Ich könnte mir vorstellen, daß die jungen Leute sich erst einmal im Freizeitraum erholen möchten, bevor wir Ihnen Ihre Unterkünfte zeigen. Wir hoffen, daß Ihnen unsere Einrichtung hier gefällt.«

Er winkte sie durch eine Schiebetür in einen großen, holzgetäfelten Raum von fünfundzwanzig Metern Seitenlänge. An einem Ende befand sich ein beeindruckender, gemauerter Kamin. Entlang der Wände waren Ausgabegeräte für Essen und

Trinken aufgestellt, dazwischen Computerterminals und Spielautomaten. Über den Geräten hingen abstrakte Gemälde an den Wänden.

Der Raum selbst war mit Spieltischen und luxuriösen Sesseln und Sofas ausgestattet.

Stens ohnehin alarmiertes Mißtrauen raste sofort in den roten Bereich! Schon sah er einen Kandidaten staunend mit offenem Mund dastehen; sein verdutzter Ausdruck wurde durch die Doppelringe weißen Fells rund um seine Augen noch unterstrichen. Der Kandidat rieb vor Begeisterung mit der kleinen schwarzen Hand über seine mit grauem Fell bewachsene Brust.

»Bier! Hier gibt es Biermaschinen!« Schon war er unterwegs.

»Ist vielleicht besser, wenn du das sein läßt!«

Sten, der auch gerade etwas hatte sagen wollen, sah, daß jener vernarbte Infanteriesergeant die Warnung ausgestoßen hatte.

»Warum denn?«

»Oh, vielleicht deswegen, weil sie morgen unsere Geschicklichkeit und das alles testen wollen. Ein Kater beschleunigt die Reaktionszeit nicht gerade.

Vielleicht überwachen sie diese Maschine auch, und jeder, der sie benutzt, kriegt sofort ein paar Minuspunkte wegen mangelnder Beherrschung.«

»Kommt mir nicht sehr logisch vor.« Der Einwand kam von einer sehr kleinen und sehr ansehnlichen Frau. »Alle Piloten, die ich kenne, saugen Alk in sich hinein wie Muttermilch.«

»Kann gut sein«, pflichtete ihr der Sergeant bei. »Allerdings erst dann, wenn sie ihre Pilotenabzeichen am Ärmel haben. Womöglich hat sie die Vorauswahl erst zum Saufen gebracht.«

Vielleicht hatte der Sergeant recht, vielleicht war er auch nur paranoid. Wie auch immer, die Biermaschinen blieben die ganze Vorauswahlphase über unangetastet.

Stens Quartier war ebenfalls sehr interessant. Es bestand aus zwei Zimmern – ein ganz in ruhigen Farben gehaltenes kombiniertes Schlaf- und Arbeitszimmer und eine Naßzelle, die nicht nur die übliche Einrichtung aufwies, sondern obendrein mit einem modernen Jacuzzi ausgestattet war.

Sten mußte sofort daran denken, daß Ferraris Muskelbildung ihnen wohl die ganze Vorauswahlphase über erhalten blieb.

Das Auspacken dauerte nur einige Sekunden; als Profi hatte sich Sten angewöhnt, mit leichtem Gepäck zu reisen. Das einzige Sonderzubehör in seinem Seesack waren die Fiches, die er während der letzten Jahre gesammelt hatte und die jetzt auf Mikro-Mikrofiche komprimiert waren, sowie sein Miniholoprozessor, mit dem er in seiner Freizeit dreidimensionale, bewegliche Modelle von Industrieanlagen bastelte.

Obwohl er nicht mit allzuviel Freizeit rechnete, hatte er den Holoprozessor trotzdem eingepackt.

Kurz darauf fand er heraus, daß die Hersteller gelogen hatten. Die universelle Stromversorgung war nicht so universell, um an die Anschlüsse in diesem Zimmer zu passen.

Sten trat in den Flur hinaus. Vielleicht hatte ja sein Zimmernachbar gegenüber einen Universalstecker, mit dem er ihm aushelfen konnte. Außerdem wollte Sten bei dieser Gelegenheit gleich das Terrain sondieren.

Er klopfte so vorsichtig an die Tür, daß niemand, der sich auf der anderen Seite befand, auf die Idee kam, es könnte sich um einen Ausbilder handeln, und nicht in die Verlegenheit geriet, irgend etwas, mit dem er sich gerade beschäftigt haben mochte, rasch wegpacken zu müssen.

Eine sanfte erotische Stimme kam durch die Sprechanlage, dabei so beruhigend, daß sie jeder Schwester auf der Intensivstation zur Ehre gereicht hätte.

Sten sagte der Anlage, was er wünschte.

»Kleines Momentchen, Bruder, ich mach gleich auf.«

Als die Tür aufging, bekam Sten einen mächtigen Schrecken.

Es gab so einiges, was Sten nicht war – ethnozentrisch gehörte einwandfrei dazu. Die Fabrikwelt, auf der er aufgewachsen war, hatte ihm keine Gelegenheit gegeben, eine sich irgendwie von anderen abgrenzende Kultur zu entwickeln oder anzunehmen.

Er war auch nicht fremdenfeindlich. Dafür hatten schon die Ausbildung bei Mantis und die Einsätze auf tausend Planeten mit tausend unterschiedlichen Lebensformen gesorgt.

Er war auch nicht das, was seine Zeitgenossen einen Formisten nannten. Es war ihm herzlich egal, wie ein anderes Wesen aussah oder roch.

Eigentlich.

Wenn jedoch eine Tür aufgerissen wird und man sich ohne Vorwarnung einer zwei Meter großen haarigen Spinne gegenübersieht, sieht die Sache plötzlich ganz anders aus.

Hinterher war Sten direkt ein wenig stolz darauf, daß sich seine Reaktion darauf beschränkt hatte, den Unterkiefer bis fast zum Gürtel aufklappen zu lassen.

»Ach du liebe Güte«, meinte die Spinne hilfreich. »Tut mir leid, wenn ich dich erschreckt habe.«

Sten kam sich wie der letzte Blödmann vor.

Die Situation verlangte nach einer Art von Entschuldigung. Doch selbst sein Jahrhundert hatte noch keine befriedigende Formel zur Bewältigung momentaner Peinlichkeiten entwickelt. Sten war sehr erleichtert darüber, daß die Spinne seinem Verhalten soviel Verständnis entgegenbrachte.

»Was kann ich für dich tun?«

»Hm … äh …«, improvisierte Sten. »Ich wollte nur wissen, ob du weißt, wann es Abendessen gibt.«

»In ungefähr einer Stunde«, antwortete sie, nachdem sie eins ihrer Beine, an dem eigenartigerweise ein teurer Armbandtimer befestigt war, eingerollt hatte.

»Ach, entschuldige, tut mir leid, daß ich mich nicht vorgestellt habe. Mein Name ist Sten.«

Er streckte die Hand aus.

Die Spinne betrachtete Stens Hand, dann sein Gesicht, und dann streckte sie ein zweites Bein aus, einen Kieferntaster, und legte dessen mit einer kleinen Schere versehenes Ende in Stens Handfläche.

Das Bein war warm, und die Haare fühlten sich wie Seide an. Sten spürte, wie der Schrecken allmählich aus seinen Gliedern wich.

»Ich heiße Sh'aarl't. Willst du reinkommen?«

Sten betrat das Zimmer – nicht nur aus Höflichkeit, sondern auch, weil er neugierig war, welche Art von Wohnquartier das Imperium für Spinnenartige bereithielt.

Es gab kein Bett. Statt dessen sah er unter der Decke ein Gitterrost hängen. Den unten gewonnenen Platz nahm der Schreibtisch ein, da der Schreibtischstuhl eigentlich eher ein ziemlich großes, rundes Sofa war.

»Wie findest du es bis jetzt?«

»Ich finde«, sagte die reizende Stimme, »ich muß dringend überprüfen, ob mein Panzer einen Sprung hat; wie bin ich nur auf die Idee gekommen, Pilot zu werden?«

»Wenn du es herausgefunden hast, laß es mich wissen.«

Der Smalltalk fing an, seine Dienste zu tun, obwohl Sten noch immer einen leichten Schauder unterdrücken mußte, als Sh'aarl't mit einem Bein in Richtung Sofa gestikulierte. Er setzte sich.

»Ich habe mich auf diesen Wahnsinn eingelassen, weil meine Familie traditionell die höchsten Spinnweben in unserer Welt spinnt. Falls die Frage nicht zu persönlich ist: Warum bist du hier?«

Sten wußte, daß er Sh'aarl't unmöglich die Wahrheit sagen konnte. Wenn sich herumsprach, daß ihn der Imperator persönlich in diesen Schlamassel geschubst hatte, würde man ihn entweder als unverschämten Lügner abtun, oder wegen seiner allzu guten Verbindungen nichts mehr mit ihm zu tun haben wollen.

»Ich hielt es damals für eine ziemlich gute Idee.«

»Wenn ich fragen dürfte: Was für einen Rang bekleidest du wirklich?«

»Commander.«

Sh'aarl't stieß die Luft aus ihren Lungen heraus. Natürlich war sie ein Weibchen – sogar Riesenspinnen folgten den biologischen Vorgaben. »Muß ich jetzt strammstehen? Ich bin gerademal ein kleiner Gefreiter.«

Sten war inzwischen in der Lage, über derartige Scherze zu lachen. »Das würde ich wirklich gerne sehen. Wie steht eigentlich jemand mit acht Beinen stramm?«

Sh'aarl't hüpfte seitwärts bis in die Mitte des Zimmers, und Sten wäre beinah senkrecht an die Decke gegangen. Habachtstellung bei einer Spinne hieß folgendes: die unteren Beinsegmente blieben senkrecht, die oberen waren in einem perfekten Winkel von fünfundvierzig Grad zum Körper abgewinkelt.

»Bei ›Achtung!‹ strecke ich noch ganz schreckenerregend meine Fänge heraus. Möchtest du das mal sehen?«

»Äh …, vielleicht nicht gerade jetzt.«

Sh'aarl't entspannte sich wieder und klapperte mit einem Kieferntaster gegen ihren Panzer. Sten nahm ganz richtig an, daß sie damit Belustigung ausdrückte.

»Vermutlich hattest du heute keine großen Schwierigkeiten bei den Liegestützen.«

Wieder das Klappern.

»Was meinst du, wie ernst kann man diese Typen nehmen?« fragte Sh'aarl't und wechselte damit das Thema.

»Bei Ferrari bin ich mir nicht so sicher«, sagte Sten. »Aber dieser Mason kann einem richtig Angst einjagen.«

»Geht mir auch so. Aber vielleicht wird es besser, wenn sich einige von uns durchbeißen und überleben, bis einige andere ausgesiebt sind … Jedenfalls können sie uns nicht *alle* wieder rausschmeißen. Nicht, wenn man bedenkt, was die Tahn gerade vorbereiten. Oder?«

Sten erkannte, daß sie verzweifelt nach einer Rückversicherung suchte, und wandelte deshalb seine Antwort von »Ich glaube, diese Leute können alles machen, was sie wollen« zu »Genau, einige müssen schließlich durchkommen« ab. »Apropos«, fügte er hinzu. »Gehst du mit nach unten? Mal sehen, ob dieses – fast hätte Sten ›Spinnennetz‹ gesagt –, »ob diese zärtliche Falle, die sie da für uns aufgebaut haben, auch ein bißchen fettes Lamm ausspuckt.«

»Hervorragende Idee, Commander.«

»Falsch. Es heißt Kandidat. Oder Sten. Oder du Saftsack.«

Wieder das Klappern.

»Dann laß uns zum Mahl nach unten schreiten, Sten. Arm in Arm in Arm in Arm …«

Lachend verließen die beiden auf der Suche nach Essen das Zimmer.

Am späten Abend hörte Sten ein leises Klopfen an der Tür.

Draußen stand jemand vom Unterkunftspersonal. Wenn die Angestellten Sten schon wie Palastbedienstete vorkamen, dann gab dieser Mann den perfekten Butler ab.

Nachdem er sich für die Störung entschuldigt hatte, stellte er sich als Pelham vor. Er sei Stens Kammerdiener, bis Sten die Phase eins absolviert habe.

»Absolviert oder rausgeschmissen, meinen Sie wohl.«

»Keinesfalls, Sir.« Pelham sah schockiert aus. »Ich habe mir erlaubt, Ihre Akte durchzusehen, Sir. Und ich muß sagen … vielleicht ist das zu sehr aus der Schule geplaudert … aber meine Kollegen und ich haben einen Topf, bei dem es darum geht, welcher der Kandidaten die besten Aussichten hat, die Abschlußprüfung zu bestehen. Ich versichere Ihnen, Sir, ohne sykophantisch sein zu wollen, daß ich meine Credits mit dem größten Vertrauen auf Sie gesetzt habe.«

Sten ging zur Seite und erlaubte dem Mann einzutreten.

»Sykophantisch, hm?« Sten wußte kaum, was das Wort bedeutete. Er ging wieder zu seinem Schreibtisch, setzte sich, legte die Füße hoch und schaute zu, wie Pelham die im Schrank aufgehängten Uniformen durchging.

»Mr. Sten, mir fällt auf, daß Ihre Auszeichnungen nicht an der Uniform angebracht sind.«

»Fein beobachtet. Sie sind in der Hosentasche.«

»Oh. Ich nehme an, daß es Ihnen lieber ist …«

»Es ist mir lieber, wenn sie in der untersten Schreibtischschublade liegen und sich niemand groß um sie kümmert, Pelham.«

Pelham sah ihn verwundert an. »Wie Sie möchten, Sir. Aber diese Uniformen bedürfen dringend einer kleinen Reinigung.«

»Genau. Sie haben die letzten Monate ganz unten in einem Seesack verbracht, ohne Luft und ohne Sonne.«

Pelham sammelte einen Armvoll Uniformen zusammen und ging zur Tür. »Brauchen Sie sonst noch etwas? Sie wissen, daß ich Ihnen vierundzwanzig Stunden am Tag zur Verfügung stehe.«

»Momentan nicht, danke Pelham. Doch, halt, einen Moment noch. Ich habe eine Frage.«

»Wenn ich Ihnen mit einer Antwort dienen kann, gerne.«

»Wie würden Sie reagieren, wenn ich Sie nach Rykor fragte?«

Pelham machte seine Sache wirklich ausgezeichnet. Die einzige Reaktion auf Stens Erwähnung des walroßähnlichen Wesens, das die begabteste Psychologin des gesamten Imperiums war, erschöpfte sich in einem kaum wahrnehmbaren Zucken der Augenlider.

»Überhaupt nicht, Sir. Würden Sie mir das bitte erklären?«

»Ich versuche es mal andersherum. Was würden Sie wohl sagen, wenn ich der Meinung wäre, daß Sie und alle anderen Leute in dieser Unterkunft, all die Leute, die so hilfsbereit sind und sich als zuvorkommende Kammerdiener aufführen, daß Sie alle in Wirklichkeit ein wichtiger Teil des Auswahlverfahrens sind?«

»Natürlich sind wir das, Sir. Uns ist bewußt, daß die Kandidaten ihre Zeit dringend zum Studieren und zur Erholung brauchen, deshalb helfen wir bei der Erledigung der minderen –«

»Das habe ich nicht damit gemeint, Pelham. Nochmal von vorne. Wie würden Sie reagieren, wenn ich Ihnen sagte, daß ich Sie alle für ausgebildete Psychologen halte und daß diese ganze Unterkunft, so entspannend und nett sie sein mag, ein hervorragendes Instrument ist, um uns eiskalt zu erwischen und herauszufinden, was uns wirklich bewegt?«

»Sie scherzen, Sir.«

»Tatsächlich?«

»Falls nicht, Sir, dann muß ich sagen, daß ich mich durchaus geehrt fühle, wenn Sie mir die Ausbildung und die Fähigkeiten eines Arztes zutrauen.« Pelham unterdrückte ein amüsiertes Kichern. »Nein, Sir. Ich bin nicht mehr als ich scheine.«

»Sie haben meine Frage beantwortet. Vielen Dank, Pelham. Gute Nacht.«

»Gute Nacht, Sir.«

Dr. W. Grenville Pelham, Träger von sieben Doktortiteln auf verschiedenen Gebieten der Psychologie – darunter der angewandten Psychologie, der Streß-Analyse und der Militärpsychologie –, schloß die Tür hinter sich und eilte den Korridor hinab. Als er einige Meter zwischen sich und Stens Zimmer gebracht hatte, erlaubte er sich den Luxus eines unterdrückten Lachens.

Kapitel 7

Die ersten Wochen der Vorauswahlphase waren ziemlich einfach strukturiert: die Ausbilder versuchten von früh bis spät, die Rekruten fertigzumachen. Außerdem gab es manchmal mitten in der Nacht unerwarteten Alarm, der jedoch stets vom Hauspersonal durchgeführt wurde. Die Ausbilder selbst betraten niemals die Unterkünfte.

Zwischen den körperlichen und geistigen Belästigungen wurden die Tests weitergeführt. Sie bestanden größtenteils aus Wiederholungen von Prüfungen aus der Grundausbildung – Reflextest, Intelligenztest und dergleichen mehr. Die Teststandards waren jedoch wesentlich höher angesetzt als bei der militärischen Grundausbildung. Außerdem wurden die Tests hier mehrfach durchgeführt und unangekündigt wiederholt.

Sten ließ sich davon nicht aus der Ruhe bringen.

Er hatte vielmehr den Eindruck, daß diese Wiederholungen nur aufgrund der gegenwärtigen Notlage durchgeführt wurden. Es mußte bessere, wenn auch langsamere Wege geben, um die gleichen Fähigkeiten zu testen.

Sten fing an, einen ausgeprägten Haß gegen die Tahn zu entwickeln.

Stens Überzeugung, daß alle Tests auf ein allgemeines Hauen und Stechen hinausliefen, verwandelte sich an dem Tag von einer bloßen Theorie zur Gewißheit, als er in einen winzigen Raum gebracht wurde, dessen Einrichtung nur aus einem großen Sessel und einem Livie-Helm bestand. Er erhielt die Anweisung, sich auf dem Sessel niederzulassen, den Helm aufzusetzen und auf weitere Befehle zu warten.

Der Witz bei dieser Sache war, daß man mittels des Helms bestimmte Situationen nacherleben konnte. Die Reaktionen des Kandidaten wurden von Psychologen überwacht und ausgewertet, und daraus wiederum konnte sein Persönlichkeitsprofil erstellt werden.

Als Sten vor Jahren schon einmal die gleiche Prozedur mitmachen mußte, hatte es sich um die Erlebnisse eines nicht sehr klugen aber um so heldenhafteren Gardisten gehandelt, der sich beim Versuch, einen Panzer auszuschalten, abschlachten ließ. Damals hatte Sten sich fast übergeben, eine Reaktion, die ihn für den normalen Infanteriedienst disqualifiziert hatte, andererseits zu einem idealen Anwärter für die im Grunde aus einsamen Einzelkämpfern bestehende Sektion Mantis gemacht hatte.

Er ging zur Rückseite des Sessels und warf einen Blick auf das Band, das im Recorder steckte. Verschiedene Codes blinkten auf, dann erschien der Titel: SHAVALA, GARDIST JAIME, SCHLACHT/TOD, ANGRIFF AUF DEMETER.

Es mochte ja triftige Gründe geben, mit einer solchen Auswahl zukünftige Infanteristen auszuwählen – aber Piloten?

Sten untersuchte den Helm und fand den Input-Anschluß. Die Zeit für eine kleine Subversion schien gekommen.

Er krümmte die Finger der rechten Hand, woraufhin das unter

der Haut des Unterarms verborgene Messer herausglitt. Der doppelschneidige Dolch war eins von Stens bestgehüteten Geheimnissen. Er hatte ihn einst selbst aus einem unwahrscheinlich seltenen Kristall hergestellt. Das Messer war mit einem Skelettgriff versehen, die Klinge war nur 2,5 Millimeter dick und verjüngte sich zu einer Schneide von nur 15 Molekülen Dicke. Mit anderen Worten: diese Klinge konnte praktisch alles zerschneiden. In diesem Fall kam es Sten jedoch nicht auf die Schärfe der Klinge an.

Vielmehr benutzte er die Nadelspitze des Messers, um einige winzige Drähtchen im Innern des Input-Anschlusses zu vertauschen. Dann schob er das Messer wieder zurück, ließ sich wie befohlen auf dem Sessel nieder und schob den Helm auf den Kopf.

›Mal sehen. Das Band ist gerade angelaufen. Ich sollte wohl Entsetzen ausdrücken. Angst. Aufregung. An meinen Fähigkeiten zweifeln. Der Schock der Landung. Entschlossenheit zur Durchführung der Mission!‹

Zu Stens Ausbildung bei Mantis hatte auch eine spezielle Schulung zur Beeinflussung aller Arten von geistigen Testmaschinen gehört, angefangen bei dem komplett unzuverlässigen Polygraph bis hin zu den fortschrittlichsten Gehirnchecks des Imperialen Geheimdienstes. Der Schlüssel dazu lag natürlich darin, selbst absolut an das zu glauben, was man in Gedanken oder Worten als Wahrheit ausgab.

Das Training funktionierte. In Verbindung mit einer besonders konditionierten, beinahe eidetischen Erinnerung war Sten geistig gesehen testresistent.

›Also mal sehen ... Shavala müßte jetzt diesen verdammten Panzer vor sich auftauchen sehen ... Schrecken ... mitansehen, wie die Kameraden abgeschlachtet werden ... Wut ... jetzt rumpelt der Panzer weiter ... mehr Entschlossenheit ... jetzt um den Panzer herumhampeln und sich mehrere Körperteile abschießen lassen … Schmerz und noch größere Entschlossenheit … herrjeh, der Schwachkopf müßte inzwischen tot sein. Schock und so weiter.‹

Sten schob den Helm an einer Seite von seinem Ohr und hörte, wie das Band hinter ihm am Ende abschaltete.

›Ein weiterer Schock. Stolz, ein Teil dieser Imperialen Dummheit zu sein.‹

Sten entschied, daß das genug Input war, setzte den Helm ganz ab und stand auf. Er setzte eine Mischung aus Ekel und fester Entschlossenheit auf und verließ den Raum, wobei er kurz vor der Tür höchst artistisch fast gestolpert wäre.

Sten keuchte zur Kuppe des Hügels hinauf, wo er Kompaß und Armbanduhr überprüfte. Er beschloß, sich fünf Minuten zum Ausruhen zu gönnen.

Die Übung war eine Abwandlung der beliebten Militärroutine namens »Langer Marsch« oder einfach nur »Marsch«. Logischerweise mußte auch diese Geschichte in der Vorauswahl einen zusätzlichen Haken haben.

Den Kandidaten wurde eine Landkarte ausgehändigt und ein Treffpunkt angegeben, an dem sie sich zu einem bestimmten Zeitpunkt einzufinden hatten. Das hieß aber nicht, daß die Übung auch wirklich vorbei war, wenn sie diesen Punkt erst erreicht hatten. In aller Regel erhielten die Kandidaten nämlich dort von einem Ausbilder einen weiteren Anlaufpunkt genannt und wurden erneut losgeschickt.

Die Übung hatte nicht sehr viel mit Pilotenausbildung zu tun, dafür um so mehr mit Ausdauer und Willenskraft. Außerdem zeigte sich bei der Übung wahrscheinlich, wie Sten murrend feststellte, wer von ihnen inzwischen begriffen hatte, daß sein Hirn ein Idiot war, der dem Körper befahl, aufzuhören, wenn die körperlichen Ressourcen gerade mal anfingen, ordentlich zu arbeiten.

Auch das war für Sten eine leichte Übung; bei Mantis machten die Teams so etwas zur Entspannung.

Die Gruppe der Kandidaten schmolz jedoch unerbittlich zusammen. Von den gut dreißig Kandidaten in Stens Gruppe waren mehr als zehn inzwischen schon wieder verschwunden.

Sten, der flach auf dem Boden lag, an so gut wie nichts dachte und die Beine hochgelegt hatte, hörte Schritte.

Er kehrte in die Realität zurück und erblickte die kleine Frau, die gleich am ersten Tag die überzeugende Beobachtung zum Habitus des durchschnittlichen Piloten gemacht hatte. Sie kam langsam auf ihn zu.

Statt sich hinzuschmeißen und einfach abzuschalten, ließ sie ihren Ausrüstungspacken fallen, legte sich auf den Boden und fing an, gymnastische Übungen durchzuführen.

Stens Neugier war geweckt. Eine interessante Methode, das Hirn dazu zu verleiten, noch einen Schritt weiter zu gehen. Er wartete, bis sie fertig war, was eine weitere Minute dauerte.

Bergab ging es bei diesem Kurs über felsiges Gelände. Sten und die Kandidatin – sie hieß Victoria – konnten sich unterwegs ein wenig unterhalten.

Datenaustausch: Sie war Lieutenant der Flotte. Sie war ausgebildete Tänzerin und Sportlerin. Erfolgreich, wie Sten vermutete, denn sie war auf der Erstwelt aufgetreten. Sten glaubte sogar, den einen oder anderen Namen aus der Truppe, mit der sie gearbeitet hatte, schon einmal gehört zu haben.

Warum also der Militärdienst?

Alte Militärfamilie. Aber auch Tanzen war harte Arbeit. Sie sagte, als professionelle Tänzerin war man ungefähr so etwas wie ein gestrandeter Fisch.

Sten fand noch genug Atem zum Lachen.

Außerdem, erzählte Victoria weiter, hatte sie sich schon immer sehr für Mathematik interessiert.

Sten erschauerte. Obwohl er wie jeder Offizier einigermaßen mit Mathematik umgehen konnte, waren knifflige Gleichungen nicht gerade seine Vorstellung von befriedigender Freizeitgestaltung.

Stens innerer Timer meldete sich – er mußte eine Pause einlegen. Victoria marschierte mit gleichmäßigen Schritten unermüdlich weiter.

Sten sah sie in der Ferne verschwinden und fühlte sich ausgesprochen gut.

Wenn es jemanden gab, der es garantiert durch diesen Mist namens Vorauswahl schaffte, dann Victoria.

Sten duckte sich, als die grüne Wasserwand über den Bug des Bootes schwappte und gegen die Fenster der Brücke klatschte.

Das Boot schwankte, und Stens Magen versuchte einen Handstand. ›Hör schon auf, Körper! Das ist nur eine Illusion.‹ ›Hör schon auf, Kopf!‹ kam die Antwort. ›Du kannst denken, was du willst, mir wird jedenfalls schlecht.‹

Sten kotzte seitlich ab und hatte Mühe, zwischendurch auch noch den geflüsterten Anweisungen zu folgen.

»Das hier ist ein zwanzig Meter langes Boot. Es dient normalerweise zum gewerblichen Fischfang. Sie sind der Kapitän.

Das Boot war auf dem Rückweg zum Hafen, weil sich draußen ein Sturm zusammenbraut.

Der Sturm hat Ihr Boot eingeholt.

Irgendwo vor Ihnen befindet sich der Hafen. Um diese Übung erfolgreich abzuschließen, müssen Sie den Hafen sicher erreichen.

Ihr Radar zeigt Ihnen die Hafeneinfahrt. Es handelt sich jedoch um eine Installation mit unvorhergesehenen Problemfaktoren.

Sie wissen auch, daß die Zufahrt zu diesem Hafen parallel zu einer sogenannten Barre verläuft – einer Untiefe. Während eines Sturms kann diese Barre einem Schiff die Zufahrt zum Hafen versperren.

Viel Glück.«

Sten hatte inzwischen genug Erfahrung mit solchen Tests, daß sein Blick sofort auf den Radarschirm fiel. Aha! Dort … da rechts war etwas … also muß ich dieses Fahrzeug … und, genau wie indirekt angekündigt, wurde der Radarschirm plötzlich nur noch neblig grün.

Sten schätzte die Situation ein – besser gesagt, die Illusion, die er über den Helm erfuhr. Im Gegensatz zur Shavala-Erfahrung waren sämtliche Handlungen, die Sten vornahm, bei diesen Tests »wirklich«. Wenn er beispielsweise das Schiff auf einen Felsen steuerte, würde er Schiffbruch erleiden und obendrein, da die Vorauswahl-Leute ziemlich sadistisch veranlagt waren, ertrinken.

›Eine einfache Lösung, Sten, immer mit der Ruhe‹, dachte er. ›Ich muß lediglich auf den Antigravschalter drücken, und schon müßte das Boot –‹

Falsch. Es gab nur drei Bedienungselemente vor Sten: ein großes Steuerrad mit Speichen und zwei Hebel.

Es war ein zweidimensionales Boot.

Dort waren auch Anzeigen, die Sten jedoch ignorierte. Wahrscheinlich dienten sie der Anzeige irgendwelcher Maschinenleistungen, und Sten, der keine Ahnung hatte, mit welcher Art von Antrieb er sich hier fortbewegte, hielt sie, zumindest im Augenblick, für irrelevant.

Eine weitere Welle brach über ihm zusammen, und das Schiff legte sich zur Seite. Sten, der sich rasch über seine Handlungsmöglichkeiten klar zu werden versuchte, stieß den rechten Hebel bis ganz nach vorne, zog den linken ganz zurück und drehte das Steuer hart nach rechts.

Die Schräglage stabilisierte sich wieder.

Sten glich die beiden Hebel wieder aus – er vermutete jetzt, daß ihm zwei Antriebsmaschinen zur Verfügung standen – und hielt das Steuer auf mittlerer Einstellung.

Vor ihm klarte der Sturm auf, und Sten konnte die hohen Felsen sehen, über die die Brandung hinwegdonnerte. Links davon war eine knappe Lücke – die Einfahrt zum Hafen.

Sten hielt darauf zu.

Die Felsen rückten näher, und Querströmungen versuchten, Stens Boot wegzudrehen.

Sten hantierte an den Gashebeln und am Steuerrad.

Sehr gut. Jetzt lag er wieder richtig.

Der Regen hörte auf, und plötzlich sah Sten, als eine Welle zurückschwappte, nur wenige Meter vor sich den Meeresboden aufblitzen. Das also war eine Barre!

Sofort schaltete er die Maschinen auf volle Kraft zurück.

Eine ganze Serie von Wellen klatschte über das Heck. Sten ignorierte sie einfach.

Allmählich blickte er durch.

›Wenn eine Welle über die Barre rauscht, wird das Wasser tief. Ich muß also nur aus dem Rückfenster schauen und warten, bis eine große Welle kommt, und dann volle Kraft voraus. Die Schubkraft der Welle ausnutzen, um in den Hafen zu gelangen.‹

Es funktionierte wie ein Kanonenschuß. Die riesige Welle, die Sten sich ausgesucht hatte, hob das Boot über die Untiefe hinweg bis vor die Hafeneinfahrt.

Sten triumphierte, vergaß dabei, auf Seitenströmungen zu achten und setzte sein Boot auf den Steindamm.

Wie er es vorausgeahnt hatte, ging nicht nur sein Boot unter; Sten wurde auch das persönliche Erlebnis des Ertrinkens zuteil.

Und zwar ganz langsam und genüßlich.

BEURTEILUNG: BESTANDEN.

Inzwischen hatte Sten die Namen seiner Mitkandidaten gelernt.

Der abgebrühte Sergeant, von dem Sten angenommen hatte, daß er schnell hinausgeworfen würde, war immer noch dabei. Von wegen noch dabei! Bis jetzt hatte er sich mit Victoria bei der Bestenliste des Jahrgangs auf den Plätzen eins und zwei abgewechselt. Einen Spezialisten in Altertumsgeschichte hätte das nicht weiter verwundert, sobald er den Namen des Mannes erfahren hätte: William Bishop der dreiundvierzigste.

Sten, dem das nichts sagte – ebensowenig wie allen übrigen Kandidaten, die den Sergeanten »Streber« getauft hatten –, staunte nicht schlecht. Bishop nahm den Spitznamen mit Begeisterung an.

Der pelzige Möchtegern-Bierschlucker Lotor war ebenfalls eine Bereicherung der Truppe. Er mimte den Klassenkasper.

Da die üblichen Ventile zum Dampfablassen – etwa Trunkenheit und Anmache – beim Militär strikt verboten waren, neigten die Kandidaten zum Hüttenkoller. Lotor löste den Wassersack-Krieg aus.

Sten war das erste Opfer gewesen.

Ein unschuldiges Klopfen an der Tür hatte ihn mitten in der Nacht dazu veranlaßt, aufzumachen, woraufhin er einen Kunststoff-Behälter mit Wasser ins Gesicht bekam.

Sobald er den Übeltäter ausfindig gemacht hatte, nahm Sten fürchterlich Rache, indem er Lotor bei verstopftem Abfluß in seiner Dusche einschloß. Erst kurz bevor das Wasser die Decke erreichte, ließ er ihn wieder heraus.

Nachdem Lotors Fell getrocknet war, eskalierten seine Späße. Er war fest davon überzeugt, daß Sten Verbündete hatte und daß Sh'aarl't eine von ihnen war. Also schob er den Feuerwehrschlauch aus dem Flur unter Sh'aarl'ts Tür durch und drehte auf.

Als Sh'aarl't aufwachte, stand ihr Zimmer bereits halb unter Wasser. Sinnvollerweise öffnete sie die Tür und legte sich wieder schlafen.

Lotor jedoch hatte nicht daran gedacht, daß man sich eine Spinne besser nicht zum Feind machte.

Als nächstes spann sich Sh'aarl't von ihrem Fenster aus in das Stockwerk darüber, wo sie in Lotors Zimmer sein Kopfkissen vorsichtig gegen einen Wasserbeutel austauschte.

Lotor suchte sich hingegen noch ein anderes Opfer und hatte es jetzt auf Streber abgesehen. Er band eine kleine Sprengladung an einen riesigen Wasserball, rollte ihn den Korridor hinunter, klopfte an Bishops Tür und machte sich schleunigst aus dem Staub.

Streber machte die Tür auf und der Wasserballon explodierte.

Seine Rache wiederum sah so aus, daß er Lotors Zimmer mit einem gigantischen, mit Wasser gefüllten Wetterballon ausfüllte. Bishop, der eher eine kämpferische Natur war, kümmerte sich nicht groß darum, ob Lotor anwesend war oder nicht, während er die Falle legte.

Fast alle Bewohner der Baracke mußten mithelfen, um Lotor wieder zu befreien.

An diesem Punkt endete der Wassersack-Krieg aufgrund allgemeiner Erschöpfung und weil auch keinem mehr eine witzige Steigerung einfiel.

Der einzig gute Effekt dabei war jedoch der, daß Lotor, Bishop, Sten und Sh'aarl't sich zu einem noch locker miteinander verbundenen Team zusammenfanden.

Das Team adoptierte Victoria als sein Maskottchen. Sie wußte nicht genau weshalb, doch sie freute sich sehr über die Aufnahme in die Gruppe. Die vier sprachen nie darüber, doch es war wohl genau das, was Sten bei der Landkartenübung gespürt hatte: einer von ihnen mußte es schaffen, und Victoria war die aussichtsreichste Kandidatin.

Natürlich diskutierten die fünf ihre Chancen – die alle als sehr gering einschätzten – und darüber, wie sich die Ausbilder wohl anstellen würden, sollte es den Rekruten erst einmal erlaubt sein, anstelle der drögen Overalls Uniformen zu tragen.

Victoria hatte die beste Ferrari-Geschichte zu bieten. Sie sagte, der nachlässige Mann sei bestimmt ein technischer Offizier gewesen, der seinen kommandierenden Offizier erpreßt hatte, weil der dem Imperium sämtliche Sachen stahl, die nicht niet- und nagelfest waren.

Sie hatten alle darüber gelacht, gemeinsam eine Tasse des garantiert keine Nebenwirkungen zeigenden Kräutertees getrunken und sich dann wieder zu den unablässigen Studien in ihre Zimmer zurückgezogen.

Jedenfalls die meisten.

Es mochte gut sein, daß der Kräutertee keine *bekannten* Nebenwirkungen hatte.

Sten und Victoria wünschten Sh'aarl't an ihrer Tür eine gute Nacht. Sten wollte Victoria noch zu ihrer Tür begleiten, ertappte sich jedoch dabei, wie er sie in sein eigenes Zimmer einlud.

Victoria nahm die Einladung an.

Drinnen wurde es Sten heiß und kalt zugleich. Victoria prüfte die Elastizität der Matratze und schüttelte die Kissen auf. Dann legte sie einen Finger auf den Reißverschluß ihres Fliegeranzugs, und der Overall glitt von ihrem schmalen, perfekten Körper hinunter auf den Boden.

Sten hatte schon immer davon geträumt, eine Ballerina zu lieben – und ganz besonders Victoria. Er hatte es niemals angedeutet, weil er eine vage Vorstellung davon hatte, daß seine Fähigkeiten, sollte sie auf seinen Vorschlag eingehen, genauso kläglich ausfielen, wie Mason es jeden Tag andeutete.

Streß und das alles.

Sten mochte wohl hinsichtlich seines eigenen Potentials recht gehabt haben. Doch er hatte nicht die geringste Ahnung, wie kreativ eine ehemalige professionelle Tänzerin sein konnte.

Am nächsten Tag schnitten sowohl Victoria als auch Sten bei den unterschiedlichen Aufgaben ziemlich schlecht ab.

Sie hatten kaum mehr als eine Stunde geschlafen.

Kapitel 8

Die Vorauswahlphase ging von schriftlichen Tests über die Livies zu tatsächlichen Problemen über, was Ferrari und Mason die Gelegenheit zu echten, handgreiflichen Belästigungen lieferte.

Sten wußte sofort, daß sie heute etwas Besonderes für sie bereithielten, denn Ferrari strahlte boshaft, und sogar Mason hatte seinem klaffenden Mund erlaubt, einen Winkel kaum merklich hochzuziehen.

»Heute geht es um ein sogenanntes Gruppenhindernis«, erklärte Ferrari mit besonders schlauem Gesichtsausdruck.

Gruppe. Hindernis.

Die Gruppe bestand aus Bishop, Victoria, Lotor, Sten und sechs weiteren Kandidaten.

Das Hindernis sah folgendermaßen aus:

»Wir stehen hier«, sagte Ferrari, »auf der Kommandobrücke eines Zerstörers. Flower-Klasse, falls es euch interessiert. Sieht schlimm aus, was?«

Er wartete auf die im Chor gesprochene Bestätigung der Kandidaten.

»Er sieht deshalb so schlimm aus, weil das Schiff eine Bruchlandung auf einem Planetoiden gebaut hat. Der Planetoid verfügt über eine akzeptable Atmosphäre und über Wasser. Es gibt jedoch nichts zu essen und kaum etwas, was sich zum Bau eines Unterschlupfes anbieten würde.«

Ferrari lächelte.

»Jeder von euch, der eine ökologische Ausbildung genossen hat, sollte sich jetzt nicht groß mit der Unwahrscheinlichkeit eines solchen Planetoiden abgeben. Ich denke mir diese Probleme nicht aus, ich gebe sie nur weiter.

Wie auch immer. Seht ihr den Kontrollraum, in dem wir hier gerade stehen? Jawohl. Er ist durch die Bruchlandung ziemlich demoliert worden. Die offene Luke dort drüben führt hinaus auf den Planetoiden, der richtig farbenprächtig ausgestattet ist.

Ich persönlich glaube nicht daran, daß es lilafarbene Bäume gibt, aber von mir aus. Würden Sie jetzt bitte übernehmen, Mr. Mason?«

»Vielen Dank, Sir.

Ich mach's kurz. Ihr Versager habt eine Bruchlandung gebaut. Ihr könnt nur überleben, wenn ihr eure Überlebensausrüstung rauskriegt. Die Ausrüstung befindet sich am anderen Ende dieses Korridors. Dabei gibt es zwei Probleme: der Korridor ist blockiert.«

›Mach keine Scherze‹, dachte Sten. Er bewunderte die Sorgfalt, mit der man sich dieses Problem ausgedacht hatte. Als sie den hohen Raum betraten, sah es wirklich so aus, als sei ein halbes Schiff

61

in einen Dschungel gekracht und dabei fast völlig zerstört worden. Das Innere des Schiffes sah bis auf einige Ausnahmen – die Sten sofort aufmerksam registrierte – genau wie das Flugdeck eines Zerstörers aus.

Sten fragte sich noch, warum Mason, bevor die Ausbilder die Gruppe in den Raum geführt hatten, Bishop beiseite gezogen und ihm etwas zugeflüstert hatte; so wie Streber reagiert hatte, mußte es sich um etwas sehr Wichtiges gehandelt haben.

»Euer zweites Problem besteht darin, daß das Triebwerk auf Selbstzerstörungsmodus umgeschaltet hat. Ihr habt zwanzig Minuten, bevor dieses Schiff in hunderttausend Teile explodiert.

Wenn ihr eure Ausrüstung nicht herausholen könnt, habt ihr versagt. Die ganze Gruppe.«

»Vielen Dank, Mr. Mason.«

»Jawohl, Sir.«

»Die Aufgabe beginnt ... *jetzt !*«

Aufgeregt wurden Ideen ausgetauscht.

Victoria schlug vor, einfach loszuziehen. Was sollten sie da nochmal herausholen?

Streber hielt das alles für Blödsinn – zuerst brauchten sie einen Plan.

Lotor meinte, solange sie nicht wüßten, wie tief sie in der Scheiße steckten, könnten sie auch keinen Plan machen.

Die Situation war einfach. Der Korridor zur Überlebensausrüstung war mit allem erdenklichen Schiffsschrott versperrt, der aber leicht weggeräumt werden konnte. Quer im Korridor lagen jedoch zwei schwere Eisenträger wie ein großes X verkeilt; sie waren ohne Hilfe nicht wegzubewegen, was zwei Kandidaten bewiesen, indem sie vergeblich versuchten, die klobigen Dinger mit aller Kraft auch nur anzuheben.

Lotor stand neben einem viel kleineren Träger vor der Blockade.

»Den hier könnten wir als Hebel ansetzen«, sagte er. »Wenn wir einen Aufsatz hätten.«

»Haben wir aber nicht«, erwiderte Victoria. »Ein paar von euch Clowns schnappen sich sofort die große Kartentruhe oben auf dem Flugdeck.«

»Das klappt nie«, sagte Bishop.

Sten beobachtete ihn aus dem Augenwinkel. Was war nur mit Streber los? Normalerweise war er immer sofort dabei, wenn es um neue Ideen ging. Während zwei Leute die Kartentruhe zu dem Hindernis schleppten, inspizierte Sten das »Schiff«.

Als er in den Korridor zurückkehrte, stand die Truhe direkt vor den beiden Trägern. Das kürzere Stück wurde unter einen der großen Träger geschoben, dann hängte sich die ganze Gruppe an das andere Ende.

Der erste Träger hob sich, schwankte kurz und fiel dann krachend zur Seite. Das Team brach in verhaltenen Jubel aus und schob den Hebel weiter nach vorne.

»Das klappt auf keinen Fall«, sagte Bishop.

Ein anderer Kandidat trat resigniert zurück. »Wahrscheinlich hast du recht«, stimmte er Bishop zu.

Kurz darauf fiel sein Blick auf ein rotbemaltes Verkleidungsblech in der Metallwand des Korridors, auf dem deutlich IN-SPEKTIONSPUNKT DER UMGEBUNGSKONTROLLE stand. *Erst nach Freigabe Kategorie 11 betreten. Nicht betreten, bevor das Schiff deaktiviert ist.*

Der Kandidat riß das Blech auf. Ein enger Versorgungsschacht führte parallel zum Korridor hinter der Wand entlang.

»Alles klar«, rief der Kandidat. »Ich hab's.«

»Hast du die Aufschrift nicht gelesen?« fragte Sten.

»Na und? Dieses Schiff ist so deaktiviert, wie es nur deaktiviert sein kann.«

»Stimmt genau«, pflichtete ihm Bishop bei.

›Schon wieder‹, wunderte sich Sten.

Der Kandidat quetschte sich in den Versorgungsschacht und das Blech schloß sich mit einem Klicken hinter ihm. Nach fünf Sekunden hörten sie ihn schmerzhaft aufjaulen.

Die Teufel, die sich die Tests ausdachten, hatten diese Möglichkeit wohlbedacht. Normalerweise wäre in diesem Schacht extrem heißer Dampf gewesen. Da es sich nur um einen Test handelte, kam der Kandidat mit einer Ladung heißem Wasser davon – für Verbrennungen ersten Grades reichte es jedoch allemal; dann öffnete sich der Schacht und schleuderte den Mann auf der anderen Seite des Modells ins Freie, wo ihm Ferrari erklärte, daß er tot sei und diesen Test nicht bestanden habe.

Nach dem »Tod« des Kandidaten verdoppelte das Team die Anstrengungen, auch den zweiten Träger aus dem Weg zu hebeln.

Sten ging sein physikalisches Grundwissen durch und sagte dann: »Das klappt auf keinen Fall.« Er suchte fieberhaft nach einer anderen Lösung. Er ging durch das Schiff, dann nach draußen und sah sich nach etwas um, das man vielleicht als Werkzeug benutzen konnte. Und er fand etwas.

Als er mit dem vierzig Meter langen Kabelstrang, der bei der Explosion aus dem Schiff in den Dschungel geschleudert worden sein mußte, in die Kommandozentrale zurückkam, wollten sich die anderen gerade schwer keuchend geschlagen geben.

Es blieben ihnen noch sieben Minuten.

Sten hielt sich nicht lange mit Erklärungen auf. Er schlang das zwei Zentimeter dicke Kabel um den Träger und fertigte mit Hilfe mehrerer Knoten eine Schlinge an. Dann zog er das Kabel bis zu einem soliden Schleusenrahmen zurück, den es aus der Schiffswand gerissen hatte, schlang es um einen Träger und zog es wieder zum Hindernis zurück.

Bishop stellte sich ihm in den Weg: »Was zum Teufel hast du da vor?«

»Ich schicke dem Imperator die schönsten Grüße«, grunzte Sten. »Faß mal mit an!«

»Hör schon auf, Sten. Du vergeudest nur wertvolle Zeit.«

»Einen Versuch nur. Hör mir zu, Streber. Wir setzen das Kabel wie einen Flaschenzug ein, um den Träger herauszureißen.«

»Sten, ich bin mir nicht sicher, ob das klappt. Warum reden wir nicht erst einmal darüber?«

»Weil uns nur noch fünf Minuten Zeit bleiben.«

»Richtig. Da wollen wir doch nichts Falsches tun, oder?«

Jetzt hatte Sten kapiert.

»Nein.«

Seine Handkante zuckte nach oben. Stens Hände konnten jedes Lebewesen, das den Imperialen Nahkampftrainern bekannt war, töten, verletzen oder zeitweise außer Gefecht setzen.

Seine rechte Hand traf knapp unterhalb des Ohres auf Bishops Hals. Bishop fiel wie ein nasser Sack um.

»Seid still«, rief Sten im Kommandoton seinen verwirrten und protestierenden Teamkameraden entgegen. »Holt dieses verdammte Kabel wieder hierher, und dann müssen wir wie die Irren ziehen. Bishop war ein Sabotage-Faktor. Ich habe gesehen, wie Mason ihm Anweisungen gab. Los, Leute. Wir müssen schleunigst hier weg!«

Mit Hilfe des improvisierten Flaschenzugs zerrten sie den Träger frei, und eine Minute, bevor die Zeit ablief, hatte das Team die Ausrüstung aus dem Lagerraum geholt und sich weit genug vom Schiff entfernt.

Nachdem Bishop wieder zu Bewußtsein gekommen war, gab er zu, daß Sten recht hatte – Mason hatte ihn angewiesen, die Aktion zu sabotieren.

Ferrari räumte mürrisch ein, daß sie zu den wenigen Teams gehörten, die den Test während der letzten fünf Jahre erfolgreich bestanden hatten.

BEURTEILUNG: HERAUSRAGEND

Kapitel 9

Sten hatte Probleme.

Er war nicht gerade ein mathematischer Vollidiot – das konnte sich keiner erlauben, der mehr als ein einfacher Gefreiter war –, doch das instinktive Verständnis für Gegenstände aller Art, das ihn sonst auszeichnete, blieb ihm hinsichtlich der Welt der Zahlen weitestgehend versagt. Außerdem fiel es ihm schwer, diese Zahlenreihen im Navigations-Grundkurs 1 in die Wirklichkeit von Raumschiffen und Planeten zu übersetzen.

Also bekam er Nachhilfestunden.

Von Victoria. Das war kein Problem, da alle wußten, daß sie als einzige garantiert durchkommen würde. Aber Bishop?

Mathe-Genies sind normalerweise blaß und schmächtig, haben eine hohe Stimme und chirurgisch korrigierte Augen.

›Soweit die Vorurteile‹, dachte Sten düster, während Bishops dicke Finger über die Computertastatur huschten und die Zahlen auf dem Bildschirm berührten. Mit der Präzision und der Geduld eines Pedanten versuchte sein Teamkamerad, Sten klarzumachen, daß die bloßen Zahlen für die Übersetzung eines Universums besser geeignet waren, als Bilder oder Worte.

Sten starrte wieder auf den Schirm und fand keine Übersetzung für das, was er sah.

»Herrje!« grunzte Bishop Victoria an. »Hol die Feuerwehraxt. *Irgend etwas* müssen wir doch in diesen Kerl hineinkriegen!«

Victoria fand eine Lösung.

Sie brauchte nicht einmal den ganzen Abend, um eine Querverbindung zwischen Stens Miniholoprozessor und dem Computer herzustellen. Wenn er jetzt Zahlen eingab, produzierte der Holoprozessor eine dreidimensionale Sternenkarte.

Nach vielen Umwegen dämmerte es Sten schließlich doch noch; allmählich fing er an, die ganze Sache zu begreifen.

Seine Bewertung:

MATHEMATISCHE FÄHIGKEITEN: VERBESSERUNGSBEDÜRFTIG

Aus unerfindlichen Gründen überprüfte jede Schule, die Sten durchmachte, ihre Kandidaten auf Schwerkraftempfindlichkeit.

Sten konnte noch einsehen, daß es nötig war, herauszufinden, wieviel Schwerkraft jemand aushalten konnte, oder wie oft man die Richtung eines Kraftfeldes ändern mußte, bis sich die Versuchsperson übergeben mußte – aber weshalb mußte man das immer wieder und wieder herausfinden?

Sten wußte, daß er persönlich ohne Unterstützung eines A-Grav-Anzugs bei bis zu 3,6 Gravos als Soldat zuverlässig funktionierte. Sitzend konnte er bei einer Dauerbelastung von 11,6 Gravos arbeiten. Bei 76,1 Gravos wurde er nach kurzer Zeit ohnmächtig, ebenso bei einem Schock von 103 Gravos.

Das stand bereits alles in seinem Medfiche vermerkt.

Warum also schon wieder testen?

Sten kam zu dem Schluß, daß es einfach ein Bestandteil des angewandten Sadismus war, den er bisher in jeder Schule, die er besucht hatte, festgestellt hatte – angefangen bei der Schule auf Vulcan, der Fabrikwelt, auf der er aufgewachsen war.

Von allen Testmethoden, die er verabscheute, war die Zentrifuge die schlimmste. Sein Gehirn wußte, daß sein Körper unmöglich nachvollziehen konnte, daß er im Kreis herumgeschleudert wurde, um durch die Fliehkraft künstlich Schwerkraft herzustellen. Doch sein Körper sagte nur »von wegen« und revoltierte.

Natürlich gab es auch in Phase eins eine Zentrifuge.

Sten verzog beim Anblick der rostfreien Stahlkonstruktion, die in der Kuppel des hohen Raums aufgehängt war, angewidert den Mund.

»Du siehst besorgt aus, Kandidat Sten.« Es war Mason.

Sten nahm sofort die übertriebene Haltung ein, die die Ausbilder »Habacht« nannten. »Nein, Sir. Nicht besorgt, Sir.«

»Hast du etwa Angst, Kandidat?«

Immer das gleiche Gequatsche. Sten wünschte, Alex wäre bei ihm gewesen. Er wußte, daß der fast quadratisch gebaute Schwerweltler die richtige Antwort parat gehabt hätte – wahrscheinlich hätte er Mason eine gescheuert.

Sten erinnerte sich jedoch auch daran, daß Kilgour die Fliegerschule bereits hinter sich hatte. Da Sten nichts Gegenteiliges zu Ohren gekommen war, nahm er an, daß Alex den Abschluß geschafft hatte – auch ohne Mason umzubringen.

Damit kam er zu dem Schluß, daß Alex Phase eins wohl an einem anderen Ort als diesem durchgemacht hatte, gab Mason eine unverfängliche Antwort und erklomm die Stufen, die zu einer der Zentrifugenkapseln führten.

Der Abend war bereits fortgeschritten, als Stens Magen sich soweit beruhigt hatte, daß er leichten Hunger verspürte.

Er verließ sein Zimmer auf noch immer schwachen Beinen und machte sich auf den Weg zum Freizeitraum. Einer der Nahrungsautomaten müßte eigentlich so etwas wie dünnen Haferschleim bereithalten.

Sh'aarl't, Bishop und Lotor saßen in Schweigen versunken an einem der Spieltische. Sten nahm seine volle Tasse aus dem Ausgabefach und setzte sich zu ihnen. Lotor teilte ihm die Neuigkeiten mit.

»Heute haben sie Victoria rausgeschmissen.«

Sten sprang auf, und die Suppe klatschte in seinen Schoß.

Ohne Stens Frage abzuwarten, antwortete Bishop: »Sie ist beim G-Test durchgefallen.«

»Das kann nicht sein«, widersprach Sten. »Sie war doch Sportlerin, professionelle Tänzerin!«

»Sieht so aus«, sagte Sh'aarl't, »als seien auch Sportler nicht gegen Höhenangst gefeit.«

»Wie viele G's?«

»Zwölfkommanochwas«, antwortete Bishop.

»Verdammt«, fluchte Sten. Selbst leichte Kampfmanöver in einem Schiff, bei dem die McLean-Generatoren abgeschaltet waren, produzierten stärkere Fliehkräfte als das.

Erst jetzt fiel ihm auf, daß sie alle von Victoria in der Vergangenheit sprachen. Phase eins mochte in gewisser Hinsicht sadistisch gewesen sein, doch wenn ein Kandidat sich disqualifiziert hatte, wurde er sofort entfernt. Sten staunte eher darüber, daß die drei überhaupt wußten, weshalb Victoria durchgefallen war.

Außerdem wurde ihm klar, daß jetzt, nachdem ihr Maskottchen für die Beförderung nach Phase zwei nicht mehr unter ihnen weilte, niemand mehr so richtig daran glaubte, daß er es schaffte.

Kapitel 10

Die elektronische Anzeigetafel in der Lobby der Unterkunft wurde nicht ganz zu Unrecht die »Tafel des Verderbens« genannt. Sten las die letzte Eintragung, die darauf flimmerte: um 16 Uhr des gleichen Tages hatten sich alle Kandidaten im zentralen Betonkarrée zu versammeln. Er fragte sich sofort, welche neue Form der Massenfolter sich die Ausbilder jetzt wohl wieder ausgedacht hatten. Schließlich war Phase eins in wenigen Tagen beendet, und es gab immer noch einige Überlebende im Programm, darunter Sh'aarl't, Bishop und Lotor.

Dann erst fiel der Groschen.

PARADEUNIFORM.

Sten steckte bis obenhin in der Tinte. Er hatte bei seinem Eintritt in die Schule gut daran getan, seine Auszeichnungen zu verstecken. Er hatte festgestellt, daß diejenigen, die mehr Auszeichnungen oder einen höheren Rang vorzuweisen hatten, als die Ausbilder für angebracht hielten, einen unverhältnismäßig hohen Anteil an Zuwendung und Schinderei auf sich zogen. Bislang war es Sten trotz Masons unverhohlener persönlicher Abneigung ihm gegenüber gelungen, ziemlich still und im Verborgenen zu operieren.

Na schön. Irgendwann muß alles einmal ein Ende haben.

»Meine Güte, Kandidat, heute sehen wir aber fesch aus, was? Schau sich doch mal einer diese vielen Bänder und Spangen an!«

Sten hatte darauf verzichtet, die Medaillen anzustecken. Doch er wußte, daß es unter den gegebenen Umständen einem Soldaten als Nichtbeachtung der Grundvorschriften ausgelegt werden konnte, wenn er nicht die Auszeichnungen trug, die ihm zuerkannt worden waren. Es sah den Ausbildern nur zu ähnlich, die Akten der Kandidaten zu studieren, um dann hinterher zu überprüfen, wer was an die Brust geheftet trug, damit sie wieder einen Vorwand hatten, einen Prüfling auszusieben.

Sten stieß ein kurzes »Jawohl, Sir« aus und blinzelte derweil zum Chefausbilder Ferrari hinüber. Soviel zu dem Thema, daß es schlampige Fettklöße nur bis zum technischen Offizier brachten. Vielleicht war das sogar sein gegenwärtiger Rang, doch Ferrari trug die Sterne eines Flottenadmirals, auf der sich die Auszeichnungen bis fast zu den Epauletten dicht aneinanderreihten.

Bei aller Ehrfurcht fiel Sten auf, daß knapp oberhalb von Ferraris Gürtel so etwas wie ein Suppenfleck speckig glänzte.

»Wenn ich gewußt hätte, daß du so viele Heldenknöpfe hast, Kandidat«, fuhr Mason fort, »hätte ich dir sicherlich noch mehr Aufmerksamkeit gewidmet. Aber uns bleibt ja noch etwas Zeit.«

Prima. Sten war dem Untergang geweiht. Er fragte sich nur, wie Mason ihn packen würde.

Einige Minuten später war er schlauer.

Ferrari ließ den gesamten Ausbildungsjahrgang strammstehen und beglückwünschte sie. Die formale Testphase war hiermit beendet. Alle, die jetzt noch vor ihm standen, hatten sie erfolgreich abgeschlossen. Jetzt blieb nur noch der allerletzte Test übrig.

»Macht euch keine Sorgen«, sagte Ferrari. »Ihr müßt nicht noch einmal alle Notizen und euer Gedächtnis durchforsten. Auf den Schlußtest sind wir besonders stolz, nicht zuletzt deshalb, weil er alles und nichts mit dem zu tun hat, was in der ganzen Zeit vorher geschehen ist. Ihr habt vierundzwanzig Stunden Zeit, um herauszufinden, wie ein solcher Test wohl aussehen könnte. Wir sind der Meinung, daß ein wenig Spannung euren Seelen guttut. Dieser Test wird, nebenbei bemerkt, einzeln durchgeführt werden. Jeder Flugausbilder wird sich seine Kandidaten aussuchen, und von da an ist er allein für ihn verantwortlich.«

Jetzt wußte Sten, wie ihn Mason packen würde.

Kapitel 11

Das Flugzeug – Sten glaubte zumindest, daß es sich bei dem Ding um ein Flugzeug handelte – war die unmöglichste Ansammlung von Altmetall, die man sich vorstellen konnte. Es bestand aus einer flachen Metallplattform von ungefähr zwei auf zwei Metern, darauf waren zwei Sitze montiert, so etwas wie Steuerungselemente in doppelter Ausführung, und eine Windschutzscheibe. Die ganze Plattform stand auf zwei Metallkufen. Hinter der Plattform befand sich eine Art Antrieb und am hinteren Ende der Flugmaschine ein langgezogener Schwanz aus Metallgitter, der in einem seitlich gedrehten Ventilatorenblatt endete. Über der Plattform war ein zweiter Ventilator angebracht, dieser jedoch horizontal zum Erdboden; seine beiden Rotorblätter maßen an die sechs Meter. Die ganze Maschine stand inmitten eines weitläufigen, völlig flachen Landefelds. Zweihundert Meter vor dem Flugzeug erhob sich eine Reihe von Masten vom Boden.

Sten und Mason waren die beiden einzigen Gestalten auf dem gesamten Landefeld. Sten sah Mason an und machte dabei ein ausdrucksloses und zugleich – wie er hoffte – begeistertes Gesicht.

»Hier in der Fliegerschule haben wir eine Theorie entwickelt«, sagte Mason. »Wir wissen, daß es geborene Flieger gibt – wobei jetzt schon klar ist, daß von euch Clowns keiner dazugehört –, und es gibt jede Menge Leute, die jede Menge Dinger geflogen sind.

Wenn man die grundlegende Fähigkeit von jemandem testen will, hat es nicht viel Sinn, wenn man ihn auf sein Lieblingsspielzeug setzt, richtig? Also sind wir auf die Idee gekommen, es mit einer Mühle zu versuchen, die, soweit wir wissen, garantiert seit tausend Jahren niemand mehr geflogen hat. Diese Schrotthaufen wurden früher ›Helikopter‹ genannt. Als einer von ihnen nach Einführung der A-Grav-Technik eine ganze Gruppe junger Piloten tötete, konnten diese Dinger nicht schnell genug verschrottet werden.

Du wirst damit fliegen, Kandidat, oder aber du siehst dich gleich nach einer neuen Berufsperspektive um. Ich habe gehört, daß in den Pioniersektoren noch Meteorologen gesucht werden.«

»Jawohl, Sir.«

»Wir sind nicht unfair. Wir geben euch Hilfestellung. Als erstes zwei Hinweise. Hinweis Nummer eins: im Gegensatz zu allem anderen, was mir je in meinem Leben begegnet ist, weigert sich dieser Helikopter tatsächlich zu fliegen. Er hebt nicht ab, ohne wie ein Wildpferd zu bocken, er schwebt in der Luft wie ein Stein, und er landet ebenso, wenn du nicht genau weißt, was du zu tun hast. Hinweis Nummer zwei: er ist gar nicht mal so schwierig zu fliegen, wenn du zu der Art von Menschen gehörst, die sich zur gleichen Zeit mit einer Hand auf den Kopf trommeln und mit der anderen kreisförmig über den Magen reiben können.«

Sten fragte sich eine Sekunde lang, ob das vielleicht Masons Art war, einen Scherz zu machen. Aber das war unmöglich – dieser Mann war durch und durch humorlos.

»Als nächstes werden wir beide uns also festschnallen, und ich zeige dir, wie die Bedienungselemente funktionieren. Dann übernimmst du und folgst meinen Anweisungen. Ich fange ganz einfach an.«

Klar doch, ganz einfach. Soweit waren die wenigen Instrumente nicht schwer zu verstehen. Der Knüppel vorne regelte den Winkel der einzelnen Rotorblätter – die Oberfläche der Tragflügel – während sie rotierten. Bewegte man diesen Knüppel seitlich, wie Mason erklärte, konnte man den Helikopter manövrieren. Ein zweiter Hebel, etwas seitlich angebracht, diente für hoch und runter, und mit einem Drehgriff konnte man Gas geben, sprich, die Rotoren schneller oder langsamer drehen lassen. Die beiden Fußpedale kontrollierten den winzigen Ventilator am hinteren Ende des Fluggeräts, der den Helikopter davor bewahrte, dem natürlichen Gegendrehmoment der Rotorblätter zu folgen und sich wie wild um die eigene Achse zu drehen.

Die erste Aufgabe bestand darin, das Fahrzeug abheben zu lassen.

Mason ließ es aufsteigen und landete gleich wieder. Es sah ziemlich einfach aus.

Doch dann entwickelte der Helikopter eine völlig andere Persönlichkeit und kippte trotz Stens Herumgefuchtel nach vorne, berührte mit dem vorderen Ende der Kufen den Boden, schaukelte dank Stens übermäßiger Korrektur wieder nach hinten, dann wieder vorwärts ... und Mason mußte eingreifen.

»Willst du's nochmal versuchen?«

Sten nickte.

Jetzt ging es etwas besser – aber nicht viel. Gas ... laß den Knüppel in Ruhe ... ganz sachte mit dem anderen ...

Zwar setzte Sten diesmal nicht wieder auf, doch er verfehlte die gewünschte Höhe um bis zu drei Meter.

Stens Fliegeranzug war klatschnaß geschwitzt.

Noch einmal.

Die Variable ließ sich auf plusminus einen Meter eingrenzen.

Mason sah Sten an. »Na schön. Als nächstes bewegen wir uns vorwärts.«

Mason bewegte den Helikopter ungefähr fünfzig Meter geradeaus nach vorne, flog wieder zurück und wiederholte das ganze Manöver.

»Ich möchte, daß du eine Höhe von zwei Metern hältst und auf dieser Höhe in gerader Linie hier entlang fliegst. Ich sage dir, wo du haltmachst.«

Der Helikopter schlingerte los. Zweimal schrammte er mit den Kufen über den Boden, und der Flug auf die Masten zu ähnelte eher der Fortbewegung einer Klapperschlange. Mason übernahm und ließ Sten die gleiche Übung noch dreimal durchführen. Sten hatte keine Ahnung, ob er noch als Pilot oder schon als Meteorologe ausgebildet wurde.

Im nächsten Durchgang sollte er den Helikopter bis an die Masten heranbringen und im Slalomkurs durch sie hindurchfliegen. Beim ersten Versuch erkannte Sten, daß er sich irgendwie an den Geradeausflug und auf den Flug in einer angegebenen Höhe erinnerte – der Helikopter erwischte auf dem Parcours jede einzelne Stange. Beim vierten Versuch gelang es Sten, nicht mehr als vier oder fünf von ihnen zu berühren.

Sein Fluglehrer blickte ihn an. Dann kam das erlösende Signal von Mason – die Unterrichtseinheit war zu Ende.

Sten lehnte sich in seinem Sitz zurück und legte auf Befehl Masons hin die Hände in den Schoß.

Mason landete genau dort, wo sie abgeflogen waren, stellte die Maschine ab und löste den Gurt. Sten tat es ihm nach, stieg von der Plattform hinunter und duckte sich unter den langsam austrudelnden Rotorblättern.

Mason stand mit versteinertem Gesicht ungefähr dreißig Meter vom Helikopter entfernt. »Das war alles, Kandidat. Melde ich in deiner Unterkunft. Über deinen Status wirst du in Bälde informiert.«

Sten salutierte. Verdammt. Soviel zu den Plänen, die der Imperator mit Sten gehabt hatte.

»Kandidat!«

Sten blieb stehen und machte kehrt.

»Bist du schon jemals zuvor mit einem solchen Ding geflogen?«

Nachdem Sten ehrlich verneint hatte, verspürte er zum erstenmal einen schwachen Hoffnungsschimmer.

Kapitel 12

Am nächsten Tag stand Stens Name, ebenso wie der von Bishop, Sh'aarl't und Lotor auf der Liste: Phase eins: Akzeptiert. Der Imperialen Flugausbildung, Phase zwei, zugewiesen.

In Phase zwei würden sie endlich fliegen lernen.

Eigentlich hätten sie eine Party oder so etwas feiern müssen, doch sie waren allesamt viel zu müde, um sich zu betrinken. Von den 500 Kandidaten waren weniger als vierzig ausgesucht worden.

Den Klischees zufolge hätte der erfolgreiche Abschluß von den Ausbildern mit Unmengen von Alk verkündet werden müssen, außerdem mit einer feierlichen Ansprache, in der die Kandidaten zu ihrer Aufnahme in die kleine Gruppe der XY-Elite beglückwünscht wurden. Statt dessen tranken Sh'aarl't, Sten und Bishop gemeinsam eine Kanne Kräutertee, während sie ihre Sachen zusammenpackten. Sie wollten so schnell wie möglich weg von hier.

Neben den A-Grav-Gleitern, die die Kandidaten zu ihren Schiffen bringen sollten, warteten Ferrari und Mason.

Wieder dem Klischee zufolge, müßte an dieser Stelle von der einen Seite Verständnis und von der anderen Seite Anerkennung zum Ausdruck gebracht werden. Doch Masons Gesichtsausdruck war exakt der gleiche wie am ersten Tag – er sah aus, als täte es ihm persönlich leid, daß auch nur ein einziger von ihnen es geschafft hatte. Sten warf er sogar einen noch abweisenderen Blick als sonst zu.

Sten erwiderte ihn.

Scheiß auf Vergeben und gegenseitiges Verständnis – er hoffte inniglich, Mason eines Tages in einer dunklen Gasse hinter einem Hangar zu begegnen und ihm eine Narbe zu verpassen, die sich neben der ersten nicht verstecken brauchte. Vorzugsweise quer über den Hals …

Kapitel 13

Die Bezeichnung »Randwelten« konnte den Eindruck erwecken, als gäbe es einen geographischen oder politischen Zusammenhang innerhalb des weitverstreuten Sternhaufens, der sich zwischen dem Imperium und dem Tahn-Reich befand. Das traf jedoch so gut wie nicht zu.

Der Cluster war nur sehr langsam von Pionieren aus dem Imperium besiedelt worden. Dabei hatte es sich keinesfalls um einen Haufen Radikaler oder Abenteurer gehandelt, wie es etwa beim Lupus-Cluster der Fall gewesen war, sondern um Leute, die sich danach sehnten, ein einfacheres und friedlicheres Leben zu führen. Ein nicht geringer Prozentsatz von ihnen waren ehemalige Militärangehörige oder Staatsangestellte, die dort eine zweite oder vielleicht sogar schon dritte Karriere starten wollten. Andere beabsichtigten lediglich, sich ein zufriedenes Leben als kleine Handwerker oder Händler einzurichten.

Da sie sich nicht als heldenhafte Pioniere und Eroberer fühlten, brachte ihre Gesellschaft auch keine der auf Pionierwelten sonst üblichen Bösewichter hervor. Jedenfalls so lange nicht, bis die Expansion des Tahn-Imperiums neue und in gewisser Hinsicht andersartige Immigranten in die Randwelten spülte.

Die Regierungsformen auf den Randwelten spiegelten das Wesen der Siedler wider. Ob es sich nun um einen Einzelplaneten oder um ein halbes Dutzend von Sonnensystemen handelte, gemeinhin basierte die Regierung und Verwaltung auf einer Art von Parlamentarismus, mit einer Spannbreite von gemäßigt liberal bis gemäßigt autoritär. Da ambitionierte Tyrannen sich andere Betätigungsfelder suchten, reichte den Siedlern als bewaffnete Truppe ein Zwischending zwischen Zollpolizei und Küstenwache. Die einzige gemeinsame politische Macht im Cluster war ein Wirtschaftsgipfel, bei dem so alle fünf Jahre die anfallenden Probleme besprochen und geklärt wurden. Sie lebten also insgesamt sehr zurückgezogen, die Bewohner des Sternhaufens, und waren mit ihrem Hinterwäldlertum mehr als zufrieden.

Bis die Tahn kamen.

Die Tahn, die in die Randwelten einwanderten, wurden von ihrer politischen Führungsriege finanziell unterstützt, da sowohl die Geburtenrate als auch die politischen Ambitionen der Tahn nach mehr Lebensraum verlangten. Die Tahn waren wahre Pioniere, immer auf der Suche nach mehr. Da ihre Kultur gemeinschaftlich organisierte Lebens- und Wirtschaftsformen ermutigte, besaßen sie einen natürlichen Vorteil gegenüber den Siedlern des Imperiums. Es dauerte nicht lange, bis die Situation eskalierte und sich in Gewalttaten – Krawallen und Pogromen – entlud.

Die Siedler des Imperiums waren zuerst dagewesen; sie hatten die Möglichkeit, ihre Regierungsform und bestimmte Gesetze abzuwandeln. Den Tahn war es nicht erlaubt, größeren Grundbesitz zu erwerben. Sie waren von den Wahlen ausgeschlossen. Sie wurden gettoisiert und mußten in ländlichen oder städtischen Enklaven leben.

Die Ressentiments der Tahn-Siedler wurden vom Tahn-Imperium noch zusätzlich angeheizt, denn das Ziel der Tahn bestand darin, den Cluster ihrem Herrschaftsbereich einzuverleiben.

Die revolutionäre Bewegung war nicht nur sehr populär, sie wurde auch großzügig von den Tahn unterstützt. Das Imperium hatte viel zu lange Zeit viel zu wenig zur Lösung dieses Problems unternommen. Letztendlich konnten sich irgendwelche hinterwäldlerischen Regionen mit kleineren Problemen – Aufstände und Krawalle, wie blutig sie auch sein mochten, sind nicht so dramatisch wie aktiv betriebener Völkermord – im Zentrum der Imperialen Macht nur relativ geringe Aufmerksamkeit verschaffen.

Die in den Randwelten stationierten Imperialen Garnisonen waren faul und behäbig. Statt sich um die Erhaltung des Friedens zu kümmern, schlugen sich die Offiziere und Mannschaften auf die Seite der Siedler. Schließlich waren die Tahn ja tatsächlich anders – und das hieß auch immer »nicht soviel wert«.

Vor noch nicht allzulanger Zeit hatte die Möglichkeit bestanden, die Konfrontation zwischen dem Imperium und den Tahn auf anderem Weg zu lösen. Einige der vorausschauenden Revolutionäre hatten erkannt, daß sie in den bevorstehenden Auseinandersetzungen höchstwahrscheinlich zwischen den beiden Mächten zermalmt würden. In aller Stille hatten sie den Anführer ihrer Organisation zur Erstwelt entsandt. Dort wurde Godfrey Alain bei einem Attentat getötet, das eigentlich dem Imperator selbst gegolten hatte. Auch die abschließenden Verhandlungen zwischen dem Imperium und der friedlicheren Fraktion des Tahn-Rats endeten mit einem großen Blutvergießen.

Die Kriegstrommeln waren nicht im geringsten verstummt, schon gar nicht auf den Randwelten.

Doch niemand im Cluster schien wahrhaben zu wollen, wie nah inzwischen ein Krieg gerückt war, der das ganze Imperium erfassen würde.

Kapitel 14

Der staubige A-Grav-Gleiter knatterte altersschwach über die Landstraße. Seine längliche Kastenform mit der verlängerten hinteren Ladefläche verwies deutlich auf eine veraltete Bauart. Sein Stottern und Bocken verriet, daß er unter verschiedenen Bedingungen und wohl pausenlos im Einsatz gewesen war, seit er die Fabrik verlassen hatte.

Der Händler im Führerhaus machte einen nicht weniger alten und verwitterten Eindruck. Es war ein großer, kräftiger Mann mit breitem, freundlichem Gesicht und stämmigen Schultern, die seinen schon lange abgetragenen Overall zu sprengen drohten. Der Mann summte friedlich vor sich hin, eine improvisierte Melodie fern jeder Tonart, die sich allein am stotternden McLean-Antrieb orientierte. Obwohl er allem Anschein nach gutgelaunt und sorglos durch die Lande fuhr, suchten seine Augen wie die eines Raubtiers pausenlos die Landschaft ab.

Es war ein ödes Land, von Felsbrocken und kleinen, vom Wind gebeugten Baumgruppen übersät. Es sah so aus, als könnte schon der nächste Sturm die ganze Landschaft in eine unwirtliche Wüstenei verwandeln.

Der Händler hatte auf seiner Tagestour bereits ein halbes Dutzend von hohläugigen Tahn-Einwanderern betriebene Pachthöfe angesteuert. Bei jedem Hof hatte er kurz gezögert, war jedoch angesichts der extremen Armut weitergefahren ohne auszusteigen. Kein normales Wesen hätte sich getraut, dort auch nur nach einem Glas Wasser zu fragen. Nicht der offensichtlichen und unverblümt zur Schau getragenen Feindseligkeit wegen, sondern vor allem deshalb, weil man das Gefühl gehabt hätte, den Leuten die allerletzten Tropfen wegzutrinken.

Jetzt sah er plötzlich einen grünen Flecken in der Ferne auftauchen. Er änderte den Kurs und kam kurz darauf auf einer großen Farm an. Der Boden sah hier vergleichsweise fruchtbar aus; es war nicht gerade Lehm und Löß, aber auch nicht sehr steinig, und überall von Bewässerungsgräben durchzogen. Inmitten dieser bewirtschafteten Fläche erhoben sich mehrere große Gebäude in lockerer Anordnung rings um den Stumpf eines kleinen artesischen Brunnens.

Neben einem Gatter brachte der Mann den A-Grav-Gleiter zum Stehen. Er summte noch immer vor sich hin und tat so, als bemerke er nicht, wie die Leute auf dem Feld wie vom Blitz getroffen in ihren Bewegungen erstarrten. Er schlenderte aus ihrem Blickfeld heraus, trat hinter einen Busch und erleichterte seine Blase. Dann zündete er sich etwas zu rauchen an, blickte sich um und ging träge auf den Grenzzaun zu. Die Männer und Frauen auf dem Feld bedachte er mit einem mäßig interessierten Blick – ein Profi, der die Arbeit anderer abschätzend begutachtete. Er schnaubte vernehmlich. Hätte er einen Schnurrbart gehabt, es hätte ihn wohl bis zu seinen buschigen Augenbrauen hinaufgetrieben. Das Schnauben war sowohl eine nervöse Angewohnheit als auch ein Kommentar zum Stand der Dinge.

»Nett hier«, sagte er schließlich. Seine Stimme traf dabei genau den Ton, in dem sich normalerweise ein Farmer mit einem Kollegen unterhielt, der mehrere Ackerfurchen entfernt von ihm arbeitete.

Die Gruppe wich etwas zurück, als ein Tahn mittleren Alters und fast ebenso groß wie der Händler auf diesen zukam. Der Händler empfing ihm mit einem breiten, freundlichen Grinsen und ignorierte ganz bewußt die anderen, die jetzt Waffen in den Händen hielten und langsam seitlich ausschwärmten.

»Hätte nicht gedacht, daß man in dieser Gegend Kohl anbauen kann«, sagte der Händler, als der Tahn nähergekommen war. Er warf einen zweiten prüfenden Blick auf die Felder. »Ein bißchen gelbfleckig und kränklich sieht er ja aus.«

Der Mann blieb auf der anderen Seite des Zauns direkt vor ihm stehen. Inzwischen hatten seine Söhne und Töchter den Händler halb eingekreist. Er hörte das Klicken, mit dem sie ihre Waffen entsicherten.

»Die nächste Stadt ist ungefähr vierzig Kilometer von hier entfernt«, sagte der Farmer. Es war eine Aufforderung, schleunigst wieder in den Wagen zu steigen und sich aus dem Staub zu machen.

Der ältliche Händler schnaubte erneut. »Ja, richtig, ich hab's auf der Computerkarte gesehen. Kam mir nicht sehr verheißungsvoll vor.«

»Ist es auch nicht«, erwiderte der Tahn. »Die nächste Imperiale Siedlung muß zwei, vielleicht zweieinhalb Tage entfernt sein.«

»Sie haben's gleich gemerkt, was?« lachte der Händler. »Na wenn schon, ich schäme mich nicht deswegen. Außerdem bekenne ich mich nur dazu, ein Farmer zu sein, alles andere ist mir egal.«

Der Mann starrte ihn an. »Wenn Sie Farmer sind, warum sind Sie dann nicht auf Ihrem Land?«

»Ich hab's vor acht Jahren aufgegeben«, antwortete der Händler. »Man könnte sagen, ich habe mich aufs Altenteil zurückgezogen, was aber nicht ganz stimmt. Tatsächlich bastele ich an meiner zweiten Karriere.«

Der Farmer hob den Blick und vergewisserte sich, daß seine Sippe wie abgesprochen Stellung bezogen hatte. Dann suchte er rasch den Horizont nach möglicher Imperialer Verstärkung ab. »Tatsächlich?«

Der Händler hörte genau, wie ihm der Tod ins Ohr flüsterte.

»Ja«, antwortete er jedoch unbeeindruckt. »Tatsächlich. Ich verkaufe jetzt besondere Mittelchen zum Düngen. Meine eigene Erfindung. Vielleicht sind Sie ja an dem einen oder anderen interessiert.«

Er zog ein schon oft benutztes Taschentuch hervor und schneuzte sich ausgiebig. Dann betrachtete er wieder die Kohlfelder. In der Ferne fielen ihm einige geschwärzte Hügel ins Auge; es mußte sich um eine der vielen Tahn-Farmen handeln, die von marodierenden Imperialen Siedlern heimgesucht worden war.

»An der Dürre kann ich nicht viel ändern, aber eins von meinen Kerlchen würde garantiert den Gelbstich herauskriegen.«

»Mister«, sagte der Farmer, »Sie sind entweder ein verdammter Narr, oder –«

Der Händler lachte. »In meinem Alter habe ich mich schon daran gewöhnt, mit noch ganz anderen Bezeichnungen tituliert zu werden.«

»Hören Sie gut zu, alter Mann«, setzte der Farmer erneut an.

»Sie sind ein Imperialer. Wie können Sie es wagen, auch nur in die Nähe einer Tahn-Siedlung zu kommen?«

Der Händler schnaubte. »Ruhig, Mann. Sie reden von Politik. Ich habe mich in meinem ganzen Leben nicht um Politik gekümmert. Das einzige, was ich mit Politikern gemein habe, ist, daß ich etwas verkaufen will. Dabei ist mein Dünger garantiert nutzbringender als das Geschwafel der Politiker, und er bleibt einem auch nicht so an den Stiefeln hängen.«

Er drehte sich zur Ladefläche seines Gleiters um. Sofort gingen die Gewehrläufe hoch. Der Händler zog mehrere kleine Flaschen aus einem Karton. Eine davon streckte er dem Farmer mit unschuldiger Miene entgegen.

»Meine Visitenkarte«, sagte er.

Mißtrauisch langte der Tahn-Farmer über den Zaun, nahm die Flasche entgegen und warf einen Blick auf den seitlichen Aufdruck. Der Händler hielt den Zeitpunkt für gekommen, sich offiziell vorzustellen.

»Ian Mahoney«, sagte er. »Apfelschnaps und Düngemittel – beides erstklassige Ware … Na los, probieren Sie mal. Den habe ich selbst gebrannt. Ein bißchen kräftig vielleicht, aber seinen Zweck erfüllt er allemal.«

Der Farmer drehte den Deckel ab und roch daran. Dem Flaschenhals entwich der süße Geruch von Äpfeln, unterlegt vom scharfen Aroma des Alkohols.

»Es ist nichts Ernstes«, beschwichtigte Mahoney. »Vielleicht dreiundvierzig Prozent. Nehmen Sie ruhig einen Schluck.«

Der Farmer nippte daran und hielt den Atem an. Der Stoff war wirklich gut. Ohne zu zögern gluckerte er den Rest der Flasche hinunter.

»Das ist ein verdammt edler Apfelschnaps«, bestätigte er.

Mahoney schnaubte. »Da müßten Sie erst mal meinen Dünger

sehen. Nichts verdammtes Organisches drin, alles reine, wunderbar duftende Chemikalien. Ist hervorragend für die Pflanzen, und Sie müssen sich keine Sorgen darum machen, daß die Kinder Würmer kriegen – solange Sie sie vom Vieh fernhalten.«

Der Farmer lachte. Mahoney bemerkte, daß die Waffen langsam gesenkt wurden. Mit einiger Erleichterung sah er, daß der Tahn seine Kinder mit freundlicher Geste heranwinkte.

»Sagen Sie mal, Mister«, fragte der Farmer. »Haben Sie vielleicht noch mehr von diesem Tröpfchen?«

»Klar doch.«

Nachdem er sich erneut geschneuzt, freundlich gegrinst und ausgiebig am Hintern gekratzt hatte, griff Major General Ian Mahoney, Kommandeur der 1. Imperialen Gardedivision, in den A-Grav-Gleiter, um den Jungs einen kräftigen Drink auszugeben.

Kapitel 15

Es war ein Landgasthof – groß, strahlend weiß, mit weißgetünchten Fachwerkbalken aus teurem Holz. Die A-Grav-Gleiter, die vor der Tür aufgereiht standen, waren alle ziemlich neu und viele, viele Credits wert. Über viele Kilometer im Umkreis erstreckte sich gepflegtes, üppiges Farmland. Draußen auf dem Schild stand der Name des Gasthofs: Imperial Arms Inn.

›Das paßt ja verdammt gut‹, dachte Mahoney, als er die Tür aufmachte.

Von drinnen drangen erregte Stimmen an sein Ohr.

»Diese verdammten Tahn-Säcke. Wenn's nach mir ginge, würde die Polizei eine Farm nach der anderen ausräuchern.«

»Die Polizei kannst du doch vergessen. Wir müssen uns selbst um unsere Angelegenheiten kümmern. Wenn man nicht mehr die Schlangen auf dem eigenen Hof töten darf ... Ich finde, es wäre am besten, wenn wir in einer Nacht alle gemeinsam losziehen, und dann –«

Alle Blicke richteten sich auf Mahoney, und in dem großen Raum wurde es plötzlich still wie in einer Kirche. Mahoney schneuzte sich automatisch in sein Taschentuch, wobei er sich innerlich dafür ohrfeigte, sich diese Angewohnheit ausgedacht zu haben, und schlenderte zum Tresen hinüber.

Dort schob er seinen massigen Körper auf einen Hocker. »Ein Bier mit Schuß, mein Freund«, sagte er zum Barkeeper.

Ringsherum wurde jedem seiner Worte aufmerksam gelauscht. Der Wirt füllte ein Glas und stellte es vor ihn. Eine Sekunde später stand ein Schnapsglas daneben.

»Auf der Durchreise?« fragte der Wirt betont beiläufig.

»Genau«, antwortete Mahoney. »Aber heute besonders langsam. Ich hab einen höllischen Kater.«

Er nahm einen kleinen Schluck Bier und spülte ihn mit dem Schnaps hinunter. Sofort füllte der Wirt nach.

»Zuviel gefeiert, was?«

»Wenn Sie wüßten«, stöhnte Mahoney. »Es war draußen, bei den McGregors, gestern abend. Sie müßten das Anwesen eigentlich kennen, vielleicht dreißig Kilometer von hier entfernt.«

Der Wirt nickte, und mit ihm der ganze Raum. Natürlich kannten sie die McGregors.

»Sie haben gerade ihr letztes Kind verheiratet«, sagte Mahoney. Damit sagte er den Leuten im Inn absolut nichts Neues. »Ich bin gerade richtig zum großen Fest aufgekreuzt und habe tierisch mit diesen guten Leutchen gefeiert. Sie überredeten mich, bei ihnen zu bleiben und füllten mich randvoll mit Essen und Trinken ab.« Er schnaubte durch seine zusehends roter werdende Nase. »Natürlich mußten sie mich nicht sehr dazu zwingen.«

Mahoney spürte, wie die Spannung im Raum nachließ. Einen Augenblick später setzte das allgemeine Gemurmel und Gebrabbel wieder ein. Der Wirt spendierte ihm sogar den nächsten Schnaps. Mahoney nippte daran und blickte sich im Schankraum um; ein freundliches Gesicht, das nach Gesellschaft Ausschau hielt.

Ein gutgekleideter, wohlgenährter Mann kam mit seinem Glas in der Hand auf Mahoney zu und setzte sich neben ihn.

»Sie sehen mir ganz nach einem Händler aus«, sagte er.

Mahoney lachte. »Oh je, verändert das einen so schnell? Dabei habe ich zwei Drittel meines Lebens in der Landwirtschaft verbracht. Aber jetzt bin ich sowas wie ein Händler, da haben Sie recht.«

»Was meinen Sie mit ›sowas‹?«

Mahoney wurde mit dem Mann sofort warm und fing an, Flugblätter und Broschüren hervorzukramen.

»Ich mache in Düngerpflanzen«, sagte er. »Schauen Sie sich nur diese Kerle an. Klein und preiswert; damit erzielen Sie überall die besten Ergebnisse, angefangen bei Ihrem Kräutergarten bis hin zu einer ausgewachsenen Farm.«

Sein Gegenüber schien ernsthaft daran interessiert zu sein. »Könnte gut sein, daß wir von dem Zeug etwas gebrauchen ! önnen.«

Mahoney schaute ihn durch seine buschigen Altmänneraugenbrauen mißtrauisch an. »Ich will Ihnen nicht zu nahe treten, aber wie ein Farmer kommen Sie mir nicht gerade vor.«

»Keine Ursache«, entgegnete der Mann. »Ich bin Eisenwarenhändler. Zweiunddreißig Filialen, und wir expandieren weiter.«

»Dann sind Sie ja ein Glückstreffer. Ich erzähl Ihnen mal was von meinen kleinen Kerlchen.« Mahoney führte jetzt seine, wie er sie nannte, Tanzbärennummer auf. Sie dauerte fast eine ganze Stunde und mehrere Drinks. Mittlerweile hatten sich auch andere Männer der Unterhaltung angeschlossen, und schon bald verteilte Mahoney mehrere seiner hochprozentigen Visitenkarten.

Seine Mission in den Randwelten hatte ihn bis jetzt auf elf oder zwölf Planeten in fast ebenso vielen Sonnensystemen geführt. Seine Tarngeschichte war genau auf sie abgestimmt. Momentan zog er über den Hauptplaneten des Imperiums in den Randwelten: Cavite.

Mahoney gab sich als ältlicher Farmer aus, der den Großteil seines Lebens auf einem der wichtigsten Agrarplaneten ein ansehnliches Gut bewirtschaftet hatte. Außerdem war er ein eingefleischter Bastler, der ständig kleine Sachen erfand, um damit die Probleme zu lösen, die ihn täglich ärgerten.

Dünger gehörte zu seinen ganz großen Favoriten. Mahoney konnte eine ganze Stunde lang über die miese Qualität und die überzogenen Preise der handelsüblichen Düngemittel herziehen – was er auch regelmäßig tat, oft zum Mißfallen zufällig anwesender Gäste, die in Ruhe zu Abend essen wollten. Jedenfalls hatte der Farmer Mahoney diese wunderbare kleine Düngepflanze entwickelt und fast sein gesamtes eigenes Geld in die Gründung einer kleinen Firma gesteckt.

Momentan zog er als sein eigener Vertreter durch die Gebiete, in denen viel Landwirtschaft betrieben wurde, um seine Ware bekannt zu machen. Die Tatsache, daß er niemanden direkt um Geld anging, sondern nur wissen wollte, ob nicht einer seiner Verkäufer in einem Monat oder so vorbeikommen könnte, löste sogar das Mißtrauen der sonst übertrieben feindselig gesinnten Siedler der Randwelten.

Mahoney fand, daß auch sein selbstgebrannter Apfelschnaps gut ankam, ebenso wie sein Altmännergeplauder, sein Wissen um landwirtschaftliche Kleinigkeiten und seine Fähigkeit, so gut wie jeden Zuhörer zu langweilen. Das einzige, was er bedauerte, war das Schneuzen und Schnauben, das er sich eigens für seinen Auftritt zugelegt hatte. Inzwischen konnte er schon nicht mehr damit aufhören und machte sich ernsthaft Sorgen, ob er sich diese hausgemachte Angewohnheit jemals wieder abgewöhnen konnte. Außerdem machte es ihm zu schaffen, daß seine Nase durch das ständige Schneuzen immer roter wurde.

»Klingt ja vielversprechend«, meinte der Eisenwarenhändler. »Haben Sie wegen der Lizenz keine Probleme mit der Regierung bekommen?«

Mahoney schnaubte ganz besonders widerlich. »Lizenz? Regierung? Halten Sie mich für einen solchen Idioten? Ich habe mein ganzes Leben lang mit der Regierung Geschäfte gemacht. Die würden doch alles tun, um eine Farm in den Ruin zu treiben, das können Sie mir glauben.«

Die ringsum versammelten Farmer murmelten zustimmend.

»Außerdem habe ich vielleicht noch gute dreißig Jahre zu leben. Bis ich dieses ganze Lizenz-Gedöns hinter mir habe, bin ich schon lange tot.«

Eine uralte, aber unwiderlegbare Logik.

»Wie sieht es mit dem Versand aus? Steht da nicht Ärger ins Haus?«

»Na, momentan habe ich mit dem Versand noch nichts zu tun. Momentan lerne ich nur möglichst viele Leute kennen und zeige ihnen, was ich zu bieten habe. Wie kommen Sie darauf? Glauben Sie, es könnte in dieser Gegend Ärger geben?«

»Aber bombensicher!« platzte es aus dem Eisenwarenhändler heraus. »Ich habe hier überall noch Außenstände, bares Geld, das mir selbst wieder fehlt. Und wenn diese Tahn-Geschichten noch lange dauern, gehe ich früher oder später pleite.«

Dann gab er sich einer langen Litanei von Beschwerden hin, die von der langsam wachsenden Zuhörerschaft ständig ergänzt und kommentiert wurden. Mittendrin saß Mahoney.

Sie erzählten ihm alles über die hinterlistigen, faulen Tahn, sie berichteten von den Überfällen auf ihr Land und von den Gegenangriffen. Sie erzählten von einer beinahe gelähmten Wirtschaft und von den unfähigen Polizisten und noch unfähigeren Imperialen Garnisonstruppen.

Sie führten ihre Verdächtigungen noch weiter aus: geheimnisvolle Lichter über den Enklaven der Tahn, überall gehortete Waffen und heimlich eingeschleuste professionelle Tahn-Truppen, die ihre dreckigen Genossen unterstützten.

Die Imperialen Siedler waren natürlich völlig unschuldig. Sie hatten zu hart geschuftet, um sich jetzt alles wegnehmen zu lassen. Jeder in der Kneipe hatte sein persönliches Opfer gebracht, viele sogar von den eigenen bescheidenen Ersparnissen Waffen gekauft, um ihre Farmen und das Eigentum des Imperiums zu schützen.

Mahoneys Gesicht verzog sich bei dem Gehörten, und seine Zustimmung wurde immer grimmiger. Er unterbrach seine Gesprächspartner nur selten, es sei denn, um sich zu schneuzen, oder um noch eine weitere Runde zu schmeißen.

Als die Nacht sich ihrem Ende zuneigte, hätte er mit seinem Bericht einen ganzen Ordner füllen können.

Ihm wurde auch allmählich klar, daß es mit dem Mercury Corps schlimmer stand, als er es dem Imperator berichtet hatte. Das, was er bislang vor Ort in Erfahrung gebracht hatte, besagte das genaue Gegenteil dessen, was dem Imperator als Information des Geheimdienstes vorlag. Das Corps war in den Randwelten aufgeweicht, korrumpiert und zerschlagen worden.

Das reichte völlig aus, um selbst einen guten Iren dazu zu bringen, sich das Saufen abzugewöhnen.

Kapitel 16

»... und dann sagten wir diesem Imperialen Stück Dreck, es kann sich seine Steuern dorthin schieben, wo keine Sterne scheinen, und daß er sich nie mehr auf unserem Land blicken lassen soll.«

Die korpulente Tahn-Frau stieß bei Mahoneys Geschichte ein heulendes Lachen aus und klopfte ihm auf den Rücken.

»Genau so muß man mit denen umspringen«, sagte sie. Dann stieß sie heftig vom Bier auf und blickte in die Nacht hinaus. »Fahren Sie dort hinein.«

Mahoney folgte ihren Anweisungen und kam schon bald auf einer Hügelkuppe an. Direkt vor ihm leuchtete die Gemeinschaftsfarm der Tahn, der seine Begleiterin vorstand. Mahoney hatte sie in der Kneipe im nahegelegenen Ort getroffen. Frehda war eine üppige Frau mittleren Alters, die die meiste Zeit ihres Lebens damit verbracht hatte, die Angelegenheiten der ausgedehnten Tahn-Enklave zu regeln. Bei unglaublichen Mengen Bier, die mit einem Dutzend Fläschchen Apfelschnaps hinuntergespült wurden, hatten sie rasch Freundschaft geschlossen.

Mahoney hatte die Einladung, einige Tage in ihrer Enklave zu verbringen, sofort angenommen, »um mal mit eigenen Augen zu sehen, wie wir uns hier so durchschlagen«. Sie versicherte ihm, daß es überaus lehrreich für ihn werden würde. Mahoney glaubte ihr, wenn auch aus anderen Gründen; fein gestreute Gerüchte und Kneipengerede hatten ihn in diese Richtung geführt.

Sogar in der Nacht bot die Enklave ein sehr eindrucksvolles Bild. Als sie näherkamen, erkannte Mahoney mehrere große Stahlbaracken, die von einem offensichtlich recht ausgeklügelten Sicherheitssystem sowie einem widerlichen Rasierklingenzaun umgeben waren. Bevor sie die mit einem Tor versehene Einfahrt erreicht hatten, traten zwei schwerbewaffnete Tahn-Farmer aus dem Wachhäuschen.

Anstelle eines Grußes rief Frehda ihnen ein paar freundliche Obszönitäten zu.

»Wer ist dieser Kerl, Boß?« wollte einer von ihnen wissen.

»Ein Händler«, antwortete Frehda. »Ist schon in Ordnung. Der trinkt jeden unter den Tisch, mich vielleicht ausgenommen.«

Über diese Bemerkung wurde allseits gelacht, und Mahoney konnte sich denken, daß Frehda, neben anderen Dingen, für ihren Alkoholkonsum berühmt war. Er selbst hatte den ganzen Abend über insgeheim fast die Hälfte seines Vorrats an Ernüchterungspillen aufgebraucht, um wenigstens einigermaßen klar zu bleiben.

»Ich bringe ihn bei mir unter«, fuhr Frehda fort. »Vielleicht kann einer von euch ihn morgen früh mal herumführen und ihm alles zeigen.«

»Haben Sie besondere Wünsche für Ihren Rundgang, Mister?« erkundigte sich einer der Tahn, wobei Mahoney das unterschwellige Mißtrauen in seiner Stimme nicht entging. Frehda war zwar die Chefin, doch sie war viel zu betrunken, als daß man sich auf ihre Bürgschaft einem Fremden gegenüber verlassen konnte.

»Habt ihr hier auch Schweine?« wollte Mahoney wissen.

»Natürlich haben wir Schweine. Wofür halten Sie uns denn – für Tagelöhner?«

Mahoney schnaubte abfällig. »Keinesfalls«, erwiderte er. »Es ist nur so, daß ich Schweine mag. Hab sie mein Leben lang studiert. Ich könnte mehrere Bücher über Schweine schreiben.«

»Er kann sogar mit ihnen sprechen«, warf Frehda ein. »Er hat mir davon fast das Ohr abgequatscht, bis ich ihn endlich so betrunken gemacht hatte, daß er etwas anderes erzählte.«

Die beiden Wachtposten wurden etwas lockerer. Sie mußten wieder lachen und winkten den A-Grav-Gleiter durch.

Als Mahoney aufwachte, schien grelles Sonnenlicht durch das vergitterte Fenster in sein Zimmer. Von irgendwoher drangen mehrere militärisch knappe Rufe an sein Ohr. Sein Kopf pochte vom Exzess der vergangenen Nacht – er war einfach nicht von Frehda losgekommen und hatte noch stundenlang mit ihr gesoffen.

Wieder diese lauten Rufe. Sie hatten einen ganz besonderen Klang – wie Befehle? Mit einem automatischen Schnauben, das in seinen empfindlichen Schleimhäuten brannte, stieg Mahoney aus dem Bett und zog sich an. Mal sehen, Ian, was es da zu sehen gibt.

Mahoney warf einen ersten Blick auf Frehdas Teil des Wohngebäudes. Die erste Sache, die ihm auffiel, versetzte sogar ihn in Erstaunen.

Mehrere Männer trieben zwanzig oder mehr jugendliche Tahn durch eine Art Hindernisparcours. ›Hoppla, Mahoney. Hoppla, alter Knabe.‹ Er ging zu einem der Männer hinüber und sah zu, wie sich die Jungs und Mädchen abmühten. Sobald einer von ihnen zu langsam wurde oder sich irgendwo verfing, wurden sie von den Erwachsenen sofort mit lauten Befehlen zurechtgewiesen.

»Was veranstaltet ihr denn hier, mein Freund?«

Der Mann schaute ihn an. »Ach so, Sie sind dieser Händler, der bei Frehda wohnt, stimmt's?«

Mahoney schnaubte zustimmend.

»Um Ihre Frage zu beantworten, Mister: wir verpassen den Kids nur ein bißchen körperliche Ertüchtigung. Damit sie ihren Babyspeck abschwitzen.«

›Genau das hatte ich vermutet‹, dachte Mahoney.

»Gute Idee«, sagte er. »Heutzutage sind die Kinder manchmal wie die kleinen Teufel. Da muß man schon den Daumen draufhalten.«

Sein Blick fiel auf einen Jungen, der gerade über eine Rolle Stacheldraht hechtete.

»Was ist das denn für ein Apparat?« fragte er.

»Oh, das ist ein Igel. Ist ungefähr so hoch wie die Zäune hier bei uns.«

Mahoney mußte sich an den Hals fassen, damit er keinen verräterischen Kommentar dazu abgab. ›Aha, sowas nennt ihr also einen Igel, mein Freund?‹ Mahoney wußte genau, daß der Mann neben ihm kein armer Tahn-Farmgehilfe war. Er war vielmehr ein Berufssoldat, der vom Militär der Tahn hierher abkommandiert worden war, um junges Fleisch auf das sich abzeichnende Gemetzel vorzubereiten.

»Muß ja ziemlich höllisch brennen, wenn man sich da draufsetzt«, scherzte er und rieb sich den imaginären wunden Punkt am Hosenboden.

Der Mann fand das ziemlich lustig. »Zumindest gibt es einen Riß in der Hose.«

Die nächsten beiden Tage verbrachte Mahoney damit, sich die Farm in aller Ruhe anzusehen, eine Farm, die auch nach Imperialen Standards hervorragend geführt wurde; außerdem nutzte er jede Gelegenheit, sich mit den Leuten zu unterhalten und die gigantischen Portionen hinunterzuschlingen, die in der Gemeinschaftsküche ausgegeben wurden.

Abgesehen von dem ersten einwandfrei als Soldaten zu identifizierenden Ausbilder und möglicherweise einem oder zwei anderen, schienen alle Anwesenden hier auf der Farm das zu sein, was sie zu sein vorgaben. Er hatte es hier mit mehreren hundert hart arbeitenden Tahn-Farmern zu tun, die es leid waren, sich länger der ihnen von der Mehrheit der Imperialen Siedler aufgedrückten Armut zu beugen. Deshalb hatten sie ihre Fähigkeiten und Ersparnisse zusammengeworfen und versuchten nun, das Beste daraus zu machen.

Einigen Geschichten, die er am Tisch gehört hatte, entnahm er, daß ihr Erfolg beim Landadel der näheren und weiteren Umgebung und bei den reichen Imperialen Farmern nicht gerade Begeisterung ausgelöst hatte.

Mahoney verstand sehr gut, weshalb die Farmer so schnell die Dienste der infiltrierten Soldaten angenommen hatten. Sie hatten bereits zu viele, teilweise sehr üble Überfälle erleiden müssen. Ihren Kommentaren entnahm Mahoney auch, daß sie die gegenwärtige Situation nur als vorübergehende Maßnahme ansahen. Wenn sich die Dinge nicht in eine unvorhergesehene Richtung entwickelten, würde die Kommune früher oder später fallen. Mahoney hatte den Eindruck, daß die Soldaten den Farmern für diesen Fall rasche Unterstützung durch die Truppen des eigenen Imperiums versprachen. Eines Tages würden die Kriegsschiffe der Tahn vom Himmel herabstoßen, und dann würden sich die Siedler erheben und gemeinsam mit ihren Blutsverwandten zurückschlagen.

Mahoney wußte aus seinem reichhaltigen Erfahrungsschatz nur zu genau, daß all diese Kinder und ihre Väter und Mütter im Ernstfall von den Profis als blutiger Schild benutzt würden.

Hatte er es damals, zu seiner Zeit bei der Sektion Mantis, nicht ebenso gemacht?

Die Farmer hatten ihm einen Freibrief ausgestellt. Er durfte sich überall frei bewegen – mit einer Ausnahme. Jedesmal, wenn er sich diesem Ort näherte, wurde er weggescheucht. Ungefähr einen halben Kilometer von den Schweinepferchen entfernt stand ein hoher, ziemlich moderner – jedenfalls für die Maßstäbe der Randwelten – Getreidesilo. Er war zwar vorgefertigt, doch es war immer noch teuer genug, ein solches Ding hierher zu transportieren und aufzustellen.

Zuerst gab Mahoney vor, sich dafür zu interessieren, um in seiner Rolle zu bleiben. Dabei war ihm das Ding in Wirklichkeit herzlich egal.

»Ach das«, hatte einer seiner Fremdenführer gesagt. »Das ist bloß ein Silo. Sie haben bestimmt schon bessere gesehen. Die Kiste bereitet uns immer wieder neue Probleme. Aber das wird Sie nicht weiter interessieren. Ich zeige Ihnen lieber den Inkubator.

Jede Wette, daß Sie noch nie zuvor so viele Küken auf einmal durch die Schale brechen gesehen haben.«

Dabei war es keine Hühnerfarm. Das Geflügel wurde ausschließlich für den eigenen Verzehr aufgezogen, und aus diesem Grund war der Inkubator auch kaum eine Maschine, die das Auge eines alten Farmers sonderlich hätte erfreuen können.

Was also war an dem Silo dran? Mahoney sprach das Thema einige Male ganz unverfänglich an. Und jedesmal wurde das Thema rasch gewechselt. Da sagte er sich: ›Ian, jetzt ist es an der Zeit, daß du deinen irischen Arsch riskierst.‹

In der letzten Nacht seines Aufenthalts schlich er sich aus dem Haus, drückte sich zuerst am Hindernisparcours und dann am Grunzen der Schweine vorbei. Es war ein recht leichtes Unterfangen. Auf dem Weg zum Silo entdeckte er sogar einen der Soldaten, der schnarchend in seinem Versteck lag. Von wegen Disziplin.

Er machte einen Bogen um den Posten und war auch schon im Innern des Silos. Ein primitiver Schnüffler war die einzige Alarmanlage; er war schnell überbrückt, dann stand Mahoney nichts mehr im Wege.

Bis auf wenige Tonnen Getreide war der Silo verdächtig leer. Wenn man bedachte, daß die anderen Speicher auf dem Gelände fast aus den Nähten platzten, hätte man die Kapazitäten hier dringend gebrauchen können.

Selbst ein Mantis-Frischling hätte das Waffenversteck innerhalb weniger Minuten aufgespürt. Mahoney entdeckte es sofort, kaum daß er angefangen hatte, mit der Taschenlampe den Innenraum abzuleuchten.

In einer Ecke stand eine große kaputte Handpumpe. Getreide wurde nicht gepumpt, und das hier war wohl kaum der richtige Ort für eine Reparaturwerkstätte. Die Pumpe war ein uraltes Schrotteil; nur ein Fußgelenk glänzte frisch geschmiert. Mahoney zog und drückte ein bißchen daran herum, und schon mußte er zurückspringen, als sich ein Teil des Bodens zur Seite schob.

Unter der Pumpe tat sich ein Raum von beinahe der gleichen Grundfläche wie der Boden des Silos auf. In verschlossenen Schränken entlang der Wände standen sämtliche Waffen aufgereiht, die ein Soldat sich nur wünschen konnte. Ungefähr die Hälfte davon hätte von keinem Farmer dieser Kommune bedient werden können, jedenfalls nicht nach der Ausbildung, die ihnen hier zuteil wurde. Diese Sachen waren eindeutig für Profis gedacht.

Er hörte das leise Geräusch eines kleinen Nagetiers direkt links hinter sich. Nagetier? In einem modernen Silo?

Mahoney warf sich schräg nach hinten, da streifte ihn auch schon ein Hammerschlag am Schädel. Er machte eine halbe Rolle nach links, dann eine Rolle nach rechts und hörte das Knirschen von etwas sehr Schwerem und sehr Scharfem, das auf den Boden knallte.

Als er wieder auf die Füße kam, war es rings um ihn stockfinster. Er fingerte eine winzige Bester-Betäubungsgranate aus seiner Tasche hervor, warf sie in den Raum und ließ sich dann mit in den Armen vergrabenem Kopf zu Boden fallen. Seine Schultern spannten sich in Erwartung der Explosion; seine Hände wurden beinahe wie von einem Röntgenstrahl durchleuchtet.

Mahoney ließ einige bange Sekunden verstreichen, bevor er sich wieder aufrichtete. Benommen versuchte er sich zu erklären, was geschehen war.

Eine Bestergranate rief eine Zeitexplosion hervor, die die jüngsten Erinnerungen und das Gefühl für die kommenden Stunden völlig auslöschte. Soweit es Mahoney ermessen konnte, fehlten ihm nur wenige Sekunden.

Der Strahl seiner Taschenlampe fiel auf die dunkle Gestalt, die neben ihm zusammengesunken auf dem Boden lag. Richtig. Es war der Soldat, der im Dienst geschlafen hatte. Das Alarmsystem, das er außer Gefecht gesetzt hatte, war also nicht die einzige Warnvorrichtung gewesen.

Mahoney fand und entschärfte sie. Dann zog er seinen friedlich schlafenden Gegenspieler aus dem Silo heraus und verstaute ihn fürsorglich im Gebüsch, in das er gehörte. Schließlich schaltete er beide Alarmsysteme wieder ein und schlich in sein Zimmer zurück.

Am nächsten Tag verabschiedete er sich lautstark mit vielen freundlichen Worten und kräftigen Schneuzern von seinen neuen Tahn-Freunden, verteilte Geschenke und dort, wo es angebracht war, auch einige Küsse.

Dem verschlafenen Wächter schenkte er einige Flaschen Apfelschnaps extra, und der Mann strahlte ihn mit einem breiten Grinsen an, klopfte ihm auf den Rücken und forderte ihn auf, jederzeit vorbeizuschauen, sollte er mal wieder in die Gegend kommen.

Die Einladung war ehrlich gemeint.

Kapitel 17

»Ich wüßte schon, wie man Ihr Tahn-Problem lösen könnte«, sagte der Farmer. »Und dafür brauchen wir noch nicht einmal die verdammte Regierung!«

Der Farmer war ein eher kleiner Mann mit beachtlichem Hüftumfang und dicken, weichen Händen. Sein Anwesen war um vieles größer als die Gemeinschaftsfarm der Tahn, die Mahoney erst vor kurzem besichtigt hatte, und soweit er das beurteilen konnte, verbrachte dieser Farmer seine Zeit damit, Zahlen in den Computer einzugeben und sich mit seinen Bankiers herumzustreiten.

Mahoney hob interessiert die Augenbrauen. Er saß mit dem Mann, seiner rosawangigen Frau und ihrer beachtlichen Brut abscheulicher Kinder am Abendbrottisch. Eine dieser Rotzgören versuchte seine Aufmerksamkeit zu erwecken, indem sie mit einem vor Fett triefenden Löffel auf Mahoneys Ärmel klatschte.

»Sekunde noch, mein Sohn«, sagte Mahoney nachsichtig, »ich will nur rasch hören, was dein Vater zu erzählen hat.« Dabei dachte er: ›Wenn du mich noch einmal mit diesem Ding berührst, dreh ich dir den Hals rum, du kleines Ekel.‹

»Fahren Sie doch fort«, ermunterte er den Farmer. »Diese Angelegenheit geht uns schließlich alle an.«

»Allerdings«, erwiderte der Farmer. »Die Tahn sind weniger wert als der Dreck unter unseren Fingernägeln, und sie scheißen auf uns alle.«

»Ich bitte dich«, rief ihn seine Frau zur Ordnung. »Die Kinder.« Dann wandte sie sich an Mahoney. »Ich hoffe, Sie üben Nachsicht, was die Wortwahl meines Mannes angeht.«

Mahoney lächelte verständnisvoll. »Ich habe schon Schlimmeres gehört.«

»Ich auch«, kicherte die Frau. »Trotzdem ... Wenn Sie mit diesen Tahn leben müßten, würden Sie besser verstehen, warum sich mein Mann so erregt. Sie sind wirklich –« Sie beugte sich ein wenig zu Mahoney hinüber. »Anders, wissen Sie?«

»Kann ich mir vorstellen«, sagte Mahoney. Er lehnte sich mit einem Glas ihres guten Nach-dem-Essen-Portweins zurück, um den weiteren Ausführungen des Farmers zu diesem Thema zu lauschen. Sie reichten aus, um einem abgebrühten Tyrannen das Blut in den Adern gefrieren zu lassen.

Mahoney wußte inzwischen genau, was in seinem Bericht an den Ewigen Imperator stehen würde. Trotzdem waren seine Gefühle ganz eindeutig gespalten. Wer zum Beispiel waren die Guten, wer die Bösen?

»Oh, danke sehr«, sagte er erfreut. »Noch ein Glas Port wäre jetzt genau das richtige.«

Kapitel 18

Mit Stufe oder auch Phase zwei der Imperialen Fliegerschule fing die Ausbildung im Weltraum an. Sten und die anderen aus seinem Jahrgang, die jetzt alle, unabhängig von Geschlecht oder Lebensform, mit »Mister« angeredet wurden, fingen mit druckfest gemachten Rappelkisten an: Raumtaxis.

Lernen … du mußt es mit dem Bauch lernen … in welche Richtung Schub angewandt werden muß. Verstehen und spüren, wann man gegenzusteuern und abzubremsen hat. Lernen, wie man eine simple Flugbahn von Punkt A zu einem (nur auf dem Radar erfaßten) Punkt B berechnet. Und dann das ganze nochmal.

Kaum beherrschten sie die Grundbegriffe, durften sie echte Raumschiffe betreten. Die nächsten Tage und Wochen verbrachten sie damit – immer noch im All –, den Gebrauch des Yukawa- oder Sekundärantriebs zu lernen.

Sobald sie darin einigermaßen firm waren, wurden sie wieder mit Navigation gequält. Schließlich konnte ein Schiff mit AM$_2$-Antrieb seinen »Kurs« ohne mathematische Berechnungen niemals finden.

Trotz seiner Vorbehalte gegenüber Zahlen und Rechenaufgaben kam Sten ganz gut zurecht. Zwar hatte er noch immer hin und wieder einige Nachhilfestunden nötig, doch alles in allem lief es jetzt wesentlich besser.

Was ihm dabei zugute kam, das spürte Sten deutlich, war die Tatsache, daß er kein blutiger Rekrut mehr war. Während seiner Zeit bei Mantis hatte er so manchen Kampfeinsatz unter realen Bedingungen durchführen müssen, angefangen von Massenlandungen über Solo-Einsätze bis hin zu Schiffsgefechten im Raum.

In Stens Hinterkopf existierte eine enorme Datenbank an Erfahrungen, die es ihm erleichterte, einen Haufen abstrakter Zahlen in einen Asteroiden zu verwandeln, dessen Flugbahn er mit seinem Raumschiff keinesfalls an einem bestimmten Punkt kreuzen wollte. Andererseits fiel es ihm gerade aufgrund dieser Erfahrungen gelegentlich schwer, die Klappe zu halten.

Phase zwei der Pilotenausbildung unterschied sich von Phase eins insofern, daß die Ausbilder allesamt den Eindruck erweckten, als wollten sie sämtliche Kandidaten durchbringen. Trotzdem verlief auch diese Phase alles andere als perfekt.

Der taktische Unterricht war viel zu theoretisch und wurde von nur aufgrund der Mobilisierung eingezogenen Reservisten erteilt, die meist selbst noch keinen einzigen wirklichen Kampfeinsatz geflogen hatten.

Viel von dem, was sie im Unterricht hörten, war nach Stens Erfahrungen glatter Selbstmord. Dabei drängte sich die Frage nach den Lektionen auf, die er nicht überprüfen konnte – waren sie ebenso fehlerhaft?

Es war ein großer Streitpunkt in der theoretischen Ausbildung. Doch nur Bishop und Sten konnten wirklich über diesen Punkt diskutieren; mit den anderen verflachte die Diskussion ein ums andere Mal zur Debatte um den »am meisten gehaßten Ausbilder der Woche«.

Die Ausbildung schritt voran. Alle Teilnehmer wurden als zumindest »akzeptabel« für den Einsatz im All eingestuft.

Dann kam der wirklich harte Teil: Starts und Landungen, Manöver auf Planeten mit den unterschiedlichsten atmosphärischen Wetter- und Schwerkraftverhältnissen. Bis zu diesem Punkt waren noch einmal ein Dutzend Kadetten ausgesiebt worden; drei waren ums Leben gekommen.

Dann wurde es wirklich gefährlich.

Lotor hatte eine dumme Angewohnheit, die ihn das Leben kostete.

Als recht talentierter Pilot rangierte er deutlich über dem Klassendurchschnitt. Sein Versagen war, wie Sten später erfuhr, keinesfalls ungewöhnlich.

Lotor hielt seinen Flug immer dann für beendet, sobald er sein Schiff praktisch auf Landeposition gebracht hatte. Sh'aarl't hatte ihm ein ums andere Mal den alten Spruch vorgehalten, daß ein Flug erst dann vorbei ist, wenn der Pilot bei seinem zweiten Drink an der Bar sitzt.

Solange Schwerelosigkeit herrschte, konnte Lotors Nachlässigkeit kaum gefährliche Konsequenzen nach sich ziehen. Wahrscheinlich hätte er als Privatpilot oder sogar in der Handelsflotte mehrere Lebensspannen ohne Probleme fliegen können.

Das Imperium hingegen bildete seine Piloten für Extrem- und Notfälle aus.

Situation: Ein Einsatzteam soll auf einer nahezu atmosphärelosen Welt abgesetzt werden. Oberflächenanalyse: Silikatstaub, der in manchen Vertiefungen bis zu zwanzig Metern tief lag; in diesen Staubtümpeln ragten messerscharfe Gesteinsbrocken bis dicht unter die Oberfläche.

Anforderung: Das Einsatzteam sollte unauffällig abgesetzt werden; eine Landung mit Yukawa-Antrieb würde eine riesige Staubwolke aufwirbeln, die das Team sofort preisgeben würde. Außerdem sollte das Schiff keine Spuren im Staub hinterlassen.

Lösung: Das Schiff wurde ungefähr fünfzig Meter über der Oberfläche vertikal in der Luft gehalten, der Yukawa-Antrieb ausgeschaltet und nur noch mit den McLean-Generatoren manövriert. Dann mußte das Schiff einige Minuten wenige Zentimeter über der Oberfläche gehalten werden, bis das fiktive Einsatzteam abgesetzt war, und sich dann wieder entfernen.

Lotor erhielt die Situationsangaben vom Ausbilder, analysierte die Fakten und fand die richtige Lösung.

Die beiden befanden sich in einem mit dreieckigen Flügelstummeln ausgestatteten Leichten Einsatzschiff der *Connors*-Klasse. In der Flugausbildung wurde nicht nur jede erdenkliche Notsituation durchgespielt, sondern, was durchaus den wirklichen Anforderungen entsprach, auch mit ungewöhnlichen Fahrzeugen operiert. Sten konnte dem nur zustimmen; er hatte sich schon oft genug in Kampfsituationen befunden, in denen man dringend einen Schraubenschlüssel gebraucht hätte, aber im Notfall auch mit einer Zange zurechtkommen mußte.

Hier waren die ausgestellten Flügel der letzte Haken.

Lotor brachte die Schnauze des Schiffs nach oben und drosselte den Yukawa. Das Schiff sackte einen guten Meter nach unten, dann hatte er es mit den McLeans abgefangen. Er nahm den Schub zurück, und das Schiff sank langsam der staubigen Oberfläche entgegen.

Die Falle bei einem Antischwerkraft-Schirm besteht darin, daß ›unten‹ immer in Relation zum Generator gemeint ist und nichts damit zu tun hat, wo in Wirklichkeit ›unten‹ oder ›oben‹ war.

Das Schiff befand sich noch drei Meter über der Oberfläche und sank, Lotors Empfinden nach, weiter senkrecht nach unten. Als er tief genug war, muß er die Regler für die Generatoren einfach auf Null geschoben haben.

Das Schiff sackte noch einen Meter ab und berührte mit einer Flügelspitze einen der hervorstehenden Steinbrocken. Das Schiff fing an zu kippen.

Dem externen Flugschreiber zufolge riß der Ausbilder die McLean-Regler in genau dem Augenblick zurück, in dem Lotor aufgefallen sein mußte, daß etwas total schiefgelaufen war.

Lotor schaltete den Yukawa ein. Bis er vollen Schub hatte, befand sich das Schiff schon fast in der Horizontalen. In Verbindung mit dem McLean-Schub brachte die volle Antriebskraft das Schiff ins Trudeln.

Kleine Staubwirbelstürme verdeckten den Großteil des Endes. Die Kamera registrierte nur noch einen feurig roten Lichtblitz, der entstanden sein mußte, als die Kabine wie eine Konservendose aufgeschnitten wurde und die Atmosphäre des Schiffs explodierte.

Es dauerte fast einen ganzen Planetentag, bis sich der Staub wieder einigermaßen gelegt hatte. Bergungstrupps suchten so gut es ging nach den Leichen, doch weder von Lotor noch von seinem Ausbilder wurde jemals etwas gefunden.

Sten, Sh'aarl't und Bishop hielten in Eigenregie eine Totenwache ab und versuchten, alle Biere zu vertilgen, die Lotor vor seinem Tod nicht mehr geschafft hatte.

Kapitel 19

Es gab noch andere tödliche Unfälle in ihrer Klasse, einige davon durch Dummheit hervorgerufen, andere unvermeidbar. Sten wußte bereits, daß auch noch so viel Trauer seine Kameraden nicht mehr zurückbrachte. Das Leben – und die Fliegerschule – gingen weiter.

Die Unterkünfte bei der Imperialen Pilotenausbildung waren

nicht so luxuriös wie die psychologisch hinterhältigen Quartiere von Phase eins. Immerhin gab es die Möglichkeit, einen Kurzurlaub einzuschieben, und der Druck wurde immerhin soweit von den Kadetten genommen, daß etwas Zeit für Ablenkung und Entspannung übrigblieb – und für Unterhaltungen.

Ein sehr beliebtes Thema war: »Was geschieht als nächstes?« Stens Klassenkameraden waren fasziniert von diesem Thema. Natürlich war jeder einzelne davon überzeugt, seine Pilotenabzeichen zu bekommen.

Ganz besonders fasziniert waren sie von dem Unterthema: »Was geschieht als nächstes mit Sten?« Die meisten Kadetten waren entweder völlig unerfahrene Rekruten oder kamen aus den unteren Dienstgraden. Sten war einer der wenigen, der nicht nur schon vorher Offizier gewesen war, sondern sogar einer mit mittlerem Rang. Ihre Gespräche drehten sich darum, was die Raumflotte wohl mit einem ranghohen ehemaligen Armeeoffizier anstellen würde.

»Unser Sten sitzt in der Klemme«, befand Sh'aarl't. »Als Commander müßte er zumindest einen Zerstörer kommandieren. Andererseits sollte der Skipper eines Zerstörers ein ausgefuchster Flieger sein. Da hat unser Sten schlechte Karten.«

Anstelle einer Antwort packte Sten eine von Sh'aarl'ts Klauen und benutzte sie, um sein nächstes Bier zu öffnen.

»Es ist der reine Ehrgeiz«, warf Bishop ein. »Captain Sten hat irgendwo gehört, daß Admirale nach der Pensionierung bessere Jobs als ausgebrannte Infanteristen bekommen, und mit dieser traurigen Zukunft vor Augen mußte er einfach die Waffengattung wechseln.

Leider, leider muß ich Ihnen eine völlig andere Zukunft prophezeien, Sir. Sie werden zum einzigen flugerfahrenen Kindergartenoffizier des ganzen Imperiums befördert.«

Sten blies den Schaum von seinem Bier. »Redet nur weiter, ihr beiden. Ich war schon immer der Ansicht, daß die unteren Offiziersränge ihre Meinung frei kundtun dürfen.

Aber merkt euch ... am Tag der Beförderung möchte ich euch formvollendet vor mir salutieren sehen. Mit allen acht Beinen!«

Sten machte die Erfahrung, daß er über eine Fähigkeit verfügte, von der er bislang nichts gewußt hatte, obwohl ihm schon damals bei Mantis aufgefallen war, daß Ida, die Pilotin seines Teams, viel davon haben mußte. Diese Fähigkeit könnte man als eine Art mechanisch-räumliches Bewußtsein umschreiben. Die gleiche unbewußte Wahrnehmung, die Sten beim Gehen davor bewahrte, gegen Tische zu stoßen, dehnte sich auch auf die Raumschiffe aus, die er fliegen lernte. Er fühlte instinktiv, wo die Schnauze des Schiffs war und wie weit sich die Tragflächen, falls es welche gab, nach links und rechts oder oben und unten erstreckten.

Weder beim Start noch bei der Landung schrammte Sten an den Seitenbegrenzungen eines Landeschachts entlang. Es kam jedoch der Tag, an dem er erfahren mußte, daß auch seiner gerade erst entdeckten Fähigkeit definitiv Grenzen gesetzt waren.

Die Klasse lernte seit einiger Zeit, schwere Sturmtransporter zu fliegen, die Ungetüme, die bei Planetenangriffen die Kapselkatapulte vor Ort brachten.

Ästhetisch betrachtet, sah ein Transporter wie ein Handelsschiff mit geschwollenem Hinterteil aus. Sten haßte das Monstrum. Auch die Tatsache, daß die Kommandobrücke im Mittelteil des Schiffs vergraben war, machte die Sache nicht besser. Doch Sten unterdrückte seinen Abscheu und manövrierte den Schleppkahn gehorsam durch die Gegend.

Am Ende des Tages mußten die Kadetten ihre Schiffe andocken. Der Vorgang war sehr einfach: das Schiff mittels Antigrav in der Schwebe halten, den Yukawa auf Umkehrschub stellen und den Transporter in einen entsprechend monströsen Hangar schieben. Die Monitore für den rückwärtigen Ausblick waren mehr als ausreichend, und ein automatisches Lichtsignal markierte überdeutlich die Mitte des Hangars.

Trotzdem verlor Sten irgendwie die Orientierung – und das Imperium einen Hangar.

Der Transporter bohrte sich langsam und majestätisch in eine der Seitenwände; nicht minder majestätisch senkte sich das Hangardach auf den Transporter herunter.

Der schwergepanzerte Transporter nahm keinen Schaden. Doch Sten mußte, während draußen die Überreste des Hangars eingesammelt wurden, sechs Stunden im Schiff verweilen und sich einen langen Vortrag des Fluglehrers hinsichtlich seiner fliegerischen Qualitäten anhören.

Und seine Kameraden sorgten dafür, daß es noch sehr lange Zeit dauerte, bis Sten dieses peinliche Vorkommnis vergessen durfte.

Kapitel 20

Die kleinen, brutalen taktischen Einsatzschiffe hingegen waren ganz nach Stens Geschmack. Damit bekannte er sich definitiv zu einer Minderheit.

Die Einsatzschiffe, deren Besatzung zwischen einem und zwanzig Mann schwanken konnte, waren Allzweckfahrzeuge, die sowohl zu Kurzstreckenerkundungen, überraschenden Einzelangriffen und Bodenattacken sowie im Rahmen größerer

Einsätze als Vorhut der Flotte eingesetzt wurden – also genau für die Art von Einsätzen, mit denen Sten sich bestens auskannte.

Was nicht unbedingt seine Vorliebe für diese Schiffe rechtfertigte. Ihre Antriebe waren überdimensioniert und die Schiffe selbst unwahrscheinlich wendige, schon beinahe launische Waffenplattformen.

Man konnte Schiffe unter höchst unterschiedlichen Gesichtspunkten entwerfen, doch meistens mußte man an irgendeiner Stelle Kompromisse eingehen. Da bei den taktischen Einsatzschiffen hinsichtlich Geschwindigkeit, Wendigkeit und Feuerkraft keine Kompromisse gemacht worden waren, hieß das im gleichen Atemzug, daß so etwas wie Komfort und Panzerung praktisch nicht existierte.

Am liebsten tauchte Sten mit einem Schiff in die Atmosphäre ein. Dann tanzten Hände und Füße über die Armaturen, während er von AM_2 auf Yukawa umschaltete und das Schiff im kreischenden Sturzflug so dicht an die Oberfläche brachte, daß sie auf ihn zuzurasen schien, es dann abfing und nach elektronischen Horizonten so dicht über den Boden rauschen ließ, daß er ihn fast berührte.

Sten hatte auch viel Spaß daran, sich mit seinem kleinen Schiff irgendwo im All zu verstecken und sich ohne entdeckt zu werden an ein gigantisches Schlachtschiff heranzuschleichen, auf den FEUER-Knopf zu drücken und auf dem Monitor zu verfolgen, wie das Ungetüm aufgrund der Berechnungen des Simulators »explodierte«.

Es bereitete ihm größtes Vergnügen, ein Einsatzschiff in so gut wie jedes Versteck manövrieren zu können und sich dort vor einer Flotte suchender Zerstörer zu verstecken.

Seine Klassenkameraden fanden hingegen, daß diese Beschäftigung, abgesehen davon, daß sie jede Menge Spaß machte, gleichzeitig eine hervorragende Methode sei, eine sehr kurze – wenn auch unzweifelhaft heldenhafte – militärische Karriere einzuschlagen.

»Was glaubst du denn, warum ich mich zur Pilotenausbildung gemeldet habe?« fragte Bishop Sten. »Bei der dritten Landung, die ich mit der Garde gemacht habe, war ich überzeugt davon, daß mich diese Idioten umbringen wollten. Ich meine damit die Idioten auf *meiner* Seite. Du hast das wohl noch immer nicht kapiert, Commander. Kein Wunder, daß sie dich zum Offizier gemacht haben.«

Sten liebte die Einsatzschiffe wohl allzu sehr. Wenige Wochen vor der Abschlußprüfung wurde er vom Kommandeur der Schule und einem halben Dutzend der ranghöchsten Ausbilder zu einem Gespräch gebeten. Ungefähr in der Mitte des Gesprächs dämmerte es Sten, daß sie daran interessiert waren, ihn als Ausbilder zu gewinnen.

Sten wurde fast schlecht. An einem Job in der Etappe war er ungefähr so sehr interessiert wie an einer Genitaltransplantation. Außerdem kam ihm das Dasein als Ausbilder viel zu gefährlich vor, zwischen all den Reservisten, alten Kommißköppen und unerfahrenen Kandidaten. Es sah jedoch nicht danach aus, als würde man Sten nach seiner Meinung fragen.

Wenigstens diesmal bedauerten Sh'aarl't und Bishop Sten aufrichtig, anstatt ihn aufzuziehen. Als Ausbilder zu enden, war ein Schicksal, das in etwa der völligen Vernichtung gleichkam.

Stens Befürchtungen bewahrheiteten sich. Man hatte ihn ausgesucht, als Ausbilder an der Pilotenschule zu bleiben. Die entsprechenden Befehle waren sogar schon an die Personalabteilung der Flotte weitergegeben worden.

Bevor sie Sten selbst übermittelt werden konnten, wurden sie jedoch widerrufen und durch andere, sehr genaue Anweisungen ersetzt. Wie das entsprechende Fax, das dem Kommandeur der Schule zugestellt wurde, andeutete, kamen diese neuen Anweisungen »von allerhöchster Stelle«.

Der Kommandeur reichte seinen Protest dagegen ein – bis ihm jemand steckte, daß diese »allerhöchste Stelle« auf der Erstwelt angesiedelt war.

Der größte Unterschied zwischen dem Heer und der Flotte bestand laut Stens Befund darin, daß es bei der Flotte wesentlich höflicher zuging.

Befehle beim Heer stießen dem Rekruten rüde Bescheid, was er wann und wo zu tun hatte oder nicht zu tun hatte.

Bei der Flotte hingegen ...

Sie, Commander Sten, werden zur großen Freude des Ewigen Imperators als Befehlshaber der taktischen Einsatzdivision Y47L, die zur Zeit im Imperialen Raumhafen Soward liegt, bestimmt.

Außerdem ergeht an Sie der Wunsch und der Befehl, mit der taktischen Division Y47L eine Reihe von Aufgaben auszuführen, die Sie in die Gegend des Caltor-Systems führen werden.

Sie melden sich bitte bei Ihrem kommandierenden Flottenadmiral X. R. van Doorman, 23. Flotte.

Detailliertere Informationen gehen Ihnen zu einem späteren Zeitpunkt zu.

Gerettet. Gerettet von einem Gott, der viele Namen trägt.

Sten brauchte nicht lange, bis er herausgefunden hatte, daß das Caltor-System zu den Randwelten gehörte und er somit sehr dicht an die Tahn und an den Brennpunkt des Geschehens verfrachtet wurde. Vor lauter Freude machte er einen Luftsprung und suchte sofort seine Freunde auf.

Sh'aarl't mußte er auf jeden Fall küssen.

Ach was, er fühlte sich so gut, daß er sogar Bishop küssen würde.

Der Abschluß der Phase zwei unterschied sich wesentlich vom letzten Tag der Vorauswahl.

Die Absolventen warfen den Hauptausbilder in den Springbrunnen auf dem Schulgelände, und als der Schulleiter milden Protest anmeldete, flog er gleich hinterher.

Die beiden Offiziere saßen bis zur Brust im lilagefärbten Wasser und betrachteten gelassen das ausgelassene Treiben um sich herum. Schließlich wandte sich der Schulleiter an seinen Ausbilder und sagte: »Nach all den Jahren hofft man doch immer wieder, daß sie sich etwas Originelleres einfallen lassen, als uns einfach in den Brunnen zu werfen.«

Der Hauptausbilder war noch dabei, seine Mütze auszuwringen und ersparte sich eine Antwort.

Sh'aarl't, Bishop und Sten verabschiedeten sich überschwenglich, versprachen, einander zu schreiben, sich mindestens einmal im Jahr zu treffen und den ganzen restlichen Schamott, den sich Leute ständig versprechen und dann doch nie einhalten.

Sh'aarl't wartete noch immer auf ihren Befehl. Bishops Order entsprach völlig seinen Wünschen: er sollte einen unbewaffneten Transporter quer durch die Galaxis von einem unbekannten und deshalb friedlichen System zum anderen bringen.

Sten fragte sich, ob er jemals einen von ihnen wiedersehen würde.

Kapitel 21

Als Lady Atago ihr Kommando vom Schlachtschiff *Forez* auf die unendlich kleinere *Zhenya* verlegte, geschah das ohne jeden Pomp und ohne einen Anflug von zeremonieller Übergabe.

Admiral Deska hatte einen Großteil seiner militärischen Karriere mit der Beobachtung seiner Vorgesetzten zugebracht. Der Prunk und die übertriebene Zurschaustellung militärischer Ehrenbezeigungen waren ihr zuwider. Ihr genügte es vollauf, wenn das, was sie verlangte, ohne Zögern ausgeführt wurde. Ging man dabei jedoch allzu übereifrig vor, machte sie das ebenfalls mißtrauisch.

Die *Zhenya* und ihre Schwesternschiffe waren, was ihre Größe nicht vermuten ließ, für die Verhältnisse der Tahn kleine technische Wunderwerke. Die Entwicklung und Herstellung dieser Schiffe hätte selbst die Verantwortlichen der Imperialen Raumflotte einen beträchtlichen Prozentsatz ihres Budgets gekostet.

Die *Zhenya* war für einen Minenkrieg der ausgeklügeltsten Art entworfen worden, eine Art von Kriegsführung, der die Imperiale Flotte bislang nur wenig Aufmerksamkeit gewidmet hatte. Es war schon sehr lange her, seit das Imperium zum letztenmal gegen einen in etwa gleichwertigen Gegner angetreten war. Selbst bei den barbarischen Mueller-Kriegen hatte es sich um einen vergleichsweise begrenzten Aufstand gehandelt. Minen setzte man normalerweise im Positionskrieg ein, entweder um dem Feind bestimmte Passagen zu blockieren oder um die eigenen Positionen stationär abzusichern. Außerdem verwendete man gelegentlich Minen, um feindliche Schiffsrouten unbefahrbar zu machen. Die Flottenstrategen des Imperiums hielten Minen schon lange für nicht mehr zeitgemäß.

Der andere Grund für das mangelnde Interesse der Imperialen Raumflotte an einer Kriegsführung mit Minen lag in ihrem wenig abenteuerlichen Aspekt. Eine Mine war ein schwerer Metallbrocken, der einfach untätig vor sich hinexistierte, bis etwas dagegenraste und sie zur Explosion brachte, was im Normalfall erst lange, nachdem die Minenleger die Region aufgegeben hatten, geschah. Minenleger trugen keine langen weißen Halstücher und erhielten auch keine Medaillen, obwohl der Einsatz von Minen – ob zu Lande, im Wasser oder im All – zu den zuverlässigsten und kosteneffizientesten Methoden gehörte, den Feind zu vernichten.

Ruhm und Glanz spielten für die Tahn keine große Rolle; sie wollten den Krieg gewinnen, egal wie. Die *Zhenya* war einer der Schlüssel für ihre Zukunft.

Die *Zhenya* konnte mit unglaublicher Geschwindigkeit hochentwickelte Minen auslegen. Im Grunde war jede dieser Minen ein Atomtorpedo, der von jedem Schiff in seiner mittelbaren Nachbarschaft in Alarmbereitschaft versetzt wurde. Setzte ein »befreundetes« Schiff den entsprechenden Code auf einer Freund/Feind-Frequenz ab, las die Mine den Code und ignorierte das Schiff. Auf ein Schiff des Feindes beziehungsweise jedes Schiff, das diesen Code nicht absetzte, reagierte die Mine ganz anders. Sie und mit ihr alle anderen Minen, die sich in unmittelbarer Nachbarschaft befanden, wurden aktiviert und schossen auf den Feind zu. In einem Raumsektor, in dem mehrere tausend Minen ausgesetzt waren, wäre sogar ein Imperiales Schlachtschiff früher oder später dem Untergang geweiht.

Die Tahn hatten noch ein anderes Problem gelöst. Die Kriegsführung im All war selbst dort, wo die Fronten einigermaßen klar verliefen, überaus mobil, und ihre Bedingungen änderten sich rasend schnell. Durch das eigene Minenfeld hindurch anzugreifen oder die Flucht anzutreten konnte tödlich sein, selbst wenn die

Minen das nahende Schiff als Freund identifiziert hatten; auch eine passive Mine war ein ziemlicher Brocken, mit dem man nach Möglichkeit nicht unbedingt mit hoher Geschwindigkeit kollidieren wollte. Und wenn sich die Erfordernisse der Schlacht änderten, mußte das Minenfeld möglicherweise zurückgelassen werden, denn es war überaus zeitaufwendig, ein Minenfeld wieder zu säubern und die Minen zu deaktivieren.

Die *Zhenya* konnte Minen fast so schnell einsammeln und deaktivieren, wie sie sie aussetzte. Damit war die faszinierende Möglichkeit geschaffen, den Sektor, in dem der Feind zum Kampf gezwungen werden sollte, nach den eigenen Vorstellungen zu definieren und neu zu gestalten – jedenfalls in der Theorie.

Den Schiffen der *Zhenya*-Klasse stand ihre Bewährungsprobe noch bevor. In der Hast, mit der die Tahn die neuen Schiffe der Flotte zugeteilt hatten, waren viele Ausfälle produziert worden – und jeder Fehler resultierte im Tod der gesamten Besatzung.

Deska war jedoch zuversichtlich, daß sämtliche Probleme, die *Zhenya* und ihre Schwesternschiffe betreffend, inzwischen aus der Welt geschafft waren; seine Zuversicht ging jedoch nicht so weit, ohne Not das Leben der Lady Atago aufs Spiel zu setzen. Als er ihr gegenüber seine Bedenken äußerte, hörte sie ihm mit offenkundigem Interesse zu. Dann überlegte sie einen Augenblick.

»Lassen Sie die Besatzung antreten«, sagte sie schließlich.

Obwohl die Besatzung recht klein war, wurde die Offiziersmesse der *Zhenya* rasch sehr voll. Lady Atago wartete, bis sich alle versammelt hatten. Dann ergriff sie das Wort.

»Unsere Aufgabe besteht darin, den Wert und den Nutzen der *Zhenya* unter Beweis zu stellen«, sagte sie. »Von unserem Erfolg hängt sehr viel ab. Das ist Ihnen hoffentlich allen klar?«

Keiner sagte ein Wort. Ihre Zuhörer wagten kaum zu atmen. Trotzdem steigerte sich ihre Aufmerksamkeit noch.

»Die bisherigen Versuche sind sehr enttäuschend verlaufen«, fuhr sie fort. »Deshalb bin ich auch hier bei Ihnen. Wenn Sie sterben, sterbe ich mit Ihnen. Es ist erforderlich, daß jeder einzelne von Ihnen seine Aufgabe mit höchstem Einsatz erledigt.«

Sie ließ einen Blick aus ihren unverändert ausdruckslosen Augen durch den Raum streifen.

»Es versteht sich von selbst«, fügte sie mit schneidender Befehlsstimme hinzu, »daß es für alle Anwesenden im Falle eines Fehlschlags besser ist, nicht unter den wenigen Überlebenden zu sein.«

Sie senkte den Blick und wischte einen Krümel von dem sonst fleckenlosen Tisch, der vor ihr stand. Die Besatzung war entlassen.

Das ferngesteuerte Einsatzschiff kam mit unverminderter Geschwindigkeit auf die *Zhenya* zu. Zwischen dem Dummy und dem Minenleger hing eine Wolke neu entwickelter Minen im Raum. Lady Atago stand hinter dem Kontrollmonitor für die Minen und schaute aufmerksam zu.

»Meldung!«

»Alle Minen haben das herankommende Schiff als freundlich identifiziert.«

»Ändern Sie den Code.«

Auf der Stirn eines Techs bildeten sich dicke Schweißperlen. Bisher hatten sich die meisten Unfälle in genau dieser Situation ereignet. Zu oft schon hatte sich die Mine nach der Änderung des FF-Codes geweigert, das plötzlich nicht mehr freundlich gesinnte Schiff anzugreifen – oder sich auf jedes erreichbare Schiff gestürzt, einschließlich des Minenlegers.

Diesmal hatten die Instrumente kaum Zeit, den veränderten Status anzuzeigen und zu registrieren, daß die Mine ein feindliches Schiff meldete, da setzten sich auch schon sechs Minen-Torpedos in Bewegung.

Das Pseudo-Einsatzschiff feuerte seinerseits mit Antischiff-Raketen zurück. Zwei der Minen wurden unterwegs zur Explosion gebracht.

Die dritte Mine erwischte den Dummy und riß seine Außenwand auf. Noch nicht einmal eine Sekunde später schlug der nächste Sprengkopf ein und vernichtete das Schiff. Der Rest der Minen-Torpedos kehrte um und begab sich wieder in die Ausgangsposition.

»Haben die Minen auf die elektronischen Abwehrsysteme unseres Dummys reagiert?« erkundigte sich Atago.

Der Tech befragte einen Bildschirm neben sich. »Negativ. Sämtliche Gegenmaßnahmen des Feindes wurden ignoriert, sobald er identifiziert war.«

Lady Atago riß sich vom Monitor los, blickte Admiral Deska an und erlaubte sich, kaum merklich eine Augenbraue zu heben.

»Informieren Sie doch bitte den Hohen Rat darüber, Admiral«, sagte sie, »daß wir ab sofort mit der Produktion beginnen können.«

Eine halbe Stunde später war die *Forez* wieder das Flaggschiff.

Lady Atago kehrte schweigend zu ihren Karten und Schlachtplänen zurück.

Kapitel 22

Sten landete als Kommandeur ohne Flotte auf Cavite, dem Zentralplaneten des Caltor-Systems.

Eine weitere Einschränkung der taktischen Einsatzschiffe bestand in ihrer relativ begrenzten Reichweite. Außerdem erforderten ihre sensiblen Triebwerke häufigere und intensivere Pflege als die meisten anderen Imperialen Raumfahrzeuge. Deshalb hatte man die vier Einsatzschiffe, die Stens Kommando bilden sollten, in einen Frachter verladen, der jetzt irgendwo zwischen Soward und Cavite unterwegs war.

Sten absolvierte den langen Flug von der Erstwelt nach Cavite als Linienpassagier und verkürzte sich die Zeit dadurch, daß er Bilder, Skizzen, Abhandlungen und Hüllenprojektionen durchging; er fieberte seinem ersten Kommando entgegen wie ein junger Liebhaber dem ersten Rendezvous.

Einen Teil der Zeit widmete er einem kurzen Intensivlehrgang über seinen neuen Basisplaneten. Cavite war ungefähr zwei Drittel so groß wie die Erstwelt und nur spärlich besiedelt. Es gab kaum Industrie, die wenigen Bewohner betrieben in der Regel Landwirtschaft sowie etwas Fischzucht und Holzwirtschaft. Das Klima entsprach in etwa dem der Erstwelt: recht ausgewogen, mit der Tendenz zu etwas mehr Schnee als auf der Erstwelt.

Den Rest der Zeit brütete Sten über Details, die seine neuen Schiffe betrafen. Es spielte keine große Rolle, daß sein Kommando gegenwärtig nur aus vier brandneuen Fahrzeugen der *Bulkeley*-Klasse und seiner selbst bestand. Nach seiner Ankunft auf Cavite sollte er sich selbst um die Besatzung seiner Schiffe kümmern.

Als gesonderte Sendung war ein Fax an Admiral Doorman gegangen, mit der Bitte um vollste Kooperation.

Sten war kurz vor dem »Abflug« seiner vier Schiffe auf Soward angekommen. Es gab keine besondere Zeremonie – der Konstrukteur hatte die Fahrzeuge in einer Ecke seines Geländes abgestellt, ein kranartiger Transporter hatte sie – noch ohne Bewaffnung, Elektronik, Steuereinrichtung und Ausstattung für die Mannschaftsräume – aufgeladen und sie über das ausgedehnte Fabrikgelände gefahren.

Sten hatte sich vom ersten Augenblick an in die schlanken Nadeln verliebt, die dort an ihren Klammern hingen. In seinen Ohren klang der Eintrag in das letzte *Jane's* Update wie Poesie:

6406.795 TAKTISCHES EINSATZSCHIFF
Gerüchteweise entwickelt das Imperium eine neue Klasse seiner taktischen Einsatzschiffe, doch da die Gerüchte nicht bestätigt werden konnten, gelten folgende Eintragungen nur unter Vorbehalt. Die spärlichen Informationen legen die Vermutung nahe, daß die neue Serie als Ersatz und Verbesserung mehrerer gegenwärtiger Klassen, die somit als überholt gelten dürfen, gedacht ist.

Angeblich sollen diese neuen Schiffe die Klassenbezeichnung BULKELEY tragen. Die Entwicklung dieses Typs dürfte zur Zeit bereits in der Konstruktionsphase angelangt sein, wobei uns keinerlei Informationen über die Anzahl der bestellten Schiffe sowie über Auslieferungs- oder Einsatzdatum vorliegen. Noch einmal: alle Informationen gelten nur unter Vorbehalt.

Sten vermutete, daß die Herausgeber des *Jane's* sich nach alter Sitte bedeckt halten wollten, denn die folgenden Daten waren für seinen Geschmack viel zu präzise für Vermutungen:

EIGENSCHAFTEN:
TYP: Flottenpatrouillenschiff
LÄNGE: geschätzt: 90 Meter (tatsächlich: 97 Meter)
BESATZUNG: unbekannt
BEWAFFNUNG: unbekannt, wahrscheinlich jedoch wesentlich schwerer als die jedes anderen Schiffes dieser Kategorie.

Der Rest der Eintragungen bestand aus einer langen Reihe von »Unbekannten«. Sten hätte die Details inzwischen ergänzen können.

Jedes Schiff war für zwölf Mann Besatzung gedacht: drei Offiziere (Commander, Waffenoffizier und technischer Offizier) sowie neun Mannschaftsdienstgrade.

Die Schiffe waren tatsächlich mit schweren Waffen bestückt.

Für den Nahkampf standen zwei Schnellfeuerkanonen zur Verfügung. Auf mittlere Distanz kamen acht Raketenwerfer, bestückt mit Goblin-VI-Sprengköpfen mit weiterentwickelten »Gehirnen« und einer Kapazität von 10 Kilotonnen zum Einsatz. Für jeden Werfer lagen drei Goblins bereit.

Zur Verteidigung stand nur eine begrenzte Anzahl von Abwehrraketen – fünf Sprengköpfe der *Fox*-Klasse –, zum Ausgleich jedoch ein sehr elaboriertes elektronisches Abwehrsystem zur Verfügung.

Die *Bulkeley*-Schiffe waren dazu gedacht, sich entweder unbemerkt anzupirschen oder – falls sie doch entdeckt wurden – rasch das Weite zu suchen. Schiffe der *Bulkeley*-Klasse waren als Schiffskiller konstruiert.

Ihre Hauptwaffe war die Kali, ein schwerer Raketensprengkopf von 60 Megatonnen und fast 20 Metern Länge. Im Innern des birnenförmigen Raketenkörpers befand sich ein Computer, der fast so schlau wie der Zentralcomputer eines Raumschiffs war, sowie ein Ensemble exklusiver elektronischer Abwehrsysteme. Das Geschoß wurde aus einer Röhre abgefeuert, die unterhalb des Schiffs entlang seiner Achse verlief. Rings um die Torpedorohre waren noch drei Reserveraketen untergebracht.

Angesichts dieser Bewaffnung und des monströsen Antriebs war der Platz für die Besatzung lächerlich klein ausgefallen. Die Kabine des Captains entsprach etwa den Standardmaßen eines Wandschranks, inklusive herausklappbarem Schreibtisch und Schlafkoje. Es war der privateste Raum im ganzen Schiff. Wenn der Kommandant den Vorhang hinter sich zuzog, konnte er sich sogar vom Rest der Besatzung zurückziehen. Die beiden anderen Offiziere teilten sich eine Kabine mit gleichem Grundriß. Die Mannschaftskojen waren zu beiden Seiten der größten Sektion des Schiffes übereinander angebracht; außer zum Schlafen diente der Raum als Freizeitraum, Kantine und Küche.

Die einzige Katze, die sich in diesem Schiff bequem umdrehen konnte, war eine schwanzlose Manx – besser gesagt, ein Manxkätzchen.

Na und? Wäre Sten auf Luxus ausgewesen, hätte er sich für Bishops Option entschieden und Schwertransporter durch die Gegend geschippert.

Kapitel 23

Standardsituation: Wenn ein Offizier bei seiner neuen Dienststelle eintrifft, meldet er sich bei seinem Vorgesetzten.

Bei der Garde hieß das, daß man sich in Dienstuniform in der

Schreibstube der Einheit vorzustellen hatte. Dort beschnupperten sich der Offizier und sein neuer furchtloser Commander gegenseitig, woraufhin dem Neuankömmling seine zukünftigen Aufgaben sowie der eine oder andere Tip des Alten mit auf den Weg gegeben wurde und er fürs erste entlassen war.

Sten hatte gelernt, daß es bei der Raumflotte etwas formeller zuging.

Die »Einladung« Admiral van Doormans war ihm persönlich überreicht worden. Auf richtigem Papier gedruckt. Das wiederum, reimte sich Sten zusammen, bedeutete, daß Ausgehuniform angesagt war. In Weiß. Handschuhe. Herrje, sogar ein frischer Haarschnitt.

Mit viel Überredungskunst hatte Sten den Burschen, der ihm in seiner einstweiligen Offiziersunterkunft für Junggesellen zugeteilt worden war, dazu gebracht, seine Uniform irgendwo in eine elektrostatische Mangel zu bringen und von jemandem ein Paar weißer Handschuhe auszuleihen oder sonstwie zu besorgen. Der Haarschnitt war weniger ein Problem, da Sten sein Haar zwei Zentimeter über kahlrasiert trug.

In der Einladung wurde er gebeten, freundlicherweise um 14 Uhr zu erscheinen. Sten kalkulierte extra eine Stunde für den Weg durch die verstopften Straßen von Cavite City ein, und trotz des Zeitpuffers kam er gerade zwanzig Minuten vor dem offiziellen Termin am Raumflottenstützpunkt an.

Er staunte nicht schlecht, als der Wachtposten am Tor lediglich einen Blick auf seine Kennkarte warf und den A-Grav-Gleiter dann mit einer gelangweilten Geste durchwinkte.

›Das fängt ja gut an‹, dachte Sten. ›Wir sitzen hier ziemlich genau auf des Messers Schneide, und jeder Taxifahrer kann überall nach Belieben herumfahren. Hervorragende Sicherheitsvorkehrungen.‹

122

Er bezahlte den Fahrer am Raumhafen, stieg aus und glaubte seinen Augen nicht zu trauen.

Das Flaggschiff der 23. Flotte war der Imperiale Kreuzer *Swampscott*. Sten hatte sich über das Schiff informiert und herausgefunden, daß es schon vor fünfundsiebzig Jahren gebaut worden war; anstatt es zu verschrotten, hatte man es immer wieder auf- und nachgerüstet. Nirgendwo in der Beschreibung hatte er einen Hinweis darauf gefunden, wie schlimm die *Swampscott* inzwischen aussah – schlimm im Sinne von scheußlich. Offensichtlich war der Kreuzer hinsichtlich Design, Leistung und Bewaffnung nach den damaligen Vorschriften gebaut worden. Bei der ersten Nachrüstung hatte man das Schiff einfach mitten durchgesägt und ein zirka 500 Meter langes Mittelteil eingefügt. Die nächste Phase war wohl für die zusätzlichen Ausbuchtungen, die die Außenhülle überzogen, verantwortlich.

Danach mußten sich die Designer zum Ziel gesetzt haben, den Gesamteindruck den späteren Umbauten anzupassen, denn jetzt konnte man die *Swampscott* ohne weiteres als einen molligen Kreuzer bezeichnen, der einen heftigen Zusammenstoß mit einem widerstandsfähigeren Gegenstand hinter sich haben mußte, ohne dabei jedoch völlig zerstört worden zu sein.

Das Sahnehäubchen waren die Zwillingsaufbauten auf der Oberseite, Strukturen, die jedem chinesischen Kaiser der T'ang-Dynastie auf der alten Erde sehr vertraut vorgekommen wären.

Da die *Swampscott* noch in keinem Krieg gekämpft hatte, spielten diese Extravaganzen keine große Rolle. Das Schiff wurde – stets auf Hochglanz poliert – ausschließlich für repräsentative Zwecke und Staatsbesuche verwendet und senkte sich innerhalb der Atmosphäre so elegant und graziös auf jeden Landeplatz nieder wie eine würdevolle Matrone, die im Ballkleid eine Freitreppe herabschwebt. Bei einem Angriff auf einen Planeten wäre die

Swampscott entweder sofort hilflos davongeeiert oder sie hätte unkontrollierbar geschlingert. Im Windkanal hätte man einem Modell der *Swampscott* wahrscheinlich die aerodynamischen Eigenschaften eines Kerzenleuchters bescheinigt.

Sten faßte sich wieder, warf einen Blick auf die Uhr und eilte in eine Liftröhre.

Aufgeregt erblickte er an Deck nicht nur einen, sondern gleich vier Wachen in Paradeuniform sowie einen gelangweilten, aber ebenso gekleideten Offizier.

Er salutierte vor der nichtexistenten und unsichtbaren Fahne – Richtung Heck – und dem Offizier vom Dienst und übergab dem Lieutenant eine Kopie der Einladung und seine Kennkarte.

»Meine Güte«, sagte der Lieutenant. »Da haben Sie aber einen großen Fehler gemacht, Commander.«

»Oh?«

»Allerdings, Sir. Das Hauptquartier von Admiral Doorman befindet sich in der Stadtmitte.«

In der Stadtmitte? Was sollte das nun wieder heißen? »Bin ich hier denn nicht auf seinem Flaggschiff?«

»Doch, doch, Sir. Aber Admiral Doorman zieht das Carlton Hotel vor. Er behauptet, dort habe er mehr Raum zum Nachdenken.«

Sten und der Lieutenant sahen einander an.

»Sir, Sie kommen zu spät. Ich werde Ihnen einen A-Grav-Gleiter zur Verfügung stellen. Admiral Doorman legt großen Wert auf Pünktlichkeit.«

›Großartig‹, dachte Sten. ›Genau so muß man eine neue Dienststelle antreten.‹

Admiral Doorman mochte sehr wohl Wert auf Pünktlichkeit legen, allerdings lediglich in bezug auf seine Untergebenen.

Sten kam mit fast zwanzig Minuten Verspätung verschwitzt und nervös im Hotel an. Man brachte ihn sofort in die untere der drei Suiten des Admirals, wo er sich bei dem schnippischen Stabsoffizier im Vorzimmer meldete und aufgefordert wurde, sich erst einmal hinzusetzen.

Dann wartete er.

Er langweilte sich nicht, beileibe nicht. Die Beschreibung entsetztes Staunen traf Stens emotionale Verfassung weitaus besser, als er mithörte, was die ständig in das Vorzimmer hinein- und hinauseilenden Offiziere miteinander zu besprechen hatten.

»Natürlich werde ich versuchen, dem Admiral zu erklären, daß es ziemlich viel Mühe bereitet, eloxiertes Material sauberzuhalten, aber Sie wissen doch, wie sehr er den Glanz polierten Metalls liebt«, teilte ein fetter Stabsoffizier einem besorgten Raumschiffkommandanten mit.

»Also gut. Du gibst mir J'rak für den Boxkampf, dafür kriegst du meine Blaskapelle.« Diese Unterhaltung spielte sich zwischen zwei Commanders ab.

»Diese Übung ist mir wirklich schnurzegal, Lieutenant. Sie haben Ihr Raketenkontingent für die Ausbildung in diesem Quartal bereits überzogen.«

»Aber, Sir, die Hälfte meiner Besatzung ist neu, und ich –«

»Lieutenant! Zu meiner Zeit hat man noch gelernt, Befehlen zu gehorchen! Hat sich da inzwischen etwas Einschneidendes verändert?«

Richtig erstaunt war Sten, als zwei Leute einer Liftröhre entstiegen. Sie waren einfach zu schön, um wahr zu sein.

Der Schiffscaptain war ein schneidiger, hochgewachsener, blonder, gutaussehender junger Mann. Seine weiße Ausgehuniform saß wie angegossen an seinem statuenhaften Körper und betonte seine Muskeln.

Seine ebenfalls blonde Begleiterin trug kurze Sporthosen.

Sie lachten laut und genossen ihr freies Leben sichtlich.

Sten haßte die beiden vom ersten Augenblick an.

Fröhlich plaudernd schlenderten sie an ihm vorbei und bogen in einen langen Gang ein. Plötzlich entschuldigte sich die Frau, blieb stehen, stellte den Fuß auf eine Stuhllehne und zog den Verschluß ihres Sportschuhs fester. Dabei musterte sie Sten in aller Ruhe. Wieder lachte sie laut auf, nahm ihren Gefährten am Arm und verschwand. Ihre Figur ließ es nicht zu, daß man nicht hinter ihr herstarrte. Also starrte Sten.

»Das, Commander, ist eindeutig verbotene Zone«, bemerkte der Stabsoffizier vom Dienst.

Sten interessierte sich eigentlich nicht weiter für dieses Thema, doch er hob trotzdem fragend eine Augenbraue.

»Die Dame ist die Tochter des Admirals.«

Sten wollte gerade eine sarkastische Bemerkung loslassen, da wurde er vom Summen des Lautsprechers gerettet und kurz darauf ins Büro des Admirals eskortiert.

Die Bezeichnung »Büro« war eindeutig eine Untertreibung. Die einzigen noch geräumigeren Zimmer, die Sten bisher gesehen hatte, waren einige der Empfangsräume im Palast des Imperators. Sofort beschlichen ihn ketzerische Gedanken; ob Doorman diese Suite wohl aus eigenen Mitteln eingerichtet oder ob er da etwas gedreht hatte?

Flottenadmiral Xavier Rijn van Doorman selbst war ein nicht minder spektakulärer Anblick. Dieser Mann war vom Scheitel bis zur Sohle, von seiner weißen, sorgfältig frisierten Mähne über den unerschütterlichen Blick und sein ausgeprägtes Kinn bis hin zum eindrucksvollen Brustkasten, ein geborener Kommandeur. Einem Anführer wie ihm folgten Menschen sogar durch das Tor zur Hölle. Nach den ersten zehn Minuten ihrer Unterhaltung war sich Sten ziemlich sicher, daß die meisten von ihnen auch dort enden würden.

Man konnte über van Doorman – wie schon über so viele andere Offiziere in all den Jahrhunderten vor seiner Zeit – ohne weiteres sagen, daß er nicht geneigt war, sich den Tag durch einen einzigen originellen Gedanken ruinieren zu lassen.

Trotzdem entsprach er genau dem Bild eines Anführers: jederzeit in der Lage, vor einem Parlament eine flammende Rede zu halten, jeden besorgten Politiker zu beruhigen, trittfest auf jedem gesellschaftlichen Parkett – und total unfähig, eine Flotte zu befehligen. Eine Flotte, von der Sten wußte, daß sie schon in wenigen Tagen die erste Verteidigungslinie in einem ausgewachsenen Krieg sein konnte.

Van Doorman war ein überaus höflicher Mensch, der sich sehr versiert im Minenfeld der sozialen Beziehungen bewegte. Er mußte Stens Akte durchgelesen haben, bevor er Sten hereinrufen ließ. Ganz bestimmt machten ihn die Angaben zu Stens vorigem Einsatzgebiet neugierig; ein Commander im Palast des Imperators selbst, der Kommandeur der Gurkha-Leibgarde seiner Hoheit.

Van Doorman war stolz darauf, schon mehrfach bei den Feierlichkeiten zum Empire Day auf der Erstwelt geweilt zu haben; einmal war er sogar dem Imperator im Rahmen einer Massenveranstaltung zur Ordensverleihung persönlich vorgestellt worden.

»Ich bin sicher, Commander«, sagte van Doorman, »daß Sie uns hinsichtlich der neuesten gesellschaftlichen Gepflogenheiten rasch auf die Sprünge helfen werden. Hier in den Randwelten sind wir ein wenig ab vom Schuß.«

»Ich werde es versuchen, Sir … Aber meine Aufgaben hatten nur sehr bedingt mit höfischer Etikette zu tun.«

»Ach, ich bin sicher, daß meine Frau und meine Tochter Ihnen schnell beweisen werden, daß Sie mehr wissen, als Sie denken.«

›Na prima. Jetzt muß ich mich noch mit der ganzen Familie gutstellen‹, dachte Sten entsetzt.

»Sie werden bald herausfinden, Commander, daß der Dienst hier draußen höchst interessant sein kann. Bei diesem herrlichen Klima, und weil wir uns alle so elend weit von zu Hause aufhalten müssen, nehmen wir es mit dem Dienstplan nicht ganz so ernst.«

»Sir?«

»Sie werden sehen, daß Sie den Großteil Ihrer Verpflichtungen während der 1. Wache erledigen können. Da ich nicht möchte, daß meine Offiziere sich im Dienst langweilen – Langeweile bringt einen stets auf dumme Gedanken –, kümmere ich mich darum, daß mir für die notwendigen diplomatischen Dienste hier draußen qualifizierte Offiziere zur Verfügung stehen.«

»Ich glaube, ich verstehe nicht recht …«

»Oh, es gibt jede Menge Bälle … Verpflichtungen auf einigen der unwichtigeren Planeten. Außerdem haben wir unsere eigenen Sportmannschaften, die sehr erfolgreich gegen die besten Auswahlteams unserer Siedler antreten. Ich bin auch davon überzeugt, daß der Dienst allein meine Männer zu schlechten Offizieren macht. Ich gestatte meinen Offizieren lange Urlaube – es gibt hier einige Kreaturen, die sich hervorragend für die Jagd eignen. Wir heißen jeden herzlich willkommen, der sich für diese Art von Freizeitvergnügen begeistert.«

»Äh, Sir, da ich brandneue Schiffe zugeteilt bekommen habe, sehe ich vorerst wohl keine Möglichkeit für derartige Dinge.«

»Ich habe eine Nachricht mit der Anfrage um absolute Kooperation erhalten. Das versteht sich von selbst. Ich kümmere mich darum, daß Sie einige kompetente Offiziere zugeteilt bekommen, die alles nach Art des Hauses in die Wege leiten.«

An diesem Punkt hätte Sten wohl Dankbarkeit und Zustimmung ausdrücken sollen. Doch sein Mundwerk folgte wie immer eigenen Regeln.

»Vielen Dank, Sir, aber ich muß trotzdem passen. Ich fürchte, ich habe vorerst genug mit den neuen Schiffen zu tun.«

Als er sah, wie sich van Doormans Gesichtsausdruck versteinerte, verfluchte sich Sten insgeheim.

Van Doorman nahm ein Fiche vom Schreibtisch und schob es in einen Betrachter. »Richtig. Die Schiffe. Ich bin ganz offen zu Ihnen, Commander. Ich stand der Theorie dieser taktischen Einsatzschiffe schon immer mehr als skeptisch gegenüber.«

»Sir?«

»Aus mehreren Gründen. Zunächst einmal sind sie sehr kostspielig im Unterhalt. Zweitens verlangen sie einen sehr erfahrenen Offizier und eine nicht weniger erfahrene Mannschaft. Diese beiden Bedingungen bedeuten, daß Männer, die auf größeren Schiffen dienen, sich für diese Rennboote melden müssen. Das ist unfair gegenüber Kommandeuren weniger romantischer Fahrzeuge, denn Männer, die eigentlich Maate oder Erste Offiziere werden sollten, bleiben simple Gefreite. Es ist auch diesen Freiwilligen gegenüber unfair, da sie nicht die ihnen gebührende Aufmerksamkeit und Beförderung erhalten. Außerdem gibt es noch das Sicherheitsproblem. Mich kann niemand davon überzeugen, daß der Dienst auf einen Ihrer, ähmm, Moskitoboote so sicher sein kann, wie eine Fahrt auf der *Swampscott*.«

»Ich wußte nicht, daß wir bei der Flotte dienen, um es sicher und bequem zu haben, Sir.« Sten war sauer.

Ebenso van Doorman, auch wenn sich das nur durch eine leichte Rötung um seine Schläfen andeutete. »Unsere Ansichten scheinen überhaupt sehr voneinander abzuweichen, Commander.« Er erhob sich. »Vielen Dank für Ihren Besuch und Ihre wertvolle Zeit, Commander Sten. Ich fand unsere Unterhaltung überaus interessant.«

Interessant? Unterhaltung? Sten erhob sich und nahm Habachtstellung ein. »Eine Frage noch, Sir?«

»Aber gewiß doch, junger Mann.« Van Doormans Stimme klang wie Packeis.

»Wie gehe ich am besten vor, um meine Schiffe zu bemannen, Sir? Vermutlich haben Sie eine Standardregelung, an die ich mich halten kann.«

»Vielen Dank. Den meisten jungen Männern fehlt es am Verständnis für den sozialen Gleitfilm.

Es ist Ihnen gestattet, Ihr Anliegen im Flottenbulletin zu veröffentlichen. Jeder Offizier oder Mannschaftsdienstgrad, der sich freiwillig meldet, erhält die Erlaubnis zum Wechsel – natürlich nur nach Rücksprache mit seinem Divisionskommandanten und seinem direkten Vorgesetzten.«

›Verdammt. Verdammt. Verdammt‹.

Sten salutierte, machte eine perfekte Kehrtwende und ging hinaus.

Wenn Sten van Doormans letzte Worte richtig interpretierte, mußte er sich die Hacken abrennen, um seine Leute zusammenzukriegen. Denn welcher Offizier, der noch recht bei Trost war, erlaubte einem kompetenten Untergebenen schon, sich für Stens Boote zu melden?

Sten wußte schon jetzt, daß er nur die Unfähigen, die Querulanten und die faulen Schweine bekommen würde. Er hoffte nur, daß es in der 23. Flotte genug von ihnen gab.

Kapitel 24

Der Weltraum ist nicht schwarz. Ebensowenig können Raumschiffe kriechen. Trotzdem hatte Commander Lavonne genau diesen Eindruck, als er sich mit seinem Schiff, dem Imperialen Zerstörer *San Jacinto*, dem Erebus-System näherte.

Er war ein Spion, der lautlos durch die Nacht glitt.

Der Geschwaderkommandeur hatte der *San Jacinto* genaue Anweisungen für diese Mission gegeben. Die Flotte behauptete mit einigem Stolz, daß man sich zwar für keinen Auftrag freiwillig meldete, aber auch keine Mission ablehnte, egal, wie absurd oder selbstmörderisch sie auch sein mochte.

Offiziell war dieser Auftrag gar nicht so ungewöhnlich. Imperiale Zerstörer waren eigens für Aufklärungseinsätze entwickelt worden.

Aber nur in Kriegszeiten. Jedenfalls nicht, wie es Lavonne überall in den Clubs gehört hatte, wenn ein besonders dafür ausgerüstetes Aufklärungsschiff nach dem anderen spurlos verschwand, nachdem es in einen beliebigen Tahn-Sektor eingedrungen war.

Bevor er seinen Kurs festsetzte, hatte Lavonne seine Taktik sorgfältig geplant. Dazu gehörte auch, jede Maschine abzustellen, die womöglich von einem feindlichen Sensor wahrgenommen werden konnte – angefangen von der Klimaanlage bis zu den Kaffeemaschinen in der Kantine. Er vermutete, daß die Aufklärer deshalb entdeckt worden waren, weil ihr Kurs von Imperialen oder Randweltplaneten ausgegangen war. Also hatte er einen Kurs gewählt, der die *San Jacinto* zunächst zu einem entlegenen Arm des Tahn-Imperiums brachte. Von diesem zweiten Ausgangspunkt aus führte sie ihr Kurs tiefer in von den Tahn kon-

131

trollierte Sternenhaufen. Der dritte Kurs brachte den Zerstörer wieder »hinaus«, mit dem Erebus-System, das er eigentlich genauer unter die Lupe nehmen sollte, als Schlußpunkt.

Man hätte den Kurs der *San Jacinto* ohne weiteres als vorwärtsgerichtetes Zögern bezeichnen können.

Der AM$_2$-Antrieb wurde nur selten an- und dann auch sofort ausgeschaltet. Während dieser antriebslosen Perioden wurde jeder normale Sensor plus die eigens installierten Systeme darauf verwandt, herauszufinden, ob die *San Jacinto* eventuell schon entdeckt worden war.

Lavonne wußte, daß die Imperialen Sensoren die Ausrüstung der Tahn bei weitem übertrafen. Da seine Schirme noch kein einziges Tahn-Schiff gemeldet hatten, hatte er das Gefühl, daß er sich noch immer gut versteckt im Dunkeln bewegte.

Die *San Jacinto* zögerte auf die sterbende Sonne Erebus zu.

Und dann fand Lavonne das, wonach er gesucht hatte.

Input überflutete die Empfangsgeräte. Das gesamte System war eine einzige gigantische Werft rund um einen Raumhafen. Allein in diesem Sektor hielten sich mehr Tahn-Schiffe auf, als der Imperiale Geheimdienst für das gesamte Tahn-Imperium geschätzt hatte.

Zu diesem Zeitpunkt hätte Lavonne die Sensoren ausschalten und sich schleunigst aus dem Staub machen müssen. Er hatte wesentlich mehr Daten als jedes andere Imperiale Schiff hinter den Linien der Tahn in Erfahrung gebracht. Wäre er sofort geflohen, hätte sein Schiff womöglich durchkommen können.

Statt dessen kroch Lavonne mit der *San Jacinto*, wie hypnotisiert von dem, was er da entdeckt hatte, weiter voran. Schließlich waren die Imperialen Streitkräfte nach wie vor im Besitz eines großen Geheimnisses: AM$_2$, der einzige Antriebsstoff für den Stardrive, wurde allein im Imperium hergestellt und vor dem Verkauf an andere raumfahrenden Völker modifiziert. Lavonne wußte, daß der Antrieb eines jeden Tahn-Schiffes auf seinen Monitoren violett erscheinen würde.

Was Lavonne nicht wußte, war, daß gewisse Tahn-Schiffe ihren Antrieb drosselten. Der Verlust an Geschwindigkeit wurde durch ihre Unsichtbarkeit mehr als wettgemacht.

Als die Bildschirme rot wurden und alle Alarme auf einmal losgingen, war die *San Jacinto* bereits zu dicht dran.

Als die Alarmsirenen losquäkten, betrat Lavonne gerade die Kommandobrücke. Er erfaßte die Situation sofort. Auf ihrer »rechten« Seite wurde ein Minenfeld gemeldet; vor ihnen lagen die Hauptwelten des Erebus-Systems; und von »links« kam mit voller Geschwindigkeit ein von Kreuzern und Zerstörern begleitetes Tahn-Schlachtschiff auf sie zu.

Lavonne ging ebenfalls auf volle Geschwindigkeit und brachte die *San Jacinto* in eine neue Kreisbahn. Ihre einzige Chance lag in der Flucht – und in Lavonnes Gerissenheit. Der vom Bordcomputer ermittelte Fluchtkurs führte sie nicht aus dem Erebus-System hinaus und auf die Randwelten zu, sondern tiefer hinein ins Zentrum des Tahn-Imperiums. Sobald die *San Jacinto* ihre Verfolger abgeschüttelt hatte, konnte sie erneut Kurs Richtung Heimat einschlagen.

Lavonne blieben nur wenige Minuten der Hoffnung; schließlich müßte ein neuer Imperialer Zerstörer wie die *San Jacinto* jederzeit in der Lage sein, jedes Schlachtschiff und jeden Kreuzer der Tahn abzuhängen. Nur um die Tahn-Zerstörer machte sich Lavonne einige Gedanken.

Die wenigen Minuten waren vorüber, als ein Analytiker mit der angebrachten tonlosen Stimme berichtete, daß sich das Schlachtschiff von seiner Eskorte gelöst hatte und immer näher an die *San Jacinto* herankam. Innerhalb von fünf Stunden und einigen Minuten, fuhr er fort, würde das Schlachtschiff eines bislang unbekannten Typs in Gefechtsentfernung zur *San Jacinto* aufgeschlossen haben.

Bei dem Schlachtschiff handelte es sich um die *Forez*. Admiral Deska schritt in der Kommandozentrale auf und ab, während sich sein riesiges Schiff immer näher an den feindlichen Zerstörer heranschob. Auch er stellte ständig neue Berechnungen an.

Konnte die *Forez* dicht genug an den Imperialen Zerstörer herankommen, bevor diesem die Flucht gelang?

Wenn das Imperiale Spionageschiff davonkam, waren sämtliche Geheimpläne der Tahn, vom verbesserten Schiffsdesign über die Fertigung bis hin zu ihrer geplanten Strategie hinfällig geworden.

Ein Blick auf die tickende Uhr. Nein, es würde keine Probleme geben. Das Imperiale Schiff war dem Untergang geweiht.

Nach vier Stunden und vierzig Minuten wurde auch Commander Lavonne das Unvermeidliche klar.

Es gab nur noch eine mögliche Chance.

In der Hoffnung, das Schlachtschiff der Tahn würde vorbeirasen, gab Lavonne Befehl, den AM$_2$-Antrieb abzustellen. Doch die Antwort kam sofort.

›Na schön‹, dachte Lavonne und schickte sein Schiff mit voller Fahrt der *Forez* entgegen.

Manchmal gelingt es dem Schoßhündchen, den Mastiff zu besiegen.

Lavonne gab Feuer frei für die Signalraketen und Abwehrtorpedos. Er hoffte, durch die Explosionen und den EAS-Ablenkungsmüll eine Art Rauchvorhang zu schaffen.

Lavonne wußte, daß die *San Jacinto* in der Falle saß. Er hoffte nur noch darauf, daß sein Zerstörer möglichst viel Schaden bei diesem Kampfungetüm anrichtete, das jetzt sämtliche Monitore der Raketenstationen ausfüllte.

Wenige Lichtsekunden vor der Gefechtsentfernung der *San Jacinto* feuerte die *Forez* ihre Hauptbatterie ab.

Die Flugbahn von sechs Tahn-Sprengköpfen kreuzte den Kurs der *San Jacinto*, während Lavonnes Finger noch immer über dem roten Feuerkopf schwebte.

Von der *San Jacinto* blieb nur eine sich langsam ausdehnende Wolke aus Gasen und Radioaktivität übrig.

Buch II

SCHUSSWECHSEL

Kapitel 25

Seit es die Tahn gab, stellten sie für alle, die ihnen zu nahe kamen, eine schreckliche Bedrohung dar. Ihre Kultur hatte sich aus einer Katastrophe entwickelt und seither auf vielen Schlachtfeldern durchgesetzt.

Sogar der Ewige Imperator konnte sich kaum noch an die Auseinandersetzung erinnern, die die ganze Sache ins Rollen gebracht hatte. Die Ursprünge der Tahn lagen in einem gewaltigen Bürgerkrieg, der sich in einem von ihrem jetzigen Siedlungsgebiet weit entfernten Cluster zugetragen hatte. Damals hatten sich zwei mächtige Gegner gegenübergestanden und über anderthalb Jahrhunderte bekämpft. Der betreffende Cluster war so entlegen, daß es dem Imperator gerade recht kam, daß er die ganze Geschichte ignorieren und warten konnte, bis die Kontrahenten sie unter sich ausgetragen hatten.

Schließlich erlitt das Volk, aus dem später die Tahn werden sollten, eine vernichtende Niederlage. Die Gewinner stellten die Verlierer vor die Wahl: Völkermord oder Massenauswanderung. Die Tahn entschieden sich für die Flucht; ein Kapitel in ihrer Geschichte, das sie niemals vergaßen. So wurde die Feigheit zur Erbsünde ihrer Rasse. Es war das erste und letzte Mal, daß die Tahn das Leben dem sicheren Tod vorzogen.

Beinahe die gesamte erste Welle der Emigranten bestand aus Kriegern und ihren Familien. Schon allein dadurch machten sich die Tahn bei keiner einigermaßen zivilisierten Gemeinschaft, der sie sich näherten, sonderlich beliebt. Niemand war dumm genug, ihnen Gastfreundschaft zu gewähren. Auch das war ein wichtiger Punkt im kollektiven Gedächtnis der Tahn. Sie hielten sich für die geborenen Außenseiter, und von diesem Zeitpunkt an behandelten sie jeden Fremden auf die gleiche Weise.

Schließlich ließen sie sich in einem der unattraktivsten Sektoren des Imperiums nieder, der von etwas reicheren Nachbarn umgeben war: dort begannen sie sofort mit dem Aufbau ihrer nur auf einen Zweck ausgerichteten Gesellschaft. Da sie auf militärischem Denken basierte, war es nur logisch, daß sie auf strenge Hierarchie setzte: der Unterschied von der Klasse der Bauern zum herrschenden Rat der Militärs konnte nicht größer sein.

Die größte Schwäche der Tahn wurde schon bald ihre größte Stärke. Sie wuchsen, gediehen und breiteten sich aus. Als die Tahn überall bis an die Grenzen ihres Siedlungsgebiets vorstießen, wurden die Nachbarn nervös. Die meisten versuchten mit ihnen zu verhandeln, doch die Tahn gingen auf Verhandlungen nur ein, wenn sie dadurch Zeit gewinnen konnten. Dann griffen sie ohne Vorwarnung an. Dabei warfen sie jedesmal ihre gesamten Kräfte in den Kampf, ohne Rücksicht auf Verluste, obwohl die teilweise beträchtlich waren und jede andere Macht zum Aufhören gezwungen hätten.

Die Tahn kämpften fast dreihundert Jahre lang ununterbrochen. Schließlich hatten sie ihre Nachbarn ausgelöscht und ein neues Imperium errichtet. Für sie spielte es keine Rolle, daß sie dabei beinahe achtzig Prozent ihrer eigenen Bevölkerung verloren hatten. Schon einmal hatten sie sich aus dem Staub erhoben, und es würde ihnen auch ein zweites Mal gelingen.

Der Ewige Imperator sah sich jetzt einem wiedererstarkten Tahn-Imperium gegenüber, das viele Male größer als der ihnen ursprünglich zugewiesene Bereich war. Das explosive Wachstum hatte den Tahn aber auch eine Reihe ernster Probleme bereitet: es gab mehr Dissidenten als jemals zuvor, und blutige Machtkämpfe waren im Hohen Rat der Tahn beinahe an der Tagesordnung.

Ohne es zu wollen hatte der Imperator dieses Problem für sie gelöst. Einmal mehr waren die Tahn jetzt hinter ihrem einzigen Zweck und ihrer verbitterten Weltsicht vereint.

Kapitel 26

Einige Wochen später war Sten kein Kommandeur ohne Flotte mehr. Seine vier Imperialen Einsatzschiffe – die *Claggett*, die *Gamble*, die *Kelly* und die *Richards* – waren ausgeladen und vorübergehend in den Montagebuchten der riesigen Flottenwerft auf Cavite untergebracht worden.

Trotzdem blieb er ein Kommandeur ohne Mannschaft. Nach der Unterredung mit Admiral van Doorman war genau das eingetreten, was Sten befürchtet hatte: kein einziger qualifizierter Freiwilliger meldete sich.

Andererseits verfügte auch die 23. Flotte über ihr Kontingent an Unzufriedenen und dergleichen. Nach zwanzig Vorstellungsgesprächen mußte Sten unwillkürlich an die Pointe eines uralten Witzes von Alex denken: »Um Gottes Willen, doch nicht *so* struppig!«

Wäre er Kommandant eines Zerstörers gewesen, hätte Sten keine Probleme mehr gehabt, seine zwielichtigen Bewerber in den einzelnen Abteilungen des Schiffes unterzubringen. Aber nicht mit einem Personal von nur viermal zwölf Mann pro Schiff und einem winzigen Wartungsteam.

Allmählich wurde die Zeit knapp. Schon dreimal hatte ihm einer der Adjutanten van Doormans einen »freundschaftlichen« Besuch abgestattet.

Der Mann hatte Stens Probleme gut verstanden und versprochen, alles in seiner Macht Stehende zu tun, um van Doormans Aufmerksamkeit nicht darauf zu lenken – ein Freundschaftsdienst von einem Offizier zum anderen sozusagen. Sten war sich ziemlich sicher, daß der Adjutant seinen A-Grav-Gleiter gar nicht schnell genug zurückfahren konnte, um van Doorman brühwarm zu berichten, wie tief sein junger Rebell im Dreck steckte.

Vielleicht wurde Sten ja auch nur paranoid. Das war gut möglich, denn er verbrachte seine Zeit ausschließlich bei seinen Schiffen. Wenn ihm einfiel, daß er etwas essen mußte, öffnete er irgendeine Dose und löffelte den Inhalt geistesabwesend in sich hinein, mit den Gedanken und den Augen auf Planzeichnungen und Blaupausen von Schaltungen, Hydrauliken und Versorgungsleitungen.

An diesem Tag hatte er sich gerade aus dem verschmierten Overall gepellt, in dem er sozusagen lebte, eine Dienstuniform übergestreift und sich auf den Weg gemacht, um der logistischen Abteilung der 23. Flotte den Krieg zu erklären.

Selbst beim Militär gab es Organisationsvorschriften, in denen genau verzeichnet war, wie viele Leute mit welchem Rang jedem Kommando zustanden, desgleichen wieviel und welche Art von Ausrüstung erforderlich war – vom Schlachtschiff bis hin zur Kuchengabel. Eine Organisation mit zuviel Ausrüstung macht sich nämlich ebenso lächerlich wie eine, bei der es vorne und hinten an allem fehlt.

Sten hatte herausgefunden, daß die Logistik der 23. Flotte nur die Grundausstattung an Munition und Raketen erlaubte – was in etwa der Feuerkraft gleichkam, die ein Schiff im Kampfeinsatz im Höchstfall verbrauchte. Nachladen würde demnach auch in Kriegszeiten für Stens taktische Einsatzflotte bedeuten, daß sie ihre Patrouillenroutine unterbrechen und zu Cavites enormen Reservehalden zurückkehren mußte.

Sten hatte versucht, sich mit dem Offizier auf vernünftige Weise auseinanderzusetzen und ihm erklärt, daß es nicht im Sinne des Erfinders sei, daß man Patrouillenflüge abbrach, nur weil die Munition zu knapp wurde; außerdem konnte dieses System zu Kriegszeiten zu der verrückten Situation führen, daß die gehorteten Reserven von einem einzigen Volltreffer alle auf einmal am Boden plattgebombt wurden.

Der Offizier wollte nichts von den Patrouillenproblemen wissen, schüttelte schon bei der Erwähnung möglicher feindlicher Handlungen empört den Kopf und lachte bei der Vorstellung laut los, Cavite könnte in die Verlegenheit geraten, einen Angreifer nicht rechtzeitig zu vernichten, bevor der dazu kam, abzudrücken.

Der Tag wurde immer besser.

Sten stellte seinen Gleiter vor dem Sicherheitszaun ab, der um die Montagebuchten gezogen war, und erwiderte geistesabwesend den Gruß des Postens am Tor.

»Guten Abend, Commander.« Der Posten mochte Sten. Er und seine Kollegen von der Wachmannschaft hatten intern eine Wette laufen, wann van Doorman Sten entlassen und zur Erstwelt zurückschicken würde. Es war zwar schade um Sten, doch der Wachmann hatte auf nur noch wenige Tage gesetzt; Geld zum Trinken war wesentlich wichtiger als das Schicksal eines Offiziers.

»N'Abend.«

»Sir, Ihr Waffenoffizier ist bereits an Bord gegangen.«

Sten war sofort alarmiert. »Soldat! Lassen Sie sofort die Wache antreten. Sofort!«

»Aber –«

»Beeilung, Junge. Ich *habe* keinen Waffenoffizier!«

Die Wache drückte auf den stillen Alarm und innerhalb weniger Sekunden standen fünf Wachsoldaten um Sten herum, die nervös an ihren Willyguns fingerten.

Sten zog die Miniwillygun, die er stets bei sich trug, und ging auf die *Claggett* zu, deren Einstiegsluke ihm entgegengähnte.

Ein Saboteur? Ein Spion? Oder nur ein neugieriger Schnüffler? Es spielte keine Rolle. Sten verteilte seine sechs Leute links und rechts von der Luke und schlich die Leiter hinauf.

In der winzigen Schleuse des Schiffs blieb er stehen und lauschte. Von weiter vorne hörte er Klappern, dumpfes Knallen und Gemurmel. Gerade als Sten die Wachleute heraufwinken wollte, wurde das Gemurmel etwas verständlicher.

»Mach schon, du Biest, oder willst du mir weismachen, daß ich nich' in der Lage bin, zwei auf einmal flottzumachen?«

Sten streckte den Kopf nach unten aus der Luke. »Tut mir leid, Gentlemen, ich habe mich getäuscht. Sieht ganz so aus, als hätte ich doch einen Waffenoffizier. Ich gebe es dem diensthabenden Offizier gleich persönlich durch.«

Die verwirrten Wachen salutierten, zuckten die Schultern und entfernten sich wieder.

Sten stieg ganz ins Schiff hinein.

»Mr. Kilgour!« rief er am Eingang zum Kontrollraum und hatte seine helle Freude daran, als er sah, wie sich jemand vor Schreck heftig den Kopf an einem Computerbildschirm stieß. »Wissen Sie nicht, wie man sich ordentlich meldet?«

Der technische Offizier Alex Kilgour rieb sich die Stirn und blickte ihn mit schmerzverzerrtem Gesicht an. »Mensch, alter Knabe, ich dachte, du bist noch unterwegs und spielst Polo mit dem Admiral.«

Alex Kilgour war ein ziemlich quadratisch gebauter Schwerweltler vom Planeten Edinburgh. Bei Sektion Mantis war er Stens Teamsergeant gewesen, und später hatte ihn Sten, als er selbst Kommandant der Leibgarde geworden war, in den Palast des Imperators angefordert. Dann hatte Kilgour den Fehler begangen, sich zu verlieben und sich um ein Ehezertifikat zu bemühen. Der Imperator hatte ihn schon Monate vor Stens Abberufung zur Fliegerausbildung geschickt, nachdem er Alex zum Abschied noch rasch zum technischen Offizier befördert hatte.

Sten hatte nicht die geringste Vorstellung, aus welchem Grund sich Kilgour auf Cavite aufhielt, doch er war zweifellos verdammt froh, ihn wiederzusehen.

»Es war alles andere als schwierig, zu deiner Schwadron abkommandiert zu werden, junger Freund«, erläuterte Kilgour bei zwei Humpen Kaffee in dem winzigen Verschlag, der als Offiziersmesse der *Claggett* gedacht war.

»Ich hab meine Fühler ausgestreckt, weil ich ja genau wußte, daß du früher oder später in Schwierigkeiten gerätst, aus denen du allein nich' mehr rauskommst, soviel war klar. Dann ein Wort hier, ein charmantes Lächeln dort, und Zack! ist der gute Alex auch schon unterwegs. Aber genug der jungen Liebe. Jetzt klär mich mal auf, Commander. Wo ist unsere verwegene Besatzung?«

Sten hakte sämtliche Probleme im Schnelldurchgang ab. Alex hörte aufmerksam zu, klopfte ihm dann voller Mitgefühl auf die Schulter, was die Decksplanken einige Zentimeter durchdrückte.

»Jetzt, wo Kilgour hier ist, kannst du endlich aufatmen. Dein Problem, mein Sohn, liegt darin, daß du dich am falschen Ort nach deinen Freiwilligen umgeschaut hast.«

»Von wegen! Bis auf den Friedhof habe ich alles abgesucht!«

»So schlimm wird's schon nicht werden, Commander, daß wir auch noch die lebenden Toten rekrutieren müssen. Keine Sorge, Alex kriegt das alles schon wieder auf die Reihe.«

Kapitel 27

»Na, was sagst du zu dieser erlesenen Truppe?« fragte Kilgour mit vor Stolz geschwellter Brust.

Sten warf einen mißtrauischen Blick auf die etwas über dreißig Gestalten, die ihn ihrerseits mit finsteren Blicken bedachten; dann schweifte sein Blick zu den hinter ihnen liegenden verschlossenen Gefängnistoren. »Wie viele Mörder?«

»Kein einziger. Zweimal Totschlag, besser ging's nicht. Der Rest –«

Sten winkte ab. Er würde sich später durch die Akten seiner Leute quälen. Plötzlich erschienen ihm die Gefangenen vor ihm als – zumindest potentiell – glänzende Beispiele raumfahrerischer Tugend. Das Problem lag eher darin, daß Sten, der noch nie ein besonders flammender Redner gewesen war, nicht wußte, wie er diesen Wesen beibringen sollte, daß sie keineswegs im sicheren und molligen Gehege der 23. Flotte bleiben würden.

Alex beugte sich zu ihm herüber und flüsterte: »Wenn's dir recht ist, wärme ich sie'n bißchen an. Ich erzähl ihnen einen Witz oder drei.«

»Bloß keine Witze«, sagte Sten entschieden.

Alex reagierte sofort mit einer zu Tode betrübten Miene.

»Nicht mal der mit den gefleckten Schlangen? Der wäre hervorragend für eine so brave Crew wie die hier geeignet.«

»Ganz besonders den mit den gefleckten Schlangen wirst du hier nicht erzählen. Grausame und ungewöhnliche Strafen sind zwar in der Flotte verboten, Kilgour, aber wenn du auch nur von gefleckten Schlangen träumst, lasse ich dich kielholen.«

Mit unverändert eisigem Blick wandte sich Sten der zu bewältigenden Aufgabe zu. Der eisige Blick sah wohl nach jeder Menge Schneid und Feuer aus, denn die Männer hörten sofort mit dem Gezappel und Füßescharren auf.

Na schön. Wenigstens hatte er ihre Aufmerksamkeit geweckt. Jetzt mußte er nur noch ein bißchen mitreißende Überzeugungsarbeit leisten. Eine Grundregel beim Verfassen einer Rede lautete: das Publikum immer so ansprechen, als handele es sich um eine Person; suche dir ein Individuum heraus, das du stellvertretend für alle anderen direkt ansprichst.

Sten suchte sich einen Mann aus, der etwas weniger heruntergekommen, schmutzig und verschlagen als die anderen aussah, und ging auf ihn zu.

»Mein Name ist Sten. Mir wurde das Kommando über vier taktische Einsatzschiffe zugeteilt. Ich brauche noch einige Mannschaften für die Besatzung.«

»Da sind Sie hier genau richtig«, sagte ein anderer Gefangener. »Erstklassiger Bodensatz.«

»Sir.«

Der Gefangene spuckte aus. Sten sah ihm fest in die Augen. Der Mann blickte zur Seite. »Sir«, grunzte er widerwillig.

»Eine bescheidene Frage, Sir.« Das war der Gefangene, den sich Sten als Ansprechpartner ausgesucht hatte. »Was ist denn für uns drin?«

»Ihr seid draußen. Euer Strafregister wird überarbeitet. Ich kann sogar alles löschen lassen. Es liegt ganz an euch, je nachdem, wie ihr euch anstellt.«

»Was ist mit unserem Rang?« wollte ein anderer Gefangener wissen.

»Wer sich für einen Streifen qualifiziert, der kriegt ihn auch.«

»Was sollen wir dafür tun?«

»Patrouillendienst. Irgendwo da draußen.«

»Die Tahn ausspionieren?«

»So dicht, wie wir herankommen.«

»Hört sich wie'n besserer Selbstmord an.«

»Stimmt«, nickte Sten. »Außerdem sind eure Zellen hier im Vergleich zu den Quartieren auf den Schiffen die reinsten Luxuswohnungen, bei unserer Verpflegung würde sogar ein Müllwurm das Kotzen kriegen, und meine Offiziere werden euch so eng auf der Pelle sitzen wie ein dreckiger Raumanzug. Ach ja, fast hätte ich es vergessen: wenn ihr Glück habt, kriegt ihr jeden Zyklus einmal frei. Und auch das passiert euch wahrscheinlich dann, wenn wir gerade auf einem Planetoiden sitzen, auf dem die spannendste Freizeitgestaltung darin besteht, Metall beim Oxidieren zuzuschauen.«

»Hört sich nicht gerade verlockend an.«

»Ganz bestimmt nicht, Sir«, meldete sich ein vierter Gefangener zu Wort. »Darf ich Sie etwas fragen? Etwas Persönliches?«

»Bitte sehr.«

»Warum machen *Sie* bei dieser Sache mit? Die Patrouillenleute sind alles Freiwillige. Sind Sie scharf auf 'ne Medaille?«

»Scheiß auf die Medaillen«, sagte Sten aus vollster Überzeugung. Dann dachte er daran, was er eigentlich hatte sagen wollen. »Wahrscheinlich würde es mir übel ausgelegt, wenn ihr das weitererzählt, was ich euch jetzt sage: es sieht ganz so aus, als stünden wir kurz vor einem verfluchten Krieg.«

»Mit den Tahn«, nickte Stens Ansprechpartner.

»Genau. Und wenn die Sache tatsächlich losgeht, bin ich wirklich lieber dort draußen, als daß ich mir hier unten auf Cavite den Hintern plattsitze – oder, wo wir gerade davon reden, wesentlich lieber als hier in diesem Schweinestall hinter euch.«

»Trotzdem glaube ich immer noch, daß einige von uns ziemlich blöde wären, wenn sie sich freiwillig melden würden.«

»Genau solche Leute suche ich. Verdammt blöde Freiwillige. Ich warte bis 16 Uhr im Büro des Oberheinis – Entschuldigung, des Oberwärters –, falls einige von euch sich für blöd genug halten.«

Zu seinem großen Erstaunen meldeten sich siebzehn Freiwillige. Ihm wurde nie ganz klar, daß sein Versprecher das Zünglein an der Waage gewesen war; nur jemand, der selbst schon hinter Gittern gesessen oder sich auf der falschen Seite des Gesetzes bewegt hatte, würde einen Wärter als Heini bezeichnen.

Kapitel 28

»Seit *wie vielen* Generationen ist Ihre Familie schon eine Soldatenfamilie, Lieutenant Sekka?« fragte Sten mit leicht ungläubigem Unterton.

»Seit mindestens zweihundert«, antwortete der Mann, der ihm am Tisch gegenübersaß. »Wenn man zu dem Zeitpunkt zu zählen anfängt, als der Sonko-Clan von der Erde auswanderte. Davor waren wir Mandingos, jedenfalls wird das berichtet, auch schon seit hundert Generationen ein Kriegervolk. Das heißt nicht, daß wir alle tatsächlich Krieger waren. Es gab Militärtheoretiker, Diplomaten, Politiker … einer von uns war sogar Schauspieler. Wir sprechen nicht sehr oft von ihm, obwohl er angeblich sehr gut gewesen sein soll«, lachte Sekka. Sein schnurrender Bariton schmeichelte dem Ohr fast ebenso wie seine perfekte Ausdrucksweise.

Sten warf erneut einen Blick auf Sekkas Akte. Alles sah sehr gut aus; es gab gerade genug Rügen und Verwarnungen von vorgesetzten Offizieren, um die Empfehlungsschreiben und die Auszeichnungen auszubalancieren.

»Sie sind ein risikofreudiger Mensch, habe ich recht?«

»Ganz und gar nicht«, sagte Sekka. »Jede Aktion sollte wohlüberlegt werden, aber wenn eine Sache mehr zum Erfolg als in Richtung Katastrophe tendiert, liegt die Entscheidung klar auf der Hand.«

Sten schob das Fiche mit der Akte wieder in den Umschlag zurück und streckte seine Hand quer über seinen winzigen Klappschreibtisch. »Ich begrüße Sie ganz herzlich hier an Bord, Lieutenant. Sie übernehmen die *Kelly*. Das zweite Schiff von links.«

Sekka nahm Haltung an und schlug sich dabei fast den Schädel an der Decke an. »Vielen Dank, Sir. Zwei Fragen noch. Wer sind meine anderen Offiziere?«

»Bis jetzt habe ich noch keine. Sie sind der erste, der sich verpflichtet hat.«

»Hmm. Mannschaft?«

»Sie haben vier Knastbrüder und einen eifrigen Unbescholtenen. Setzen Sie sie nach Gutdünken ein.«

»Jawohl, Sir.«

»Lieutenant Sekka? Ich habe auch noch eine Frage: Woher haben Sie von dieser Ausschreibung erfahren?«

Sekka hob eine Augenbraue. »Von der Anzeige des Admirals in den aktuellen Flottenprotokollen, Sir.«

Sten hielt sich bedeckt. »Klar. Habe ich ganz vergessen. Vielen Dank, Lieutenant. Das wär's dann. Schicken Sie beim Hinausgehen bitte Mr. Kilgour herein, wenn er nicht zu sehr beschäftigt ist?«

»Das hast du nicht getan, Kilgour.«

»Hab ich doch.«

»Wie?«

»Die Druckerei, in der dieses Lügenblatt hergestellt wird, hat nicht mal den Dunst einer Sicherheitsvorkehrung.«

»Du hast dich dort reingehackt und die Kolumne des Admirals gefälscht?«

»Ist das nicht ein bißchen zu krass ausgedrückt?«

Seit seinem Meisterstück damals auf Hawkthorne und dem jüngsten Fischzug bei den Gefangenen hielt sich Alex für **den** Anwerber vor dem Herrn.

Sten wechselte rasch das Thema. »Besteht die Möglichkeit, daß er die Spur bis zu uns zurückverfolgen kann?«

»Mir auf die Spur kommen, mein Freund? Dem Mann, der eigenhändig eine Verschwörung gegen unseren Imperator aufgedeckt hat?«

Sten verbarg das Gesicht in den Händen. »Mr. Kilgour, ich weiß ja, daß die Flotte trocken ist, aber vielleicht besteht doch die unwahrscheinliche Möglichkeit ...«

»Die unwahrscheinliche Möglichkeit besteht. Ich hole rasch die Flasche.«

Kapitel 29

Alex mochte Regen ganz gerne, besonders den konstanten grauen Nieselregen seines Heimatplaneten. Die tropischen Güsse, die auf Cavite niedergingen, stellten seine Geduld jedoch schon bald auf eine harte Probe. Er zählte die unbeschrifteten Eingänge in der schmalen Gasse ab, fand den richtigen und klopfte an die vergitterte Tür. Wahrscheinlich hörte sich sein Klopfen im Innern des Gebäudes wie ein Vorschlaghammer beim Aufwärmtraining an.

»Parole?« flüsterte eine Syntho-Stimme.

»Saunaß ist es hier draußen, und ich habe keine Lust, lange zu warten«, beschwerte sich Alex. Nicht besonders ärgerlich rammte er einen mit Metallbeschlägen versehenen Stiefelabsatz gegen die Tür.

Die Tür zersplitterte, Alex riß die beiden Hälften gänzlich heraus und trat ein.

Bevor der erste Wächter sich vom Flur her auf ihn stürzte, hatte er gerade noch Zeit festzustellen, daß das Freudenhaus recht nett eingerichtet war, sofern man auf roten Samt und düstere Gemälde stand. Alex drosch seinen Angreifer mit einer Türhälfte gegen die Wand, den nächsten pflückte er in vollem Lauf vom Boden, hob ihn hoch in die Luft und schleuderte ihn durch den Flur zurück – schneller, als er daraus herausgeschossen war.

»Ich suche einen gewissen Mister Willie Sutton«, verkündete Alex.

»Haben Sie einen Haftbefehl?« fragte die Syntho-Stimme.

»Nein.«

»Sind Sie bewaffnet?«

»Für wie bescheuert haltet ihr mich denn? Natürlich!«

»Halten Sie Ihre Hände bitte so, daß wir sie sehen können. Sie werden von Sensoren abgetastet. Sie reagieren unverzüglich auf jede elektronische Strahlung. Sie befinden sich konstant im Visier automatisch auslösender Waffen. Jede feindselige Aktion wird sofort erwidert, bevor Sie sie beenden können.«

Alex verspürte nicht wenig Lust, seine Reflexe gegen die Robotwaffen auszutesten, doch er versuchte, einigermaßen friedfertig zu bleiben.

»Gehen Sie weiter bis zum Ende des Flurs, vorbei am Eingang zum eigentlichen Etablissement. Am Ende des Flurs stoßen Sie auf eine Treppe. Gehen Sie hinauf und dann zum Ende des Korridors bis zur zweiten Tür. Dort treten Sie bitte ein und warten; wir versuchen inzwischen herauszubekommen, ob hier im Haus ein gewisser Willie Sutton bekannt ist.«

Alex befolgte die Anweisungen. Im Vorübergehen warf er einen Blick in die Rezeption des Bordells, verliebte sich zweimal, lächelte den betreffenden Damen höflich zu und ging weiter.

Kilgour war im Dienst.

Das Zimmer war mit noch mehr rotem Samt ausgekleidet, mit noch mehr alten Bildern vollgestopft und von mehreren Lampen mit Glasperlenschnüren mehr schlecht als recht beleuchtet. Etwas ungewöhnlich war die Einrichtung, die aus drei oder vier breiten, üppig bestickten Sitzkissen bestand. Kilgour stellte sich mit dem Rücken dicht an eine Wand und wartete.

Die Tür auf der anderen Seite des Zimmers öffnete sich.

»Gehe ich recht in der Annahme, daß Sie daran interessiert sind, sich als mein Leibwächter zu bewerben?«

Willie Sutton kam hereingewatschelt. Es handelte sich um einen Spindar, eine große – zwei Meter in jeder Richtung – schuppige Kreatur, die wie ein überdimensionaler Pangolin mit zusätzlichen Armen aussah. Da die Eigennamen der Spindars von der

153

Zunge des *homo sapiens* nicht ausgesprochen werden konnten, nahmen diese Wesen im allgemeinen einen Menschennamen an, zumeist einen berühmten Namen aus dem Berufsfeld, in dem sie tätig waren.

Kilgour hatte keine Ahnung, wer Willie Sutton war, aber er war sich ziemlich sicher, daß es sich keinesfalls um einen Menschenfreund gehandelt haben konnte.

»Technischer Offizier Alex Kilgour«, stellte er sich vor, ohne die Frage zu beantworten.

»Dann sind Sie also ein Deserteur, genau wie ich?«

»Keinesfalls Chief Sutton. Aber ich habe schon mal daran gedacht.«

»Sie sind nicht von der Militärpolizei. So wie Sie grimassieren, ganz bestimmt nicht. Wie können mein Etablissement und ich selbst Ihnen zu Diensten sein? Ich gehe im Interesse von uns beiden davon aus, daß Sie mir kein Leid zufügen wollen.«

»Wir möchten, daß Sie zurückkommen.«

Der Spindar schnaufte und lehnte sich nach hinten auf seinen Schwanz. »Zur Flotte? Wohl kaum. Ich habe während meiner Dienstzeit genug Kriegsgerichte tagen sehen, um großzügig darauf verzichten zu können.«

Sutton sagte die Wahrheit. Es gab wohl in der gesamten Imperialen Raumflotte keinen Versorgungsspezialisten, der so oft und fast immer für das gleiche Vergehen verurteilt worden war: Veruntreuung von Ausrüstungs- und Versorgungsgütern des Imperiums.

Außerdem gab es wohl keinen Versorgungsspezialisten, der so oft und fast immer für die gleichen Verdienste wieder in den ursprünglichen Rang zurückbefördert worden war: aufgrund herausragender Leistung und Unterstützung von (damaligen Rang einfügen) Sutton, konnte (Einheit oder Name des Schiffes einfügen) seine Mission innerhalb der vorgegebenen Anforderungen auf beispielhafte Weise ausführen.

»Wir brauchen einen Dieb«, sagte Kilgour.

Der Spindar schnaufte noch zweimal. Alex erklärte ihm, welche Probleme ihm und Sten zu schaffen machten.

Der Spindar überlegte, fuhr einen Satz Klauen aus einer Vorderpfote aus und riß einen Teil des Teppichs neben sich in Fetzen. Jetzt fiel Alex auf, daß der Teppich auch schon an anderen Stellen ähnlich zerfetzt war.

»Was ist mit den bestehenden Anschuldigungen, aufgrund derer, drücken wir es mal so aus, ich es für vorteilhafter hielt, mich von meinem letzten Posten zu entfernen?«

Kilgour zog zwei Fiches aus der Innentasche seines Hemdes und reichte sie Sutton. »Das erste ist Ihre echte Dienstakte, das Original. Betrachten Sie es als Geschenk.«

Der Spindar kratzte sich.

»Das zweite ist eine aktualisierte Version, an deren Entstehung ich, ohne groß angeben zu wollen, auch ein wenig beteiligt war. Könnte nich' sauberer sein. Sobald Sie sich zurückmelden, schleuse ich diese Version innerhalb weniger Minuten in die offiziellen Akten ein.«

»Ein ganz neuer Anfang«, kommentierte der Spindar verwundert.

»Mein Boß meint aber, nur unter einer winzigen Bedingung. Wenn Sie glauben, mit uns den gleichen Hokuspokus veranstalten zu können, passiert sehr bald etwas sehr Schreckliches. Ich möchte an dieser Stelle nicht weiter ins Detail gehen.«

»Die Abläufe von Zuhälterei und Prostitution sind inzwischen so voraussehbar geworden«, sagte der Spindar mehr zu sich selbst. »Ihr Menschen habt eine derartig beschränkte sexuelle Phantasie. Also zurück zum Dienst.« Er schnaufte. »Was für ein

155

sonderbarer Vorschlag.« Schnauf. »Richten Sie Ihrem Commander aus, daß ich ihm morgen bis zur gleichen Stunde eine Antwort übermitteln werde.«

Kapitel 30

Sten rekelte sich in seinem Stuhl. Seine Füße waren quer über den Schreibtisch ausgestreckt und an den Knöcheln übereinandergelegt. Innerlich war er angespannt und nervös und wartete auf den nächsten Schicksalsschlag. Äußerlich versuchte er möglichst gelassen zu wirken, den unbeteiligten Flotten-Offizier zu spielen.

Dabei fand er selbst, daß er wie ein verdammter Idiot aussah. Jetzt fehlte ihm nur noch ein dringendes Klopfen an der Tür, und schon war das ganze Panorama versaut.

Es klopfte tatsächlich an der Tür. Das Klopfen war so dringend, und ebenso dringlich wurde die Tür aufgestoßen. Bei dem Versuch, die Füße vom Schreibtisch zu reißen, hätte sich Sten beinahe die Knie verrenkt. Aufgeschreckt überlegte er einen Augenblick, welches Gesicht er aufsetzen sollte – gelangweilte Kommandeursgleichgültigkeit oder beherrschte Kommandeursbesorgnis. Doch es gab weder eine Kamera noch genügend Zeit, um die Zuckungen seiner Gesichtsmuskeln zu überprüfen, denn schon kamen Alex und der Spindar Sutton hereingeplatzt.

»Was liegt an, Gentle –«, wollte Sten gerade fragen.

»Sir!« legte Sutton sofort los. »Sie haben uns!«

Sten sah sich instinktiv mißtrauisch um. Wurde die *Gamble* gerade gestürmt? Gab es eine Invasion auf Cavite? Wurde der Tochter des Admirals Gewalt angetan? Sie haben uns? Wer denn? Sten überging das warum und das wo und ging direkt zum jetzt über.

Am meisten Sorgen bereitete ihm jedoch, wie er seine Beine entwirren und einigermaßen würdevoll auf die Füße kommen sollte. Alex rettete die Lage mit einer Erklärung:

»Was unser Mr. Sutton sagen will, Commander: sie haben uns erwischt. Ich habe keine Ahnung, wobei, aber wir haben es wohl eine Spur zu heftig getrieben.«

Sten verkniff sich ein Lachen. Er konnte sich sehr gut vorstellen, was da vor sich ging. Alex hatte sich schon viel zu lange auf sein Glück verlassen. Jetzt war es an der Zeit, daß Sten einiges ausbügelte. Er setzte eine sehr besorgte Miene auf und hätte sich beinahe väterlich geräuspert. Dann erhob er sich mit der ganzen Würde, die man in einem zwei auf drei Meter großen Raum entfalten kann.

»Und wo, verehrte Gentlemen, liegt dabei das Problem?« Seine Stimme klang sehr sachlich und unaufgeregt.

»Sir, was wir gerade zu erklären versuchen«, versuchte es Sutton noch einmal. »Wir werden gerade von den Bullen hochgenommen!«

Sten ließ zu, daß ihn die beiden zur Tür hinauszerrten.

Draußen vor den Docks hatten sich eine Phalanx Grüner Minnas sowie fünf Polizei-Gleiter mit jeweils zwei Polizisten aufgebaut.

»Wie ich bereits anzudeuten versuchte, Sir«, meinte Sutton. »Sie haben uns!« Mit vorwurfsvollem Blick und einem leichten Zittern in der Stimme wandte er sich an Alex. »Sie haben mich ausgeliefert.«

»Sie? Für wen halten Sie sich eigentlich? Nicht gleich größenwahnsinnig werden, mein Freund! Die wollen uns nämlich alle hier am Arsch kriegen!« Alex warf Sten einen Blick zu. »Ich glaub, wir haben ziemlich schlechte Karten. Aber wenn da noch was drin ist, dann wäre es angebracht, sofort etwas zu unternehmen, Sten!«

Sten hüllte sich weiterhin in überlegenes Schweigen. Zu seiner Verwunderung schien es seine Wirkung auf die beiden Gestalten neben ihm nicht zu verfehlen. Nach einigen quälenden Sekunden zischte es am ersten Gleiter. Die Fahrertür öffnete sich, und ein riesenhafter Angehöriger der Polizeitruppe von Cavite schälte sich heraus. Ein weiterer Moment diente dem Glattstreichen der Uniformjacke. Dann kam das Geräusch wohlgesetzter Stiefelabsätze auf Sten zu. In der ausgestreckten Hand des Mannes flatterte ein sehr offiziell aussehendes Blatt Papier.

»Ein Haftbefehl, jede Wette«, flüsterte Alex.

Sten schwieg.

Der Polizist blieb vor Sten stehen, salutierte lässig und händigte ihm das Dokument aus. Alex schielte ebenfalls darauf und konnte sein Staunen nicht verbergen.

»Wußtest du das nicht?« fragte er.

»Doch«, erwiderte Sten. »Vielen Dank, Constable Foss«, sagte er förmlich.

»War mir eine Freude, Sir«, erwiderte Foss. »Wenn ich Sie jetzt aber bitten dürfte, Sir. Wir haben alle gerade Frühstückspause. Können Sie zwanzig Rekruten in weniger als einer Stunde abfertigen? Oder sollen einige von uns später noch einmal zurückkommen?«

Alex stieg allmählich durch. »Aha, zwanzig von euch, stimmt's? Komm rein, komm rein, sagte der Apfelmost zur Fliege.«

Einige Sekunden später ließen er und Sutton die Polizisten in Reih und Glied antreten.

»Darauf läuft's also hinaus«, flüsterte er zu Sten. »Verdammte Bullen rekrutieren!«

158

Sten bedachte Alex mit seinem allerbesten Vorgesetztenblick. »Ist der Krieg nicht die Hölle?«

First Lieutenant Ned Estill war ein in Bernstein versiegeltes Wunder. Er sah schneidig aus! Hörte sich schneidig an! Er war schneidig! Und sein Rapport stand seiner weißen Ausgehuniform an Paßgenauigkeit und Korrektheit in nichts nach. Er salutierte messerscharf vor Sten und knallte die Hacken zusammen.

»Wenn das alles ist, *Sir*!«

Selten war Sten ein derartiger Ausbund an Perfektion unter die Augen gekommen. Estill gehörte zu der Sorte von Offizieren, die sogar ihren Kommandeuren das Gefühl vermittelten, sie hätten einen angeschmuddelten Kragen. Der Vergleich war besonders treffend, denn Sten und Alex trugen, wie meistens in letzter Zeit, ihre verdreckten Ingenieuroveralls. Estills Vorstellungsgespräch war aus dem Stegreif abgelaufen – eine kurze Unterbrechung der Tour mit der Fettspritze durch das Schiff. Sten wurde den Mann fast ebenso schwer los, wie ihm das ganze Gespräch gefallen war. Wie ging man mit einem Werbeplakat für die Flotte um?

»Wir werden uns bei Ihnen melden, Lieutenant«, sagte Alex und verhalf Sten zu maßlosem Staunen. Als Estill mit einem tadellosen Schwenk um 180 Grad kehrtmachte und mit knallenden Absätzen die Gangway hinuntermarschierte – wahrscheinlich konnte er gar nicht richtig gehen –, mußte sich Sten den heruntergeklappten Unterkiefer fast mit der Hand wieder hochschieben.

Dann lehnte er sich erleichtert an die Bordwand.

»Wer hat den denn geschickt?« wollte er von Alex wissen. »Das muß doch ein Spion oder so etwas sein. Niemand, wirklich niemand von diesem Kaliber würde sich freiwillig für unsere Winzbötchen melden.«

»Der ist kein Spion«, meinte Alex, »obwohl er von Anfang an zu van Doormans Truppe gehört hat. Unser Spindar hat ihn überprüft.«

»Na schön«, sagte Sten, »wirf aber trotzdem noch einen Blick in seine Akte. Belobigungen, Auszeichnungen, Medaillen, lobende Anerkennungen für die Durchführung besonderer Aufgaben. Persönliche Empfehlungen von Vorgesetzten.«

»Er hat bis jetzt nur in Friedenszeiten gedient, mein Freund«, erinnerte ihn Alex. »Außerdem findet sich da kein einziges gutes Wort von seinem allerhöchsten Boß, unserem allseits beliebten Admiral van Doorman selbst.«

»Estill ist viel zu gut«, wiederholte Sten. »Ich traue ihm nicht über den Weg.«

»Wir haben genug Leute für die vier Schiffe«, gab Alex zu bedenken. »Was uns noch fehlt, sind zwei Captains.«

Sten ließ sich alles eine Weile durch den Kopf gehen und fragte sich immer wieder, ob Lieutenant Estill nun die Antwort auf seine Gebete oder der Nährboden seiner zukünftigen Alpträume war. Außerdem … hatte Estill vielleicht …

»Glück. Ich frage mich, ob der Junge Glück hat«, murmelte Alex und führte damit Stens Gedanken zu Ende. »Wie verzweifelt sind wir denn?«

»Wenn ich ihm einen guten Ersten Maat zur Seite stelle …«, überlegte Sten.

Über ihnen ertönte plötzlich ein lautes Dröhnen, und eine Megaphonstimme spratzelte über die Docks. »Hey, ihr Scheuerlappen, erhebt die müden Ärsche und seid mal einer Lady behilflich!«

Als Sten und Alex nach oben blickten, sahen sie eine Rostbeule von Abschleppschiff über ihren Köpfen schweben. Die Schlepperpilotin hatte bereits ein Schiff am Haken baumeln und schob sich direkt über der *Gamble* in Position. Lange, sehr bewegliche Robotarme schlängelten sich aus dem Fahrzeug heraus und fingen an, die Halteseile der *Gamble* zu lösen.

»Was zum Henker veranstaltet ihr da oben eigentlich?« brüllte Sten hinauf.

Wieder ertönte die metallisch dröhnende Stimme einer Frau: »Wie sieht's denn aus? Wir bringen Ihr Schiff zu den Antriebs-Prüfständen. Sie sind doch heute dran, oder nicht? Oder informiert Ihr Captain seine Offiziere nicht darüber, was anliegt?«

»Sie können nicht zwei Schiffe auf einmal durch die Gegend schleppen«, schrie Sten zurück.

»Wetten daß? Mensch, wenn ich meinen guten Tag habe, schaffe ich sogar drei! Jetzt kümmern Sie sich aber mal um das Seil, Mister!«

Leicht amüsiert taten die beiden Männer, was die Frau von ihnen verlangte. Dann schauten sie staunend zu, wie sie die *Gamble* innerhalb weniger Sekunden in eine große Halteschlaufe unterhalb des ersten Schiffs bugsierte. Der Antrieb des Schleppers brüllte auf, und schon war sie wieder verschwunden.

»Toller Pilot, das Mädel«, kommentierte Alex. »Selten gesehen, sowas.«

Sten hörte schon nicht mehr zu. Er rannte die Docks entlang dem Schlepper hinterher, der sich seinen Weg zu den Prüfständen bahnte. Als er das Gelände erreicht hatte, ließ die Pilotin die *Gamble* gerade in die für sie vorgesehene Bucht herunter.

»Hey, ich komme an Bord!« schrie Sten und kletterte auch schon, ohne auf Erlaubnis zu warten, an den herabbaumelnden Stricken zu dem Schlepper hinauf.

Kurz darauf saß er in der winzigen Pilotenkanzel eingequetscht. Die Frau selbst war noch beeindruckender als ihre unzweifelhaften fliegerischen Talente. Sie war schlank, ziemlich

161

groß, mit riesigen dunklen Augen und schwarzem Haar, das unter ihrer Pilotenkappe festgesteckt war, und sie maß Sten mit einem abschätzenden, leicht amüsierten Blick.

»Wenn das deine Methode ist, eine Lady auf ein Glas Bier einzuladen«, sagte sie, »dann Hut ab vor deiner Dreistigkeit. In zwei Stunden habe ich frei.«

»Daran habe ich eigentlich nicht gedacht«, antwortete Sten.

»Ach, ehrlich? Was für 'ne Sorte Raumfahrer bist du denn?«

»Ich gehöre zu der Sorte *Commander*«, erwiderte Sten trocken.

Die Frau warf ihm einen erschrockenen Blick zu und stöhnte dann auf. »Ach du Schande. Ich und meine große Klappe. Jetzt bin ich wohl meinen Job los. Aber was soll's – schließlich war ich ja auch auf der Suche, als ich diese Stelle hier angenommen habe.«

»In diesem Fall sollten Sie sich morgen früh um acht Uhr bei mir melden«, sagte Sten. »Ich habe einen Job für einen Ersten Maat.«

»Sie belieben wohl zu scherzen.« Die Frau war jetzt richtig durcheinander.

»Keinesfalls. Hätten Sie Interesse?«

»Einfach so, was? Erster Maat?«

»Genau. Einfach so. Abgesehen davon, daß Sie mich von jetzt an mit ›Sir‹ anzureden haben.«

Sie überlegte kurz und nickte dann. »Ich glaube, daran könnte ich mich gewöhnen.«

»Sir«, rief ihr Sten ins Gedächtnis.

»Sir«, sagte sie.

»Wie heißen Sie eigentlich?«

»Luz. Luz Tapia. Oh, Mist, ich meinte Luz Tapia, Sir.«

Auf diese Weise hatte Sten mit einem Schlag das Problem der *Richards* und seiner Zweifel Estill gegenüber gelöst.

Blieb nur noch das Problem mit dem Skipper für die *Claggett.*
Bislang schien diese letzte Hürde unüberwindlich. Alex und Sten
brüteten über den wenigen auf ihrer Liste verbliebenen Namen.

»Was für ein trauriger Haufen«, meinte Alex. »Von diesen Töl-
peln würde ich keinem einzigen auch nur einen A-Grav-Gleiter
anvertrauen.«

Sten mußte ihm beipflichten. Dabei rann ihm die Zeit durch
die Finger, was die Sache nicht gerade leichter machte. Van Doorman hatte seine Haltung nicht geändert. Seine Adjutanten be-
drängten Sten regelmäßig mit Anfragen hinsichtlich des Stands
der Dinge und ließen bei dieser Gelegenheit nur mäßig verhüllte
Drohungen fallen.

Sten hatte sich noch nicht oft in seinem Leben alleingelassen
gefühlt. Jetzt war es soweit.

Ein lautes Kratzen kam von der Tür her.

»Herein!« rief Sten.

Nach einer Weile ertönte erneut das Kratzen.

Sten sprang auf. »Was zum Henker ...« Er drückte auf den
Knopf, und die Tür fuhr mit einem Zischen auf. Das blanke Entsetzen starrte ihn an. Sten machte vor Freude einen Luftsprung.

»Was treibt dich denn hierher?« schrie er.

»Ich habe gehört, du suchst noch einen Captain«, antwortete
das blanke Entsetzen.

Dann fiel Sten Sh'aarl't in die vielen Arme.

Kapitel 31

Schon als er unter dem barocken Eingangsportal zum Gelände des Offiziersclubs hindurchging, fing Sten an, sich als Blödmann und hirnverbrannten Idioten zu beschimpfen. Am anderen Ende des weitläufigen und sehr gepflegten Gartens – der, da war sich Sten so gut wie sicher, von armen Rekruten in Ordnung gehalten wurde, die von ihren Vorgesetzten zum Gartendienst gepreßt wurden – sah er das palastartige, ausladende Gebäude, das den Club beherbergte.

Selbst nach Erstweltstandards mußte man das blendendweiße, von unablässig darüber hinwegspielenden Lichtern angestrahlte Gebäude mit seinen vielen Säulen als »todschick« bezeichnen. Auf dem Hauptgebäude thronte eine kupfergelbe Kuppel, die verdächtig nach Goldüberzug aussah. Sten knirschte mit den Zähnen, als er daran dachte, wie viele Schiffe man für diese horrenden Ausgaben hätte ausstatten können.

Der Lärm seiner feiernden Offizierskollegen und -kolleginnen drang bis nach draußen. Er hatte sofort den Eindruck, als schien das Lachen eine Spur zu laut, das freudige Gejohle ein wenig zu schrill.

Beinahe wäre er auf der Stelle umgekehrt. Doch dann dachte er: ›Was soll's!‹ Er war hierhergekommen, um bei einem angemessen guten Festmahl und einigen Drinks zuviel ordentlich zu feiern. Fest entschlossen, sich zu amüsieren, ging er weiter. Schließlich konnte es in van Doormans Entourage nicht nur Idioten geben. Ganz sicher hielten sich hier auch einige interessante Lebewesen auf.

Zu seiner Linken ragte ein riesiger Baum in den dunklen Nachthimmel. Als er daran vorüberschritt, löste sich eine Gestalt aus dem Schatten und kam auf ihn zu. Sten wirbelte herum, das Messer glitt in seine Handfläche. Die Gestalt schien sich auf ihn stürzen zu wollen, doch gerade, als Sten zum Stich ansetzte, roch er die eigenartige Mischung aus starkem Alkohol und betäubendem Parfum. Statt zuzustechen, fing er auf – und hielt plötzlich eine zarte Überraschung in seinen Armen.

Die junge Frau sah ihn mit trübem Blick an und brachte dann ein schiefes Grinsen zustande. Offensichtlich erkannte sie ihn wieder: »Ach, Sie sind das«, kicherte sie. »Sie sind wohl extra gekommen, um mich ein bißchen zu knuddeln.«

Es war Brijit van Doorman, des Admirals Töchterlein. Und sie war ziemlich betrunken.

Sten versuchte verzweifelt, sie wieder auf die Füße zu stellen und loszulassen, doch es gelang ihm nicht. Im Gegenteil, es ließ sich nicht vermeiden, daß er sie an Stellen berührte, die er besser nicht berührt hätte. Vor seinen Augen tanzten Visionen von Exekutionskommandos.

»Was ist denn mit dir los?« beschwerte sich Brijit. »Hast du noch nie ein Mädchen mit einem kleinen, winzig kleinen – ich meine, einem ganz winzig kleinen Schwips gesehen?«

»Ich bitte Sie, Miss van Doorman …«, stieß Sten hervor.

Wieder ließ sie sich gegen ihn fallen; als Sten sie festhalten wollte, entglitt sie seinen Fingern, als sei sie eingefettet, und dann fiel sie auf den Rasen. Dort wurde sie von einer Mischung aus Lachen und Schluckauf befallen.

»Wir haben ein – Hick! – einen Wettbe … Wettbewerb gemacht. Einen Trink – Hick! – Trinkwettbewerb. Ich habe gewonnen.«

»Das glaube ich gern.«

»Ihm hat es nicht gefallen.«

»Wer ist er?« fragte Sten nach.

Jetzt wurde Brijit sehr förmlich: »*Er* ist mein Verlobter. Der gute alte Dingens ... Rey. Genau, Rey. Rey Hall ... äh, Rey Halldor. Meine große, große, große Liebe.«

Das Exekutionskommando vor Stens geistigem Auge verschwand und machte einer winzigen, hilflosen Gestalt Platz, die kielgeholt wurde. Die Gestalt sah Sten verteufelt ähnlich.

»Soll ich vielleicht Rey holen gehen?« fragte er.

»Nein, nein, nein. Er steckt mit Daddy zusammen. Daddy mag auch nicht, daß ich trinke.«

Hervorragend. Schlimmer hätte es gar nicht kommen können. Jedenfalls war Sten dieser Meinung, bis Brijit zu weinen anfing, und das nicht einmal in niedlichen kleinen damenhaften Schniefern, sondern laut aufjaulend. Sten sah, wie mehrere Leute neugierig aus dem Fenster schauten.

»Kommen Sie. Ich bringe Sie nach Hause«, sagte er.

Sofort hörte sie auf zu weinen und sah ihn verschwörerisch an. »Genau. Nach Hause. Dann erfährt niemand etwas davon.«

»Da haben Sie recht. Niemand erfährt etwas davon. Dann wollen wir mal los.«

Es dauerte gut fünf Minuten, bis er sie einigermaßen auf den Beinen hatte, und auch dann sackte sie immer wieder unverhofft zusammen. Sten nahm sie auf den Arm und trug sie den ganzen Weg und durch das Eingangstor zurück, bis zu seinem A-Grav-Gleiter.

Kaum hatte er das Gelände verlassen, fiel sie in eine tiefe Ohnmacht. Sten wäre beinahe explodiert. Von allen verdammten kleinen ... Ach, was soll's. Er würde den Weg schon finden. Schon tippte er ihren Namen in den Speicher des Gleiters, fand ihre Adresse und stellte den Autopiloten an.

Während sie durch die Stadt glitten, betrachtete er sie etwas genauer. Bis auf das sanft gerötete Gesicht und den leicht geschwollen wirkenden Mund verriet nichts, daß sie völlig betrunken war.

Na und? Dann war sie eben betrunken! Sten fiel auf, daß es gewiß kein Vergnügen war, mit van Doorman verwandt zu sein. Schließlich hatte auch sie ein Recht darauf, sich ein wenig die Hörner abzustoßen.

Die schlafende Brijit sah sehr friedlich aus, unschuldig wie ein kleines Mädchen und … und … Langsam, Sten, immer langsam, reiß dich zusammen. Sie sieht wirklich umwerfend aus. Aber sie ist trotz allem die Tochter des Admirals, schon vergessen? Du darfst nicht einmal daran denken, hörst du? Sofort aufhören damit!

Brijit wachte auch nicht auf, als sie vor ihrem Haus ankamen; Sten mußte sie hineintragen und ins Bett legen. Dann löschte er das Licht und verließ rasch das Haus.

Draußen neben seinem Gleiter stand ein wütender blonder Mann. Der Mann trug Uniform und die Insignien eines Commanders. Sten hatte ihn schon einmal gesehen: vor van Doormans Büro. Damals hatte er Shorts getragen und Brijit begleitet. Sten mußte nicht allzuviel detektivische Energie aufbringen, um herauszufinden, wer dieser Mann war.

»Da bist du ja, du Schurke! Ich werde dich lehren –«

Der Mann holte mit der Faust fast bis zu seinem Knie aus und schlug gerade nach oben. Sten trat einen Schritt zurück, und sein Gegner wurde vom eigenen Schwung beinahe zu Boden gerissen.

»Sie müssen Rey Halldor sein«, sagte Sten. »Brijits Verlobter.«

»Da hast du verdammt nochmal recht«, stieß Halldor hervor und holte erneut aus.

Sten duckte sich und streckte dann beide Hände von sich; er wollte keinen Streit. »Hören Sie gut zu, Halldor. Ich hatte mit alldem nicht das geringste zu tun. Sie hat sich betrunken. Ich fand sie und brachte sie nach Hause. Punkt. Das ist alles. Sonst ist nichts vorgefallen.«

Wieder ging Halldor mit wirbelnden Fäusten auf ihn los. Sten versuchte, seitlich auszuweichen, doch dabei erwischte ihn einer der Schläge am Ohr. Es tat höllisch weh.

»Na schön, du Blödmann«, sagte Sten.

Ein Arm versteifte sich, eine Hand packte zu, und ehe er sich versah, lag der Mann rücklings auf dem Boden. Ungläubig glotzte er Sten an.

»Du ... du hast mich geschlagen«, stammelte ein verdutzter Halldor.

»Exakt beobachtet. Ich habe Sie geschlagen, Commander«, antwortete Sten. »Und wenn Sie wieder aufstehen, wird es nicht dabei bleiben.«

»Gib mir sofort deinen Namen, du Saukerl.«

»Der Saukerl, mit dem Sie sich gerade unterhalten, ist Commander Sten, zu Ihren Diensten.«

»Diese Sache hat noch ein Nachspiel«, sagte Halldor.

»Von mir aus.«

Sten sprang in seinen A-Grav-Gleiter. Beim Eintippen des Codes, der ihn nach Hause bringen würde, hätte er beinahe das Armaturenbrett zerschlagen.

Einfach hervorragend, auf welche Weise du Leute kennenlernst, Freund Sten. Da kannst du noch von Glück sagen, daß man dir auf der Erstwelt alle rauhen Ecken und Kanten abgeschliffen hat!

Kapitel 32

»He, Chef, ich glaube, ich hab da was«, sagte Foss.

Trotz seiner Jahre bei der militärisch nicht gerade hyperkorrekten Sektion Mantis fühlte sich Warrant Officer Kilgour gestört: »Es heißt ›Commander Sten‹, mein Sohn. So macht man nicht Meldung.«

Sten mußte grinsen und wartete nicht darauf, bis Foss andere Worte gefunden hatte, sondern marschierte sofort zur anderen Seite der Kommandobrücke der *Gamble* – was bei einer Seitenlänge von vier Metern kein großes Kunststück war – und blickte auf den Bildschirm.

»Aha«, sagte er und wartete darauf, daß der Computer eine bessere Analyse als ein Piepsen, einen Sektor und eine ungefähre Entfernungseinschätzung ausspuckte. »Das ist tatsächlich etwas. Sieht nicht nach Vögeln aus.«

Foss errötete.

Stens Flottille befand sich in der dritten Woche auf Übungsflug – und das Ganze war nicht unbedingt eine Vergnügungsfahrt.

Man nehme abgebrühte Verbrecher mit Flotten-Erfahrung, ein paar Polizisten ohne jede militärische Erfahrung, dazu eifrige Freiwillige sowie ziemlich unerfahrene Offiziere und packe diese Mixtur in vier hochmoderne Patrouillenboote! Die Bezeichnung »hochmodern« würde dabei jeder Ingenieur oder Techniker mit Raumerfahrung sofort umdefinieren zu: »Versprochen wird alles und so gut wie nichts eingehalten, das geht garantiert bei einer echten Belastungsprobe, oder wenn es wirklich darauf ankommt, zu Bruch.« Die Patrouillenschiffe der *Bulkeley*-Klasse erfüllten diese Beschreibung ziemlich exakt.

Seit dem Start der *Gamble,* der *Claggett*, der *Kelly* und der *Richards* von der Basis auf Cavite waren Sten und Alex vielleicht zwanzig Stunden Schlaf vergönnt gewesen. Der Start selbst, der als sanftes Herausgleiten aus der Atmosphäre gedacht war, gestaltete sich zu einem wüsten Hopser in den Weltraum. Der AM₂-Antrieb von Sh'aarl'ts Schiff, der *Claggett*, hatte sich geweigert, anzuspringen, und die Formation hatte sich mit den Yukawa-Triebwerken in eine Kreisbahn geschlichen. Es kostete mehrere Stunden, sämtliche Kreisläufe zu überprüfen, bevor sie entdeckten, daß in der Konstruktionshalle jemand sein Käseblatt – mit der Schlagzeile: »Vermählt sich der Imperator endlich? Hübsche Begleitung aus Nirvana beim Großen Ball gesichtet« – zwischen zwei Filterscheiben vergessen hatte.

Stens Kommentar hinsichtlich der Vögel war kein Witz; die Schirme des Schiffs hatten zuvor bereits einen von Cavites Monden als Wasservögel identifiziert, und diese Identifikation war auch noch vom *Jane's* des Schiffes bestätigt worden. Schlimmer noch: als angebrachte Gegenmaßnahme hatte der Bordcomputer Pfeil und Bogen vorgeschlagen. Die von Berufs wegen paranoiden Rekruten aus Cavites Polizeiabteilung vermuteten natürlich sofort Sabotage sowie Tahn-Sympathisanten auf Seiten der Konstruktionsfirma dahinter. Sten wußte es jedoch besser – im Laufe der Jahre hatte er gelernt, daß besonders hochgezüchtete Computer etwas entwickelten, was man bei einem Menschen schwarzen Humor nennen würde. Foss war es gelungen, die Fehlschaltung innerhalb eines Tages zu finden und zu korrigieren.

Eric Foss war wirklich der reinste Glücksgriff gewesen. Wäre er nicht bei der ursprünglichen Auswahl der Polizeikräfte dabeigewesen, hätten ihn Sten und Alex womöglich übergangen. Er war ein stämmiger, rotgesichtiger junger Mann, kaum alt genug, um dem Militär beizutreten, von der Polizei ganz zu schweigen.

Die wenigen Monate seiner aktiven Dienstzeit hatte er auf Cavite als Verkehrspolizist verbracht.

Trotz seiner imposanten Gestalt war der junge Mann so ruhig und verhalten, daß er fast schläfrig wirkte. Seine Testergebnisse hinsichtlich aller Arten von Nachrichtensystemen waren jedoch geradezu unglaublich gewesen. Sten hatte ihn persönlich noch einmal getestet, wobei Foss seine Ergebnisse sogar noch verbesserte. Wäre Sten abergläubisch gewesen, hätte er Foss gewiß für einen Sensitiven gehalten. Statt dessen machte er ihn zum Verantwortlichen für die Kommunikation seiner Flottille.

Der Übungsflug wurde fortgesetzt, und das war stets auf eine morbide Art und Weise interessant. Die Düsen des Feueralarmsystems waren falsch geschaltet und spritzten die Waffenkammer bis obenhin voll Schaum; für die Bedienung der Kombüseneinrichtung brauchte man einen Doktortitel, und die Erfrischungsautomaten waren noch schlimmer.

Andererseits warteten die Antriebsaggregate mit einer Leistung auf, an die selbst die Hersteller nicht geglaubt hätten; die Zielerfassung erfolgte superschnell, und die Raketenabschußtests gingen reibungslos über die Bühne.

Entgegen allen Erwartungen schaffte es die so grob zusammengewürfelte Besatzung recht schnell, zu Teams zusammenzuwachsen. Der einzige Zwischenfall ereignete sich, als ein Ex-Sträfling beim Streit um das letzte Stück Sojasteak gegen einen Ex-Polizisten das Messer zückte. Der Ex-Bulle hatte dem Mann den Arm sechsmal gebrochen, das Messer vernichtet und dem wachhabenden Offizier erzählt, daß der arme Kerl über irgend etwas gestolpert sein mußte.

Sogar die oberen Ränge rauften sich zusammen. Sh'aarl't führte sich auf der *Claggett* so gut ein, wie Sten es erwartet hatte. Lamine Sekka befehligte die *Kelly* auf bewundernswerte

Weise, und Sten begriff, wie die Sippe dieses Mannes über so viele Generationen als Krieger hatte überleben können. Mit Unterstützung von Unteroffizier Tapia kam auch Lieutenant Eskill auf der *Richards* zurecht. Er zeigte zwar noch immer die Tendenz, jeden Befehl fast schon bevor er ausgesprochen wurde, sklavisch zu befolgen, doch Sten hatte die Hoffnung noch nicht aufgegeben.

Wenigstens war bislang noch keiner seiner Leute in die Antriebskammer gefallen, außerdem hatten sie noch nichts Wesentliches gerammt. Sowohl Sten als auch Alex, die meist mit dem Nimbus von »noch nicht ganz, Jungs, versucht es noch einmal« auftraten, waren insgesamt sehr zufrieden.

Nur der Schlaf verwandelte sich in ein immer verlockenderes Luxusgut.

Noch sieben Schiffstage, versprach sich Sten. Dann üben wir Landung und Tarnung auf dem schönsten und verlassensten Planeten, den wir finden können, und dann wird auch tiefe Zen-Atmung geübt.

Genau in diesem Moment blökte der Kontaktalarm los. Das bescheidene Blinken des Bildschirms verwandelte sich in einen wahren Wortschwall:

OBJEKT ALS NICHT-NATÜRLICH IDENTIFIZIERT. OBJEKT IDENTIFIZIERT ALS VON AM_2 ANGETRIEBENES RAUMSCHIFF. OBJEKT AUF FOLGENDEM BERECHNETEN KURS ... (NICHT AUF KOLLISIONSKURS) ... SCHIFFSPROFIL NICHT IN ÜBEREINSTIMMUNG MIT EINTRAGUNGEN IM *JANE'S* ... SCHIFF SENDET AUF KEINER WELLENLÄNGE INNERHALB DES EMPFANGSBEREICHS ... SCHIFF MÖGLICHERWEISE MIT EINEM AUFKLÄRUNGS- UND SPIONAGEAUFTRAG UNTERWEGS ...

Der Text verwandelte sich in den Umriß des herannahenden Schiffs. Sten und Alex starrten auf den Bildschirm.

»Eine häßliche Schüssel, was auch immer das sein mag«, sagte Alex.

»Fast so häßlich wie die *Cienfuegos*«, bekräftigte Sten Kilgours Aussage. Damit meinte er das als Schürfraumschiff getarnte Spitzelschiff, auf dem sie es während ihrer Zeit bei Mantis fast geschafft hätten, sich umzubringen.

Alex kam als erster darauf: »Foss, mein Junge, funken Sie das Ding mal auf der Notfrequenz an.«

Bevor Foss die Frequenz eingeben konnte, veränderte sich der Bildschirm erneut:

ANALYSE DER ANTRIEBSEMISSION ABGESCHLOSSEN – ANTRIEBSCODE DEUTET AUF SCHIFF AUS DEN TAHN-WELTEN HIN.

Sten schaltete das Mikro ein: »An das unbekannte Schiff … an das unbekannte Schiff … hier ist das Imperiale Patrouillenboot *Gamble*. Sie operieren in einem geschlossenen Sektor. Ich wiederhole: Sie operieren in einem geschlossenen Sektor. Bereiten Sie sich auf eine Überprüfung vor.«

Ohne eine Antwort abzuwarten, langte er über Foss' Schulter und schaltete auf die »Schiff-zu-Schiff«-Frequenz. »*Claggett, Kelly, Richards,* hier spricht die *Gamble*. An alle Schiffe, alle Abteilungen. Sämtliche Waffensysteme auf volle Bereitschaft. Alle Schiffe auf meine Flugmuster abstimmen. Alle Kommandeure zum Eingreifen bereithalten. Das hier könnte sich nicht als bloße Übung herausstellen. Sobald wir beschossen werden, sofort zurückfeuern. Ich wiederhole: das hier ist wahrscheinlich keine Übung. *Gamble* over.«

Ein Lautsprecher plärrte los: »An Imperiales Schiff *Gamble*, hier ist die *Baka*. Haben letzten Teil nicht verstanden, over.«

Sten schaltete die Frequenz wieder um. »*Baka*, hier ist die *Gamble*. Ich wiederhole meinen letzten Satz: Machen Sie sich bereit. Wir kommen zur Inspektion an Bord.«

»Hier *Baka*. Wir protestieren gegen Ihr Vorgehen. Wir sind ein ziviles Forschungsschiff mit korrekten Papieren. Sollte unser Kurs irrtümlicherweise fehlgeleitet sein, akzeptieren wir eine Eskorte aus dem verbotenen Sektor. Wir wünschen nicht, daß jemand an Bord kommt.«

»Hier *Gamble*. Wir fliegen auf Parallelorbit. Wir werden innerhalb von … acht E-Minuten an Bord kommen. Jeder Versuch, sich unserer Inspektion zu entziehen oder Widerstand zu leisten, wird mit den entsprechenden Gegenmaßnahmen vergolten. Hier *Gamble*. Over.«

Sten wandte sich an Alex. »Mr. Kilgour. Sie … ich … Pistolen. Vier Mann mit Willyguns. Auf geht's.«

Stens Besatzung bestand zwar nicht gerade aus rundum ausgebildeten Raumfahrern, doch vom Einbrechen und Einsteigen verstanden sie so einiges. Einbrechen war nicht nötig, da die *Baka* ihre Schleuse entriegelt hatte. Die äußere Schleusentür glitt auf. Auf jeder Seite der Andockröhre stand ein Mann mit – nicht ganz – angelegter Willygun. Die anderen flankierten Sten und Alex. Sie betraten die Andockröhre, und als sie von ihrem eigenen künstlichen Schwerkraftfeld in das der *Baka* wechselten, veranstalteten ihre Mägen einen kleinen Salto.

Jetzt öffnete sich die innere Schleusentür der *Baka*.

Sten erwartete einen lautstarken Protest zum Empfang; statt dessen umfing sie stille Wut.

Der kommandierende Offizier des Schiffs stellte sich als Captain Deska vor. Obwohl er sich sehr gut unter Kontrolle hatte, war sein Zorn förmlich greifbar. »Captain … Sten, diese Aktion ist völlig ungerechtfertigt. Ich werde sofort bei meiner Regierung Protest dagegen einlegen.«

»Weshalb denn?«

»Der einzige Grund, weshalb Sie uns aufbringen, ist der, daß wir Tahn sind. Das ist blanke Diskriminierung – meine Firma hat nicht das geringste mit Politik zu tun.«

Meine Firma? Ein Schiffskommandeur, der für jemanden arbeitet, würde kaum den Ausdruck »meine« Firma benutzt haben. Sten fand, daß dieser Deska kein besonders guter Bluffer war. »Sie befinden sich hier in einem verbotenen Sektor«, sagte er.

»Sie irren sich. Wir sind im Besitz einer gültigen Durchreiseerlaubnis. Sie befindet sich in meiner Kabine.«

Sten lächelte höflich. Diese angebliche Erlaubnis interessierte ihn ungemein.

Deska zeigte ihnen den Weg zu seiner Kabine. Die Gänge waren, im Gegensatz zu jedem normalen Forschungsschiff, blitzblank sauber und frisch anodisiert. Auch die Besatzungsmitglieder sahen verdächtig aus. Es handelte sich mitnichten um die bärtigen Einzelgänger und Techniker, die man normalerweise auf einem Langzeit-Explorer antraf; statt dessen waren alle glattrasiert, hatten korrekt kurz geschnittene Haare und trugen alle die gleichen Overalls.

Sten brauchte nicht lange, um die Erlaubnis durchzugehen. Er warf das Fiche auf die schmale Konsole von Deskas spartanisch eingerichtetem Quartier und erhob sich wieder.

»Sehen Sie«, sagte Deska. »Diese Erlaubnis wurde eigens bei Ihrem Mann Tanz Sullamora angefordert und von ihm persönlich unterzeichnet. Falls Sie den Namen nicht kennen sollten –«

»Ich weiß, wer das ist. Eines unserer Imperialen Schwergewichte«, schnitt Sten ihm das Wort ab. »Ich kenne ihn sogar persönlich.«

War da eben ein leichtes Zucken in Deskas Augenwinkeln?

»Ein interessantes Schiff haben Sie hier«, fuhr Sten fort. »Sehr sauber.«

»Für mangelnde Sauberkeit gibt es keine Entschuldigung.«

»Das ist auch meine Theorie. Aber ich bin schließlich kein Zivilist …« An dieser Stelle wechselte Sten das Thema. »Ihre Besatzung ist ja pingeliger als meine. Sie führen ein gestrenges Regiment, Captain.«

»Vielen Dank, Commander.«

»Ich glaube nicht, daß Sie mir allzu dankbar sein sollten. Aufgrund der mir als Offizier des Imperiums verliehenen Vollmachten unterstelle ich dieses Schiff meiner Befehlsgewalt. Jeder Versuch, meinen Befehlen Widerstand zu leisten oder ihnen nicht nachzukommen, wird, falls nötig auch mit Waffengewalt, geahndet. Ich befehle Ihnen hiermit, sich unter meinem Kommando zum nächsten Imperialen Flottenstützpunkt, der sich in diesem Fall auf Cavite befindet, zu begeben; dort stehen Ihnen sämtliche Rechte und jeder Schutz der Imperialen Gesetze zu.«

»Aber weshalb denn?«

Sten drückte auf die Knöpfe zweier Geräte, die in kleinen, geschlossenen Behältern an seinem Gürtel hingen. »Möchten Sie das wirklich wissen, Captain Deska?«

»Selbstverständlich.«

»Na schön. Nebenbei bemerkt, habe ich gerade meinen Recorder abgeschaltet und einen Störsender aktiviert. Ich vermute, daß Sie diesen Raum überwachen lassen. Nichts von dem, was wir jetzt noch sagen, kann aufgenommen werden, das versichere ich Ihnen.

Captain, ich nehme Sie hoch, weil ich die *Baka* für ein Spitzelschiff halte. Nein, Captain. Sie haben mich darum gebeten, und jetzt werde ich es Ihnen erzählen. Jeder einzelne Ihrer Männer sieht wie ein Offizier aus – und Sie auch. Wenn ich ganz hinterlistig wäre, würde ich sogar behaupten, daß Sie einer von ganz oben sind. Sie sind mit einer recht guten Tarnung hierhergekommen, um herauszufinden, wie man sich Cavite am besten nähert – falls es hier wirklich bald losgeht. Irre ich mich etwa, Captain?«

»Das ist ungeheuerlich!«

»Gewiß. Trotzdem nehme ich Sie hoch. Und, nebenbei bemerkt: Falls es Ihnen gelingen sollte, Cavite zu überzeugen, daß Sie unschuldig sind, unschuldig und unschuldig und nochmal unschuldig, wird das ganze heiße Material, das Ihre Scanner angesammelt haben, vor Ihrer Freilassung radikal gelöscht werden.«

Admiral Deska, der zweite Oberkommandierende von Lady Atagos Flotte, sah Sten nur mit einem starren Blick an. „Sie irren sich, Commander, und zwar gewaltig. Und ich werde mich noch sehr lange an Sie erinnern.«

Kapitel 33

»*Was* haben Sie gemacht?« platzte es aus Sten heraus. Ihm fiel nicht einmal auf, daß er das »Sir« vergessen hatte. Abgesehen davon brauchte van Doorman keinen zusätzlichen Vorwand, um wütend zu werden.

»Ich habe Sie nicht um einen Kommentar gebeten, Commander. Ich hielt es lediglich für angebracht, Sie über meine Entscheidung zu informieren. Da Sie leicht schwerhörig zu sein scheinen, sage ich es noch einmal:

Nach einer ausführlichen Untersuchung durch meine Leute, die von mir selbst überwacht wurde, haben wir beschlossen, daß die Inspektion an Bord der *Baka*, eines wissenschaftlichen Forschungsschiffs der Tahn, ein grober Fehler war. Zugegebenermaßen waren sie aus Versehen in eine verbotene Zone eingedrungen, doch ihr kommandierender Offizier, ein gewisser Captain Deska, versicherte mir, daß ihre Sternkarten veraltet seien und deshalb einige Fehler aufweisen.«

»Sir, haben Sie diese Karten persönlich überprüft?«

»Schweigen Sie, Commander! Captain Deska ist ein Gentleman. Ich sah keine Veranlassung, sein Wort in Zweifel zu ziehen.«

Mit zusammengepreßten Hacken blickte Sten finster auf van Doormans Schreibtisch hinab.

»Ich erwarte ferner eine Entschuldigung an seine Vorgesetzten sowie an den Hauptsitz seiner Firma auf Heath – zufälligerweise der Hauptplanet des Tahn-Systems.«

Und wieder wußte Sten nicht, wann er den Mund zu halten hatte: »Eine Frage noch, Sir. Haben Sie zumindest veranlaßt, daß unsere Techs die Aufnahmesysteme des Schiffes gelöscht haben.«

»Natürlich nicht. Wie soll er denn sonst auf dem Rückweg navigieren?«

»Vielen Dank, Sir.«

»Und noch etwas. Sie selbst dürfen sich glücklich schätzen.«

»Sir?«

»Da es für die Offiziere und alle Mannschaften der 23. Flotte überaus peinlich wäre, wenn das Imperiale Hauptquartier von diesem Debakel erführe, sehe ich keine Möglichkeit, einen entsprechenden Tadel in Ihrer Personalakte zu vermerken.«

Klartext: Van Doorman hatte den Vorfall nicht an die Erstwelt gemeldet.

»Ich möchte Ihnen noch etwas anderes sagen, junger Mann. Ich hatte von Anfang an meine Zweifel, als Sie meinem Kommando unterstellt wurden.

Die Flotte ist eine stolze und noble Waffengattung. Bei uns dienen nur Wesen, denen Ehre noch etwas bedeutet. Sie hingegen wurden vom Heer geformt. Gewiß, das sind durchaus nützliche Subjekte, aber aus der Perspektive der Flotte gesehen wohl kaum akzeptabel.

Ich hoffte, Sie würden sich an den vorbildlichen Offizieren, von denen es hier auf Cavite mehr als genug gibt, ein Beispiel nehmen. Ich bin bitter enttäuscht worden. Sie haben sich nicht nur von Ihresgleichen isoliert, Sie haben es obendrein vorgezogen, mit – und ich übertreibe hier ganz gewiß nicht – Abschaum der übelsten Sorte gemeinsame Sache zu machen.

Aber so mußte es wohl geschehen. Sie kamen aus der Gosse … und Sie haben sich dafür entschieden, weiterhin in der Gosse herumzuschwimmen. Bei der erstbesten Gelegenheit, sobald Sie auch nur den allerkleinsten Fehler machen, werde ich Sie vernichten, Commander Sten. Ich werde Ihre Einheit auflösen, Sie vors Kriegsgericht stellen und, das ist meine innigliche Hoffnung, in Eisen gelegt auf einen Strafplaneten verfrachten lassen. Das ist alles!«

Sten salutierte, machte kehrt und marschierte aus van Doormans Büro hinaus, hinaus aus dem Hotel und in einen kleinen Park in der Nähe, wo er sich hinter einem Baum mit einem Lachanfall in die Realität zurückholte. Admiral van Doorman war wahrscheinlich davon überzeugt, daß er Stens Eingeweide auf eine Stange gespießt und hoch über den Burgmauern hin und her geschwenkt hatte. Er sollte die eine oder andere Unterrichtsstunde bei einem sehr höflichen Mantis-Ausbilder nehmen.

Abschaum Sten machte sich auf den Weg zu seinen Schiffen. Es verlangte ihn nicht nur nach einem kräftigen Schluck; er wollte auch herausfinden, was »in Eisen gelegt« bedeutete. Alex wußte das bestimmt.

Kapitel 34

»Boß, du siehst aus, als könntest du einen Drink vertragen.«

»Viele«, antwortete der Imperator. »Hol dir einen Stuhl und bring eine Flasche mit, Mahoney.«

Die Zubereitung der Drinks gestaltete sich recht einfach. Sie beschränkte sich darauf, eine Flasche mit dem Zeug, das der Imperator beharrlich Scotch nannte, aus der obersten Schublade des alten Schreibtischs mit der Rollschublade hervorzuziehen und zwei Gläser halbvoll zu füllen.

»Was sitzt Sullamora denn quer?« fragte Mahoney, nachdem er das erste Glas ausgetrunken und sich sofort nachgeschenkt hatte.

»Er trampelt im Vorzimmer auf und ab, als hättest du gerade seine Mutter verstaatlicht.«

»Verdammt nochmal«, fluchte der Imperator. »Ich habe ihm doch schon sechsmal versichert, daß ich von seiner Schuldlosigkeit überzeugt bin. Zweifellos waren die Papiere der *Baka* gefälscht. Ich habe es ihm klar und deutlich gesagt, ich habe es ihm sogar ins Ohr gebrüllt.«

Mahoney blickte ihn nur verwundert an.

»Ist ja auch egal«, seufzte der Imperator. »Wahrscheinlich muß ich ihm ein wenig den Hintern tätscheln, wenn du weg bist.«

»Wenn wir gerade davon reden, Sir …«

»Ja. Ich weiß.«

Es ging um die *Baka*; um das Entermanöver und die darauffolgende Freilassung des Schiffs. Van Doorman hatte zwar keinen Bericht übermittelt, dafür aber einer von Mahoneys Agenten, der noch seit Mahoneys Tagen als Chef des Mercury Corps – des Imperialen Geheimdienstes – auf Cavite eingesetzt war.

»Als allererstes müssen wir diesen Schwachkopf Doorman degradieren, zu einem Brigadegeneral dritter Klasse, würde ich vorschlagen, Sir.«

»Ich habe nie herausgefunden, ob man Soldat wird, weil man sowieso beschränkt ist, oder ob dieser Zustand erst durch langjähriges Tragen einer Uniform hervorgerufen wird«, erwiderte der Imperator. Er legte eine kleine Pause ein und trank. »Van Doorman hat sechs – du kannst sie zählen, sechs – Mitglieder meines Parlaments an der Hand, die restlos davon überzeugt sind, daß er der beste Matrose seit Nelson ist.«

»Willst du ihn etwa mit der 23. Flotte Amok laufen lassen?«

»Natürlich nicht. Ich werde sehr vorsichtig warten, bis das Faß noch etwas voller wird. Und dann, wenn die Zeit gekommen ist, schicke ich einige meiner Lieblingspolitiker als Untersuchungskommission in die Randwelten. Danach werde ich widerwillig dazu genötigt sein, van Doorman noch einen Stern zu verleihen und ihn irgendwohin zum Eisbergbeobachten versetzen.«

»Sir, ich glaube nicht, daß uns noch soviel Zeit bleibt. Die Berichte von Sten und meinem Agenten stimmen darin überein, daß die gesamte Besatzung der *Baka* aus Tahn-Offizieren bestand. Sie sind drauf und dran, gegen uns loszuschlagen.«

»Vergiß mal diesen Doorman einen Augenblick, gieß mein Glas noch einmal voll und erzähl mir, was du zu tun gedenkst. Um es vorwegzunehmen: ich werde unter keinen Umständen einen Präventivschlag gegen Heath genehmigen.«

»Genau das«, sagte General Mahoney, getreu die Anweisungen befolgend, »genau das wäre eine meiner Optionen gewesen.«

»Nicht vergessen, Ian: ich zettele keine Kriege an, ich beende sie nur.«

Mahoney hielt eine Hand hoch. Er hatte den Imperator schon wiederholt beteuern hören, daß in einem Krieg niemand gewinnt und daß die Struktur einer Gesellschaft immer schwächer wird, je mehr Kriege diese Gesellschaft führt. »Was ist mit meinem zweiten Vorschlag, Sir? Was ist mit –«

»Das haben Sie schon einmal probiert, General. Ich bin nach wie vor nicht gewillt, Ihre 1. Garde in die Randwelten zu entsenden. Wir befinden uns momentan nur um Haaresbreite vom Krieg mit den Tahn entfernt, und ich versuche alles, was in meiner Macht steht, um diesen Krieg zu verhindern. Wenn ich Ihre Soldaten dort hinausschicke, ist die Sache gelaufen.«

Mahoney bastelte sich seine Antwort sehr vorsichtig zusammen. Der Ewige Imperator mochte ihn als Vertrauten betrachten, vielleicht sogar als Freund, doch er blieb trotz allem der Ewige Imperator; ein Schritt zu weit, und Mahoney durfte van Doorman beim Eisbergbeobachten Gesellschaft leisten. »Nichts für ungut, Sir, aber nur mal angenommen, Sie können die Tahn nicht aufhalten. Ich möchte nicht respektlos erscheinen, aber …«

Der Imperator brummte etwas und wollte gerade aufbrausen, beschloß dann aber doch, zuerst sein Glas auszutrinken. Er stand auf und blickte aus dem Fenster hinunter in den Palastgarten. »Kann gut sein«, sagte er schließlich. »Vielleicht werde auch ich allmählich zu gesetzt.«

»Dann darf ich also –«

»Nein, General, auf keinen Fall. Nicht die Garde.« Der Imperator dachte noch einen Moment länger nach. »Wie lange ist es her, daß die 1. Garde zuletzt ein Dschungel-Auffrischungstraining gemacht hat?«

»Sechs Monate, Sir.«

»Viel zu lange. Schande über Sie, Mahoney, daß Sie Ihre Truppe so verweichlichen lassen.«

Mahoney dachte gar nicht erst an Protest. Der Imperator hatte wieder einmal sein schlaues Gesicht aufgesetzt.

»Wenn ich mich recht entsinne, gehört mir dort draußen in diesem Teil des Universums ein elendes Stück Dschungel. Damals, in den Mueller–Kriegen, diente es als Sammelplatz.«

Mahoney begab sich sofort zu einem der Computerterminals und suchte. »Richtig, Sir. Isby XIII. Inzwischen wieder unbewohnt, bis auf das, was der Eintrag als ›einige wirklich widerwärtige Urstoffe‹ bezeichnet, und eine Instandhaltungstruppe auf dem Hauptstützpunkt. Sie haben recht, das ist wirklich dicht an den Randwelten dran. Ich könnte in etwa … einer Woche von hier nach dort überwechseln.«

»Hören Sie endlich mit diesen Randwelten auf. Mit den netten und friedfertigen Tahn findet sich bestimmt eine diplomatische Lösung. Ich entsende Sie einzig und allein zu dem Zweck dorthin, weil ich wissen will, ob Moskitos irisches Blut mögen.« Der Imperator wurde sofort wieder ernst. »Herrje, Mahoney, mir fällt wirklich nichts besseres ein. Mir gehen allmählich meine berühmten Imperator-Schachzüge aus.«

Major General Ian Mahoney fragte sich, ob er sich nicht besser darum kümmern sollte, seine Lebensversicherungspolice auf den neuesten Stand zu bringen.

Kapitel 35

Während Lady Atago detailliert den Fortschritt der Angelegenheiten im Erebus-System referierte, hörten ihr die siebenundzwanzig Mitglieder des Tahn-Rates mit höchst unterschiedlichem Interesse zu. Auch auf dem Monitor und über Lichtjahre hinweg wirkte ihre Erscheinung so unterkühlt und eindrucksvoll wie immer. Wenn es in ihrem Auftreten überhaupt so etwas wie

Ehrerbietung gegenüber ihren Vorgesetzten gab, dann allenfalls gegenüber ihrem Mentor, Lord Fehrle, dem mächtigsten Ratsmitglied.

»Ich möchte meinen Bericht auf den Punkt bringen, meine Damen und Herren«, sagte sie gerade. »Unsere Flotte ist zu sechzig Prozent einsatzbereit; Treibstoff und andere Versorgung zu dreiundvierzig Prozent; Waffen und Munition zu einundsiebzig Prozent.«

Fehrle bat mit erhobenem Finger um Aufmerksamkeit. »Eine Frage noch, Milady«, sagte er. »Einige der Ratsmitglieder zeigten sich hinsichtlich der Besatzungen besorgt. Wie sieht es in diesem Bereich aus, wenn ich Sie um eine Antwort bitten dürfte?«

»Es mißfällt mir sehr, Milord«, erwiderte sie, »daß ich in dieser Hinsicht nur mit einer Schätzung aufwarten kann. Um offen zu sein: der allgemeine Ausbildungsstand entspricht noch nicht dem gewohnten Tahn-Standard.«

»Eine erste Einschätzung soll uns genügen«, sagte Fehrle.

»In diesem Fall würde ich sagen, wir haben genügend Leute ausgebildet, um jedes derzeit fertiggestellte Schiff mit einer absoluten Notbesatzung auszustatten. Natürlich gibt es noch Lücken in den Schlüsselpositionen, doch auch damit können wir fertig werden.«

»Ich habe auch eine Frage, Milady.« Das kam von Colonel Pastour, dem neuesten Ratsmitglied. Fehrle unterdrückte ein ungeduldiges Seufzen und warf Lord Wichman einen Blick zu, doch der schüttelte nur den Kopf.

»Ja, bitte, Milord.«

»Wie lange dauert es noch, bis wir die volle Kampfkraft erreicht haben?«

»Mindestens noch zwei Jahre«, antwortete Lady Atago ohne zu zögern.

»In diesem Fall«, fuhr Pastour fort, »sollte sich der Rat wohl am besten auf Ihren Rat verlassen. Raten Sie uns also, mit der zur Debatte stehenden Aktion fortzufahren oder nicht?«

»Es liegt nicht an mir, das zu entscheiden, Milord.«

»Zieren Sie sich nicht. Sie müssen zumindest eine Meinung haben.«

Lady Atagos funkelnder Blick durchbohrte ihn. ›Gut‹, dachte Fehrle. ›Sie läßt sich nicht von Pastours anscheinend unschuldiger Frage aufs Glatteis führen.‹

»Tut mir leid, Milord, aber ich habe dazu keine Meinung. Mir obliegt es, Ihre Befehle auszuführen, nicht die Entscheidungen des Rates anzuzweifeln.«

Doch Pastour gab nicht so leicht auf. »Sehr bewundernswert, Milady. Als Flottenkommandeur müssen Sie jedoch den möglichen Erfolg oder Mißerfolg einer unverzüglich durchgeführten Aktion abschätzen können.«

»Unentschieden, Milord.«

»Nur unentschieden?«

»Ist unentschieden nicht genug für einen Tahn, Milord?«

Pastour lief rot an, und rund um die Tafel wurde zustimmendes Gemurmel laut. Jetzt schaltete sich Fehrle wieder ein. Obwohl ihn der alte Colonel mit seinem Skeptizismus unsicher machte, war es nicht gut, die Einstimmigkeit des Rats in Frage zu stellen.

»Ich glaube, das genügt fürs erste, Milady«, sagte er. »Wenn Sie uns jetzt entschuldigen würden; wir werden Sie innerhalb der nächsten Stunde über unsere Entscheidung in Kenntnis setzen.«

»Vielen Dank, Milord.«

Fehrle drückte einen Knopf, und das Monitorbild von Lady Atago verschwand.

»Milord«, sagte Wichman, »ich muß Ihnen zuallererst – und

ich glaube, ich spreche damit auch im Sinne der anderen Ratsmitglieder – mein Wohlwollen zur glücklichen Wahl von Lady Atago als Flottenkommandeurin ausdrücken.«

Wieder erhob sich ringsum zustimmendes Gemurmel, mit der Ausnahme von Pastour, der sich wieder gefangen hatte und lediglich vor sich hinlachte.

»Da haben Sie recht«, sagte er dann. »An Ihrer Stelle, Lord Fehrle, würde ich jedoch ein Auge auf diese Frau haben. Sie macht ihre Sache eine Spur zu gut.«

Fehrle ignorierte ihn. Manchmal konnte Pastour die seltsamsten Dinge sagen. In diesem Augenblick zweifelte Fehrle an seiner Entscheidung, diesen Mann in den Rat berufen zu haben. Es hatte jedoch keinen Sinn, sich jetzt darüber Gedanken zu machen. Tatsache blieb, daß Pastour einer der wichtigsten Industriellen im Tahn-Imperium war. Außerdem frönte er der unangenehmen Angewohnheit, riesige Wacheinheiten auszuheben – die er samt und sonders aus der eigenen Tasche bezahlte –, obwohl es allem Anschein nach kaum taugliche Bewerber dafür gab.

Außerdem machte Lord Wichmans sogar für einen Tahn extreme Militanz Pastours Wankelmut mehr als wett. Wichman war einer der Meisterstreiche Fehrles. Er war über die militärische Karriereleiter in den Rat gelangt und konnte so ziemlich jede Auszeichnung für Heldentum vorweisen, die das Tahn-Imperium zu vergeben hatte. Wichtiger noch war seine Fähigkeit, die Massen zu dirigieren, und in seiner Rolle als Volksminister schien er in der Lage, den Arbeiterklassen im Notfall so gut wie jedes Opfer abverlangen zu können. Weshalb er dieses Vertrauen genoß, wußte niemand so recht; es wollte auch niemand genauer wissen.

Zu einer anderen Zeit hätte man den Rat der Tahn wahrscheinlich mit der Regierungsform eines Politbüros verglichen.

Jedes Mitglied repräsentierte wichtige Bereiche der Gesellschaft. Die unterschiedlichen Gesichtspunkte wurden diskutiert und wann immer möglich dem politischen Eintopf beigemengt. Sämtliche Entscheidungen fielen einstimmig und waren endgültig. Es gab keine Wahl und keinen öffentlichen Widerspruch. Jede Angelegenheit wurde sorgfältig hinter verschlossenen Türen diskutiert, man schloß falls nötig Kompromisse und einigte sich dann auf eine Vorgehensweise. Ein Treffen des Rates war nicht mehr als eine Formalität für die Akten.

Deshalb sprach Fehrle ohne einen Anflug von Unentschlossenheit zu den übrigen Ratsmitgliedern.

»Dann gehe ich also davon aus, daß wir alle übereinstimmen«, sagte er. »Wir führen den Angriff auf den Imperator wie geplant durch.«

Ringsum wurde feierlich genickt – mit einer Ausnahme.

»Ich bin mir nicht sicher«, sagte Pastour. »Vielleicht sollten wir warten, bis wir wirklich endgültig dazu in der Lage sind. In zwei Jahren haben wir das Imperium mit Sicherheit in der Hand.«

Sofort wurde es totenstill in dem Raum. Alle blickten auf Fehrle, um zu sehen, wie er reagieren würde.

Fehrle tat sein Bestes, um die Ungeduld aus seiner Stimme zu verbannen. »Das ist alles bereits besprochen worden, Milord«, sagte er. »Je länger wir warten, desto mehr Zeit bleibt dem Imperator, um noch mehr Schiffe zu bauen. Einen Rüstungskrieg mit dem Ewigen Imperator werden wir auf keinen Fall gewinnen. Das sollten Sie eigentlich am besten wissen.«

»Sie haben ja recht, Milord. Aber was geschieht, wenn diese Operation nicht erfolgreich verläuft? Wir setzen unsere gesamte Flotte aufs Spiel! Was bleibt uns noch, wenn wir sie verlieren? Ich sage es allen hier im Raum: dann stehen wir wieder für lange, lange Zeit unter der Fuchtel des Imperators!«

Wichman sprang sofort von seinem Stuhl auf. Die Augen wollten ihm schier aus dem Kopf treten, und sein Gesicht lief vor Zorn knallrot an. »Ich bleibe nicht länger mit einem Feigling im gleichen Raum!« schrie er.

Als Wichman auf die Tür zumarschierte, brach ein Tumult los. Fehrle schlug mit der Hand auf den Tisch, und Wichman erstarrte mitten in der Bewegung. Wieder wurde es ganz still in dem großen Saal.

»Milords! Miladies! Haben Sie vergessen, wo Sie sich befinden?«

Fehrle funkelte jedes einzelne Ratsmitglied mit einem durchdringenden Blick an. Alle rutschten unbehaglich auf ihren Stühlen herum. Dann wandte er sich an Pastour und bedachte ihn mit einem frostigen Lächeln.

»Ich bin sicher, daß sich der gute Colonel versprochen hat, denn wir alle wissen, daß er keinesfalls ein Feigling ist.« Jetzt funkelte er Wichman an. »Stimmen Sie mir dabei nicht zu, Milord?«

Wichman ließ die Schultern sacken und ging schweigend an seinen Platz zurück. »Ich entschuldige mich für meine Unhöflichkeit«, sagte er zu Pastour.

»Und ich für die meine. Verzeihen Sie mir bitte. Ich muß noch sehr viel über die Zusammenarbeit des Rates lernen.«

Die Spannung verflüchtigte sich allmählich, und Lord Fehrle führte die Sitzung wieder ihrem eigentlichen Zweck zu.

»Dann ist es also beschlossen! Wir greifen sofort an!«

Alle schrien vor Begeisterung und Zustimmung durcheinander. Pastours Stimme war die lauteste von allen.

Kapitel 36

»Mr. Kilgour«, sagte Foss und nahm dabei den Blick nicht von dem Display vor seiner Nase. »Darf ich Sie etwas fragen?«

»Schieß los, mein Junge.« Kilgour schaute auf die Uhr. Noch anderthalb Stunden bis zum Schichtwechsel, da kam ein wenig inkonsequente Konversation gerade recht, um die Zeit totzuschlagen.

»Sehen Sie sich nur mal alle diese fetten Frachter dort unten an. Wollten Sie nicht auch mal Pirat werden, als Sie jung waren?«

Kilgour mußte lachen. »Zu diesem Thema kann ich dir wirklich was erzählen, mein Junge. Ich *war* in meiner Jugend nämlich Pirat. Ich stamme von einer alten Sippe von Raufbolden, Piraten und Wegelagerern ab.«

Foss warf Kilgour einen ungläubigen Blick zu. Er wußte noch immer nicht genau, wann sein Waffenoffizier ihm die Tasche vollflunkerte und widmete sich wieder seinem Monitor.

Stens vier Schiffe waren zum Begleitschutz abkommandiert. Obwohl die Spannungen mit den Tahn den Handelsverkehr durch die Randwelten drastisch beeinträchtigt hatten, gab es noch immer genug Güter, die durch diesen Sektor transportiert werden mußten. Inzwischen wurden die Schiffe zu Konvois zusammengestellt und mit einer Eskorte versehen. Auf den Passagen, die dicht an der Grenze zu den Tahn vorbeiführten, wurden zusätzlich Imperiale Schiffe zur Unterstützung bereitgestellt. »Unter« Stens Schiffen hingen fünf klobige Frachtriesen aus Tanz Sullamoras Flotte, eine Containerkette plus vier Schleppfahrzeuge, zwei eilig mit Waffen bestückte Hilfskreuzer und ein altertümlicher Zerstörer, die *Neosho* aus van Doormans Flotte.

Sten wurde aus van Doormans Überlegungen nicht schlau –

falls der Admiral sich überhaupt solcher geistiger Bewegungen schuldig machte. Er schien eher daran interessiert zu sein, seine Schiffe auf dem Boden zu belassen, als sie ins All zu schicken. Sten vermutete, daß der Admiral womöglich befürchtete, seine Flotte zu vergessen, sobald er sie nicht mehr jeden Tag direkt vor Augen hatte. Van Doorman war, obwohl die Herkunft dieses Fachausdrucks schon lange in den Tiefen der Geschichte verschwunden war, ein ausgemachter Erbsenzähler.

Was Stens kleine Flotte betraf, so sah die Sache ganz anders aus. Van Doorman erwies sich seines Wortes als würdig. Er wollte Sten auf dem silbernen Tablett serviert bekommen, und wahrscheinlich fand er, daß die beste Methode, ihn früher oder später fertigzumachen, darin bestand, ihn pausenlos zu beschäftigen. Die *Claggett*, die *Gamble*, die *Kelly* und die *Richards* bekamen so ziemlich alle anfallenden Aufgaben zugewiesen: als Depeschenboote, Kartographenschiffe und – wie zur Zeit gerade – Begleitschutz für Handelskonvois. Sten dachte nicht allzuviel über van Doormans Pläne nach. Wenn Sten jemanden hätte ruinieren wollen, wäre er darauf bedacht gewesen, diese Person ständig um sich und somit unter Kontrolle zu haben. Sten war auch nicht wütend darüber, daß seine Schiffe mit Aufträgen überschüttet wurden – er hatte nämlich noch immer damit zu tun, seinen zusammengewürfelten Haufen richtig zu disziplinieren.

Das einzige Problem war der Verschleißfaktor bei den empfindlichen Antriebsmodulen. Ohne Suttons unbezahlbare Qualitäten bei der Besorgung aller möglicher Teile bis hin zu Ersatzantrieben wären alle vier Einsatzschiffe schon längst reif für eine Generalüberholung.

Die vier Schiffe dösten momentan also im Eskortendienst dahin. Der Skipper der *Neosho* hatte Stens Vorschlag begeistert zugestimmt, seine Flottille oberhalb des eigentlichen Konvois zu halten, was der überlegenen elektronischen Ausstattung der *Bulkeley*-Klasse besser ermöglichte, den Konvoi abzuschirmen. Der Skipper hatte die *Neosho* prompt voller Stolz an die Spitze gesetzt und verbrachte, soweit Sten durch den Funkkontakt zwischen den Schiffen informiert war, die meiste Zeit an Bord des führenden Handelsschiffs.

Da die Gerüchteküche besagte, daß Tullmoras Schiffe in jeder Hinsicht ziemlich üppig ausgestattet seien, war Sten ein wenig neidisch – aber nicht sehr.

Er ließ seine Besatzung nur die allernötigsten Wachen absolvieren. Mit einer Ausnahme: die elektronische Überwachung war rund um die Uhr besetzt. In letzter Zeit hatte es zu viele Nicht-Berichte von Schiffen gegeben, die diesen Sektor durchflogen. Dafür gab es mehrere mögliche Erklärungen: Handelsschiffe waren gewohnheitsmäßig sehr nachlässig, was die Übermittlung von Sektor-Austritts-Meldungen betraf; Unfälle passierten immer wieder; Piraten; oder: Fragezeichen.

Piraten schienen nicht sehr plausibel. Trotz der Abenteuer-Livies war es aufgrund der Tatsache, daß sämtliche AM$_2$ vom Imperium kontrolliert wurden, sehr unwahrscheinlich, daß sich ein Freibeuter sehr lange unerkannt halten konnte. Sten und Alex beunruhigte eher das Fragezeichen.

Vier Tage, nachdem sie den Begleitdienst angetreten hatten, wurde ihre Frage beantwortet.

Sten wurde aus seinem Würfel herausgerufen, wo er gerade einen von van Doormans endlosen Lageberichten ausfüllte.

Der Konvoi befand sich etwas unter und vor seinen Schiffen. Auf dem Kommandodeck angekommen sah Sten, daß einer der Frachter wie gewöhnlich etwas hinter der Formation hertrödelte. Doch auf dem Monitor waren drei unbekannte Schiffe zu sehen, die von »hinten unten« auf den Konvoi zukamen. Sten warf einen

Blick auf den Schirm mit den Vorausberechnungen. Sie mußten diesen letzten Frachter in wenigen Minuten erreicht haben.

Das Erteilen von Befehlen oder ganz generell die Ausübung der Befehlsgewalt wird durch Elektronik nicht unbedingt vereinfacht. Sten orderte fast sämtliche Waffensysteme der *Gamble* auf Bereitschaft, alarmierte gleichzeitig seine drei anderen Schiffe, schaltete sich in die vermutete offene Verbindung zwischen Eskortenfunk und Konvoifunk, bekam jedoch keine Antwort, überlegte kurz, schaltete auf die allen Konvoischiffen angewiesene Übertragungsfrequenz und drehte sich vom Konvoischirm weg.

›Unter‹ ihm brach sofort Chaos los. Bis auf die *Neosho* und das Führungsschiff der Frachterformation, die stur auf Kurs blieben – Sten vermutete, daß es sich um eine höllische Party handelte. Zwei Frachter gingen sofort auf Fluchtkurs und wären beinahe kollidiert. Ein dritter Frachter wollte sich auf einer anderen Route vom Konvoi lösen. Die Container-Kette schlängelte auf und nieder wie ein gigantischer Lindwurm, als hätte plötzlich jeder Schlepperkapitän einen anderen Kurs eingeschlagen. Der zurückhängende Frachter schaltete ganz unerwartet und völlig sinnlos auf volle Kraft voraus, woraufhin die beiden Hilfskreuzer ihre Fragen durch den Funk quakten.

Sten war zu beschäftigt, um sich auch noch um sie Gedanken zu machen.

»An alle Einsatzschiffe, hier ist die *Gamble*. Sofort auf eigenständiges Kommando umschalten. Ziele erfassen. Und bitte meine Versuche, mit den unbekannten Schiffen Kontakt aufzunehmen, aufmerksam verfolgen. Feuererlaubnis nach Entscheidung der Kommandeure. Over.«

Er wechselte erneut zur Notfrequenz dieses Sektors, die, jedenfalls theoretisch, von jedem Schiff sofort empfangen werden mußte.

»An die unbekannten Schiffe ... hier ist die *Gamble,* Imperiale Flotte. Identifizieren Sie sich ... ändern Sie Ihren Kurs ... andernfalls werden Sie sofort angegriffen.«

Der Kommunikationsbildschirm blieb leer. Kilgour zeigte auf einen anderen Schirm, der violetten Nebel hinter allen drei Schiffen aufzeigte.

»Zuerst diese blöde *Baka* ... und jetzt diese Clowns. Ich glaub, die Tahn spielen ihre Spielchen mit uns.«

Auf wieder einem anderen Schirm wurde die Computerprojektion der drei sich nähernden Schiffe dargestellt.

»Spotzkisten«, murmelte Kilgour. »Ich vermute mal, diese Angreifer sind umgebaute Patrouillenschiffe. Angreifer mit genug Schmacko, um ein ziviles Fahrzeug leckzuschießen. Jede Wette, daß die Prisenmannschaft schon klar zum Entern ist.«

Foss blickte von der Kontrollkonsole zu Kilgour hinüber. Vielleicht war der Mann aus Edinburgh *wirklich* Pirat gewesen.

»Einsatzschiffe!« befahl Sten, »herankommende Schiffe aufhalten und vernichten!«

Kilgour brachte die *Gamble* auf einen Kollisionskurs, der sie von »oben« auf die feindlichen Schiffe herabstoßen ließ. Sie hatten es offensichtlich auf den Frachter abgesehen. »Welche Waffen, Sir?«

»Wir verschwenden keine Kali. Gib mir die Berechnung für eine Goblin.«

Kilgour setzte den Kontrollhelm auf. »Und sechs ... und fünf ... und vier ... und drei ... und eins. Goblin unterwegs, alter Knabe.«

Der erste Angreifer bekam nicht einmal mit, was passierte. Er verschwand einfach. Nummer zwei und drei brachen aus der Formation aus, wobei eins der Schiffe eine satte 180-Grad-Wendung hinlegte und mit voller Geschwindigkeit zurückflog. Sten überprüfte eine Anzeige. Die Höchstgeschwindigkeit der Angreifer lag bei noch nicht einmal zwei Drittel der Geschwindigkeit seiner Patrouillenschiffe.

Das dritte Schiff, womöglich mit einem schlaueren Skipper hinter den Kontrollen, versuchte es mit einer anderen Taktik. Es feuerte zwei Schiff-Schiff-Raketen ab und schlug mit unverminderter Geschwindigkeit einen Abweichkurs ein, der es bis auf wenige Lichtsekunden an den letzten Frachter heranbringen würde. Vielleicht dachte der Angreifer, er könnte sich in dem Elektroniksmog rund um den Frachter verstecken.

»*Claggett ... Kelly ... Richards ...*«, befahl Sten. »Schnappt ihr mir den Flüchtigen? Ich übernehme den hinterlistigen Kerl.«

»Roger, *Gamble*«, meldete sich die kultivierte Stimme Sekkas. »Wie es aussieht, werden Sie dabei den meisten Spaß haben.«

»Von wegen, *Kelly*. Wenn Sie schon dabei sind, könnten Sie mir nämlich den einen oder anderen Gefangenen mitbringen. Und vielleicht kriegen sie per rückwärtiger Analyse heraus, woher diese Kerle kommen.«

„Wir versuchen es. *Kelly* out.«

Während Sten noch redete, hatte Alex bereits drei Fox-Abwehrraketen abgefeuert und die Sprengköpfe des Angreifers in zwei schöne Explosionen verwandelt.

»Wir kommen näher ... und näher ... und näher ...«, sagte Foss mit monotoner Stimme.

»Unbekanntes Schiff, hier ist das Imperiale Schiff *Gamble*. Sofort Antrieb abschalten!«

Auf dem Monitor regte sich nichts.

»Armer Kerl«, bemerkte Alex. »Armer, blöder Sturkopf. Er hätte besser auf den Frachter geballert und darauf gehofft, daß wir mitleidig genug sind, zuerst nach Überlebenden zu suchen ... Goblin abgefeuert. Ich probier mal, dem Idioten direkt in seine

Antriebsröhren zu rauschen … komme näher … bin dran … aaah, wunderbar.« Auch dieser Angreifer verwandelte sich in eine Gaswolke, die sich rasch ausdehnte und verflüchtigte.

»*Gamble,* hier *Claggett.* Angreifer vernichtet. Keine Überlebenden gesichtet.«

»An alle Einsatzschiffe, hier ist die *Gamble.* Ausgangspositionen wieder einnehmen.«

»*Gamble,* hier *Neosho.* Was ist dort bei euch los?« Die Frage klang sehr genervt.

Foss ließ den Funkspruch korrekterweise unbeantwortet; Sten und Kilgour überlegten sich eine Antwort, die sie bei ihrer Rückkehr nach Cavite nicht gleich vors Kriegsgericht bringen würde.

Kapitel 37

Sten machte die winzige Fläche, die ihm als Schreibtisch diente, frei, stellte die Lupen-Punktstrahler an und rückte den Sessel näher heran. Er hatte beschlossen, den Abend zu genießen – einen der seltenen Abende, die er mit sich und seinem Hobby verbringen konnte.

Den Besatzungen seiner Schiffe hatte er zwölf Stunden freigegeben, was zugleich hieß, daß er sich momentan um kaum etwas kümmern mußte. Er goß sich ein Wasserglas Stregg ein, ließ die kristallklare Flüssigkeit im Glas kreisen und nahm einen kleinen Schluck. Das Feuer flammte bis zu seinen Zehen hinab.

Sten seufzte vor Vorfreude, hob den kleinen schwarzen Kasten vom Boden hoch und ließ den Deckel aufschnappen. Er enthielt ein Dutzend oder mehr winzige Karten, vollgestopft mit Computerdaten. Stens große Leidenschaft waren holographische Modelle altertümlicher Fabriken und Arbeitsszenen. Auf einer Karte war beispielsweise ein gesamtes Sägewerk gespeichert – Erde, zwanzigstes Jahrhundert –, inklusive sich bewegender Sägeblätter und Zahnräder und Treibriemen. Jede Maschine in diesem Sägewerk wurde von einem Miniaturarbeiter bedient, der, so gut Sten das recherchieren konnte, seinen individuellen Aufgaben nachging, genau so, wie er es vermutlich vor vielen hundert Jahren getan hätte. Sten hatte das Werk während seiner Dienstzeit auf der Erstwelt fertiggestellt.

Sein neuestes Modell hatte er noch während der Pilotenausbildung begonnen, eine der kniffligeren holographischen Darstellungen. Er schob die Karte in den Schacht und stellte den Computer an. Sofort erschienen auf dem Schreibtisch kleine Gestalten, die auf einem ausgedehnten Feld arbeiteten. Sten versuchte sich gerade an einem alten britischen Hopfenfeld. Von seinen Nachforschungen wußte er, daß Hopfen – eine zum Bierbrauen benötigte Pflanze – auf hohen, dreibeinigen Gerüsten gezüchtet wurde. Jedes Jahr zur Erntezeit hatte man überall im Land Männer und Frauen angeheuert. Die Pflanzen, deren Früchte ganz oben saßen, wuchsen so hoch, daß die Erntearbeiter auf Stelzen über die Felder gingen, um an sie heranzukommen.

Bislang bestand Stens Ensemble aus dem Hopfenfeld selbst, den meisten Arbeitern und den Ochsenkarren, mit denen die Ernte abgefahren wurde. Bis die recht großangelegte Farm fertiggestellt sein würde, lagen noch viele Monate Arbeit vor ihm. Nachdem er einige Tasten auf dem Computer gedrückt hatte, erschien ein noch unfertiger Ochsenkarren. Dann holte er seinen Lichtstift heraus und fing an, einige weitere Details zu entwerfen.

Plötzlich kratzte es zögerlich an seiner Tür. Sten spürte sofort, wie die Wut in ihm hochstieg. Hatte er denn verdammt nochmal nicht ausdrücklich gesagt, er wolle nicht gestört werden? Nicht zu fassen! »Herein!« rief er.

Die Tür fuhr zischend auf. Davor stand ein schrecklich eingeschüchterter Wachmann. »Bitte vielmals um Entschuldigung, Sir, aber …«, stammelte er und verhedderte sich in seinen Worten. »Aber … äh, da ist eine Dame.«

»Ist mir egal, und wenn es die Königin von … Ach, egal. Wer ist es denn?«

»Ich glaube, es ist die Tochter des Admirals, Sir.«

Ausgerechnet. Eine Betrunkene war genau das, was ihm jetzt zu seinem Glück noch fehlte. »Sagen Sie ihr, ich bin nicht da.«

Die Wache wollte sich zurückziehen, zögerte und streckte Sten dann etwas entgegen. Es war eine einzelne Rose und ein kleines, in Geschenkpapier eingeschlagenes Päckchen.

»Sie sagte, ich soll Ihnen das hier geben, Sir«, stieß der Mann hervor. »Es soll eine Entschuldigung sein. Äh … mhhh … Ich glaube, Sir, sie würde mir nicht glauben, wenn ich ihr das ausrichte, was Sie mir gesagt haben, Sir.«

Der Mann tat Sten allmählich leid. Er nahm die Geschenke an und winkte ihn hinaus. »Ich bin sofort draußen.«

Er legte die Rose zur Seite, trank sich mit einem ordentlichen Schluck Stregg Mut an und riß das Päckchen auf. Es enthielt eine kleine Computerkarte, eine von der Sorte, wie er sie für seine Holographien benutzte. Was in aller Welt … Er schob sie in eins der Laufwerke, und das dreidimensionale Modell eines Turms entstand auf seinem Schreibtisch. Die perfekte Nachbildung einer der Scheunen, in denen die Bauern früher ihren Hopfen aufbewahrt hatten! Woher konnte sie das wissen?

Egal wie man die Sache betrachtete, es war jedenfalls eine ausgefallene Art, um Entschuldigung zu bitten.

Sie trafen sich in einem der vornehmsten Restaurants von Cavite zu einem mitternächtlichen Dinner, besser gesagt, zu einer Art Picknick. Brijit van Doorman bestand darauf, die Rechnung zu übernehmen.

Sten hätte die Frau an Bord seines Schiffes beinahe nicht erkannt. Als er sie zum letztenmal gesehen hatte, war sie schön, aber betrunken gewesen, mit einem verzogenen Schmollen auf den Lippen. Diesmal gab es kein Schmollen, nur große, ängstliche Augen und ein kleines, nervöses Lächeln.

»Ich habe fast gehofft, Sie nicht anzutreffen«, sagte sie mit sanfter Stimme. »Bei Entschuldigungen bin ich nicht sehr gut – besonders bei persönlichen Entschuldigungen nicht.«

»Ich finde, Sie machen das ganz hervorragend.«

»Ach, Sie meinen die kleine Scheune.« Sie tat das Geschenk mit einer Handbewegung ab. »Das war leicht. Ich habe Ihren Freund Alex gefragt. Wir haben uns in den letzten Tagen hin und wieder unterhalten.«

Deswegen war der stämmige Schwerweltler heute abend mit einem verschwörerischen Grinsen ausgegangen. Deshalb also hatte er die anderen ohne ersichtlichen Grund immer wieder in die Rippen gestoßen.

»Vermutlich hat er Ihnen auch erzählt, daß ich heute abend an Bord bin.«

Brijit lachte. »Ist das schon Hochverrat?«

Sten blickte auf ihr langes, fließendes Haar und auf den ebenso fließenden Körper. »Nein, vermutlich nicht.«

Auf unerklärliche Weise entwickelte sich auf dem kurzen Spaziergang zu ihrem A-Grav-Gleiter eine seichte, doch angenehme Unterhaltung, die offensichtlich keiner der beiden mit einem Dankeschön und auf Wiedersehen abbrechen wollte; das wiederum führte zu einer Einladung zum Abendessen in diesem exklusiven Restaurant, auf das, da war sich Sten ziemlich sicher, sogar Marr und Senn von der Erstwelt neidisch wären.

Das exotische Café lag im Freien, direkt an eine private Landebucht angrenzend. In seiner Mitte befand sich ein Biergarten, in dem sich die Gäste versammeln und unterhalten und trinken konnten, während ihre Bestellungen in große Mitternachtspicknickkörbe gepackt wurden. Rings um den Biergarten herum standen viele kleine, blasenförmige Kleinstfahrzeuge mit undurchsichtigen Scheiben. In jedem dieser Fahrzeuge fanden zwei Leute und ein Picknickkorb bequem Platz.

Sten wunderte sich nicht darüber, daß Brijit vorbestellt hatte. Sie warteten eine knappe Stunde in dem stillen Garten, unterhielten sich, nippten an ihren Drinks und schauten zu, wie die Blasen langsam in der Nacht verschwanden, um das Restaurant wie Glühwürmchen auf wechselnden Umlaufbahnen zu umkreisen.

Sten erzählte ihr so gut es ging von sich, wobei er die Jahre bei Sektion Mantis geflissentlich und mit geschickt überspielter Verlegenheit übersprang. Er staunte selbst, daß er auf diese Weise auf seine Lügen reagierte. Das Versteckspiel und die Lügen steckten so tief drinnen, daß sie zu einem Teil seiner selbst und somit fast Wirklichkeit geworden waren. Vielleicht lag es auch an der warmen Nacht und dem hervorragend gekühlten Wein.

Brijit plauderte über sich und ihre Jugend als Flotten-Kind, die es mit sich brachte, je nach den Beförderungen ihres Vaters von einem System zum anderen zu ziehen. Obwohl er sich nicht ganz sicher sein konnte, hatte Sten den Eindruck, als fühlte sie sich in dem Pomp, mit dem van Doorman sein Kommando führte, nicht sehr wohl. Ein Unwohlsein, das Hand in Hand mit Schuldgefühlen hinsichtlich dieses Unwohlseins ging.

Schließlich wurden sie zu ihrer eigenen kleinen Blase geführt. Sie stiegen ein, die Frontklappe schloß sich leise über ihnen, und dann hoben sie ab.

In dem Korb fanden sich an die hundert verschiedene Köstlichkeiten, alle in mundgerechten Happen und jedes einzelne mit einem anderen Geschmack.

Beim Brandy erzählte Brijit Sten den Rest ihrer Geschichte. Natürlich hatte es auch einen Liebhaber gegeben.

»Ich glaube, er war der bestaussehendste Mann, dem ich je begegnet bin«, sagte sie. »Verstehen Sie mich bitte nicht falsch. Er war nicht der Typ mit den dicken Muskeln. Eher schlank. Schlank und drahtig. Und dunkelhaarig.« Sie machte eine kleine Pause. »Er war ein Tahn.«

Plötzlich fügte sich für Sten alles zusammen. Die Tochter des Admirals und ihr Tahn-Liebhaber. Sten konnte sich vorstellen, wie van Doorman eine derartige Situation bereinigt hatte: bestimmt sehr schmerzhaft für beide Seiten. Außerdem hatte er garantiert dafür gesorgt, daß seine Tochter die Sache niemals vergaß.

»Dazu nur eine Frage«, sagte Sten.

»Sie meinen bestimmt Rey.«

»Richtig. Rey. Ich dachte, Sie beide seien verlobt.«

»Rey glaubt, wir seien verlobt. Vater *weiß*, daß wir verlobt sind. Was jedoch mich betrifft –« Sie unterbrach sich und blickte auf die Lichter von Cavite hinunter.

»Ja?«

»Ich halte Rey für einen Schwachkopf!«

»Was haben Sie mit ihm vor?«

Brijit lehnte sich auf der weichen Couch zurück, die eine Seite des Innenraums der Blase ausmachte. »Ich weiß nicht. Vermutlich gute Miene zum bösen Spiel machen. Bis sich etwas Besseres anbietet.«

Etwas in dieser Art hatte Sten schon einmal gehört. »Sind Märchenprinzen in letzter Zeit nicht etwas aus der Mode gekommen?«

Brijit kam wieder von der Couch hoch, schmiegte sich unter einen seiner Arme und blickte mit großen, funkelnden Augen und übertrieben klimpernden Wimpern zu ihm auf. »Aber, mein Herr«, sagte sie leise und schürzte die Lippen, »an weiße Ritter glaube ich schon lange nicht mehr.«

Einen Augenblick später küßten sie sich, und Brijit ließ sich nach hinten auf die Couch sinken. Ihr Kleid rutschte hinauf und enthüllte weiches, elfenbeinweißes Fleisch, das nur zwischen den Beinen von einem Hauch Seide an einem zarten goldenen Kettchen bedeckt war.

Sten strich mit den Lippen über ihren weichen Unterbauch. Dann löste Brijit das Kettchen.

Kapitel 38

»Hier spricht das Imperiale Einsatzschiff *Gamble*. Bitten um Landeerlaubnis.«

Der Bildschirm zeigte absolut nichts, doch Sten spürte förmlich, wie der Controller auf dem Planetoiden unter ihm die Augen rollte.

»Hier Romney. Bitte wiederholen.«

»Hier *Gamble*«, wiederholte Sten geduldig. »Ich möchte auf Ihrer miesen kleinen Welt landen.«

»Bleiben Sie dran.«

Es folgte eine lange Stille.

»Freund Sten, ich glaube, du hast diesen Schmugglern mehr Zeit zugestanden, als die Polizei erlaubt.«

»Schon möglich.«

Endlich knisterte es im Empfänger. »Imperiales Schiff … hier spricht Jon Wild. Ich höre soeben, daß Sie *Landeanweisungen* benötigen.«

»Korrekt.«

»Seit wann klopft das Imperium an so bescheidene Türen wie die unseren an?«

Kilgour entspannte sich. »Du hattest recht, mein Freund. Hier werden wir bestimmt fündig.«

»Hier ist die *Gamble*. Wir möchten ein wenig Handel treiben.«

»Handel? Ich sehe dort oben nur ein einziges Schiff.«

»Korrekt, Sr. Wild.«

»Alles klar zur Landung. Folgen Sie dem Richtstrahl. Ich wünschte, ich könnte Ihnen mit etwas drohen, falls Sie mich anlügen. Wie auch immer … diese Unterhaltung wird aufgezeichnet, das weiß ich, und ich habe das Recht, mich mit einem Rechtsbeistand in Verbindung zu setzen und dergleichen …«

Die Stimme hörte sich ziemlich jämmerlich an.

»Wenn Sie mit der Wahrheit herausrücken, wird es bestimmt sehr interessant«, fuhr Wild fort. »Ein Fahrzeug erwartet Sie und wird Sie sofort zu mir bringen. Romney. Out.«

Jon Wild war ein Kapitel für sich; wie auch sein gesamter Planetoid. Romney war ein Planetoid, der sich außerhalb jeglichen Zuständigkeitsbereiches befand. Er war einmal als Relaisstation genutzt worden, doch hatte sie der technische Fortschritt überflüssig gemacht, und keiner kümmerte sich mehr darum.

Es hatte Sten einige Mühe gekostet, Romney überhaupt zu finden. Eigentlich war das alles Kilgours Idee gewesen.

»Weißt du, was mir so durch den Kopf geht, mein Freund«, hatte er angesetzt. »Bei einer Diktatur wie bei den Tahn, da gibt es immer Gesetzesbrecher, das liegt nun mal in der Natur des Menschen.«

»Wir haben genug davon gesehen, als wir auf Heath waren«, stimmte ihm Sten zu.

»Schön, daß du mit mir einer Meinung bist. Wenn es Zuhälter und Diebe und all sowas gibt, dann muß es auch Schmuggler geben. Was meinst du?«

Sten wußte sofort, worum es ging und setzte Kilgour darauf an. Die Einsatzschiffe waren aus dem Randweltensektor herausgeflogen und hatten dann schweigend im All hängend die Flugrouten einzelner Schiffe aufgezeichnet. Keiner dieser Berichte wurde an den Aufklärungsdienst der 23. Flotte übermittelt – Sten wußte, daß man ihnen sofort jemanden auf den Hals hetzen würde. Doch schließlich hatten sie genug Daten gesammelt, um eine Prognose zu wagen. Natürlich gab es Schmuggler, die den Tahn-Sektor anflogen und auch wieder verließen. Natürlich verfügten sie über eine Basis; eigentlich weniger eine Basis als einen Umschlagplatz für die Waren, die von den Welten des Imperiums kamen und zu den Tahn hineingeschmuggelt werden sollten.

Es gab jedoch Schmuggler und Schmuggler. Sten hatte die Ladung einer Reihe von Frachtern überprüft, die nach Romney unterwegs waren, und ihre Besatzung verhört. Zufrieden hatte er die Schmuggler mitsamt ausreichend Proviant auf einem gerade weit genug abgelegenen Planeten ausgesetzt – natürlich ohne irgendeine Möglichkeit, Kontakt mit außerhalb aufzunehmen.

Er hatte genug damit zu tun, den Stand der Dinge in der Galaxis mit demjenigen zu besprechen, der die Schmuggler anführte oder zumindest für sie sprach. Diese Person war offensichtlich Jon Wild. Sten hatte mehr als eine Vorstellung davon, wie ein König der Schmuggler auszusehen hatte, angefangen von einem herausgeputzten und fetten Weichling bis hin zu einem feingliedrigen Stutzer. Jedenfalls erwartete er alles andere als einen Mann, der aussah, als fände er seine Erfüllung bei der Arbeit mit längst vergessenen Imperialen Statistiken.

Noch weniger hätte er erwartet, daß Wilds Hauptquartier aussah wie ein Hauptpostamt. Von seinem Äußeren her hätte der Schmugglerboß einen hervorragenden Stellvertreter für Tanz Sullamoras Handelsimperium abgegeben.

Wild bot Sten und Alex Alk an, schien jedoch nicht sehr erstaunt darüber zu sein, daß beide ablehnten. Er nippte an einer Flüssigkeit, die Stens Meinung nach verdächtig nach Wasser aussah, und ließ sich Zeit bei seiner Einschätzung der Lage.

»Sie möchten handeln«, sagte er schließlich. »Womit?«

»Sie haben mein Schiff gesehen.«

»Allerdings. Sieht ziemlich eindrucksvoll aus.«

»Eindrucksvoll, aber nicht sonderlich komfortabel.«

»Rüstet Sie Admiral van Doorman denn nicht ordentlich aus?« erkundigte sich Wild mit versteckter Ironie. Sten gab ihm darauf keine Antwort.

»Wie kommen Sie auf die Idee, daß ich Ihnen behilflich sein kann?« setzte Wild nach.

Sten hatte keine Lust zum Schattenboxen. Er reichte seinem Gegenüber die aussagekräftigen Fiches über die Schmugglerschiffe. Wild schob sie in einen Betrachter und ließ sich wieder viel Zeit mit einer Antwort.

»Einmal angenommen, ich hätte wirklich etwas mit diesen Lieferungen zu tun«, sagte Wild. »Außerdem angenommen, ich hätte wie auch immer die Möglichkeit, Ihre Schiffe mit entsprechend Nachschub zu versorgen, Commander – sagen Sie mir, wieviel Profitanteile hätten Sie gegebenenfalls im Sinn?«

Kilgour nahm eine drohende Haltung an. Sten legte ihm die Hand auf den Unterarm.

»Ganz falsch, Wild. Mich kümmert Ihre Schmugglerei nicht im geringsten.«

»Äh, ach so.«

»Jetzt bin ich dran. Ich habe Ihre Lieferungen nur beschlagnahmt, um sicherzugehen, daß Sie den Tahn keine Waffen oder AM$_2$ liefern. Inzwischen weiß ich, daß Sie das nicht tun.«

Wild schien wirklich erschrocken. »Ich habe nichts mit Krieg und seinen Hintertürchen zu tun, Commander, und darauf bin ich stolz. Wenn ich aber einige Leute, die in der Lage sind, dafür zu zahlen, mit den kleinen Dingen versorge, die das Leben erst lebenswert machen, ohne daß sich alle Beteiligten vorher erst unnötigerweise mit den Absurditäten des Zolls und anderen Vorschriften und Verboten auseinandersetzen müssen, dann bin ich gerne bereit, ihnen das alles nach Möglichkeit zu beschaffen.«

»Vielen Dank, Sr. Wild. Wir möchten Ihnen gegenüber ebenso offen sein.«

Stens und Alex' Plan war äußerst simpel. Sie hatten die Bewegungen der Schmuggler lange genug beobachtet, um zu wissen, daß stets die gleichen Schiffe ein- und ausflogen. Diese Schmuggler mußten also auf Kursen fliegen, die keine Überschneidungen mit denen der Tahnpatrouillen aufwiesen. Solange sie weder Waffen noch Treibstoff einschmuggelten, war Sten das egal; offensichtlich waren die Tahn gezwungen, mit harten Credits dafür zu zahlen, mit Credits, die sie nicht mehr auf ihren eigenen Welten ausgeben konnten. Das wiederum mochte, wie unwesentlich auch immer, den Wechselkurs der Tahn-Währung schwächen.

Stens Vorschlag lautete folgendermaßen: er wollte jede Art von militärischer Information haben, die Wilds Männer und Frauen in Erfahrung brachten. Im Gegenzug dazu würde er sie völlig in

Ruhe lassen – solange sie sich an die Regel hielten, keine Kriegs-
waren zu liefern.

Wild goß sich noch ein Glas Wasser ein und schüttelte den
Kopf. »Mir gefällt die Sache nicht«, sagte er.

»Warum nicht?«

»So ehrenhaft ist niemand.«

Sten grinste. »Ich sagte doch, daß wir mit Ihnen handeln wollen, Sr. Wild. Von einem ehrenhaften Deal war nicht die Rede.«

Wild wurde sichtlich entspannter. »Das muß ich natürlich zuerst mit meinen Captains besprechen.«

»Am besten hängen Sie's nicht gleich an die große Glocke,
Wild«, sagte Kilgour. »Wenn die Tahn davon Wind kriegen und
wir in einen Hinterhalt geraten ...«

»Das versteht sich von selbst, Warrant Officer«, entgegnete
Wild. »Ich schmuggle jetzt schon seit einem halben Jahrhundert,
und bis jetzt ist mir noch niemand näher auf den Pelz gerückt als
Sie beide.« Er erhob sich. »Ich wüßte auch nicht, weshalb es mit
meinen Offizieren Schwierigkeiten geben sollte. Wenn Sie jetzt
bitte ein Auge auf meine Routen werfen möchten, damit wir die
logischsten Treffpunkte festlegen können?«

Kapitel 39

»Sieht so aus, als hätten wir uns ein wenig verirrt, Sten.«

»Das ist doch lächerlich. Wir haben beide die Navigationskurse
mit Auszeichnung bestanden. Wie können wir uns da drei Kilometer außerhalb des Stützpunktes verirren? Gib nochmal die
Karte her.«

Wieder brüteten Sten und Alex über der Karte von Cavite City. Die anderen Besatzungsmitglieder der *Claggett* versuchten, nicht zu unverschämt über ihre Vorgesetzten zu lachen.

»Na schön, nochmal von vorne«, sagte Sten. »Auf dem Imperial Boulevard nach Süden.«

»Haben wir gemacht.«

»Die Dessler nach links einbiegen.«

»Gebongt.«

»Dann an der Garrett nach rechts.«

»Einwandfrei.«

»Jetzt müßten wir auf halbem Weg die Garrett hinunter eine kleine Gasse sehen, die direkt quer zur Burns Avenue führt. Theoretisch jedenfalls.«

»Eine beschissene Theorie. Die Gasse gibt's nicht!«

Das Problem bestand darin, daß das Straßensystem von Cavite City in etwa einem Kaninchenbau ähnelte, ebenso wie im altertümlichen Tokio. Um das Chaos perfekt zu machen, war die Hälfte der Straßenschilder zerstört oder abgerissen worden.

Ihre Reise hatte ganz unschuldig begonnen. Sten hatte beschlossen, seine Leute für ihren harten Arbeitseinsatz mit einer Einladung zu einem Riesendinner zu belohnen. Er hatte ihnen gesagt, sie dürften sich die Lokalität selbst aussuchen, er übernehme sämtliche Kosten. Als sie ihm das Abstimmungsergebnis mitteilten, war er einigermaßen überrascht. Fast die gesamte Mannschaft hatte sich zu einem Essen in einem Tahn-Restaurant entschlossen. Genauer gesagt: sie hatten sich einen Laden namens »Regenwald« ausgesucht. Er war zwar etwas abgelegen, servierte jedoch das leckerste Tahn-Essen der ganzen Stadt.

Sten hatte nichts dagegen einzuwenden; er war nur neugierig. »Warum denn Tahn-Essen? Was habt ihr denn am einheimischen Essen auszusetzen?«

Ein allgemeines »Bäh!« brandete ihm entgegen, woraus er schloß, daß das edelste Angebot an einheimischem Essen einem besseren Schnellimbiß entsprach. Der »Regenwald« sollte es also sein. Sten und seine Mannschaft hatten noch in letzter Minute etwas an Bord der *Gamble* zu erledigen und deshalb mit den anderen ausgemacht, daß sie schon vorausfahren sollten und man sich später im Restaurant treffen würde.

Als sie die Stadtmitte erreichten, war Sten schockiert. Die Imperial fing als breite, saubere Straße an, gesäumt von erstklassigen Geschäften, Hotels und glitzernden Bürohäusern. Dann verwandelte sie sich in etwas, das man am besten mit dem Begriff Kriegsgebiet beschrieb. Die Straße selbst war von Schlaglöchern übersät. Die Hälfte der Läden war entweder mit Brettern vernagelt oder ausgebrannt. An den Straßenrändern rotteten verlassene Fahrzeuge vor sich hin. Die wenigen Leute, die sie – abgesehen von den siebenköpfigen, in voller Kampfausrüstung patrouillierenden Polizeitrupps – sahen, waren schreckhafte Lebewesen, die sich sofort in dunkle Ecken verzogen, sobald sie die Besatzung der *Gamble* erblickten.

»Was zum Henker geht hier vor sich?« erkundigte sich Sten.

Foss, der sich schon weitaus öfter auf den Straßen von Cavite herumgetrieben hatte, konnte es ihm erklären. Nachdem die Tahn angefangen hatten, die Kriegstrommeln zu schlagen, waren die Einheimischen höllisch nervös geworden. Zuerst waren einige wenige, dann eine wahre Flut geflohen, wobei sie ihre Geschäfte und ihre Häuser einfach zurückließen. Die Arbeitslosenrate war rasch emporgeschnellt, woraufhin sich die Straßengangs über mangelnden Zulauf nicht beklagen konnten. Dazu verwandelte sich das Stadtviertel, in dem viele Tahn wohnten, in ein belagertes Slumgetto, das inzwischen von Gangs beherrscht wurde, die regelrecht Jagd auf Tahn machten.

»Wollen Sie damit sagen, daß unser Restaurant in diesem Viertel liegt? Mittendrin in einer Krawallgegend?«

„So ungefähr, Sir.«

»Hervorragend. Beim nächsten Mal gehen wir in einen schmierigen Schnellimbiß.«

Doch jetzt blieb ihnen nichts anderes übrig, als weiterzusuchen und der Karte zu folgen, die laut Auskunft der Wache am Tor des Stützpunkts AM₂-kugelsicher war. Sten überlegte bereits fieberhaft, auf welchem Wege er diesen Blödmann von Wachsoldaten wieder zum einfachen Soldaten degradieren lassen konnte.

Sten schob die Karte wieder zu Alex. »Wir müssen irgendwo falsch abgebogen sein«, sagte er. »Wir können nur noch eins tun: wieder bis zur Dessler zurückfahren und noch einmal von vorne anfangen.«

Ringsum lautes Stöhnen.

»Bis wir ankommen, haben die anderen schon alles aufgegessen«, sagte Foss. Dann fügte er hinzu: »Ich bitte um Entschuldigung, Sir.«

»Was bleibt uns denn anderes übrig?«

»Ich könnte immerhin jederzeit die Geschichte mit den gefleckten Schlangen erzählen«, bot Kilgour an. »Nur so, um die Leute bei Laune zu halten.«

Bevor Sten Alex erwürgen konnte, kam ein Joygirl um die Ecke geschlendert. Sie trug das schmutzigste, enthüllendste Kleid, das Sten jemals gesehen hatte. Im Gegensatz zu allen anderen Leuten, die ihnen an diesem Abend begegnet waren, schien sie nicht die geringste Angst zu haben. Ihr Gang war geschäftsmäßig lässig. Sten fiel außerdem sofort auf, daß sie eine riesige Pistole an der Hüfte trug.

»Äh, Entschuldigung, Miss?«

Das Joygirl musterte Sten von oben bis unten. Dann fiel ihr

Blick auf die anderen Besatzungsmitglieder. »Du machst wohl Scherze«, sagte sie. »Ich kann euch unmöglich alle verarzten. Da wäre ich ja eine ganze Woche außer Gefecht.«

»Nein, nein, Sie mißverstehen mich«, erwiderte Sten. »Ich brauche nur ein wenig Hilfe.«

»Das kann ich mir denken.«

Schließlich gewann Sten ihre Aufmerksamkeit dadurch, daß er ein Bündel Credits vor ihrer Nase hin und her schwenkte und ihr dabei sein Problem schilderte. Die Lady schüttelte in Anbetracht von soviel Dummheit angewidert den Kopf und zeigte auf ein baufälliges Tor, das halb von einem umgekippten A-Grav-Gleiter verdeckt wurde.

»Da hindurch«, sagte sie, »dann nach links, wieder nach links, und dann fällt es euch direkt auf eure Hohlköpfe.«

Zwei Minuten später stießen sie im »Regenwald« mit schäumenden Krügen an und beeilten sich, den versäumten Teil des Abends schleunigst nachzuholen.

Das Restaurant trug seinen Namen zu recht. Unter seiner Kuppel war tatsächlich ein richtiger Wald versteckt. Die Tische standen unter Bäumen, hier und da plätscherten kleine Wasserfälle. Von irgendwoher wehte eine sanfte Brise. Bunte Vögel und große Insekten mit filigranen Flügeln schwirrten über den Köpfen der Gäste hin und her. Der Eigentümer war ein gewisser Sr. Tige, ein älterer, netter Tahn, der die ob seiner Speisen und Getränke zufriedenen Gesichter seiner Gäste offensichtlich genoß.

Das Menü stand der Atmosphäre an Exotik kaum nach; mehr als dreißig Speisen standen zur Auswahl, wobei das Angebot von mild-scharf bis zum ultrascharfen Rachenputzer reichte. Alles wurde mit großen Krügen wohlschmeckenden Tahn-Biers in der Balance gehalten. Die meisten Gerichte wurden nach Art des Hauses in gewaltigen irdenen Schüsseln serviert.

Sten stöhnte, klopfte sich auf die kleine Schwellung seines Magens und lehnte sich zurück.

»Noch ein Bissen, und ich verwandle mich in ein Heißluftfahrzeug.«

»Was ist los, Commander? Aus der Übung?« Luz grinste ihn an und löffelte den nächsten Berg auf ihren Teller.

»Wo tun Sie das nur alles hin?« Sten machte keine Scherze. Er konnte sich wirklich nicht erklären, wo sie diese Unmengen von Essen in ihrem schlanken Körper unterbrachte.

»Lassen Sie ein Holzbein gelten, Sir?«

Luz hatte heute abend Zivilkleidung angezogen; ihr rückenfreies Oberteil bedeckte gerade so eben ihre kleinen, wohlgeformten Brüste, darunter trug sie das winzigste Paar Shorts diesseits der Erstwelt zur Schau. Sten warf einen Blick auf ihre Beine – man mußte sie einfach bewundern – und schüttelte den Kopf.

»Nein. Holz lasse ich eindeutig *nicht* als Antwort gelten!«

Dann wurde ihm bewußt, was er da gesagt hatte, und er errötete. ›Vorsichtig, Sten‹, dachte er. ›Du kannst jetzt unmöglich das tun, was du am liebsten tun würdest!‹ Luz bemerkte seine Verlegenheit und lächelte ihn an. Sie wußte genau, was er dachte, tätschelte mitfühlend seine Hand und drehte sich dann höflich weg, um irgendeinen Unsinn auf Sekka einzureden. Sten wurde klar, daß sie ihn soeben gerettet hatte – und dafür liebte er sie.

Plötzlich lautes Krachen und Geschrei. Sten blickte alarmiert auf und sah ein erschrockenes junges Paar zitternd in der Tür stehen. Der Mann blutete im Gesicht, die Kleider der Frau waren zerrissen. Der Mann war ein Tahn. Dann splitterte Kunststoff, als etwas Schweres gegen eine Tür donnerte.

»Schmeißt ihn raus!« brüllte es von draußen. »Der verdammte Tahn macht mit unseren Frauen 'rum.«

Sr. Tige wies auf eine Hintertür, und das Pärchen rannte los.

Genau in diesem Augenblick gab der Haupteingang krachend nach, und vier Schlägertypen rannten herein. Sie sahen das Paar, heulten vor Freude auf und eilten auf sie zu. Sr. Tige hob einen Arm, um sie aufzuhalten, doch einer der Männer schleuderte ihn zu Boden. Die anderen hatten unter Führung eines riesenhaften Schurken, der mit einer fast ebenso großen Keule bewaffnet war, das Paar beinahe eingeholt.

»Du zuerst, du Stück Dreck«, sagte der Anführer zu dem jungen Tahn. »Und dann bist du dran, du Schlampe.«

»Ihr stört uns empfindlich beim Essen«, ertönte ein leicht schottisch gefärbter Einwurf.

Die Schlägertypen drehten sich um und erblickten Sten und Alex, die direkt hinter ihnen standen.

»Wenn ihr den angerichteten Schaden bezahlt habt, dürft ihr wieder gehen«, sagte Sten.

Der Mann mit der Keule lachte laut auf. »Noch mehr Tahn-Freunde«, sagte er.

Sten sah, wie sich seine Besatzung auf der anderen Seite des Raums von den Stühlen erhob, doch er winkte sie wieder zurück.

»Ich glaube, er hat versucht, uns zu beleidigen«, sagte Sten zu Alex.

»Glaube ich auch. Der Bursche hat wohl keine gute Kinderstube genossen.«

Ohne Vorwarnung holte der große Kerl mit der Keule gegen Alex aus. Alex machte sich nicht die Mühe, dem Schlag auszuweichen. Er fing ihn in der Luft ab und nahm dem Kerl die Keule weg, wie man einem störrischen Kind das Spielzeug wegnimmt. Der Schwung des Schlags trieb den großen Kerl jedoch bis vor Alex. Der Schwerweltler schnappte sich einen Ellbogen, drehte den Kerl herum und versetzte ihm einen unsanften Tritt Richtung Ausgang. Der Rüpel flog tatsächlich durch die Luft und donnerte mit dem Kopf gegen eine Mauer, wo er regungslos zu Boden rutschte.

Wutentbrannt gingen die anderen drei zum Angriff über. Sten duckte sich unter einem Messerstich weg und ließ den Mann mit gebrochenem Handgelenk jaulend auf dem Boden liegen; mit ausgestreckten drei Fingern schlug er nach dem nächsten und erwischte ihn an der Kehle. Im letzten Moment nahm er den Schlag soweit zurück, daß er nicht gleich den Kehlkopf zerschmetterte. Dann drehte er sich auf dem Absatz, um sich Angreifer Nummer drei zu widmen. Das war jedoch nicht mehr nötig. Alex hielt den Kerl am Gürtel fest und redete besänftigend auf ihn ein.

»Langsam, langsam, mein Freund, ich weiß ja, daß du einen Schluck zuviel getrunken hast, deswegen will ich nicht allzu streng mit dir verfahren. Rück die Credits rüber, dann darfst du in Frieden deines Weges ziehen.«

Der Mann hatte zuviel Angst, um zu antworten. Alex wurde ungeduldig, stellte ihn auf den Kopf und schüttelte ihn kräftig durch. Jede Menge Credits fielen auf den Boden. Dann klemmte er sich den Mann unter den Arm und trug ihn hinaus. Gemeinsam mit Sten durchsuchte er die anderen, nahm ihnen ihr Geld ab und warf sie ebenfalls vor die Tür.

Sten ging zu Sr. Tige hinüber, der sich um das Pärchen kümmerte, und reichte dem alten Tahn die Credits.

»Falls es nicht reichen sollte«, sagte er, »bin ich gerne bereit, mit meiner Crew eine kleine Kollekte zu veranstalten.«

»Vielen herzlichen Dank, junger Mann«, sagte der Tahn. »Aber jetzt müssen Sie rasch verschwinden, bevor sie mit Verstärkung zurückkommen.«

Sten zuckte die Achseln. »Das spielt keine Rolle. Ich glaube, wir haben genug Leute, um ihnen und ihrem Mob eine Lehre zu erteilen.«

Der Alte schüttelte den Kopf. »Nein. Nein. Sie wissen nicht, wie es hier zugeht.«

Von draußen drang ein zornig knurrendes Geräusch herein. Sten war sofort an der Tür. Jetzt wußte er, wovon der alte Tahn sprach.

In der Kürze der Zeit, die verstrichen war, hatte sich auf der Straße ein Mob von über einhundert aufgebrachten Imperialen Siedlern versammelt. Sie wollten Blut sehen. Sten sah, daß ein Stück die Straße hinab sogar noch mehr von diesen Gestalten herbeigeeilt kamen. Am verwunderlichsten war jedoch der große Polizei-Mannschaftswagen, der direkt am Rand der sich zusammenrottenden Menge geparkt stand. Ein halbes Dutzend Polizisten stand davor und hetzte die Meute mit Pfiffen und Gejohle an.

Sten spürte, wie ihn jemand an der Schulter zog.

»Ich weiß, wie ich damit umzugehen habe«, sagte der alte Tahn.

Ein Schalter neben dem Haupteingang ließ dicke Eisengitter vor den Fenstern und Türen herunterrasseln und in eigens dafür vorgesehenen Löchern im Boden einrasten. Rings um die Restaurantkuppel rasselten und knallten noch mehr Gitter vor gefährdete Öffnungen.

»Gehen Sie. Gehen Sie rasch«, bat der Alte. »Wir sind hier sicher, aber wenn Sie bleiben, werden Sie verhaftet.«

Mit einem Gefühl, als hätte man ihn betäubt, kroch Sten mit seiner Mannschaft zum Hinterausgang hinaus.

»Weißt du, mein Junge«, sagte Alex mit leiser Stimme, »ich bin mir nicht mehr so sicher, ob wir auf der richtigen Seite eingegriffen haben.«

Sten fand keine Antwort auf diese Bemerkung.

Kapitel 40

Die nächsten Wochen verliefen für Sten und die anderen recht paradox. Sie wußten, daß der Krieg jeden Tag ausbrechen konnte. Auch die Berichte von Wilds Schmugglern bestätigten ihre Vermutungen – immer mehr Tahn-Schiffe wurden eingezogen und in Kampfverbände eingegliedert. Die Zivilisten auf Heath hatten sich bereits an Sperrstunden und Rationskarten gewöhnt.

Cavite war das genaue Gegenteil davon. Sten kam es vor, als zögen sich Admiral van Doorman, seine Offiziere und Mannschaften immer weiter in ihre Phantasiewelt zurück. Den Offizieren schienen van Doormans Parties immer verschwenderischer auszufallen, und die Mannschaften berichteten davon, daß die anderen Raumfahrer der Flotte immer nachlässiger und desinteressierter wurden.

Im Rückblick erschienen jedoch selbst diese Zustände als wahrhaft goldene Zeiten.

Für Sten tat die Liebesaffäre mit Brijit ein übriges; doch das war nur einer von vielen Faktoren für das allgemeine Hochgefühl.

Vielleicht stellte die Verbindung mit Wild einen weiteren Faktor dar. Der Schmuggler kümmerte sich sehr gewissenhaft um seinen Teil des Abkommens. Sten mußte zugeben, daß er und seine Leute besser verpflegt wurden, als zu der Zeit, als er am Hof des Imperators diente. Zum erstenmal in seinem Leben machte er sich ernsthaft Sorgen, zuviel Fett anzusetzen.

Ein weiterer Faktor bestand darin, daß sich keines der erwarteten Probleme von seiten ihrer zusammengewürfelten Mannschaften einstellte. Sogar Lieutenant Estill schien sich perfekt einzugliedern. Kleinere Probleme, die anfangs hin und wieder auftauchten, regelten sich meist mit einem Satz dicker Lippen, für die Mr. Kilgour, der die Rolle des Waffenmeisters der gesamten Flottille übernommen hatte, mit der erforderlichen Mischung aus Diskretion und Nachdrücklichkeit sorgte.

Der eigentliche Grund lag jedoch darin, daß die vier Einsatzschiffe und die Leute, die freiwillig auf ihnen Dienst taten, genau das machten, was sie wollten – nämlich das, wofür sie eigentlich da waren; obendrein ohne daß jemand auf sie schoß.

Sten hielt sich mit seinen Schiffen so gut es ging von Cavite fern. Selbst für die Generalüberholung eines Schiffs pferchte er die Wartungscrew in das entsprechende Schiff und flog sie zu einem verlassenen Strandplaneten. Große Inspektionen waren im Normalfall der reinste Alptraum, und keiner in den Docks von Cavite konnte verstehen, weshalb die Techniker stets braungebrannt und gutgelaunt zurückkamen.

Sten war ein instinktiver Pilot. Zusätzlich hatte ihn die Erfahrung der Geschwindigkeit gepackt, besonders, wenn er sehr niedrig flog und einige Bezugspunkte in rasendem Tempo auftauchten, auf ihn zu und an ihm vorüberrasten. Inzwischen konnte er auch den langen, zähen Wachen etwas abgewinnen.

Auf Patrouille verbrachte man lange Schichten in der Ekliptik eines Sonnensystems schwebend mit der Korrektur von Sternenkarten, mit der Beobachtung von Schiffsbewegungen oder auch mit der Sondierung dieser Welten als mögliche Außenposten der Tahn. Sten hätte sich eigentlich langweilen müssen.

Er langweilte sich nie. Alex hatte eine der Goblin-Raketen modifiziert und anstelle des Sprengkopfes zusätzliche Treibstoffzellen angebracht.

Wenn Sten nicht selbst Wachdienst schob, vertrieb er sich oft die Zeit damit, einen Ersatz-Kontrollhelm aufzusetzen und mit »seiner« Goblin weit in den Raum vorzudringen. Er wußte, daß die Wahrnehmung eines Sterns »über« oder eines Planeten »unter« ihm falsche, von einem Computer berechnete Analogien waren. Ebenso wußte er, daß Sinneseindrücke wie die Hitze einer nahen Sonne oder die Kälte eines Eisplaneten absolut subjektiv waren. Dennoch genoß er sie. Für ihn war das die ultimative Form des Menschheitstraums vom Fliegen. Es war sogar noch besser, daß er wußte, daß eigentlich nichts passieren konnte und er sich eigentlich in Sicherheit an Bord der *Gamble* befand.

Die Schichten und Tage zogen dahin. Sten hatte regelmäßig die Dauer der Patrouillen anhand des Schiffslogs zu überprüfen. Er hätte sich ewig im All aufhalten können, weit weg von den Machenschaften und Anforderungen der Menschen, wenn die Vorräte dafür gereicht hätten.

Kurz nach einer solchen Reise traf Sten zum erstenmal auf die *Forez* – und zum zweitenmal auf Admiral Deska.

Die *Kelly* und die *Gamble* hatten versucht, den Schweif eines Meteors zurückzuverfolgen. Lieutenant Sekka hatte darauf bestanden, daß die Meteore von einem explodierenden Planeten stammen mußten. Sten war der Meinung gewesen, daß die relative Größe der Brocken nicht unbedingt darauf hinweisen würde. Er hatte jedoch nichts dagegen einzuwenden gehabt, die Spur dieser Gesteinsfragmente zurückzuverfolgen.

Als sämtliche Alarmvorrichtungen losplärrten, fand der Spaß ein rasches Ende. Alex und Sten starrten an Bord der *Gamble*, Lieutenant Sekka an Bord der *Kelly* auf die Monitore.

»Was haben wir denn da?« wunderte sich Alex. »Das ist ja das größte Schlachtroß, das ich je gesehen habe, egal ob Tahn oder Imperium. Außerdem gibt's für dieses Monstrum keinen Eintrag im *Jane's*.«

»Alle Systeme in Bereitschaft«, sagte Sten und überprüfte ihre Position. Sie hielten sich in einem neutralen Sektor auf, wobei

217

Sten den vagen Eindruck hatte, daß die Tahn, wenn sie schlecht gelaunt waren, wenig darauf geben würden.

Ein Funkspruch kam herein, der sämtliche Erwartungen in den roten Bereich schnellen ließ: »Fremdes Schiff. Identifizieren Sie sich, oder Sie werden vernichtet.«

»Unhöfliche Weltraumrüpel«, murmelte Alex.

Sten wandte sich auf der internen Frequenz an Sekka: »*Kelly*, wenn es zur Schießerei kommt, setzen Sie sich ab!«

»Aber –«

»Das ist ein Befehl.«

Er wechselte den Kanal.

»Imperiales Einsatzschiff *Gamble*. Wir hören.«

Der Monitor zeigte ein neues Bild. Sten brauchte einen Augenblick, bis er den Tahn-Offizier, der in voller Uniform hinter dem Funkspezialisten stand, erkannte. Doch er täuschte sich nicht.

»Captain Deska. Wie ich sehe, sind Sie befördert worden.«

Auch Deska war verblüfft; dann erinnerte er sich. Die Erinnerung schien ihn nicht sehr zu erfreuen, doch er überspielte seine Überraschung recht gut. »Imperiales Schiff ... wir erhalten keinerlei Funksprüche von Ihrer Seite. Hier ist das Tahn-Schlachtschiff *Forez*. Sie sind in einen Tahn-Sektor eingedrungen. Halten Sie sich bereit. Wir kommen an Bord. Betrachten Sie sich als festgenommen.«

»Wenn wir bloß Ida dabeihätten«, sagte Sten zu Alex.

Alex grinste. Die Zigeunerpilotin hatte einmal während eines Mantis-Unternehmens nach einem ähnlichen Befehl den unverschämten Gesprächspartnern die Kehrseite zugedreht und den Rock gelüftet.

Da Sten jedoch nicht ganz so schlagfertig war, schaltete er lediglich die Funkverbindung ab. »*Kelly*. Sofort mit voller Kraft

218

zurück nach Cavite. Vollständiger Bericht. Halten Sie ihn 48 Stunden lang oder bis zu meiner Rückkehr unter Verschluß.«

»Ich habe das Kommando nicht angenommen, um zu – jawohl, Sir.«

Damit war eine Sorge aus der Welt geschafft. Die *Kelly* befand sich mehrere Lichtminuten hinter Stens Schiff, und Sten konnte sich nicht vorstellen, daß Sekka eingeholt werden konnte.

Er überlegte einen Moment. »Mr. Kilgour.«

»Sir.«

»Setzen Sie Kurs auf diese *Forez*.«

»Sir.«

»Dreiviertel Schub.«

Jemand auf der *Forez* mußte Stens Kurs berechnet haben. Die Notruffrequenz flammte auf. Sten ignorierte sie.

»Da hast du dir ja was Tolles ausgedacht, alter Knabe, aber ist dir nicht der Gedanke gekommen, daß wir uns vielleicht schon im Krieg befinden?«

Daran hatte Sten tatsächlich nicht gedacht. Jetzt war es zu spät, um diese Überlegung in die Gleichung einzubauen.

»Neuer Kurs … drei Lichtminuten an dem Monstrum vorbei … ich zähle … drei … zwei … jetzt!«

Ein Beobachter, der die Aktion von außen hätte beobachten können, hätte die *Gamble* heranschießen sehen.

»Sieht aus, als würde das Tahn-Schiff seine Waffensysteme ausfahren«, sagte Foss.

»Ist ja toll, Foss. Geben Sie mir den Zufallskurs … ich zähle … zwei … eins … jetzt!«

Foss hatte das Angriffsmuster ausgewählt, das Sten mit den Mannschaften der Fox-Abwehrraketen gedrillt hatte. Foss schwor, daß es selbst mit einem Supercomputer unmöglich sei, die Flugbahn einer solchen Rakete zu verfolgen.

Man mußte allerdings zweierlei bedenken: Die *Gamble*, wie wendig sie auch sein mochte, konnte sich nicht mit einer Rakete vergleichen. Außerdem waren die Auswirkungen auf die Besatzung trotz der McLean-Generatoren höchst unangenehm.

Sten hielt es so lange aus, wie es ging. Dann hatte er eine kleine Eingebung. »Neuer Kurs ... bereithalten ... ich will einen Angriffskurs!«

»Sir?«

»Verdammt nochmal, Sie haben mich gehört!«

»Angriffskurs. Jawohl, Sir.«

Wieder kamen die beiden Schiffe einander beachtlich näher.

»Mr. Kilgour, welche Höflichkeiten sind bei einem Tahn-Schiff angesagt?«

»Wenn ich das wüßte, Skipper! Ihnen ein Messer in den Rücken jagen, als wären es verdammte Campbells?«

Sten fluchte vor sich hin. Das wäre ein guter Scherz. Er hatte sich keine Gedanken wegen der *Forez* gemacht. Jedenfalls nicht allzuviele. Zuerst dachte er, wenn wirklich der Krieg erklärt worden war – sogar wenn er ohne eine offizielle Erklärung ausgebrochen war –, hätte Admiral Deska ihn bestimmt sofort mit der Nase daraufgestoßen. Zweitens nahm er an, daß die Raketen, mit denen die *Forez* bestückt war, höchstwahrscheinlich größer als die ganze *Gamble* sein mußten. Und drittens griffen Einsatzschiffe keine Schlachtschiffe an, schon gar nicht im Gegenangriff.

Die *Forez* und die *Gamble* passierten einander im Abstand von knapp zwei Lichtsekunden. Trotz Kilgours Behauptungen war es nicht dicht genug, um die Antiradarbeschichtung auf der Außenhülle der *Gamble* abzuschmirgeln.

Im All gab es auf einem Schiff mit eingeschalteten McLean-Generatoren kein wirkliches »oben« und »unten«, so daß die

Antwort der *Forez* auf den dichten Vorbeiflug eigentlich nur den Offizieren und Mannschaften auf der Brücke bewußt werden konnte. Sten sah mit großer Freude auf einem »rückwärtigen« Schirm, daß die gewaltige *Forez* sich dreimal um die eigene Achse drehte, bis sie sich wieder gefangen hatte.

»Fluchtgeschwindigkeit, Mr. Kilgour«, sagte er und konnte sich ein hinterhältiges Grinsen nicht verkneifen.

»Alter Knabe«, stieß Alex hervor, »du hältst dich wohl für eine Spur zu schlau für uns Rest der Menschheit, was?«

Kapitel 41

Sten stand mit aneinandergeschlagenen Hacken und vorschriftsmäßig an die Hosennaht gelegten Fingern vor van Doorman und fragte sich, welcher seiner zahlreichen Sünden der Admiral wohl auf die Schliche gekommen war. Van Doorman schien beinahe gutgelaunt zu sein, aus welchem Grund auch immer. Sten vermutete, daß der Grund dafür in dem Gewimmel aus Malern und Tischlern zu suchen war, durch das er sich den Zugang zur Carlton-Suite hatte erkämpfen müssen.

»Ich weiß, daß Sie nicht allzuviel für Feierlichkeiten übrig haben, Commander. Ist Ihnen bewußt, daß der Empire Day nur noch weniger als 72 Stunden von uns entfernt ist?«

Diese Tatsache war Sten durchaus bewußt. Der Empire Day war eine persönliche Erfindung des Ewigen Imperators. Einmal pro E-Jahr veranstalteten alle Imperialen Streitkräfte, die nicht gerade im Kampfeinsatz waren, einen Tag der Offenen Tür, eine Kombination aus Öffentlichkeitsarbeit und Demonstration der

Tödlichkeit des sonst eher in der Scheide ruhenden Säbels des Imperiums. »Das ist mir bewußt, Sir.«

»Nun, ich bin einigermaßen erstaunt. Ich wollte Anweisung zur angemessenen Zurschaustellung Ihrer Schiffe und Ihrer Männer geben.«

»Zurschaustellung, Sir?«

»Aber selbstverständlich«, sagte van Doorman eine Spur verärgert. »Wie gewohnt wird die gesamte 23. Flotte der Öffentlichkeit präsentiert werden.«

»Äh …, tut mir leid, Sir, aber das geht nicht.«

Van Doorman runzelte die Stirn, dann hellte sich seine Miene wieder auf. Vielleicht hatte er jetzt endlich den Vorwand, um Sten einzubuchten. »Es handelt sich hier nicht um eine Anfrage, Commander. Betrachten Sie es als direkten Befehl.«

»Sir, ich kann diesem Befehl nicht nachkommen.« Sten wollte zunächst beobachten, wie lila sein Admiral noch werden konnte, bevor er ihm die Sachlage verdeutlichte, überlegte es sich aber doch noch einmal anders. »Sir, dem Imperialen Befehl R-278-XN-FICHE: BUKELEY entsprechend unterliegen alle meine Schiffe einem Sicherheitserlaß. Von der Erstwelt, Sir. Sie finden eine Kopie davon in Ihrem Einsatzordner, Sir.« Die Nummer des Befehls hatte Sten zwar erfunden, ein entsprechender Befehl dazu existierte allerdings zweifellos.

Nachdem er wahrscheinlich mehrere Retourkutschen verworfen hatte, ließ sich van Doorman in seinen Sessel fallen. »Sie und Ihre widerwärtige Besatzung wollen sich nur dem Empire Day entziehen. Das paßt ja hervorragend ins Bild.«

Und dann kam Sten die rettende Idee, inspiriert vom Gedanken an den Empire Day – und an den Imperator selbst, der doppelt abgesicherte Pläne liebte. »Nein, Sir. Das werden wir nicht tun, Sir, es sei denn, Sie befehlen es.«

Bevor van Doorman antworten konnte, fuhr Sten fort: »Sir, eigentlich hatte ich für den heutigen Tag geplant, bei Ihrem Stabsoffizier vorzusprechen, um ihm einen Vorschlag einzureichen.«

Van Doorman wartete.

»Sir, obwohl wir niemandem erlauben können, unsere Schiffe zu besichtigen, gibt es keinen Grund, warum man sie nicht ansehen dürfte. Jeder, der Wert darauf legte, hat uns auf Cavite starten und landen sehen.«

»Sie sagten etwas von einer Idee«, unterbrach ihn van Doorman ungeduldig.

»Jawohl, Sir. Spricht etwas dagegen, daß wir einen Schauflug veranstalten? Vielleicht direkt im Anschluß an Ihre Eröffnungsrede?«

»Hmmm«, grübelte van Doorman. »Ich habe Ihre Einsätze beobachtet. Ziemlich spektakulär, obwohl ich, wie bereits erwähnt, nur wenig Einsatzmöglichkeiten für Ihre Fahrzeuge sehe. Sie sind allerdings sehr, sehr hübsch anzusehen.«

»Jawohl, Sir. Und meine Offiziere sind hinsichtlich akrobatischer Übungen innerhalb der Atmosphäre sehr erfahren.«

Van Doorman lächelte tatsächlich. »Vielleicht habe ich Sie ja zu rasch verurteilt, Commander. Ich hatte den Eindruck, daß Sie sich nicht im geringsten für unsere Flotte interessieren. Ich habe mich womöglich geirrt.«

»Vielen Dank, Sir. Aber ich bin noch nicht fertig.«

»Fahren Sie fort.«

»Mit Ihrer Erlaubnis könnten wir als Teil der Flugdemonstration sogar ein Feuerwerk veranstalten.«

»Feuerwerk gehört eigentlich nicht unbedingt zu unseren Aufgabengebieten.«

»Das ist mir bekannt, Sir. Wir könnten jedoch die Schnellfeuerkanonen mit Platzpatronen ausrüsten und bei einigen der überflüssigen Raketen, die wir gelagert haben, die Sprengköpfe entfernen.«

»Sie denken ja richtig mit. Das wäre wirklich aufregend. Außerdem können wir uns auf diese Weise von einigen dieser Klunker trennen, bevor wir uns bei der nächsten Inventur mit ihnen lächerlich machen.«

Sten bemerkte, daß van Doorman scherzte. Also lachte er.

»Sehr gut. Wirklich sehr gut. Ich gebe die Erlaubnis noch heute heraus, Commander. Ich glaube, allmählich fangen wir beide an, in den gleichen Bahnen zu denken.«

›Da sei Gott vor‹, dachte Sten. »Eine Sache noch, Sir.«

»Noch ein Vorschlag?«

»Nein, Sir. Eine Frage. Sie sagten, die gesamte Flotte werde der Bevölkerung zugänglich sein.«

»Bis auf zwei Transportboote, ja. So halte ich es immer.«

Sten salutierte und ging.

Der Kriegsrat bestand aus Sten, Alex, Sh'aarl't, Estill, Sekka, Tapia und Sutton und wurde in einer der Maschinenhallen der Flottille abgehalten.

»Leute, das hier bleibt absolut unter uns«, fing Sten an. Er berichtete, was bei seinem Treffen mit van Doorman zur Sprache gekommen war. Die anderen Offiziere brauchten einige Sekunden, um alles wirken zu lassen, und setzten dann ihre Was-für-eine-blöde-Idee-aber-du-bist-schließlich-der-Skipper-Gesichter auf.

»Vielleicht liegt Wahnsinn in meiner Methode, aber es will mir nicht aus dem Sinn, daß ich mir als Tahn, der nur nach einem geeigneten Zeitpunkt sucht, mit einem lauten Knall loszuschlagen, keinen besseren Tag als den Empire Day aussuchen könnte.

Jedes verdammte Schiff, das unserem wunderbaren Admiral

224

untersteht, wird hier in Reih und Glied aufgebaut sein, wie auf dem Präsentierteller. Gesichert ist das alles durch zwei Einsatzboote und Küstenpatrouillen zu Fuß.«

»Nicht schlecht gedacht«, meinte Alex. »Ich glaube auch nicht, daß die Tahn großen Wert auf feierliche Kriegserklärungen und dergleichen legen.«

»Und wenn sie losschlagen, würde ich lieber nicht hier unten hocken und darauf warten«, fügte Sh'aarl't hinzu.

»Vielleicht bin ich ja etwas langsam, Commander«, sagte Estill. »Angenommen, Sie haben recht. Wir befinden uns also in der Luft, wenn – und falls – sie angreifen. Sollen wir sie mit, entschuldigen Sie, verdammten Feuerwerksraketen in die Flucht schlagen?«

Alex sah den Lieutenant voller Bewunderung an. Seit seiner Beförderung zum Offizier war es wahrscheinlich das erste Mal, daß er das Wort »verdammt« in den Mund genommen hatte. Auf Estills Charakter wirkte es sich sehr heilsam aus, daß er sich der Moskitoflotte angeschlossen hatte.

»Genau, Lieutenant«, antwortete Sten. »Wir werden ihnen ein hervorragendes Feuerwerk bieten. Goblin-Feuerwerk. Fox-Feuerwerk und Kali-Feuerwerk. Van Doorman hat uns die Erlaubnis erteilt, seine Waffenkammer zu plündern; das lassen wir uns nicht zweimal sagen.«

Tapia lachte. »Was geschieht, wenn Sie sich getäuscht haben – und der Alte sein Feuerwerk haben will?«

»Dann wird es eine verdammt heiße Show, und wir können uns alle nach neuen Jobs umsehen. Sollen wir abstimmen?«

Van Doorman hätte Sten wahrscheinlich allein aufgrund der Tatsache, daß er seine Flottille mit einem Hauch von demokratischem Ansatz regierte, fristlos entlassen.

Kilgour war natürlich absolut dafür. Ebenso Tapia. Sekka und

225

Sh'aarl't überlegten einen Augenblick, stimmten dann jedoch zu. Estill lächelte. »Der Club der Paranoiker«, sagte er und hob die Hand.

»Sehr schön. Mr. Sutton, stellen Sie Arbeitsteams zusammen und besorgen Sie einige Lastgleiter.«

»Jawohl, Sir. Würde es Ihnen etwas ausmachen, wenn einige meiner Jungs besonders schlecht in Mathematik wären und zusätzliche Bewaffnung herbeischleppten?«

»Mr. Sutton, ich kann selbst nicht weiter als bis zehn zählen, ohne die Stiefel auszuziehen. Und jetzt an die Arbeit.«

Kapitel 42

Sr. Ecu schwebte knapp über dem Sand, der bis zu einem prismatisch schimmernden Weiß gesiebt war – ein Weiß, dessen Reinheit sogar die winzigen Sensoren übertraf, die wie feine Fühler an seinen Flügeln saßen. Er sank etwas tiefer zur Oberfläche des Gartens hinab, erschauerte vor Ekel und schlug leicht mit einem seiner zarten Flügel. Einige Sandstäubchen wirbelten auf, dann schwebte er wieder in Position.

Lord Fehrle ließ ihn jetzt schon seit beinahe zwei Stunden warten. Die Ungeduld, die er verspürte, hatte nichts mit der Wartezeit zu tun. Sr. Ecu gehörte einer Spezies an, die über die Fähigkeit verfügte, die schleichenden Dehnungen der Zeit auszukosten. Aber nicht jetzt, nicht in dieser Umgebung.

Er vermutete, daß man ihn in den Sandgarten geführt hatte, weil ihn Lord Fehrle mit seinem Kunstsinn und seiner verfeinerten Lebensart beeindrucken wollte. Neben ihrer sprichwörtlichen Geduld waren die Manabi für ihre Empfänglichkeit hinsichtlich visueller Stimulation bekannt.

Der Sandgarten war als perfekte Senke mit einem Radius von ungefähr einem halben Kilometer angelegt. In diesem Gelände lagen genau zehn Steine, deren Größe von dreißig Zentimetern bis zu fünf Metern variierte. Jeder Stein hatte eine andere Farbe, doch waren es allesamt Erdfarben, von Tiefschwarz bis zu einem Hauch Orange. Sie lagen mathematisch genau plaziert und im richtigen Abstand zueinander. Es war das kälteste Kunstwerk, das Sr. Ecu in den etwas über hundert Jahren seines Lebens jemals zu Gesicht bekommen hatte. Während der beiden Wartestunden hatte er versucht, sich vorzustellen, was wohl in Lord Fehrle vorgegangen sein mußte, als er es schuf.

Der Gedanke daran war nicht sehr angenehm. Wenn auch nur ein Stein ein wenig anders stehen würde, auch nur ein Sandflecken nicht ganz so perfekt wie die anderen angelegt worden wäre, hätte sich Ecu wesentlich besser gefühlt. Er hatte versucht, das seelenlose Ensemble mit seiner eigenen Anwesenheit zu verändern.

Sr. Ecus Körper war schwarz mit einem Tupfer Rot knapp unterhalb der Flügelspitzen. Sein Schwanzende schlängelte sich drei Meter weit und verjüngte sich zu einer Spitze, die einst, in der grauen Vorzeit seiner Rasse, mit einem Stachel versehen war. Er hatte versucht, sich im Garten von einem Punkt zum anderen zu bewegen und längere Zeit zu verharren, um somit die kalte Perfektion, die der Garten ausstrahlte, aufzubrechen. Er wurde jedoch immer wieder auf den gleichen Punkt zurückgeworfen. Allerdings machte seine Präsenz an diesem perfekten Ort – wenn sie schon sonst nichts bewirkte – die psychologische Häßlichkeit der Anlage noch augenfälliger.

Selbst für Tahn-Verhältnisse rangierte Lord Fehrle hinsichtlich seiner diplomatischen Fähigkeiten auf einer Skala von eins bis zehn ein gutes Stück unter null. Diese Einschätzung konnte Sr. Ecu inzwischen mit Bestimmtheit abgeben. Seine eigene Spezies hingegen war für ihre diplomatische Geduld berühmt – das war auch der Grund, weshalb Lord Fehrle Sr. Ecu um einen Besuch gebeten hatte.

Unter anderen Umständen hätte Sr. Ecu diesen Ort nach einer halben Stunde mit einem diplomatischen Anfall von Verärgerung verlassen. Verärgerung aufgrund von Beleidigung konnte bei persönlichen Beziehungen ein sehr wertvolles Werkzeug sein. Aber nicht unter *diesen* Umständen. Er war sich nicht sicher, ob die Manabi weiterhin ihre traditionelle Neutralität oder gar eine Zukunft für sich beanspruchen konnten, wenn die Tahn und das Imperium an ihrem Kollisionskurs festhielten.

Also hieß es, weiterhin in dieser Obszönität von einem Garten zu warten, der die geistige Disposition des Tahn perfekt illustrierte, sich mit Fehrle zu unterhalten und dann weiterzusehen.

Es dauerte noch eine halbe Stunde, bis Lord Fehrle erschien. Er war höflich, doch sehr kurz angebunden, als hätte man nicht den Manabi, sondern ihn so unverschämt lange warten lassen. Fehrle umriß den gegenwärtigen Stand der Beziehungen zwischen dem Imperium und den Tahn. Abgesehen von einigen Details wußte das der Manabi, und er versuchte, Fehrle bei seiner Ungeduld zu packen, indem er es ihm gegenüber auch ausdrückte.

»Das ist eine Bilderbuchzusammenfassung der Situation, Milord«, sagte er. »Höchst bewundernswert. Beinahe elegant in ihrer Kargheit. Meine eigene Rolle darin kann ich allerdings nicht erkennen.«

»Um ganz offen zu sein«, sagte Fehrle, »planen wir einen kompletten Überraschungsangriff.«

Alle drei Mägen Sr. Ecus zogen sich krampfhaft zusammen.

Erst vor kurzem waren ihre Innenwände sorgfältig überprüft worden; es war sogar soweit gegangen, daß er sicher war, seine bevorzugten Microorganismen nie wieder verdauen zu können. Doch das jetzt war wirklich eine Katastrophe.

»Ich bitte Sie inständig, die Sache noch einmal zu überdenken, Milord«, sagte er. »Sind Ihre Positionen wirklich so unversöhnlich? Ist es *wirklich* zu spät für Verhandlungen? Meiner Erfahrung nach …«

»Deshalb habe ich Sie hergebeten«, sagte Fehrle. »Es gibt einen Ausweg. Eine Möglichkeit, den totalen Krieg zu vermeiden.«

Sr. Ecu wußte, daß der Mann durch seine strahlenden Zähne hindurch log. Trotzdem konnte er schlecht nein sagen. »Das freut mich über alle Maßen«, sagte er. »Vermutlich haben Sie noch einige neue Forderungen. Vielleicht einen Kompromiß? Bestimmte Belange, die sich in festen Absprachen niederschlagen sollen?«

Fehrle schnaubte verächtlich. »Keinesfalls«, sagte er. »Wir geben uns nur mit der totalen Kapitulation zufrieden.«

»Das halte ich für keinen sehr guten Ausgangspunkt, um Verhandlungen aufzunehmen, wenn ich das so sagen darf, Milord«, murmelte Sr. Ecu.

»Aber genau das ist mein Ausgangspunkt«, erwiderte Fehrle. »Ich habe ein Fiche in Vorbereitung, in dem unsere Position genau vermerkt ist. Es wird Ihnen ausgehändigt, bevor Sie zur Erstwelt aufbrechen.«

»Und wieviel Zeit haben die Unterhändler des Imperators für ihre Antwort?«

»Zweiundsiebzig E-Stunden«, sagte Lord Fehrle mit scharfer, fast monotoner Stimme.

»Aber, Milord, das ist unmöglich. In dieser Zeit schaffe ich es kaum, die Erstwelt überhaupt zu erreichen, ganz zu schweigen davon, mit den richtigen Leuten ins Gespräch zu kommen.«

»Trotzdem. Es bleibt bei zweiundsiebzig Stunden.«

»Hören Sie doch auf die Stimme der Vernunft, Milord!«

»Weigern Sie sich, den Auftrag auszuführen?«

Jetzt wußte Sr. Ecu, was gespielt wurde. Fehrle wollte eine Ablehnung. Später würde er sagen, er habe sein Möglichstes getan, um den Krieg zu verhindern, doch der Manabi hätte die Mission nicht ausgeführt. Er bewunderte den Plan, so wie er die perfekte Häßlichkeit des Gartens dieses Mannes bewundern mußte. Denn der Verhaltenscode seiner Spezies ließ es auf keinen Fall zu, daß Sr. Ecu den Auftrag annahm.

»Jawohl, Milord. Es tut mir leid, aber ich muß ablehnen.«

»Dann eben nicht.«

Lord Fehrle drehte sich ohne ein weiteres Wort um und marschierte über den weißen Sand. Sr. Ecu entfaltete die Flügel und schwirrte einen Moment später davon; sein Selbstwertgefühl und die Neutralität seiner Rasse waren schwer erschüttert worden.

Kapitel 43

Die Wettervorhersage für den Empire Day klang ermutigend: bedeckt mit gelegentlichen Regenschauern, teilweise sogar schwere Regengüsse. Mieses Wetter für einen Feiertag – doch vielleicht rettete genau das mehreren tausend Leuten auf Cavite das Leben; vielleicht war es sogar dafür verantwortlich, daß Sten diesen Tag überlebte.

Sten hatte seinen Besatzungen untersagt, die nähere Umgebung der Flottille ab vierundzwanzig Stunden vor dem großen Ereignis zu verlassen. Gerüchte machten die Runde. Der Empire

Day war für die 23. Flotte nicht nur der große Vorzeigetag, sondern auch ein Vorwand für gewaltige Parties. Stens Leute hätten ohnehin nicht viel Zeit zum Feiern gehabt; sie waren vollauf damit beschäftigt, ihre Schiffe zu beladen und auszurüsten. Als jede Menge scharfe Sprengköpfe und Munition an Bord geschafft und sofort feuerbereit gemacht wurden, konnten sich die Mannschaften an fünf Fingern abzählen, daß hier etwas nicht Alltägliches im Gange war.

Um 19 Uhr waren die Schiffe fertig zum Start. Sten mußte schmunzeln, als er sah, daß die letzte Zuladung tatsächlich aus Feuerwerkskörpern bestand; Sutton hatte sie über seine Kanäle auf dem schwarzen Markt besorgt. Sten ordnete für alle Besatzungen leichten Hypnoschlaf an und versuchte auch selbst ein wenig zu schlafen, doch ohne Erfolg.

Also verbrachte er die mittleren Nachtstunden, indem er sich einen Regenmantel gegen die gelegentlichen Schauer überwarf und zwischen seinen Schiffen umherging, wobei er darüber nachdachte, weshalb er jemals derjenige hatte sein wollen, der für alles verantwortlich ist.

Um 01 Uhr weckte er seine Leute.

Um 02 Uhr 30 stiegen die *Kelly*, die *Claggett*, die *Gamble* und die *Richards* fast geräuschlos mit ihren Yukawas in den nächtlichen Himmel. Um 04 Uhr 45 würde die Sonne aufgehen. Um 08 Uhr wollte Admiral van Doorman die Feierlichkeiten eröffnen.

Auch die Tahn folgten einem festen Zeitplan. Er war um den der 23. Flotte herum angelegt.

Vor einem Monat hatte ein Tahn, der im Hauptquartier der Flotte arbeitete, das Fiche mit dem Ablaufprotokoll des Empire Day kopiert und sofort weitergeleitet. Es landete schließlich auf einem kleinen Bildschirm auf der Kommandobrücke der *Forez*. Weder Lady Atago noch Admiral Deska mußten einen Blick darauf werfen.

Nicht weit von ihnen entfernt stand ein zweites, soeben fertiggestelltes Schlachtschiff im Raum – die *Kiso*, ein Schwesternschiff der *Forez*. Die Schlachtflotte der Tahn wartete außerhalb des Sonnensystems von Cavite: schier unzählige Kreuzer, Zerstörer, Landungsschiffe und Truppentransporter.

Andere, ähnlich massive Schlachtverbände, standen in der Nähe weiterer Primärziele in den Randwelten. Lady Atago hatte die Aufgabe übernommen, die 23. Flotte und ihren Stützpunkt auf Cavite zu vernichten.

Sie gab genau zum richtigen Zeitpunkt das Zeichen zum Angriff.

Fernbediente Ortungssensoren, die rings um den Planeten patrouillierten, wurden zerstört, außer Kraft gesetzt oder mit falschen Daten gefüttert. Um sicherzugehen, daß kein Alarm geschlagen wurde, überfielen um 05 Uhr fünf Tahn-Einsatzgruppen, von denen einige auf Frehdas Farm ausgebildet worden waren, die Funkzentrale der 23. Flotte. Andere Tahn – korrekt als Imperiale Soldaten gekleidet – übernahmen die Zentrale.

Um 07 Uhr 30 stand die Hauptstreitmacht von Atagos Schlachtflotte direkt außerhalb der Atmosphäre. Die Scanner der beiden Vorpostenschiffe waren von der böse verkaterten Mannschaft entgegen den Vorschriften auf das Paradefeld unter ihnen gerichtet; sie nahmen die ankommenden Tahn-Zerstörer kaum wahr, bevor sie zerstört wurden.

Auf dem Paradefeld warf Admiral van Doorman, flankiert von Brijit und seiner Frau, einen letzten prüfenden Blick auf die Uhr; noch zehn Minuten. Dann stieg er die Stufen zur Ehrentribüne hinauf.

Er wurde bereits von seinen Stabsoffizieren und allen zivilen Würdenträgern erwartet.

In der Ionosphäre öffnete das Tahn-Landeschiff seine Luken und spuckte ein kleines Kampfschiff nach dem anderen aus.

Nachdem sie abgehoben hatten, bestand Stens Problem darin, ein sinnvolles Versteck zu finden. Wenn er sich nicht täuschte und Cavite angegriffen wurde, dann würde es ein massiver Angriff werden. Er hatte volles Vertrauen in seine Einsatzschiffe – doch nicht im Orbit des Planeten, wo er es vielleicht mit einem oder sechs Schlachtschiffen zu tun bekam.

Auch ein Versteck unter der Wolkendecke kam nicht in Frage, da ein Angreifer von außerhalb mit Sicherheit Elektronik einsetzte. Auf den meisten Schiffsmonitoren waren die Wolken wahrscheinlich noch nicht einmal zu sehen.

Stens beste Lösung war, seine Flottille weit draußen über dem Ozean zu stationieren, gute zwanzig Kilometer von Cavite entfernt und nicht mehr als fünfzig Meter über der Wasseroberfläche. Hier waren sie höchstwahrscheinlich im Radarmüll verborgen und nur sehr schwer zu identifizieren.

Foss entdeckte die Angreifer als erster.

»An alle Schiffe«, gab Sten durch. »Angreifen auf eigene Faust. Spart Munition und paßt höllisch gut auf. Wir befinden uns im Krieg!«

Kilgour jagte die *Gamble* mit voller Kraft zurück nach Cavite-City.

Der erste Angriffskeil der Tahn schoß aus 1000 Metern Entfernung Luft-Boden-Raketen ab, die sich metallische Ziele suchten, kurz über dem Ziel verharrten und einen Teppich von Sprengbomben über das Feld streuten.

Das Paradefeld verwandelte sich in eine Hölle aus Explosionen.

Van Doorman hatte noch genug Zeit, um die Raketen zu sehen, vor Staunen den Mund aufzureißen und sich über seine Frau und Tochter zu werfen, bevor sich sämtliche klaren Gedanken verabschiedeten und sich die Vernunft verzweifelt an dem schlingernden und bebenden Boden unter ihm festzuhalten versuchte.

Die Tahn-Schiffe machten kehrt und kamen im Tiefflug zurück. Die meisten Würdenträger und Stabsoffiziere, die nicht im Bombenhagel umgekommen waren, starben im Feuer der Schnellfeuerkanonen.

Van Doorman hob den Kopf und sah durch einen Schleier aus Blut, daß die Schiffe erneut angriffen. An mehr konnte er sich nicht erinnern.

Er sah nicht, wie die *Richards* und die *Claggett* mit ebenfalls spuckenden Schnellfeuerkanonen von den Flanken her angriffen, er sah nicht, wie die nur schwach gepanzerten Tahn-Schiffe auf das Feld trudelten, wo sie unter den Schiffen der 23. Flotte soviel Schaden anrichteten, wie vorher die Raketen.

Als er sah, daß die *Richards* und die *Claggett* vor ihm auf das gleiche Ziel zurasten, änderte Sten seine Taktik. Er befahl der *Kelly*, Flankenschutz zu geben, und stieg auf, Richtung All.

Das Landungsschiff der Tahn erwartete aus dem Chaos dort unten keinerlei Gegenwehr und war ein leichtes Ziel. Die Waffensysteme der *Gamble* schalteten von Kali auf Goblin, und Kilgour feuerte.

Die Hülle des Schiffs wurde aufgerissen, und rote Flammen schossen hervor.

In der *Kelly* hatte Sekka seinem Waffenoffizier den Kontrollhelm weggenommen – schließlich war *er* der über viele Generationen herangezüchtete Krieger. Der Kriegsgesang, den er anstimmte, als er den Feind ins Visier bekam, war über 2000 Jahre alt; Sekka hatte es auf den größten Koloß abgesehen. Ohne Befehl feuerte er eine Kali auf die *Forez* ab.

Sogar unter voller AM$_2$-Kraft ruckte die *Kelly*, als die gewaltige Rakete aus ihrem Torpedorohr rauschte und kurz darauf ihren eigenen AM$_2$-Antrieb einschaltete.

Für Sekka, der mit den »Augen« der Kali sah, gab es nichts anderes mehr als die immer drohender vor ihm anwachsende Masse des Tahn-Schlachtschiffs.

Die Rakete trug ihren Namen nicht zu Unrecht. Sie traf die *Forez* mitten in ein Waffendeck. Zweihundertfünfzig Mann der Besatzung starben bei der eigentlichen Explosion, noch mehr im Feuersturm der sekundären Explosionen.

Sekka erlaubte sich ein dünnes Lächeln, als er den Helm abzog: dann sah er auf dem Kontrollschirm, daß ihn vier Tahn-Zerstörer angriffen. Doch das zählte nichts. Und falls sie ihn töteten – was bedeutete einem Mandingo-Krieger schon der Tod?

Es war gut möglich, daß die beiden Tahn-Kreuzer einen Angriff von einem so kleinen Schiff wie der *Gamble* nicht ernsthaft in Betracht zogen. Jedenfalls machten sie keine Anstalten zu entkommen und schickten auch erst eine Handvoll Abfangraketen los, als Kilgour seine Goblins bereits mit vollem Schub und fest eingegebenem Ziel auf den Weg gebracht hatte.

Sten wußte, daß die Goblins einem Kreuzer gefährlich werden konnten, doch diese beinahe simultan erfolgenden Explosionen hatte er nicht erwartet; fast im gleichen Moment leuchtete auf dem Schirm ein KEIN ZIEL IM ANGEGEBENEN BEREICH auf. Alex nahm den Helm vom Kopf.

»He, Kumpel, was ist denn mit denen ihren blöden Kreuzern los?«

Sten, der ein Rudel Zerstörer herannahen sah – zu spät, um ihren Angriff zu parieren –, war vollauf damit beschäftigt, sich mit der *Gamble* aus dem Staub zu machen.

Lady Atago klammerte sich an der Brücke der *Forez* irgendwo fest, als das Schlachtschiff von einer weiteren Explosion erschüttert wurde. Dabei konnte sie nicht umhin, einen gewissen Stolz zu empfinden: trotz der Katastrophe, die sich gerade ereignet hatte, reagierten die Männer und Frauen, die sie ausgebildet hatte, ohne Panik und sehr diszipliniert.

»Ihre Befehle?«

Lady Atago ging die Alternativen durch. Es gab nur noch eine. »Admiral Deska, blasen Sie die Landung auf Cavite ab. Mit nur einem großen Schiff können wir das Unternehmen nicht durchführen. Die anderen Landungen auf den sekundären Systemen werden durchgeführt. Sie und ich wechseln auf unser neues Flaggschiff *Kiso*. Die *Forez* begibt sich unverzüglich zu einem Instandsetzungsstützpunkt.

»Zu Befehl, Milady.«

Als Sten und seine Schiffe in einem weiten Bogen nach Cavite zurückkehrten, sahen sie, daß sich die Tahn-Flotte zurückzog.

Es war kein großer Sieg. Unter ihnen, auf dem Flottenstützpunkt Cavite, lag die 23. Flotte, die einzige Imperiale Streitmacht in den Randwelten, fast vollständig zerstört am Boden.

Der Krieg mit den Tahn hatte eben erst angefangen.

Buch III

OFFENSIVE

Kapitel 44

Der Angriff auf das Caltor-System und Cavite war nicht der eigentliche Beginn des Krieges. Er hatte bereits eine Stunde zuvor mit einem Angriff auf die Erstwelt und den Imperator selbst begonnen.

Beinahe zeitgleich verwüsteten Tausende von Tahn-Schiffen das Imperium. Ihre Aufträge variierten von Landeunternehmen über die Vernichtung von Stützpunkten bis hin zu Raumschlachten zwischen ganzen Flottenverbänden. Am Ende dieser ersten Phase werteten die Tahn ihre Aktion als überaus erfolgreich. Sie hatten mehr als fünfundachtzig Prozent ihrer Ziele verwirklicht. Für das Imperium war es einer der schwärzesten Tage seiner Geschichte.

Die Angriffsvorbereitungen hatten sich als äußerst komplex erwiesen, weil die Tahn den größten Nutzen aus dem Empire Day ziehen wollten. Technisch gesehen war der Augenblick der Rache – der Moment, den prosaischere Naturen den Tag der Vernichtung genannt hätten – überall mit dem gleichen Trick der Ammonium-Maser-Uhr gekommen, die jeder Commander auf seiner Kommandobrücke hatte.

Tatsächlich gab es jedoch Feinabstimmungen, da jeder Imperiale Planet sich nach seiner eigenen Zeitzone richtete. Außerdem mußten die Angriffe in einem begrenzten Zeitraum stattfinden, damit das Imperium keine Chance hatte, in Alarmbereitschaft versetzt zu werden.

Fast noch wichtiger war den Tahn eine »moralische« Rechtfertigung. Die Tahn hielten es zwar für völlig legitim, einen Krieg ohne die üblichen Prozeduren eskalierender diplomatischer Drohungen zu beginnen, doch sie hielten es für unehrenhaft, dem Tiger nicht – wie sie es nannten – direkt an die Kehle zu gehen.

Das bedeutete: die Erstwelt.

Der Ewige Imperator selbst.

Die Entscheidung, den Beginn der Kampfhandlungen auf den Empire Day zu legen, war aus mehreren Gründen erfolgt. Die Tahn nahmen zu recht an, daß die Streitkräfte des Imperiums zwar zusammengezogen, aber recht unaufmerksam sein würden; verliefen die Angriffe erfolgreich, würde die Moral der Imperialen Truppen schnell auf den Tiefpunkt sinken; außerdem war dies der einzige Tag im Jahr, an dem man mit Sicherheit wußte, wo sich der Imperator aufhielt: er war zu Hause und erwartete Gäste.

Zu Hause war in seinem Fall eine überdimensionale Kopie des Schlosses Arundel auf der Erde, umgeben von einer sechs mal zwei Kilometer großen Befestigungsanlage und rundum fünfundfünfzig Kilometern Parklandschaft. In den schräg abfallenden Wänden der Befestigungsanlagen waren die wichtigsten Abteilungen der Verwaltung des Imperiums untergebracht. Das Schloß beherbergte nicht nur den Imperator, seine Leibwache und einen beachtlichen Stab, sondern auch die Kommando- und Kontrollzentrale des gesamten Imperiums. Der Hauptteil der dazu notwendigen Technologie war tief unter Arundel vergraben, zusammen mit ausreichend Vorräten an Luft, Wasser und Nahrungsmitteln, um einer Belagerung ein ganzes Jahrhundert zu widerstehen.

Die Besucher, die der Imperator erwartete, waren seine Untertanen. Einmal im Jahr öffnete das normalerweise der Öffentlichkeit verschlossene Schloß seine Tore und wurde zum Schauplatz eines Superspektakels mit Kapellen, militärischen Darbietungen und Spielen. Eine Einladung zum Empire Day zu erhalten oder sonstwie eine Eintrittskarte in den Palast zu ergattern, war ein Zeichen herausragender Leistungen oder von beachtlichem Wohlstand.

Die Tahn hatten den Angriff auf Arundel vier Jahre lang vorbereitet. Die einzige Möglichkeit bestand in einem mit chirurgischer Präzision durchgeführten Anschlag; es bestand keine Möglichkeit, daß die Tahn eine Flotte oder auch nur eine Schwadron Zerstörer durch die Sicherheitspatrouillen rund um die Erstwelt bekommen würden.

Mit Ausnahme des Empire Day war der Luftraum über Arundel absolut dicht. Der gesamte Luftverkehr auf der Erstwelt wurde überwacht, und jede Abweichung vom Flugplan versetzte die Luftabwehreinrichtungen des Palasts in Alarmbereitschaft. Das Eindringen in den Luftraum des Schlosses wurde nur einmal elektronisch angemahnt, dann wurde das Feuer eröffnet. Ebenso unmöglich war es, den Palast auf dem Landweg anzugreifen; die einzige Verbindung zwischen Arundel und der nächsten Stadt, Fowler, war die unterirdische Hochgeschwindigkeits-Pneumobahn.

Ausgenommen am Empire Day ...

Am Empire Day wurden riesige A-Grav-Plattformen und Gleiter eingesetzt, um die Touristen von Fowler zum Palast zu bringen. Die Sicherheitsvorkehrungen waren minimal, obwohl alle Besucher selbstverständlich peinlichst genau durchsucht wurden. Den Gleitern und Plattformen selbst war eine festgesetzte Zeit und Flugroute eingegeben; außerdem waren sie zusätzlich mit einer IFF-Box zur Freund/Feind-Identifikation ausgerüstet, die wiederum mit der Luftsicherheitsabteilung des Palastes in Verbindung stand.

All diese Vorkehrungen ließen sich lächerlich leicht umgehen.

So eigenartig es klingen mochte, daß die Tahn es als unehrenhaft empfunden hätten, den Imperator nicht anzugreifen, so bereitete es ihnen andererseits keine Schwierigkeiten, die Drecksarbeit von einem Handlanger erledigen zu lassen. Der Begriff der »Ehre« wird in einer militaristischen Gesellschaft oft eher nach Rabelais ausgelegt: »Das einzige Gesetz bestehe darin, zu tun, was dir gefällt.«

Drei hochmotivierte Tahn-Immigranten – Revolutionäre aus Godfrey Alains Randwelt-Bewegung – waren eigens für diese Aufgabe auserwählt und vom Geheimdienst der Tahn bereits vor zwei Jahren eingeschleust worden. Einer hatte den Auftrag erhalten, einen minderen Job in Soward, Fowlers Raumhafen, anzunehmen. Der zweite fand eine Anstellung als Barkeeper. Der dritte wurde von den Eigentümern eines jener luxuriösen Anwesen, die rings um das weitläufige Palastareal lagen, als Gärtner angestellt. Der Immigrant war ein hervorragender Gärtner; der Handelsfürst, in dessen Diensten er stand, beteuerte, noch nie zuvor einen so tüchtigen und gewissenhaften Angestellten gehabt zu haben.

Der entscheidende Schlag sollte durch eine eigens für diesen Zweck konstruierte Rakete erfolgen. Die Tahn nahmen zu recht an, daß Arundel mit einem Schutzschild gegen Atomwaffen ausgerüstet war, so daß eine aus gegebenen Gründen hinsichtlich Größe und Wirkung eingeschränkte Atombombe keine vollständige Zerstörung garantieren konnte. Die betreffende Rakete sah recht merkwürdig aus. Sie war ungefähr zehn Meter lang und so ausgelegt, daß sie ein ganz besonderes Sensorprofil entwickelte, ein Profil, das einem wesentlich größeren A-Grav-Gleiter entsprach.

Im Innern der Rakete saßen zwei Atomsprengköpfe. Die Tahn-Wissenschaftler hatten herausgefunden, wie man den uralten Richtungssprengeffekt – den Munro-Effekt – auch bei Atombomben nutzen konnte. Als Mantel und Kopf benutzten sie Imperium, die Hülle, mit der normalerweise Antimaterie Zwei, die wichtigste Energiequelle des Imperiums, abgeschirmt wurde. Hinter dem ersten Sprengkopf saß der Steuerungsmechanismus, dahinter die zweite Ladung. Die Rakete lief sehr spitz zu, und das weniger aus aerodynamischen Gründen als aus Gründen der Sprengrichtung.

Abgesehen vom Steuerungssystem enthielt die Rakete auch das Duplikat einer IFF-Box, wie sie die A-Grav-Gleiter am Empire Day benutzten.

Die Rakete war bereits einige Monate zuvor in drei Teile zerlegt auf die Erstwelt geschmuggelt, zu einem gepachteten Lagerhaus gebracht und von Tahn-Wissenschaftlern zusammengebaut sowie auf ihre Abschußrampe montiert worden.

Die drei Tahn aus den Randwelten wurden nicht einmal über den Standort der Rakete informiert, sondern erhielten lediglich den Befehl, sich zu einer bestimmten Zeit mit bestimmter Ausrüstung an einem bestimmten Ort einzufinden.

Zwei Tage vor dem Empire Day installierte der Tahn, der auf dem Raumflughafen Soward arbeitete, ein kleines, mit einem Timer ausgerüstetes Gerät am McLean-Generator eines präparierten A-Grav-Gleiters.

Einen Tag vor dem Empire Day bestieg der Führungsagent der drei Männer ein Linienschiff, das ihn von dem Planeten wegbrachte, und war somit verschwunden.

Am Empire Day waren die drei Männer pünktlich um 11 Uhr auf ihren Posten.

Der Gärtner saß im Fahrersitz eines A-Grav-Gleiters seines Arbeitgebers. Niemandem im Haus fiel das auf; dafür hatten zwei Kanister binären Blutgases gesorgt.

Die beiden anderen standen auf dem Dach eines Gebäudes in Soward, nicht weit von der Abschußstelle entfernt. Einer von ihnen beobachtete einen Timer, der andere zählte die A-Grav-Gleiter, die hinüber nach Arundel flogen.

Nummer sieben war »ihrer«.

Unten auf dem Flugfeld stellte der Pilot des manipulierten Gleiters den Antrieb an. Der Gleiter erhob sich, stieß eine Rauchwolke aus und sackte wieder ab. Der Fahrdienstleiter fluchte und befahl einer Ersatz-Einheit, die Passagiere zu übernehmen.

Oben auf dem Gebäude zeigte der Timer Null an, und der erste Mann betätigte einen Hebel an seiner Kontrollbox. In dem Lagerhaus rissen Sprengladungen ein beachtliches Loch ins Dach. McLean-unterstützte Abschußeinrichtungen brachten Rampe und Rakete in den richtigen Abschußwinkel und fielen seitlich ab, als sich der Yukawa-Antrieb einschaltete und die Rakete mit voller Kraft davonrauschte.

Mehrere Kilometer entfernt machte sich der dritte Mann an die Arbeit. Zur vorgeschriebenen Zeit ließ er den A-Grav-Gleiter aufsteigen. Sein Mund war sehr trocken, und er hoffte nur, daß die Luftraumüberwachungs-Sensoren des Palastes ein bißchen langsam reagierten.

Seine eigenen Kontrollinstrumente piepten wie wild los. Die Rakete war ganz in der Nähe. Er zielte mit dem gewehrähnlichen Gerät in Richtung Arundel, das in einiger Entfernung im morgendlichen Dunst lag, und drückte auf den Auslöser. Ein schwacher Laserpunkt beleuchtete das große Eingangstor von Arundel. Ein zweiter Piepser informierte ihn darüber, daß die Rakete das Ziel erfaßt hatte.

Damit war der Auftrag der drei Tahn erledigt. Ihre Befehle lauteten jetzt, eine Festnahme zu vermeiden und sich zu einem verabredeten Treffpunkt außerhalb von Soward zu begeben.

Natürlich hatte der Geheimdienst der Tahn weder ein Interesse daran, die Leute abzuholen, noch daran, auch nur die geringste Spur zu hinterlassen. Sowohl die Abschuß- als auch die Zielkontrollbox enthielten einen zweiten Timer und Sprengladungen. Wenige Sekunden nach dem Bestätigungssignal der Rakete gingen sie hoch.

Niemand sah die Explosion, die die Tahn in Nichts auflöste, als sie gerade hastig eine Leiter hinunterstiegen, doch ein Wachoffizier auf Arundel sah, wie sich der A-Grav-Gleiter in einen Feuerball verwandelte und trudelnd abstürzte. Seine Hand lag beinahe schon auf dem Alarmknopf, als die automatischen Sensoren anzeigten, daß sich der A-Grav-Gleiter, der sich soeben auf den Palast zubewegte, eine unmögliche Geschwindigkeit aufgenommen hatte, und ihrerseits Alarm auslösten.

Der Ewige Imperator hielt sich in seinen Privatgemächern auf, wo er dem Kommandeur der Gurkha-Leibgarde unter Flüchen erklärte, weshalb es notwendig war, heute ausnahmsweise die Paradeuniform anzulegen und sich mehrere Auszeichnungen an die Brust zu heften. Captain Chittahang Limbu hörte nur halb zu und lächelte zustimmend. Limbu war noch immer etwas über seine gegenwärtige Position verwundert. Der ehemalige Subadar-Major war befördert worden und bekleidete jetzt Stens alten Job als Kommandeur der Leibgarde des Imperator. Es war die höchste Position, die ein Gurkha je im Dienst des Imperiums eingenommen hatte.

Gerade als er sich wärmstens an die Feier erinnerte, die ihm sein Heimatdorf bei seinem letzten Urlaub ausgerichtet hatte, schrillte der allgemeine Alarm los.

Der Imperator zuckte zusammen und stach sich mit einer Metallnadel. Limbu verwandelte sich in einen energiegeladenen braunen Kugelblitz, schlug auf eine Apparatur an seiner Hüfte und schob den Imperator unerbittlich auf das Loch zu, das sich plötzlich in der rückwärtigen Wand auftat.

Was auch immer gerade geschah – seine Befehle waren eindeutig und ließen keinen Platz für die Liebe der Gurkhas zum Kampf.

Der Aufschlagspunkt der Rakete war fast perfekt gewählt. Die dünne Masse quetschte sich wie geplant zusammen, wodurch die Rakete eine Millisekunde stillstand. Die erste Atombombe detonierte. Ihre zielgerichtete Sprengladung zerriß den Schutzschirm. Die Rakete schob sich noch weiter zusammen, und dann detonierte die zweite Bombe.

Und Arundel, das Herz des Imperiums verschwand im Zentrum einer neugeborenen Sonne.

Kapitel 45

Sten versuchte das Ausmaß der Verwüstung abzuschätzen, als er seinen Kampfwagen langsam über den Schutt steuerte, der einmal Cavite-Citys Hauptstraße gewesen war. Es war nicht die erste Stadt und auch nicht der erste Planet, auf dem er sich aufhielt, nachdem die Worte verstummt waren und die Waffen zu sprechen angefangen hatten. Doch diesmal befand er sich zum erstenmal am Brennpunkt eines das ganze Imperium erfassenden Krieges.

›Erfahrung ist wichtig‹ rief er sich ins Gedächtnis, wodurch er seine Sorgen um Brijit weit nach hinten drängte.

Sten hatte seine auf wundersame Weise unbeschädigten Schiffe bei Anbruch der Nacht auf dem Flottenraumhafen von Cavite gelandet. Manchmal zahlt sich Unehrlichkeit eben aus: er hatte seine private Versorgungsbasis in einer unbenutzten Lagerhalle in der Nähe des abseits gelegenen Testgeländes eingerichtet, was zur Folge hatte, daß die von Sutton beschafften Waffen und die Munition bei dem Angriff der Tahn keinen Schaden genommen hatten.

Er befahl seinen Schiffen, sich sofort wieder nachzurüsten; er wollte versuchen, im Flottenhauptquartier herauszufinden, wie schlimm die Lage wirklich war.

Der Flottenstützpunkt Cavite war ein Hexenkessel aus Flammen, Qualm und Verwirrung.

Sten forderte einen Kampfgleiter an und machte sich auf den Weg zum Carlton Hotel. Er nahm an, daß sich, falls das Gebäude noch stand, van Doormans verbliebene Stabsoffiziere ebenfalls dort einfinden würden.

Cavite-City hatte nicht allzuviel abbekommen, schätzte Sten. Nur der Imperial Boulevard, die Hauptverkehrsstraße der Stadt, hatte einige Brand- und Sprengbomben oder Raketen abgekriegt, doch die meisten Gebäude standen noch. Bis auf einige Rettungsteams und Löschzüge waren in den nachtdunklen Straßen keine Zivilisten zu sehen. Im Gegensatz zur Legende veranlaßte eine Katastrophe die Leute eher dazu, gemeinsam anzupacken oder sich in ihre Wohnungen zurückzuziehen – Krawalle auf der Straßen waren schon immer ein Mythos gewesen.

Sten steuerte den gepanzerten Gleiter zur Seite, als ein A-Grav-Gleiter vorüberschoß, dem man eilig rote Kreuze auf die Landekufen gemalt hatte. Jetzt hörte er Kampfgeräusche aus der Ferne. Dort wurde die Funkzentrale zurückerobert; da die Landung der Tahn nicht erfolgreich verlaufen war, starben die Revolutionäre, die die Zentrale besetzt hatten, bis auf den letzten Mann.

Sten wußte nicht, was die Schießerei bedeutete, es war ihm auch herzlich gleichgültig; er hielt die Lage auch so für schlimm genug. Er parkte den Kampfwagen vor dem Carlton und ging auf den Eingang zu.

Immerhin waren die Sicherheitsvorkehrungen verbessert worden, fiel ihm auf. Drei Trupps von Militärpolizisten überprüften ihn, bevor er durch den Haupteingang eintreten durfte. Es gab jedoch andere Dinge, die sich wohl niemals änderten. Die beiden Wachen in voller Paradeuniform präsentierten beim Salut zackig ihre Willyguns, als er die Treppen hinaufgeeilt kam. Sten fragte sich, ob ihnen überhaupt bewußt war, daß ihre Uniformen inzwischen mit Dreck, Blut und etwas, das nach Erbrochenem aussah, bekleckert waren.

Wenn schon in Cavite-City das Chaos herrschte, so war es um Admiral van Doormans Hauptquartier wesentlich schlimmer bestellt. Sten wollte möglichst rasch in Erfahrung bringen, wie schwer der angerichtete Schaden war und wie seine nächsten Befehle lauteten. Als er das Operationszentrum der Flotte betrat, fand er es dunkel und verlassen vor. Nur die Computerterminals blinkten und analysierten das Desaster des Tages. Ein vorübereilender Tech sagte ihm, daß wohl das gesamte Personal bei dem Angriff umgekommen sei.

Na schön. Dann würde er es beim Nachrichtendienst der Flotte versuchen.

Sten hätte wissen müssen, was da los war, sobald er die Tür zum Nachrichtenzentrum sperrangelweit aufstehen und keine Wachen davor sah.

Drinnen herrschte der Wahnsinn – im wahrsten Sinne des Wortes.

Raumschiffkommandant Ladislaw saß hinter einem Terminal und programmierte, löschte und programmierte wieder von neuem. Er begrüßte Sten fröhlich und erläuterte ihm, welche Positionen gleich morgen eingenommen würden, während er die kleinen Punkte, die die Schiffe der 23. Flotte darstellten, über die Sternenkarte verteilte, die eine ganze Wand des Raums bedeckte.

Die Tahn würden mit Leichtigkeit zurückgeschlagen werden, sagte er. Sten wußte, daß die meisten Schiffe, die er da hin und her schob, zerstört und qualmend draußen auf dem Raumhafen lagen.

Er lächelte, stimmte Ladislaw zu und trat dann hinter ihn, zog mit einer Hand eine schlaffördernde Spritze aus seinem Sanipack am Gürtel und drückte den Inhalt in den Ansatz der Wirbelsäule des Kommandanten. Ladislaw klappte sofort über seinen ausgedruckten Unmöglichkeiten zusammen, und Sten machte sich wieder auf den Weg zu van Doormans Büro.

Admiral Xavier Rijn van Doorman war ziemlich ruhig und ziemlich gefaßt. Seine Kommandozentrale war eine Oase des Friedens.

Sten sah Brijit aus der halboffenen Tür zu van Doormans Privaträumen herausschauen und dankte Wem-auch-immer dafür, daß sie noch am Leben war.

Van Doorman studierte die Statusanzeige über seinem Schreibtisch. Sten warf einen kurzen Blick darauf und zuckte zusammen. Die Situation war noch schlechter, als er vermutet hatte. Die 23. Flotte existierte praktisch nicht mehr.

Noch am frühen Morgen hatte die 23. Flotte aus einem schweren Kreuzer – der *Swampscott* –, zwei leichten Kreuzern, an die dreizehn Zerstörern, sechsundfünfzig unterschiedlichen und veralteten Patrouillenbooten, einigen Minenlegern/räumern, Stens taktischer Division, einem Hospitalschiff und dem ganzen dazugehörigen Wust an Versorgungs- und Wartungsfahrzeugen bestanden.

Die Status-Anzeige meldete einen zerstörten und einen schwer beschädigten leichten Kreuzer. Sechs Zerstörer waren außer Gefecht gesetzt, ebenso die Hälfte der leichteren Kampfschiffe und Versorgungseinheiten.

Eigenartigerweise war die *Swampscott* von allem unberührt geblieben. Sie hatte aufgrund von Stens Angriff auf die *Forez* überlebt, denn Atago hatte sich die *Swampscott* für sich selbst reservieren lassen.

Stens Befehle waren einfach: er sollte seine Einsatzschiffe im Raum halten. Van Doorman würde ihm jede nötige Unterstützung gewähren, bis sich die Situation einigermaßen geklärt hatte. Sten sollte nach eigenem Gutdünken verfahren. Unterstützung von seiten des Stabs und der Nachrichtenzentrale konnte er jederzeit anfordern.

›Na wunderbar‹, dachte Sten. ›Dort kann ich mich dann mit einem Verrückten und einem Haufen Leichen auseinandersetzen.‹

»Jawohl, Sir.«

Sein übertriebener Gruß wurde mit gleichem Eifer erwidert. Er sah die Leere in van Doormans Augen und wunderte sich.

Draußen im Korridor flog ihm Brijit in die Arme und erklärte so einiges. Ihre Mutter war bei dem Angriff umgekommen. Es war nichts mehr übrig. Überhaupt nichts.

Wahrscheinlich hätte Sten an diesem Abend bei Brijit bleiben sollen. Doch die Kälte seines persönlichen Schutzpanzers, die Kälte, die sich seit dem Tod seiner Eltern vor Jahren auf Vulcan um ihn gelegt und mit der er den Tod schon so vieler Saufkumpane ertragen hatte, hielt ihn davon ab. Statt dessen umarmte er sie und ging eilig zur Nachrichtenzentrale. Er wollte die *Gamble* herbestellen, damit sie ihn abholte.

Als die *Gamble* hereinkam und direkt vor dem Carlton über dem Boulevard schwebte, fand Sten sogar Zeit, sich über van Doormans Fähigkeit zur Selbstkontrolle zu wundern.

›Ein weiteres Zeichen. Eins, das man sorgfältig im Auge behal-

250

ten sollte‹, dachte Sten, als sich die Luke der *Gamble* öffnete und er auf die Rampe zulief.

Er hatte van Doorman, Brijit und die Möglichkeit, daß sie vielleicht alle im Caltor-System sterben würden, bereits vergessen.

In seinem Kopf hallten nur noch die Worte: ›Nach Gutdünken …‹

Kapitel 46

Der Ewige Imperator hatte etwas entdeckt und watschelte in seinem unförmigen Strahlenanzug durch die nukleare Ruine seines ehemaligen Rosengartens. Ihm folgten zwei ebenfalls in Anzügen steckende Gurkhas, die Willyguns im Anschlag – Captain Limbu und ein Naik. Schräg hinter ihnen schwebte ein Kampfgleiter, dessen Kanonen ständig über das Areal strichen.

Limbu hatte den Imperator erfolgreich in die McLean-kontrollierte Gleitröhre geschoben, die in den 2000 Meter tiefer gelegenen Schutzraum führte, das unterirdische Kontrollzentrum des Schlosses; dann war er hinter ihm hergehechtet. Strahlungssichere Schotts hatten sich mit dumpfem Knall hinter ihnen geschlossen.

Nur wenige hatten an der Oberfläche überlebt – es gab noch eine Handvoll Gurkhas, weniger als einen Zug der gerade neuformierten Prätorianergarde und kaum ein halbes Dutzend Mitglieder des Imperialen Hofstaats. Arundel und seine direkte Umgebung waren dem Erdboden gleichgemacht worden. Die äußere Schicht der Befestigungswälle war wie abgeschält, die Verwaltungsräume dahinter hatten jedoch kaum Schaden genommen.

Das einzige Gebäude, das innerhalb des Palastgeländes noch stand, war das Parlamentsgebäude, ungefähr zehn Kilometer vom Detonationsherd entfernt. Diese Tatsache entbehrte nicht einer gewissen Ironie, hatte es sein Überleben doch der Tatsache zu verdanken, daß der Imperator, der nicht ständig auf das Hauptquartier der Politiker blicken wollte, zwischen dem Parlament und dem Palast einen Berg von einem Kilometer Höhe hatte aufschichten lassen; der Berg hatte die Wucht des atomaren Doppelschlags erfolgreich abgefangen.

Die Verluste unter der Zivilbevölkerung hielten sich in Grenzen; der Großteil der Zerstörung war in der unmittelbaren Umgebung des Palastes angerichtet worden.

Der Imperator bückte sich, hob etwas vom Boden auf und hielt es den Gurkhas hin. Eine einzelne Rose war zu Asche verbrannt worden, hatte jedoch ihre Form behalten. Die Gurkhas blickten auf die Rose; ihre Gesichter hinter den Sichtscheiben blieben ausdruckslos. Als sie das Pfeifen eines McLean-Generators hörten, wirbelten die Männer mit hochgerissenen Waffen herum.

»Nein!« rief der Imperator, und die Gewehrläufe sanken nach unten.

Etwas in der Form einer Träne trieb auf den Imperator zu. Durch die durchsichtige Nase des Gebildes erkannte der Imperator den rotgeränderten, schwarzen Körper eines Manabi. Den Umständen entsprechend konnte es sich nur um Sr. Ecu handeln.

Die Träne blieb im diplomatischen Abstand von drei Metern vor dem Imperator in der Luft stehen.

»Sie leben.« Eine besonnen geäußerte Beobachtung.

»Ich lebe«, bestätigte der Imperator.

»Es tut mir so leid. Arundel war sehr schön.«

»Paläste lassen sich leicht wieder aufbauen«, sagte der Imperator kalt.

Die Träne schaukelte leicht in einem Windstoß.

»Sprechen Sie immer noch für die Tahn?« wollte der Imperator wissen.

»Das wollten sie, doch ich habe abgelehnt. Sie verlangten von mir, Ihnen ein Ultimatum zu überbringen, ohne mir genug Zeit zu lassen, um von Heath aus die Erstwelt zu erreichen.«

»Hört sich ganz nach den Tahn an.«

»Jetzt spreche ich für die Manabi. Und für mich selbst.«

›Höchst interessant‹, dachte der Imperator. Die Manabi sprachen so gut wie nie für sich. »Darf ich zunächst einige Fragen stellen?«

»Sie dürfen fragen. Ich darf die Antwort verweigern.«

»Selbstverständlich.«

Ecu drehte seinen Anzug so, daß es so aussah, als würde er auf die Gurkhas blicken.

»Keine Sorge«, beruhigte ihn der Imperator. »Sie reden nicht mehr als Sie selbst.«

Das war richtig – weder ein Gurkha noch ein Manabi gaben Informationen preis, es sei denn, es wurde ihnen eigens aufgetragen. Beide Rassen waren außerdem immun gegen Folter, Drogen und psychologische Befragung.

»Ich bin gerade eben auf der Erstwelt eingetroffen. Wie schätzen Sie die Situation ein?«

»Mies«, gab der Imperator der Wahrheit entsprechend zurück. »Ich habe mindestens ein halbes Dutzend Schiffe meiner Flotte verloren; vierzig Systeme, vorsichtig geschätzt, sind entweder den Tahn in die Hände gefallen oder können sich nicht mehr lange halten; meine Gardedivisionen werden dezimiert; und es wird alles noch viel schlimmer werden.«

Ecu überlegte. »Und Ihre Verbündeten?«

»Die beratschlagen zur Stunde noch über die Lage«, antwortete der Imperator trocken. »Ich schätze, daß weniger als die Hälfte meiner sogenannten Freunde den Tahn den Krieg erklären werden. Der Rest wird erst abwarten, wie sich die Dinge entwickeln.«

»Wie schätzen Sie den endgültigen Verlauf der Dinge ein?«

Der Imperator betrachtete die zu Asche erstarrte Rose sehr lange; dann sagte er: »Diese Frage möchte ich nicht beantworten.«

»Verstehe«, erwiderte Ecu und fügte etwas offizieller hinzu: »Ich spreche jetzt für meine Grandsires, meine Artgenossen und Kollegen, und für die Generationen, die noch nicht befruchtet und geschlüpft sind.«

Der Imperator blinzelte. Ecu sprach wirklich für die Gesamtheit der Manabi.

»Wir sind keine kriegführende Spezies. Trotzdem bieten wir bei dieser Auseinandersetzung dem Imperium unsere Unterstützung an. Wir werden uns weiterhin um eine gewisse Neutralität bemühen, doch gewähren wir Ihnen jederzeit Zugang zu Informationen, die wir erhalten haben oder noch erhalten werden.«

Fast hätte der Imperator gelächelt. Das war die einzige gute Nachricht in einem ansonsten tragischen Universum.

»Wieso das denn?« fragte er. »Es sieht ganz so aus, als würden die Tahn gewinnen.«

»Unmöglich«, antwortete Ecu barsch. »Können wir nicht doch unter der Rose sprechen?«

»Ich sagte doch bereits –«

»Ich wiederhole meine Bitte.«

Der Imperator nickte. Eine metallische Ranke glitt aus Ecus Anzug, woraufhin der Imperator die Gurkhas erneut mit einer Handbewegung zum Senken der Waffen bewegen mußte. Die Ranke berührte den Helm des Imperators.

»Ich glaube, daß selbst Ihre zuverlässigsten Mitarbeiter das Folgende nicht unbedingt hören sollten«, ertönte im Innern seines Helms die leicht hallende Stimme Ecus.

»Stimmen Sie mit mir überein, daß die Tahn davon überzeugt sind, daß Antimaterie Zwei duplizierbar ist oder daß sie, die Tahn, im Falle ihres Sieges an die Quellen ihrer Herkunft gelangen würden?«

Wieder entstand ein langes Schweigen. Wo und wie AM$_2$ entstanden war, war seit jeher das bestgehütete Geheimnis des Imperiums gewesen; AM$_2$ hielt das Imperium zusammen, wie schwach auch immer.

»Wahrscheinlich stellen sie sich etwas in der Art vor«, gab der Imperator schließlich zu.

»Die Tahn täuschen sich. Sie müssen mir jetzt nicht antworten. Wir sind davon überzeugt, daß die einzige – und ich meine damit wirklich die einzige – Quelle für AM$_2$ Sie selbst sind. Wir besitzen keinerlei Informationen darüber, wie das geschieht, aber das ist unsere Schlußfolgerung.

Aus diesem Grund kann dieser Krieg unserer Meinung nach nur auf zwei mögliche Arten enden: entweder Sie sind siegreich, oder die Tahn werden gewinnen. Der Sieg der Tahn bedeutet die totale Zerstörung des Zivilisationsniveaus, das momentan besteht – so lächerlich niedrig es auch sein mag.«

Die Sonde sackte zusammen, und ihre Spitze streifte den Rand der Rose.

Trockene, puderige Asche bestäubte den Schutzhandschuh des Imperators.

255

Kapitel 47

»Bis zu welchem Ausmaß sind Sie gewillt, Admiral van Doormans Befehle zu interpretieren, Commander?«

Sten wartete, bis Sutton sich klarer ausdrückte. Die vier Skipper der Patrouillenschiffe plus Sutton und Kilgour waren dabei, sich eine Taktik für die kommenden Wochen zurechtzuschustern, obwohl keiner von ihnen glaubte, daß die Tahn die Ruinen der 23. Flotte so lange unbehelligt ließen.

Sie saßen recht beengt in dem Lagerhaus beisammen, das Sutton bis unter das Dach mit Versorgungsgütern für die Division vollgestopft hatte.

»Mir gefallen diese ... hmpf ... unsere Schiffe immer besser«, fuhr der Spindar fort. »Sie erinnern mich sehr an die Sprößlinge meiner eigenen Spezies. Auch wenn sie biologisch nicht mehr im Beutel mit dem Elter verbunden sind, so müssen sie sich doch immer in seiner Nähe aufhalten, um nicht einzugehen.«

Sten verstand die Analogie. Seine taktischen Einsatzschiffe waren wegen ihrer engen Räumlichkeiten und der sehr begrenzten Ausrüstung an Munition, Nahrungsmitteln und Luftreserven wegen nur relativ begrenzt einsetzbar.

»Die Tahn werden Cavite erneut angreifen«, sagte Sh'aarl't. »Vielleicht werfen sie einen Bombenteppich ab, vielleicht führen sie eine Invasion durch. Mir wäre es lieber, wenn unser Nachschub nicht hier herumliegen und auf sie warten würde.«

»Abgesehen davon«, ergänzte Sekka und ließ den Blick über die kunterbunte Ansammlung von Sprengstoff, Munition, Rationen und Ersatzteilen wandern, »was hier los ist, wenn auch nur das kleinste Bömbchen durchs Dach kommt.«

»Genau das meine ich«, schnaufte der Spindar. »Der Flottenstützpunkt Cavite ist nicht gerade meine Traumvorstellung von einem wohligen Bau oder Schutzhafen.«

»Problem Nummer eins«, gab Sten zu bedenken. »Van Doorman wird uns keinesfalls erlauben, die Schiffe, die Reserven und das Wartungspersonal vom Planeten wegzubringen.«

»Haben Sie vor, es ihm zu sagen?«

»Ich glaube, er würde es nicht einmal merken«, gab Estill zu bedenken.

»Einverstanden. Problem Nummer zwei: wie bekommen wir den ganzen Kram von hier weg? Wir haben nicht genug Frachtraum in den Schiffen.«

»Ich habe unser Dilemma vorausgesehen«, meinte Sutton. »Wie der Zufall so spielt, gibt es hier einen gewissen Zivilisten, der mir noch eine Gefälligkeit schuldet, und zwar eine sehr große.«

»Selbstverständlich verfügt er über ein Schiff.«

»Selbstverständlich.«

»Wie ist es ihm denn gelungen, es vor der allgemeinen Mobilmachung zu bewahren?« wollte Sh'aarl't wissen.

»Das betreffende Schiff wird zum, hmpfrr, zum Transport von Abfall gebraucht.«

»Ein Müllschlucker?«

»Etwas schlimmer als das. Es handelt sich um menschlichen Abfall.«

Sten ließ einen tonlosen Pfiff zwischen den Zähnen entweichen. »Unsere Mannschaften sind bestimmt begeistert, wenn sie erfahren, daß sie in einem Kloschiff reisen dürfen.«

»Das dürfte nicht zu sehr in die Waagschale fallen, Skipper«, meinte Kilgour dazu. »Sie wissen ohnehin, daß sie ganz schön in der Scheiße sitzen.«

»Sehr lustig, Mr. Kilgour. Sie dürfen ihnen die freudige Botschaft überbringen.«

257

»Kein Problem, mein Freund. Eine winzige Frage noch: Weiß einer von euch, wo wir überhaupt hinwollen?«

»Armes Ding«, sagte Sh'aarl't mitleidig und tätschelte Alex mit einem Kieferntaster die Schulter. Inzwischen hatte Alex sich schon so an sie gewöhnt, daß er nicht einmal mehr zusammenzuckte. »Was ist uns denn noch geblieben – außer der Räuberhöhle?«

»Verflucht nochmal, Sh'aarl't, du hast recht! Ich bin schon völlig hirnverbrannt!«

»Romney!« rief Sten.

»Genau«, meinte Sh'aarl't. »Wenn es jemand schafft, sich vor den Tahn zu verstecken, dann die Schmuggler.«

»Wild muß Zick gemacht haben, als Zack angesagt war«, kommentierte Alex nüchtern.

Sten antwortete nicht. Er brachte die *Gamble* dichter an Romneys zerschmetterte Kuppel heran. Die drei anderen Schiffe warteten einen Planetendurchmesser entfernt.

»Keine Ortung, Sir«, gab Foss bekannt.

Falls die Tahn irgendwo im Hinterhalt auf der Lauer lagen, müßten Foss' Instrumente sie inzwischen entdeckt haben. Sten nahm den Schub des Yukawas zurück, und die *Gamble* senkte sich langsam durch den Riß in die Kuppel hinab.

Romney war ein Friedhof.

Sten zählte sechs, nein sieben zerstörte Schiffe auf dem Landefeld. Wo sich einst Wilds Hauptquartier befunden hatte, erblickte er nur noch einen tiefen Krater. Die anderen Gebäude – Funkzentrale, Unterkünfte, Hangars und die enormen Lagerhallen – waren kaum mehr Ruinen.

»Bringt die anderen Schiffe herein«, befahl er. »Ich möchte, daß sie auf dem Feld verteilt werden. Ich möchte, daß alle Mann in einer Stunde im Raumanzug vor dem ersten Hangar angetreten sind.«

»Stellt euch im Halbkreis auf, Leute«, sagte Sten.

Die Formation löste sich auf und gruppierte sich um ihren befehlshabenden Offizier.

»Foss ... Kilgour. Was haben Sie gefunden?«

»Sieht ganz so aus, als wären Wild und seine Schmuggler völlig überrascht worden«, antwortete der Elektronik-Tech vorsichtig.

»Und zwar von den Tahn«, fügte Alex hinzu. »Wir haben drei Blindgänger gefunden.«

»Leichen?«

»Nein, komischerweise keine einzige. Und die Lagerhallen sind ratzekahl leergeräumt.«

»Hätten die Tahn nicht landen und alles plündern können?«

»Ohne Wilds Waffen mitzunehmen?« Kilgour zeigte mit der Hand auf eine offensichtlich unberührte Raketenbatterie. Sten nickte. Foss' elektronische Überprüfung und Kilgours Mantisgeschulte Einschätzung deckten sich mit seinen eigenen Vermutungen.

»Na schön. Also, Leute, das hier wird vorerst unsere neue Heimat sein. Mr. Sutton, ich möchte, daß unser Transporter so schnell wie möglich entladen wird. Alle helfen mit. Danach geht es schnellstens zurück nach Cavite. Sie bekommen die *Richards* als Eskorte. Ich möchte, daß Sie sämtliche noch intakten Druckluftbunker in Beschlag nehmen. Foss, erklären Sie Mr. Sutton, was Sie brauchen, um eine Peilstation von Cavite hierher zu bringen, und wieviel von Wilds Elektronik sich noch verwenden läßt.

Unser Plan lautet wie folgt, Freunde. Dieser Ort hier bleibt trotz allem unser Vorposten. Wir stellen in den Hangars und Lagerhallen Druckluftbunker auf. Drumherum drapieren wir einige der kleineren Gebäude so, daß alles schön kaputt und von oben völlig unverdächtig aussieht. Falls die Tahn auf die Idee kommen, Romney noch einmal zu überprüfen, werden sie nach wie vor eine tote Welt vorfinden.«

›Wenn man davon ausgeht, daß sie sich allein auf das, was sie sehen, und auf ihre Selbstüberschätzung verlassen‹, dachte Sten insgeheim, als er seine Einheit entließ. ›Wenn sie jedoch Schnüffler oder Wärmesensoren in die Kuppel schicken, ist der Spaß vorbei.‹

Trotzdem standen die Chancen hier besser als auf Cavite.

Kapitel 48

Die größte Frage, die sich die Leute von der 23. Flotte immer wieder stellten, blieb die, warum die Tahn Cavite nicht erneut angegriffen hatten.

Der Schaden, den Stens Patrouillenschiffe angerichtet hatten – die Vernichtung zweier Kreuzer und mehrerer Atmosphäre-Schiffe plus die Demolierung der *Forez* und eines Landungsschiffes – durfte kaum ausgereicht haben, um die Tahn zu entmutigen. Dazu hätten sie wahrscheinlich Lady Atagos Flotte komplett zerstäuben müssen.

Mit Sicherheit stellte die 23. Flotte keine Bedrohung mehr dar. Mit Ausnahme von Stens taktischer Division konnte van Doormans geschlagene Streitmacht so gut wie nichts mehr ausrichten.

Die gleiche Frage stellten sich auch Atagos Besatzungen.

Die Landungen außerhalb des Systems waren sehr erfolgreich

verlaufen. Atago und Admiral Deska hatten ihre Pläne zur Invasion von Cavite gerade neu strukturiert, als die Befehle eintrafen. Lady Atago sollte unverzüglich ihren Bericht vor dem Tahn-Rat abliefern und dann auf weitere Anweisungen warten. Ihre Flotte war angehalten, die erreichten Ziele zu konsolidieren, sich aber auf keine weiteren Auseinandersetzungen mit Imperialen Streitkräften einzulassen.

Admiral Deska verbrachte die Zeit bis Atagos Rückkehr damit, daß er die Instandsetzungsteams, die an der *Forez* arbeiteten, unerbittlich antrieb und hin und wieder auf einen Wandschirm starrte, auf dem die Siege der Tahn verzeichnet waren – zumindest diejenigen, die entweder das Imperium oder die Tahn bekanntgegeben hatten.

Deska hatte den Schirm farblich aufgeteilt: orange für die Tahn-Systeme, blau für das Imperium und rot für die Neueroberungen der Tahn. Es sah recht eindrucksvoll aus, wie die Tahn im Lauf der Zeit ihre Arme immer weiter in das Gebiet des Imperiums ausgestreckt hatten. Nur noch eine Handvoll Systeme präsentierten sich in Himmelblau, darunter diejenigen ganz unten auf Deskas Schirm – die Welten, die noch nicht angegriffen worden waren.

Der blaue Schimmer, der das Caltor-System darstellte, war für Deska ein wunder Punkt. Er hatte versagt. Die Tahn sahen es nicht gern, wenn man versagte.

Eine flüchtige Überprüfung ihrer Sprache reichte als Beweis völlig aus; eine linguistische Analyse diente also als Illustration der Probleme, die nicht-militaristische Kulturen im Umgang mit den Tahn hatten. Da die Tahn-»Rasse« oder »Kultur« eine Mischung mehrerer Kriegergesellschaften war, setzte sich ihre Sprache entsprechend aus einem soldatenhaften Jargon und daraus zusammengefügten Worthülsen zusammen. Schlimmer noch: der erste Tahn-Rat hatte beschlossen, daß es ihrer Rasse nach einer angemessen martialischen Art der Kommunikation verlangte. Also hatten erfahrene Linguisten eine Sprache entwickelt, in der das gleiche Wort mehrere unterschiedliche Bedeutungen haben konnte. Auf diese Weise war automatisch eine emotionale Durchdringung des militärischen Jargons gegeben.

Drei Beispiele:

Das Verb *akomita* bedeutete sowohl »sich ergeben« als auch »aufhören zu existieren«, das Verb *meltah* hieß nicht nur »zerstören«, sondern auch »erfolgreich sein«; und das Verb *verlach* hatte die Konnotationen »erobern« und »beschämen«.

Admiral Deska wußte, daß durchaus die Möglichkeit bestand, daß Lady Atago trotz Lord Fehrles Protektion den Befehl erhielt, mittels rituellem Selbstmord die Schande von ihrer Flotte abzuwaschen. In Anbetracht ihres hohen Ranges hielt er eine schlimmere Strafe nicht für durchsetzbar. Falls es doch dazu kam, würde Deska, da war er sich ganz sicher, ihr Schicksal teilen.

Er zwang sich in ein Dhyana-Stadium vierten Grades – kein Denken, keine Furcht, keine Zweifel – und wartete weiterhin auf den Schlachtkreuzer, der entweder Lady Atago oder seinen neuen Flottenkommandeur zur *Kiso* bringen würde.

Die Schleuse öffnete sich wie eine Irisblende und Lady Atago kam an Bord der *Kiso*. Deska erlaubte sich einen Augenblick der Hoffnung. Er vergrößerte das Monitorbild, bis Atagos Gesicht den gesamten Schirm füllte. Wie immer ließ sich nichts aus ihren klassischen, maskenhaften Gesichtszügen herauslesen. Deska schaltete den Monitor aus. Atago würde es ihm schon sagen, sobald sie es für angebracht hielt.

Atago teilte es ihm mit, sobald sie es für angebracht hielt.

Der Tahn-Rat war über das Versagen wirklich nicht sehr erfreut. Schon andere Admirale, denen es nicht gelungen war, ihre

Anweisungen vollständig zu erfüllen, waren mit Schimpf und Schande entlassen, degradiert oder ersetzt worden. Auch Atago hatte, wie Deska vermutete, auf der Abschußliste gestanden. Doch die fortgesetzte Anwesenheit Imperialer Kräfte auf den Caltor-Welten erforderte andere Pläne. Deska war überrascht, daß der Plan nicht von Lord Fehrle, Atagos Protektor, stammte, sondern vielmehr von Lord Pastour.

»Wir haben ganz andere Dinge erwartet«, hatte der Industrielle gesagt, obwohl Lady Atago diese Unterhaltung nicht an Admiral Deska weitergab, »doch in diesem Unkraut könnten sogar die schönsten Blüten versteckt sein.«

»Fahren Sie fort.«

»Meiner Meinung nach«, fuhr Pastour fort und blickte auf den Wandschirm, der eine größere und aktuellere Version dessen darstellte, was Deska sich auf seinem eigenen Schirm zusammengereimt hatte, »ist dieses Caltor-System dem Imperator nicht minder wichtig als uns.«

»Kann schon sein«, stimmte ihm Fehrle zu.

»Wir stimmen alle darin überein, daß einer der größten Faktoren unseres Erfolges darin gründet, daß der Imperator seine Entscheidungen sowohl aufgrund logischer Überlegungen als auch zu einem nicht geringen Prozentsatz aus dem Gefühl heraus trifft?«

»Sie erzählen uns damit nichts Neues. Natürlich stimmen wir darin überein.«

»Haben Sie ein wenig Geduld mit mir. Ich bin noch nicht lange Ratsmitglied und noch nicht so versiert beim Treffen von Entscheidungen von solcher Tragweite. Deshalb muß ich manchmal noch laut nachdenken.

Wir sind uns also über eine Tatsache einig. Tatsache B ist, daß der Imperator womöglich einen Erfolg vorweisen will, um die

Völker zu überzeugen und auf seiner Seite zu halten, die sich uns noch nicht angeschlossen haben.«

»Auch das akzeptieren wir als Tatsache«, sagte Lord Wichman.

»Ausgehend von diesen beiden Fakten schlage ich vor, daß wir drei, nein vier verläßliche Nachrichtenquellen in das Imperium schleusen, die dort das Gerücht streuen, daß die Niederlage im Caltor-System einem unfähigen Kommandanten sowie dem Einsatz zweitklassiger Kräfte zu verdanken ist.«

»Aha.« Wichman nickte.

»Ja. Vielleicht können wir den Imperator davon überzeugen, mehr Kräfte als diese schäbige Flotte, die wir bereits vernichtet haben, loszuschicken. Sobald diese Verstärkung gelandet ist, ziehen wir das Netz zu.«

»Ihre Idee hört sich wohldurchdacht an«, sagte Lord Fehrle. »Und noch eine Tatsache. Wir wissen, daß die –«, er drückte auf einen Memcode-Knopf, » – die 23. Flotte zwar schlecht geführt wird, in der jüngsten Vergangenheit jedoch einen besonderen Nachrichtendienst aufgebaut hat. Deshalb dürfen wir bei unseren eigenen Streitkräften keine Veränderungen vornehmen, die diesen van Doorman mißtrauisch machen könnten. Der Plan ist hervorragend. Ich muß Lord Pastour für sein taktisches Gespür bewundern.«

Sein Blick wanderte über die anderen siebenundzwanzig Ratsmitglieder. Eine Abstimmung war nicht nötig.

»Ich möchte noch etwas hinzufügen«, verkündete Lord Wichman. »Wären wir nicht besser beraten, wenn wir Lady Atago als Verstärkung eine unserer Reserve-Landungsflotten mitgeben? Auf diese Weise stellen wir sicher, daß die Imperialen Kräfte nicht nur besiegt, sondern ein für allemal ausradiert werden.« Er suchte Lord Fehrles Blick auf der anderen Seite des Raums.

»Es sei beschlossen und so befohlen«, sagte Fehrle und wandte sich dann an den Schirm, auf dem Lady Atago zu sehen war. »Das ist alles, Lady Atago. Ein Kurier wird Ihnen den kompletten Einsatzbefehl überbringen, bevor Sie zu Ihrer Flotte zurückkehren.«

Ihr Schirm erlosch. Fehrle betrachtete das flimmernde Grau noch einen Moment. ›Und diesmal rate ich Ihnen, das Schlachtenglück auf Ihrer Seite zu haben‹, dachte er. ›Wenn Sie nämlich noch einmal versagen, sehe ich keine Möglichkeit mehr, Sie zu schützen.‹

Die Befehle wurden erteilt, bevor Atagos Schlachtkreuzer Heath wieder verlassen konnte. Drei komplette Raumlandedivisionen der Tahn – inklusive Versorgungs-, Unterstützungs- und Landungsschiffen – wurden ihrer Flotte unterstellt; die logistischen Vorbereitungen würden sofort in Angriff genommen.

Nichts davon wäre nötig gewesen. Der Ewige Imperator hatte Major General Ian Mahoney bereits den Auftrag erteilt, mit seiner 1. Gardedivision eine Vorpostenbasis auf dem Planeten Cavite zu errichten.

Kapitel 49

Die einzige Hoffnung für Sten und seine vier Einsatzschiffe bestand darin, sich niemals dort aufzuhalten, wo man sie gerade vermutete. Selbst eine Korvette der Tahn verfügte über genügend Feuerkraft, um ein Schiff der *Bulkeley*-Klasse jederzeit auszulöschen. Sten erinnerte sie ständig daran, daß sie Elritzen in einem Schwarm von Haien waren.

Nachdem sie ihre verhältnismäßig gut getarnte Operationsbasis eingerichtet hatten, bestand der nächste Schritt darin, sich

Ziele auszusuchen, die sie mit einigen Überlebenschancen angreifen konnten.

Die drei Systeme, die Caltor am nächsten lagen, wimmelten förmlich von Tahn-Schiffen, die ständig in Alarmbereitschaft und wie versessen auf ruhmreiche Taten waren. Stens Leute mußten jedoch dort zuschlagen, wo man es nicht erwartete – und dort, wo sie am meisten Schaden anrichten konnten.

Ihre Wahl fiel auf die Versorgungslinien der Tahn.

Natürlich boten die Tahn ihren Versorgungslinien in der Nähe des Caltor-Systems größeren Schutz. Wie sah es jedoch weiter draußen, näher an ihren eigenen Gebieten aus? Es schien unwahrscheinlich, daß die Tahn Treibstoff, Schiffe und Besatzungen so weit entfernt einsetzten, wo doch die einzigen Überbleibsel der Imperialen Kräfte sich um van Doormans Flotte scharten. Außerdem mußten sie davon ausgehen, daß die Patrouillenschiffe, die ihre Landungsflotte über Cavite angegriffen hatten, über einen zu kleinen Aktionsradius verfügten, um bis in ihr eigenes Imperium vorzudringen.

Die Reichweite der Einsatzschiffe war wirklich begrenzt; allerdings nur, was die Rationen und die Bewaffnung anging. Der Treibstoff bereitete Sten und seinen Leuten weniger Probleme. Jedes Schiff hatte genug AM$_2$ an Bord, um damit ein halbes Jahr herumzufliegen.

Sten hoffte nur, daß die Tahn ebenso logisch dachten wie er.

Die vier Einsatzschiffe entwickelten sich also zu Parasiten. Sie borgten sich ein Vermessungsschiff aus, dessen Antrieb beim ersten Angriff der Tahn zerstört worden war, und schleppten es nach Romney, wobei ihnen Tapias Erfahrungen in der Abschleppbranche sehr zugute kamen. Dort stopften sie es mit Versorgungsgütern voll, nahmen es ins Schlepptau und machten sich auf den Weg.

Ihr ursprünglicher Kurs brachte sie in eine weit entfernte Ecke der Randwelten, die jetzt von den Tahn besetzt war. Unterwegs zwischen nirgendwo und sonstwo gingen sie auf neuen Kurs Richtung Zentrum des Tahn-Imperiums.

Sie tasteten sich nur langsam vorwärts, mit eingeschalteten Sensoren, die ständig nach allen Seiten lauschten. Sie wußten – besser gesagt, sie ahnten und hofften es um so mehr –, daß sie jedes Schiff der Tahn ausmachen würden, bevor sie selbst auf seinen Schirmen auftauchten. Sie suchten nicht blindlings; Sten ging davon aus, daß zumindest eine Versorgungsroute von Heath, der Hauptwelt der Tahn, in die neu besetzten Gebiete um Cavite führen mußte. Er nahm an, daß die Route eine Linie war, von der andere, noch unbekannte Routen zu den einzelnen Welten abzweigten.

Nachdem sie zwei Wochen unterwegs waren, faßten sie ein letztes Mal Nachschub aus dem Vermessungsschiff, verankerten es in einer festen Umlaufbahn über einer unbewohnten Welt und schlichen sich davon. Inzwischen liefen die kleinen, überarbeiteten Lufterneuerer auf den Einsatzschiffen schon nicht mehr ganz korrekt; Schiffe und Besatzungen rochen allmählich verdächtig nach alten Socken. Sten fiel auf, daß keines der Kriegs-Livies jemals zeigte, daß Soldaten stinken: sie stinken vor Angst, vor Überanstrengung und aufgrund von Unsauberkeit.

Dann schrillte der Alarm los. Die vier Schiffe gingen in Bereitschaft und warteten auf Befehle.

Vier Transporter zogen über einen von Stens Bildschirmen. Da ihr Antrieb natürlich unverhüllt war, verriet sie die lilafarbene Ausstoßflamme sofort als Tahn. Noch interessanter war jedoch eine Reihe kleinerer Lichtblitze auf einem anderen Schirm.

»Schnappen wir sie uns?« fragte Sh'aarl't von der *Claggett*.

»Negativ. Bereithalten.«

Sten, Kilgour und Foss betrachteten die Lichtblitze.

»Sieht aus wie noch mehr Schiffe«, sagte Alex.

»Navigationshelfer«, meinte Foss.

»Nicht so weit draußen«, widersprach Sten. »Funkverkehr?«

Foss überprüfte seine Anzeigen. »Negativ, Sir. Wir empfangen nur eine Art atmosphärischer Störungen. Soll ich die Empfänger auf Standby aktivieren?«

»So etwas wie ein Transponder? Oder eine Superantenne?«

»Ziemlich unwahrscheinlich«, sagte Alex.

Sten wollte es genauer wissen. Er schob sich vor Kilgours Waffenkonsole und stülpte den Kontrollhelm über den Kopf. »Ich schicke eine Fox los. Laß den Sprengkopf sicherheitshalber drauf.«

Kilgour langte über seine Schulter und drückte eine Taste.

Sten »sah« den Weltraum jetzt von der Abwehrrakete aus. Er stellte den Radar auf das schwache Blinken ein und hielt die Rakete nur knapp über der Mindestgeschwindigkeit. Das Blinken wurde größer, und das Bild veränderte sich, als sein »Blick« auf Radar wechselte. Er nahm Dutzende dieser Objekte wahr, die jetzt solide Lichtpunkte waren. Sten wendete die Rakete und beschleunigte wieder, bis er nicht mehr auf die Objekte zuflog, machte erneut eine Kehrtwende und wartete, ob das Schiff, das nun, obwohl er regungslos vor den Armaturen saß, weit hinter ihm zu liegen schien, eine Analyse zu bieten hatte.

»Zwischen ihnen besteht keine Verbindung«, sagte Foss. »Weder physisch noch elektronisch. Jedenfalls momentan nicht.«

»Es sieht aus wie ein Minenfeld«, sagte Sten langsam.

»Das ist doch Quatsch, mein Freund. Nicht mal die Tahn sind so bescheuert, ausgerechnet dort Minen auszusetzen, wo einer ihrer eigenen Leute aus Versehen reinrauschen kann.«

»Müssen Minen denn unbedingt passiv sein?«

»Hmm. Gutes Argument.«

Sten zog den Helm herunter und wandte sich an die beiden anderen Männer auf dem Kommandodeck. Foss dachte nach, wobei er mit den Fingernägeln gegen die Schneidezähne trommelte.

»Vielleicht kommt dieses Rauschen von ihren Empfängern. Es ist nicht allzu schwer, so etwas zu installieren. Klar doch. Das läßt sich auf jedem Holzbrettchen zusammenzimmern.«

Der Jargon der Elektroniker hatte sich über die Jahrhunderte nicht allzusehr verändert: trotzdem schaffte es Foss, Sten und Kilgour wie dumme Jungs dastehen zu lassen.

»Ich meine, Sir, die Dinger sind wahrscheinlich ganz einfach einzustellen. Man schickt eine Rakete mit einem Empfänger/Sender hinaus. Die eigenen Schiffe verfügen über eine Art IFF, damit die Rakete weiß, daß sie sich nicht auf sie stürzen soll. Bei allen anderen, die in ihre Reichweite gelangen, aktiviert sich die Rakete selbst und verfolgt sie. Wenn man wirklich ausgekocht sein will, kann man seine Raketen sogar so programmieren, daß sie wieder umdrehen und sich deaktivieren. Der Schaltkreis sieht wahrscheinlich in etwa so aus ...« Foss löschte einen Bildschirm und griff nach einem Lichtstift.

»Das Schema betrachten wir uns später einmal genauer«, sagte Kilgour. »Die Frage lautet jetzt: Was fangen wir mit diesen Dingern an?«

»Vielleicht sind sie nicht auf so kleine Kisten wie unsere Einsatzschiffe programmiert«, warf Sten ein.

»Willst du's etwa darauf ankommen lassen?«

»Sehe ich etwa so dumm aus?«

»Das heißt, wir können uns nicht wie die Wölfe auf diesen Konvoi stürzen.«

»Nicht unbedingt. Womöglich ist das nicht einmal notwendig. Mr. Kilgour, lassen Sie den Maat Raumanzüge herauslegen.«

»Bei dieser Art von Arbeit kann man ums Leben kommen«, brummte Kilgour. Die drei Männer hingen nur wenige Zentimeter von einer Tahn-Mine entfernt im All.

Sten, Foss und Kilgour hatten das Kommando an Ingenieur Hawkins übergeben und die *Gamble* mit Hilfe des AM_2-Antriebs einer Goblin ohne Sprengkopf verlassen. Sten war sich ziemlich sicher, daß die kleine Goblin nicht genug Masse hatte, um die Mine zu aktivieren. Ziemlich sicher konnte einen, wie er sich in Erinnerung rief, ziemlich schnell ziemlich tot machen.

Sten stoppte die Goblin einen halben Kilometer von einer Mine entfernt, und die drei Männer legten den restlichen Weg mit Hilfe der Anzugdüsen zurück.

Die Mine war zylindrisch, ungefähr fünf Meter lang und an einem Ende mit Antriebsdüsen versehen. Sie lag ganz friedlich in ihrem Abschuß/Überwachungs/Kontroll-Ring, einer Konstruktion mit einem Durchmesser von ungefähr sechs Metern.

Die drei Männer umrundeten die Mine, bis sie sicher waren, daß sie zumindest keine offenkundigen Fallen übersehen hatten, und machten sich dann an dem zu schaffen, was sie für eine Inspektionsklappe hielten. Foss hakte einen Schraubendreher vom Gürtel.

»Soll ich es versuchen, Sir?«

»Warum nicht?«

Sten nahm Verbindung mit der *Gamble* auf und gab eine Beschreibung dessen durch, was hier vor sich ging. Falls Foss sich irrte und die Mine hochging, würde das nächste Team, das es versuchte – falls es ein nächstes Team gab – nicht den gleichen Fehler noch einmal machen.

Foss drückte den Bohrer auf den ersten Schraubenbolzen und fing an.

»Wir ziehen den ersten Bolzen heraus, links unten, jetzt … sie sieht völlig standardgemäß aus. Gab es einen Widerstand? Der erste Bolzen ist draußen. Zweiter Bolzen, oben rechts. Ist draußen. Dritter Bolzen, unten links, auch draußen. Alle Bolzen entfernt. Der Deckel ist frei. Wir ziehen ihn zwei Zentimeter heraus. Keine Verbindungen zwischen Deckel und Mine.«

Alle drei spähten in den schmalen Schacht, während Foss das Innere mit seiner Helmlampe ausleuchtete.

»Was gibt's zu sehen?«

»Schlampige Arbeit, Sir.«

»Foss, Sie sollen hier keinen Elektronikkurs benoten!«

»Entschuldigung, Sir. Wenn ich nicht total falsch liege ... so wie sie diese Platinen zusammen ... genau! Ist ganz einfach.«

»Hier Sten. Ich schalte ab. Alles klar.« Sten unterbrach die Verbindung mit der *Gamble* und winke die beiden anderen von der Mine weg. »Können wir diese Monster deaktivieren?«

»Leicht. Man muß nur eine der drei Platinen abtrennen, und schon sind die Dinger höchstens noch als Ziermülleimer zu gebrauchen.«

»Wir müssen also nur noch herausfinden, welchen Wirkungsradius die Minen haben, genug davon entschärfen, daß wir genug Bewegungsspielraum haben, und schon sind wir wieder im Geschäft.«

Kilgour schepperte dreimal mit seinem schweren Arm gegen Stens Helm. Die Glockenschläge, die eigentlich als Sympathiekundgebungen gedacht waren, ließen die beiden Männer förmlich Pirouetten schlagen, bis sie sich endlich aus entgegengesetzten Richtungen ansahen.

»Armer Kerl«, sagte Alex mitfühlend. »Wahrscheinlich ist es der Druck der Verantwortung. So jung und schon so hirnverbrannt.«

»Hast du denn eine bessere Idee?«

»Allerdings. Einen ganz ganz bösartigen Plan. Könnte sich direkt ein Campbell ausgedacht haben. Das beste daran ist, daß wir nicht mal selbst dabeisein müssen, wenn es Tod und Verderben hagelt.«

»Weiter im Text.«

»Wenn du einverstanden bist, darf ich dann den Jungs die Geschichte von den kleinen gefleckten Schlangen erzählen?«

»Nein! Nicht einmal, wenn das Imperium durch deinen Plan schon morgen den Krieg gewinnen würde! Jetzt mach schon, Kilgour. Hör auf mit den Spielchen und sprich zu uns.«

Kilgour legte los.

Der Tahn-Konvoi bestand aus acht Truppentransportern, von denen jeder ein Elitebataillon Landungstruppen an Bord hatte, die den Plan des Tahn-Rats umsetzen und das Caltor-System in eine gigantische Falle verwandeln sollten; dazu kamen drei Schiffe mit Ausrüstung und eine einzelne Eskorte, ein kleines Patrouillenboot, eigentlich mehr Wegbegleiter als Begleitschutz.

Ihr Kurs führte sie in nur wenigen Lichtsekunden Abstand an einem Minenfeld vorbei. Dem Kommandeur des Konvois, einem erst kürzlich eingezogenen Reservisten, war dabei nicht sehr wohl zumute.

Als Kapitän der Handelsmarine war er schon seit vielen Jahren davon überzeugt, daß es die Maschinen auf ihn abgesehen hatten. Je größer die Maschine, desto mörderischer ihre Absichten. Maschinen, die gar Sprengstoff enthielten, versuchte er so weit wie möglich aus seinen Alpträumen fernzuhalten.

Dieser winzige, abergläubische Teil von ihm war nicht im geringsten überrascht, als ihm ein Späher Aktivitäten in dem Minenfeld meldete. Prompt prasselten kurz darauf weitere Meldungen herein. Die Minen hatten sich selbst aktiviert und rasten auf sie zu.

Überzeugt davon, daß sein IFF nicht ordnungsgemäß funktionierte, befahl der Konvoi-Commander, sein Schiff so dicht es ging mit einem anderen zu verbinden.

Dieser Schachzug brachte keinen Erfolg.

Brüllend gab er Alarmstufe Rot für alle Schiffe. Besatzungen eilten auf ihre Posten, und die Kollisionsblenden in den Transportern schlossen sich.

Die Sprengköpfe rasten mit ständig steigender Geschwindigkeit auf den Konvoi zu.

Fünfzehn von ihnen trafen auf die elf Konvoi-Schiffe. Da die Minen-Sprengköpfe so ausgelegt waren, daß sie auch ein Schlachtschiff schwer beschädigen konnten, verwandelten sich die dünnwandigen Transporter sofort in Feuerbälle, dann in Gas, und dann war von ihnen nichts mehr übrig außer sich rasch verflüchtigender Energie.

Stens Mannschaft hatte unter der diabolischen Anleitung von Kilgour und Foss die Minen nicht einfach entschärft. Statt dessen hatte Foss herausgefunden, wie die IFF-Meldung der Tahn-Schiffe lautete und den Kode so umprogrammiert, daß er als Aktivierungs- und Angriffssignal gewertet wurde.

Bis auf das winzige Patrouillenboot war der Konvoi verschwunden. Sten hätte nicht so vorsichtig sein müssen; die Minen waren tatsächlich so ausgelegt, daß sie kleine Raumfahrzeuge ignorierten.

Sechs Sprengköpfe waren jedoch aktiviert worden, die ihr Ziel nicht rechtzeitig fanden und jetzt ziellos herumschwirrten.

Der Captain des Begleitbootes hätte sich am besten mit voller Geschwindigkeit davongemacht und Bericht erstattet. Statt dessen eröffnete er das Feuer auf die Sprengköpfe – was wiederum ein zweites Programm aktivierte: wenn ein Schiff, egal wie groß, das Feuer eröffnet, wird auch dieses Ziel vernichtet.

Nach dieser letzten Detonation gab es nur noch ein großes Geheimnis: wie konnte ein ganzer Konvoi in einem absolut sicheren und bewachten Sektor spurlos verschwinden?

Raumfahrer sind zwar von Geheimnissen nicht gerade begeistert, doch sie reden gerne darüber. Es dauerte nicht lange, da machte das Gerücht die Runde, die Randwelten seien verhext. Besser, du machst einen großen Bogen um diesen Sektor, mein Freund.

Der verschwundene Konvoi zwang die Tahn außerdem, dringend an anderer Stelle benötigte Eskorten abzuziehen und sowohl als Begleitschutz einzusetzen, als auch für die Jagd nach einem, wie der Rat vermutete, Q-Schiff, einem Imperialen Angreifer, der sich als Tahn-Schiff tarnte.

Sten programmierte noch vier weitere Minenfelder um, bevor er seine Flottille nach Romney zurückbeorderte.

Jetzt hatten sie begonnen, zurückzuschlagen.

Kapitel 50

»Commander Sten«, sagte Admiral van Doorman und hob den Blick vom Bildschirm, auf dem Stens abschließender Bericht angezeigt wurde. »Meine Glückwünsche.«

»Vielen Dank, Sir.«

»Wissen Sie«, sagte van Doorman dann, stand auf und ging auf eins der abgeschirmten Fenster seiner Admirals-Suite zu, »ich fürchte, in dieser Flotte passiert es schnell, daß man eine bestimmte Geisteshaltung übernimmt. Man richtet sich ein. Man läßt nur eine bestimmte Sorte von Standards gelten. Man glaubt, je kleiner das Schiff, desto weniger leistungsfähig ist es auch. Man glaubt, daß eine Demonstration von Macht ausreicht, um die Sicherheit des Imperiums zu gewährleisten. Man glaubt … zum Teufel, man glaubt alles mögliche! Und dann muß man eines Tages erfahren, daß man sich geirrt hat.«

Sten hielt diese Aussage für eine recht ehrliche und zutreffende Zusammenfassung und Selbsteinschätzung des Admirals; jedenfalls, wenn man noch eine Vorliebe für Pomp und Gloria sowie eine Spur halsstarriger Dummheit hinzufügte. Aber brachte das van Doorman dazu, endlich etwas Sinnvolles zu tun, etwa seinen Rücktritt einzureichen, oder vielleicht auch Gift zu schlucken, wie es die Tahn taten, wenn sie ihre Aufträge versiebten? Von wegen.

»Ich habe mich dazu entschlossen, Ihnen den Orden für besondere Verdienste um das Imperium zu verleihen. Weiterhin sind Sie dazu berechtigt, vier Imperiale Medaillen an Besatzungsmitglieder zu verleihen, die Ihrer Meinung nach Besonderes geleistet haben.«

»Vielen Dank, Sir.« Wesentlich lieber wären Sten zwei Ersatzantriebe für seine Schiffe und eine komplette Auffüllung seiner Torpedoreserven gewesen.

»Ich möchte Sie und die vier Leute Ihrer Wahl hier um 14 Uhr sehen. Paradeuniform.«

»Jawohl, Sir. Darf ich fragen, weshalb?«

»Zur Verleihungszeremonie. Ich sorge dafür, daß die ganze Angelegenheit von vorne bis hinten dokumentiert wird. Anschließend gibt es eine große Pressekonferenz.«

»Sir … äh, ich halte das nicht für eine gute Idee.«

»Seien Sie nicht so bescheiden, Commander! Sie haben einen großartigen Sieg errungen. Und gerade in diesen Zeiten braucht Cavite – und nicht nur Cavite, sondern das gesamte Imperium – gute Nachrichten dringender als sonst.«

»Ich bin nicht bescheiden, Sir. Sir ... dort draußen sind noch vier weitere von diesen Minenfeldern. Wenn wir jetzt verkünden, was geschehen ist, bringen wir damit diese ganze Operation in Gefahr!«

Van Doorman überlegte sich tatsächlich, was Sten gerade gesagt hatte. Er ließ sich wieder hinter seinem Schreibtisch nieder und strich sich über das Kinn. »Wäre es vielleicht möglich, daß wir, äh, eine andere Erklärung für Ihre Aktion abgeben?« Übersetzung: Können wir lügen?

»Möglich, Sir. Aber ... die Presseleute wollen doch bestimmt mit meiner Besatzung reden. Ich glaube nicht, daß die sich lange im Zaum halten können. Sie sind nicht sonderlich geübt im ... in Desinformation.«

Kilgour hätte Sten geschlachtet, wenn er gehört hätte, was er da gerade gesagt hatte – Alex war einer der besten Lügner vor dem Herrn, der Sten je über den Weg gelaufen war.

»Es wäre riskant«, stimmte ihm van Doorman zu. »Vielleicht haben Sie recht. Ich werde die Pressekonferenz fürs erste verschieben.« Dann wechselte er das Thema. »Noch eine andere Sache, Commander. Ich möchte Ihren Einsatzbefehl nicht abändern; Sie machen das als selbständige Truppe ganz hervorragend. Trotzdem wünsche ich mir, daß Sie Ihre zukünftigen Aktionen auf augenfälligere Ziele konzentrieren.«

»Zum Beispiel?«

»Wenn möglich, wäre es mir lieber, wenn Ihre Division mehr in den von den Tahn besetzten Systemen in unserer Nachbarschaft zuschlägt.«

»Das könnte schwierig werden, Sir. Sie sind dort zu gut abgeschirmt.«

»Es wäre außerordentlich wichtig.«

»Eine Frage, Sir. Wieso diese Änderung?«

»Ich bereite innerhalb der nächsten Wochen eine Operation vor, bei der ich die volle Unterstützung der Flotte brauche. Leider kann ich im Augenblick nicht weiter ins Detail gehen – wir arbeiten unter absoluter Geheimhaltung.«

Soviel zum kurzen Aufflackern von van Doormans Realitätssinn. Sten hätte noch erwähnen können, daß er wahrscheinlich einen höheren Geheimhaltungsstatus besaß als sonst jemand in der 23. Flotte, inklusive seines Admirals. Oder daß es verdammt schwierig war, einen Angriff – einen Rückzug? – zu unterstützen, wenn man nicht genau wußte, was eigentlich vor sich ging. Oder daß absolute Geheimhaltung in van Doormans Stab wahrscheinlich hieß, daß es inzwischen der gesamte Offiziersclub wußte.

»Jawohl, Sir«, sagte Sten. »Mein Stab und ich werden einige mögliche Szenarios für Sie ausarbeiten.«

»Exzellent, Commander. Und noch einmal, meine herzlichsten Glückwünsche.«

Sten schenkte dem Admiral einen zackigen Abschiedssalut und verließ den Raum. Er fragte sich, ob van Doorman am Ende ansteckend sei. Szenario? Mein Stab und ich? Sein Stab bestand aus vier Offizieren, einem Warrant Officer und einem Spindar, die bei einer guten Flasche Stoff Ideen aussheckten. Sten fing an, sich nach Brijit umzusehen.

Sten hoffte sehnlichst, sie in romantischer Umgebung anzutreffen, in einem blumenübersäten Hochtal etwa, wo vom Krieg nichts zu hören und nichts zu sehen war. Er hoffte auch, daß Brijit sich inzwischen soweit vom Tod ihrer Mutter erholt hatte, daß sie wieder etwas Lust in ihrem Herzen verspürte.

Er fand sie dreißig Meter unter der Erde, in einem blutverschmierten Overall, wo sie eine Trage an einem Tunnelbohrer vorbeimanövrierte.

Es mußte jemanden in van Doormans Stab geben, der noch über einen Rest von Hirn und Organisationstalent verfügte. Der Angriff am Empire Day hatte Cavites Krankenhäuser voll erwischt, und dieser unbekannte Planer wußte offensichtlich genug von der Kriegsführung der Tahn, um zu begreifen, daß das gute alte rote Kreuz auf dem Dach eines Hospitals einen hervorragenden Zielpunkt abgibt. Deshalb hatte man das Stützpunkthospital in den Fels gegraben. Es lag direkt unter dem Gebäude, das den Tahn vor Jahren als Konsulat für die Randwelten gedient hatte.

Sten half Brijit, den Verwundeten in eine IC-Maschine zu schieben, und fragte sie, wann ihr Dienst zu Ende war. Brijit lächelte müde und sagte: »Morgen.« Bis dahin würde Sten den Planeten schon lange wieder verlassen haben. Soviel zum Thema Romantik.

Brijit gelang ein weiteres Lächeln, ein Lächeln voller Mitgefühl. Sie konnte sich recht gut vorstellen, worauf Sten es abgesehen hatte. Statt dessen ließ er sich von ihr in die überfüllte Kabine führen und mit einer absolut miserablen Tasse Kaffee abspeisen.

Sie hatte sich einen Tag nach der Beerdigung ihrer Mutter für den Krankenhausdienst gemeldet. Die Vorkriegswelt aus weißen Kleidern, Langeweile und Gartenparties existierte nicht mehr.

Sten war überaus beeindruckt und wollte etwas dazu bemerken, als er Brijits erschöpftem Geplauder plötzlich richtig zuhörte.

Sie erzählte von Dr. Morrison hier und Dr. Morrison dort, wie schwer Dr. Morrison arbeiten mußte und wie viele Leben er schon gerettet hatte. Da wurde ihm klar, daß sie ihn wohl sogar in dem blumenübersäten Hochtal gebeten hätte, eine Girlande für Dr. Morrison zu flechten.

Na schön. Sten hatte sich nie für den idealen Traumpartner gehalten, selbst wenn man davon absah, daß die Lebenserwartung eines Patrouillenkommandeurs in etwa der einer Eintagsfliege gleichkam.

Brijits Züge wurden plötzlich weich, und dann erstrahlte sie förmlich. Sten erinnerte sich daran, daß sie ihn vor noch nicht allzulanger Zeit ebenso angesehen hatte.

»Dort drüben ist sie ja. Dr. Morrison! Hierher!«

Commander Ellen Morrison vom Imperialen Medical Corps war, das mußte Sten zugeben, fast ebenso hübsch wie Brijit. Sie grüßte Sten etwas unterkühlt, als sei er ein zukünftiger Patient, und setzte sich dann. Brijit ergriff Morrisons Hand, fast wie in einem Reflex.

Sten redete noch einige Minuten belangloses Zeug, trank seinen Kaffee aus, entschuldigte sich vielmals und ging.

Der Krieg verändert alles, mit dem er in Berührung kommt. Manchmal sogar zum Besseren.

Einige Tage später bekam van Doorman seinen berühmten Sieg, dank des Imperialen taktischen Einsatzschiffs *Richards,* Lieutenant Estill und Unteroffizier Tapia. Zumindest fanden das alle bis auf Tapia.

Eine Woche nach ihrem Abflug von Cavite hatten sie ihr Ziel gefunden. Es war eins der monströsen Tahn-Landungsschiffe, die als Abschußbasis der Jäger für die Atmosphärenangriffe dienten. Laut *Jane's* war das Schiff nur mit leichten Waffen bestückt; wenn es getroffen wurde, bevor sich die Schleusen, die das Hangardeck unterteilten, geschlossen hatten, würde es sich relativ einfach in eine lodernde Fackel verwandeln lassen.

Das Problem lag eher darin, daß das Schiff von einem Kreuzer und einem halben Dutzend Zerstörern begleitet wurde; keiner, der in dieser Schicht Wache an Bord der *Richards* hatte, fühlte sich dermaßen in Selbstmordlaune.

Tapia ließ Estill etliche Angriffe auf dem Computer durchspielen, bevor sie ihm ihren Vorschlag machte. Obwohl es reichlich ungewöhnlich war, lernte Estill so einiges in seiner Zeit bei der Einsatzdivision. Er übergab ihr das Kommando und gab an, daß er, falls ihre Idee funktionierte, die Kali bei der Attacke selbst »fliegen« würde.

Die *Richards* schoß mit voller Geschwindigkeit an den Tahn-Schiffen vorbei und stellte sich nach einer minimalen Kurskorrektur im Raum »tot«, wobei sie sich jetzt direkt auf dem von Tapia vorausberechneten Kurs der Tahn-Schiffe befand. Tapia schaltete sämtliche Energie-Erzeuger ab, inklusive der McLean-Generatoren für die künstliche Schwerkraft. Dann wurde alles, was nicht direkt zur Bewaffnung gehörte, aus einer Luke hinausgeworfen: Stühle, Rationen, Metallfolie, eben alles, was hervorragende Radarsignale abgab – sogar die beiden Reserve-Raumanzüge.

Dann warteten sie. Da sogar die Umwälzanlage abgestellt war, wurde die Luft rasch stickig.

Ihre passiven Sensoren meldeten die Suchstrahlen der Tahn.

Sie warteten weiter.

Einer der Tahn-Zerstörer löste sich aus dem Pulk und flog eine Acht, wobei sein Computer offensichtlich fieberhaft analysierte, was sich da direkt vor ihnen befand.

»Das wird ja interessant«, flüsterte Tapia Estill unnötigerweise zu.

Interessant war *ein* Ausdruck, mit dem man es beschreiben konnte. Falls ihre Tarnung als Wrack nicht funktionierte, dann würden sie genau in die Kanonenrohre des Zerstörers schauen. Tapia konnte nicht sagen, ob entweder ihre Reflexe oder die Geschwindigkeit der *Richards* sie rechtzeitig aus der Gefahrenzone bringen würde.

Die Schirme der Passiv-Ortung der *Richards* erloschen, und

Tapia fing wieder an zu atmen. Hätte die List versagt, hätten ihr die Bildschirme gemeldet, daß ein Computer zur Zielerfassung auf das Einsatzschiff angesetzt war. »Wenn Sie soweit sind, Lieutenant.«

Estill nickte. Tapia versorgte seine Konsole mit Strom. Estill schickte einen schmalen Strahl zur Abstandsmessung zum Landungsschiff. Näher ... noch näher ... erfaßt.

Tapia schaltete ihre Konsole an ... rief dem Ingenieur einen Befehl zu, woraufhin der das gleiche tat ... und die *Richards* erwachte zum Leben. Zwei Sekunden später schickte Estill seine Kali los.

Jetzt heulte der Alarm auf den Tahn-Schiffen. Die Zerstörer gingen auf Angriffs-Kurs, und der Kreuzer fuhr seine Maschinen hoch, um ihren Angriff zu unterstützen.

Tapia war zu beschäftigt, um zu sehen, was geschah. Sie hatte die *Richards* auf höchste Beschleunigung gebracht, einen exzentrischen Fluchtkurs eingegeben und war jetzt vollauf damit beschäftigt, für das Überleben des Schiffes zu sorgen.

Als das Landungsschiff seine vorderen Abwehrraketen abfeuerte, war die Kali nur noch wenige Sekunden entfernt.

Die Mühe war vergebens.

Die Standardvorschrift für jeden Waffenoffizier besagte, daß er den Kontrollhelm bis zum Kontakt auflassen soll. Irgendwie bedeutete das für Estill jedoch eine Art Tod. Kurz vor dem letzten Moment drückte er auf den Auslöser und riß sich den Helm vom Kopf.

Die Explosion flammte über die rückwärtigen Schirme der *Richards*.

»Wir haben sie!« rief Estill. Schon saß der Helm wieder auf seinem Kopf, und er schickte eine Batterie Goblins los, um die *Richards* nach hinten abzusichern.

281

Tapia blieb nur ein kurzer Moment, um auf den Hauptschirm zu sehen. Dieser kurze Augenblick zeigte ihr, daß dort noch immer die gleiche Anzahl von Blips zu sehen war wie zehn Minuten zuvor.

Niemand glaubte ihr – mit Ausnahme der Tahn. Die Kali war tatsächlich auf einer Abwehrrakete detoniert. Vier Stabilisierungselemente des Landungsschiffes waren verzogen, doch die vorgeschobenen Werften der Tahn konnten das Schiff in wenigen Tagen wieder voll einsatzfähig machen.

Tapia versuchte, sich verständlich zu machen, aber niemand wollte die Wahrheit hören.

Lieutenant Ned Estill war der Held des Tages. Van Doorman verlieh ihm das Galaktische Kreuz, obwohl diese Medaille streng nach Vorschrift eigentlich nur auf direkte Anweisung des Imperators verliehen werden durfte. Die Livie-Leute drehten regelrecht durch – einen besseren Helden als Lieutenant Estill hätten sie sich nicht einmal selbst ausdenken können. Sein Gesicht und seine Taten waren innerhalb weniger Stunden im gesamten Imperium verbreitet.

Tapia berichtete Sten unter vier Augen, was ihrer Meinung nach wirklich vorgefallen war. Nach kurzer Überlegung riet Sten ihr, sich keine Gedanken mehr darüber zu machen. Er scherte sich einen Teufel um Medaillen, das Imperium konnte ein paar Helden gut gebrauchen, und Estill selbst glaubte ehrlich daran, daß er das Landungsschiff vernichtet hatte.

Trotzdem gab Sten Befehl, daß alle Offiziere und Waffenspezialisten ihre Fähigkeiten im Simulator aufzufrischen hatten. Einmal konnte so etwas passieren. Falls Estill der gleiche Fehler noch einmal unterlief, könnte er ziemlich rasch sehr tot sein.

Und Sten konnte sich den Verlust der *Richards* unter keinen Umständen leisten.

Lieutenant Lamine Sekka schäumte noch immer vor Wut. Die Unterredung mit Sten hatte in aller Schärfe begonnen und wurde dann zusehends heftiger. Was die Sache noch schlimmer machte, war die Tatsache, daß die ursprüngliche Idee von Sekka stammte.

Sten hatte versucht, van Doormans vage Anweisungen zu befolgen und die Planeten in der Nachbarschaft so gut es ging zu piesacken. Störangriffe dieser Art erforderten Informationen. Genauer genommen, Informationen darüber, welche Planeten von welchen Streitkräften unter welchen Bedingungen besetzt waren.

Stens taktische Division verbrachte zu viele Stunden als Spionageeinheit, bevor sie anfangen konnte, sich bestimmte Ziele herauszusuchen.

Sekka hatte einen besonders saftigen Brocken ausfindig gemacht.

Auf einem der Planeten war das auffälligste Merkmal ein mehrere tausend Kilometer langer Fluß. In Höhe seiner Mündung, die eher wie ein Trichter aussah, befand sich eine gewaltige Ebene aus Schwemmland. Es war ein geradezu ideales Aufmarschgelände für die Infanterie der Tahn. Sie hatten ungefähr zwei Divisionen auf dieser Ebene stationiert und benutzten den Ort bis zur Landung im Caltor-System vorübergehend als Basislager.

Sekka hatte herausgefunden, an welcher Stelle sich höchstwahrscheinlich das Hauptquartier dieser Divisionen befand.

Sten beglückwünschte ihn. »Dann also los. Gehen Sie hin und bringen Sie sie um, Lieutenant.«

»Sir?«

Sten war übermüdet und ein wenig barsch. »Ich sagte: Nimm Schiff, lade Waffen drauf, vernichte Tahn.«

»Ich bin kein kleines Kind, Commander!«

Sten holte tief Luft. »Tut mir leid, Lamine. Aber wo liegt das

Problem? Sie haben jede Menge böser Leute auf einem Haufen ausfindig gemacht. Kümmern Sie sich um sie.«

»Vielleicht bin ich mir nicht sicher, was genau ich mit ihnen tun soll.«

»Lassen Sie uns mal nachdenken.« Sten ging sein Arsenal im Geiste durch. »Ich schlage folgendes vor: zuerst schmeißen Sie ihre Goblin-Werfer raus und bauen statt dessen noch acht Schnellfeuerkanonen ein. Schmeißen Sie auch die Fox-Abwehrraketen raus, bis auf zwei. Sie brauchen nämlich jede Menge Reservemagazine an Projektilmunition.

Lassen Sie die Kali weg. Auf dem Schrottplatz liegt ein zusammengeschossenes Versorgungsschiff. Es müßte eigentlich noch einen gutgefütterten Y-Werfer haben. Den drehen Sie herum und montieren Sie ihn mit der Mündung nach unten in die Kali-Röhre.

Wahrscheinlich wollen Sie Mini-Atombomben von 2, vielleicht auch 3 Kilotonnen einsetzen. Ich schlage vor, sie in 5-Sekunden-Intervallen abzuwerfen.«

»Noch etwas, Commander?« Sekkas Stimme zitterte.

»Wenn ich wüßte, wo wir noch ein wenig von diesem Langzeit-Nervengas herkriegen könnten ... aber da fällt mir momentan nichts ein. Ich denke, das wäre alles.« Sten achtete absichtlich nicht auf Sekkas Reaktion; er hoffte, daß er nicht so dumm war, ihm zu antworten. Er hatte sich getäuscht.

Sekka sprang auf. »Commander, ich bin kein Mörder!«

Jetzt sprang auch Sten auf. »Lieutenant Sekka, nehmen Sie gefälligst Haltung an. Sperren Sie die Ohren auf und machen Sie die Klappe zu.

Doch. Sie sind ein Mörder. Ihre Aufgabe besteht darin, feindliche Soldaten und Raumfahrer zu töten, soviel und auf welche Weise Sie können. Dazu gehört auch, Sie bei ihrer Geburt zu erwürgen, falls jemand rechtzeitig eine Zeitmaschine erfindet! Was glauben Sie denn, wer diese Schiffe bedient, die Sie schon die ganze Zeit über beschießen? Roboter?«

»Das ist etwas anderes!«

»Ich sagte: Halten Sie die Klappe, Lieutenant! Das ist überhaupt nichts anderes! Was dachten Sie denn, was ich Ihnen auf Ihre Frage antworte? Warten Sie, bis sich diese Truppen in ihre Blechbüchsen gezwängt haben und schießen Sie sie dann in Stücke? Wäre die Sache in diesem Fall für Sie legitimer? Oder würden Sie vielleicht lieber warten, bis sie hier auf Cavite gelandet sind?

Vielleicht ist Ihre Familie schon einige Generationen zu lang eine Legende, Lieutenant Sekka. Vielleicht ist es Ihnen noch nicht aufgefallen, aber wenn nicht gerade Krieg herrscht, müßte man eigentlich jeden Soldaten in die Todeszelle werfen – wegen vorsätzlichen Mordes!

Das ist alles. Sie kennen Ihre Befehle. Ich möchte, daß Sie den Planeten in vierzig E-Stunden verlassen haben. Abtreten!«

»Darf ich noch etwas sagen, Sir?«

»Nein, dürfen Sie nicht. Abtreten!«

Sekka salutierte vollendet, machte kehrt und ging hinaus. Sten sank in seinen Sessel zurück. Vom anderen Eingang zur Offiziersmesse der *Gamble* hörte er ein leises Kichern.

Alex kam herein und setzte sich zu ihm.

»Ich leite hier keine Kampfeinheit«, stöhnte Sten. »Das ist der reinste Konfirmandenunterricht!«

»Armer Kerl«, tröstete ihn Alex. »Als nächstes denkt er noch über die Regeln des Krieges nach. Vielleicht kann ich dich ja ein wenig aufmuntern, mein Freund, und noch einmal die Geschichte von den gefleckten Schlangen erzählen.«

Sten grinste. »Ich laß dich kielholen, Alex. Wenn ich einen Kiel hätte. Komm schon, bringen wir unsere Pfadfinder ins Bett.«

Sekka hatte die Befehle befolgt und war abgeflogen. Sein Einsatzplan hatte perfekt funktioniert – und diese Perfektion schmeckte wie Asche. Er hatte die *Kelly* bei Nacht und im Schutz eines Gewitters in die Atmosphäre gebracht, weit hinter dem Horizont und über dem Ozean. Unter Wasser war er mit seinem Einsatzschiff bis in die Flußmündung und dann vorsichtig flußaufwärts vorgestoßen und hatte es schließlich direkt neben dem Stützpunkt der Tahn auf Grund gesetzt. Die Tahn dachten nicht im Traum daran, das Meer oder den Fluß zu überwachen, da sich der Planet noch in einem sehr frühen Stadium der Evolution befand.

Sekkas Besatzung war ebenso verstimmt und still wie er selbst.

Sekka war zu dem Schluß gekommen, daß das, was ihm befohlen worden war, falsch war, doch er würde es so perfekt wie nur irgend möglich ausführen. Er erinnerte sich an seine Ausbildungszeit und daran, daß eine Armee ungefähr eine Stunde nach dem Morgengrauen am verwundbarsten ist. Selbst wenn die Einheit Abend- und Morgenappelle praktizierte, eine Stunde später sind alle mit ihrem persönlichen Kram beschäftigt, mit Waschen, Frühstück und damit, den Unteroffizieren, die auf Dreckpatrouille gingen, nicht in die Arme zu laufen.

Genau zum anvisierten Zeitpunkt ließ er die *Kelly* auftauchen und raste mit auf Vollschub arbeitenden Yukawa-Triebwerken in einer Zickzack-Route über das Areal des Hauptquartiers. Er hatte den Bordcomputer auf Konturkurs in vier Metern Höhe eingestellt.

Als er die Vorposten hinter sich gelassen hatte, befahl er den Mannschaften an den zusätzlichen Schnellfeuerkanonen, das Feuer zu eröffnen. Den Y-Werfer löste er höchstpersönlich aus und sah die kleinen Atombomben Hunderte von Metern durch die Luft wirbeln, bevor sie sich in weitem Bogen auf den Erdboden senkten. Wenn sie aufschlugen und detonierten, würde er schon viele Kilometer weg sein.

Sekka hatte sämtliche Heckbildschirme ausschalten lassen. Er war ein Mörder. Womöglich hatte Commander Sten recht, und *alle* Krieger waren Mörder. Er mußte jedoch nicht auch noch ein Zeuge seines Tuns sein.

Der Angriff dieses einzelnen, kleinen Schiffs dauerte zwanzig Minuten. Am Ende, als die *Kelly* sich wieder ins All erhob und auf AM_2-Antrieb umschaltete, war ein Divisionshauptquartier total vernichtet und das zweite hatte vierzig Prozent Verluste erlitten. Von den 25.000 Tahn-Soldaten waren fast 11.000 tot oder schwer verwundet. Beide Divisionen existierten als Kampfverbände nicht mehr.

Lieutenant Sekka lehnte die vorgeschlagene Medaille ab, bat um einen Kurzurlaub von drei Tagen und blieb die ganze Zeit über unansprechbar auf Drogen und Alkohol.

Dann kümmerte er sich um seinen Kater, rasierte sich, duschte und erschien pünktlich zum Dienst.

Sh'aarl't hatte ebenfalls ein hervorragendes Ziel ausfindig gemacht. Das Problem bestand darin, daß sie nicht genau wußte, wie sie es vernichten konnte, ohne dabei selbst draufzugehen.

Es handelte sich um ein Waffendepot der Tahn. Die Tahn hatten ein weites, von Klippen umringtes Tal gefunden, den Rand des Tals mit Luftabwehrraketen und Lasern bestückt, ließen Patrouillenboote darüber kreisen und hatten knapp außerhalb der Atmosphäre einen bewaffneten Satelliten in einer synchronisierten Umlaufbahn installiert. Daß der Planet – Oragent – unter einer fast komplett geschlossenen Wolkendecke verborgen lag, machte die Situation auch nicht gerade besser.

Sh'aarl't hatte einige Versorgungsschiffe der Tahn zu diesem

Planeten verfolgt und ihren ungefähren Landungspunkt berechnet. Da es sich nur bei den wenigsten Schiffen, die Oragent anflogen oder verließen, um Kampfschiffe handelte, vermutete sie recht bald, daß es sich hier um ein Nachschublager handeln mußte.

Um die Vermutungen etwas weiter einzuschränken, verfolgte sie ein einzelnes Schiff ohne Eskorte, stellte es und schickte eine einzige Rakete los, die so sorgfältig ins Ziel lanciert wurde, daß sie nur die Triebwerkseinheit des Schiffs abtrennte. Sh'aarl't plante, das Schiff anschließend mit Fox-Raketen auseinanderzunehmen, bis sie herausfand, was es geladen hatte.

Doch nachdem der erste Sprengkopf explodiert war, löste sich das gesamte Tahn-Schiff in einer gewaltigen Detonation auf.

»Wir dürfen jetzt davon ausgehen«, sagte Sh'aarl't zu ihrem Waffenoffizier, »daß die Barke keine Rationen mit sich führte.«

»Da bin ich mir nicht so sicher, Madam. Die Tahn essen immer ziemlich scharf.«

»Schlechter Witz, Mister. Aber da Sie heute besonders helle zu sein scheinen: wie kommen wir unbemerkt in dieses Waffendepot hinein?«

Eine gute Frage. Wollte man mit einem bemannten Landeunternehmen herausfinden, was sich unter diesen Wolken tat, konnte die Sache rasch zum Himmelfahrtskommando werden. Jede andere Informationsbeschaffung mußte erfolgen, ohne daß die Tahn Verdacht schöpften.

Sh'aarl't landete die *Claggett* auf einem von Oragents Monden und dachte über das Problem nach.

Der erste Schritt bestand darin, eine starre Kamera mit einer sehr langen Brennweite aufzubauen. Infrarottechnik und Computerunterstützung trugen ihren Teil dazu bei. Jetzt konnte sie das beinahe kreisrunde Areal des Depots erkennen. Sie glich einige Laser-Entfernungsmessungen miteinander ab und erhielt genug Informationen, um herauszufinden, daß sich das Depot in einer Talsenke befand. Eine Serie von zeitlich versetzten Infrarotaufnahmen zeigte außerdem einige Punkte mit Wärmeausstrahlung auf einer bestimmten Stelle des Talbodens – wahrscheinlich das Flugfeld – und gelegentliches Flackern an den Felswänden. Höchstwahrscheinlich Luftabwehr-Laser.

An diesem Punkt kehrte sie nach Romney zurück und hielt mit Sten und Kilgour Rücksprache.

Es war ziemlich leicht zu entscheiden, was *auf keinen Fall* getan werden konnte. Einfach eine Rakete in das Depot fallenzulassen, war wohl nicht sehr aussichtsreich. Selbst eine Kali mit Mehrfachsprengkopf – und niemand war sicher, ob die Rakete auf diese Weise modifiziert werden konnte – würde kaum an dem Satelliten vorbeikommen, ganz zu schweigen von den Laserbatterien.

Womöglich hätte ein Schiff der *Weasel*-Klasse die Zielerfassungssysteme lange genug ablenken können, doch auch die *Weasels* gehörten zu den Fahrzeugen, die der 23. Flotte seit dem Empire Day nicht mehr zur Verfügung standen.

»Das Problem besteht schlicht und ergreifend darin«, meinte Sh'aarl't, »daß wir dort nicht hineinkommen.«

»Da muß ich dich korrigieren, Mädel«, widersprach ihr Alex. »Es gibt keinen High-Tech-Weg hinein. Und ich vermute mal, daß die Tahn nicht anders denken als du.«

Sten hatte Alex' Andeutung sofort verstanden. »Vielleicht«, sagte er skeptisch. »Aber ich glaube nicht, daß uns van Doorman auch nur einen einzigen seiner Marines für ein Landungskommando ausleiht. Selbst wenn – glaubst du wirklich, daß sie zuverlässiger als der Rest seiner Leute sind?«

»Ich dachte nicht daran, mir diese Pfeifen auszuleihen, wenn zwei von uns die Sache allein erledigen können.«

»Zwei von uns?« knurrte Sh'aarl't. »Was heißt hier ›uns‹?«

»Na, ich dachte an den furchtlosen Commander Sten und mich, an wen denn sonst?«

»Ich gehe davon aus, daß das kein weiterer schlechter Scherz sein soll.«

»Keineswegs. Ich meine es absolut ernst.«

»Das ist doch Quatsch, Mr. Kilgour«, sagte Sh'aarl't. »Ihr zwei seid doch keine Supereinsatztruppe. Ich weiß zwar nicht, was du vorher gemacht hast, Kilgour, aber dein todesmutiger Commander war nur ein stinknormaler Gardeoffizier.«

Richtig. Diese Tarnung hatten sowohl Sten als auch Alex zur Verheimlichung ihrer Dienstzeit bei Mantis für die Dienstakte angegeben.

»Du zögerst doch nicht etwa, Commander? Überlegst du dir, ob du's nochmal mit einem alten Schwachkopf wie mir wagen sollst? Oder bist du selbst 'n bißchen abgeschlafft? Mir ist aufgefallen, daß du in letzter Zeit ein kleines Bäuchlein angesetzt hast.«

Für Sh'aarl't war das eindeutig ein Fall von Insubordination. Sie wartete auf das Donnerwetter. Statt dessen machte Sten einen betroffenen Eindruck.

»Ich werde nicht fett, Kilgour.«

»Bestimmt nicht, alter Junge. Dein Overall fällt nur etwas unvorteilhaft.«

»Ihr beide meint das doch nicht etwa ernst?«

»Vielleicht ist es die einzige Möglichkeit«, antwortete Sten. »Du weißt doch, daß es in den Imperialen Vorschriften einen Artikel gibt, der besagt, daß ein Offizier die Pflicht hat, seinem Commander die Befehlsgewalt zu entziehen, und zwar, ich zitiere, ›bei schwerer Verwundung, bei Unfähigkeit, den befohlenen Auftrag auszuführen, oder‹ – ich betone hier besonders deutlich – ›bei geistigen Beeinträchtigungen‹, Ende des Zitats.«

»Und wer will das in dieser Flotte der Verdammten, Verlorenen, Verrückten und Durchgeknallten beurteilen, Lieutenant?«

»Na schön. Ich versuche es noch einmal. Zwei Infanteristen können unmöglich ein gesamtes Waffendepot vernichten. Das gibt es nur in den Livies.«

Sten und Alex blickten einander an. Ein blödes Waffendepot? Es gab so manches Sonnensystem, dessen Regierung dank einer Handvoll Mantisagenten diesbezüglich sehr schnell hatte umdenken müssen.

»Alex, ich gehe davon aus, daß du dir noch ein wenig mehr überlegt hast, als hineinzugehen und alles zu Klump zu hauen«, sagte Sten.

»Soweit bin ich noch nicht gekommen«, gab Alex zu. »Aber mir fällt da schon was ein.«

»Nicht nötig, Mr. Kilgour. Mir ist da ein Gedanke gekommen.«

»Wenn ich jetzt darüber nachdenke, sitzen wir wohl ziemlich im Dreck.«

»Wenn Sie auf Ihrem Weg hinaus Foss bitten könnten, seinen Hintern hierher zu bewegen, Mr. Kilgour?«

Sh'aarl't blickte sie prüfend an. Sie war nicht dumm. »Äußerst interessant«, bemerkte sie. »Entweder seid ihr beide durchgedreht, oder jemand hat mich angelogen.«

»Wie bitte?«

»Ich erinnere mich daran, daß mir einmal jemand erzählt hat, wenn gewisse Leute von den Imperialen Schnüfflern aufgegabelt werden, lassen sie zuallererst ihre Dienstakte frisieren. Wie stehst du heute dazu?«

»Tolle Geschichte, Sh'aarl't. Darüber müssen wir uns irgendwann unbedingt näher unterhalten. Also, Mr. Kilgour? Die Zeit läuft.«

Der Ausgangspunkt von Stens Plan mochte zwar unbestritten Low Tech sein, die Methode des Angriffs war jedoch ausgesprochen modern. Oder vielleicht auch antitechnisch.

Wahrscheinlich hätte Sten auch dann nicht gewußt, was ein Knallfrosch war, wenn er in seiner Luftschleuse explodiert wäre; doch wie schon Hamlet hoffte er, daß es ein großer Spaß sein müßte, wenn der Feind den eigenen Ränken zum Opfer fiel.

Die mögliche Lösung lag in den hyperausgeklügelten Systemen der Feuerleit- und Luftabwehrsysteme auf Oragent.

Die Tage der mutigen, adleräugigen Kanoniere, die hinter ihren Waffen sitzend das Feuer auf die angreifende feindliche Luftwaffe eröffneten, gehörten schon lange der Vergangenheit an. Raketenabschußrampen oder Laserblasts wurden per Fernbedienung von einem zentralen Kontrollzentrum aus gesteuert. Diese Zentrale, von der Sten annahm, daß sie von der Talmitte aus operierte, mußte über ständige Informationen über den Luftverkehr verfügen; die laufend aktualisierten Berichte wurden über Radar, den Orbitalsatelliten sowie andere Sensoren zu Lande und in der Luft eingespeist.

Drang nun etwas in den überwachten Luftraum ein, traf das Feuerleitsystem eine Einschätzung, alarmierte falls nötig das Luftabwehrsystem, ordnete die Ziele den unterschiedlichen Waffen zu und eröffnete das Feuer.

Sollte das Zentrum zerstört werden, verfügten die einzelnen Abwehrwaffen wahrscheinlich nicht über die Möglichkeit der manuellen Bedienung. Falls doch, bestand eine solche Mannschaft im Höchstfall aus einem oder zwei Kanonieren, mit Sicherheit aus einer Handvoll Service-Techs und vielleicht einigen Wachen für die Sicherung am Boden.

Da die Waffen per Fernbedienung ausgerichtet und abgefeuert wurden, war bei ihrer Aufstellung nicht nur die möglichst exakte geographische Lage zu berücksichtigen. Es war ebenso notwendig, jeder Kanone eine Tabuzone einzuprogrammieren, die es einer Kanone beispielsweise unmöglich machte, auf die andere Talseite zu feuern, wenn in ihrer Schußbahn eine andere Kanone stand – ganz egal, wie sich ein Angreifer aus der Luft verhalten mochte.

Sten schlug vor, dieses Muster abzuändern.

Ein lokales Feuerleitsystem zu manipulieren war, laut Foss, so einfach, wie bei einer von Kilgours Geschichten einzuschlafen. Das Problem bestand eher darin, sich vor Ort einzuklinken.

Glücklicherweise waren nicht alle Tahn-Schiffe, die am Empire Day auf Cavite abgeschossen wurden, völlig zerstört worden. Sten und Foss wühlten sich durch den Schrott und untersuchten vorsichtig sämtliche Verbindungen, die die Tahn benutzten. Sie untersuchten auch die verlassenen Waffensysteme auf Romney, da Sten annahm, daß sie aus Tahn-Quellen stammten.

Glücklicherweise gab es nicht mehr als ein Dutzend Möglichkeiten. Foss ging außerdem davon aus, daß sich die Waffenkontrollsysteme der Tahn nicht allzu grundlegend von denen des Imperiums unterschieden.

Das entscheidende Gerät, von Foss als das »teuflische Dingsbums« bezeichnet, bestand aus einer Kontrollbox in der gleichen Farbe wie die Elektronikboxen aus den abgeschossenen Raumschiffen, vielen herausbaumelnden Kabeln und einer separaten Stromversorgung. Das alles paßte in zwei Rucksäcke und wog nicht mehr als jeweils fünfundzwanzig Kilo.

Sutton trieb in einem Lagerhaus zwei komplette phototronische Mantis-Tarnanzüge auf, die Sten und Alex einigermaßen paßten. Ein Kampfgleiter wurde mit einer radarabweisenden Beschichtung und einer Abschirmung gegen sonstige Sensoren versehen. Nichts davon bot einen perfekten Schutz, doch Sten ging von Alex' ursprünglicher Annahme aus, daß die Tahn von dieser Seite ohnehin keinen Angriff erwarteten. Jedenfalls hoffte er das.

Sh'aarl't bestand darauf, den Einsatz mit der *Claggett* zu begleiten. Sie hatte das Ziel gefunden, und auch wenn sie den Angriff nicht selbst anführte, blieb es noch immer ihr Nest voller goldener Eier. Sten wußte nicht, ob ihre gesträubten Körperhaare anzeigten, daß sie wütend, besorgt oder nur davon überzeugt war, daß ihr befehlshabender Offizier verrückt geworden war.

Sie brachte die *Claggett* auf der dem Satelliten abgewandten Seite des Planeten in die Atmosphäre, flog dann dicht über dem Boden auf das Zielgebiet zu, bis die Sensoren des Einsatzschiffs die Signale des Tahn-Depots auffingen. Wieder einmal verließ sie sich auf die Überlegenheit der Imperialen Sensoren.

Sten und Alex luden ihre Ausrüstung aus und bugsierten den Kampfgleiter aus der unter der *Claggett* befestigten Frachtkapsel. Nach zwei Planetentagen würde Sh'aarl't sie an der gleichen Stelle wieder abholen.

Sh'aarl't winkte traurig mit einer Kieferzange, dann schloß sie die Schleuse mit einem leisen Zischen, und die *Claggett* fegte davon.

Sten und Alex kletterten in den Gleiter und glitten sehr langsam, kaum einen Meter über dem Boden, auf das Waffendepot zu. Ihr Kurs war nicht als direkte Linie angelegt, sondern verlief eher im Zickzack zur Talsenke hin. Falls ihr Kampfgleiter als unbekanntes Objekt auf den Schirmen der Tahn auftauchte, wirkte ein weniger eindeutiger Kurs womöglich weniger bedrohlich.

Beide Männer waren nur leicht bewaffnet; wenn es wirklich hart auf hart kam, bestand ihr einziger Plan darin, wild um sich zu feuern und dann wegzutauchen.

Sie trugen vier Miniwillyguns und vier Bestergranaten. Beide hatten ihre Kukris dabei – die gekrümmten Kampfmesser, die sie während ihrer Dienstzeit bei den Gurkhas beherrschen und schätzen gelernt hatten. Außerdem hatte Sten noch sein eigenes kleines Messer, das in der Scheide unter der Haut seines Unterarms verborgen war.

Ungefähr zehn Kilometer vor dem Taleingang landete Sten den Kampfgleiter und wartete auf die Dunkelheit. Der Bergring, der das Tal einschloß, lag im Dämmerlicht vor ihnen. Der Blick durch das Fernglas erinnerte an den Krater eines erloschenen Vulkans. Mit Sicherheit waren die Hänge an der Innenseite sehr steil. Auch das war für sie eher von Vorteil; niemand erwartete von dieser Seite her Besucher.

Als es völlig dunkel geworden war, bewegte Sten den Gleiter wieder vorwärts, bis sie am Fuß der Felswand angekommen waren. Sie zogen sich Kapuzen über, deren Brillen mit Restlichtverstärkern ausgestattet waren, schulterten die Rucksäcke und machten sich an den Aufstieg.

Die Kletterei war ziemlich anstrengend, doch wenigstens mußten sie nicht mit Seilen arbeiten. Das größte Problem stellte das lose Geröll dar. Bei einem Fehltritt würden sie nicht nur ein ganzes Stück zurückrutschen, sondern womöglich auch irgendwelche Alarmvorrichtungen auslösen. Ihre Aufstiegsroute führte sie zu einer Laserkanone in der Nähe der Einmündung der Schlucht hinauf.

Es schien ganz so, als hätte sich Kilgour mit seinen taktischen Überlegungen nicht getäuscht. Niemand hielt nach ein paar dummen Soldaten Ausschau, die von dieser Seite und dann auch noch zu Fuß einen Angriff wagten.

Der erste Alarm war völlig primitiv: ein einfacher Unterbrecherstrahl, einen Meter über dem Boden angebracht. Kleinere Lebewesen, falls es sie auf diesem Planeten gab, konnten leicht darunter hindurch, ohne die Wachen in ihrer Ruhe zu stören.

Sten und Alex verwandelten sich in kleinere Lebewesen und taten das gleiche.

Die zweite Verteidigungslinie zu umgehen hätte wahrscheinlich etwas mehr Zeit in Anspruch genommen. Sie bestand aus einer Reihe kleiner, halbkugeliger Sensoren, die höchstwahrscheinlich darauf angelegt waren, Eindringlinge mit bestimmten körperlichen Eigenschaften wahrzunehmen; man konnte sie so einstellen, daß sie sich auf eine bestimmte Größe, eine bestimmte Körpertemperatur oder sogar auf leichte Bodenerschütterungen aufgrund eines bestimmten Körpergewichts konzentrierten. Kilgour war dabei, die Sensoren mit einem Standardgerät von Mantis, einer Bluebox namens »Lautloser Schlag« auszuschalten, als er feststellte, daß das System überhaupt nicht aktiviert war. Sie gingen jedoch auf Nummer Sicher, schließlich würden sie auf dem Rückweg vielleicht wieder hier vorbei kommen. Sten ließ das Messer aus seinem Arm gleiten, schnitt das Metallgehäuse des Zentralsensors auf und wühlte kräftig in seinen elektronischen Eingeweiden herum.

Bis jetzt verlief die Mission sehr nach Schema F; jeder Rekrut, der bei der Grundausbildung einigermaßen aufgepaßt hatte, konnte auf diesem Wege in das Gelände eindringen.

Als nächstes mußten mehrere Kontaktalarmdrähte folgen. Sie folgten auch, und die beiden Männer stiegen vorsichtig hindurch.

Sie schalteten die Stromversorgung ihrer Nachtsichtkapuzen aus, legten sich auf der anderen Seite des Drahtes auf den Bauch und sahen sich nach einer Wachstation um. Vor ihnen befand sich der Klippenrand, davor ragte der Umriß der Laserkanone in den Himmel, und neben der Kanone standen zwei kleine Transporter, in denen wohl die Mannschaften hausten.

Sten stellte sein Nachtsichtfernglas auf Passivmodus und suchte das Gelände ab; falls jemand ebenfalls mit einem solchen

Gerät umherspähte, würde er ihn zuerst wahrnehmen. Fehlanzeige. Er schaltete auf Aktivmodus.

Jetzt entdeckte er den Wachtposten. Er saß auf der Trittleiter vor einem der beiden Transporter; seine Projektilwaffe lehnte neben ihm an dem Fahrzeug, und seine Aufmerksamkeit konzentrierte sich auf den Bereich zwischen seinen Stiefeln.

Sten konnte Alex' Genugtuung nachempfinden. »Absolut kein Problem.« Sie stülpten ihre Kapuzen wieder über und glitten auf den Laser zu.

Kilgour fand die Verbindungskabel zur Feuerleitstelle und durchtrennte sie, nachdem er überprüft hatte, daß sie über keine Alarmvorrichtung verfügten. Dann durchsuchten sie die vielarmigen Verbindungsstücke ihrer Bluebox und hatten Glück. Eine von Foss' Verbindungen paßte genau.

Das neue Verbindungsstück wurde unter die Basisplatte der Kanone geschoben. Alex löste die Sperre an einem der externen Displays der Bluebox, woraufhin die Anzeige leicht aufglühte. Falls alles so verlief wie geplant, hatten sie grünes Licht und die Zündschnur des Knallfroschs brannte bereits.

Sten und Alex verschmolzen wieder mit der Nacht und robbten bergab zurück zu ihrem Kampfgleiter. Dabei wußte Sten, daß es so einfach nicht ablaufen konnte – riskante, heimliche Manöver dieser Güteklasse gingen nie so glatt über die Bühne, wie man es sich ausgedacht hatte.

Der nächste Schritt, nachdem sie die *Claggett* wieder aufgesammelt hatte, könnte ziemlich interessant werden.

Das Kommandodeck der *Claggett* war proppenvoll, denn sowohl Sten als auch Alex hatten darauf bestanden, die Resultate ihres tollkühnen Streichs – falls es überhaupt welche gab – mitanzusehen.

Sh'aarl't brachte ihr Schiff in einer genau kalkulierten Entfernung von den Satellitensensoren der Tahn in die Atmosphäre und setzte dann zum Sturzflug an.

Sie hofften, daß diese Aktion die Luftabwehrsysteme in volle Alarmbereitschaft versetzen mußte.

Dann schickte Sh'aarl't zwei ferngesteuerte Pilotvehikel los, die so modifiziert waren, daß ihr Sensor-Echo dem der Einsatzschiffe ähnelte. Sowohl Sh'aarl't als auch ihr Waffenoffizier trugen einen Kontrollhelm – der von Sh'aarl't sah eher wie eine Sicherheitsmaske in Form einer Acht aus, die dicht über ihren Augen saß – und dirigierten die Pilotvehikel auf direktem Weg in das Tal.

Vier Kilometer Entfernung ... Sh'aarl't murmelte: »Jetzt haben sie uns«, ... drei Kilometer ... jetzt befahl die Feuerleitstelle allen Zielverfolgungswaffen, das Feuer zu eröffnen.

Eine dieser Zielverfolgungswaffen war natürlich die Laserkanone, die Sten und Alex vermurkst hatten. Sie schwang nicht vom Tal weg, sondern auf sein Zentrum zu. Ihre Mündung senkte sich unbemerkt Richtung Talboden. Als die PVs nurmehr zwei Kilometer vom Tal entfernt waren, explodierten die Felswände in Flammen und violettem Licht, ebenso wie ein fünfundsiebzig Meter hohes und rund zweihundert Quadratkilometer Grundfläche bedeckendes Magazin voller Container mit Schiff-Schiff-Raketen. Ein Feuerball dehnte sich über die flache Landschaft, und zwei weitere Lager flogen in die Luft.

Die Feuerleitstelle kümmerte sich nicht darum, was innen im Tal passierte. Sie feuerte immer weiter. Ein PV wurde von zwei Laserstrahlen und drei Abwehrraketen getroffen. Es löste sich in nichts auf, und an Bord der *Claggett* fluchte Sh'aarl't und riß sich den Helm vom Kopf.

Einer der Computer des Feuerleitsystems meldete Fehlfunktionen bei einer der Laserkanonen und schaltete sie ab. Das wiederum löste die eigene Stromquelle der Bluebox aus, die ein zweites Programm aktivierte. Auf Schnellfeuer gestellt spuckte der Laser seine Energiestrahlen kreuz und quer über das ganze Tal.

Die Alarmsirenen in den Transportern neben der Kanone schrillten. Die Techs sprangen heraus und mußten mitansehen, wie die Kanone systematisch das zerstörte, was sie eigentlich schützen sollte.

Sie rannten zu den Überbrückungskontrollen, doch genau in diesem Moment krachte das zweite PV, das es fast bis zur Mündung des Tals geschafft hatte, als lodernder Feuerball gegen eine Felswand, und das gesamte Waffendepot flog in die Luft.

Sh'aarl't steuerte die kreischende *Claggett* bereits mit voller Kraft aus der Atmosphäre hinaus und in den Raum, die Augen immer wieder auf die Schirme gerichtet, ob die Tahn vielleicht irgend etwas hinter ihnen herschickten. Der Großteil ihrer Aufmerksamkeit richtete sich jedoch auf den Monitor, auf dem ein flammendes Inferno zu sehen war, hinter dem dicker Qualm den Horizont verdunkelte und fast bis an den Rand der Atmosphäre emporstieg.

Sten und Alex sahen einander an.

»Hat funktioniert«, sagte Sten überrascht.

»Klar. Hat schon jemals einer meiner Pläne nicht funktioniert?«

»Einer *deiner* Pläne?«

»Sehen wir die Sache nicht zu eng. Es war *unser* Plan.«

»Wahrscheinlich muß ich noch dankbar dafür sein«, sagte Sten resigniert, »daß er mir überhaupt einen gewissen Anteil daran zuspricht.«

Kapitel 51

Flottenadmiral Xavier Rijn van Doormans Schlachtplan war bereit zur Durchführung. Er hatte ihn »Operation Riposte« genannt. Sten wäre dazu wohl eher »Operation Letzter Seufzer« eingefallen, doch er wußte, daß es nicht sehr angebracht war, seine Helden derartig zu desillusionieren, bevor sie den Marsch ins finstere Tal des Todes antraten.

Selbst van Doorman klang bei der Einsatzbesprechung nicht gerade optimistisch.

Außer van Doorman waren sieben weitere Personen anwesend: Stens Intimfeind Commander Rey Halldor; vier Captains; zwei Lieutenants; und Sten. Die Captains waren Zerstörerkommandeure, die Lieutenants befehligten Minenräumer.

Van Doorman hatte die Anwesenden kurz einander vorgestellt und dann darum gebeten, daß nichts, was hier gesprochen wurde, außerhalb des Besprechungsraums bekannt wurde, unter keinen Umständen. Das war allein deshalb höchst verständlich, da das, was er zu sagen hatte, in höchstem Maße niederschmetternd war; ziemlich zutreffend zwar, aber trotzdem niederschmetternd.

Er fing damit an, daß die Tahn offensichtlich nur noch wenige Tage vor einem zweiten Invasionsversuch auf Cavite standen. Van Doorman gab unumwunden zu, daß die 23. Flotte nicht in der Lage war, einem solchen Versuch entgegenzutreten.

Einfach sitzenzubleiben und abzuwarten kam jedoch nicht in Frage.

Van Doormans Strategie war der von Sten nicht unähnlich; er wollte die Tahn sofort angreifen, jetzt, wo sie nicht damit rechneten. Es lag immerhin im Bereich des Möglichen, daß die Überreste der 23. Flotte die Tahn solange hinhalten konnten, bis das Imperium Cavite ersetzen und die Tahn nach und nach aus den Randwelten vertreiben würde.

Den Nachrichten zufolge, die Sten empfangen hatte, war das Imperium noch weit davon entfernt, derartige Aktionen durchzuführen.

Zumindest hatte van Doorman einen Plan, das mußte Sten zugeben. Überraschenderweise war er noch nicht einmal so schlecht – jedenfalls nicht während der Einsatzbesprechung.

»Ich schlage vor«, fing van Doorman an, »vier meiner Zerstörer einer von mir ›Task Force Halldor‹ genannten Hauptstreitmacht zuzuschlagen.« Er nickte dem Commander zu, der neben ihm stand. »Commander Halldor wird sämtliche Manöver der Schlacht befehligen. Commander Sten und seine taktische Division sind davon überzeugt, daß die Tahn Raumlandetruppen in folgenden Systemen zusammenziehen.« Ein Wandbild mit der direkten Umgebung von Cavite flammte auf. Vier Systeme waren besonders gekennzeichnet. »Die Tahn gehen kein Risiko ein. Sie bringen ihre Truppen- und Kampfschiffe in die Systeme, nutzen die Planetenbahnen als Deckung und halten sich auch sehr dicht an den Planetenoberflächen, wodurch sie noch besser getarnt sind. Obwohl sie schwere Eskorten für diese Konvois zusammenstellen, berichtet Commander Sten, daß die Eskorten der Konvois außerhalb der unmittelbaren Kriegszone nur sehr leicht sind. Genau hier setzt mein Plan ein, Gentlemen.«

Der Plan bestand darin, daß die Task Force außerhalb der Atmosphäre eines Planeten lauerte, der auf der Konvoi-Route lag. Dadurch müßte für genügend Radarmüll gesorgt sein, daß die Task Force nicht gleich von den nahenden Tahn-Eskorten geortet würde.

»Und das wird unsere Angriffsformation sein«, fuhr van Doorman fort.

301

Wieder leuchtete ein Bildschirm auf.

Die beiden Minensucher sollten sich vor den Zerstörern bewegen, die wiederum in Vierfinger-Formation im Raum standen. Van Doorman gab zu, daß das nicht die ideale Angriffsformation war, aber da er nur noch über sechs intakte Zerstörer verfügte, von denen er vier an die Task Force überstellt hatte, war er nicht willens, auch nur einen von ihnen im Minenfeld der Tahn zu verlieren.

Stens Einsatzschiffe sollten den Zerstörern Flankenschutz geben. Van Doorman hoffte, die Task Force könne den Schutzschirm der Eskorte durchbrechen, bevor sie entdeckt wurde.

»Mit etwas Glück wird das der Fall sein«, sagte er. »Dann besteht Ihre zusätzliche Aufgabe, Commander Sten, darin, Alarm zu schlagen, wenn die Tahn-Schiffe tatsächlich angreifen.«

Zumindest hatte er ihm nicht befohlen, die Tahn aufzuhalten, dachte Sten. Ein Tahn-Zerstörer konnte sein kleines Einsatzschiffchen ohne mit der Wimper zu zucken mit seiner sekundären Bewaffnung wegputzen. Noch schwerere Schiffe … Sten hatte keine Lust, sich derartige Duelle näher auszumalen.

Die Zerstörer erhielten Befehl, sich auf die Transporter zu stürzen und Auseinandersetzungen mit Kampfschiffen zu vermeiden.

»Stürzt euch auf sie«, sagte van Doorman, wobei sich ein ungewohnter Ton von Erregung in seine Befehlsstimme schlich. »Wie ein Xypaca im Hühnerstall.«

Die Zerstörer sollten zwei Angriffe auf den Konvoi fliegen und sich dann zurückziehen. Anschließend sollten sich Stens Schiffe um naheliegende Ziele kümmern, bevor sie ebenfalls den Rückzug antraten. Sten erhielt den Auftrag, den Rückzugskurs der Zerstörer zu berechnen und beim eigenen Rückzug diesen Kurs zu meiden, da die Minenleger auf diesem Muster ihre Eier auslegen würden.

»Schließlich werde ich eine AE vom Kampfgebiet entfernt mit der *Swampscott* warten, um den Rückzug zu decken. Ich würde es vorziehen, am Angriff selbst teilzunehmen, doch die *Swampscott* –« An dieser Stelle unterbrach er sich. Sten beendete den Satz in Gedanken: ›würde über ihre eigenen Füße fallen; war noch nie in eine Kampfhandlung der Flotte verwickelt; hat zuviel Spinnen in den Torpedorohren; könnte eventuell in die Luft fliegen, wenn man auf sie schießt.‹ Zumindest konnte niemand sagen, daß es van Doorman an Mut fehlte.

Van Doorman beendete die Besprechung und verteilte Fiches mit seinen Einsatzbefehlen. Dann ging er noch einmal, sehr bewegt, in Habachtstellung und salutierte vor seinen Offizieren.

»Eine gute Jagd«, sagte er. »Auf daß Sie mit viel Beute zurückkommen.«

Beute. Wer hier Jäger und wer Gejagter war, das würde sich erst herausstellen, dachte Sten.

Er hielt Halldor im Korridor auf. »Wie planen Sie bei Ihrem Angriff vorzugehen?« fing er recht diplomatisch ein Gespräch an.

»Ich werde Ihre Division von meinen Absichten zu gegebener Zeit unterrichten«, entgegnete Halldor unterkühlt.

›Großartig‹, dachte Sten. Brijit liegt in Morrisons Armen, wir beide stehen als Verlierer da, und du kannst einfach nicht mit dem Unsinn aufhören. »Das war nicht genau meine Frage«, fuhr er fort. »Da meine Schiffe Sie dort draußen flankieren sollen und Sie wahrscheinlich Ihre Raketen in alle Richtungen abfeuern, möchte ich sichergehen, daß keiner meiner Leute Ihren Sprengköpfen in die Quere kommt.«

Halldor überlegte. »Sie können ja Ihre IFFs anschalten, wenn es losgeht … ich lasse Ihr Muster den Raketen einprogrammieren.«

303

»Das klappt nicht, Commander. Wir sind schon zerbrechlich genug, wenn die großen Jungs loslegen. Wenn wir auch noch eine Fackel vor uns hertragen, macht uns das nicht gerade unsichtbarer. Vielleicht könnten Sie einen Größenfilter eingeben, damit die Raketen nicht mit uns Winzlingen Fangen spielen wollen.«

Halldor musterte Sten von oben bis unten. »Sie sind sehr vorsichtig, Commander.«

›Stichel, stichel, stichel, Commander. Wie wäre es mit einem Stich ins Auge?‹ Sten lächelte ihn an. »Nicht vorsichtig, Commander. Nur feige.«

Er salutierte und machte sich auf den Weg, um seinen Leuten die Neuigkeiten zu überbringen.

Die Schlacht über dem Planeten Badung hätte ohne weiteres in die Annalen der Imperialen Geschichte und als klassische Moskitoaktion in die Ausbildungsprogramme der Flotte eingehen können.

Doch das geschah nicht.

Als er einen seiner Generäle mit einem Marschallstab auszeichnen wollte, sagte Napoleon angeblich nach der Auflistung der Siege des Mannes: »Zum Teufel mit seinen Qualifikationen! Hat der Mann Glück?«

Was auch immer van Doormans übrige Attribute waren – mit Glück war er jedenfalls nicht gesegnet.

Die Schlacht nahm einen glücklichen Anfang. Die Task Force konnte sich ohne entdeckt zu werden dicht bei Badung auf die Lauer legen.

Der Konvoi der Tahn tauchte auf – fünf fette, zufriedene Transporter, begleitet von sechs Zerstörern, einem Kreuzer und etlichen leichten Patrouillenbooten.

Halldor gab den Befehl zum Angriff.

Von da an lief alles schief.

Halldors eigener Zerstörer wurde von etwas – einer Mine, Raummüll, man brachte es nie in Erfahrung – im Gefechtsstand getroffen und durchlöchert. Er verlagerte das Kommando auf einen zweiten Zerstörer, während sein eigenes Schiff sich fußlahm in den Schutz der *Swampscott* schleppte. Die drei anderen Zerstörer führten den Angriff fort.

Sten zuckte zusammen, als er auf den Hauptschirm der *Gamble* blickte. Er brauchte nicht auf den Schlachtcomputer zu warten, um zu wissen, was passiert war und was gleich passieren – oder in diesem Fall: nicht passieren – würde.

Die drei Zerstörer schossen ihre Schiffskiller aus extrem großer Entfernung ab. Dafür gab es vielerlei Gründe; mit Ausnahme von Stens Leuten hatte kaum jemand von der 23. Flotte echte Kampferfahrung. In Friedenszeiten durften sie vielleicht einmal im Jahr eine Rakete mit scharfem Sprengkopf abfeuern, und trotz aller Beteuerungen der Hersteller waren die Simulatoren nicht in der Lage, lebensecht zu simulieren.

Ein weiterer Grund mochte in den Gerüchten über die Abwehrraketen der Tahn liegen. Angeblich hatten sie schwerere Sprengköpfe, bessere Fernlenkung und eine Geschwindigkeit, die es mit weitaus größeren Kriegsschiffen aufnehmen konnte. Keine dieser Geschichten entsprach der Wahrheit; trotzdem waren diese Tahn-Schiffskiller sehr, sehr schnell. Die Tahn-Schiffe waren deshalb so tödlich, weil ihre Besatzungen jahrelang sorgfältig ausgebildet worden waren, bevor der Krieg ausbrach.

Ein dritter Grund war ein Gerücht, das sich rasch ausgebreitet hatte und besagte, daß etwas mit den Imperialen Raketensprengköpfen nicht stimmte. Sie flögen nicht dorthin, wohin sie fliegen sollten, sie richteten sich nicht nach den einprogrammierten Mustern, und sie explodierten weder zum richtigen Zeitpunkt noch am richtigen Ort. Dieses Gerücht entsprach absolut der Wahrheit.

Deshalb fegten die drei Imperialen Zerstörer auch nur bis auf halbe Strecke durch den Tahn-Konvoi, bevor sie ihre Aktion abbrachen. Einige Sekunden später wurde der zweite Zerstörer getroffen und vernichtet. Im nachfolgenden Bericht wurde behauptet, der Zerstörer sei von einer Anti-Schiffs-Rakete des Kreuzers getroffen worden. Sten, der dichter am Geschehen war, hatte jedoch das Aufblitzen einer Kurzstreckenrakete gesehen, die von einem der Transporter abgeschossen wurde. Offensichtlich hatte die EAS-Crew des Imperialen Zerstörers nicht aufgepaßt, oder sie war nicht schnell genug, um das Ziel zu erfassen.

Jedenfalls waren zwei Schiffe weg.

Die verbliebenen beiden Zerstörer gingen auf volle Kraft – und setzten sich ab. Während sie sich unter den nur unvollständigen Schutzschirm, den die *Swampscott* liefern konnte, zurückzogen, feuerten sie jeweils drei Raketen ab, von denen keine einzige mit Zielprogrammierung versehen war, soweit Stens Einsatzschiffe das beurteilen konnten.

Später berichteten die Zerstörer von angeblichen Treffern. Ihren Berichten zufolge wurde ein Zerstörer der Tahn vernichtet, der Kreuzer ernsthaft getroffen, zwei Transporter zerstört und ein weiterer Tahn-Zerstörer leicht getroffen. Sechs Schüsse, fünf Treffer.

Leider entsprach keine dieser Behauptungen der Wahrheit.

Dabei log keiner der Imperialen Offiziere oder Raumfahrer, die die Treffer bezeugten; sie sahen explodierende Raketen auf ihren Schirmen, in der Nähe oder jedenfalls ziemlich nahe an den Radarpunkten der Tahn-Schiffe, und sie nahmen das beste Ergebnis an. So lief es meistens bei einer Schlacht. Die Leute sahen immer das, was sie sehen wollten.

Es gab jedoch nur einen einzigen Treffer.

Vielleicht hatte Halldor vergessen, den Befehl zu geben, einen Größenfilter in die Raketenprogrammierung einzubauen, obwohl er das abstritt. Vielleicht hatte auch die Rakete selbst ihr Programm verloren.

Aber diese eine Rakete traf ihr Ziel, die *Kelly*, voll mittschiffs.

Lieutenant Lamine Sekka, Krieger seit 200 Generationen, starb mit seiner Mannschaft, bevor er seinen Speer in Blut tauchen konnte, zusammen mit zwei Offizieren und neun Mannschaftsdienstgraden.

Mit diesem einen, grellen Blitz verlor Sten gleichzeitig ein Viertel seines Kommandos.

Kapitel 52

Die Rückkehr nach Cavite war ein Trauerzug. Nicht nur war die Task Force, wie Sten wußte, am Boden zerstört, sondern auch seine Besatzungen waren noch immer schockiert. Der Dienst bei den Einsatzschiffen ähnelte durchaus dem der Mantis-Teams: normalerweise gab es nur sehr wenig Verluste, da es sich um Spezialisten handelte, die sich stets fern vom großen Gemetzel bewegten. Doch es erwischte immer wieder mal einen, und immer, wenn das geschah, kamen nur sehr wenige Freunde zur Totenwache.

Die Task Force humpelte auch deshalb auf Schleichwegen nach Hause, weil nur wenige Augenblicke, nachdem die überlebenden Schiffe zur *Swampscott* zurückgekehrt waren und der Rückzug eingeleitet wurde, die *Swampy* eine ihrer betagten Antriebsröhren ins All hinausgeblasen hatte. Letztendlich mußten die Einsatzschiffe und die Zerstörer den Kreuzer nach Cavite zurückeskortieren.

Zu ihrer großen Überraschung quoll Cavite vor Raumschiffen fast über. Riesige Schiffe – Transporter, Landungsschiffe, Kampfgeschwader – schwirrten überall umher und besetzten die Landeflächen der 23. Flotte. Am äußersten Rand der Atmosphäre hingen zwei Schlachtschiffe.

Im ersten Augenblick dachte Sten, die Tahn hätten zum letzten Schlag ausgeholt und Cavite besetzt, während der Rest der 23. Flotte dem Konvoi aufgelauert hatte. Doch dann fing sein Computer an zu grummeln und identifizierte die Schiffe.

Es handelte sich um eine komplette Imperiale Flotte plus Lande- und Versorgungsschiffe für eine gesamte Gardedivision.

Sten und Alex wechselten einen Blick. Sie sagten nichts – Foss und seine Ohren konzentrierten sich auf das Kommandodeck. Doch ihre Gedanken glichen sich; vielleicht waren sie doch noch nicht ganz verloren. Womöglich entwickelte sich dieser Krieg doch nicht so mies, wie sie mittlerweile annehmen mußten. Mit dieser Verstärkung war es ihnen vielleicht möglich, die Tahn zumindest aufzuhalten.

Die schönste Überraschung war natürlich die Tatsache, daß es sich um die 1. Gardedivision handelte, die wahrscheinlich beste Einheit der Imperialen Elitetruppen. Sie wurde von General Mahoney kommandiert, Stens und Alex' altem Boß bei Mantis.

Sie landeten und befahlen Sutton und den Bodencrews, die drei Schiffe aufzutanken sowie Verpflegung und Waffen zum sofortigen Abflug nachzufassen. Kilgour fügte noch eine Ergänzung hinzu. Bodencrews fühlten sich immer ebenso als Teil des Schiffs, dem sie zugeteilt waren, wie die Besatzung an Bord. Alex wußte, daß das Wartungsteam der *Kelly* nicht nur schockiert war, sondern die Techs sich auch fragten, ob etwas, das sie vielleicht zu schnell oder nicht exakt genug getan hatten, zur Vernichtung des Schiffes beigetragen hatte. Die Bodencrew der *Kelly* wurde momentan von ihren Aufgaben entbunden und erhielt sechs Stunden Freizeit.

Im zerstörten Cavite-City konnte man mit Freizeit nicht allzuviel anfangen. Große Teile der Stadt, die noch immer von Tahn-Siedlern besetzt waren, betrat man am besten nicht oder nur mit einem gepanzerten A-Grav-Gleiter. Die Hälfte der Läden, die Imperialen Händlern gehört hatten, waren geplündert oder ausgebrannt, ihre Besitzer geflohen.

Der Preis für eine Passage auf einem der Handelsschiffe, die verwegen genug waren, Cavite anzufliegen – und geschickt genug, den Tahn-Patrouillen auszuweichen –, wurde ganz einfach festgelegt: wieviel kannst du flüssig machen? Nur die wirklich Reichen ergatterten ein Eckchen in einem stinkenden Frachtraum.

Sten fertigte seinen sofortigen Nach-Bericht an. Dann machten er und Kilgour sich frisch, legten ihre am wenigsten strapazierten Overalls an und fragten sich zum Hauptquartier der Garde durch.

Sie fanden General Mahoney in einem unbeschreiblichen Durcheinander von Untergebenen vor. Das Divisionshauptquartier war in einer Handvoll gepanzerter Transporter errichtet worden, ungefähr einen halben Kilometer vom Landefeld entfernt. Sten fragte sich, weshalb Mahoney nicht von seinem Kommandoschiff aus arbeitete.

Mahoney sah die beiden vor seinem persönlichen Transporter stehen. Vier Gesten in Zeichensprache: Wartet noch einen Moment. Zehn Minuten. Ich stecke bis zum Hals im Dreck.

Es dauerte noch zwanzig Minuten, bis der letzte Offizier seine

Befehle erhalten hatte und davoneilte. Dann brachte Mahoney sie auf Vordermann.

Trotz der Überraschung und dem freudigen Wiedersehen gab es nichts, was dieses Ereignis krönte, informierte sie der General ziemlich düster.

»Schöne Flotte«, sagte er und zeigte auf den Bildschirm. »Wenn Sie den Anblick noch eine Weile bewundern möchten, müssen Sie sich beeilen, Gentlemen, denn sie wird höchstens noch vierzehn Stunden hier sein. Ich weiß nicht, wie man diese Art von Operation in der Offiziersschule nennt, aber ich nenne sie Abladen und Abhauen.«

»Gibt's denn einen Grund dafür?« erkundigte sich Alex. »Oder sorgt sich unsere Flotte nur darum, daß sie sich die Uniformen schmutzig machen könnte?«

»Und ob es einen verdammten Grund gibt«, sagte Mahoney. »Wenn ich nicht in … zwanzig Minuten eine Stabsbesprechung hätte, würde ich euch in die dreckigen Details einweihen. Ich versuche es jedoch im Schnelldurchlauf.

Zuallererst: das Imperium steht mit dem Rücken zur Wand. Sieht echt schlimm aus, Jungs. Ich nehme an, ihr habt euch Zugang zu van Doormans geheimen Lageberichten von der Erstwelt verschafft?«

Das hatten sie. Sten hatte van Doormans Computer angezapft, und Alex hatte sich mit einer einigermaßen hübschen Mitarbeiterin der Chiffrierabteilung der *Swampscott* angefreundet. Beides hatte zu den gleichen schrecklichen Informationen geführt.

»In Wirklichkeit sieht es sogar noch schlimmer aus«, sagte Mahoney. »Seht euch diese eindrucksvolle Flotte hier rings um euch an. Vielleicht seht ihr klarer, wenn ich euch sage, daß es die einzige noch halbwegs intakte Streitmacht in diesem Viertel der Galaxis ist!«

Sten blinzelte.

Mahoney lächelte eisig. »Die Tahn und alle ihre neuen Verbündeten, die es nicht erwarten können, rechtzeitig aufzuspringen, haben nicht viel ausgelassen. Zwei Dinge dürften euch interessieren: bis jetzt ist es uns nicht gelungen, auch nur eine einzige Offensive zu starten. Nicht gegen die Systeme der Tahn, und schon gar nicht, um einige der Systeme, die wir verloren haben, zurückzuerobern. Die Flotte hat meinen Transportern Deckung gegeben – und sobald wir ausgeladen haben, laden wir jeden Imperialen Siedler und seine Angehörigen auf, der schlau genug ist, sich evakuieren zu lassen. Dann bringt sich alles bis auf ein paar Kampfschiffe und Patrouillenboote in Sicherheit.«

Sten zog eine Grimasse.

»Es bleibt uns nicht viel anderes übrig«, sagte Mahoney. »Das Imperium kann seine Flotte nicht aufs Spiel setzen.«

»Es geht mich zwar nichts an, Sir, aber warum sind Sie eigentlich hier?« fragte Sten. »So wie es aussieht, geht die 1. Garde zusammen mit uns den Bach runter.«

»Dein befehlshabender Offizier kann einen wirklich aufmuntern«, sagte Mahoney zu Kilgour.

»Genau, Sir. Er befürchtet, wir könnten noch weiter absacken.«

»Na schön. Was ich jetzt sage, ist – genau wie alles andere, was ihr eben gehört habt – selbstverständlich streng vertraulich. Wir sollen Cavite halten. Früher oder später passiert das, was passieren muß. Dann braucht das Imperium einen Vorposten, von dem aus es zurückschlagen kann.«

»Welches Flachhirn hat sich denn das ausgedacht?«

»Dein Ex-Boß«, sagte Mahoney.

Sten hob beschwichtigend die Hände. Selbst wenn die Situation streng vertraulich war, hielt er es für keine kluge Idee, den

Ewigen Imperator zu beleidigen. »Tut mir leid, Sir. Aber ich glaube trotzdem nicht, daß es funktioniert.«

Obwohl sich außer ihnen niemand in dem Transporter aufhielt, senkte Mahoney die Stimme. »Ich auch nicht, Commander. Ich denke, daß der Imperator immer noch glaubt, er habe genug Zeit zum Herumspielen, weil wir früher oder später sowieso gewinnen. Er hat seine Chips auf früher gelegt.«

»Eine persönliche Frage, Sir. Wie denken Sie darüber?«

»Ich denke, daß ihr und ich und die Garde und van Doormans Flotte letztendlich wertvolle Märtyrerfiguren für die Rekrutenwerbung des Imperiums abgeben werden«, sagte Mahoney ohne Umschweife. »Andererseits kann es wirklich nicht mehr viel schlimmer kommen.«

Mahoney sollte sich täuschen.

Drei Stunden später, noch bevor die Flotte damit fertig war, Mahoneys Vorräte auszuladen, stießen zwei Zerstörer auf den Raumhafen von Cavite herab. Einer wurde von Abwehrraketen zerstört, der zweite wurde von einem der Schlachtschiffe in die Flucht geschlagen.

Doch der Flottenadmiral hatte eindeutige Befehle erhalten. Falls die Tahn auch nur den Versuch eines Angriffs durchführten, sollte er die Evakuierung abbrechen und sich sofort zurückziehen, ganz egal, wie weit die Mission auf Cavite vorangeschritten war.

Die Luken fauchten zu, die Imperiale Flotte hob sich jaulend in den Himmel und verschwand mit AM$_2$-Antrieb auf Nimmerwiedersehen; zurück blieben mehr als 7000 Imperiale Zivilisten.

Zwei Tage darauf regneten Tahn-Bomben auf Cavite herab. Das Invasionsbombardement hatte begonnen.

312

Kapitel 53

Der erste Angriff verlief erfolgreich. Zu erfolgreich.

Zunächst waren vierzig nichtnukleare Bomben von Tahn-Schiffen abgeworfen worden, die nur kurz in die oberen Regionen von Cavites Ionosphäre eingedrungen waren und dann sofort wieder beigedreht hatten. Alle Bomben waren auf ähnliche Ziele programmiert: Imperiale Funk- und/oder Computerzentralen. Einunddreißig von ihnen fanden ein Ziel oder detonierten nahe genug, um schweren Schaden anzurichten; sechs weitere setzten die Kommandozentralen für mindestens eine Stunde außer Gefecht; zwei wurden von einem sehr aufmerksamen Boden-Luft-Abwehrteam der Garde vernichtet und die letzte von einem Patrouillenboot abgeschossen.

Die Bomben mußten ferngelenkt worden sein. Mahoney und seinen hervorragend ausgebildeten Technikern der Garde blieben weniger als drei Stunden zur Anfertigung einer Analyse.

Konnten die Bomben per Fernsteuerung von »Piloten« an Bord der Tahn-Schiffe ins Ziel geflogen worden sein? Das war höchst unwahrscheinlich, denn nicht nur die ständigen Zentralen der 23. Flotte waren getroffen worden – darunter zwei Treffer in der lebenswichtigen internen Nachrichten-Koordinationsstelle –, sondern auch drei von Mahoneys halbmobilen Quartieren. Es war so gut wie unmöglich, daß ein menschlicher Pilot so blitzartig reagierte und das Antennenarsenal von einer herunterstürzenden Bombe aus nicht nur erkannte, sondern die Bombe auch noch schnell genug und zielsicher umlenkte.

Mahoney und seine EAS-Experten hatten außerdem keinerlei Übertragungen oder Verbindungen zu den Bomben feststellen können.

Van Doorman, dessen elektronisches Verständnis kaum soweit ging, daß er sich erklären konnte, auf welch wundersame Weise elektrischer Strom durch ein Kabel fließen und trotzdem Licht erzeugen konnte, gab eine eigene Theorie zum besten: die Tahn hatten eine Geheimwaffe entwickelt.

Es erstaunte niemanden, daß sämtliche Flottentechniker zum gleichen Ergebnis kamen. Sie wußten genau, auf welcher Seite ihre Computerkonsolen gebuttert waren.

Mahoney hörte sich die Theorie des Admirals höflich an, machte kleine, unverfängliche Geräusche und schaltete sein Funkgerät aus. Er hatte eine eigene Theorie entwickelt – und seine Teams waren bereits unterwegs.

Jede militärische Organisation ist ein Koloß, und das bezieht sich nicht nur auf die Kampfkraft, die sie bei Bedarf entfaltet. Dieser Koloß hält auch in seiner Trägheit an jedem Plan fest, der bereits ein- oder zweimal geklappt hat, bis der Beweis eindeutig erbracht ist, daß der Feind ihn durchschaut hat. Das wiederum resultiert zumeist in einigen Verlusten, die gelegentlich sogar erschreckend hoch sind, und manchmal zieht man sogar nicht einmal in diesem Fall eine Lehre daraus.

Zum Beispiel hatte sich bei einem der auf der Erde periodisch aufgetretenen Kriege – Erdzeit A. D. 1914–1918 – die militärische Situation dergestalt festgefahren, daß die gegnerischen Parteien einander unverrückbar im Grabenkrieg gegenüberlagen. Der Kommandeur einer Seite, ein gewisser Haig, befahl seinen Truppen, frontal und auf der ganzen Linie in Paradeformation anzugreifen. Allein auf seiner Seite starben am ersten Tag sechzigtausend Mann.

Danach hätte sich wohl jeder, der noch einen Funken Verstand besaß, entweder selbst aufgrund bodenloser Dummheit entlassen oder aber zumindest eine andere Taktik in Betracht gezogen.

Doch bis auf wenige Ausnahmen kam der gleiche Schlachtplan, natürlich jedesmal mit einer fast ebenso katastrophalen Verlustrate, immer wieder zum Einsatz, bis der Krieg allmählich zu einem erschöpften Ende fand.

Auch die Tahn machten sich dieser geistigen Trägheit schuldig. Ihr System, einen Agenten vor Ort zu stationieren, der eine Bombe oder eine Rakete per Laser ins Ziel einwies, hatte zuvor auf hundert oder mehr Planeten hervorragend funktioniert. Es bestand also keine Notwendigkeit, für den ersten Bombenangriff auf Cavite, der die Invasion einleiten sollte, eine andere Methode zu benutzen. Insbesondere, da trotz der Verluste nach der Panne am Empire Day noch genug Tahn-Agenten vor Ort zur Verfügung standen, viele davon ausgebildete und eifrige Mitglieder der unterschiedlichen revolutionären Tahn-Organisationen.

Gewohnheit trug sicherlich zu Lady Atagos und Admiral Deskas Entscheidung bei, ferngesteuerte Bomben einzusetzen. Ein zweiter Faktor mochte ihre teilweise gerechtfertigte Verachtung für die Imperialen Streitkräfte gewesen sein. Allerdings bestand ein gravierender Unterschied zwischen den Faulenzern und den Rekruten der 23. Flotte und den kampferprobten Männern und Frauen der 1. Garde. Auch wenn das Imperium seit vielen Jahren keinen größeren Krieg mehr geführt hatte, war die 1. Gardedivision als Elitebrigade des Imperiums überaus erfahren. Die meisten Mitglieder der Garde waren Berufssoldaten, von denen mehr als die Hälfte über zwanzig Jahre Kampferfahrung hatte.

Zu ihren Spezialitäten gehörten Straßenkampf und Durchsuchungsaktionen. In und um Cavite-City hielten sich, versteckt auf Dachböden oder in verlassenen Gebäuden, momentan mehr als fünfzig Bombenlenker der Tahn auf; manche von ihnen operierten von vor langer Zeit eingerichteten Maulwurfslöchern in Büros oder Wohnungen aus.

Zwei Bataillone Gardisten wurden dafür abgestellt. Sie arbeiteten in Fünfer-Teams wie fünffingrige Maschinen. Der erste klopfte oder klingelte an der Tür und ging zur Seite. Links und rechts hockte jeweils ein weiterer mit der Waffe im Anschlag. Die beiden anderen hielten sich weiter im Hintergrund, um bei Bedarf Feuerschutz zu geben und sich um Heckenschützen zu kümmern. Beim kleinsten Anzeichen von Widerstand oder wenn keine Antwort kam, wurde die Tür gewaltsam geöffnet. Die Vermutung, daß General Mahoney die Bürgerrechte des einzelnen einfach überging, wenn es ihm angemessen erschien, war durchaus korrekt. Eine diesbezügliche Überprüfungskommission konnte ohnehin erst dann ihre Arbeit aufnehmen, wenn die Garde Cavite hielt oder nachdem der Krieg gewonnen war.

In den Straßen und über den Gebäuden glitten Peilungsfahrzeuge auf und ab.

Bevor die nächste Welle von Tahn-Schiffen zum Angriff ansetzte, hatte die Garde siebenundvierzig Bombenleitstationen ausgehoben; sie wurden entweder zusammen mit den Agenten vernichtet, oder die Tahn flohen und ließen ihr Geräte einfach stehen und liegen. Das restliche Dutzend oder so wurde ebenfalls identifiziert und ausgeschaltet, als sie versuchten, beim zweiten Angriff die Bombenziele anzupeilen.

Der Bombenregen ging auf die Stadt nieder; vom militärischen Standpunkt aus gesehen richtete er kaum Schaden an: nur drei bedeutende Ziele wurden beschädigt. Die Stadt selbst erlitt jedoch schwere Zerstörungen, und unter der Zivilbevölkerung gab es 6000 Tote zu beklagen. Das Militär definiert seine Ziele höchst selbstsüchtig.

Doch auch die Tahn kamen nicht ungeschoren davon. Stens drei verbliebene Schiffe und ein Schwarm Patrouillenboote erwarteten die Bombenschiffe auf ihren vermuteten Stationen im

316

Orbit. Zwölf Einsatzschiffe der Tahn wurden zerstört. Die Tahn waren davon ausgegangen, daß ihre Angriffe die Luftabwehr von Cavite außer Gefecht setzen würden, und hatten deshalb nur zweit- und drittklassige Schiffe entsandt.

Es folgten noch drei Angriffswellen, erneut im von den Tahn diktierten Intervall von drei Stunden. Bei allen drei Attacken erlitten die Angreifer erhebliche Verluste. Alle drei Bombardements verliefen ziemlich planlos. Und noch mehr Zivilisten starben, sowohl Imperiale als auch Tahn.

Dann änderte Lady Atago ihre Taktik.

Genau wie Sten.

> »Sie ging in ihres Vaters Garten,
> Holt' sich einen Apfel, rot und grün;
> Sie konnt' auf Sir Hugh nicht länger warten,
> Mußt' ihn zu sich zieh'n.«

Alex hörte auf zu murmeln und sah zu Foss hinüber. »Was gibt's da zu glotzen, Soldat?«

»Ich wußte nicht, daß Sie eine Fremdsprache sprechen, Sir.«

»Machen Sie sich gefälligst nicht über meine Art zu sprechen lustig. Immer dran denken, daß der Bericht für die Probezeit noch nicht geschrieben ist.«

»Wirklich? ›Im All hier draußen/Lassen wir die Beförderung sausen/Also Kopf hoch, Jungs/Und leckt mich‹«, zitierte jetzt Foss. »Sir.«

Die Person, die es da mit einem Äpfelchen zu locken galt, war natürlich nicht Sir Hugh, sondern der Tahn-Kommandant. Und Sten hatte nicht vor, es mit einem Apfel zu versuchen, weder grün noch rot. Statt dessen hatte er unter jedem der drei Einsatzschiffe eine lange, stromlinienförmige Hülle anbringen lassen. Diese

Hüllen enthielten jeweils eine komplette EAS-Ausrüstung, die eigentlich für einen Zerstörer gedacht und weit leistungsfähiger, wenn auch nicht ganz so raffiniert wie die Abwehreinrichtung der Einsatzschiffe der *Bulkeley*-Klasse war. Von den Hüllen und den Einsatzschiffen wurden über Kabel von einem halben Kilometer Länge Signale nach unten zu wunderbar gestalteten Polyedern geleitet. Die Einsatzschiffe standen etwa 200 Meter über dem Hauptlandefeld.

»Glaubst du wirklich, das haut hin?«

»Warum denn nicht?« erwiderte Sten.

»Ach, dann denk mal andersherum. Angenommen, es funktioniert zu gut.«

»Dann macht es Rumms!«

»Ich hab nichts dagegen, ersetzbar zu sein – aber es ist nicht sehr lustig, wenn man als ausradierbar angesehen wird.«

Nachdem die ferngelenkten Bombardements der Tahn keine große Wirkung mehr hatten, ging Sten davon aus, daß als nächstes ein eher konventioneller Angriff erfolgen würde.

So kam es auch. Vier Tahn-Zerstörer stießen in die Atmosphäre und feuerten von Bord aus ferngesteuerte Raketen aus allen Rohren, 1000 Meter über der Planetenoberfläche und ungefähr 400 Kilometer von Cavite-City entfernt.

»Ich habe einen Abschuß … viele Abschüsse …«, verkündete Foss plötzlich mit seiner monotonen Stimme, die Augen fest auf den Monitor gerichtet.

Ähnliche Berichte kamen von der *Claggett* und der *Richards* herein.

»An alle Schiffe … bereit halten«, befahl Sten. »Auf meinen Befehl … aktivieren … jetzt!«

Foss berührte einen Schalter, und die elektronische Abwehrhülse erwachte summend zum Leben.

Die Bombenpiloten der Tahn navigierten ihre Raketen sowohl mittels Radar als auch per Direktsicht, die von den Sensoren in ihre Kontrollhelme gespeist wurde. Die Sichtsensoren ließen sich extrem leicht stören. Ohne sich groß darüber zu wundern, konzentrierten sich die Piloten voll auf ihre Radarführung.

Ihre Sensoren durchstießen den Radarmüll von Cavite und hielten nach ihren Zielobjekten Ausschau. Dieser Schlag war gegen die Überreste der 23. Flotte und die wenigen Schiffe, die Mahoney noch geblieben waren, gerichtet.

Die gut ausgebildeten Tahn-Piloten fanden ihre Ziele ... ihre Waffencomputer sorgten dafür, daß nicht alle Raketen auf das gleiche Ziel losgingen ... jetzt wurden die Ziele in den Augen der Bombenpiloten immer größer.

Die schmalen Zielerfassungsstrahlen machten es ihnen unmöglich, die Bewegung dieser eigentlich stationären Schiffe wahrzunehmen.

»Halbe Geschwindigkeit«, befahl Sten.

Die Einsatzschiffe stiegen höher hinauf.

»Habt ihr sie?«

»Ähm ... ja, das sind sie. Alle Raketen kommen genau so, wie vorausgesagt.«

»Jetzt ... volle Kraft! Und jetzt ... AM$_2$!«

Die Einsatzschiffe rasten ins All hinaus.

Die Raketen waren sehr dicht an den Imperialen Schiffen dran – jedenfalls dachten das die Bombenpiloten. Wem sie sich da näherten, waren die Radargespenster der Polyeder, nicht die auf dem Landefeld stehenden Schiffe der 23. Flotte. Fast alle Raketen hatten jetzt ihre eigenen Zielerfassungsmechanismen aktiviert und versuchten deshalb, den Schiffen zu folgen.

Die Stabilisierungsleitsysteme kippten, und die Raketen gerieten außer Kontrolle. Die wenigen, die noch unter Fernlenkung flogen, verloren ihre Ziele und flogen noch eine Zeitlang weiter, solange ihre Piloten herauszufinden versuchten, was da eigentlich vorging. Ein Kriegsschiff kann nicht einfach verschwinden.

Sechs Raketen gelang es, die falschen Ziele noch einige Sekunden lang zu verfolgen, bis ihnen der Treibstoff ausging und sie sich selbst zerstörten.

Nachdem sie einige AEs hinter sich gebracht hatten, ordnete Sten an, den Antrieb zu drosseln, zählte durch – und dann konnte er sicher sein, daß sie mit ihrem Trick durchgekommen waren. Er wußte allerdings, daß sie diesen Scherz nur einmal anwenden konnten.

Er fragte sich, was als nächstes geschehen würde.

Kapitel 54

Zeit wurde für Sten und die Besatzungen seiner Schiffe zu einem immer verschwommeneren Begriff. Ihre inneren Uhren und Kalender bestanden aus Erinnerungsfetzen, die halbbewußt in fortschreitender Erschöpfung gemurmelt wurden: Das war der Tag, an dem wir Patrouille geflogen sind. Nein, da haben wir ja die Minensucher begleitet. Weißt du noch, das war, als die *Sampson* in die Luft flog. Quatsch! Damals haben wir doch so lange völlig lautlos im Hinterhalt gelegen.

Nichts konnte mehr mit Bestimmtheit gesagt werden. Jeder von ihnen hätte sein Leben im Paradies für zwei Schichten ungestörten Schlafs hingegeben, für eine Mahlzeit, die nicht kalt aus einem Metalltablett gelöffelt wurde, oder – das durfte man noch nicht einmal flüsternd erwähnen – für ein heißes Bad.

Die Schiffe stanken fast ebenso penetrant wie die Raumfahrer nach Angst, Treibstoffdünsten, Ozon, Schweiß und überhitzter Isolierung. Außerdem ging allmählich alles aus dem Leim. Auf der *Richards* war die Abschußvorrichtung für die Kali defekt, was jedoch nicht viel ausmachte, da nur noch drei der großen Raketen übrig waren. Die beiden Schnellfeuerkanonen der *Claggett* konnten nur noch im Wechsel betrieben werden, und ihr dreifach gesicherter Schlachtcomputer hatte eine Gehirnhälfte verloren. Stens eigenes Schiff, die *Gamble*, verfügte nur noch über sechs komplett funktionstüchtige Goblin-Werfer.

Sämtliche Yukawa-Antriebsaggregate hatten ihre regulären Service-Intervalle um viele, viele Stunden überschritten und mußten dringend überholt werden. Die AM_2-Antriebe funktionierten noch einwandfrei, was niemanden groß verwunderte, da sie über ungefähr soviel bewegliche Teile verfügten wie ein Ziegelstein.

Die Navigationscomputer machten ihnen jedoch Sorgen – vorausberechnete Kurse mußten viermal überprüft und dann gemittelt werden. Zumindest dann, wenn genug Zeit dafür blieb.

Dabei wurden die Streitkräfte der Tahn immer stärker und verwegener. Sten hoffte schon beinahe darauf, daß der Tag der Invasion endlich kam.

Inzwischen flogen sie unermüdlich ihre Missionen. X Schiffe eskortieren ... patrouillieren im Sektor Y ... eskortieren von Gardeeinheit Z und Feuerschutz geben, bis ihre vorgeschobene Feuerstellung gesichert ist ...

Routineaufträge.

Auf einer dieser Routinemissionen begegneten sie dem Geisterschiff.

Ein stationärer Sensor hatte einen anfliegenden Transporter

auf einem höchst ungewöhnlichen Kurs gemeldet. Der Transporter antwortete auf keinen Kommunikationsversuch, ebensowenig reagierte sein IFF innerhalb der dafür vorgeschriebenen Zeit auf die automatische Abfrage. Trotzdem wurde das Schiff sowohl vom Radar als auch mittels einer direkten Aufnahme als Standardmodell eines Imperialen Flottenbegleitfahrzeugs identifiziert.

Sten vermutete eine Falle der Tahn.

Er positionierte die *Gamble* an einem Punkt auf dem extrapolierten Kurs des Transportschiffs und wartete. Die *Richards* hatte schwer reparaturbedürftig auf Romney landen müssen. Sutton und seine Leute waren sicher, daß sie diesmal wußten, was mit dem Yukawa nicht stimmte, und versprachen eine rasche Behebung des Schadens.

Einige Stunden später erschien der Transporter auf den Ortungsschirmen. Die beiden Einsatzschiffe warteten ab. Sten vermutete, daß irgendwo einige Tahn-Zerstörer im Hinterhalt lauerten, doch nichts dergleichen geschah. Das *Jane's* Fiche der *Gamble* identifizierte den Transporter als IFT *Galkin*, ein Flottenbegleitfahrzeug der *Atrek*-Klasse.

Sten beschloß, dem Transporter auf den Zahn zu fühlen. Die automatisch erwiderte IFF-Antwort war schon seit Wochen nicht mehr aktuell. Eine andere Antwort konnte Foss mit keinem Mittel herauskitzeln, und auch sonst funkte der Transporter auf keiner Wellenlänge, die von der *Gamble* empfangen werden konnte.

Sten schickte seine für diese Art von Inspektionsausflügen modifizierte Goblin los, um sich das Schiff genauer anzusehen. Womöglich war der Transporter ein Dummy.

Auch darauf erfolgte keinerlei Reaktion.

Sten glich seinen Kurs dem des Transporters an, aktivierte einen Recorder und umkreiste das Schiff. Beide Schleusen und sämtliche Frachtluken waren fest verschlossen. Nichts deutete darauf hin, daß eines oder mehrere Rettungsboote fehlten. Schließlich dirigierte Sten die Goblin so nahe heran, bis einer ihrer Flügel die äußere Schleusentür berührte. Falls der Transporter eine Falle war, dann müßte die Ladung jetzt hochgehen.

Noch immer meldeten die Detektoren keine anderen Schiffe im Erfassungsbereich. Trotzdem wurde Sten das unangenehme Gefühl nicht los, daß die *Galkin* der Köder für eine niederträchtige Überraschung der Tahn war.

Er setzte sich mit der *Claggett* in Verbindung, um die Angelegenheit mit Sh'aarl't zu besprechen. Sie stimmte völlig mit ihm überein. Es roch ganz nach einer Falle – und es gab nur einen einzigen Weg, das herauszufinden. Jemand mußte an Bord des Schiffes gehen.

»Sh'aarl't … Kilgour und ich gehen rüber. Ich möchte, daß du eine Lichtsekunde entfernt abwartest, und zwar hinter dem Transporter.«

Sh'aarl't widersprach ihm sofort. »Das kommt mir nicht sehr klug vor, Sten«, sagte sie. »Falls wir angegriffen werden, kann die *Claggett* mit so ziemlich allem, was uns die Tahn entgegenwerfen, fertiggemacht werden – abgesehen vielleicht von einem Rettungsboot.«

Dieser Punkt war nicht von der Hand zu weisen. Also sollten sich Sh'aarl't und ihr Waffenoffizier, Lieutenant Dejean, um das Geisterschiff kümmern und die *Gamble* anstelle der *Claggett* die Nachhut bilden. Kilgour brachte das Schiff in Position, dann beobachteten beide Männer den Bildschirm. Der AM_2-Antrieb der *Claggett* flammte auf, und einige Sekunden später dockte das Einsatzschiff an der *Galkin* an.

Selbst aus der Nähe fiel Sh'aarl't und Dejean nichts Ungewöhnliches auf. Ihre Anzugsensoren zeigten völlig normale Werte. Sh'aarl't schaltete ihr Mikro an. »Wir gehen an Bord.«

Sten hielt sich zurück, um nicht etwas Dummes wie »Seid vorsichtig« zu sagen. Statt dessen neigte er den Kopf näher zum Monitor hin und lauschte dem Rauschen und den beiden Stimmen.

Dejean betätigte die Konsole der äußeren Schleusentür und erwartete wohl, daß ein feuriger Blitz vom Schiff auf seinen Handschuh übersprang. Doch die Irisblende des Schotts öffnete sich gehorsam. Sh'aarl't und Dejean zögerten einen Moment und traten ein. Sh'aarl'ts Wahrnehmung schlug einen Salto, als die McLean-Generatoren der *Galkin* die Richtung der Schwerkraft neu definierten. Ihre Stiefel berührten die Innenseite der Schleusentür; sie schloß sich mit einer zweiten kleinen Explosion.

»Mein Anzug zeigt normale Atmosphäre an«, berichtete Dejean. »Ich habe aber keine Lust, darauf zu vertrauen.«

Also blieben die Visiere geschlossen. Sh'aarl't drückte auf einen Knopf am inneren Schott. Auch das öffnete sich anstandslos.

Sh'aarl't drehte die Verstärkerleistung des Helmfunks höher, um durch die Atmosphäre und die Außenhülle des Schiffes zu dringen. Wie Nashörner watschelten die beiden in ihren gepanzerten Kampfanzügen in die *Galkin*.

Sie fanden nichts. Das Schiff war völlig verlassen, von den Frachträumen bis zum Maschinenraum. Keins der Rettungsboote fehlte. Sämtliche Raumanzüge, von den Rettungsanzügen bis zu den kleinen Zweimann-Arbeitskapseln, hingen nebeneinander in den dafür vorgesehenen Spinden aufgereiht.

Die beiden Besucher hielten es für angebracht, die Suche mit gezückten Waffen fortzusetzen. Sh'aarl't schaltete das Aufnahmegerät an ihrem Gürtel ein und gab die Information an die *Gamble* weiter.

Sie überprüften die Mannschaftsunterkünfte. Sie waren nicht

nur verlassen, sondern die Spinde, in denen die persönlichen Sachen der Besatzung aufbewahrt werden müßten, waren völlig leer.

Dejean überprüfte die Schiffsvorräte. Nichts mehr da – so leer, als wäre die *Galkin* vor ihrem Start nicht bestückt worden.

Sh'aarl't ignorierte die aufkeimende Angst und machte sich auf zum Kommandodeck. Dort fand sie das Logbuch des Schiffs und ließ es zurücklaufen. Das Imperiale Flottenbegleitschiff *Galkin* war vor gut sechs Zyklen unter Captain Ali Remo vom Planeten Mehr gestartet. Die komplette Besatzung betrug 42 Offiziere und 453 Mannschaften. Captain Remo vermerkte sorgfältig, daß sie sechs Offiziere und 34 Mannschaften weniger waren als die vorgeschriebene Besatzungsstärke.

Die *Galkin* hatte Befehl, die 23. Flotte auf Cavite zu verstärken.

Sh'aarl't sprang zum letzten Eintrag:

IMPERIALES DATUM ... SCHIFFSDATUM 22, DRITTE WACHE. WACHHABENDER OFFIZIER: LT. MURIEL ERNDS, ZWEITER OFFIZIER LT. GORSHA, MASCHINENRAUM-CHEF KOMPANIEHANDWERKER MILLIKEN. KEINE KURSABWEICHUNG, KEINE UNVORHERGESEHENEN OBJEKTE ENTDECKT. 22 UHR 40 SCHIFFSZEIT: ALLGEMEINER PROBEALARM AUF ANORDNUNG DES CAPTAINS. ZEIT BIS ZUR VOLLEN BEREITSCHAFT: 7 MINUTEN, 23 SEKUNDEN. ALARMBEREITSCHAFT ABGEBLASEN: 22 UHR 56 SCHIFFSZEIT. 23 UHR 00: STANDARDEINGABE.

... und von da an hatte das Logbuch automatisch die Informationen gespeichert, die der Zentralcomputer hinsichtlich der Schiffsdaten lieferte.

Sten ging ungeduldig im Kontrollraum der *Gamble* auf und ab und hörte gespannt zu, was Sh'aarl't sagte.

»Sieht alles völlig normal aus«, berichtete sie. »Wenn man davon absieht, daß irgendwann nach 23 Uhr jeder Mann, jede Frau und jedes sonstige Lebewesen auf der *Galkin* beschlossen haben muß, sich in Luft aufzulösen.«

Sten blickte zu Alex hinüber. Der untersetzte Edinburgher sah sehr unglücklich aus.

»Ich glaub ja nich' unbedingt an Gespenster«, sagte er, »aber –«

»Moment mal! Ich glaube, da haben wir etwas!« knackte Sh'aarl'ts Stimme aufgeregt über den Monitor.

Sten mußte viel länger als eine Minute warten. Dann wurde er ungeduldig. »Was ist los, Sh'aarl't! Was habt ihr entdeckt?«

»Also, wenn man dem Log glauben will …«

Wieder folgte ein gespenstisches Schweigen, nachdem ihre Stimme mitten im Satz abgebrochen war. Es schien fast so, als sei die Funkverbindung zur *Gamble* zusammengebrochen. Bevor Sten noch ein Wort sagen konnte, schreckte Foss aus seinem Sessel hoch.

»Skipper! Ich verstehe das nicht! Sie sind weg!«

Sten sprang zu ihm und blickte auf den Schirm. Die großen Lichtpunkte, die den Standpunkt der *Claggett* und der *Galkin* angezeigt hatten, waren verschwunden.

»Da muß etwas mit dem System nicht in Ordnung sein«, sagte Sten, der so gut wie Foss wußte, daß das eigentlich unmöglich war.

»Unmöglich, Sir«, sagte Foss mit spröder Stimme.

Es war nicht nötig, irgendwelche Befehle zu erteilen. Innerhalb weniger Augenblicke war die *Gamble* gefechtsbereit, der Antrieb auf Bereitschaft. Foss ließ sämtliche Tests und jedes erdenkliche elektronische Suchraster durchlaufen; er führte sogar einige Überprüfungen aus der eigenen Trickkiste durch.

Und wieder: nichts.

Auf dem Radar war nichts zu sehen, auch auf den Sensoren der Nah- und Fernortung nicht; keine Richtungsanzeige, kein Funkspruch, nicht einmal ein Notruf. Die beiden Schiffe mußten eigentlich in einer Entfernung von einer Lichtsekunde zu sehen sein. Aber die Schirme blieben leer.

»Viertelkraft voraus«, befahl Sten. »Bring uns ganz langsam über dieses Schiff.«

Noch immer blieben alle Inputs negativ.

»Den Orbit zurückberechnen, Mr. Kilgour, ich will ein Schleifen-Suchmuster. Halbe Kraft.«

»Jawohl, Sir.«

Sie suchten drei volle E-Tage in einem sich langsam erweiternden Kugelmuster. Doch die *Claggett*, Sh'aarl't, ihre beiden Offiziere und die neun Mannschaftsdienstgrade blieben ebenso wie die *Galkin* verschwunden.

Es gab keine Erklärung dafür. Und es würde auch nie eine dafür geben.

Kapitel 55

Drei Stunden vor der Ankunft auf Romney empfingen sie einen unverschlüsselten Funkspruch:

AN ALLE SCHIFFE ... AN ALLE SCHIFFE ... CAVITE WIRD ANGEGRIFFEN. DIE INVASION DER TAHN HAT BEGONNEN. ALLE SCHIFFE SOFORT ZUM STÜTZ-

PUNKT ZURÜCK. ANGRIFF. ICH WIEDERHOLE: AN-
GRIFF.

Foss hatte das Fiche bereits im Navigationscomputer.

»Auf mein Kommando«, sagte Sten. »Los.«

»Angriff. Ich wiederhole: Angriff«, schnaubte Alex. »Das war
kein Befehl! Das war eine Einladung nach Culloden!«

Kilgour hatte recht. Keine *Claggett* … keine *Kelly* … Sten
nahm an, daß die *Richards* noch auf Romney zusammengeflickt
wurde. Sten hatte nicht die Absicht, sein sehr dünnhäutiges Einsatzschiff – oder, wenn er es recht bedachte, seinen eigenen dünn-
häutigen Körper – mitten in eine zu allem entschlossene feindliche Flotte hineinzumanövrieren.

Er stellte das Intercom an und las seiner Crew die Berichte von
Cavite vor, wobei er darauf achtete, daß seiner Stimme keine Re-
gung anzuhören war. Dann sagte er ebenso emotionslos: »Wenn
jemand eine Idee hat, was wir tun sollen, sobald wir Cavite erreicht haben, dann bitte ich darum, sie mir mitzuteilen.«

Alex langte herüber und hielt die Intercom-Taste gedrückt:
»Eine kleine Ergänzung zu dem, was unser Commander da gerade gesagt hat. Gefragt sind nur Ideen, die uns keine posthu-
men Medaillen einbringen. Mr. Kilgours Mama legt keinen
großen Wert darauf, daß ihr Sohn in einer Kiste nach Hause
kommt.«

Es gab ohnehin keine Ideen.

»Hervorragend«, murmelte Sten. »Was taktische Manöver angeht, sind wir so beschränkt wie van Doorman.«

»Macht nix. Wir tun einfach so, als ob.«

Lady Atago und Admiral Deska waren kein Risiko eingegangen.
Die Invasion durfte kein zweites Mal schiefgehen. Mehr als 500
Schiffe überschwemmten das Caltor-System. Die Imperiale 23.

Flotte war nicht nur zahlenmäßig unterlegen, sie wurde einfach plattgewalzt.

Mahoney hatte auf jedem Planeten und jedem kleinen Mond des Systems Gardisten stationiert. Jedes dieser Sonderkommandos war mit den besten Frühwarnsystemen ausgerüstet, die in der gegenwärtigen Lage zur Verfügung standen. Das war nicht viel, auch wenn man aus jedem nicht mehr einsatzfähigen Kampfschiff und aus diversen Zivilschiffen jeden Detektor, den man auftreiben konnte, herausgerissen und aufgerüstet hatte.

Alles, was fliegen konnte, von Raketen über private Yachten und Atmosphäre-Zweisitzern bis zu hoffnungslos veralteten Schiffen, hatte man im Raum stationiert und mit einem improvisierten Fernlenksystem miteinander verbunden. Sogar Leutnant Tapias Schlepper war robotisiert worden; seine Führerkabine bestand nur noch aus einem heillosen Durcheinander von Strippen und Drähten.

Die meisten dieser improvisierten Sprengköpfe wurden entweder zerstört, bevor sie ein Ziel finden konnten, oder sie gerieten ohnehin bald außer Kontrolle und verfehlten ihr Ziel komplett.

Einige von ihnen kamen jedoch durch.

»Versucht, die Transporter zu erwischen«, hatte Mahoney seinen Leuten eingeschärft. Sie versuchten es. Aufgerissene Truppentransporter spien Tahn-Soldaten wie Fischlaich ins All oder ließen sie auf den Planeten hinabstürzen, wo sie wie Meteoriten in der Atmosphäre verglühten.

Doch es waren zu viele.

Mahoney überwachte sämtliche Aktionen von seinem neuen Hauptquartier aus, das hundert Meter tief in einen Hügel in der Nähe des Raumhafens von Cavite gegraben worden war, und er verfolgte, wie seine Funkspezialisten den Kontakt mit den außerhalb von Cavite stationierten Sonderkommandos nach und nach verloren. Mahoneys Gesicht war wie versteinert.

Von einer der Galerien, die über dem Zentraldeck angebracht waren, schaute eine Tech, die vor einem Funkgerät saß, auf ihren General hinab. ›Aus solidem Imperium‹, dachte sie wütend. ›Es scheint dem Schwachkopf überhaupt nichts auszumachen.‹

Tatsächlich versuchte Mahoney herauszufinden, was er eigentlich fühlte. ›Kein einziger Bericht von einem meiner Leute, kein einziger Durchbruch. Wie geht es dir, Ian? Du hast … mal sehen … ungefähr fünfundzwanzig Prozent Verluste hinnehmen müssen. Wie fühlt sich das an? Nicht schlimmer, als wenn man, sagen wir, den rechten Arm ohne Narkose amputiert bekommt. Hör auf, dich zu bemitleiden, General. Wenn du jetzt wie ein dummer Junge zu weinen oder fluchen anfängst, bricht vielleicht deine ganze Division zusammen!‹

›Was für eine Arroganz‹, wunderte er sich. ›Was würde es denn ändern, wenn alles zusammenbräche? Es ist schließlich das letzte Aufbäumen, oder? Von der 1. Garde wird nicht einmal mehr genug übrigbleiben, um einen Selbstmordbrief zu verfassen.

Genau, wie du es Sten vorausgesagt hast‹, dachte er. ›Das einzige, was wir hier tun, ist Märtyrer für die gute Sache schaffen. Und jetzt genug damit, Ian. Du hast anderes zu tun.‹

Mahoney gab einem Tech ein Zeichen und war sofort mit allen noch lebenden Kommandeuren verbunden. »Es kommen immer mehr, Leute. Holt eure Reserven aus den Löchern und macht euch bereit.«

Plötzlich bebte die Erde rings um Mahoney, und die Lampen flackerten zweimal, bevor sie einen intakten Notkreis fanden.

Die Tahn griffen Cavite selbst an.

Als erstes schickten die Tahn unbemannte Tiefflieger. Wie befohlen, hielten die Luftabwehrteams der Flotte und der Garde ihr Feuer zurück. Es gab schon jetzt kaum noch Reserven an Munition und Raketen. Man hatte sie angewiesen, auf die lohnenden Ziele zu warten: die bemannten Schiffe, die voraussichtlich mit der zweiten Welle kamen.

Atago wählte jedoch eine andere Taktik.

Die zweite Welle bestand aus zwanzig kleinen Sturmtransportern. Die Transporter teilten sich, und von jedem Schiff fielen sechs Truppenkapseln auf die Stadt herab. In jeder Kapsel saß ein Kommandotrupp Tahn-Soldaten.

Im Gegensatz zu den größeren Truppenkapseln des Imperiums, die über Flügel und Bremsfallschirme verfügten, waren diese Kapseln nur mit Rückstoßraketen ausgerüstet, die dann ansprangen, wenn sich die Kapsel mit der Nase nach unten neigte und schon dicht an der Oberfläche war.

Einige von ihnen funktionierten nicht richtig, und die Raketen brachten die Kapseln nur zum Trudeln, bevor sie mit voller Wucht aufschlugen. Selbst diejenigen, die wie vorgesehen funktionierten, bremsten die Kapseln lediglich auf etwa 50 Stundenkilometer ab. Die Schockpolsterung im Innern sollte den Rest abfangen – einigermaßen jedenfalls. Dreißig Prozent der Soldaten schafften es, aus ihren demolierten Kapseln zu steigen, in Position zu gehen und sich auf die ihnen angewiesenen Ziele zuzubewegen.

Das war sogar sehr zufriedenstellend; Lady Atago hatte mit etwa achtzig Prozent Verlust bei der Landung gerechnet. Der Zynismus der Tahn ging sogar noch weiter: es wurde nicht erwartet, daß auch nur eins der anvisierten Ziele erobert wurde. Den Kommandotrupps hatte man das bei ihrer Einsatzbesprechung natürlich nicht mitgeteilt. Ihr eigentlicher Auftrag bestand darin, die

Imperialen Verteidiger empfindlich zu stören und von der Hauptlandetruppe abzulenken.

Ein Kommandotrupp erreichte sogar sein Ziel – das Carlton Hotel, von dem Atago annahm, daß es der 23. Flotte noch immer als Hauptquartier diente. Es war jedoch schon vor Wochen aufgegeben worden; van Doorman war auf die *Swampscott* zurückgekehrt, die in einem getarnten Dock unweit des Raumhafens verborgen lag. Die Kommandotrupps sorgten tatsächlich für Ablenkung, doch nur, was die Gardeteams anging, die Befehl hatten, die Straßen zu patrouillieren. Die Tahn-Kommandotrupps versagten, doch auch im Versagen sorgten sie für Verluste und verschossene Munition beim Feind. Keines von beiden konnte sich das Imperium leisten.

Die dritte Welle war die schwerste. Vier Schlachtschiffe, darunter die wiederhergestellte *Forez*, Atagos und Deskas Flaggschiff, zwanzig Kreuzer und eine Horde Zerstörer bestrichen die Planetenoberfläche mit Dauerfeuer. Inmitten dieser Formation befanden sich fünfundsiebzig dickbäuchige Sturmtransporter voller Landungstruppen.

Jetzt schoben sich die zuvor versteckt gehaltenen Abwehrgeschütze der Verteidiger aus dem Boden, aus Gebäuden und Schuppen und, im Falle eines besonders findigen Teams, aus dem Wrack eines Doppeldecker-A-Grav-Busses. Es war fast unmöglich vorbeizuschießen.

Ebenso unmöglich war es, alle Tahn-Schiffe zu erwischen. Dreiundsechzig Transporter gingen in einer Ringformation ungefähr 400 Kilometer von Cavite-City nieder. Auf dem Boden sprangen sie wie Muscheln auf, und heraus stürmten die Angriffstruppen der Tahn.

Lady Atago erlaubte sich ein zufriedenes Lächeln. Für sie begann jetzt das Großreinemachen.

Kapitel 56

Die *Gamble* hing hinter einem der Monde von Cavite im Weltraum und hoffte, von der Landungsarmada der Tahn nicht vorzeitig entdeckt zu werden. Stens gesamte Besatzung, mit Ausnahme von Foss, der sich um die Sensoren kümmerte, drängte sich auf der Brücke, um selbst die Chancen einzuschätzen.

Das Problem lag darin, daß weder Sten noch Kilgour ein Angriffsplan einfiel, der nicht unweigerlich ihre eigene Vernichtung nach sich zog. Oder, wie Alex es ausdrückte: »Soweit ich informiert bin, stand in den Voraussetzungen für diesen Job nicht, daß man auch Kazikami können muß, oder wie das heißt.«

Sten hätte wahrscheinlich sogar die militärische Notwendigkeit eines Selbstmordkommandos akzeptiert, wenn er nur ein strategisches Ziel gehabt hätte, mit dem er zugleich die Invasion der Tahn hätte stoppen können. Doch jeder Vorschlag, der durch den Computer geschickt wurde, resultierte in einer Chance von neunundneunzig Komma neun oder noch schlechter, daß die *Gamble* nicht einmal durch den äußeren Zerstörerschirm hindurchkam; einfach die Ohren anzulegen und einen der großen Brocken der Tahn anzugreifen war so gut wie unmöglich.

»Wie steht's mit Katapultieren?« fragte Contreras, eine Ex-Polizistin und inzwischen Bootsmannsmaat der *Gamble*. »Mit voller Kraft um diesen Mond herum, dann rings um Cavite, und wir erwischen sie, wenn wir von der anderen Seite durchbrechen.«

»Das klappt nicht«, sagte Sten. »Die Tahn sehen uns, sobald wir aus dem Mondschatten herauskommen. Damit haben sie mehr als genug Zeit, um eine Prognose aufzustellen und uns wegzuputzen.«

Contreras zupfte sich am Ohr und versank wieder in ihre eigenen Gedanken.

»Wir können nicht einfach hier sitzen, Sir«, sagte McCoy. Der Ex-Knastbruder war jetzt Maat im Maschinenraum.

»Haben wir eine Vorstellung davon, was von unserer Flotte noch übrig ist?«

»Wir empfangen noch immer Signale, die Foss als von der *Swampscott* interpretiert. Außerdem scheinen noch ein paar Zerstörer in der Luft zu sein.«

»Vielleicht ist Warten doch besser.« Das war wieder McCoy. »Früher oder später wird jemand dort unten auf Cavite etwas versuchen. Wenn das geschieht, erwischen wir die Tahn von der anderen Seite.«

Sten kaute an einem Fingernagel. »Schlechter Plan«, sagte er schließlich. »Hat jemand was Besseres zu bieten?«

Ringsum nur Kopfschütteln.

»Na schön, McCoy. Wir versuchen es. Alle, die jetzt keine Wache haben, senken den Kopf.«

Hypno-Konditionierung ließ alle sofort in tiefen Schlaf sinken; bei Bedarf waren sie auf ein bestimmtes Kommando hellwach. Doch bevor auch nur einer von ihnen seine Koje erreicht hatte, ging der Schiffsalarm los.

Sten sprintete zum Kommandodeck. Foss zeigte auf einen Schirm mit einem einzelnen Radarsignal am Bildrand.

»Das ist die *Richards*, Sir. Korrekte IFF-Antwort. Und das …«

Sten brauchte keine weiteren Erklärungen. Der zweite Schirm zeigte eine weitere, weitaus größere Masse. Natürlich Tahn. Wahrscheinlich ein schwerer Zerstörer.

Foss drückte einige Tasten und verschob zwei Bilder auf den größeren Zentralschirm. »Es bewegt sich auf die *Richards* zu.«

Sten schaltete das Mikro an und schickte seinen Spruch mit

voller Sendekraft hinaus. Das Tahn-Schiff mußte ihn eigentlich auffangen, und vielleicht konnte er damit die *Richards* retten. Um die eigene Haut würde er sich dann später kümmern.

»*Richards* ... *Richards* ... hier ist die *Gamble*. Feind auf Kollisionskurs. Kommt näher. Feinddaten auf –«

Die *Richards* meldete sich. »*Gamble* ... wir haben ihn. Achtung ... X-ray delta ... Two. Over.«

Lieutenant Estill, dessen Stimme, wie Sten auffiel, sehr ruhig blieb, benutzte den einfachen Stimmenkode. X-ray: Hauptantrieb. Delta: beschädigt. Two: fünfzig Prozent Leistungsverlust.

»Hier *Gamble*. Wir kommen, over.«

Sten löste den allgemeinen Alarm aus. »Sofort auf Abfangkurs gehen, Mr. Foss. Maschinen!«

»Bereit, Sir.«

»Primärantrieb: Alarmstart. Sekundärantrieb: auf Standby.«

»Sir, alle Waffenstationen melden Feuerbereitschaft.«

»Alle Stationen bereit, Sir.«

»Mr. Foss. Wie sieht es aus?«

Jetzt war noch ein dritter Leuchtpunkt auf dem Zentralschirm aufgetaucht. Eine rote Linie zog sich von dem dritten Punkt – Stens Schiff – auf den Tahn-Zerstörer und die *Richards*. Plötzlich fing der Punkt auf dem Schirm, der die *Richards* war, zu schimmern an; das Schimmern stammte von ihrem AM_2-Antrieb.

»*Gamble* ... hier ist die *Richards*. Status jetzt X-Ray delta vier. Ich wiederhole: vier, over.«

Hauptantrieb komplett ausgefallen.

»AM_2-Antriebe können überhaupt nicht kaputtgehen«, sagte Foss.

»Von wegen«, knurrte Alex. »Gerade eben ist einer kaputtgegangen. Halt lieber die Klappe und kümmere dich um deine Bildschirme.«

»Hier ist die *Gamble*. Gebe durch: Yankee Alfa Eins Pause Mike Richard Fuchs, over.«

Yankee: Yukawa-Antrieb. Alfa: Angreifen. Eins: volle Kraft. Mike: Manövrieren. Richard: Richtung. Fuchs: Feind.

»Hier ist die *Richards*. Gebe durch: Yankee ebenso delta. Drei.«

Sutton hatte es nicht geschafft, die *Richards* zu reparieren, oder aber seine Künste hatten nicht lange vorgehalten.

Es gab drei Perspektiven: Für den Tahn-Zerstörer mußte es so aussehen, als würde die *Richards* anhalten, während der Zerstörer rasch näherkam. Für Sten sah es so aus, als bewegten sich beide Schiffe über seinen Hauptschirm. Ein regungsloser Beobachter irgendwo im All könnte geistig nicht schnell genug reagieren, um auch nur eines der drei Schiffe wahrzunehmen.

Foss legte zwei Countdowns auf den Hauptschirm. Der linke zeigte die vorausberechneten Sekunden bis zu dem Punkt, an dem das Tahn-Schiff in Feuerentfernung an die *Richards* herankam. Der rechte zeigte die Zeit an, nach der Sten den Zerstörer angreifen konnte. Die Differenz von sieben Sekunden konnte das Schicksal der *Richards* besiegeln.

»Kali. Bereit halten.«

»Bin bereit.«

»Foss. Signalraketen zum Störfeuer fertig zum Abschuß.«

»Störfeuer … Jawohl, Sir. Bereit.«

»Störraketen … Feuer. Kali! Raus damit!«

Im gleichen Moment, in dem die zwei Störraketen explodierten und Funk, Radar sowie visuelle Übertragungswellen trübten, glitt die große Rakete unter der Nase der *Gamble* heraus.

Eine Sekunde später schickte das Tahn-Schiff der *Richards* zwei Torpedos entgegen.

»Alex … kümmere dich nicht um das, was ich tue. Schnapp dir diesen Zerstörer!«

»Mein bester Freund, ich bin ganz allein auf der Welt, stell dir
vor.«

»Noch mal Störfeuer ... los!«

Sten hoffte, daß die Störraketen die Tahn durcheinanderbrach-
ten. Vielleicht lenkten die Waffenoffiziere einen Teil ihrer Raketen auf die *Gamble* um. Doch das taten sie nicht. Die *Richards*
war einfach zu verlockend.

Doch der Plan schlug nicht völlig fehl. Vielleicht wurde die
Aufmerksamkeit der Torpedopiloten für eine kritische halbe
Sekunde abgelenkt. Jedenfalls verfehlte ihr erster Torpedo die
Richards komplett – was nicht allzu schwierig war, da das Ein-
satzschiff kaum größer als die Rakete selbst war. Der zweite
Sprengkopf detonierte nahe genug an der *Richards*, um ihren
Leuchtpunkt auf Stens Schirm auszulöschen.

Dann klarte der Schirm wieder auf – und die *Richards* war immer noch da!

»Und jetzt drehen wir den Spieß mal um«, murmelte Alex und
aktivierte die Kali.

Sechzig Megatonnen zerrissen das Tahn-Schiff in zwei Hälften. Ein Drittel des Zerstörers – sein mittlerer Teil – verwandelte
sich in reine Energie. Ein Stück des Hecks wirbelte funken-
sprühend und eine gewaltige Stichflamme ausspuckend durchs
All. Die Überreste des Bugs kamen auf einem Tangentialorbit auf
Sten zugetrieben.

»*Richards* ... *Richards* ... hier ist die *Gamble*. Over.«

Nichts.

Foss sah, daß eine untergeordnete Anzeige aufflackerte. »Sir ...
hier ist eine Meldung von einem Anzugfunk von der *Richards*.
Bleiben Sie dran.« Er schaltete auf eine andere Frequenz.

»... hier ist die *Richards*. Ich wiederhole, hier ist die *Richards*.«
Es war Tapias Stimme.

»Hier *Gamble*. Wir haben den Zerstörer erwischt. Geben Sie Status durch. Over.«

»*Richards*. Sieben Tote. Drei Verwundete. Der Zweite Offizier hat das Kommando übernommen.«

»Hier *Gamble*. Wir passen den Kurs an. Zur Ankopplung bereit halten.«

»Negativ«, sagte Tapia. »Die Hauptschleuse ist zerstört. Wir können die Notschleuse nicht erreichen. Unsere Yukawas werden jeden Moment hochgehen. Halten Sie sich fern, *Gamble*.« Tapias Stimme klang tonlos.

»*Richards* ... hier *Gamble*. Haben die Überlebenden Raumanzüge an?«

»Bestätigt.«

»Können Sie die Inspektionsluke für die Kali erreichen?«

Da der Kali-Werfer der *Richards* nicht mehr funktionierte, mußte das zentrale Torpedorohr leer sein.

»Das könnte klappen. Können Sie die äußere Luke öffnen? Wir haben kein Werkzeug.«

»Der Dosenöffner ist unterwegs, over.« Sten schaltete das Funkgerät aus. »Alex?«

Alex übernahm die Kontrolle einer Fox-Abwehrrakete und schoß sie ab. Der kleine Sprengkopf sauste erst mit voller Geschwindigkeit bis weit über die *Richards* hinaus, bevor Alex sie abfangen und in einem weiten Bogen wieder zurückführen konnte.

»Wir versuchen es mit viertel Geschwindigkeit«, kommentierte er und lenkte die Fox näher an die *Richards* heran. Obwohl der Sprengkopf deaktiviert war, riß die Fox fast einen Meter von der Nase des Schiffes ab.

»Ich hätte doch Chirurg werden sollen«, sagte Alex nicht ohne Stolz in der Stimme.

Sten schaltete den Funk wieder an. »Ihr könnt jetzt rauskommen.«

Fünf in Anzüge verpackte Gestalten trieben aus dem Werferschlund heraus ins All. Innerhalb weniger Sekunden hatte Sten die *Gamble* neben sie gebracht. McCoy hatte ebenfalls seinen Raumanzug angelegt, verließ die Schleuse und fing die Überlebenden der *Richards* mit einer magnetischen Leine ein.

Daraufhin manövrierte Sten die *Gamble,* so gut es ging, von der *Richards* weg.

Wie lange es dauerte und wie weit sie entfernt waren, als die Yukawas der *Richards* hochgingen, wurde später in unterschiedlichen Variationen berichtet und hing von der Gutgläubigkeit der jeweiligen Zuhörerschaft und vom Alkoholspiegel des Erzählers ab.

Die fünf Überlebenden wurden an Bord gezogen und versorgt. Sten half Leutnant Tapia persönlich aus dem Anzug und trug sie in seine eigene Koje. Er war nur um ihre Gesundheit besorgt, redete er sich ein, schließlich handelte es sich nicht nur um einen fähigen Offizier, sondern ebenso um eine gute Freundin. Nicht einmal sein Bewußtsein konnte er mit dieser Erklärung überzeugen. Allerdings gab es ohnehin weder für Erklärungen noch für andere Dinge genug Zeit.

Er mußte zurück nach Cavite. Ohne einen Großteil seiner Bewaffnung konnte er im All nur wenig ausrichten.

Das wiederum hieß, daß er sich nur noch unbemerkt an das Sicherheitsnetz, das die Tahn um Cavite gesponnen hatten, heranschleichen, durch die Angreifer hindurchmanövrieren und dann nach einem bombensicheren Landeplatz Ausschau halten mußte.

Kein Problem, hoffte er verzweifelt. Unser Schiff hat Glück.

Das Glück der *Gamble* endete zehn Kilometer über Cavite. Eine Armada von sechs Abfangjägern sprang auf die *Gamble* an. Sten versuchte, wieder ins All zu entkommen, doch der Computer zeigte drei Zerstörer an, denen er direkt vor die Mündungen geflogen wäre.

Die Abfangjäger hatten ihre Geschwindigkeit und Beweglichkeit auf die *Gamble* eingestimmt. Sten ließ sein Schiff mit großer Geschwindigkeit auf die Planetenoberfläche zurasen und dort in einem Zickzackmuster dicht über den Boden flitzen.

Kilgour schickte drei Fox-Abwehrraketen nach hinten. Zwei Abfangjäger zerstoben, doch dann war der Rest des Schwarms dicht heran. Sten sah die winzigen silbernen Lichtblitze unter den Haupttragflächen der Abfangjäger.

»Ich habe sieben ... nein ... acht Raketenabschüsse«, sagte Foss, wobei seine Stimme sich fast überschlagen hätte. »Zeit bis zum Auftreffen ...«

Drei der Sprengköpfe trafen die *Gamble*. Sten hörte den Hammerschlag, sah, wie Flammen aus der Kontrollkonsole schlugen, sah, wie die nebelverhangenen Berge unter ihnen den erstarrten Hauptschirm füllten, und spürte, wie die manuelle Steuerung versagte.

Der Abfangjägerkommandant der Tahn fing seinen Sturzflug mit einer halben Seitenrolle ab, sah, wie das rauchende Imperiale Einsatzschiff im Nebel verschwand und gab seiner Schwadron Befehl, zum Mutterschiff zurückzukehren.

Für ihn war es ein guter Tag gewesen. Fünf ... nein, mit diesem waren es sechs Imperiale Schiffe, die sein Schwarm abgeschossen hatte. Er beschloß, seinen Piloten zur Belohnung eine ordentliche Runde auszugeben.

Buch IV

BELAGERUNG

Kapitel 57

Der Ewige Imperator überlegte sich, mit welchen Worten sich seine gegenwärtige Stimmung am besten ausdrücken ließ. Wütend – nein. Er war weitaus mehr als wütend. Geladen. Nein, auch das nicht – er zeigte keinerlei Gefühlsregung; jedenfalls hoffte er das. Standard Galactica half ihm hier nicht weiter. Er ging einige der exotischeren Sprachen durch, die er einst von ebenso exotischen Lebewesen gelernt hatte.

Genau. Der Ausdruck »k'loor« der Matan paßte weitaus besser; man konnte ihn in etwa mit einer Verfassung beschreiben, die sich zu gleichen Teilen aus Sorge, Unglücklichsein, Haß und Zorn zusammensetzte, dabei eine extreme Klarheit der Gedanken und der Fähigkeit miteinschloß, rasch Lösungen zu produzieren und nach ihren Vorgaben zu handeln.

Diese genaue Selbstbeschreibung trug jedoch nicht dazu bei, die Stimmung des Imperators zu verbessern.

Ein Großteil seines Zorns richtete sich gegen ihn selbst. Er hatte sich ein ums andere mal verkalkuliert und die Bereitschaft der Tahn zum Losschlagen sträflich falsch eingeschätzt; auch den Zustand seiner eigenen Streitkräfte und die Verläßlichkeit seiner vertrauenswürdigsten Verbündeten hatte er maßlos überschätzt.

Man muß sich vorstellen, daß er vor einem großen, überdachten Sportstadion auf und ab ging, dessen Eingang ein geriatrischer Wächter mit versteinertem Gesicht und einer gewaltigen, mit Metallknöpfen beschlagenen Keule, die er höchstwahrscheinlich kaum anheben konnte, bewachte. Er verschwendete seine Zeit.

Einmal mehr war es sein eigener Fehler gewesen.

Der Ewige Imperator hatte sich mit mehr als einer Rückzugsposition den Rücken freigehalten. Selbst wenn, beispielsweise, die gesamte Befehlszentrale unterhalb von Arundel zerstört worden wäre, hätte er auf ein Dutzend Duplikate dieser Zentrale auf ebenso vielen Planeten zurückgreifen können. Es gab sogar noch drei weitere geheime Zentralen, die nur der Imperator kannte.

Außerdem hatte er dafür gesorgt, daß es auch für andere sekundäre Zentren seiner Verwaltung im Notfall sowohl Personal als auch Handlungsanweisungen gab. Nur eine einzige Sache hatte er vergessen.

Ob nun aus froher Hoffnung oder aus Zynismus, jedenfalls hatte er kein zweites Gebäude für sein Parlament angelegt. Womöglich hatte er ja die Hoffnung gehegt, daß bei einer Zerstörung des Gebäudes gleich die gesamte Riege der Gesetzgeber, die ihm so unmäßig auf den Geist ging, mit in die ewigen Jagdgründe geblasen würde. Doch das Gebäude auf der anderen Seite des Berges war intakt geblieben, wenn auch leicht radioaktiv verseucht. Außerdem hatte sich zu dem Zeitpunkt, als die Bombe der Tahn hochging, nur eine Handvoll Parlamentarier darin aufgehalten.

Bis zur Dekontaminierung des Gebäudes hatte man eine der großen Sporthallen der Erstwelt bezogen.

Dieser Umstand allein erklärte nicht, weshalb der Imperator draußen vor der Tür warten mußte. Auch das hatte er sich selbst zuzuschreiben.

Dem Ewigen Imperator war es stets ein Bedürfnis gewesen, daß sein Volk mit seiner Regierung auch ein wenig Pomp und Glanz bekam. Also hatte er sich von einer anderen Regierung aus längst vergangenen Erdzeiten eine Zeremonie ausgeborgt.

Theoretisch durfte er das Parlament nur mit der Duldung der

Mehrheit betreten. Das Ritual schrieb vor, daß Ehrenwachen den Eingang versperrten, er auf sein Recht als Herrscher bestehen und ihm daraufhin der Zutritt verweigert würde. Danach mußte er auf seinem Recht, das Gebäude notfalls mit Waffengewalt zu betreten, bestehen. Auch das wurde ihm verweigert. Erst nach der dritten, in aller Bescheidenheit vorgebrachten Bitte ließ man ihn ein. Der gesamte oben genannte Mist wurde mit blumigen Reden und nicht minder absurden Pirouetten aufgeführt.

Der Imperator war einmal stolz darauf gewesen. Er hielt Feierlichkeiten nämlich für eitlen Pomp und ging ihnen, so gut es ging, aus dem Wege. Zum Glück mußte er das Parlament nur wenige Male im Jahr, und das aus genau festgelegten Gründen, betreten. Die eigentliche Regierungsarbeit spielte sich im Palast ab, bei Ausschußsitzungen oder durch sorgfältig ausgearbeitete Verordnungen.

Doch jetzt, wo ihn die Not dazu zwang, vor seinem Parlament zu sprechen, schlug ihm sein eigener Firlefanz höhnisch ins Gesicht.

Er drehte sich zu Captain Limbu und seinem zweiten Gurkha-Leibwächter um und warf ihnen einen warnenden Blick zu; er wollte auch nicht den kleinsten Anflug von Amüsement sehen. Der Imperator wußte genau, daß die Nepalesen sich über fast alles lustig machten, besonders dann, wenn es sich um einen Vorgesetzten in einer peinlichen Situation handelte. Ihre Gesichter waren jedoch starr wie Mahagoni. Der Imperator grunzte und wandte sich wieder der Tür zu. ›Vielleicht‹, dachte er, kurz bevor die Türen aufschwangen und der uralte Wächter die Keule zum Gruß hob – wobei er sie fast fallengelassen hätte –, ›vielleicht sind sie ja nur sauer, weil sie ihre Waffen abgeben mußten.‹

Er täuschte sich erneut. Die Gurkhas setzten einfach nur hervorragende Pokerfaces auf. Und der Verlust der Willyguns, Granaten und Kukri-Messer war nicht so wichtig; beide Männer hatten noch ihre Miniwillyguns in ihren Uniformjacken verborgen, Maschinenpistolen, die laut dem Imperialen Geheimdienst problemlos durch jede Inspektion geschleust werden konnten – es sei denn, man wurde wirklich bis auf die nackte Haut ausgezogen.

Der Imperator wartete vor dem Halbkreis aus Stühlen, während ihn der Premierminister der Zeremonie gemäß hereinbat, ihn der unsterblichen Unterstützung seiner Untertanen versicherte und ihn dann dazu aufforderte, die Versammlung mit seiner Weisheit zu erleuchten.

›Unsterbliche Unterstützung‹, dachte der Imperator, als er durch den Mittelgang schritt. Nur die Hälfte der Legislatoren war überhaupt anwesend. Ganze Galaxien, die ihn vor dem Krieg lauthals unterstützt hatten, hatten inzwischen ihre Neutralität erklärt, sich aus dem Parlament zurückgezogen oder sich auf die Seite der Tahn geschlagen.

Der Imperator trug die schmucklose weiße Uniform mit den fünf Sternen und dem geflochtenen Kranz auf jeder Epaulette, die ihn als Befehlshaber der Raumflotte auswies. Er hätte tausend andere Uniformen anderer Imperialer Streitkräfte wählen können, deren Befehlshaber er war, doch wie meist zog er ein zurückhaltendes Auftreten vor.

Auf seiner linken Brust war eine einzige Auszeichnung zu sehen: das Emblem, das ihn als qualifizierten Raumschiffingenieur auswies. Von allen Auszeichnungen, die ihm verliehen worden waren, war er auf diese, wie er Mahoney einmal gestanden hatte, besonders stolz. Es war die einzige, die er sich selbst erworben hatte und mit der man ihm nicht hatte schmeicheln wollen.

Der Imperator begann mit seiner Rede und blickte sein Publikum an – nicht das Parlament, sondern das rote Licht auf der Livie-Kamera, die im Hintergrund über den Legislatoren aufgehängt war. Das war sein eigentliches Publikum. Seine Rede wurde innerhalb weniger Minuten im gesamten Imperium ausgestrahlt und in eine halbe Million verschiedene Sprachen simultanübersetzt.

»Vor einem Zyklus«, fing er ohne Vorrede an, »erhielt unser Imperium von denen, die wir in allen Ehren wie unseresgleichen behandelt haben, einen Dolchstoß in den Rücken versetzt. Die Tahn haben ohne Grund, ohne Vorwarnung und ohne Gnade zugeschlagen. Diese Geschöpfe bringen ihren eigenen Göttern Opfer mit blutigen Händen dar - den Göttern der Vernichtung, der Zerstörung und des Chaos.

Ich werde Sie nicht anlügen, meine Mitbürger. Die Verräter haben auf unseren Lebensnerv gezielt. Nicht ohne Erfolg. Sie sollten sich über dieses kurze Aufflackern ihres Kriegsglücks freuen, solange es noch anhält. Denn ihr Erfolg wird in der Tat nicht von langer Dauer sein.

Krieg ist das schlimmste aller Übel. Doch manchmal muß ein Krieg ausgefochten werden. Und selbst den Kriegen, die aus den selbstsüchtigsten Gründen geführt werden, wird meist das Deckmäntelchen edelster Gründe umgehängt. Der rücksichtsloseste Tyrann findet irgendwo in seinem Innern ein Fünkchen Ehrenhaftigkeit, mit dem er seine Schlächterei rechtfertigt.

Nicht so die Tahn. Einige von Ihnen haben womöglich ihre Propagandasendungen gesehen. Was wollen die Tahn?

Sie wollen unser Imperium stürzen.

Sie wollen meine Vernichtung.

Aber was haben sie anzubieten? Was versprechen sie den Völkern der Galaxis?

Den Tahn zufolge wird durch ihren Sieg allen Lebewesen ein gleicher Anteil an Ruhm und Ehre zuteil. Was ist denn dieser Ruhm, den sie versprechen? Es ist nicht mehr Nahrung. Es ist

347

nicht mehr Sicherheit. Es ist nicht das Wissen, daß Generationen von jetzt noch Ungeborenen den Unbilden der Zeit nicht hilflos ausgeliefert sind. Nein. Davon ist kein Wort zu hören.

Nur von diesem Ruhm. Manchmal nennen sie es auch das ›Schicksal der Zivilisation‹. Damit meinen sie nichts anderes als *ihre* Zivilisation.

Diejenigen Welten, diejenigen Völker, die bereits an die Tahn gefallen sind und ohne Hoffnung und ohne Zeugen unter ihrer Knute leiden, könnten uns ein Lied davon singen, was dieses Schicksal zu bieten hat.

Verzweiflung. Erniedrigung. Und schließlich Tod. Der Tod ist die einzige Belohnung, die die Tahn uns wirklich garantieren können, denn nur der Tod garantiert ihnen die völlige Freiheit ihrer Tyrannei.

Ich habe zuvor die Siege der Tahn erwähnt. Ich habe auch gesagt, daß sie diese Siege rasch genießen sollten. Denn das Blatt wendet sich bereits.

Ich spreche jetzt zu den Völkern, die die Tahn unter ihre Herrschaft gezwungen haben. Seid frohen Mutes. Ihr seid nicht vergessen. Wir werden die Tahn wieder vertreiben. Friede wird wieder einkehren.

Jetzt möchte ich mich denen widmen, die den Verblendungen der Tahn verfallen sind, so wie Hunde, die vom süßen Geruch der Verwesung angezogen werden. Überlegt euch noch einmal, wie die Tahn sind, wie sie vorgehen. Schon vor diesem Krieg zählten alle von ihnen geschlossenen Bündnisse nur so lange, wie sie ihnen Nutzen brachten. Das einzige Bündnis, das die Tahn anerkennen, ist das Bündnis zwischen Herr und Sklave.

Seht euch ihre Vergangenheit an. Und vergeßt nie das alte Sprichwort: ›Derjenige, der mit dem Teufel am Tisch sitzen will, sollte einen sehr langen Löffel mitbringen.‹

Als nächstes wende ich mich direkt an unseren Feind.

Ihr seid sehr laut, wenn es darum geht, mit eurer Stärke zu protzen. Ihr posaunt eure Eroberungen mit viel Getöse heraus. Ihr schnattert davon, daß euer Sieg kurz bevorstehe.

Ihr könnt posaunen, soviel ihr wollt. Doch schon bald werdet ihr erkennen, daß diese letzte Eroberung euch rasch wie Sand durch die Finger rinnen wird.

Eure Soldaten und Raumfahrer werden nichts anderes finden als den Tod, auf grauenhafte Weise und tausendfach. Sie sehen sich nicht nur einem Feind gegenüber, der bewaffnet und schrecklich in seiner Rüstung angetreten ist, sondern auch dem todbringenden Zorn derer, die sie in ihrer Arroganz zornig gemacht haben. Auch diejenigen von euch, die nicht selbst in den Kampf ziehen müssen, werden schreckliche Opfer zu bringen haben. Sie werden ihre Kinder niemals wiedersehen. Und wenn die Zeit gekommen ist, werden ihre eigenen Himmel in Flammen stehen.

Das Imperium kehrt zurück, es kehrt zurück mit Feuer und Schwert.

Und schließlich spreche ich zu den Kriegslords der Tahn, deren Ohren wahrscheinlich aus Verachtung für meine Worte verschlossen bleiben. Ihr habt diesen Wind gesät. Jetzt sollt ihr den Sturm ernten!

Wer mich kennt, der weiß, daß ich niemals verspreche, was ich nicht halten kann. Deswegen verspreche ich heute nur eins: In nur einer Generation – von jetzt an gerechnet – wird das Wort ›Tahn‹ bedeutungslos sein, ausgenommen für einige Historiker, die in die dunklen Korridore der Vergangenheit hinabsteigen.

Ihr habt diesen Krieg angefangen. Ich werde ihn beenden. Die Tahn, mit all ihrer Macht und Herrlichkeit, werden vergessen im Staub liegen!«

Daraufhin drehte sich der Ewige Imperator um und verließ das Podium.

Schon beim Schreiben hatte er gewußt, daß es eine gute Rede war.

Er hatte sie noch etwas aktualisiert, und jetzt riß es die Parlamentarier förmlich von den Sitzen. Sie applaudierten. ›Das möchte ich ihnen auch geraten haben‹, dachte er. Dann erst fiel ihm auf, daß sogar die Livie-Techs, die abgebrühtesten Beobachter überhaupt, laut jubelten und ihre Kameras einfach weiterlaufen ließen.

Jetzt mußte der Ewige Imperator nur noch einen Weg finden, sein Versprechen zu halten.

Kapitel 58

Der Schadenskontroll-Computer der *Gamble* fand einen halbzerstörten, überflüssigen Schaltkreis, und Sten spürte, wie das Schiff wenigstens einigermaßen reagierte.

Das Einsatzschiff donnerte in kaum mehr als 1500 Metern Höhe über die Oberfläche des Planeten dahin. Durch den dichten Nebel war so gut wie nichts zu sehen. Stens Finger huschten über die Kontrollen. Bremsraketen – volle Kraft. Haupt-Yukawa – volle Kraft.

Mehrere blökende Alarmsirenen und aufdringliche Blinkanzeigen wollten Sten weismachen, daß die Steuerung nicht mehr lange mitmachte. Er hatte noch genügend Zeit, um die McLean-Generatoren auf Höchstleistung hochzufahren, bevor die Kontrollen der *Gamble* erneut den Geist aufgaben. Das Problem hieß:

Falls sie den Sinkflug der *Gamble* auffangen konnten, bevor sie auf der Oberfläche aufschlug, würde das Schiff sofort wieder steil nach oben rasen, höchstwahrscheinlich in die Fänge der oberhalb des Nebels wartenden Tahn-Abfangjäger. Falls nicht, gab es mehrere unangenehme Alternativen. Sten schlug auf den Auslöser des Aufprallschutzes an seinem Kontrollsessel und klammerte sich fest.

Als sich die Sensoren einschalteten, stand die *Gamble* fast senkrecht.

Für einen einzigen Moment war das Glück noch einmal zum Schiff zurückgekehrt. Wenn man die Möglichkeiten, auf eine Felsnadel, einen Gletscher oder ein Geröllfeld zu treffen, in Betracht zog, so war die *Gamble* mit ihrer Bauchlandung in einem tiefen Schneefeld sehr gut bedient. Der Schnee wurde zusammengepreßt, schmolz und bremste die *Gamble* ab.

Eine weitere Konsole erwachte zu rotglühendem Leben. ANTRIEBSRÖHREN BLOCKIERT lautete die schlimmste Nachricht. Stens Hand schwebte über dem Notschalter, der sämtliche Systeme abschaltete, als der Schiffscomputer mitteilte, er wolle sich jetzt für immer verabschieden, dann jedoch meinte, daß etwas weniger Dramatisches geschehen würde; Sten betätigte den Schalter.

Nachdem der Strom komplett abgeschaltet war, kam die *Gamble* auch schlitternd zum Halt.

Bis auf das dumpfe Zischen des verdampfenden Schnees auf der heißen Schiffshülle herrschte völlige Stille.

Sten tastete sich durch die Dunkelheit zu einem Schrank und fand eine batteriebetriebene Lampe. Ein feierlich schimmerndes Licht erleuchtete das arg mitgenommene Zentraldeck.

»Alle Abteilungen – sofortiger Lagebericht.« Das war ein weiterer Vorteil eines so kleinen Schiffes wie der *Gamble* – Stens Ruf drang in fast sämtliche Abteilungen durch und wurde sogar sehr schnell bis zum Maschinenraum im Heck durchgegeben. Sten gurtete sich los und sprang auf die Füße. Plötzlich knarrte und polterte es, und Sten fing an zu taumeln. Das Poltern wurde lauter, und dann ging ein Zittern durch die *Gamble*, bevor sie sich einige Grad weiter zur Seite neigte.

Einige Mannschaftsmitglieder schlugen Alarm, dann kehrte wieder Stille ein.

»Was in drei Teufels Namen war denn das?« fragte Sten.

»Keine Ahnung«, antwortete Alex. »Aber ich glaube, nichts Gutes.«

Sten wartete noch einen Moment, doch alles blieb ruhig.

Die *Gamble* hatte sich offensichtlich ein für allemal zur Ruhe gelegt.

Sten machte Bestandsaufnahme.

Es stand nicht gut um sie. Einer der verwundeten Raumfahrer von der *Richards* war bei der Bruchlandung umgekommen. Von Stens eigener Besatzung war McCoy, der Maschinenmaat, von einem Stromschlag getötet worden, als es zu einem Kurzschluß in einer seiner Überwachungskonsolen gekommen war. Zwei weitere Männer hatten den Tod gefunden, außerdem gab es zwei Schwerverletzte. Alle anderen meldeten Beulen, Quetschungen und kleinere Knochenbrüche.

Das Schiff war hinüber. Die einzige intakte Funkverbindung bestand über die Schiffsanzüge und die winzigen Rettungskapseln; Sten hatte nicht vor, sie einzusetzen. Zunächst einmal ging er davon aus, daß die Überreste der Imperialen Streitmacht momentan anderweitig beschäftigt waren, und er legte auch keinen großen Wert darauf, die Tahn mit Hilferufen auf sich aufmerksam zu machen.

Sie mußten sich also selbst helfen.

352

Sten wies Kilgour an, die Notausrüstung herauszuholen, während er und Tapia, die wieder halbwegs einsetzbar war, herauszufinden versuchten, wieviel Hilfe sie überhaupt nötig hatten.

Es sah einigermaßen machbar aus. Die Hauptschleuse war völlig demoliert. Sten gelang es, die Notschleuse einen Spalt aufzuhebeln, und er fluchte laut los, als ein Schwall Eiswasser in das Schiff hereinschoß.

Wenigstens waren sie nicht eingeschlossen. Sie konnten Raumanzüge anlegen, die Verletzten in Bubblepacks einpacken und die *Gamble* verlassen. Danach würden sie sich in sehr kaltem Wasser befinden; das war zwar kein Problem für die Raumanzüge, doch bestand die Gefahr, daß das Wasser sehr schnell gefror.

»Also schwimmen wir raus«, sagte Sten.

»Sieht so aus, Sir.«

»Dann beeilen wir uns besser, denn außer Kilgour kann wohl keiner von uns durch einen Eiswürfel tauchen.«

Sten und Tapia fanden Kilgour in abenteuerlustiger Laune vor. Er war gerade mit der Inspektion der Notausrüstung des Schiffs fertig. Aus irgendwelchen Gründen glauben Raumfahrer nie daran, daß sie ihr Schiff wirklich einmal in einer Notsituation zurücklassen müssen. Deshalb ist die Notausrüstung meist nur unvollständig in Schuß, und hier und da fehlt es an Notwendigkeiten, die sich jemand nur mal schnell ausgeliehen hat. Die Raumfahrer der *Gamble* machten da keine Ausnahme.

»Darum müssen wir uns kümmern, wenn wir aufgetaucht sind«, sagte Sten. »Raus damit.«

Nachdem alle in ihren Raumanzügen und die Verletzten in den Bubblepacks steckten, wurde der Notausstieg ganz aufgedrückt. Der Raum füllte sich im Nu mit Wasser. Sten und die anderen mußten sich mit aller Kraft irgendwo festhalten. Strudel wirbel-

353

ten um sie herum, dann stieg ihnen das Wasser über die Köpfe und in die nächste Ebene hinauf.

Kilgour verließ das Schiff als erster. Er trug einen der beiden Brennschneider aus der kleinen Werkstatt der *Gamble*. Er stellte ihn auf höchste Leistung, richtete ihn nach oben und schaltete die Raketen seines Anzugs ein. Langsam trieb er durch das bereits krümelige Eiswasser nach oben; der See rings um die *Gamble* gefror rasch wieder. Von Kilgours Anzug reichte eine lange Schnur zu den anderen Besatzungsmitgliedern hinab.

Sten war der letzte, der das Schiff verließ. Einen Augenblick verharrte er noch in dem dunklen Wasser vor der Luke. Das war also das Ende seines ersten Kommandos. ›Jedenfalls haben wir uns wacker geschlagen, was, altes Mädchen?‹ dachte er.

Die Schnur straffte sich, und Sten wurde nach oben gezogen. Die Luftumwälzung seines Anzugs war nicht ganz in Ordnung. Seine Sicht trübte sich plötzlich. Das war die Erklärung, denn natürlich würde kein rationales Wesen wegen einem Haufen leblosen Metalls sentimental werden. Da mußte eindeutig etwas mit den Umgebungskontrollen schiefgelaufen sein.

Kilgours Anzugdüsen, die zum Einsatz in der Schwerelosigkeit des Alls gedacht waren, reichten gerade aus, um ihn an die Oberfläche zu befördern.

»Moment mal«, krachte seine Stimme plötzlich in Stens Kopfhörer. »Sieht ziemlich komisch aus hier oben. Ich muß wohl an die frische Luft gekommen sein … aber … Skipper, ich glaube, ich brauche deinen Rat.«

Sten hakte die Leine aus und stellte seine Düsen höher ein. Er brach dicht neben Alex durch einige Zentimeter Eis und leuchtete sogleich mit seiner Anzuglampe umher.

Es sah *wirklich* eigenartig aus. Sie trieben in einem kleinen, rasch zufrierenden See, der sein Dasein der heißen Metallhülle und dem Antrieb der *Gamble* verdankte. Neben ihnen ragte die zerschmetterte Schnauze der *Gamble* ungefähr einen halben Meter aus dem Eisschlamm heraus.

Das ließ sich alles noch erklären – aber nur ein paar Meter über ihnen wölbte sich eine feste Eisdecke.

»Das ergibt doch keinen Sinn«, entfuhr es Sten.

Tapia tauchte neben ihm auf. »Vielleicht doch«, meinte sie. »Kennen Sie sich mit Schnee aus, Sir?«

Schnee gehörte nicht zu Stens Spezialgebieten; den Großteil seiner Erfahrungen mit Schnee hatte er mit dem belebten Wandgemälde einer Schneelandschaft gemacht, für das seine Mutter auf Vulcan ein halbes Jahr gearbeitet hatte. Bei Mantis hatten ihn einige Einsätze auf Eisplaneten geführt, doch damals war das Klima nur ein Hindernis von vielen gewesen, die es zu überwinden galt; er hatte sich nicht weiter Gedanken darüber gemacht.

»Nicht sehr gut«, gab er zu. »Ich halte ihn eigentlich für etwas minderbemittelten Regen.«

»Dieses Poltern, das wir vorhin gehört haben – vielleicht war das eine Lawine.«

»Also sind wir am Ende doch begraben?«

»Sieht ganz so aus.«

Tapia täuschte sich nicht. Die *Gamble* hatte sich tief in ein Feld aus ewigem Schnee gebohrt. Ihre Schnauze steckte nur wenige Meter unter der Oberfläche, doch 500 Meter oberhalb des Talbodens hatte die Wucht des gedämpften Aufpralls eine gewaltige Schneewächte losvibriert. Sie hatte sich in Bewegung gesetzt, und Tausende von Kubikmetern Schnee und Steine waren zu Tal gedonnert und bedeckten jetzt die Senke.

Das Wrack der *Gamble* lag in mehr als vierzig Meter Tiefe im Schneefeld begraben. Als sie den Notausstieg öffneten, hatte sich das Wasser in die *Gamble* ergossen und somit den Spiegel des kleinen Sees gesenkt. Das Eis, das sich im unteren Teil der zu-sammengerutschten Schneemasse gebildet hatte, formte jetzt das Dach der Kuppel, die sich über ihnen erstreckte.

»Die Frage ist nur, wie schmelzen wir uns da durch bis nach oben?« fragte Alex. »Mit den Anzügen können wir nicht fliegen, die sind zu schwach. Und der Schnee dort oben trägt uns garan-tiert nicht.«

Es gab jedoch eine Lösung – eine Lösung, die sich am besten als organisiertes Chaos beschreiben ließ.

Sie paddelten schwerfällig voran und zogen die Bubblepacks an den Rand des Eissees. Aus dem Paddeln wurde schon bald ein Kriechen über die dünne Eisdecke, und kurz darauf war das Eis dick genug, um sie sicher zu tragen.

Jetzt galt es, einen Tunnel zu graben.

Da sie alle in Raumanzügen steckten, mußten sie sich glückli-cherweise keine Sorgen darum machen, verschüttet zu werden und zu ersticken. Kilgour bahnte sich seinen Weg halb schmel-zend, halb schiebend in einer langgezogenen Kurve nach oben. »Du weißt es vielleicht nicht, aber in meiner Jugend war ich mal Bergmann«, sagte er, während er eine besonders künstlerische Serpentine in den Schnee brannte.

»Weißt du genau, daß es hier nach oben geht?« fragte Sten.

»Das ist eigentlich ziemlich egal, mein Freund. Geht's nach oben, kommen wir an die frische Luft und sind gerettet. Geht's nach unten, erreichen wir früher oder später die Hölle, dort ist es wenigstens gemütlich warm.«

Sten kratzte den Schnee ab, der auf einen Ärmel seines Raum-anzugs rieselte, und ersparte sich eine Antwort. Dann sah er et-was. Licht. Ein diffuses Leuchten rings um sie herum, das nicht nur von ihren Anzuglampen oder von Kilgours Brennschneider stammte.

Einige Sekunden später brachen sie zur Oberfläche von Cavite durch.

Sten öffnete sein Visier. Die Luft schmeckte eigenartig. Erst dann fiel ihm ein, daß er schon … wie lange hatte er keine ungefilterte Luft mehr geatmet? Er konnte sich nicht mehr genau daran erinnern.

›Was für eine seltsame Art, Krieg zu führen‹, dachte er.

Und wenn er gerade vom Krieg sprach – ihr nächster Schritt mußte sie aus dem Gebirge herausführen, wobei die spannende Frage lautete: reichten ihre Anzugreserven noch aus, um die wärmeren Ebenen zu erreichen? Ein Anzug ohne Versorgungseinheit war so nutzlos wie die *Gamble*, die zerstört im ewigen Eis unter ihnen ruhte.

Langsam, langsam, sagte er sich. Nicht alle Katastrophen auf einmal. Vielleicht wurden ja seine Raumfahrer, die weniger als gar keine Erfahrung im Bodenkampf hatten, ohnehin vorher von einer Tahn-Patrouille massakriert.

Wenigstens war es dort unten warm. Sten drehte sich zu seinen Leuten um und stimmte sie vorsichtig auf den langen Marsch ein.

Kapitel 59

Am dritten Tag nach Beginn des Landeunternehmens auf Cavite verlegte Lady Atago ihr Hauptquartier von der *Forez* in einen mobilen Befehlsstand auf der Planetenoberfläche. Es befand sich jetzt in einem monströsen Panzerwagen, einem Modell, das der Geheimdienst des Imperiums als *Chilo*-Klasse bezeichnete. Der gewaltige, fast 50 Meter breite, 150 Meter lange und in mehrere

Segmente untergliederte rollende Befehlsstand bewegte sich auf vierzig in Dreiergruppen angeordneten, drei Meter hohen Walzen voran, verstärkten Niederdruck-Ballonreifen, die dem Fahrzeug gleichzeitig amphibische Eigenschaften verliehen. Bei jedem Hindernis, das die Walzen nicht überrollen konnten, setzte sich die Achse zwischen den Dreifachwalzen in Bewegung und setzte durch ihre Rotation jeweils ein Rad nach dem anderen auf dieses Hindernis, wodurch es halb rollend, halb kletternd überwunden wurde. Da diese fahrbare Burg segmentiert war, konnte sie sich sowohl in vertikaler als auch in seitlicher Richtung biegen.

Der Panzerwagen polterte nur wenige Kilometer hinter der Front voran, eskortiert von einer Schwadron Panzer und gepanzerten Boden-Luft-Raketenwerfern.

Die wenigen noch flugtauglichen Imperialen Schiffe waren nicht in der Lage, den Flugabwehrschirm zu durchdringen, doch Lady Atago wollte kein Risiko eingehen. Der Ort, den sie als nächsten Standort für ihren Befehlsstand bestimmt hatte, zeichnete sich durch mehrere Vorteile aus: er befand sich in kürzester Entfernung zu der Stelle, an der die Tahn am weitesten durchgebrochen waren, es gab ringsum genug freies Gelände zur Landung von Raumschiffen, und man mußte nicht eigens für eine komplizierte Tarnung sorgen.

Die Tarnung wurde von einem sehr großen Gebäude gewährleistet, einem ehemaligen Bibliotheksgebäude der Universität in einer der Satellitenstädte von Cavite-City. Unter der neuen Tahn-Herrschaft waren sowohl Aufbewahrungsstätten Imperialer Propaganda als auch höhere Ausbildung überflüssig.

Sechs A-Grav-Gleiter wurden direkt unterhalb der Dachsimse des Gebäudes positioniert; dann stieß Atagos Kommandopanzer rückwärts in das Gebäude hinein. Drei Stockwerke wurden zusammengeschoben und brachen rund um die pilzförmige Kuppel des Panzerfahrzeugs herunter. Das Gebäude selbst hielt jedoch. Damit war Atagos Befehlsstand aus der Luft nicht mehr zu sehen. Sie war sicher, daß ihre elektronischen Abwehrmaßnahmen die Imperialen Detektoren an der Nase herumführen würden.

Außerdem war die taktische Division, die die Tahn die ganze Zeit über geplagt hatte, endlich vernichtet worden. Lady Atago spürte ein gewisses Bedauern darüber, daß der Divisionskommandeur, Sten, nicht gefangengenommen werden konnte. Er hätte sich hervorragend für einen Schauprozeß mit nachfolgender öffentlicher Übertragung einer spektakulären Hinrichtung geeignet – auch über sämtliche Kanäle des Imperiums. Damit hätte man gewiß den einen oder andern kampflüsternen Offizier, der den Tahn immer noch Widerstand leistete, zur Raison bringen können.

Trotz allem war Lady Atago mit dem Verlauf der Invasion nicht rundum zufrieden.

Die Tahn hatten die wichtigsten Kampfeinheiten der Imperialen Verteidiger rund um Cavite-City eingeschlossen und zogen die Schlinge langsam enger. Ihr Gebiet betrug jetzt nur noch ungefähr 200 Quadratkilometer. Die wenigen Imperialen Kräfte, die sich außerhalb dieses Kreises auf Cavite verstreut noch zur Wehr setzten, würden in wenigen Tagen ausgelöscht sein.

Die Imperialen hielten jetzt kaum noch mehr als Cavite-City, den Flottenstützpunkt und die Anhöhen rings um Stadt und Raumhafen; dabei drangen die ersten Tahn-Patrouillen bereits in die Randbezirke der Stadt ein. Unterwasser-Einheiten der Tahn hatten einen möglichen Rückzug über den Ozean unmöglich gemacht.

Doch die Invasion gestaltete sich zu einem Pyrrhus-Sieg.

Die Tahn hatten drei komplette Raumlandeeinheiten – das entsprach ungefähr vier Imperialen Gardedivisionen – zusammen mit ihren Versorgungseinheiten zum Einsatz gebracht.

Sie waren inzwischen schrecklich dezimiert worden. Nein, korrigierte sich Lady Atago. Die Verluste beliefen sich auf weitaus mehr als ein Zehntel. Die Speerspitze war unerbittlich nach Cavite-City vorgedrungen und hatte die Verteidigungslinien der Garde durchbrochen. Vier Angriffe waren gestartet und abgewehrt worden. Das Imperium hätte in einem solchen Fall die Einheiten zurückgezogen und in Wartestellung belassen, bis sie, mit Verstärkungen aufgestockt, wieder volle Kampfkraft erlangt hätten.

Die Tahn gingen pragmatischer vor. Einheiten, die in Kampfhandlungen verwickelt waren, wurden nie zurückgezogen, bis zum bitteren Sieg. Waren sie nicht siegreich, kämpften sie weiter, bis sie mindestens 70 Prozent Verluste erlitten hatten. Erst dann wurden die Überlebenden zur Verstärkung anderer Formationen eingesetzt; die ursprüngliche Einheit wurde aufgelöst und von Grund auf neu formiert.

Dieses Schicksal hatte die Speerspitze der Landetruppen erlitten.

Der zweiten Welle der Landetruppen wurde befohlen, über die Überlebenden hinweg anzugreifen. Auch sie wurde aufgerieben.

Die Tahn hatten zu viele Schlachten gegen unvorbereitete oder unausgebildete Gegner geschlagen.

Die 1. Gardedivision war weder unvorbereitet noch unausgebildet. Als sie angegriffen wurde, hielt sie bis zur letzten Minute durch. Erst dann zog sie sich zurück – in vorher umsichtig dafür ausgebaute Stellungen. Die Tahn machten sich in der Annahme, ihr militärisches Ziel erreicht zu haben, ihrerseits daran, ihre Stellungen auszubauen. Dann gingen die Gardetruppen zum Gegenangriff über.

Der Gegenangriff kostete sie mindestens zehn Prozent Verluste. Doch fast überall eroberten sie die ursprünglichen Stellungen zurück. Ein teuer erkämpfter Sieg für die Garde, doch die Verluste der Tahn waren bedeutend höher.

Schlimmer noch waren die Kämpfe innerhalb der Stadt. Die Garde verteidigte jede einzelne Stellung mit genau ausgeklügelter Rückendeckung.

Die Tahn griffen ein Haus an, und die Garde zog sich zurück. Daraufhin wurde das Haus sofort von zwei anderen Stellungen aus unter Feuer genommen.

Kein Tahn-Kommandeur konnte mit Sicherheit behaupten, seine Position sei gesichert.

Am schlimmsten war es in der Nacht.

Ian Mahoney hatte seine Truppen dafür trainiert, um mindestens zwei Ecken zu denken. Sie verteidigten und hielten jede Position, die die Tahn unbedingt wollten. Aber sie hielten niemals eine bestimmte Position für besonders wichtig. In der Nacht hingegen schickten sie Patrouillen von Kompaniegröße hinter die Linien der Tahn, die jedes Ziel angriffen, das ihnen in die Quere kam.

Die Tahn konnten ihre eigenen nächtlichen Angriffe nicht einschätzen. Spähtrupps berichteten immer wieder, daß die Imperialen Stellungen kaum befestigt seien, doch sobald ein Angriff erfolgte, wurde er mit schweren Verlusten für die Tahn abgewehrt.

Im Widerspruch zum konventionellen militärischen Denken hielt die 1. Garde ihre Stellungen nur sehr notdürftig. Man versuchte nicht, die Front komplett auszubauen. Tahn-Patrouillen konnten eindringen und wieder zurückkehren, ohne etwas zu finden. Sobald jedoch die Soldaten der Tahn durchbrachen, wurden sie von allen Seiten von sorgsam geführten Reserven angegriffen, die von verborgenen Stützpunkten aus eingriffen.

Trotzdem drangen die Tahn Kilometer um Kilometer vor, was sich schon allein aufgrund ihrer zahlenmäßigen Überlegenheit erklären ließ.

Lady Atago zweifelte nicht an ihrem endgültigen Sieg; sie war sich dessen so sicher, daß sie in der Zurückgezogenheit ihres Quartiers bereits die Kapitulation der Garde vorbereitete.

Das Livie-Team, das eigens von Heath angefordert worden war, stand schon bereit, ebenso wie die Paradeuniformen für die Lady und die sie begleitenden Tahn-Offiziere bereitlagen.

Falls Admiral van Doorman noch am Leben war, kam er nicht für die Übergabe der Truppen in Betracht; dann schon eher dieser Mahoney.

Es würde eine sehr pittoreske Zeremonie werden, malte sich Lady Atago aus, die perfekte Propaganda für die Kriegsmaschinerie der Tahn. Die Kapitulation sollte auf dem Hauptlandefeld des Flottenstützpunkts Cavite stattfinden. Bei dieser Gelegenheit konnten die Livie-Crews gleich die Schiffswracks und den angerichteten Schaden mitaufnehmen.

Dann würde sie die zerlumpten Überreste der Imperialen Streitmacht vorführen. General Mahoney würde zum richtigen Zeitpunkt heraustreten und auf Lady Atago treffen.

Besaß er überhaupt ein Schwert? Es spielte keine Rolle, fand Lady Atago. Irgendein Messer hatte er bestimmt. Lady Atago würde das Messer entgegennehmen und den sich ergebenden Soldaten ehrenhafte Behandlung versprechen.

Natürlich würde ihnen eine solche Behandlung nicht gewährt werden. Lady Atago wußte, daß keiner dieser Soldaten sich damit zufriedengeben würde. Der Tod war die einzig angemessene Belohnung für all jene, die nicht das Glück hatten, auf dem Schlachtfeld zu sterben. Sie würden jedoch auf ehrenvolle Weise sterben – durch das Schwert.

Auch das konnte man herrlich dokumentieren. Nach dem Sieg über das Imperium ließen sich die Aufnahmen vielleicht zum Nutzen künftiger Tahn-Soldaten verwenden.

Lady Atago hatte ihre Zukunft fest im Griff.

Nach dem Fall von Cavite stand dem Angriff auf das Herz des Imperiums nichts mehr im Wege.

Ihr Mentor Lord Fehrle war bestimmt mehr als zufrieden mit ihr.

Vielleicht aber auch nicht, dachte sie mit leisem Lächeln. In letzter Zeit hatte er keinen sehr guten Eindruck auf sie gemacht. Möglicherweise war er doch nicht der richtige Mann, um die Tahn zum endgültigen Sieg über das Imperium zu führen.

Vielleicht gab es jemand anderen, der eher dafür geeignet war. Jemand, der selbst mitten im Kampf gestanden hatte.

Lady Atago gestattete sich ein Kichern. In diesem Augenblick war ihr die strahlende und sehr blutige Zukunft zum Greifen nah …

Kapitel 60

Eines zumindest hatten Raumfahrer und Piloten gemeinsam: sie hielten es für ihr angestammtes Recht, niemals weiter als zehn Schritte laufen zu müssen. Stens Leute stellten sich wie eine Kompanie Rekruten an, als er ihnen mitteilte, daß sie sich auf den eigenen Füßen aus der Misere befreien sollten.

Das Meckern und Murren hielt etwa sieben Kilometer an; von da an sparten sie ihre Kraft, um einen Fuß vor den anderen zu setzen, ihn aus dem Schnee zu ziehen, weiter vorne wieder in den

Schnee zu stecken und dann den anderen Fuß nachzuziehen – und alle halbe Stunde einen Kameraden an einer der Tragen mit einem Bubblepack abzulösen.

Die Raumanzüge erwiesen sich als unnützer, als Sten befürchtet hatte. Da sie nicht zum Einsatz auf Planetenoberflächen gedacht waren, kompensierte ihre Pseudomuskulatur gerademal etwas weniger als die Hälfte ihres Eigengewichts. Das Gehen allein wurde zu einem herkulischen Kraftakt.

Sten wünschte sich nichts mehr als mit Antrieb versehene Fluganzüge. Oder Pelzmäntel. ›Andererseits‹, dachte er, ›wenn ich mir schon was wünschen darf, warum nicht gleich ein neues Einsatzschiff?‹

Mit etwas weniger schweren Anzügen oder etwas stärkeren McLean-Generatoren hätten sie über die Schneewehen fliegen können; oder sich aus Zweigen Schneeschuhe basteln können. So aber stapften sie unbeholfen vorwärts.

Als es dunkel wurde, sah sich Sten nach einem geeigneten Lagerplatz um. Am Rande des Tals, dessen Verlauf sie folgten, stand ein riesiger Baum, um den sich der Schnee bis zu den unteren Zweigen türmte. Sten erinnerte sich an einige Grundregeln auf einem Mantis-Überlebenskurs und befahl seinen Leuten, sich rund um den Baumstamm zu lagern. Der Schnee war noch nicht bis direkt an den Stamm vorgedrungen und bildete mit den überhängenden Zweigen als Dachgebälk eine kleine, kreisförmige Höhle. Sten und seine Leute breiteten sich in der Höhle aus und erweiterten sie ein wenig, indem sie den Schnee zur Seite schoben.

Kilgour kümmerte sich um die Verwundeten. Sten war einmal mehr für die Rundum-Ausbildung bei Mantis dankbar, denn in seinem Kommando war kein Arzt vorgesehen. Alex war überaus kompetent; die Erste-Hilfe-Ausbildung bei Mantis hätte ihn im

Zivilleben jederzeit als Chirurgen qualifiziert. Dabei konnte er eigentlich nicht viel tun, denn ihre Sanipacks waren recht bescheiden bestückt. Kilgour wechselte Verbände und setzte die Schwerverletzten unter Narkose. Einer der Verwundeten würde innerhalb der nächsten vier Stunden sterben.

Sie richteten sich für die Nacht ein. Keiner der Raumfahrer glaubte Tapia oder Sten, als sie ihnen sagten, daß sie ihre Anzugheizung nicht brauchten, bis sie sahen, daß die natürliche Körperwärme den Schnee um sie herum zum Schmelzen brachte; das Schmelzwasser verwandelte sich rasch in Eis. Die Temperatur in der Höhle machte das Lager fast gemütlich. Sten erweiterte das Loch um den Stamm zu einem passablen Kamin.

Aus der Nacht wurde allmählich wieder Tag. Der tödlich verwundete Soldat war in der Nacht gestorben. Sie fanden eine Felsspalte, begruben den Leichnam in seinem Bubblepack und verschlossen die Spalte mit drei Salven aus einer Willygun. Dann machten sie sich wieder auf den Weg.

Der nächste Tag war die reinste Tortur. Beim Gehen mit geschlossenem Visier wurde einem rasch heiß, woraufhin die Körperfeuchtigkeit die Luftversorgung beeinträchtigte. Wurde das Visier geöffnet und Atmosphäre geatmet, sprang die Anzugheizung voll an, was die Energievorräte unnötig angriff und die Wahrscheinlichkeit von Erfrierungen im Gesicht erhöhte.

Gegen Mittag klarte der Himmel auf, und Cavites Sonne brannte herab, was alles nur noch schlimmer machte. Contreras wurde zeitweilig schneeblind; sie mußte ihr Visier schließen und es auf volle Polarisation stellen. Dann fing auch noch der Schnee zu schmelzen an.

Auch die Chance, von einem Tahn-Schiff entdeckt zu werden, erhöhte sich, obwohl Sten nicht wußte, weshalb die Tahn über dieser weißen Wildnis patrouillieren sollten.

Die zweite Nacht war eine Wiederholung der ersten, nur mit weniger Schutz. Alex benutzte die Restenergie des Schneidbrenners, um einen Tunnel in den Schnee zu schmelzen, der sie zumindest vor dem schneidenden Wind schützte.

Sie hielten reihum Wache, und die Nacht war schnell vorüber. Beim ersten Tageslicht schluckten sie die letzten Flüssigkeitsrationen ihrer Anzüge und machten sich wieder auf den Weg.

Sten war ein wenig von sich selbst angeekelt, als er feststellte, daß sein Atem hin und wieder in ein Keuchen überging. Nach nur zwei Tagen Marsch stellte sich bereits Erschöpfung ein. Das hätte bei Mantis gereicht, um ihn sofort zu den regulären Truppen zurückzubefördern. Sten kapierte allmählich, weshalb sich so viele Typen bei der Flotte einen fetten Hintern zulegten.

Kilgour machte die Sache nicht gerade leichter. Sein Heimatplanet Edinburgh war eine 3G-Welt, Cavite hingegen E-Normal. Und obwohl er einem Bierkrug in Menschengestalt nicht unähnlich sah, hatte er es geschafft, in Form zu bleiben. Er pflügte durch den Schnee, als wäre er gar nicht vorhanden, als würde er keinen Raumanzug tragen und nicht mit dem vorderen Ende eines Bubblepack, dem Sanipack für alle und zwei Waffen bepackt sein.

Außerdem hatte er noch Unmengen von Witzen auf Lager – jedenfalls versuchte er ständig, sie loszuwerden. Sten mußte ihm mit strengem Hausarrest drohen, sonst hätte er die unsagbar dämliche Geschichte von der gefleckten Schlange zum besten gegeben. Sten hatte sie sich einmal während ihrer gemeinsamen Mantis-Ausbildung anhören müssen, und das war schon dreimal zuviel gewesen. Doch auch Kilgours andere Geschichten waren fast genauso schlimm.

»Wenn wir hier beizeiten rauskommen, mußt du mich unbedingt mal auf meinem Landsitz besuchen und mit mir über meine

Ländereien wandern«, plauderte er gutgelaunt auf Leutnant Tapia ein.

»Was ist denn ein Landsitz?« grummelte sie, wobei sie fast mit dem Gesicht in eine Schneewächte gefallen wäre.

»Hat denn der kleine Sten … äh, Pardon, Commander Sten, dir noch nicht erzählt, daß ich der rechtmäßige Lord Kilgour von Kilgour bin?«

»Ich habe nicht die geringste Ahnung, wovon du redest.«

»Ich versuche dir die Geschichte von dem Schwein zu erzählen.«

»Schwein?«

»Genau. Ein Riesenberg aus Schweinefleisch, um genauer zu sein. Jedenfalls, das erste Mal, als ich das Schwein überhaupt erblickte, war, als ich eines schönen Tages über die Ländereien meines Landsitzes wanderte. Und plötzlich sehe ich diesen Schweinekoloß. Was mich allerdings noch mehr verwunderte, war sein Holzbein. Drei Schweinebeine und, richtig, ein Holzbein.«

»Ein dreibeiniges Schwein«, warf Foss skeptisch ein. Er schloß zu Tapia auf, um die Geschichte mitanzuhören.

»Genau. Ein Wunder. Und dort steht dieser Bauer und schaut über seinen Zaun. Ich gehe also zu ihm hin und sage: ›Also, dieses Schwein, Mister.‹

Er schaut mich an und meint: ›Ja, ja, das ist ein gar wunderbares Schwein. Vor drei Jahren ist mein kleiner Junge in den Teich dort gefallen. Weil sonst niemand da war, wäre mein kleiner Thronfolger fast ertrunken.

Doch das Schwein ist hineingesprungen und hat ihn rausgezogen.‹

Ich höre ihm zu und sage dann: ›Das ist wirklich ein Wunder, aber –‹

Da schneidet er mir wieder das Wort ab: ›Vor zwei Jahren sind

367

meinem Großvater im A-Grav-Gleiter sämtliche Kontrollen ausgefallen. Der Gleiter saust los und direkt auf ein Viadukt zu.‹«

»Viadukt?« fragte Tapia.

»Na ja, das ist eine berechtigte Frage, Mädel. Ich komme später darauf zurück. Um aber fortzufahren: Ich stimme also meinem Pächter vollauf zu: ›Dieses Schwein ist wirklich ein Wundertier. Aber wegen diesem –‹ Und wieder fällt er mir ins Wort.

›Ein Jahr später, mitten im tiefsten Winter – und es war ein besonders harter Winter, Sie erinnern sich, Lord, Kilgour.‹ Und ich sage: ›Klar doch erinnere ich mich.‹

Und er sagt: ›Meine Hütte fängt Feuer. Wir schlafen alle tief und fest und wären wohl verbrannt. Aber dieses Schwein stürmt ins Haus, weckt uns alle und rettet uns das Leben.‹

An diesem Punkt wird's mir dann aber doch zuviel. ›Jetzt mach mal halblang, Mann!‹ rufe ich. ›Ich bin ja ganz deiner Meinung, das ist ein ganz außergewöhnliches Wunderschwein. Was mich jetzt aber viel brennender interessiert ist: *Wo kommt dieses Holzbein her?*‹

Da schaut mich der Häusler an und sagt: ›Mein lieber Mann, ein wunderbares Schwein wie das ißt man doch nicht auf einmal auf!‹«

Tapia und Foss, beide tief in Gedanken über vorsätzlichen Mord versunken, stapften weiter durch den Schnee. So war Alex auf dem ganzen Marsch.

Sein womöglich schlimmster Charakterzug war seine unausrottbare gute Laune. Mit unablässigen Beschwörungen wie: »Nur noch fünf Kilometer, Skipper« ging er ihnen auf die Nerven. Ganz besonders jetzt, wo sie durch Schnee wateten, der sich in Eismatsch verwandelte.

Eismatsch? Sten schaute nach vorne und sah, daß sich vor

ihnen plötzlich keine weiteren Gipfel mehr erhoben. Das Tal ging in hügeliges Vorgebirgsland über. In der Mitte des Tals ragten sogar schon große Steinbrocken aus dem Schnee heraus.

Sie hatten es geschafft.

Jetzt mußte Sten nur noch seine kampfunerfahrenen Leichtmatrosen durch die Frontlinien der Tahn und nach Cavite-City hineinführen.

Das reinste Kinderspiel.

Kapitel 61

Als der Boden sich nicht mehr so stark neigte und die Temperatur über 15 Grad Celsius stieg, pellten sie sich aus den Anzügen. Kilgour hüstelte höflich.

»Das Universum riecht mordsmäßig nach Käsefüßen«, stellte er fest. »Die Tahn werden uns an unserem Gestank auf die Spur kommen.«

Er übertrieb kaum. Sie stanken wie ein Misthaufen. Das hielt jedoch nur solange an, bis sie den ersten Viehtank erreichten. Kilgour verjagte die drei mageren Rindviecher und rannte ohne Zögern ins Wasser; unterwegs riß er sich den Overall vom Körper. Die anderen folgten ihm dicht auf den Fersen.

Sten gab ihnen eine Stunde, um den gröbsten Dreck abzuschrubben, dann machten sie sich wieder auf den Weg. Als nächstes brauchten sie unbedingt Verpflegung und einen sicheren Ort, an dem sie beratschlagen konnten, wie man sich am besten zu den eigenen Reihen durchschlug.

Die Navigation bereitete keine großen Probleme; sie mußten

nur auf die Rauchsäulen zuhalten, die das Schlachtfeld rund um Cavite-City markierten. Das Land war karges vertrocknetes Weideland, auf dem hier und dort ein heruntergekommener Bauernhof stand. Die meisten Höfe waren ohnehin verlassen. Sten spähte diejenigen aus, die noch bewohnt aussahen, doch sie hatten kaum genug, um ihre Bewohner durchzubringen, geschweige denn, um Sten und seine Leute zu versorgen.

Dann trafen sie auf Wohlstand: grüne Felder, an deren Horizont sich Wirtschaftsgebäude abzeichneten. 2000 Meter vom Hauptgebäude stellte sich der Wohlstand jedoch als Tragödie heraus. Die Felder rings um den Hof waren verwahrlost. Sten ließ seine Leute ausschwärmen und äußerst vorsichtig weiter vorrücken. Als zwischen ihnen und dem Gebäude noch 500 Meter lagen, ließ er seine Leute in einem der jetzt ausgetrockneten Bewässerungsgräben, die das Land fruchtbar gemacht hatten, Stellung beziehen.

Er und Alex gingen weiter.

Mitten im Hof war ein kleiner artesischer Teich zu sehen. Um ihn herum lagen an die fünfzehn Körper verstreut. Sten und Alex duckten sich hinter einen Schuppen und warteten ab.

Am Hauptgebäude klappte eine Tür. Sten entsicherte seine Waffe. Wieder das Türklappen. Und wieder. Es war der Wind.

Im Entengang krochen sie auf die Leichen zu. Kilgour rümpfte die Nase.

»Drei, vielleicht vier Tage schon«, sagte er. »Ich frage mich nur, ob ihnen eine faire Verhandlung gewährt wurde.«

Die Menschen waren nicht im Kampf getötet worden. Männern wie Frauen hatte man die Hände auf dem Rücken mit Draht zusammengebunden.

Sten rollte einen Leichnam auf den Rücken. Um den aufgedunsenen Hals des Toten zog sich ein goldener Schimmer. Sten zog das Schimmern mit dem Lauf der Waffe hervor. Es handelte sich um eine Halskette.

»Das waren Tahn«, sagte er. »So wie sie angezogen sind, müssen es Siedler gewesen sein.«

»Wer sie wohl abgeschlachtet hat?«

Sten zuckte die Achseln. »Imperiale Banden? Tahn-Truppen? Spielt das überhaupt eine Rolle?«

»Nur meine morbide Neugier, Commander. Kümmern wir uns um das Haus.«

Sie führten die anderen in den Hof. Einige der Raumfahrer mußten sich übergeben, als sie die Leichen erblickten. ›Gewöhnt euch dran, Leute‹, dachte Sten. ›Ab jetzt kämpfen wir unseren Krieg nicht mehr auf große Entfernung.‹

Er, Tapia und Kilgour durchsuchten das Hauptgebäude. Es sah aus, als wäre es hochgehoben, auf den Kopf gestellt, gut durchgeschüttelt und dann wieder auf seine Grundmauern gestellt worden. Alles, was man kaputtmachen konnte, war kaputt.

»Ich hab da 'ne Theorie. Es waren nicht die Imperialen, die mußten sich vor vier Tagen schon längst nach Cavite-City zurückziehen. Tahn-Soldaten wiederum hätten sich nicht soviel Zeit genommen, alles so gründlich zu durchsuchen.« Während er sprach, stopfte er noch versiegelte Rationspäckchen in seine Plastiktüte. »Meiner Theorie nach«, fuhr er fort, »wollten diese Siedler hier noch vor dem Krieg abhauen. Das sahen die anderen Tahn nicht gerne. Als die Tahn landeten, haben ihre Farmerkollegen die Rechnung beglichen, und ...«

Kilgour hielt inne und hob eine kleine Flasche auf, die neben ein Schränkchen gerollt war. Er warf sie Sten zu.

Sten warf einen Blick auf das Etikett: »Mahoney Apfelschnaps & Dünger. Gutes Obst und mehr seit 130 Jahren.«

»Wir gehen in den Fußstapfen des Meisters«, sagte Alex in gespielter Andacht.

Tapia verstand überhaupt nicht, wie ihre beiden Vorgesetzten inmitten dieser Todeslandschaft laut loslachen konnten.

Ab jetzt marschierten sie nur noch nachts.

Und sie bewegten sich sehr langsam voran; nicht nur aus Vorsicht, sondern aufgrund der Unerfahrenheit der Raumfahrer. Vor lauter Anstrengung, nicht vor Wut zu explodieren, hatte Sten ständig seinen Gebißabdruck auf der Zunge.

Diese Soldaten waren keine Mantis-Spezialisten. Es waren keine Gardisten. Herrje, es waren noch nicht einmal Infanterierekruten. Halt die Klappe, Commander, und hör auf, Supersoldaten in ihnen zu sehen. Wenn sie jedoch weiterhin so langsam vorankamen, war der Krieg vorbei, bis sie Cavite-City erreichten. Na und? Hast du es etwa besonders eilig, in die belagerte Stadt zu kommen und getötet zu werden, Commander? Also halt die Klappe und beweg dich.

In der vierten Nacht stolperte Contreras in Frehdas Farm hinein; buchstäblich, denn sie verhedderte sich in einem zusammengerollten Stück Rasierklingendraht. Glücklicherweise bewahrte sie ihr Overall vor allzu schlimmen Schnittwunden. Die anderen befreiten sie, zogen sie hinter einen Strauch in Deckung und beratschlagten.

Wieder gingen Sten und Alex voran, schlichen sich unbemerkt durch mehrere Reihen Draht und Sensoren. Dann lagen sie auf der Anhöhe, blickten auf die Baracken hinunter und diskutierten die Sachlage mittels der Zeichensprache, die Mantis eigens für derartige Situationen entwickelt hatte. Sie war ziemlich einfach. Ausgestreckte Finger bedeuteten zum Beispiel: »Was ist das?«

Zwei Finger bildeten ein T - Tahn. Finger auf die Rangabzeichen – Militär? Kopfschütteln. Es war ziemlich offensichtlich: Tahn-Soldaten hätten ausgeklügeltere Sicherheitsmaßnahmen getroffen und wahrscheinlich kein Licht angelassen.

Sten deutete auf die von Flutlicht beleuchteten Baracken hinab und signalisierte eine komplette Frage: »Was haben dann all diese Typen mit Gewehren und A-Grav-Gleitern da zu suchen?« Dabei fiel ihm die Antwort selbst ein: es handelte sich um eine Siedlung revolutionärer Tahn.

Mit ziemlicher Sicherheit hielten sich einige Tahn-Truppen dort unten auf. Wahrscheinlich setzten die Tahn diese Revolutionäre als Sicherheitstruppe hinter den Linien ein, als eine Art Polizei und für ähnliche Aufgaben. Diese »ähnlichen Aufgaben« bestanden wahrscheinlich auch darin, sich um die Siedler – Imperiale oder Tahn – zu kümmern, die nicht hinter der Sache der Tahn standen.

Jetzt glaubte Sten auch zu wissen, wer jene Tahn-Familie umgebracht hatte – und er hatte eine gute Idee, wie sie nach Cavite-City zurückkommen würden.

Kilgour hatte den gleichen Plan. Als Sten ihn wieder ansah, hielt Alex beide Handflächen aneinander und neben seiner Wange und stieß mit dem Kopf dagegen.

Richtig. Jetzt brauchten sie einen Wächter.

Ungefähr 75 Meter weiter am Zaun entlang fanden sie einen. Er trottete auf und ab, hielt sich nach Möglichkeit aus dem gleißenden Lichtschein heraus und blickte suchend in die Dunkelheit dahinter. Sie änderten ihren Plan leicht ab.

Kilgour schlich sich bis auf vier Meter an den Wachtposten heran.

Sten kroch ebenfalls auf dem Bauch um den Mann herum in Richtung Baracken, kam dann aber in einem Bogen zurück. Er krümmte die Finger, und sein Messer glitt in seine Hand.

Atmen ... atmen ... Augen nach unten ... Sten zog die Beine unter sich, dann stand er. Drei Schritte, eine Hand um das Kinn des Mannes gelegt, dann wurde der Kopf seitlich nach hinten gerissen. Das Messer stieß direkt in die Halsschlagader. Der Mann war nach zwei Sekunden ohne Bewußtsein, nach dreieinhalb Sekunden tot.

Damit waren die Voraussetzungen für die Falle mit der schlafenden Wache geschaffen. Sie basierte auf der Annahme, daß Schlafen auf Wache in allen Armeen ein fast so schlimmes Vergehen war, wie wenn man einem Vorgesetzten gegenüber ein unmoralisches Angebot machte.

Sie zogen den Leichnam an einen Pfosten, zogen ihm die Mütze über die Augen und lehnten ihn entspannt zurück. Sten und Alex legten sich jeweils zehn Meter links und rechts von dem Toten auf die Lauer.

Früher oder später mußte der Kommandant der Wache seine Posten inspizieren. Genau das tat er auch.

Ein Kampfgleiter kam von den Baracken her angesummt. Sten und Alex regten sich nicht mehr, da sie davon ausgingen, daß die beiden Insassen mit Nachtsichtbrillen ausgerüstet waren.

Das war richtig, doch sie hielten in erster Linie nach ihren Wachtposten Ausschau, nicht nach zwei Männern im hohen Gras.

Der Wachkommandant erblickte seinen »schlafenden« Wachtposten und beschloß offensichtlich, dem Mann eine Lektion zu erteilen, denn der Gleiter blieb in ungefähr zehn Metern Entfernung stehen.

Sten pirschte sich sofort an das Fahrzeug heran.

Der Tahn-Wachoffizier, einer von Frehdas »Beratern«, ging leise auf seinen sündigen Wachtposten zu. Als nächstes würde er sich zu ihm hinunterbeugen und ihn anbrüllen. Falls der Posten den ersten Schrecken überlebte, blühte ihm eine empfindliche Strafe. Der Wachoffizier freute sich schon darauf: er hatte ohnehin den Eindruck, daß diese Bauern ziemlich nachlässig wurden, seitdem die echten Kampftruppen den Krieg für sie gewannen.

Er bückte sich – und aus dem Dunkel krachte Alex' Hand mit einem *teisho-zuki* Handkantenschlag gegen seine Stirn. Ein Betäubungsschlag, wenn er von einem normalen Menschen ausgeführt wurde. Mit der vollen Kraft von Alex' 3G-Muskeln dahinter, zerbrach der Schädel des Kommandanten, als wäre er unter größtem Druck implodiert.

Kilgour nahm die Koppel von beiden Männern an sich und rannte auf den Kampfgleiter zu.

Sten wischte die Klinge seines Messer an der Uniformjacke des toten Fahrers ab und schob sich hinter die Steuerungskonsole des Gleiters. Dann setzte er die Nachtsicht-Brille des Fahrers auf, ließ den Gleiter drei Meter in die Höhe steigen, wendete und fuhr mit voller Geschwindigkeit dorthin zurück, wo seine Raumfahrer auf ihn warteten.

Jetzt waren sie wieder mobil.

Kapitel 62

Der Tahn-Kampfgleiter sorgte nicht nur für schnellere Fortbewegung, sondern auch für die nötige Tarnung. Sten ging davon aus, daß die Tahn einigermaßen logisch dachten: alle Zivilfahrzeuge waren entweder beschlagnahmt oder versteckt, und alle Imperialen A-Grav-Gleiter befanden sich innerhalb der Stadtgrenzen von Cavite-City. Demnach mußte alles, was frei herum-schwirrte, ein Tahn-Fahrzeug sein.

Sten tarnte sich nur flüchtig. Nachdem er seine Leute einge-sammelt hatte, flog er im Abstand von nur wenigen Zentimetern dreimal ein Stück auf der staubigsten Landstraße hin und her, die er finden konnte. Dann stieg er höher hinauf und hielt auf Ca-vite-City zu; einer von vielen entnervten Gleiterpiloten, die ihre staubigen Truppen zur Front brachten.

Das einzige Problem konnten jetzt noch die Polizeikontrollen direkt hinter der Front darstellen; dort wurden allerdings eher die Fahrerlaubnis und die Kennkarten derjenigen überprüft, die sich vom Kampfgeschehen entfernten, und nicht derjenigen, die es hin zum Kanonendonner zog.

Dann hatten sie sogar noch mehr Glück. Sten wurde von einer Straßenpatrouille herabgewinkt, da ein vorrangiger Konvoi von Schwertransportern vorüberrauschte. Der Konvoi hielt sehr schlampig Abstand, mitunter waren es mehrere hundert Meter zwischen den einzelnen Gleitern. Sten fiel es nicht schwer, sich am Ende des Konvois einfach einzureihen, und ebenso leicht, sich in eine Seitenstraße zu verdrücken, sobald sie die Außenbezirke der Stadt erreichten.

Der Verteidigungsring der Imperialen Streitkräfte war kläg-lich zusammengeschrumpft. Die Tahn, die den Verteidigern zah-lenmäßig um ein Vielfaches überlegen waren, zogen den Ring immer enger. Sten gelang es, drei Straßenpatrouillen der Tahn auszuweichen, bis er entschied, daß sie ihr Glück genug strapa-ziert hatten.

Zwei Kilometer von der Front entfernt stellte Sten den Kampf-gleiter im dritten Stockwerk eines zerschossenen Gebäudes ab und versuchte, taktisch zu denken. Von hier an wurde die Gefahr ständig größer; die Tahn hielten nach Spähtrupps hinter den eigenen Linien Ausschau, und das Niemandsland zwischen den kämpfenden Parteien war sogar noch gefährlicher.

Zusätzlich liefen sie Gefahr, von den eigenen Truppen beschossen zu werden; Sten hatte keine Ahnung, welche Parole oder welches Signal aktuell war.

Die Antwort auf alle ihre Fragen stellte der weißuniformierte Sicherheitswachmann dar.

›Weiße Uniformen?‹ wunderte sich Sten. ›Mitten im Kampfgebiet?‹

»Da vorne macht sich hohes Lametta für eine Zeremonie bereit«, stellte Kilgour fest, als er das Fernglas absetzte. »Können wir uns das nicht zunutze machen?«

»Du suchst nur nach einem Vorwand, das nächste Team niederzumachen, Kilgour.«

»Stimmt. Aber ist das nicht mutig?«

Doch, es war mutig.

Wieder sondierten Sten und Alex die Situation, bewegten sich von Dach zu Dach, bis sie den Sicherheitsmann in Sichtweite vor sich hatten. Auf der anderen Seite der ehemaligen Straße, die jetzt nur mehr ein etwas weniger mit Schutt und Trümmern übersätes Ruinengebiet war, stand ein zweiter Posten.

Hinter den beiden Militärpolizisten befanden sich zwei Stellungen mit Schnellfeuerkanonen. Etwas weiter hinten standen Panzer und Raketenwerfer um einen Haufen weiterer Kettenfahrzeuge herum. Letztere waren offensichtlich die Kommandofahrzeuge – von ihnen gingen mehr Antennenfühler aus als von einem Nest junger Garnelen. Das war der Befehlsstand der Panzerbrigade, die die Tahn-Landungstruppen unterstützte. Er befand sich direkt zwischen Sten und den Imperialen Linien.

»Hast du Lust auf eine zweite Runde gegen die Wachen?«

Natürlich hatten sie.

Weniger erfahrene – oder weniger zynische – Soldaten hätten vielleicht versucht, den Befehlsstand zu umgehen. Für Sten und Alex war er jedoch ein gefundenes Fressen.

Sowohl durch eigene Beobachtungen als auch durch die Ausbildung bei Mantis wußten sie: Hauptquartier-Einheiten unterlagen massiven Sicherheitsvorkehrungen. Die Sicherheitskräfte waren ursprünglich vielleicht aufgrund ihrer Effizienz ausgewählt worden, doch sie verwandelten sich unweigerlich in herausgeputzte Schreibtischhengste. Sie wurden höchstwahrscheinlich von ehrgeizigen jungen Offizieren oder solchen mit guten Beziehungen kommandiert. Ihre Einheiten durchliefen langsam und fast unmerklich einen Wandel von kampforientiert zu paradeorientiert.

Die Soldaten einer solchen Einheit wurden befördert, weil ihre Stiefel so tadellos glänzten und ihre Knöpfe so herrlich poliert waren. Nach all den Stunden Putzdrill verspürte ein solcher Mann einen verständlichen Widerwillen dagegen, durch Staub und Dreck zu waten, bloß weil er ein verdächtiges Geräusch gehört hatte.

Schließlich war auch der Faktor der Arroganz nicht zu unterschätzen: wer würde es schon wagen, die Alle100bersten anzugreifen?

Sten und Alex waren sich darin einig, daß man diese Arroganz ausnutzen mußte.

Touristen können sich an Wachablösungen nicht satt sehen. Derartige Vorführungen fanden stets vor Palästen, mit Paradeuniformen, mit viel Brimborium und Massen von Soldaten, zu vorgegebenen Zeiten und mit reichlich klirrenden Waffen statt – vorzugsweise verchromt und antik. Ein Vorgehen, das weniger angesagt war, wenn ringsum der Feind lauerte; andererseits war Tradition eben Tradition, auch wenn sie erst auf wenige Wochen zurückblickte.

Sten und seine Leute nutzten das zu ihrem Vorteil.

Die Ablösung der Wache des Tahn-Generals bestand aus mehreren Gruppen, die dicht hintereinander zu ihrem jeweiligen Posten marschierten, wo unter viel Gebrüll und Geklirr die alte Wache vom Wachkommandanten inspiziert und wegtreten gelassen wurde. Beim Wegtreten ließ der Posten den Kolben seiner Waffe mehrere Male auf den Boden scheppern, bevor er hinter die Gruppe marschierte. Die neue Wache ging in Stellung, und die Gruppen stampften zum nächsten Posten weiter.

Selbstverständlich konnte man nach dieser Wachablösung die Uhr stellen.

Sten wußte, daß die menschliche Seele ihren tiefsten Punkt um vier Uhr nachts erreicht.

Genau zu diesem Zeitpunkt machte er sich auf den Weg.

Klappern ... Geklirr ... gerufene Befehle ... und Stens dreizehn Leute schoben sich an den frisch postierten und gähnenden Wachen vorbei, direkt auf das Herz von Atagos Befehlsstand zu.

Da sie für jedermann sichtbar und in Formation marschierten – wobei Sten hoffte, daß seine Grünschnäbel wenigstens einigermaßen Gleichschritt hielten –, blieben sie unbehelligt.

Erster Schritt: erledigt. Zweiter Schritt: ein Versteck finden.

Kilgour entschied sich für einen gepanzerten Versorgungsgleiter in ungefähr 150 Metern Entfernung von den Kommandofahrzeugen. Mit gezücktem Kukri glitt er durch die unbewachte Einstiegsluke. Sten wartete draußen und gab ihm Rückendeckung.

Er hörte nicht mehr als ein leises Todesröcheln, bevor Kilgours Kopf wieder im Eingang erschien. Der Kukri war nicht einmal blutig. ›Nicht schlecht‹, dachte Sten. ›Der Kerl versteht sein Geschäft immer noch.‹

Dann winkte er seine elf Raumfahrer hinein. Dort warteten sie bis zum Morgengrauen.

Sten, Foss, Kilgour und Tapia hielten an den Schirmen des Fahrzeugs Wache. Zu diesem Zeitpunkt richtete sich ihr Plan ganz nach den Gelegenheiten, die sich boten. Früher oder später, irgendwann kurz vor oder nach der Abenddämmerung, müßten eigentlich irgendwelche Truppenbewegungen in Richtung Front erfolgen. Niemand würde eine Gruppe Soldaten aufhalten, die sich vom Befehlsstand aus zu den vordersten Linien aufmachte. So hoffte er jedenfalls.

Natürlich gingen sie in Tahn-Uniformen. In einem Vorratsraum hatten sie jede Menge versiegelter Packen mit dem Aufkleber: ›Paradeuniform, gemäßigtes Klima (Weiß)‹ gefunden.

Sten dachte, wenn er seine Leute in diese Uniformen steckte, kamen sie wahrscheinlich unbehelligt aus den Linien des Befehlsstands heraus; spätestens beim Zusammentreffen mit dem ersten Tahn-Soldaten weiter vorne würde es wahrscheinlich erheblichen Ärger geben.

Es gab jedoch noch eine andere Möglichkeit.

Am frühen Nachmittag glaubte Sten, sie gefunden zu haben. Von der Front zischten Kampfgleiter herbei, aus denen Tahn-Offiziere stiegen.

Eine Stabskonferenz, vermutete Sten. Wenn sie vorbei war, müßten sie eigentlich mit den anderen Fahrzeugen das Gelände verlassen können.

Plötzlich hörte er ein Dröhnen, und ein großer A-Grav-Gleiter voller Truppen näherte sich der Kommandozentrale. Tausend Meter darüber tauchten zwei heulende Tahn-Schlachtkreuzer am Himmel auf.

»Verdammt noch mal«, stellte Alex fest. Er blickte die ganze Zeit über Stens Schulter auf den Schirm. »Da versammelt sich ja die gesamte oberste Riege.«

Der Gleiter landete, und eine Rampe klappte auf. Eine Reihe

Tahn-Soldaten in Kampfuniform kam im Laufschritt herausgetrabt.

»Wußte gar nich', daß die Tahn auch Goliaths züchten!«

Die Soldaten waren wirklich sehr groß; und sehr breit.

Die Riesen bildeten links und rechts von der Rampe eine Reihe.

Jetzt wußte Sten, was als nächstes geschehen würde. Er wandte sich vom Schirm ab und blickte Alex an. Das Gesicht des Schwerweltlers wurde bleich.

»Ich glaube, wir haben keine andere Wahl, was, mein Freund?« flüsterte er.

›Nein‹, dachte Sten. › Wir haben keine andere Wahl.‹

Er nahm die Willygun, die direkt neben der Konsole des Bildschirms lehnte, und überprüfte ihre Sicht- und Ladevorrichtung. Dann begab er sich zur Einstiegsluke und schob sie vorsichtig auf.

Sten war ein Überlebender.

Er war außerdem Offizier des Imperiums.

Situation: Leibwachen in Paradeuniform in Sichtweite. In Wartehaltung. Ebenso die versammelten hochrangigen Offiziere.

Schlußfolgerung: Jemand von höchstem Rang wird jeden Augenblick erscheinen.

Frage: Wer war dieser Jemand?

Antwort: Lady Atago oder Deska.

Frage: Ist Deskas Tod wünschenswert – ohne Rücksicht auf Verluste?

Antwort: Wahrscheinlich.

Frage: Ist der Tod Lady Atagos wünschenswert?

Antwort: Absolut.

Ohne Rücksicht auf Verluste, Commander Sten?

Ohne Rücksicht auf Verluste.

Sten schlang den Tragriemen um seinen Arm, lehnte sich gegen die Luke des Versorgungsgleiters und zielte, wobei er darauf achtete, daß der Lauf der Willygun nicht direkt sichtbar wurde.

Sollte Lady Atago die Rampe herunterkommen, mußte sie sterben.

Und kurz danach Sten und die Raumfahrer, die er unter so vielen Mühen und Gefahren am Leben erhalten hatte.

Kilgour bewegte sich hinter ihm; er bleute den Leuten flüsternd ein, sich absolut richtig zu verhalten.

In ungefähr 150 Metern Entfernung gingen die Leibwächter und die Tahn-Offiziere in Habachtstellung.

Lady Atago kam die Rampe herunter.

›Sorgfältig zielen, Sten‹, dachte er. ›Wenn es schon dumm ist, zu sterben, so ist es um einiges dümmer, zu sterben, nachdem du vorbeigeschossen hast.‹

Das Fadenkreuz der Zielvorrichtung bewegte sich über Atagos roten Mantel und blieb in der Mitte ihrer grünen Uniformjacke stehen. Das AM_2-Geschoß würde ein faustgroßes Loch in das Grün reißen.

Sten atmete ein und dann halb wieder aus. Sein Finger legte sich auf den Auslöser.

Dann bewegten sich Atagos Leibwächter, so rasch und so geübt wie eine Balletttruppe, und schlossen sich um das Objekt ihrer Obhut. Sten sah nur noch das Weiß ihrer Uniformen anstelle von Grün.

Er fluchte und hob den Blick.

Atago war noch immer dicht umringt. Und dann, noch immer in Phalanx, marschierte der Kreis der weißen Riesen in eins der Kommandofahrzeuge, dicht gefolgt von den Tahn-Offizieren.

Sten ließ die Willygun sinken.

Er atmete so heftig, als hätte er gerade fünf Kilometer Waldlauf hinter sich gebracht – oder sehr guten Sex gehabt. Und der Teil seines Bewußtseins, der nach wie vor ein kleiner Straßengauner war und wohl auch bis in alle Zeiten einer bleiben würde, ging hart mit ihm ins Gericht. ›Du. Bist du enttäuscht, weil du noch am Leben bist? Was zum Teufel ist los mit dir?‹ Und dann fing sein Überlebenstrieb zu kichern an. ›Ach so, tut mir leid, alter Knabe, ich wußte nicht, daß du gezögert hast, weil du nicht weggeputzt werden wolltest. Ich wollte dich nicht maßregeln.‹

Dieser Gedanke machte alles noch schlimmer.

Vielleicht hatte er gezögert. Vielleicht hatte er wirklich gezögert.

Den Rest des Tages blieb Sten sehr still und sehr nachdenklich.

Kilgour übernahm das Kommando. Er zog den Tahn, die er getötet hatte, die Uniformen aus und befahl fünf Raumfahrern, sie anzulegen.

Kurz vor der Abenddämmerung war die Konferenz beendet. Lückenlos von ihrer Leibgarde abgeschirmt, kehrte Lady Atago zu ihrem Gleiter zurück. Es gab keinen Moment, zu dem Sten es hätte erneut versuchen können.

›So sei es‹, wie die Jann gesagt hätten. Jetzt hieß es, sich um die Zukunft und das eigene Überleben zu sorgen.

Es war leicht, inmitten des Heulens und Zischens der abhebenden Offiziersgleiter einfach durch das Gewühl der Truppen hindurch zwischen den Linien in Richtung Front zu marschieren.

Kilgour entdeckte einen Bombentrichter, in dem sie bis zur völligen Dunkelheit warteten.

Alex schob sich neben Sten. »Mach dir nix draus, mein Freund. Du kriegst bestimmt noch deine Chance«, flüsterte er.

Sten grunzte.

»Und noch was, Skipper. Ich weiß nicht, wie ich's sagen soll – aber ich hatte vorhin ganz schön Probleme mit meinen Gedärmen.«

»Ehrlich?« stammelte Sten.

»Weißt du noch, diese Ballen mit den weißen Uniformen?«

»Was ist damit?«

»Kann sein, daß sie nicht mehr so reinweiß sind.«

Sten kam in die Wirklichkeit zurück und mußte grinsen.

Jetzt also der letzte Schritt: wie vermieden sie es, von den eigenen Truppen erledigt zu werden?

Hätte er hier das Kommando über ein Mantis-Team, dachte Sten, würden die Imperialen erst dann merken, daß jemand durch ihre Linien gekommen war, wenn sie sich zum Frühstück anstellten.

Seine Leute waren jedoch einfache Raumfahrer.

Er fand für sie einen Unterschlupf in einer Ruine und ging dann allein weiter. Alex hob eine buschige Augenbraue, doch Sten schüttelte den Kopf.

Wie ein Wiesel huschte er von einem Flecken Dunkelheit zum nächsten. Seine Finger ertasteten einen Stolperdraht, und sein Körper stieg darüber. Eine Sprengmine.

Dort – ein Zwei-Mann-Vorposten; beide Männer suchten mit Augen und Gewehrmündungen die Nacht ab.

Er schlich sich an ihnen vorbei.

Dann ein Bunker. Sofort stellte sich der Reflex ein. Nein. Zu gefährlich. Sten ging weiter.

Eine Garde-Patrouille kroch auf dem Rücken von der Front an ihm vorüber. Sten folgte ihnen in diskretem Abstand. Hundert Meter weiter plötzlich ein schwaches Leuchten: die Patrouille betrat ihren Befehlsstand, um ihren Bericht abzuliefern.

Sten zählte: zehn Sekunden für die Begrüßung; zehn Sekunden, bis die Patrouille ihre Waffen abgelegt hatte; noch mal zehn, bis sie sich Kaffee eingegossen hatten.

Er ging die Stufen zum Bunker hinunter, und bevor einer der

Gardisten reagieren konnte, hatte er sich seitwärts durch den Verdunkelungsvorhang – eine zerrissene Decke – geschoben. Dann sagte er betont beiläufig: »Ich bin Commander Sten. Imperiale Raumflotte. Ich habe ein paar Leute auf der anderen Seite, die ich hierherbringen muß.«

Und dann waren sie wieder zu Hause.

Kapitel 63

Als Sten sich bei ihnen zurückmeldete, brüteten General Mahoney und Admiral van Doorman gerade über einer holographischen Karte.

»Wo haben Sie denn solange gesteckt?« war Mahoneys einzige Reaktion. Auch gut. Sten hatte nicht gerade erwartet, daß er ihm über den Kopf strich; als Mahoney noch das Mercury Corps geleitet hatte, war sein größtes Lob: »Aufgabe angemessen erfüllt.«

Als Sten jedoch sah, daß Mahoney sich ein Grinsen verbiß, fühlte er sich etwas besser.

Nach einem etwas genaueren Blick auf die Karte ging es ihm gleich wieder schlechter. Das Imperium saß eindeutig in der Klemme.

Mahoney drückte auf eine Taste. Die Gesamtansicht des Schlachtfelds verschwand und wurde durch die Projektion eines bestimmten Segments ersetzt.

»Was noch von Ihrem Kommando übrig ist, verteidigt einen kleinen Frontabschnitt«, sagte Mahoney und fuhr mit dem Finger einen halbzerstörten Boulevard entlang. »Und zwar hier.« Aus irgendeinem Grund kam Sten das Gebiet vertraut vor.

»Da wir eine gewisse Anzahl von, äh, Bodenratten ohne Schiffe übrig hatten, haben wir aus Ihren Leuten Infanteristen gemacht. Ich habe Ihrem technischen Offizier – einem gewissen Mr. Sutton, wenn ich mich recht entsinne – das Kommando übergeben. Er leitet Ihre Einheit, und dazu habe ich ihm noch 75 andere Schreibstubenhengste, Gehilfen von Militärgeistlichen und so weiter unterstellt.«

Sten hielt sein Pokerface aufrecht. ›Na prima‹, dachte er. ›Nicht nur, daß mir meine Raumfahrer vernichtet werden, auch meine Mechaniker sind alle tot.‹

»Eigenartigerweise haben sie sich ganz hervorragend geschlagen und ihre Position bislang gehalten«, fuhr Mahoney fort. »Aus irgendeinem Grund haben die Tahn sie nur zwei- oder dreimal richtig hart angegriffen.«

»Die Flotte weiß zu kämpfen«, warf van Doorman ein. Dazu wollte Mahoney nichts sagen, schon gar nicht in Anwesenheit eines rangniedrigeren Offiziers.

»Aber da Sie sich noch einmal für die Rückkehr zu den Lebenden entschieden haben«, sagte er zu Sten, »werde ich Ihnen Ihr Kommando zurückgeben. Und ich möchte, daß Sie diese Position übernehmen.«

Wieder zeigte der Tisch einen anderen Teil von Cavite-City: einen recht niedrigen, kahlen Hügel, nur wenige Kilometer vom Flottenstützpunkt entfernt, umgeben von zerstörten Wohnanlagen.

»Wir hielten es für einen normalen Park. Aber einer meiner Leute hat herausgefunden, daß es sich um ein altes Fort handelt.

Vor ungefähr 150 Jahren kam der damalige Chef der 23. Flotte auf die Idee, der Stützpunkt brauche zusätzliche Sicherheitseinrichtungen. Vermutlich standen in jenem Jahr besonders fette Zuteilungen aus dem Militärhaushalt des Imperiums in Aussicht.

Doch ungefähr zehn Jahre später ging das Geld aus, denn alles wurde stehen- und liegengelassen, bis im wahrsten Sinne des Wortes Gras über die Angelegenheit gewachsen war. Wir sind jedoch davon überzeugt, daß es noch immer voll funktionsfähig ist.«

Mahoney drehte sich zu einem anderen Schirm um und rief eine Projektion auf. Sie zeigte einen Querschnitt durch den gesamten Hügel. Es gab vertikale Passagen, die zu ausfahrbaren Geschütztürmen führten, sowie darunter vier horizontale unterirdische Ebenen.

»Typische passive Verteidigungsanlage«, kommentierte Mahoney. Ein Tastendruck rief einen von oben gesehenen Querschnitt des Forts auf. »Vier Luftabwehr-Schnellfeuerkanonen … hier. Die Türme können ausgefahren werden, die Kanonen lassen sich bis auf fünfzehn Grad unter die Horizontale schwenken. Jeder der Haupttürme ist mit Projektilmaschinengewehren ausgestattet. Außerdem gibt es zwölf Raketensilos, aber da würde ich mich nicht zu nah herantrauen. Diese zwei kleinen Wachtürme sind mit Vierfach-Projektilgeschützen ausgerüstet. Genau das wird Ihr neues Domizil. Noch Fragen?«

»Jawohl, Sir. Gleich eine Frage: Sie sind der Meinung, daß man es verteidigen kann?«

»Die genauere Wortwahl wäre: ich hoffe es. Soweit man sich auf die Berichte verlassen kann, wurde das Fort als Ersatzstützpunkt angelegt. Es müßten also nach wie vor Vorräte sowie genügend Saft und Munition für die Gefechtstürme zur Verfügung stehen. Die Raketen lassen Sie jedoch besser in Ruhe, denn die dürften inzwischen ziemlich unzuverlässig sein. Wenn es im Fort keine Munition mehr für die Kanonen gibt, dann sitzen Sie ziemlich in der Tinte – die dort verwendeten Kaliber sind so hoffnungslos veraltet wie die *Swampscott*.«

Van Doorman räusperte sich, sagte jedoch nichts.

»Noch etwas?«

»Warum haben Sie meine Leute nicht schon vorher dorthin beordert?«

»Weil es da noch ein kleines Problem gibt«, gab Mahoney zu. »Sieht ganz so aus, als läge das Fort ungefähr drei Kilometer hinter den feindlichen Linien. Ich hielt Ihren kommandierenden Offizier für einen nicht ganz so ausgekochten Haudrauf wie Sie.

Geben Sie mir einen ausführlichen Zustandsbericht, sobald Sie die Position erreicht haben. Das gesamte Kommando und der Beginn der Operation unterliegt vollständig Ihren Entscheidungen. Ich bin sicher, daß Sie von dort aus keine Probleme haben werden, geeignete Ziele ausfindig zu machen.«

»Vielen Dank, Sir.« Sten salutierte. Also sollte der Rest seiner zusammengeschmolzenen Truppe jetzt auch noch als Feuerwehr eingesetzt werden.

»Noch etwas, Commander. Suchen Sie sich ein Rufsignal aus.«

Sten überlegte.

»Stützpunkt Sh'aarl't.«

»Das wäre alles.«

Jetzt mußte Sten zuallererst herausfinden, wie stark die Tahn seine Mannschaft unschuldiger Techniker zusammengeschossen hatten.

Er erwartete eine Katastrophe.

Sten und Alex warfen sich zu Boden, als eine Tahn-Rakete kreischend heranschoß; sie explodierte über ihnen in der Luft und verteilte mehrere Sprengköpfe über einem ehemaligen Einkaufszentrum. Sie wurden von Schockwellen durchgeschüttelt, und dann schien sich der Boden für einen Augenblick wieder zu stabilisieren.

Cavite-City war völlig zerstört; überall ragten zerbombte Ruinen in den Himmel, wie hohle, abgebrochene Zahnstummel. Die Straßen waren mit Schutt und Metallsplittern übersät und für den Bodenverkehr fast unpassierbar. In der Innenstadt gab es nur noch zwei Sorten von Lebewesen: die Toten und die Maulwürfe. Die Toten waren entweder ohnehin unter einstürzenden Gebäuden begraben oder von ihren Kameraden an Ort und Stelle verbrannt worden. Trotzdem stank es in der Stadt überall nach Tod.

Alle Lebenden hielten sich unter der Erde auf. Man hatte tiefe Gräben ausgehoben und gegen den Beschuß von oben abgedeckt. So etwas wie Zivilisten gab es nicht mehr. Die Imperialen Siedler und die wenigen Tahn, die sich auf die Seite des Imperiums geschlagen hatten, waren von der kämpfenden Truppe nicht mehr zu unterscheiden. Sie dienten als Sanitäter und Köche und kämpften oftmals aus den gleichen Bunkern heraus wie die Gardisten. Und sie starben. Die Tahn scherten sich nicht groß darum, wer Soldat im Einsatz war und wer nicht.

Jeder, der nicht direkt eine Aufgabe zugeteilt bekommen hatte, entdeckte eine ungekannte Leidenschaft für das Graben. Je länger die Belagerung anhielt, desto tiefer wurden Gräben und Unterstände.

Einmal, als er und seine zwölf Leute sich vorankämpften, glaubte Sten Brijit in einem unmarkierten Grabeneingang verschwinden zu sehen, aber er war sich nicht sicher. Falls es sich bei dem Graben um ein Hospital handelte, war es bestimmt nicht markiert, denn das traditionelle Rot-Kreuz-Zeichen gab für die Tahn ein hervorragendes Ziel ab.

Je näher sie der vordersten Frontlinie kamen, desto schlimmer wurde es. Sten war auf seine persönliche Katastrophe vorbereitet.

Statt dessen erlebte er die erste angenehme Überraschung, seit

… seit, herrje, seit Brijit mit ihm ins Bett gegangen war. ›Dieser Krieg wird allmählich unerträglich‹, dachte er.

Eigentlich war es eine ganze Reihe angenehmer Überraschungen.

Zuerst erkannte Sten, weshalb ihm die Gegend, die sein Versorgungsteam verteidigte, so bekannt vorgekommen war. Es war die Slumgegend am Ende der Burns Avenue. Mr. Sutton hatte seinen Befehlsstand in dem noch einigermaßen unversehrten »Regenwald« eingerichtet. Noch besser war die Tatsache, daß zwei von Sr. Tiges Söhnen bei ihrem Heim und ihrem Geschäft geblieben waren. Der alte Mann war am dritten Tag nach der Invasion verschwunden. Die Söhne zogen es vor, nicht weiter darüber zu spekulieren, sondern sich lieber auf das Kochen zu konzentrieren.

Obwohl die Kuppel zerstört, die Insekten und Vögel entweder tot oder entwichen und die Wasserfälle nur mehr stehende Tümpel waren, gab es dort noch immer Essen. Tiges Söhne brachten es sogar fertig, die Standardverpflegung mehr als nur genießbar zu machen.

Als Mr. Sutton dreizehn Leute herankommen sah, die sie eigentlich schon aufgegeben hatten, schnaubte er gleich dreimal hintereinander. Er schlug die reinsten emotionalen Kapriolen und klopfte Alex sogar einmal auf die Schulter – was bei den Spindar ungefähr einem hysterischen Ausbruch unbändiger Freude gleichkam.

Dann erstattete er Bericht.

Eigentlich hatte Sten erwartet, daß seine zusammengestoppelte Mannschaft inzwischen böse dezimiert sei. Die meisten seiner sesselerprobten Techniker waren sich wahrscheinlich nicht einmal sicher, welches Ende der Willygun das gefährliche war, und hatten schon gar keine Ahnung von grundlegenden Infanteriekenntnissen – zum Beispiel, daß man den Kopf einzog, wenn es von der anderen Seite knallte.

Statt dessen: sechs Tote, vierzehn Verwundete.

»An unserem zweiten Tag bliesen – ich glaube, das ist der korrekte Ausdruck dafür – die Tahn zu einem durchaus entschlossenen Angriff«, sagte Sutton. »Dabei bedienten sie sich einer unglaublich dummen Taktik. Sie schickten uns drei Wellen von Soldaten entgegen. Wir mußten nicht einmal sorgfältig zielen. Sie erlitten horrende Verluste, Commander. Horrend!

Einen Tag oder so darauf, versuchten sie es erneut. Aber ziemlich halbherzig. Seither haben wir einigermaßen Ruhe gehabt. Sieht so aus, als hätten sie Angst vor uns.«

Sten hob eine Augenbraue. Die Tahn hatten vor *nichts* Angst. Andererseits mußte es eine Erklärung für ihre Zurückhaltung geben.

Ein Sergeant der Garde, der eine zu diesem Abschnitt gehörende Raketenwerferbatterie befehligte, bestätigte Suttons Angaben. »Unserer Meinung nach haben die Tahn gedacht, Ihre Kiddies wären ein Kinderspiel für sie, wenn ich das mal so sagen darf, Sir. Sie kamen einfach herübergelaufen und starben. Beim nächsten Mal haben sie nur noch einen versuchsweisen Vorstoß gewagt und sofort den Rückzieher gemacht. Wir wurden neugierig, ich stellte ein paar meiner Leute ab, und wir machten einen Gefangenen. Das ist für einen Tahn eine schreckliche Sache, wie Sie wahrscheinlich wissen, Sir. Er sagt, Ihre Leute wurden deshalb nicht ausradiert, weil sie drüben der Meinung sind, es mit einer Elitetruppe zu tun zu haben. Oder mit einem Köder.«

»Wie bitte?«

»Ich sag's mal so, Commander. Ihre Leute gehen auf Patrouille. Niemand hat ihnen gesagt, daß sie sich die Gesichter schwärzen sollen. Man sollte auch kein Licht anmachen oder irgendwelche Kräuter rauchen. Die Tahn nahmen sofort an, daß es sich um eine Falle handelte und Ihre Leute jede Menge Feuerschutz hätten. Außerdem, sagte uns dieser Tahn, glaubten sie nicht, daß es Frontschweine gibt, die ihre Positionen derart lächerlich befestigen. Es mußte eine Falle sein. Wahrscheinlich haben sie dort drüben einen, der zuviel denkt, was?«

Sten lachte. Er würde daran denken, demjenigen, der seinen Frontabschnitt übernahm, einen guten Rat geben; wie nahm wohl ein Kommandeur die Aufforderung auf, sich mit seinen Leuten so dumm wie möglich aufzuführen. In der Zwischenzeit mußte er sich jedoch überlegen, wie er seine Truppe fröhlicher Landsknechte durch die feindlichen Linien hindurch zu diesem wahrscheinlich nicht existenten Fort brachte.

Wie auch immer, er konnte sich ausmalen, daß die Sache auf jeden Fall höchst interessant werden würde.

Kapitel 64

Was Stützpunkt Sh'aarl't anging, war es nicht gerade spaßig, dorthin zu gelangen.

Es dauerte fünf ganze Nächte, bis Sten und seine Truppe das vor langer Zeit verlassene Fort erreicht hatten. Es ging schon mit dem kleinen Problem los, daß sich seine Leute anstelle von vom Glück begünstigten Trotteln für kleine Helden hielten. Sie hatten sogar einen Gruppennamen. Ein Livie-Journalist, der über die heldenhaften Haudegen des Brückenkopfs berichtete, hatte sie Suttons Siegreiche Supertruppe genannt. Die Sendung wurde natürlich im gesamten Imperium ausgestrahlt – gute Nachrichten von dieser Sorte gab es zur Zeit leider viel zu wenig.

Sten und Alex nannten ihre vorlauten Leichtmatrosen insgeheim die Katastrophen-Komiker von Cavite.

Tatsächlich paßten beide Bezeichnungen. Glück allein hatte sie davor bewahrt, sofort ausradiert zu werden. Deshalb hatten sie lange genug überlebt, um sich gewisse Kampftaktiken instinktiv anzueignen. Den Beweis dafür lieferten sie selbst: die meisten von ihnen waren immer noch am Leben.

Sten hoffte, daß er sie in diesem Modus halten konnte.

Er führte sein Sonderkommando zu der Stelle innerhalb der eigenen Linien, die diesem womöglich mythischen Fort am nächsten lag. Sie bekamen den Befehl zum Entlausen, Entfetten und sich sonstwie zu säubern.

Wieder einmal bildeten Sten und Alex die Vorhut.

Sten wurde es allmählich leid, seine Nase immer zuerst in die Gefahr zu stecken, doch auch ihm fiel keine bessere Lösung ein. Glücklicherweise ging es Kilgour ebenso, und auch er beschwerte sich nicht darüber. Doch sie beide hätten ihre Aussicht auf Erlösung im Jenseits ohne zu zögern gegen acht Stunden ununterbrochenen Schlafes auf einer Federkernmatratze eingetauscht.

Wie zwei dahingleitende Gespenster schlichen sie durch die Frontlinien der Tahn. Auch die Erhebung mit dem angeblichen Fort ließ sich leicht finden. Mahoney hatte eine Rakete auf die Hügelkuppe geschickt, deren Sprengkopf gegen einen Peilsender ausgetauscht worden war.

Den alten Plänen zufolge mußte es mehrere Zugänge zu dem Fort geben. Sten wählte den unwahrscheinlichsten aus – einen angeblich immer noch intakten Instandhaltungsbunker für die Stromversorgung.

Die Bedienungskonsole war mit einem Gegengewicht ausbalanciert und ließ sich ohne Murren hochheben. Sten erlaubte sich den flüchtigen Gedanken, daß einmal alles reibungslos verlaufen könnte.

Natürlich war das nicht der Fall.

Er und Alex ließen sich in die unterirdische Passage hinab; es platschte, und sie standen bis zu den Oberschenkeln im Schlamm. Eine der Filterpumpen mußte schon vor Jahren ihren Geist aufgegeben haben. Ebenso die Bakterienkiller.

Es gab Ungeziefer in dem Tunnel, Ungeziefer, das den Tunnel für sein angestammtes Gebiet hielt und den zweibeinigen Eindringlingen nicht wohlgesonnen war. Die Viecher bissen. Sten wünschte sich, daß dieses Wundermittel aus den Livies, der Umgebungsblaster, wirklich existierte. Hätten sie die vielbeinigen Abfallfresser mit ihren Willyguns einen nach dem anderen vernichten wollen, wären sie einige Jahrhunderte beschäftigt gewesen. Ganz abgesehen davon, daß die AM$_2$-Explosionen sie schon lange vorher taub gemacht hätten.

Kilgour fand eine Lösung. Während sie immer weiter Richtung Fort vordrangen, warf er hin und wieder eine Bestergranate vor sich. Zeitverlust war eigentlich nicht tödlich – es sei denn, man brach als Luftatmer zusammen, fiel ins Wasser und ertrank.

Endlich stieg der Tunnel leicht an, und sie wateten aus dem Schlick heraus. Sten fand den Hauptkontrollraum und schaltete, ganz nach Gebrauchsanweisung, die Stromversorgung des Forts ein.

Lampen flammten zuckend auf, und Maschinen fingen an zu summen.

Mehr brauchte Sten im Augenblick nicht. Das Fort konnte bezogen werden. Genau das hatten sie vor. Sie kehrten durch die Linien zurück und schliefen einen ganzen Tag.

Die zweite Nacht wurde mit der detaillierten Beschreibung des letzten, gefahrenreichen Wegstücks bis zu Stützpunkt Sh'aarl't verbracht. Sten und Alex unterteilten diese Route in einzelne Abschnitte von je 300 Metern Länge. Das war mehr als genug.

In der dritten Nacht positionierten sie ihre Begleiter. Sten wußte, daß seine verwirrten Leute trotz ihrer Selbstüberschätzung die feindlichen Linien allein nicht durchqueren konnten, ohne entdeckt zu werden. Deshalb setzte er die Soldaten, die er aus dem Gebirge geführt hatte, als Tourenbegleiter ein. Jeder Begleiter war für 300 Meter Wegstrecke verantwortlich. Am Ende dieser Strecke übergab er oder sie die Schutzbefohlenen dem nächsten Begleiter.

Fast jeder kann in einer Nacht lernen, wie man blind und geräuschlos 300 Meter Gelände hinter sich bringt. Also dann!

Sten nutzte auch andere Gegebenheiten zu seinem Vorteil. Seit zwei Nächten hatte die Imperiale Artillerie genau um Mitternacht einige Punkte entlang dieser Route unter Sperrfeuer genommen. Er malte sich aus, daß sich die Tahn über die Berechenbarkeit des Imperiums lustig machten und sich ebenso berechenbar um Mitternacht in ihre Bunker verzogen.

In der vierten und fünften Nacht ging er mit seinen Raumfahrern los. Die Imperiale Artillerie setzte zwar auch in diesen beiden Nächten ihr Sperrfeuer fort, aber auf Punkte ein Stück links und rechts des Korridors, den Sten sich ausgesucht hatte.

›Zu ausgeklügelt‹, dachte er. ›Stimmt genau‹, bestätigte er sich selbst. ›Hast du eine bessere Idee?‹

Weder ihm noch Alex war eine schlauere Lösung eingefallen. Also lösten sich um Mitternacht der vierten Nacht Teams von drei Personen aus den Verteidigungslinien des Imperiums, um von den Begleitern empfangen und buchstäblich an der Hand weitergeführt zu werden.

Sten rechnete damit, daß vierzig Prozent seiner Leute das Fort erreichten, bevor die Tahn sie entdeckten. Wenn es ab da zwanzig Prozent schafften und die meisten der veralteten Waffen noch zu gebrauchen sein sollten, war er vielleicht in der Lage, die Stellung zu halten. Der Rest war geschenkt.

Um 4 Uhr morgens strahlte Sten über das ganze Gesicht.

Seine Raumfahrer hatten es ohne Verluste bis zum Stützpunkt Sh'aarl't geschafft. Allmählich fing er an, an sie zu glauben. In stiller Übereinkunft schickten er und Alex ihren geheimen Spitznamen für die Leichtmatrosen aufs Altenteil.

»Wenn sie sich von jetzt an die Kilgour-Killing Campbells nennen«, meinte Alex, »soll's mir recht sein.«

Ihre nächste Aufgabe bestand darin herauszufinden, wie groß der weiße Kriegselefant war, von dem aus sie kämpfen sollten – und wie gewaltig die Schlacht werden würde.

Kapitel 65

Das Fort glich eher einem zementgrauen als einem weißen Elefanten, und es war noch nicht mal ein großer Kriegselefant. Wer auch immer das Ding eingemottet hatte, er hatte ganze Arbeit geleistet.

Sten fand die Kommandozentrale des Forts auf der zweiten Ebene und schickte Teams aus, die den Rest der Basis auskundschaften sollten.

Foss sah sich den Feuerleit- und Kontrollcomputer an. »Meine Güte«, wunderte er sich. »Haben die ernsthaft damit gerechnet, daß man mit so etwas schießen kann? Das verdammte Ding sieht aus, als müsse man es mit einer Handkurbel anwerfen.«

Er streifte einen Schutzhandschuh über und berührte einige Hauptschalter. Den Anweisungen zufolge waren die Sensorenantennen unter Schutzklappen in der Panzerung des Forts verborgen, damit keine Bettfedern aus dem Gras der Parks hervorragten und alles vorzeitig verrieten.

Es stank nach verschmorter Isolierung; trotzdem erwachte der Computer zum Leben. Foss klappte einen modernen Laptop auf, ließ den Bildschirm ausfahren und fing sofort an, ein Glossar anzulegen. Der Computer funktionierte – nur die Symbole und Anzeigen entstammten einem längst vergessenen Zeitalter.

Sten brachte die Umgebungskontrollen auf Standby. Sobald sie loslegten, würde er sie aktivieren. Bis dahin wollte er nicht, daß von oben Ventilatoren oder anderes zu sehen waren. Er und seine Leute mußten noch eine Zeitlang mit dem penetranten Geruch leben. Das ganze Fort roch muffig, wie ein vor langer Zeit verlassener Kleiderschrank.

Ungefähr die Hälfte der Bildschirme zur optischen Beobachtung waren schon angesprungen. Doch auch in diesem Fall ließ Sten die Finger von den Kontrollen, die die Sensoren bedienten und kreisen ließen.

›Na schön‹, sagte er sich, ›ich kann auf etwas zielen. Mal sehen, ob sich noch was in der Knallkörperabteilung tut.‹

Er ging in die Bereitschaftsräume in der obersten Ebene hinauf. Seine Gruppenführer waren bereits dabei, die Truppen einzuteilen. Sten ließ sie ihre Aufgaben erledigen und machte sich selbst daran, die Funktionstüchtigkeit der technischen Kontrollanlage zu überprüfen. Unter den fehlenden Informationen zum Fort befand sich auch die Liste, wie viele Leute man eigentlich brauchte, um es zu betreiben. Wie Sten bereits befürchtet hatte, war die Station für wesentlich mehr Soldaten als sein ungefähr 125 Mann starkes Kommando gedacht.

Sten jonglierte im Geiste mit seinen Leuten herum. Um die Besatzungen der Raketen-Stellungen mußte er sich keine Gedanken machen, das half schon eine Menge. Auch Köche und Bäcker und so weiter brauchte er nicht; seine Leute konnten sich ihre Rationen selbst zusammenrühren. Statt dreier Schichten mußte es auch mit Wechselwache gehen.

Trotzdem fehlten ihm etwa 400 Mann.

Sten setzte seine Inspektion fort und kletterte die Leiter zu jedem einzelnen Gefechtsturm empor. Drei der vier Schnellfeuerkanonen machten einen funktionstüchtigen Eindruck, und einer der Vierfach-Projektiltürme war ebenfalls bereit.

Die Instandhaltungsmaschinen hatten hervorragende Arbeit geleistet; die Kanone glänzte in staubfreiem, öligem Schwarz. Tapia sah sich die Geschütze an und versuchte genau herauszufinden, wie jedes einzelne von ihnen funktionierte. Im Idealfall wurden sie automatisch geladen, auf das Ziel ausgerichtet und abgefeuert. Wenn die Kommandozentrale jedoch getroffen wurde oder die Zielsuchcomputer ausfielen, war jeder Turm in der Lage, eigenständig zu agieren.

Tapia war ziemlich sicher, daß sie die Ladevorrichtung für die Granaten, die vom Munitionslager hinauf in die Gefechtstürme führte, testen konnte, ohne daß die Türme ausgefahren wurden. Sten erteilte ihr die Erlaubnis, sie auszuprobieren.

Maschinenteile ächzten und zischten. Monitorkonsolen erwachten halbwegs zum Leben, informierten Tapia darüber, daß sie die Art, wie sich die Maschinen aufführten, nicht mochten, und verstummten, als Schmiermittel durch die schon so lange nicht mehr benutzten Kanäle zischte und den Hebe-Lademechanismus wieder in normale Funktionstüchtigkeit versetzte.

Tapia blickte sich um. Sie und Sten waren allein in der Kommandokapsel des Gefechtsturms.

»Wie komme ich bloß aus diesem verfluchten Hühnerstall wieder heraus?« fragte sie.

»Probleme?«

»Allerdings. Es gefällt mir ganz und gar nicht, hier herumzusitzen und zu warten, bis ich getroffen werde. Als bewegliches Ziel würde ich mich wesentlich wohler fühlen. Außerdem melden mir meine Anzeigen, daß ich an Klaustrophobie leide. Und ich glaube«, fügte sie hinzu und kratzte sich am Hals, »ich habe mir in diesem verdammten Bunker, in dem ich die letzten drei Tage verbracht habe, Flöhe geholt.«

Nachdem sie Dampf abgelassen hatte, machte sie sich wieder an ihre Trockenübungen. Sten bewunderte den Schwung ihres Hinterteils unter dem Kampfanzug, ließ sich ein paar unmilitärische Gedanken durch den Kopf gehen und setzte seine Runde ebenfalls fort.

Sutton hatte die Küche gefunden und in Betrieb genommen. Auch zwei Helfer hatten sich eingefunden: die Söhne des Sr. Tige. Die beiden Tahn sahen keine große Zukunft darin, in den Ruinen des Restaurants abzuwarten, bis sie ein Volltreffer erwischte. Außerdem konnte keiner von Stens Leuten so wie sie aus normalen Rationspackungen eine hervorragende Mahlzeit zubereiten. Sten wußte nicht, ob er sie nicht besser hinter die Linien schaffen sollte.

Als Zivilisten würden sie, wenn die Tahn sie aufgriffen, sofort rechtmäßig exekutiert werden. Andererseits würde man sie, falls Cavite-City fiel, als Kollaborateure hinrichten, obwohl jeder Bewohner von Cavite eigentlich Bürger des Imperiums war.

Falls Cavite-City fiel? Sten fragte sich, ob er krank wurde – es gab absolut keinen Grund für Optimismus. *Wenn* Cavite fiel.

Egal. Die Tiges waren in seiner Obhut wahrscheinlich nicht schlechter dran als irgendwo anders.

Außerdem gab es etwas zu tun. Sutton unterzog sämtliche Vorräte einer Bestandsaufnahme.

Der Spindar hatte die Munitionsketten auf der unteren Ebene persönlich inspiziert. Die Pumpen hatten das Lager vor dem Überfluten bewahrt und die Regalsprays die gelagerten Geschosse in regelmäßigen Abständen geschmiert.

Unterkünfte? Mr. Sutton hob ein Hinterbein und kratzte sich im Nacken. Die Unterkünfte konnten sie vergessen – die Luftentfeuchter auf der dritten Ebene waren ausgefallen, die Wohnräume selbst praktisch unbewohnbar.

Das war kein großes Problem. Die Soldaten konnten sich ebensogut in den Bereitschaftsräumen hinlegen.

Wasser? Auch kein Problem. Die Regenwasserkollektoren und die Filter waren in perfektem Zustand.

Verpflegung?

Sutton war außer sich. »Ich bereite einen detaillierten Bericht vor, Commander. Hrrmpff. Wer immer hier Küchenmeister war, sollte sich was schämen! Ein regelrechter Verbrecher, wenn Sie mich fragen!«

Sten lächelte. Sutton wollte ihm mit Moral kommen.

»Sehen Sie sich das an«, grummelte Sutton und zeigte auf einen Computerschirm. »Den Imperialen Vorschriften zufolge steht jedem Soldaten eine ausgewogene und abwechslungsreiche Diät zu. Habe ich recht?«

»In den Imperialen Vorschriften steht so einiges, was dann später im Gewühl verlorengeht.«

Sutton ignorierte Stens Anspielung auf seine Vergangenheit. »Ausgewogen, abwechslungsreich, mit voller Gewährleistung von Rationen für Nonhumanoide oder besondere Diäten.«

»Fahren Sie fort.«

»Jetzt sehen Sie sich an, was diese unaussprechliche Person getan hat! Alles, was wir hier im Lager haben, sind gebackene Hülsenfrüchte und gefriergetrocknetes Pflanzenfresserfleisch! Wie soll ich meine Leute davon ernähren? Wie sollen die Tiges aus diesem Zeug abwechslungsreiche Mahlzeiten zubereiten? Wir können uns ebensogut selbst in einen Masseumwandler werfen, und Feierabend!«

»Dann leben wir eben ein paar Tage lang von Bohnen und Rindfleisch«, beruhigte ihn Sten. »Wir sind unsere eigenen Masseumwandler.«

»Nicht sehr spaßig.«

»Außerdem werden uns die Tahn ohnehin vernichten, bevor es uns langweilig wird.«

»Ich bin entsetzt, Commander. Sie stecken schon zu lange mit diesem Kilgour zusammen.«

Sten nickte zustimmend und begab sich wieder in die Kommandozentrale. Es war an der Zeit, sich mit Mahoney in Verbindung zu setzen und ihm mitzuteilen, daß Stützpunkt Sh'aarl't gefechtsbereit war.

General Mahoney wollte absolut sichergehen, daß die neue Festung bis zum richtigen Moment unentdeckt blieb. Sein Kontakt mit Sten erfolgte über eine kabelgebundene ULF-Verbindung. Sten antwortete mit vorher abgesprochenen kodierten Einzelton-Signalen. Ansonsten sollte sich das Fort völlig passiv verhalten.

Mahoney brauchte vier Tage, um seine große Offensive vorzubereiten.

Eine Schlacht kann viele Zielsetzungen verfolgen: Gebiete zu erobern, von einem zweiten Angriff an anderer Stelle abzulenken, etc. Mahoneys Angriff hatte nur ein einziges Ziel: Tahn-Soldaten zu töten.

Er erklärte Admiral van Doorman seinen Schlachtplan in aller

Ausführlichkeit. Sobald van Doorman den Plan verstanden hatte, brach er beinahe in Ekstase aus. Er war sicher, daß die Schlacht die Tahn aufreiben und zum Rückzug von Cavite zwingen, zumindest jedoch in die Defensive treiben würde.

Ian Mahoney fragte sich, wie es van Doorman geschafft hatte, so viele Jahre im Militärdienst zu verbringen und immer noch an Wunder zu glauben.

Bestenfalls konnten sie die Tahn-Kriegsmaschinerie zurückwerfen und eine Weile hinhalten. Mahoney sah keine andere Möglichkeit, als die eingeschlagene Strategie fortzuführen: solange weiterzukämpfen, bis Verstärkung auf Cavite eintraf – eine Wendung, die er für immer unwahrscheinlicher hielt. In der Zwischenzeit konnte er den Sieg für Lady Atago und die Tahn nur so teuer wie möglich machen.

Das Imperium erwartete nichts und griff mit voller Kraft an.

Natürlich hatten die Tahn die Lufthoheit über den gesamten Frontverlauf. Ihre unablässig patrouillierenden Einsatzschiffe sorgten dafür, daß sowohl Truppen als auch Fahrzeuge, die sich der Front näherten, mit großer Wahrscheinlichkeit auf konzentrierte Gegenwehr stießen.

Weiter hinten, dichter am Raumhafen und Flottenstützpunkt Cavite, verfügte Mahoney noch über genügend funktionstüchtige Luftabwehrbatterien, um einen größeren Luftangriff der Tahn abzuwehren. Im Schutz der Dunkelheit brachte er nun die Hälfte seiner Abschußrampen nach vorne und stellte sie kurz hinter dem Frontabschnitt auf, der dem Stützpunkt Sh'aarl't am nächsten lag.

Van Doorman hatte außer der sorgfältig versteckten *Swampscott* nur noch sehr wenige Kriegsschiffe übrig. Eines davon war der Zerstörer *Husha*, der von Halldor kommandiert wurde.

Normalerweise hielten die Tahn ihre taktischen Einsatzschiffe bei Dunkelheit am Boden und erhielten sich die Luftherrschaft durch mit Warnsensoren ausgestattete Zerstörer, die einige Kilometer hinter den Linien standen. Auf diese Weise konnte ein nächtlicher Ausfall Imperialer Schiffe sofort beantwortet werden, ohne daß die Luftunterstützung der Bodentruppen durch ständiges Patrouillieren ausgelaugt wurde.

Bei Sonnenaufgang erhoben sich die Einsatzschiffe der Tahn von ihren Landeplätzen und flogen wieder zur Front.

Bei Sonnenaufgang plus fünfzehn Minuten röhrte die *Husha* aus ihrem unterirdischen Hangar und raste mit vollem Yukawa-Antrieb auf die Linien der Angreifer zu und darüber hinweg. Aus allen Rohren feuernd, vernichtete die *Husha* die Flottille der in diesem Abschnitt patrouillierenden Tahn-Schiffe. Bis die Tahn ihre Kreuzer und Zerstörer über diesem Abschnitt hatten, stand die *Husha* längst wieder in ihrem sicheren Hangar.

Lady Atago und Admiral Deska fragten sich, weshalb ein Imperiales Schiff einen derartigen Ausfall wagte. Die Antwort lag auf der Hand: van Doorman plante einen Angriff.

Sie verstärkten ihre Luftstreitkräfte und schickten sie nach vorne über die Front.

Die Tahn-Schiffe waren leichte Beute, als die Luftabwehr-Kettenfahrzeuge der Verteidiger ihre Tarnung abwarfen und losfeuerten.

Noch mehr Tahn-Schiffe, darunter ein Kreuzer, wurden abgeschossen. Die Infanterie der Tahn wurde in volle Bereitschaft versetzt.

Und dann gingen die Kräfte des Imperiums zum Angriff über. Lady Atago war erstaunt. Die erste Welle bestand nicht aus Gardesoldaten. Statt dessen stürmten die zusammengewürfelten Soldaten der Versorgungsbataillone der Flotte nach vorne.

Sie waren ein leichtes Ziel für die Landungstruppen der Tahn.

Die Flotten-Bataillone hielten kurz stand und zogen sich dann hinter ihre ehemaligen Positionen zurück.

Das war der Schwachpunkt, auf den Lady Atago gewartet hatte. Es war die Chance, einen Brückenkopf durch die Linien des Imperiums zu treiben und womöglich sogar den Flottenstützpunkt selbst einzunehmen.

Es war kurz vor der Abenddämmerung.

Lady Atago befahl ihren Streitkräften, ihre besten Truppen bereitzuhalten. Im Morgengrauen würden sie erneut angreifen.

Vier Stunden später wurde Lady Atago von ihren elektronischen und ihren menschlichen Überwachungseinheiten darüber informiert, daß Mahoney seine Verteidigungspositionen mit Panzerwaffen verstärkte. Es sah tatsächlich so aus, als bewegten sich die wenigen unbeschädigten Panzer auf die Verteidigungslinie zu.

›Sehr gut‹, dachte Lady Atago. Sie verfügte über etwa zehnmal so viele schwere Panzerwaffen wie die Imperialen. Jetzt bot sich die Möglichkeit, die Imperialen Kräfte auf Cavite ein für allemal zu vernichten. Sie ließ ihre schweren Geschütze von hastig zusammengestellten Kommandos nach vorne zur Frontlinie bringen.

Der Plan bestand darin, im Morgengrauen anzugreifen. General Mahoney würde mit seinen Panzern zum Gegenangriff übergehen. Dann würde sie selbst mit eiserner Faust zuschlagen.

Bis zum Morgengrauen blieben noch drei Stunden.

Lady Atago schlief den Schlaf einer Heldin.

Auf der Gegenseite schlürfte General Mahoney Kaffee und knurrte seine Befehle.

Von seinen Stellungen aus bot sich ein völlig anderes Bild. Der Angriff der *Husha* war sehr wohlüberlegt erfolgt, mit dem Ziel, nicht nur Tahn-Einsatzschiffe, sondern auch ihre Verstärkungen zu vernichten. Der nachfolgende Ausfall war tatsächlich von Flotten-Bataillonen ausgeführt worden, allerdings von Bataillonen, die von Offizieren der 1. Gardedivision angeführt wurden, die ihr Vorgehen sorgfältig geplant hatten. Angriff … und dann hinter die eigenen Linien zurückziehen.

Der Gegenangriff der Tahn drang bis auf von Mahoney vorher festgelegte Positionen vor; Positionen, die ohnehin nicht zu verteidigen waren.

Die Panzerverstärkung, die Mahoney nach vorne gebracht hatte, bestand vorwiegend aus A-Grav-Gleitern mit Geräuschsimulatoren. Sie bedienten sich der Funkfrequenzen der Panzereinheiten der Garde und benutzten deren Zeichencodes.

Tatsächlich standen nur sechzehn große Gefechtspanzer der Garde direkt an der Front. Sie stießen im Morgengrauen vor – und wurden vollständig aufgerieben.

Es war eine Katastrophe. Doch kein Tahn überprüfte die rauchenden Hüllen, keiner fand heraus, daß sie alle ferngesteuert waren. In diesen Kettenfahrzeugen war kein einziger Gardist gestorben.

Lady Atago schickte ihrerseits ihre Panzer zum Angriff durch den Beinahe-Brückenkopf.

Dann summte es im Funknetz, und außerhalb der Imperialen Verteidigungslinien setzte sich zischende Hydraulik in Bewegung, Gefechtstürme durchstießen Moos und Gras, Kanonenrohre schwenkten suchend und rasteten, auf ihre Ziele gerichtet, ein.

Stützpunkt Sh'aarl't war erwacht.

Er erwachte zu todbringendem Leben.

Kapitel 66

Die Schnellfeuerkanonen sahen völlig intakt aus, doch von den Soldaten im Fort wußte keiner, ob sie ihnen nicht beim ersten Schuß um die Ohren fliegen würden. Bevor Sten den Befehl zum Feuern gab, befahl er den Geschützmannschaften, sich aus den Gefechtstürmen zurückzuziehen und die Schutztüren zu verschließen.

Die drei Kanonen röhrten mit lautem Brüllen los, das sich, wie Tapia ganz zutreffend bemerkte, wie »Drachen mit Durchfall« anhörte. Bei einer Frequenz von 2000 Schuß pro Minute entsprach das Geräusch einer soliden Wand aus Explosionen.

Die Schnellfeuerkanonen waren ursprünglich zur Abwehr schneller Angreifer aus der Luft gedacht gewesen. Obwohl der Computer für Foss' Verhältnisse primitiv war, stellte er sich auf die vergleichsweise langsamen Panzerfahrzeuge der Tahn mit unfehlbarer Verläßlichkeit ein.

Nur ungefähr ein Drittel der als Brandgranaten entworfenen Geschosse explodierte noch, doch das spielte keine Rolle, denn auch so durchschlugen die soliden Metallkörper die Panzerungen der Fahrzeuge.

Als Sten den kreischenden Aufschrei »Es klappt! Es klappt!« – wahrscheinlich von Tapia – hörte, ließ er die Geschützmannschaften in die Gefechtstürme zurückkehren.

Stützpunkt Sh'aarl't funktionierte wirklich ganz hervorragend.

Mahoney hatte gewartet, bis die erste Welle von Panzerfahrzeugen bereits durch die ehemalige äußere Verteidigungslinie der Imperialen rumpelte; erst dann gab er dem Fort den Befehl zum Feuern. Inzwischen kamen Dreimannteams der Garde mit Jäger/Killer-Raketen aus ihren Maulwurfslöchern und schlachteten die Kettenfahrzeuge der Tahn innerhalb weniger Minuten.

Sten boten sich mehr als genug Ziele auf den drei Kilometern zwischen dem Fort und den Verteidigungslinien.

Lady Atago hielt die Masse ihrer Panzerfahrzeuge zurück, um den Brückenkopf zu verstärken. Da die Tahn sich ihrer Luftüberlegenheit und der Tatsache, daß sie von den Verteidigern nicht eingesehen werden konnten, bewußt waren, hatten sie ihre Panzer fein säuberlich auf den Zufahrtswegen hintereinander aufgereiht.

Sten, besser gesagt, Foss, oder noch besser gesagt, der Computer des Forts, ließ die Kanonen dem Verlauf dieser verstopften Straßen folgen. Der Computer zählte sechzig getroffene und zerstörte Panzer, und dann rasten aus einer ganzen Serie von Explosionen Feuerkugeln die Straßen hinunter. Der Computer hörte sich fast ein wenig schmollend an, als er Foss mitteilte, daß er mit dem Zählen nicht mehr nachkam.

Ein rotes Licht leuchtete auf – der Vierfach-Projektilturm. Alex war in Aktion. Die Infanterie der Tahn hatte sich von dem Schock, aus dem Hinterhalt angegriffen zu werden, einigermaßen erholt und setzte sich nun in Richtung auf den Hügel in Bewegung. Solange die Schnellfeuerkanone mit den Splittergranaten ratterte, würde sie die Soldaten in respektvollem Abstand halten. Mit gewöhnlichen Infanteriewaffen war die Befestigung des Forts nicht zu bezwingen – jedenfalls versprachen das die archaischen Beschreibungen der Anlage.

»An alle Gefechtstürme. Ihr habt ab sofort freie Hand. Sucht euch eure Ziele selbst.«

Jetzt endlich verfügte Tapia über einige Macht. Sie saß in der Kommandokapsel auf dem Sitz des Kanonenschützen. Er sah einem gepolsterten Fahrrad ohne Räder und einer Haube über der

Lenkstange nicht unähnlich. Die Lenkstange stand in Verbindung mit dem turmeigenen Computer und war mit der Kanone gekoppelt.

Vier Panzer flogen in die Luft, bevor die Kolonne der Angreifer in der Lage war, umzukehren und hinter einem Gebäude in Deckung zu gehen. Dort waren sie zwar in Deckung, aber nicht in Sicherheit. Tapia gab laut rufend Befehl, die Schußfrequenz der Kanone auf Maximum zu erhöhen, und ließ eine Salve auf die Grundmauern des Gebäudes los. Es knickte ein, fiel zusammen und zerquetschte die Panzer unter sich.

Tapia experimentierte. Wenn sie ihre Kanone ständig auf Dauerfeuer stellte, ging dem Fort bald die Munition aus; auf einer Anzeige war abzulesen, daß der Vorrat bereits jetzt auf achtzig Prozent zurückgegangen war. Sie lernte, wie man Munition sparte. Man stellte die Frequenz auf Minimum (750 Schuß pro Minute) und drückte nur ganz kurz auf den Auslöser. Das reichte für einen Panzer.

Tapia fand rasch Gefallen daran. Sie sah, wie sechs Panzerfahrzeuge aus ihrer Deckung heraus ins Freie rollten, richtete die Kanone aus, kam jedoch zu spät: ein anderer Turm verwandelte alle sechs in rauchende Schrotthaufen. Tapia sah sich fluchend auf dem Schlachtfeld um.

Das Fort war von brennenden Panzerwracks umgeben. Ringsherum stiegen dicke, schwarze Rauchsäulen auf. Tapia stellte von Normalsicht auf Infrarot um und fand schon wieder ein interessantes Ziel.

›Ein Panzerfahrzeug – und es schießt nicht auf mich. Sehr interessant.‹ Der Panzer war das Kommandofahrzeug des Panzerbrigadekommandeurs der Tahn. Da der Kommandopanzer über ein komplexes Funksystem verfügen mußte, seine Entwickler ihn jedoch nicht sofort als Nervenzentrum der ganzen Attacke identifizierbar machen wollten, hatten sie die Hauptkanone durch eine Attrappe ersetzt. Tapia schnaubte, zielte genau und …

Und das Fort wackelte, und ihre Ohren klingelten trotz der Ohrenschützer, die alle Geschützmannschaften trugen.

In der Kommandozentrale hieb Sten auf einen roten Schalter, und sämtliche Gefechtstürme wurden eingefahren. Die mittlerweile aufgefahrene Tahn-Artillerie hatte nur noch eine konturenlose Hügelkuppe vor sich. Das Versorgungssystem hatte das Fort durchlüftet und genug frische Luft in die Reservetanks gesaugt. Sollte Lady Atago eine Atombombe oder chemische Waffen zünden, konnte Sten sofort auf volle Eigenversorgung schalten.

Er bezweifelte jedoch, daß das geschehen würde – Lady Atago brauchte dieses Gebiet, um darin zu kämpfen. Nur in den Livies kämpften Soldaten gleichmütig in den wuchtigen, unbequemen und gefährlichen Schutzanzügen, wenn es auch eine andere Lösung gab.

»Alle Gefechtsstationen. Lagebericht.«

»Turm A. Alles grün.«

»Turm C. Uns geht's gut. Ist nur ziemlich laut hier oben, Skipper.« Das war natürlich wieder Tapia.

»Turm D. Die haben ein bißchen Staub aufgewirbelt. Keine Schäden.«

»Keine Probleme bei den Schrotflinten, Boss«, gab Kilgour vom Maschinengewehrturm durch.

Allmählich fing Sten an, diejenigen zu bewundern, die dieses Fort gebaut hatten, ungeachtet ihrer blödsinnigen Inspiration.

Ein Schirm flammte auf. Es war Mahoney. Da das Fort für alle zu sehen gewesen war, hatte er auf eine Standardfrequenz umgeschaltet.

»Bericht!« Mahoney befand sich inmitten einer militärischen Operation und hatte keine Zeit für Plaudereien.

»Stützpunkt Sh'aarl't voll einsatzbereit«, sagte Sten ebenso formell. »Verschossene Munition nachgeladen … jetzt! Keine Verluste gemeldet. Erwarten weitere Befehle.«

Mahoney grinste. »Angemessen Commander. Halten Sie sich bereit. Sie werden euch demnächst mit voller Wucht angreifen.«

»Verstanden. Sh'aarl't. Out.«

Die Sturmpanzer der Tahn zogen sich außer Reichweite der Kanonen des Forts zurück. Lady Atago versuchte es mit Luftangriffen.

Obwohl er nicht wirklich mit Resultaten rechnete, schaltete Sten die Feuerleitcomputer auf Luftziele um. Die Kanonen schwenkten jetzt vollautomatisch nach oben, suchten sich ihre Ziele und spuckten Feuer.

Die Einsatzschiffe der Tahn wurden wie Spatzen vom Himmel geholt. ›Das dürfte eigentlich nicht passieren‹, sagte sich Sten. ›Ich befehlige hier ein altertümliches Waffensystem. Ist die Technologie inzwischen denn nicht fortgeschritten?‹

Foss konnte mit einer Erklärung aufwarten. Altertümlich? Die Kanonen verfolgten ihre Ziele, und die auf Nähe eingestellten Auslöser der Projektile arbeiteten nach längst ungebräuchlichen Frequenzen. Keines der Tahn-Schiffe verfügte über EAS-Vorrichtungen für diese Frequenzen.

Sten verspürte so etwas wie Stolz auf seinen alten, grauen Elefanten.

»Sollen wir den Angriff abbrechen, Milady?«

Lady Atago ließ noch eine Prognose durch den Computer laufen. »Negativ.«

Deska mußte sich anstrengen, daß man ihm seine Überraschung nicht ansah. »Die Verlustrate, die uns allein dieses Fort zufügt, ist nicht akzeptabel.«

»Richtig. Sie müssen jedoch folgendes in Betracht ziehen. Dieses Fort ist ziemlich effektiv. Die Imperialen Streitkräfte sind schwach. Wenn also das Fort zerstört ist, sind wir in der Lage, ihre Linien zu durchbrechen. Dazu ist nur nötig, daß wir unsere Taktik ändern. Genau das habe ich soeben getan. Der erste Schritt wird in wenigen Sekunden eingeleitet.«

Die Tahn hatten Glück, daß Lady Atago bei der Vorbereitung ihrer Schlachtpläne alle Eventualitäten einkalkuliert hatte. Jetzt griff sie Stützpunkt Sh'aarl't mit Panzerkreuzern an.

Eigentlich hätten Panzerkreuzer bei der Tahn-Offensive auf Cavite nicht eingesetzt werden sollen, da es keine erkennbaren Ziele für den Einsatz dieser nur für eine ganz bestimmte Aufgabe einzusetzenden Kolosse gab.

Panzerkreuzer waren gigantische, bullige Kriegsschiffe. Sie waren extrem schwer gepanzert und besaßen nur eine leichte Antiraketenabwehr. Ihre einzige Waffe steckte in einem monströsen Abwurfschacht, der sich längs unterhalb des Schiffes entlangzog, den Kali-Torpedorohren der *Bulkeley*-Klasse nicht unähnlich, nur wesentlich größer. Die Rakete, die von einem Panzerkreuzer abgefeuert wurde, war etwas größer als ein ganzes Einsatzschiff.

Panzerkreuzer besaßen zwei AM_2-Antriebe und wurden von nur einem Bombenschützen ins Ziel gebracht. Sie waren eigentlich für die Kriegsführung außerhalb von Planeten gedacht und wurden zum Beispiel gegen befestigte kleine Monde oder Planetoiden eingesetzt.

Der Geheimdienst der Tahn hatte Lady Atago versichert, daß nirgendwo in den Randwelten solche Raumforts existierten. Lady Atago hatte trotzdem beschlossen, ihre Flotte für alle Fälle mit zwei dieser Schiffe zu bestücken. Jetzt kamen die beiden Panzerkreuzer gegen Stens Fort zum Einsatz.

Einer von ihnen schwebte mit der Nase nach unten ein Stück außerhalb von Cavites Atmosphäre; Feuer spie aus seiner Schnauze, und die Rakete zischte nach unten.

Die Gründe, weshalb Panzerkreuzer nicht gegen Ziele auf kurze Entfernung eingesetzt wurden, waren offensichtlich. Bei vollem AM_2-Antrieb ist es für den Bombenschützen fast unmöglich, sein Ziel genau zu erfassen und die Ladung an den richtigen Ort zu dirigieren. Automatische Zielfindung war natürlich viel zu langsam. Die riesigen Entfernungen im Raumkrieg waren wichtig für den Erfolg dieser Waffe, insbesondere, da jede Rakete ungefähr soviel kostete wie ein Einsatzschiff.

Das alles bereitete Lady Atago kein Kopfzerbrechen; wenn Cavite nicht bald fallen würde, dann sie selbst um so sicherer.

Noch immer beschleunigend, verfehlte die erste Rakete das Fort nur um 500 Meter – ihr Bombenschütze war sehr geschickt. Die Schockwelle machte sämtliche Ruinen im Umkreis von einem Kilometer und in der Nähe von Stützpunkt Sh'aarl't vollends dem Erdboden gleich.

Sten erhob sich gerade aus seinem Kommandantensessel, als der Sprengkopf detonierte. Er wurde gegen eine zwei Meter entfernte Wand geschleudert; alles war dunkel, dann ging die Notbeleuchtung an. Sten sah doppelt. Staubwölkchen hingen in der Luft.

Er stolperte an sein Pult zurück. »Alle Stationen. Lagebericht.«

Erstaunlicherweise kamen die Berichte herein.

Natürlich war die Erschütterung oben in den Türmen wesentlich heftiger ausgefallen. Tapia blutete aus Nase und Ohren, doch ihre Kanone war noch einsatzfähig, ebenso wie die Gefechtstürme A und D. Die Videoleitung zu Kilgours Maschinengewehrturm war ausgefallen, die Tonverbindung stand jedoch noch.

Als Sten seine Berichte erhalten hatte, wußte Foss schon, was sie da getroffen – beinahe getroffen – hatte.

»Sehr schön«, sagte Sten. Da ihm wie allen anderen die Ohren klingelten, sprach er ziemlich laut. »Was passiert, wenn sie uns wirklich treffen?«

»Keine Ahnung«, sagte Foss.

»Wirklich, sehr schön. Können Sie uns nicht vorwarnen?«

»Nicht, wenn sie bereits abgefeuert haben. Aber sie müssen die beiden Panzerkreuzer zwischen den einzelnen Abwürfen zum Nachladen bringen, was einige Zeit in Anspruch nimmt. Sobald sie auf Station sind, drücke ich auf den Alarmsummer.

Wo wir gerade davon reden«, sagte Foss, ohne den Blick vom Bildschirm zu wenden, »gerade macht sich dieser andere Klotz daran, sein Glück zu versuchen.«

Sten gab Befehl an alle Turmbesatzungen, sich in die Bereitschaftsräume zurückzuziehen, bevor die zweite Rakete einschlug. Sie ging fast einen ganzen Kilometer daneben, und der Schock war nicht schlimmer, fand Sten, als wenn man von Alex einen freundschaftlichen Klaps bekam.

Die Geschützcrews machten sich wieder auf den Weg nach oben. Es gab noch genug Ziele, die auf sie warteten. Lady Atago hatte den zweiten Schritt eingeleitet; kurz nachdem sie ihre Sturmeinheiten losgeschickt hatte, sah sie, wie die Türme des Forts wieder ausgefahren wurden. Hinter den Kettenfahrzeugen gingen lange Kolonnen von Sturminfanterie.

Ihre Offensive endete jedoch in einer blutigen Sackgasse. Die beiden Riesenbomben hatten zwar Stens Soldaten von den Kanonen vertrieben, doch sie hatten auch alles zerstört, was den Panzerfahrzeugen als mögliche Deckung hätte dienen können.

Außerdem dauerte es extrem lange, bis die Panzerkreuzer nachgeladen hatten und erneut angreifen konnten. Die Angreifer hatten nicht genug Zeit, sich nahe genug an Stützpunkt Sh'aarl't heranzuarbeiten, bevor das Fort wieder zurückfeuerte.

Die Verteidiger hatten immerhin eine Pattsituation erreicht. Es war nicht gerade lebenswert in diesem Fort, doch es war zumindest möglich, darin zu überleben. Und dann geschahen zwei Dinge:

Der siebte Versuch der Panzerkreuzer schlug ungefähr 175 Meter vom Fort entfernt ein. Der Schlag reichte aus, um die Sperre am zweiten, unbemannten und kaputten Maschinengewehrturm zu zerschmettern. Der Turm klappte nach oben – und blieb oben.

Und auf Stens zentralem Kontrollmonitor blinkte kein Warnlicht auf.

Der zweite widrige Umstand ergab sich daraus, daß sich der Tahn-Infanterist Heebner verlief.

Kapitel 67

Niemand hätte den Infanteristen Heebner auf einem Werbeplakat für die Armee abgebildet. Er war ziemlich klein – knapp oberhalb der Mindestgröße für Tahn-Soldaten –, hatte O-Beine und ein ansehnliches Bäuchlein. Darüber hinaus war seine gesamte Einstellung nicht gerade heroisch.

Man hatte Heebner gegen seinen Willen von den Apfelplantagen seines Vaters weggeholt und eingezogen. Er war jedoch schlau genug, um den Ausbildern gegenüber seinen Widerwillen nicht offen zu zeigen, denn die Tahn hielten drakonische Strafen für Kriegsdienstverweigerer bereit – und eine recht lockere Auslegung dessen, was sie unter Verweigerung verstanden. Er wurde noch widerwilliger, als ihm bei der Beurteilung mitgeteilt wurde, daß es bei der Armee keine Verwendung für »Obstbaum-Handpflücker« gab und man aus ihm einen zukünftigen Infanteristen machte.

Heebner durchlitt die körperlichen und seelischen Mißhandlungen der Grundausbildung in aller Stille und meistens in den hinteren Reihen. Da er nichts erwartete, war er auch nicht wie so mancher andere Rekrut enttäuscht, als sie feststellen mußten, daß ein Kampfbataillon im Einsatz nicht weniger brutal behandelt wurde als eine Ausbildungseinheit. Heebner wollte nichts anderes, als gerade soviel tun, damit ihn sein Gruppenführer nicht schlug, damit er am Leben blieb und wieder nach Hause zurückkehren konnte.

Der Infanterist war sogar ein wenig stolz darauf, daß er den Krieg schon so lange überlebt hatte. Er hatte ein Auge für gute Deckung, hervorragende Angstreflexe und einen Widerwillen dagegen, sich freiwillig zu melden – meistens. Noch während der Ausbildung hatte Heebner eine geniale Entdeckung gemacht. Freiwillige wurden meistens zu zweierlei Zwecken eingesetzt – für extrem gefährliche und extrem schmutzige Arbeit. Schmutzig hieß meistens auch sicher.

Heebner spezialisierte sich darauf, diese Art von Arbeiten zu erwischen: alle möglichen Löcher graben, Rationen durch den Dreck irgendwohin bringen, A-Grav-Gleiter entladen und so weiter. Er hatte die Erfahrung gemacht, daß diese Aufgaben nur in den seltensten Fällen unter feindlichem Beschuß stattfanden.

Diese Bereitschaft hatte ihn sogar eine Stufe nach oben befördert. Jetzt mußte Heebner aufpassen. Wenn er sich weiterhin so gut anstellte, machten sie ihn am Ende noch zum Unteroffizier, was in Heebners Augen bedeutete, daß er für den Feind ein noch besseres Ziel abgab. Er überlegte sich, ob er eine kleinere Missetat begehen sollte, gerade soviel, daß er wieder zurückgestuft wurde, aber nicht genug, um von seinem Sergeanten verprügelt zu werden.

An diesem Morgen hatte die Kompanie, zu der seine Gruppe gehörte, den Befehl erhalten, sich am Angriff auf das verfluchte Imperiale Fort zu beteiligen. Die Tahn-Infanterie hatte dem Fort den Spitznamen AshHome gegeben: ein Angriff auf das Fort rückte die Möglichkeit, daß man schon bald als Asche in einer kleinen Urne mit dem nächsten Schiff nach Hause geschickt wurde, in greifbare Nähe – vorausgesetzt, es blieb überhaupt noch etwas zum Verbrennen übrig. Viele tote Tahn-Soldaten lagen ungeborgen im Schutt rund um das Fort; sie wurden verschüttet und von den nächsten Explosionen wieder ausgegraben.

Infanterist Heebner hielt sich am hinteren Ende der vorrückenden Truppen auf, als Tapia das Feuer auf die beiden Sturmpanzer eröffnete, die die Kompanie begleiteten. Er warf sich sofort hinter eine Deckung, hörte das Gebrüll seines Sergeanten, weiterzugehen, riß sich wieder hoch – und dann rauschte in der Nähe eine Packung aus einem Panzerkreuzer herab. Als seine Gruppe weiterzog, war Heebner noch immer bewußtlos. Seine Kameraden marschierten direkt in eine Salve aus Alex' Vierfach-Maschinengewehr hinein.

Heebner kam allmählich wieder zu sich und auf die Füße. Hinter ihm standen die qualmenden und zerschossenen Panzer. Weder von seiner Gruppe noch von seiner Kompanie war etwas zu sehen. Die meisten waren tot. Heebners Verstand sagte ihm, daß es sinnlos war, den Angriff weiterzuführen, wenn alle anderen bereits aufgegeben hatten. Es war besser, hinter die eigenen Linien zurückzukehren.

Er watete durch den Schutt und konzentrierte sich darauf, nicht noch einmal zu stürzen. Rings um ihn herum schlugen Granaten ein, und Heebner machte einen Satz in den Dreck.

Nein, kein Dreck, korrigierte er sich. Er lag auf Metall. Doch niemand schoß auf ihn. Und es fielen auch keine Dreckkaskaden auf ihn herab, die von explodierenden Granaten hochgeschleudert wurden.

Heebner peilte vorsichtig die Lage – und stöhnte vor Entsetzen auf. Irgendwie hatte er es geschafft, in die falsche Richtung zu gehen. Statt sich zu den eigenen Linien durchzuschlagen, lag er jetzt auf dem niedrigen Hügel des Imperialen Forts. Neben ihm ragte ein schimmernder, wenn auch arg mitgenommener Lauf aus einem Gefechtsturm. Heebners erster Gedanke war ein Stoßgebet. Doch noch immer hagelten keine Geschosse in seine Richtung. Er lag neben dem unbemannten Maschinengewehrturm, den die siebte Monsterbombe aus der Verankerung gerissen hatte.

Sehr gut. Dann wartete er eben bis zum Einbruch der Nacht hier und machte sich dann aus dem Staub. Plötzlich fiel ihm jedoch das große Raumschiff irgendwo über ihm ein. Schon die nächste Bombe würde ihn wahrscheinlich wie einen Ölfilm über die Außenpanzerung des Forts verteilen. Eine andere Lösung bot sich an: zwischen den vier aus dem Turm herausragenden Rohren und dem Turm selbst sah er eine Lücke. Er kroch darauf zu. Die Druckwelle hatte die Schutzschilde der Kanonen zurückgebogen.

Als Heebner an den nächsten Schritt dachte, befiel ihn schiere Panik. Er schob sich durch den Spalt, und seine Füße kamen auf festem Zementboden zu stehen. Sofort fing sein Gehirn wieder zu arbeiten an. Du bist gerade in dieses Fort eingestiegen. Lauern hier irgendwo Imperiale mit Fängen so lang wie Enterhaken?

Und dann schlug irgendwo die nächste Monsterbombe ein. Heebner war fast eine ganze Stunde ohne Besinnung.

Als er wieder erwachte, wunderte er sich, daß er noch lebte und noch nicht im Kochtopf der Imperialen gelandet war. Wie die meisten ungebildeten Tahn-Soldaten war Heebner fest davon

417

überzeugt, daß die Imperialen Truppen ihre Feinde rituell verspeisten.

Aber er lebte. Unverletzt.

Und er hatte Durst. Er nahm einen Schluck aus der Feldflasche.

Hunger hatte er auch. Seine Kompanie war nur mit Munition ausgerüstet in den Angriff gezogen.

Heebner sah sich im Innern des Turms um. Dort standen einige Schränke. Er untersuchte sie. Schutzanzüge ... und Notrationen. Heebner riß eine Packung auf und kostete. Er lächelte. Fleisch. Etwas, das ein Tahn seiner Klasse höchstens ein- oder zweimal im Jahr auf den Teller bekam. Auch die nächste Packung enthielt Fleisch. Es wanderte der ersten Ration hinterher in Heebners Magen. Die dritte enthielt Bohnen. Heebner roch daran und stellte sie zur Seite. Andere Behälter stopfte er in seinen Feldrucksack.

Was jetzt?

Weitere Teile seines Hirns, womöglich durch das Fleisch stimuliert, erwachten. ›Sie haben uns doch erzählt, dieses Fort sei voller Soldaten. Aus welchem Grund ist dann diese Station unbesetzt? Wurde sie getroffen?‹

Die Wände wiesen keinerlei Schäden auf.

Heebner erkannte, daß ihm zwei Möglichkeiten zur Auswahl blieben: entweder er blieb, wo er war - oder er floh. Wenn er hier im Turm blieb, töteten ihn womöglich diese monströsen Bomben.

Wenn er zurück hinter die Linien der Tahn floh, wurden ihm mit Sicherheit Fragen gestellt. Warum war er der einzige Überlebende seiner Truppe? Hatte er sich etwa versteckt? Hatte er sich vor dem Angriff gedrückt? Die Strafen für Feigheit vor dem Feind waren ziemlich barbarisch.

Moment mal. Vielleicht bestraften sie ihn nicht, wenn er mit einer wertvollen Information zurückkam. Zum Beispiel?

Aber klar! Seine Kameraden konnten ebenso wie er durch dieses Loch in den Turm eindringen und das Fort einnehmen! Langsam. Wenn du nur mit der Information zurückkehrst, wie man in das Fort hineinkommt, lassen dich deine Offiziere garantiert den Angriffstrupp anführen.

Heebner verzog das Gesicht. Das war die beste Methode, doch noch ins Gras zu beißen. Dann strahlte er. Wenn er mit einem sehr interessanten Stück Information zurückkehrte, schickten sie ihn zum nächsthöheren Hauptquartier, und andere Unglückliche durften den Angriff ohne ihn durchführen.

Was also konnte er mitbringen?

Direkt neben ihm befand sich die Luke, die hinunter in den Bauch des Forts führte. Heebner klappte sie hoch und kletterte nach unten.

Die Leiter endete in einem großen Raum voller Feldbetten. Heebner blickte sie sehnsüchtig an. Obwohl sie muffig rochen, waren sie besser als alles andere, auf dem Heebner seit der Landung auf Cavite geschlafen hatte.

Ein großer Raum mit Feldbetten ... ein großer, verlassener Raum? Wie viele Imperiale befinden sich überhaupt in diesem Fort? Er fand den Mut, der Sache nachzugehen.

Heebner verließ den Bereitschaftsraum und kam in einen großen Gang. Wenige Sekunden später verursachte die nächste Riesenbombe ein mittleres Erdbeben. Sie mußte in ziemlicher Entfernung niedergegangen sein. Heebner hörte Fußtrappeln und spähte hinaus. Eine Gruppe Imperialer kam aus einem anderen Bereitschaftsraum herausgerannt und kletterte in einen der Haupttürme hinauf. Heebner zählte. Nur zehn? Wie viele Leute waren hier wirklich?

War es denn möglich, daß nur eine Handvoll Imperialer den Tahn Widerstand leistete? Es sah ganz danach aus.

Heebner hatte genug gesehen. Diese Information war wertvoll. Wertvoll genug, um ihn davor zu bewahren, wieder nach vorne geschickt zu werden. Wertvoll genug, wie er hoffte, daß er nicht nur seinem Gruppenführer, sondern gleich beim Kompaniehauptquartier Bericht erstatten mußte. Falls sein Kompanieführer überhaupt noch lebte. Jedenfalls war es ein guter Weg, sich vom nächsten Angriff fernzuhalten.

Infanterist Heebner stahl sich aus dem Fort davon, überstand den schrecklichen Rückweg hinter die eigenen Linien und berichtete.

Als er vor Lady Atago stand, hatte er mehr Angst als allein in diesem Fort. Sie verlangten nicht von ihm, daß er am letzten Angriff auf Stützpunkt Sh'aarl't teilnahm. Statt dessen wurde er zum Geschützführer befördert, mit einer Medaille behängt und nach hinten abkommandiert.

Heebner war in Sicherheit. Das reichte ihm völlig. Er legte keinen Wert darauf, in den Livies aufzutreten und sich lang und breit über die Eroberung des Imperialen Forts auszulassen.

Diese Ehre wurde Sturmtruppen-Captain Santol zuteil, einem wesentlich heroischer aussehenden Tahn. Und wenn es denn eine Ehre war, dann hatte er sie verdient.

Kapitel 68

Sten fragte sich gerade, was wohl als nächstes passieren mochte, als die Bombardierung durch die Panzerkreuzer eingestellt wurde. Er fragte sich, ob ihnen die Bomben ausgegangen waren, hoffte jedoch, daß beide Schiffe durch Explosionen in der Munitionskammer in die Luft geflogen waren.

›Zerbrich dir den Kopf, was als nächstes passiert, erst dann, wenn es passiert‹, sagte er sich und bestellte Mittagessen – oder Abendessen? Frühstück? – für seine Leute. Ein Drittel seiner Besatzung wurde in die Kantine geschickt. Wenn alle satt waren, plante er, zumindest die Hälfte der Leute ein wenig schlafen zu lassen.

Doch dazu kam es nicht mehr.

Contreras stieg von der Leiter, die von der Kommandoebene zum Bereitschaftsraum führte, und rülpste. Ihr voller Magen ließ sie an weitere Annehmlichkeiten denken: Schlaf ... ein Bad ... eine saubere Uniform ... warum nicht gleich alles auf einmal? Wie ein aus dem Dienst Entlassener den ganzen Sold, der sich angesammelt hatte, auf einem Touristenplaneten ausgeben, auf dem ein Fahrrad das primitivste Fahrzeug war, und sich vielleicht in einen gutaussehenden Offizier verlieben. Offizier? ›Gute Frau‹, dachte sie, ›du bist schon zu lange beim Militär. Lieber gleich einen reichen Zivilisten.‹

Ein Lächeln zeigte sich auf ihren Lippen; in diesem Augenblick zerfetzte ihr ein Tahn-Projektil den Brustkorb.

Es war den Sturmtruppen der Tahn gelungen, ungesehen bis zum Fort vorzudringen. Da der Computer des Forts den blockierten Maschinengewehrturm nach wie vor als eingezogen anzeigte, meldeten auch die Alarmsensoren in diesem Sektor keine Bewegung. Tatsächlich wurden die Ortungsstrahlen von dem Gefechtsturm gebrochen zurückgeworfen, aber als Teil der üblichen Störungen in Bodennähe interpretiert.

Lady Atagos Analyse dessen, was der Gefreite Heebner berichtete, war durchaus korrekt. Sie nahm an, daß das Areal unterhalb des kaputten Turms mit achtzigprozentiger Sicherheit eine tote Zone war.

Auch Captain Santols Berechnungen waren sehr exakt; die Sturmtruppen näherten sich dem Fort in diesem Sektor auf einer Breite von höchstens zwei Mann nebeneinander. Ein Großteil der Verteidiger saß gerade beim Essen, und die allgemeine Erschöpfung trug ihren Teil dazu bei, daß niemand die Tahn auf einem der noch funktionstüchtigen Direktsichtschirme herankommen sah.

Sobald sie im Turm selbst saßen, schickte Captain Santol zwei verläßliche Sergeanten mit Straßenkampfgewehren nach vorne. Ihnen folgten Grenadiere und ein schweres Projektilgeschütz auf einem Dreibein, dahinter dann Captain Santol und sein erster Sergeant.

Contreras war nicht die erste, die starb; vor ihr waren schon zwei Raumfahrer von hinten angesprungen und erdrosselt worden. Sie war jedoch die erste, die erschossen wurde.

Der Schuß hallte durch die Korridore des Forts. Sten schreckte sofort hoch; Bohnen und Rindfleisch flogen von seinem Teller quer über den Tisch. Ein Schuß, der sich versehentlich gelöst hatte ... von wegen! Schon sah er auf einem der internen Monitore seines Kommandostandes Tahn-Soldaten durch die Gänge huschen.

Sofort löste er Alarm aus und schaltete ein Mikro ein.

»An alle Mannschaften.« Seine Stimme war ziemlich ruhig. »Wir haben Tahn-Truppen im Fort. Alle Mannschaften, Zugänge zu euren Abschnitten sichern. Alex?«

»Sir?« Sogar über Funk hörte man seine schwere schottische Zunge heraus.

»Weißt du, wie diese Kerle eindringen konnten?«

Kurze Pause. »Auf den Anzeigen ist nichts zu sehen, Sir. Jede Wette, daß sie durch einen Turm gekommen sind.«

Das wiederum ließ zwei Möglichkeiten offen: Einer der beiden nichtbemannten Türme, entweder der zweite Maschinengewehrturm oder Gefechtsturm B, hatte Funktionsstörungen. Der Computer zeigte jedoch beide als in Ordnung an.

»Turm C«, befahl Sten. »Ortskontrolle. Ziel: Tahn-Infanterie, die sich dem Fort nähert. Feuer frei.«

Er wechselte auf einen anderen Kanal.

»Türme A und D. Fünf Leute die Bereitschaftsräume sichern. Der Feind ist eingedrungen. Kilgour, wenn noch jemand von deiner Mannschaft unterwegs ist, schicke sie alle in die Kommandozentrale.«

»Alles klar. Warte dort.«

Alex hätte im Maschinengewehrturm bleiben sollen, doch die Bedienung der Vierfach-Projektilwaffe erforderte nur eine Person. Er ließ einen Mann zurück und ging mit den sechs anderen auf Kriegspfad.

Aus Turm A machten sich sechzehn Raumfahrer auf die Suche nach den Tahn. In einem Korridor trafen die beiden feindlichen Trupps aufeinander. Die Schlacht verlief sehr schnell und sehr tödlich. Zwar verfehlten die meisten AM_2-Geschosse aus den Willyguns ihre Ziele, doch als sie an den Betonwänden des Korridors explodierten, wurden die Tahn von Betonsplittern durchsiebt.

Captain Santol verlor zwei Gruppen, bevor er sein tragbares Geschütz zum Einsatz bringen konnte. Sobald die Projektile jaulend kreuz und quer durch den Korridor spritzten, gingen die sechzehn Raumfahrer blutüberströmt und zerfetzt zu Boden.

Santol schickte eine Gruppe über die Leichen nach vorn und in den Turm hinein. Dort starb der Rest der Turm A zugeteilten Raumfahrer.

Ein zweiter Stoßtrupp der Tahn nahm sich die Sektion von Turm D vor. Die Raumfahrer kämpften mutig, waren jedoch keine ernstzunehmenden Gegner für die erfahrenen Tahn-Soldaten.

Sten konnte das meiste auf den Bildschirmen verfolgen und fluchte.

Jetzt standen die Tahn zwischen seiner Kommandozentrale und dem noch immer kämpfenden Turm C. Sten standen nur Foss und drei Computerleute als Sturmtruppe zur Verfügung. Das wäre nicht Mut, sondern Dummheit gewesen. Trotzdem hatte er keine andere Wahl.

Die Sturmkompanie der Tahn hatte sich in den Korridoren des Forts verteilt. Sten mußte zugeben, daß sie ihre Sache sehr gut machten. Ihre Taktik bestand darin, einen Korridor um die Ecke mit Feuer zu bestreichen, dann einen Mann zur Sicherheit auf die gegenüberliegende Seite hechten zu lassen, zwei Mann als Wachen zurückzulassen und weiterzuziehen. Zur gleichen Zeit kam eine weitere Tahn-Kompanie durch den demolierten MG-Turm herein.

Dann erfolgte der Gegenangriff.

Es handelte sich jedoch nicht um Kilgours verzweifelte, siebenköpfige Eingreiftruppe, die sich noch immer den langen Schacht hinabbewegte, der zum Zentrum des Forts führte. Diese Attacke kam von unten, aus den Vorratskammern.

Es waren fünf Menschen, darunter die beiden Tahn-Brüder, angeführt von dem Spindar, Mr. Willie Sutton. Sie schoben ein A-Grav-Tablett vor sich her, beladen mit fünfzehn kleinen Metallzylindern. Sauerstofftanks für den Notfall.

Der Gegenangriff erfolgte aus einer unbeachteten Luke, die sich etwa auf halber Strecke eines Korridors in der Seitenwand befand. Am anderen Ende standen Captain Santol und seine Sturmtruppen.

Sutton brüllte wie eine durchgedrehte Alarmsirene, als er vorwärts stürmte.

»Schießt! Schießt!« schrie Santol, und schon jaulten Projektile durch den Flur.

Die sechs Imperialen Soldaten wurden von dem Feuerstoß niedergestreckt. Das A-Grav-Tablett trieb noch etwa zehn Meter weiter und blieb dann stehen.

Santol rannte auf die Leichen zu, hinter sich ein Team zur Rückendeckung. Vielleicht kamen noch mehr Imperiale aus der Luke.

Er schob sich um das schwebende Tablett herum … da richtete sich Sutton direkt vor ihm auf. Überall waren Schuppen weggerissen, und Lymphflüssigkeit quoll aus seinen Wunden und aus seinem Mund. Der Spindar baute sich zu voller Größe über dem Offizier auf.

Santol riß die Pistole heraus, aber zu spät, viel zu spät: aus Suttons Vorderpfote sprangen gebogene Klauen heraus, schossen auf den Tahn zu und rissen einen Großteil seines Gesichts weg. Santol schrie und ging zu Boden.

Seine Soldaten feuerten. Sutton taumelte rückwärts gegen die Wand, dann wieder nach vorne. Irgendwoher zog er eine Miniwillygun hervor, brachte sie in Anschlag und schoß – nicht auf die Tahn, sondern hinter sie, auf das Tablett. Die Salve riß einen Zylinder auf. Sauerstoff zischte, dann schlug ein Querschläger einen Funken aus der Wand.

Der gesamte Korridor explodierte und erwischte die Tahn in einem Miniatur-Feuersturm, ausgelöst durch den explodierenden Sauerstoff. Die Hälfte von Santols Kompanie starb mit ihrem Kommandanten. Die schockierten Überlebenden zogen sich in Richtung Eingang zurück.

Kilgour erwartete sie an einer Kreuzung. Auch dieser Hinterhalt erwischte die Tahn völlig unvorbereitet, und sie zogen sich noch weiter zurück.

Eine bessere Chance würde sich Sten nicht mehr bieten.

»An alle Stationen, an alle Stationen. Hier spricht Sten«, rief er in das nächste Wandsprechgerät. »Alles zum Eingang. Evakuieren. Ich wiederhole, alles zum Eingang.«

Er und seine vier Leute schlossen sich Alex' Truppe und dem einen Mann, der im MG-Turm geblieben war, an und sorgten für ihre Rückendeckung.

Das war nicht nötig. Der befehlshabende Offizier des zweiten Tahn-Sturmtrupps hatte die meisten seiner Soldaten wieder aus dem Fort zurückgezogen. Sie wollten sich neu formieren und dann zum Gegenangriff übergehen.

Als sie soweit waren, hatten Tapia und die Besatzung ihres Gefechtsturms den Ausgang des Forts erreicht.

Sie zogen sich sofort wieder in die unterirdische Passage zurück, die zu dem inzwischen schwer zusammengedrückten Instandhaltungsbunker führte, und platschten durch den tiefen Matsch. Der darüberliegende Schuppen war zwar weitgehend verschwunden, doch die Luke funktionierte noch.

Sten stand direkt am Ausgang und zählte den Rest seiner hinauswankenden Raumfahrer. Es waren noch genau zweiunddreißig von ihnen übrig.

Er ließ sie Aufstellung nehmen, und gemeinsam machten sie sich auf den Weg über die plattgebombte Ebene, zurück zu den Imperialen Verteidigungslinien. Als sie ungefähr einen halben Kilometer vom Fort entfernt waren, zog Sten einen kleinen Sender hervor, klappte zwei Sicherheitssperren zur Seite und drückte auf einen Schalter.

Drei Minuten später würden die Sprengladungen hochgehen, und Stützpunkt Sh'aarl't – oder Sutton oder Tige oder wer sonst noch – war nur noch ein riesiges Kraterloch.

Dem durften dann die Tahn einen neuen Namen geben.

Kapitel 69

Zwei Stunden vor Sonnenaufgang erhielt Tanz Sullamoras gegen Strahlung abgeschirmter A-Grav-Gleiter die Erlaubnis, in den Ruinen von Schloß Arundel zu landen.

An der Erdoberfläche waren nur noch zwei von Menschenhand geschaffene Objekte zu sehen. Das eine war eine transportable Landekuppel, wie sie oft auf radioaktiven Bergbauplaneten verwendet wurde; im Herzen des Imperiums wirkte sie ziemlich fehl am Platz. Das zweite war ein sehr hoher Flaggenmast, an dessen Spitze zwei Fahnen hingen: die strahlende Standarte des Imperiums und darunter das Hausbanner des Imperators, die Zeichen »AM_2« vor der Atomstruktur des Negativelements auf goldenem Grund.

Sämtliche Sendungen des Imperiums zeigten die Ruine und die Flagge als erstes und letztes Bild. Das Symbol war vielleicht etwas zu deutlich, doch es bedeutete wenigstens etwas: wie das gesamte Imperium war auch der Imperator selbst schwer getroffen worden, doch er stand noch immer trotzig aufrecht und kämpfte.

Gardisten in Strahlenanzügen führten Sullamora, der in einem ähnlichen Anzug steckte, von seinem Fahrzeug durch die Dekontaminierungsdusche zu den Liftröhren, die ihn zum Imperialen Kommandozentrum tief unter den Ruinen des Palastes brachten.

Unten angekommen, stieg Sullamora aus dem Anzug, wurde noch einmal dekontaminiert und zur Zentrale geführt. Zwei Gurkhas eskortierten den Handelsfürsten durch endlose, verkleidete Korridore, in denen es sogar zu dieser frühen Stunde von geschäftigen Offizieren und Techs wimmelte. Sullamora erhaschte durch auf- und zugleitende Türen den einen oder anderen verführerischen Blick auf Lagebesprechungen, riesige Computerschirme und Generalstabszimmer.

Er wußte nicht, daß die Route, die er beschritt, vom Imperator als die Renommiermeile bezeichnet wurde. Die Arbeit war echt, und die Stabsmitarbeiter waren tatsächlich beschäftigt – doch alles, was er da zu Gesicht bekam, waren nicht gerade dramatische Phasen lebenswichtiger Entscheidungen, sondern Standardprozeduren wie Rekrutierungen, Ausbildungsstatus, Finanzen und so weiter.

Die Privatsuite des Imperators war sorgsam eingerichtet worden, um bei jedem Besucher einen gewissen Eindruck zu hinterlassen. Es gab jede Menge Vorzimmer, in denen Delegationen oder einzelne Abgesandte untergebracht werden konnten, bis der Imperator bereit war, sie zu empfangen. Die Wände waren grau, die Einrichtung fast schon spartanisch. Wandschirme zeigten geheimnisvolle, nicht näher erläuterte Landkarten und Projektionen, die periodisch durch nicht minder unbekannte Karten und Grafiken ausgetauscht wurden. Es entsprach dem schrägen Sinn für Humor des Imperators, daß einige von ihnen Schlachtpläne aus Kriegen darstellten, die vor Tausenden von Jahren ausgetragen worden waren. Bis jetzt war noch niemand darauf gekommen.

Die Privatgemächer des Imperators bestanden aus einem

großen Schlafzimmer, einer Küche, die an die Kombüse eines Kriegsschiffes erinnerte, einem Konferenzraum, einem monströsen Computer-/Besprechungsraum und einer persönlichen Bibliothek. Auch diese Zimmer waren relativ schlicht eingerichtet; weniger, um den Stil der Kommandozentrale fortzuführen, sondern weil der Imperator sich recht wenig für zur Schau gestellten Pomp und dreimal verdrehte Zeremonien interessierte.

Normalerweise zeigten hier die Wandschirme Ansichten und Ausblicke, wie man sie aus den Fenstern des einen oder andern Ferienhauses des Imperators genießen konnte. Doch jetzt hingen überall Bilder mit den drei gleichen, immer wiederkehrenden Motiven: Ruinen von Arundel, Heath, der Zentralplanet der Tahn, vom All aus gesehen, und ein Gruppenfoto der 27 Mitglieder des Tahn-Rats. Diese drei Bilder dienten seinem Bekunden nach dazu, seine Aufmerksamkeit zu bündeln.

Sullamora verbrachte nur wenige Minuten in einem der Vorzimmer, dann wurde er schon in die Bibliothek des Imperators eskortiert.

Der Imperator sah sehr müde aus; er war auch sehr müde. Er wies auf eine Anrichte, auf der Erfrischungen bereitstanden. Sullamora lehnte dankend ab. Dann legte der Imperator ohne einleitende Worte sofort los: »Tanz, ich habe gerade zehn Ihrer Hochgeschwindigkeits-Linienschiffe eingezogen.«

Sullamora machte große Augen, doch es gelang ihm, jede andere Reaktion zu unterdrücken. Immerhin hatte ihn der Imperator mit seinem Vornamen angesprochen.

»Sir, alle meine Ressourcen stehen zu Ihrer Verfügung. Fragen Sie mich einfach.«

»Na prima«, stimmte ihm der Imperator zu. Dann fragte er scheinbar beiläufig: »Seit wann sind Ihre Handelsschiffe denn bewaffnet?«

»Entschuldigung, Euer Majestät, aber fast alle meine Schiffe sind mit Waffen ausgerüstet.«

»Kommen Sie schon, Sullamora. Es war eine lange Nacht, und ich würde mich gerne noch ein paar Minuten hinlegen, bevor es hell wird. Sie haben da draußen ein paar Schiffe herumschwirren, die besser bestückt sind als meine Fregatten.«

»Ich habe mir die Freiheit genommen, bei einigen meiner Fahrzeuge die Bewaffnung zu modernisieren«, gab Sullamora zu. »Genauer gesagt, bei denjenigen, wie Sie gewiß nachvollziehen können, deren Route dicht am Gebiet der Tahn vorüberführt.«

»Guter Gedanke«, entgegnete der Imperator, und Sullamora entspannte sich. »Genau deshalb schnappe ich mir zehn davon. Ich werde Ihnen die genauen Gründe in Kürze erklären. Der andere Grund, weshalb ich Sie sprechen wollte, ist, daß ich *Sie* ebenfalls requiriere.«

Sullamoras Antwort fiel nicht sehr intelligent aus: »Hä?«

»Sie sind seit 20 Minuten mein Minister für Schiffbau. Sie bekommen einen Sitz in meinem privaten Kabinett.«

Sullamora war wie vor den Kopf geschlagen. Er wußte nicht einmal, daß der Imperator ein privates Kabinett hatte.

»Ich möchte, daß Sie für mich Schiffe bauen. Mir ist egal, wen Sie unter Vertrag nehmen und wie. Ihre Befehle haben A-Plus-Priorität, ebenso Ihre Wünsche hinsichtlich Rohmaterial und Personal. Ich brauche mehr Kriegsschiffe. Und zwar gestern. Ich habe keine Zeit mehr für dieses Gebettele und Gezetere und Gemurre, das schon viel zu lange dauert. Nehmen Sie sich einen Drink. Ich bleibe beim Tee.«

Sullamora gehorchte.

»Es geht uns dreckig«, fuhr der Imperator hinter Sullamoras Rücken fort. »Die Tahn vernichten meine Flotten schneller, als ich sie zusammenstellen kann. Das werden Sie ändern.«

»Vielen Dank für die Ehre, Euer Majestät. Welche Art von Verwaltung steht mir zur Seite?«

»Mir egal. Wenn Sie wollen, können Sie ihre sämtlichen Gauner und Bauernfänger aus Ihren eigenen Firmen mitbringen.«

»Welches Budget steht mir zur Verfügung?«

»Sobald Ihnen die Credits ausgehen, sagen Sie mir Bescheid, dann besorge ich mehr.«

»Wie sieht es mit der Finanzkontrolle aus?«

»Es gibt keine. Aber wenn ich Sie dabei erwische, daß Sie mich berauben oder daß Sie Schrott produzieren, bringe ich Sie um. Eigenhändig.«

Der Imperator scherzte nicht.

Sullamora wechselte das Thema: »Darf ich Sie etwas fragen, Sir?«

»Schießen Sie los.«

»Sie wollten mir doch erklären, wozu Sie zehn meiner Linienschiffe brauchen.«

»Das werde ich auch tun, Tanz.« Er machte eine kleine Pause. »Als dieser Krieg ausbrach, habe ich einige Fehler begangen. Einer davon war, daß ich meine Leute dort draußen in den Randwelten überschätzt habe.«

»Aber, Sir … Sie haben die 1. Garde dorthin geschickt.«

»Richtig. Das sind meine besten Soldaten.«

»Sie werden gewinnen.«

»Von wegen. Sie kriegen kräftig den Arsch versohlt. Die Garde – oder was davon noch übrig ist – klammert sich an einen winzigen Verteidigungsring auf einem einzigen Planeten. In ungefähr einer Woche werden sie überrannt und vernichtet sein.«

Sullamora schluckte. Das hörte sich anders an als das, was ihm die Livies erzählten.

»Ich habe die Garde rausgeschickt, um das Caltor-System zu

halten, weil sich die Lage früher oder später ändern wird und ich ein Sprungbrett brauche, um die Tahn-Systeme anzugreifen.

Ich hab's versaut. Ich habe mit größerer Unterstützung von seiten meiner Verbündeten gerechnet. Ich wußte auch nicht, daß die Tahn ganze Flotten von Kriegsschiffen wie billige Spielzeugpanzer produzierten. Fehler. Jetzt muß ich retten, was es noch zu retten gibt.

Auf der Hauptwelt von Caltor, Cavite, sitzt noch ein ganzer Schwung Imperialer Zivilisten. Ich möchte, daß Ihre Linienschiffe sie dort herausholen. Die Zivilisten und noch einige andere Leute, die ich dringend brauche.«

Der Imperator blickte forschend in Sullamoras Gesicht und lächelte grimmig. »Es sieht alles ganz anders aus, wenn man mit drin sitzt, Tanz. Sie werden in den nächsten paar Tagen noch viel mehr Tod und Verderben sehen.«

Sullamora erholte sich allmählich von dem Schlag. Jetzt stellte er die große Frage: »Werden wir diesen Krieg gewinnen?«

Der Imperator seufzte. Genau diese Frage konnte er allmählich nicht mehr hören. »Ja«, sagte er dann. »Vielleicht.«

›Vielleicht‹, dachte Sullamora. Er interpretierte das so, daß der Imperator sich ziemlich unsicher war. »Wenn wir gewinnen …«

»Wenn wir gewinnen, werde ich verdammt noch mal dafür sorgen, daß die Tahn-Systeme eine andere Regierungsform bekommen. Ich habe nicht vor, mich noch einmal von ihnen vorführen zu lassen.«

Sullamora lächelte. »Krieg bis aufs Messer, und zwar bis zum Griff!«

»Das habe ich nicht gesagt. Ich möchte, daß die Tahn eine andere Art von Regierung kultivieren. Ich habe keine Probleme mit ihrem Volk. Ich versuche, diesen Krieg zu gewinnen, ohne irgendwelche Planeten zu zerstäuben, ohne Flächenbombardement und dergleichen. Völker fangen keine Kriege an – das tun immer nur die Regierungen.«

Sullamora blickte den Imperator an. Er hielt sich selbst für einen Historiker. Und so, wie er heroische Kunst sammelte, so bewunderte er auch heroische Geschichte. Er erinnerte sich an die Aussage eines heroischen Seeadmirals von der Erde, der einmal gesagt hatte: »Zurückhaltung im Krieg ist eine Absurdität.«

Dem stimmte er voll und ganz zu. Natürlich war er nicht Historiker genug, um zu wissen, daß jener Admiral seine Flotte, abgesehen von einem kleineren Scharmützel, niemals im Kampf befehligt hatte und daß beim Ausbruch des nächsten Krieges sowohl er als auch die Superschiffe, die er hatte bauen lassen, völlig überflüssig und schon lange im Ruhestand waren.

»Verstehe, Euer Hoheit«, sagte er unterkühlt.

Der Imperator konnte mit Sullamoras frostiger Antwort nichts anfangen. »Wenn der Krieg vorbei ist, bekommen Sie Ihre angemessene Belohnung. Ich denke, daß eine Art Regierungsabkommen in Frage käme, das gesamte Tahn-Gebiet betreffend.«

Sullamora hatte plötzlich den Eindruck, der Imperator spreche eine andere Sprache als er.

Er stand auf, ließ seinen Drink fast unangetastet stehen, verneigte sich sehr tief und sehr steif. »Vielen Dank, Euer Hoheit. Ich werde meine neue Position innerhalb einer Woche einnehmen.«

Er drehte sich um und ging hinaus.

Der Imperator blickte ihm versonnen nach. Dann erhob er sich ebenfalls, ging um seinen Schreibtisch herum, nahm Sullamoras Drink und trank vorsichtig einen Schluck. ›Kann gut sein‹, dachte er, ›daß Sr. Sullamora und ich nicht ganz auf der gleichen Wellenlänge funken.‹

Wirklich?

Er setzte den Drink wieder ab, ging hinter seinen Schreibtisch und holte sich die Verbindung für die neuesten Katastrophenmeldungen. Er machte sich Sorgen um sein Imperium. Wenn es ihm gelang, es zusammenzuhalten – und trotz seiner hemdsärmeligen Art war der Ewige Imperator davon ganz und gar nicht überzeugt –, konnte er sich über einzelne Personen hinterher immer noch genug Gedanken machen.

›Von wegen‹, schoß es ihm da durch den Kopf.

Er legte die Verbindung auf die Warteschleife und stellte einen sehr speziellen Computer an. Es gab eine Einzelperson, mit der er dringend sprechen mußte. Auch wenn diese Unterhaltung sehr einseitig verlaufen würde.

Kapitel 70

General Mahoney betrachtete sein Spiegelbild in den Scherben und überlegte.

Im Gegensatz zu dem, was zwei der schon längst verstorbenen Lieblingsreimschüttler des Imperators sagten – Mahoney erinnerte sich ihrer Namen noch dunkel als Silbert und Gullivan –, gab es *zwei* Spielarten des modernen Major Generals. Der eine war der unfehlbare General in Paradeuniform, der im Dreiviertelprofil, mit irgendeinem Hieb- und Stechinstrument in der Hand, vor seinen Truppen posierte, die allesamt über und über mit Medaillen behängt waren. Der andere war der gleiche General, diesmal jedoch im Kampfoverall, mit rauchender Willygun – wobei die Willyguns nur in den Livies rauchten –, mit Granaten an Koppel und Waffenrock, der seine Männer in irgendeine Bresche oder über einen Hügel vorantrieb, und das alles im Angesicht anbrandender feindlicher Horden der allerübelsten Sorte.

Major General Mahoney entsprach keinem von beiden.

Er trug einen Kampfoverall, und er hatte auch den Tragriemen einer Willygun über die Schulter geschlungen. Doch der Hosenboden seines Overalls war eingerissen, die Willygun hatte er dank seiner Sicherheitsvorkehrungen noch nicht abfeuern müssen, und sein gesamter Overall war mit Dreck, Rosa und Mauve befleckt.

Die Tahn hatten Kreuzpeilungen der Kommandoübertragungen vorgenommen, Mahoneys Kommandozentrum gefunden und aus der Luft angegriffen.

Die Tahn-Einsatzschiffe hatten die wenigen Luftabwehrkanonen rund um Mahoneys Hauptquartier entweder ausgelöscht oder die wenigen verbliebenen Granaten absorbiert, die noch aus ihren Rohren kamen. Mahoneys Hauptquartier lag schutzlos unter ihnen.

Nur wenige Sekunden, bevor eine Tahn-Rakete seinen Kommandopanzer traf, hatte jemand Mahoney aus dem Sitz gerissen und auf die Straße geschleudert. Daher der Dreck auf seinem Overall.

Als die zweite Welle der Tahn-Schiffe heranheulte, brachte er sich selbst in Deckung, egal, wo. Er fand etwas und hechtete kopfüber in eine halbzerstörte Parfümerie. Genau in die verwüstete Make-up-Abteilung. Daher die Flecken in Rosa und Mauve.

Die Parfümerie bot einen riesigen Keller, der Mahoney wie geschaffen für sein neues Hauptquartier vorkam. Ersatzfunkgeräte wurden herbeigeschleppt, und Mahoney machte sich wieder daran, seinen Krieg zu führen, nachdem er mürrisch in den zersplitterten Spiegel, der ganz in der Nähe auf dem Boden lag, geschaut hatte.

435

Ein Tech polterte in den Raum. »Zwei Nachrichten, Sir. Vom ImpCen. Und Ihr G4-Logistiker im Generalstab sagte, Sie brauchen das hier.«

ImpCen: Imperiales Hauptquartier. Erstwelt. Und die Tasche enthielt eine der Sicherheitsvorkehrungen, die Mahoney am meisten verabscheute.

Er warf einen Blick auf die Nachrichten. Die erste war ein herkömmliches Fiche. Unkonventionell war nur das Behältnis, in dem es der Tech hereingebracht hatte. Dieses Behältnis, das mit einem Fingerabdruckschloß gesichert war, enthielt einen Code-Block zum einmaligen Gebrauch. Auf einen dieser Code-Blocks schrieb der Absender seine Nachricht, und der Empfänger konnte sie mittels seiner Dubletten dieses Blocks entziffern. Nach nur einmaligem Gebrauch wurden beide Code-Blöcke vernichtet. Es war ein sehr altes, aber nach wie vor sicheres Kodierungssystem.

Mahoney haßte Kodierungen fast so sehr, wie er offizielle Paraden verabscheute.

Die andere Botschaft war mit einem ganz anderen Medium verfaßt worden. Mahoneys Nachrichtenabteilung besaß nur ein halbes Dutzend davon; es waren die absolut sicheren Aufnahme-Fiches, die in einer kleinen Plastikschachtel versiegelt waren. Was auch immer auf dieses Fiche übertragen worden war, durfte nur von Mahoney selbst zur Kenntnis genommen werden. Auf der ganzen Schachtel gab es nur eine Vertiefung, die auch nur auf Mahoneys Fingerabdrücke reagierte. Sobald Mahoney seinen Daumen in die Mulde drückte, wurde das, was sich auf dem Fiche befand, ausgestrahlt. Dreißig Sekunden nach dem Abspielen der Nachricht – oder wenn er den Daumen wieder wegnahm – zerstörte sich das Fiche selbst.

Mahoney wußte, daß diese Nachrichten nicht nur wichtig waren, sondern höchstwahrscheinlich auch katastrophal. Bei der ersten, derjenigen, die auf dem Code-Block enkodiert war, handelte es sich wohl um neue Befehle. Er ignorierte sie einen Moment lang und legte statt dessen den Daumen auf die Kunststoffbox.

Plötzlich stand der Imperator selbst in diesem Keller, auf einem Stapel halbverbrannter Uniformen. Natürlich war es nur eine holographische Projektion.

»Ian«, setzte die Übertragung ein, »wir befinden uns in einer schlimmen Welt. Ich weiß, daß du deinen Daumen zuerst hierauf gedrückt hast, bevor du deine Befehle entgegennimmst, also mache ich es möglichst kurz.

Ich kann dir keine Verstärkung schicken.

Ich verfüge weder über die Schiffe noch über die Truppen, um ein solches Unternehmen auszurüsten.

Ich nehme an, daß du dir diese Möglichkeit bereits ausgemalt hast. Eher wohl als Wahrscheinlichkeit, nachdem sich am Himmel über deinem Kopf schon seit geraumer Zeit keiner von den Guten mehr gezeigt hat.

In aller Kürze hier also deine Befehle: Ich möchte, daß die 1. Garde auf Cavite bis zum letzten Schuß aushält. Nur wenn sämtliche Möglichkeiten des Widerstands erschöpft sind, hat sie meine Erlaubnis, sich zu ergeben. Gardisten, denen es gelingt, zu entkommen, zu fliehen und den Kampf als Guerillas fortzuführen, haben meinen Segen. Ich kann die Tahn wahrscheinlich nicht daran hindern, sie als Partisanen zu behandeln, aber ich versuche mein Bestes. Das hast du wahrscheinlich ohnehin erwartet.

Ich schicke zehn schnelle Linienschiffe los, die alle Zivilisten aufnehmen sollen, die es noch auf Cavite gibt. Holt sie dort heraus. Ich möchte auch, daß du mit ihnen gehst.

Das ist wohl das Schlimmste für dich, Ian. Ich bin gezwungen, deine Division zu opfern. Aber ich werde nicht das opfern, was die 1. Garde wirklich ausmacht.

Von dem Zeitpunkt, an dem du das hier erhältst, bleiben dir wahrscheinlich noch sechs E-Tage, bis die Linienschiffe aufkreuzen. Ich möchte, daß du ein Kader mit herausnimmst. Deine besten Unteroffiziere, Offiziere und Spezialisten müssen mit auf diese Schiffe. Die 1. Gardedivision wird auf Cavite aufgerieben werden. Aber es wird eine neue 1. Garde geben. Wir werden diese Division auf der Erstwelt zusammenstellen und erneut in den Kampf schicken.

Ich sagte ›wir‹, und das meinte ich auch so. Du wirst Kommandeur der neuen 1. Gardedivision. Das bedeutet, daß ich dich auf einem dieser Linienschiffe zurückbekommen will.

Das ist ein Befehl, General Mahoney. Ich erwarte nicht, daß Sie ihn gutheißen oder damit übereinstimmen. Aber genau das wird geschehen. Und ich erwarte, daß Sie meine Befehle befolgen.«

Die Holographie fing an, um die eigene Achse zu wirbeln, und verschwand. Mahoney starrte auf den leeren Fleck, auf dem sie soeben noch gestanden hatte.

Dann öffnete er seinen Code-Koffer und nahm den Einmalblock heraus; es war eigentlich ein kleiner Computer, der seine Programmierung nach dem Abruf selbsttätig zerstörte.

›Tut mir leid, Euer Ewige Imperatorschaft‹, dachte er. ›Ich werde Eure Befehle befolgen. Alle – bis auf den letzten.

Wenn Ihr meine Gardisten hier sterben lassen müßt, dann werde ich bei ihnen sein, komme, was da wolle.‹

Kapitel 71

Sten und der Rest seines Kommandos erreichten die zweifelhafte Sicherheit der Imperialen Linien ohne weitere Zwischenfälle.

Ihre Zukunft lag glasklar vor Stens Augen. Er wußte, daß seine zerzauste Truppe, so gut es ging, versorgt werden und dann wieder in den Fleischwolf geworfen würde; die Tahn setzten ihre Angriffe unermüdlich fort. Er fragte sich schon mürrisch, wer wohl als letzter von ihnen sterben würde. So sah die Zukunft aus: getötet, verwundet oder gefangengenommen werden.

Sten war ebensowenig wie das Imperium an Niederlagen gewöhnt. Diesmal gab es jedoch keinen anderen Ausweg.

Es überraschte ihn kaum, als ihn der befehlshabende Offizier des Ersatzbataillons mit unerwarteten Befehlen empfing. Sein Team mußte die gesamte Bewaffnung bis auf ihre persönlichen Waffen abgeben und sich für einen Sonderauftrag bereit halten.

Sten selbst sollte sich in Mahoneys taktischem Operationszentrum melden. Bevor er Bericht erstattete, trieb er ein paar Liter Wasser zum Rasieren und Baden sowie einen einigermaßen sauberen und einigermaßen passenden Kampfanzug auf.

Das TOZ befand sich noch immer im Keller der Parfümerie. Mahoney beendete eine Lagebesprechung mit einer Handvoll Offiziere, die allesamt ebenso mitgenommen wie ihr General aussahen, dann winkte er Sten in ein kleines Büro, das einmal der Aufsichtsraum der Parfümerie gewesen war.

Dort erwartete sie Admiral van Doorman.

Mahoney brachte Sten grob auf den Stand der Dinge. Zehn Linienschiffe waren unterwegs, um die Imperialen Zivilisten und ›auserwählte Elemente‹ der 1. Garde aufzunehmen. Sie wurden von vier Zerstörern – mehr konnte das Imperium nicht erübri-

439

gen – eskortiert und waren bislang noch von keiner Tahn-Patrouille entdeckt worden. Ihre Ankunft sollte in vier Tagen erfolgen.

Plötzlich brauchte die 23. Flotte ihre Techniker wieder. Nur noch vier Schiffe waren raumtauglich: zwei Zerstörer, darunter Halldors *Husha*; des weiteren ein altersschwaches Patrouillenboot; und die *Swampscott*.

Sie sollten so kampftauglich wie möglich gemacht werden, sofort. Stens überlebende Techs, Fachleute auf dem Gebiet der Improvisation, würden auf die *Swampscott* überstellt.

›Einfach so überstellt?‹ wunderte sich Sten. Er fragte sich auch, ob er dafür noch eine genauere Erklärung bekommen würde.

Mahoney wollte sie ihm gerade zukommen lassen, als van Doorman zum erstenmal das Wort ergriff: »General, dieser Mann untersteht noch immer meinem Kommando. Ich würde vorschlagen …«

Mahoney blickte den hageren Flottenoffizier an, dann nickte er und ging hinaus.

Van Doorman lehnte sich seitlich an den Schreibtisch und starrte ins Leere. Seine Stimme war beinahe tonlos. »Das Problem, dem wir uns wohl alle stellen müssen, Commander, ist die Tatsache, daß wir, je älter wir werden, immer weniger möchten, daß sich die Dinge ändern.«

Sten dachte eigentlich, daß ihn nichts mehr überraschen könnte. Er täuschte sich.

»Ich war sehr stolz auf meine Flotte. Ich wußte, daß wir nicht die neueste Ausrüstung hatten und daß wir so weit vom Imperium entfernt waren, daß wir nicht immer die allerbesten Raumfahrer abbekamen. Aber ich wußte, daß wir trotz allem eine beachtliche Streitmacht darstellten.

Es ist klar, daß ich mir so manches eingebildet habe«, räsonierte van Doorman. »Als dann eines Tages ein junger, schneidiger Kerl auftauchte und mir sagte, daß ich nur hochglanzpolierte Marionetten befehlige und meine Kommandostruktur rigide, bürokratisch, altbacken und blind sei, habe ich mich dieses Offiziers nicht gerade sehr väterlich angenommen.«

»Sir, ich habe niemals behauptet –«

»Ihre Gegenwart allein genügte«, sagte van Doorman, wobei ein Hauch von Zorn in seiner Stimme mitschwang. »Ich habe es mir zur Regel gemacht, mich nie zu entschuldigen, Commander. Ich habe nicht vor, diese Regel zu brechen. Wie auch immer. Der Grund, weshalb ich Sie und was sonst noch von Ihrem Kommando übrig ist, auf die *Swampscott* überstellt haben möchte, liegt darin, daß ich weiß, wie unerbittlich uns die Tahn angreifen werden, wenn wir versuchen, mit diesen Linienschiffen davonzukommen. Ich erwarte schwere Verluste. Sehr wahrscheinlich werde ich selbst darunter sein.«

›Eine ziemlich sichere Annahme‹, dachte Sten.

»Ich habe Sie der *Swampscott* als Waffenoffizier zugeteilt. In der konventionellen Kommandokette ständen Sie an vierter Stelle, nach dem Ersten Offizier, dem Navigationsoffizier und dem technischen Offizier. Die Zeiten sind jedoch alles andere als konventionell«, fuhr van Doorman fort, jetzt wieder mit sehr flacher Stimme. »Ich habe alle maßgeblichen Offiziere darüber informiert, daß im Falle einer Unpäßlichkeit meinerseits Sie das Kommando über die *Swampscott* übernehmen.

Sehr schön, Commander. Ich habe mich schon gefragt, ob es mir gelingen wird, Ihr Pokerface zu durchbrechen.

Der Grund dafür ist der, daß ich nicht mehr das geringste Vertrauen in die Offiziere habe, die ich einst in ihre gegenwärtigen Positionen befördert habe. Ich glaube, ich habe sie nicht so sehr ihrer Führungskompetenz, sondern eher ihrer gesellschaftlichen

Anpassungsfähigkeit und Geschmeidigkeit wegen ausgewählt. Und ich bin nicht sicher, ob einer von ihnen adäquat auf eine Krisensituation reagieren könnte. Verstehen Sie das?«

»Jawohl, Sir.«

»Ich habe auch Commander Halldor darüber informiert. Sollte ich in diesem Krieg fallen, werden Sie sofort das Kommando über meine Flotte übernehmen, obwohl er der Dienstältere ist.

Meine Flotte«, sagte van Doorman in milder Verwunderung. »Zwei Zerstörer, ein Museumsstück und ein Monstrum.

So lauten Ihre Befehle, Commander. Ich nehme an, daß ich, sollte ich den Rückzug erleben, mich einem allgemeinen Kriegsgericht gegenüber verantworten muß. Auch gut. Vielleicht ist das unumgänglich. Aber ich werde meine Karriere nicht mit einer totalen Niederlage beenden. Sorgen Sie dafür, daß die *Swampscott* wie ein Schlachtschiff kämpft, nicht wie das Spielzeug eines müden alten Mannes.« Van Doormans Stimme brach, und er wandte Sten den Rücken zu.

Da das Gespräch offensichtlich beendet war, nahm Sten Haltung an.

»Oh, Commander. Eine Sache noch. Etwas Persönliches. Meine Tochter läßt Sie herzlich grüßen.«

»Danke, Sir. Wie geht es Brijit?«

»Sie erfreut sich noch bester Gesundheit. Arbeitet immer noch mit ihrer neuen ... Freundin.« Seine folgenden Worte waren beinahe unhörbar: »Auch so eine Sache, die ich niemals verstehen werde.«

Sten wußte nichts darauf zu antworten, salutierte dem Rücken des alten Mannes und ging hinaus.

Kapitel 72

Die vier Schiffe, die jetzt die gesamte 23. Flotte ausmachten, hatten sich zusammen mit den Truppen und den Zivilisten unter die Erdoberfläche verzogen. Die beiden Zerstörer waren zwei Kilometer voneinander entfernt in einem erweiterten U-Bahn-Tunnel versteckt. Das Patrouillenboot wartete getarnt in einem zerstörten Hangar. Die gewaltige *Swampscott* ließ sich weitaus schwieriger verstecken.

Sten fragte sich, ob der Ingenieur, der sich das Versteck der *Swampscott* ausgedacht hatte, noch am Leben war. Er hätte dem Mann gerne ein Bier oder auch sechs ausgegeben – wenn es in Cavite-City überhaupt noch soviel Bier gab.

Zwei der gewaltigen Bombenkrater vom Tahn-Angriff am Empire Day waren erweitert, vertieft, auszementiert und miteinander verbunden worden. Im Schutz der Dunkelheit, elektronischer Vermummung und dem Scheinangriff eines Gardebataillons wurde die *Swampscott* in diese Krater bugsiert, anschließend das Loch mit leichtgewichtigen Balken zugedeckt und dann mit einer Schutzhaut übersprüht. Dann hatte man Kunststoff darüber gegossen und in der Form der ursprünglichen Krater ausgestaltet. Keinem der Spionageschiffe der Tahn und keinem ihrer Überwachungssatelliten fiel die Veränderung auf.

Sten dachte, daß er wahrscheinlich *carte blanche* hatte, wenn er sich auf der *Swampscott* meldete. Diesmal täuschte er sich nicht. Seine direkten Vorgesetzten, die von van Doorman ernannten Offiziere, gingen davon aus, daß Sten der neue Mann war, und als die Buckler und Kriecher, die sie nun einmal waren, befolgten sie jeden seiner Gedanken wie einen allerhöchsten Befehl. Sten verteilte die Überlebenden seines ursprünglichen

Kommandos sorgfältig auf sämtliche Abteilungen der *Swamp-scott*. Wenn es hart auf hart kam – und daß es so kommen würde, darin stimmte Sten mit van Doorman überein –, gab es in jeder Abteilung zumindest ein oder zwei Wesen, auf die er sich verlassen konnte.

Er verlegte die Nachrichtenzentrale, die zugleich der zweite Befehlsstand und seine Dienststation war, von ihrer ursprünglichen Lage in der zweiten, hintersten »Pagode« tief in die Eingeweide des Schiffes, wobei er eine gewisse Befriedigung darin fand, den ehemaligen Speisesaal der Offiziere der *Swampscott* zu beschlagnahmen.

Außerdem schlug er van Doormans Erstem Offizier vor – und auch das wurde sofort wie ein Befehl umgesetzt –, daß das Schiff für den Kampf abspecken sollte. Aus irgendwelchen Gründen besaß die *Swampscott* im nur den Offizieren zugänglichen Bereich noch immer ihre wunderschönen Holzvertäfelungen, ihre Polsterungen aus Wiederkäuerhaut und feine, höchst entflammbare Tischdecken.

Die lautesten Proteste kamen natürlich nicht von den Offizieren, sondern von ihren Lakaien. Mit großem Vergnügen erlöste Sten die Kellner, Barkeeper und Laufburschen von ihren Hundeleinen und versetzte sie in die nur schlecht bemannten Geschützstände.

Die ganze Sache machte Sten ziemlich viel Spaß – bis ihm einfiel, daß dieses Ungetüm früher oder später kämpfen mußte. Er schätzte, daß die *Swampscott* einem Tahn-Kreuzer ungefähr fünf Sekunden Widerstand leisten konnte. Vielleicht halb so lange, wenn sie unglücklicherweise der *Forez* oder der *Kiso* in die Quere kam.

Andererseits mußte er sich seinen Spaß dort holen, wo er ihn kriegen konnte.

444

Auf General Mahoneys Bitte hin hatte Sten Kilgour mit einem Sonderauftrag betraut und ihn als Koordinator für die Evakuierung der Zivilbevölkerung eingesetzt.

Wenn – und falls – die Linienschiffe auftauchten, blieb ihnen nur sehr wenig Zeit auf der Planetenoberfläche, um die Flüchtlinge aufzunehmen. Und sowohl Mahoney als auch van Doorman waren der Ansicht, daß es in dieser Hinsicht weder Platz für Ego noch für besondere Rechte gab.

Deshalb wurde Kilgour Zivilkleidung befohlen und offiziell der Rang des stellvertretenden Bürgermeisters von Cavite-City verliehen. Wer immer diesen Posten vor ihm bekleidet hatte, war entweder tot oder verschwunden, ebenso wie der Bürgermeister selbst.

Kilgour wunderte sich, warum er soviel Unterstützung genoß; sogar einige Offiziere und Unteroffiziere der 1. Garde waren seinem Befehl unterstellt worden. Weder er noch jemand anderes in der Garde – abgesehen von Mahoneys Stabschef und den Vorgesetzten seiner Generalstabsabteilungen – wußte, daß Mahoney systematisch die besten Leute aus seiner Division aussuchte, um sie als Kader für die neue Einheit in Sicherheit zu bringen.

Und niemand außer Ian Mahoney wußte, daß ihr befehlshabender General dabei war, die Befehle des Imperators zu mißachten, indem er auf Cavite zurückblieb, um mit dem Rest seiner Division zu sterben.

Zunächst nahm Kilgour an, daß es sich nur um einen Trick handelte, um wesentlich ranghöhere Offiziere unter sein Kommando zu bekommen. Das mit dem Trick war nicht ganz falsch, doch es steckte noch mehr dahinter.

Alex Kilgour bekam nur noch sehr wenig Schlaf, als die Zivilisten aus ihren Schutzräumen herausgeführt wurden, in Verladegruppen zu je einhundert Personen zusammengefaßt und über die Gepäckvorschriften unterrichtet werden mußten. Jeder von ihnen durfte mitnehmen, was er, sie oder es am Leib trug. Mehr nicht – inklusive Toilettenartikel.

Kilgour stand in einem der Sammelbereiche. An jedem seiner Beine hing ein verschrecktes Kind, und auf dem Arm hatte er ein sehr bewundernswertes Baby; ein Baby, wie Kilgour bemerkte, das auf seinen sorgsam geplünderten Tweed pinkelte. Dabei versuchte er, gleichzeitig mehreren Unterhaltungen zu folgen, schlichtend einzugreifen und Befehle zu erteilen.

»... meine Deirdre ist noch nicht da, und ich bin sehr ...«

»... Mr. Kilgour, wir müssen dringend darüber reden, welche Unterlagen aus der Stadt wir mitnehmen wollen ...«

»... ich will zu meiner Mami ...«

»... Ihr Verhalten ist wirklich nicht nachvollziehbar, und ich möchte sofort den Namen Ihres Vorgesetzten erfahren ...«

»... da ich nun mal der Boß bin, gibt es irgend etwas, das ich und einige meiner Kumpels hier tun können, um Ihnen zu helfen ...«

»... da Sie unser Repräsentant sind, möchte ich mich nachdrücklich über die herzlose Weise beschweren, mit der uns diese Soldaten ...«

»... sobald wir in Sicherheit sind, werden sich meine Anwälte mit dem größten Interesse der Tatsache annehmen, daß ...«

»Wo ist meine Mami?«

Kilgour wünschte sich nichts sehnlicher, als irgendwo in Sicherheit zu sein; beispielsweise an der Front, wo es nur die nächste Welle von Tahn-Angreifern zurückzuschlagen galt.

Eine verschwommene Übertragung kam durch – die Evakuierungsflotte war nur noch zwölf Stunden von Cavite entfernt.

Sten befand sich im Maschinenraum der *Swampscott* und versuchte herauszufinden, weshalb die zweite Antriebseinheit nicht die volle Leistung brachte.

Er hockte unter einem der Antriebsrohre und hörte dem monotonen Fluchen des zweiten Ingenieurs zu, der *kein* van-Doorman-Liebling und daher wirklich kompetent war. Sten war dabei, irgendwelche obskuren Kontroll-Leitungen zu vermessen, als ihm einfiel, daß er seit fünf Minuten bei einer Besprechung auf Kommandoebene erwartet wurde.

Er glitt unter der Apparatur hervor und rannte auf die nächste Schleuse zu. Zum Umziehen blieb jetzt keine Zeit, er mußte wohl oder übel in seinem ölverschmierten Overall auftauchen.

Draußen auf dem Betonplatz schaute er sich nach dem A-Grav-Gleiter um, der angeblich ständig für ihn bereitstand. Die Fahrerin gönnte sich gerade eine Pause und nahm irgendwo hastig eine Mahlzeit ein. Sten brauchte weitere zehn Minuten, bis er sie aufgetrieben hatte.

Er war schon spät dran, als der Gleiter sich erhob und dicht über einem Verbindungsgraben auf Mahoneys TOZ zusauste. Sehr spät – aber immer noch am Leben.

Die Tahn-Rakete war ein Schuß ins Blaue gewesen.

Natürlich wußten die Tahn, daß die Imperialen Streitkräfte in Cavite-City unter die Erde gegangen waren. Wo genau sich ihre wichtigen Nervenknoten befanden, darüber wußten sie kaum etwas.

Da ihnen jedoch mehr als genug Waffen und Munition zur Verfügung standen, feuerten sie auf Verdacht hinter die Linien der Verteidiger. Der Imperiale Widerstandsstreifen war inzwischen so zusammengeschrumpft, daß fast jeder Treffer Schaden anrichtete.

Die ranghöchsten Offiziere waren unter der zerstörten Parfümerie versammelt. Mahoney wußte, daß es nicht ungefährlich war, die meisten Kommandeure auf einen Fleck zu versammeln, doch er hielt es für nötig, eine letzte Besprechung durchzuführen.

Die Tahn-Rakete kam dicht über dem Boden und quer über die Frontlinien heran. Sie wurde von keiner einzigen Raketenabwehrbatterie der Garde ausgemacht. Zwei Kilometer hinter den feindlichen Linien stieg sie ihrer Programmierung gemäß in die Höhe und suchte sich ein Ziel.

Viel gab es nicht zu entdecken. Die Rakete hätte ebensogut blindlings irgendwo im Zentrum der Verteidigungslinien einschlagen können – hätten ihre Empfänger nicht ein kurzes Funksignal aufgenommen.

Das Signal stammte von einem von Mahoneys Brigadeoffizieren, der ein »Empfang/Alles klar«-Signal abschickte, bevor er das TOZ betrat.

Es reichte aus, um die Rakete auf ein bestimmtes Ziel zu lenken.

Mahoney fing gerade an: »In sechs Stunden werden die meisten von Ihnen bereits unterwegs sein. Ich möchte Ihnen erläutern, was genau –«

Und dann durchschlug die gepanzerte Rakete die oberen Stockwerke der Parfümerie und die Schutzvorrichtungen direkt oberhalb des Kellers und explodierte wenige Zentimeter über dem Keller selbst.

Als Sten ankam, fand er das reinste Totenhaus vor.

Die Parfümerie war nur noch ein qualmendes Chaos. Einer von Mahoneys Leibwächtern stolperte ihm blutüberströmt und unzusammenhängendes Zeug stammelnd entgegen. Sten rannte an ihm vorbei in den Keller.

Er fand nur noch Tote und Sterbende. Major General Ian Mahoney lag auf der Seite, mit zerschmettertem Kinn, das Gesicht blutverschmiert; er war dabei, langsam zu ersticken.

Sten krümmte die Finger, und das Messer glitt aus seinem Arm in seine Hand; er drehte Mahoney auf den Rücken. Vorsichtig drang die Klinge in Mahoneys Hals ein, vollführte einen etwa drei Zentimeter langen, schräg angesetzten Schnitt in die Luftröhre. Ein zweiter Schnitt traf V-förmig auf den ersten, dann zog Sten das Gewebe mit dem Daumen aus der Luftröhre.

Gurgelnd fing Mahoney wieder zu atmen an. Blutbläschen bildeten sich über dem Schnitt.

Sten schnappte sich ein Stromkabel, schnitt es entzwei und riß die Drähte aus der Isolierung. Die hohle Isolierung schob er in Mahoneys Luftröhre, dann bedeckte er den Schnitt mit der Folienverkleidung und einem Verband aus Mahoneys eigenem Sanipack.

Mahoney konnte überleben – falls auch seine anderen Wunden behandelt wurden.

Er würde überleben. Ironischerweise, denn eigentlich hatte er vorgehabt, bei seiner Garde zu bleiben und mit ihr zu sterben. Statt dessen wurde er als Verletzter auf einem der Linienschiffe evakuiert.

Sten erhob sich, als die ersten Sanitäter in das Gebäude gerannt kamen.

Dann blieb er wie angewurzelt stehen.

Flottenadmiral Xavier Rijn van Doorman grinste auf ihn herunter.

Sten dachte noch, daß der Admiral eigentlich keinen Grund zum Grinsen hatte. Ein gutes Stück seiner Schädeldecke fehlte, und eine graue Masse, der Haarfarbe des toten Admirals nicht unähnlich, tropfte herunter. Außerdem fehlten Doorman gewisse Körperteile, wie etwa sein rechter Arm, seine linke Hand und, weitaus wichtiger, sein Unterleib vom Brustkorb an abwärts. Das bißchen, das von ihm übrig war, hing über einem geborstenen Versorgungsrohr.

›Sieht ganz so aus, als hätte ich wieder ein eigenes Schiff‹, dachte Sten. ›Mal sehen, ob van Doormans Burschen seine Befehle befolgen.‹

Er mußte sich deswegen keine Sorgen machen – der Erste Offizier, der Navigationsoffizier und der technische Offizier lagen ebenfalls tot in den Trümmern.

Commander Sten war jetzt der Befehlshaber der 23. Flotte.

Zwei Stunden später gaben die Rettungsschiffe durch, daß sie sich im Anflug auf Cavite befänden.

Kapitel 73

Drei Tage lang schien Cavite-City in grauer Milchsuppe zu versinken. Das war Teil des Täuschungsplans für die Evakuierung. Die Rettungsschiffe mußten nicht nur durch die Tahn-Patrouillen außerhalb der Randwelten schlüpfen – was ihnen erfolgreich gelungen war –, sondern auch unentdeckt auf der Planetenoberfläche landen und dort so lange bleiben, bis die zu Evakuierenden an Bord waren.

Dabei half ihnen sogar die totale Luftüberlegenheit der Tahn ein wenig. Da nur noch selten Imperiale Schiffe im Luftraum auftauchten, wurden die Monitore und Scanner nur gelegentlich überprüft.

Der Qualm und der Nebel über den Linien der Imperialen verschlechterten die direkte Sicht ohnehin dramatisch, und die

»Milchsuppe« verdammte fast alle anderen Detektoren zur Nutzlosigkeit.

Die Suppe war »Spreu«, eine Erfindung, die es sogar schon vor den Zeiten des Imperators gegeben hatte. Ursprünglich hatte Spreu aus dünnen Streifen Aluminiumfolie bestanden, die dazu dienten, Radarschirme zu irritieren. Die Folie wurde in Streifen geschnitten, die halb so lang wie die zu störende Wellenlänge waren, und von einem Flugzeug aus abgeworfen. Auf einem Überwachungsschirm erschien die Spreu als kompakte, undurchdringliche Wolke.

Die neuartige Spreu war weitaus ausgeklügelter; man konnte damit nicht nur Radar, sondern auch Infrarot- und Lasersensoren stören. Und sie war fast unsichtbar – viele tausend dieser Streifen konnte man durch ein Nadelöhr schieben.

Die Behälter wurden in die Atmosphäre geschossen, wo sie explodierten, und die Streifen regneten langsam auf Cavite-City herab. Sie waren zwar fast unsichtbar, machten das Atmen jedoch zur Qual.

Die Tahn waren in Alarmbereitschaft gegangen, als ihre Sensoren plötzlich ausfielen, doch nach einiger Zeit waren sie überzeugt davon, daß diese neueste Taktik nur dazu diente, den unvermeidlichen Fall der Stadt hinauszuzögern. Da sie genau wußten, wo der Feind saß, waren sie eigentlich nicht auf Sensoren angewiesen. Die Spreuwolken waren für sie kaum mehr als ein lästiges Ärgernis.

Dann gaben die anderen Systeme Alarm.

Plötzlich meldeten Schiffe, die im Raum patrouillierten, feindliche Kräfte. Die Bildschirme zeigten deutlich, daß zwei komplette Imperiale Flotten auf Cavite zuflogen; Flotten, von denen der militärische Geheimdienst der Tahn behauptet hatte, daß sie nicht mehr existierten.

Die Tahn-Schiffe gingen in volle Alarmbereitschaft und verließen die Atmosphäre.

Der Geheimdienst hatte nicht geschlafen: die einzige Imperiale Schwadron in diesem Raumsektor wurde in Reserve gehalten. Die Tahn wurden von den vier Zerstörern »angegriffen«, die die Linienschiffe in die Randwelten begleitet hatten. Vier Zerstörer und fast eintausend kleine, unbemannte Drohnen.

Drohnen waren mit Elektronik vollgestopfte ferngesteuerte Sprengköpfe, die die Signale aller möglichen Kriegsschiffe mit Ausnahme der ganz großen Schlachtkreuzer ausstrahlen konnten.

Einmal wenigstens hatte das Imperium Glück.

Lady Atago ließ ihre Schiffe Gefechtsformation einnehmen und bereitete den Gegenangriff vor.

Inzwischen rauschten die Linienschiffe hinunter nach Cavite-City.

Natürlich wurden sie sofort von den Tahn-Infanteristen entdeckt und gemeldet, doch zu dem Zeitpunkt, als die Berichte Lady Atago erreichten, befand sie sich sechs Stunden von Cavite entfernt. Außerdem machte sie sich dort draußen um andere Dinge Sorgen als um Transporter, die ihrer Meinung nach höchstens bedeutungslose Mengen Nachschub für die Bodentruppen des Imperiums brachten.

Es dauerte noch eine volle Stunde, bis sie herausfand, was sich hinter dieser Imperialen Phantomflotte wirklich verbarg.

Sieben Stunden, um einen Planeten zu evakuieren.

Sullamoras konfiszierte Linienschiffe ließen sich wie stumpfnasige Torpedos auf dem Flottenhafen Cavite nieder, Schutt und Trümmer unter sich zermalmend.

Dann lief Kilgours Evakuierungsplan an. Er hatte die Zivilisten in Gruppen zu 50 Personen aufgeteilt, die jeweils von männlichen und weiblichen Gardisten – dem Sauerteig für die neu zu formende Division – durchsetzt waren. Die Zivilisten, die Kilgour inzwischen Evaks nannte, durften nur das mit sich führen, was sie in kleinen Tagesrucksäcken tragen konnten.

In den letzten Stunden vor der Landung der Linienschiffe waren die Zivilisten in Schutzräume gebracht worden, die möglichst dicht am Raumflughafen von Cavite-City lagen. Diese Schutzräume waren zum Großteil improvisierte Unterkünfte, und viele Zivilisten starben bei den periodischen Bombardements der Tahn.

Sten ging auf der Brücke der *Swampscott* auf und ab. Sämtliche Schirme waren aktiviert und zeigten den hastigen Marsch auf die Linienschiffe sowie den Himmel über ihnen, der vielleicht das Tor in die Sicherheit sein würde.

Sten fühlte sich wie nackt auf dieser Brücke. Es war eine der beiden Pagoden, die aus der Panzerung des Schiffs herausragten. Er kam sich eher wie auf einer Bühne für ein Livie vor als in einem Kommandozentrum. Der Raum erstreckte sich über zwei Stockwerke und war ringsum von riesigen Panoramafenstern umgeben. Foss, den Sten aus der Notwendigkeit heraus befördert und als Chef der C3-Sektion des Schiffes eingesetzt hatte, war mehr als 20 Meter von ihm entfernt.

Sten beobachtete den Menschenschwarm und betete zu einem Gott, der ihm noch immer unbekannt war, daß sie rechtzeitig an Bord kamen, bevor die Tahn sich über sie hermachten. Er fand auch Platz in seinem Gebet für Alex, von dem er hoffte, daß er unter denjenigen war, die es schafften, denn der Countdown, an dem abzulesen war, wann die *Swampscott* und die Transporter abheben mußten, tickte unerbittlich.

Und da er gerade dabei war, fügte er eine weitere Bitte an den Himmel mit ein: daß auch Brijit unter den Zivilisten sein möge.

Sten war selbst dabeigewesen, als General Mahoney, der bewußtlos auf seiner Bubblepack-Trage lag, in eins der Schiffe geschoben wurde.

Der Timer durchlief die letzten Sekunden.

Auf den Bildschirmen lag das Landefeld des Raumhafens nackt und leer und grau vor ihm, unter vorbeijagenden Rauchwolken, die von den Feuerblitzen der Tahn-Raketen durchzuckt waren.

Warrant Officer Alex Kilgour stand neben ihm. »Ich hab sie verfrachtet, alter Freund. Sie sind alle an Bord.«

Sten berührte den Funkschalter an seiner Brust: »An alle Schiffe. Hier die *Swampscott*. Abheben!«

Staub wirbelte über die zerstörte Betonpiste, als die Frachtschiffe abhoben.

»Auf mein Kommando ... Hauptantrieb ... drei ... zwei ... eins ... Los!«

Dann verschwanden die Transporter und die vier Schiffe und mit ihnen die ganze 23. Flotte.

Unter ihnen begann der letzte Angriff der Tahn.

Weniger als 2000 Soldaten der 1. Garde hielten die dünne Verteidigungslinie. Die besten von ihnen waren wie befohlen mit den Zivilisten evakuiert worden. Der Rest wurde von Mahoneys Stabschef befehligt, der die gleichen Befehle mißachtete, die auch Mahoney selbst nicht hatte befolgen wollen, und bei seinen Soldaten zurückblieb.

Die Tahn griffen in mehreren Wellen an.

Und wurden niedergemetzelt.

Die 1. Gardedivision starb auf Cavite.

Doch sie erfüllte die Prophezeiung, die Stens erster Ausbildungssergeant vor einigen Jahren gemacht hatte: »Ich habe schon auf mehr als hundert Planeten für das Imperium gekämpft, und ich werde noch auf hundert weiteren kämpfen, bevor mich irgendein Sauhund fertigmacht ... Wenn es jedoch soweit ist, werde ich das teuerste Stück Fleisch sein, das er jemals geschlachtet hat.«

Die Tahn hatten drei Raum-Lande-Armeen auf Cavite eingesetzt. Eine davon war bereits vernichtet. Die beiden anderen warfen sich in den letzten Sturm auf Cavite-City.

Sie siegten.

Doch danach existierten sie nicht mehr als Kampfeinheiten.

Brijit van Doorman befand sich *nicht* unter den Evakuierten.

Unter den Verletzten war notgedrungen eine strenge Auslese vorgenommen worden; diejenigen, die im Sterben lagen, oder, noch grausamer, diejenigen, die nicht mehr für einen Kampfeinsatz zusammengeflickt werden konnten, wurden zurückgelassen.

Jemand mußte bei ihnen bleiben und sich um sie kümmern. Dr. Morrison meldete sich freiwillig.

Ebenso Brijit.

Die erste Ultraschallgranate der Tahn zerriß zwei Melder, die in der Nähe des Zugangs zu dem unterirdischen Hospital postiert waren. Dann flog die Tür nach innen auf, und ein Tahn-Kampftrupp kam in die Krankenstation gestürmt.

Dr. Morrison versperrte ihnen mit ausgestreckten Händen den Weg. »Hier sind nur Verwundete«, sagte sie langsam und in aller Ruhe. »Sie brauchen Hilfe. Das sind keine Soldaten.«

»Zur Seite«, sagte der Tahn-Captain, der die Gruppe befehligte. Er hob seine Waffe.

»Sie gehören nicht zur kämpfenden Truppe«, wiederholte Morrison. »Hier finden Sie weder Widerstand noch Waffen –«

Der Feuerstoß aus dem Gewehr des Offiziers riß Morrison fast in zwei Hälften.

Brijit schrie auf und wollte sich auf den Captain werfen.

Er wirbelte herum und feuerte erneut.

Drei Schuß zerfetzten Brijit.

Der Offizier senkte die Waffe und wandte sich an einen Unteroffizier. »Die Imperiumshure hat gesagt, hier ist keiner mehr in der Lage, eine Waffe zu tragen. Dann sind sie für uns auch nicht mehr nützlich.«

Der Sergeant salutierte und hob seinen Flammenwerfer.

Kapitel 74

Obwohl Lady Atago sich eigentlich nichts aus feierlichen Veranstaltungen machte, ließ sie alles sehr nett arrangieren. Es war leider nicht möglich, die Kapitulation aus den Händen von General Mahoney entgegenzunehmen, doch das machte nichts. Sie fand, daß ihre Livie-Übertragung nach Heath nicht minder dramatisch ausfallen würde.

Atago stand vor der *Forez*, mitten auf dem Landefeld des Flottenhafens von Cavite. Auf einer Seite bewachten ihre Posten endlose Reihen Imperialer Soldaten, die sich ergeben hatten.

Sie erwartete, daß die Bilder direkt in den Tahn-Rat übertragen wurden. Statt dessen wurde die Sendung von Lord Fehrle unterbrochen. Er erschien in seiner offiziellen Robe und ganz klein auf ihrem Monitor.

Lady Atago überspielte ihre Überraschung und erstattete sofort Bericht.

»Meinen Glückwunsch«, sagte das Abbild von Fehrle. »Aber es ist nicht genug.«

»Ich bitte um Entschuldigung«, sagte sie. »Was kann denn sonst noch erwartet werden?«

»Sie haben einen Sieg errungen, Milady. Aber das Imperium hat viel aus seinen Kriegern auf Cavite gemacht. Es benutzt sie als Märtyrer und damit als Symbole für den endgültigen Sieg und dergleichen mehr.«

»Ich kenne ihre Propagandasendungen.«

»Um so mehr erstaunt mich, daß Sie nicht mit gleicher Münze zurückzahlen«, sagte Fehrle. »In dieser Niederlage des Imperiums darf es noch nicht einmal den Hauch eines Sieges geben. Die Armee von Cavite muß als total vernichtet gezeigt werden.«

»Sie sind vernichtet, Milord.«

»Das sind sie nicht«, korrigierte sie Fehrle. »Wenn auch nur ein einziger Imperialer Soldat in das Imperium zurückkehrt, werden ihre Informationsspezialisten Mittel und Wege finden, diese Tatsache in eine heldenhafte Leistung zu verdrehen.«

»Sollen sie doch. Wir halten die Randwelten nach wie vor.«

»Schreiben Sie mir nicht vor, wie ich zu handeln habe, Lady Atago. Hier sind Ihre Befehle. Verfolgen Sie die Schiffe, die die Überlebenden evakuiert haben. Und zerstören Sie sie. Nur wenn es keinen – ich wiederhole: keinen einzigen – Überlebenden gibt, können wir den Imperator angemessen beschämen.«

Lady Atago wollte etwas entgegnen, ließ es dann jedoch sein. »Verstanden. Ich werde Ihrem Befehl gemäß handeln.«

Der Bildschirm erlosch, und Lady Atago schritt auf ihr Schlachtschiff zu. Sie würde die Befehle befolgen, doch schon bald, das wußte sie genau, mußte mit denjenigen Herrschern der Tahn abgerechnet werden, denen mehr an Errungenschaften auf dem Papier als an wirklichen Siegen gelegen war.

Kapitel 75

Zwei der Imperialen Zerstörer hatten den Scheinangriff überlebt, das Feuer eingestellt und sich auf einem irreführenden Kurs abgesetzt, der sie zum vereinbarten Treffpunkt mit den flüchtenden Linienschiffen brachte.

Eigentlich rasten die schnellen Linienschiffe mit vielfacher Lichtgeschwindigkeit dahin, doch Sten kam sich vor wie in einem seiner schlimmsten Alpträume: er versuchte, einem unbekannten Schrecken durch hüfthohen Schlamm zu entkommen. Eine weitere unlogische Vorstellung, nämlich die, daß ihnen die Tahn-Schiffe dicht auf den Fersen waren, ließ sich nicht abschütteln, obwohl es keinen militärischen Grund gab, die ausgebluteten Überreste der Armee unter Stens Kommando zu verfolgen.

Der erste Verlust – sozusagen – war das mit einem viel zu schwachen Antrieb ausgerüstete Patrouillenboot. Bereits nach weniger als zwei Stunden war es weit zurückgefallen.

Hätten sie genug Raum und Zeit für Humanität gehabt, hätte Sten die Besatzung von einem der beiden Zerstörer aufnehmen und das Patrouillenboot in die Luft jagen lassen. Leider fehlte es ihm an beidem dramatisch.

Er ertappte sich bei dem kaltblütigen Gedanken, daß das Patrouillenschiff, das immer weiter zurückfiel, trotz allem zu etwas gut sein konnte. Falls die Tahn tatsächlich hinter ihnen her waren, gab die Schrottmühle ein hervorragendes Alarmsystem ab.

Der Gedanke war kaltblütig, doch in den letzten Monaten hatte er so viele Leichen gesehen, daß er nur noch daran denken konnte, die letzten Überlebenden auch weiterhin am Leben zu erhalten.

Er setzte die beiden modernen Imperialen Zerstörer wie die

458

gespreizte Gabel eines Y an die Spitze der drei Reihen von Linienschiffen. Schließlich mußten sie nicht nur mit den Tahn-Schiffen rechnen, die dem Konvoi eventuell von Cavite aus folgten.

Commander Halldors *Husha* und der andere Zerstörer der 23. Flotte wurden als Nachhut positioniert.

Die *Swampscott* flog im hinteren Drittel und schräg »oberhalb« der Linienschiffe. Sten war dankbar dafür, daß Sullamora überaus erfahrene Besatzungen auf seinen Transportern einsetzte – zumindest mußte er sich nicht darum kümmern, die Schiffe in Formation zu halten. Dafür hatte er genug andere Sorgen.

Raumschiffe unterlagen im Stardrive relativ wenigen Belastungen und knackten deshalb nicht.

Die *Swampscott* knackte.

Sie vermittelte den Eindruck, als würde sie jeden Augenblick auseinanderbrechen.

Die *Swampscott* zitterte an allen Ecken und Enden, als würde draußen ein Riese mit einem Vorschlaghammer auf sie eindreschen.

»Dabei sind wir nur auf voller Kraft«, brummte Tapia. Sie legte die Hand auf den großen roten Hebel, der den Schub regelte. Er war mit den Markierungen Viertel, Halb und Volle Kraft versehen. Außerdem gab es eine per Hand zu lösende Sicherheitssperre. Wurde sie gelöst, ging die *Swampscott*, zumindest theoretisch, auf Notgeschwindigkeit, was ihre Maschinen garantiert zerreißen würde, wenn sie eine solche Leistung mehr als zehn Minuten bringen müßten.

Sten, Kilgour und Tapia standen im Hauptkontrollraum der Antriebssektion der *Swampscott*. Sten hatte den Zweiten Ingenieur des Schiffs sofort zum Ersten Ingenieur befördert und sich Tapia aufs Schiff geholt. Er traute dem Mann nicht so recht und hatte Tapia unter vier Augen gesagt, daß sie ihn, falls er versagte, sofort ersetzen müsse.

»Und wenn er frech wird?«

Sten hatte nur demonstrativ auf die Miniwillygun geblickt, die an ihrer Hüfte im Holster steckte, und nichts weiter dazu gesagt.

Warrant Officer Kilgour kümmerte sich um die Waffenzentrale in der zweiten Pagode der *Swampscott*. Der Rest von Stens Männern und Frauen war im ganzen Schiff verteilt.

Sten hatte Foss zum Unteroffizier befördert. Außerdem hatte er Kilgour gesagt, daß er, falls Sten getötet oder zu schwer verletzt wurde, das Kommando übernehmen sollte, ob er nun lediglich einen technischen Rang einnahm oder nicht. Er vertraute ganz auf die Autorität des Schotten. Sollte er sich nicht durchsetzen können, hatten sie genug Zeit, sich darüber auseinanderzusetzen, sobald – falls es je soweit kommen sollte – sie in Sicherheit waren.

Momentan schien es nichts für ihn zu tun zu geben. Die Mannschaft war in voller Alarmbereitschaft – mit einigen Einschränkungen. Die Hälfte von ihnen hatte Erlaubnis erhalten, zu essen oder zu schlafen. Das Essen bestand hauptsächlich aus Sandwiches und Kaffee und wurde auf die Stationen gebracht. Wer lieber schlief, rollte sich neben seinem Platz zusammen.

Sten übergab die Brücke an Foss. Das Schiff hielt seinen festgelegten Kurs, während er und Kilgour die Runde machten.

Der Maschinenraum war heiß, ölverschmiert und stickig. Der selige van Doorman wäre wahrscheinlich in Ohnmacht gefallen, hätte er sein sorgsam poliertes Metall so versaut, die leuchtend weißen Wände dermaßen bekleckert gesehen. Aber auch für Hochglanz blieb keine Zeit, wenn es schon an eine herkulische Arbeit grenzte, die Maschinen der *Swampscott* nur am Laufen zu halten.

Sten blickte sich um. Tapia und der Ingenieur hatten alles, so gut es ging, im Griff. Er wandte sich der Treppe zu.

»Commander«, sagte Tapia ziemlich unbeholfen. »Darf ich Sie etwas fragen?«

»Fragen Sie.«

»Äh –«

Kilgour verstand den Wink und stieg die Stufen zum nächsthöheren Deck hinauf. Sten wartete.

»Erinnern Sie sich noch daran, wie ich Ihnen – damals im Fort – sagte, ich wollte eine Versetzung? Damals habe ich einen Witz gemacht. Jetzt ist es mir ernst. Sobald wir diese verdammte Rostbeule irgendwo geparkt haben, möchte ich versetzt werden.«

Sten fragte sich, ob Tapia gleich zusammenbrach.

»Unteroffizier Tapia«, sagte er, »wenn wir diese fliegende Zeitbombe einigermaßen heil zurückbringen, werden wir alle irgendwo anders eingesetzt. Es ist nämlich ziemlich schwierig, eine taktische Division ohne Schiffe zu kommandieren. Jetzt bin ich dran. Weshalb?«

»Ich habe in den Imperialen Vorschriften gelesen.«

»Und?«

»Da steht drin, daß man ziemlich am Arsch gepackt ist, wenn man mit seinem Vorgesetzten ins Bett geht.«

»Oh«, brachte Sten gerade noch hervor.

Tapia grinste, küßte ihn und verschwand in einem Korridor.

Sten folgte Alex gedankenverloren die Leiter hinauf.

»Tss, tss, tss«, gluckste Alex. »Halt mal still, alter Freund.«

Er wischte Sten mit dem Ärmel seines Overalls über das Kinn. »Die Jungs müssen ja nicht wissen, daß der Alte mit der Aushilfe geflirtet hat.«

»Mr. Kilgour, was nehmen Sie sich da heraus?«

»Schweig, Jungspund. Sonst knutsche ich dich auch noch ab.«

Der Lautsprecher über ihnen knackte: »Captain sofort zur Brücke. Captain sofort zur Brücke. Wir haben Kontakt!«

Sten und Alex rannten zu ihren Gefechtsstationen.

Kontakt war nicht die korrekte Beschreibung.

Dem Skipper des Patrouillenboots blieben nur wenige Sekunden, um auf den Schirm zu starren, dann kamen die Tahn über ihn.

Zwei Zerstörer beschossen das Patrouillenboot, ohne den Kurs zu ändern.

Der Captain des Schiffs versuchte, Funkverbindung aufzunehmen.

»*Swampscott ... Swampscott ...* hier ist die *Dean.* Zwei Tahn –«

Dann lösten die beiden Raketen das Patrouillenboot in Nichts auf.

Die Tahn-Flotte wußte, daß sie die Linienschiffe fast eingeholt hatte. Sie schwärmte in Angriffsformation aus und kam näher.

Commander Rey Halldor mochte ein Schwachkopf gewesen sein, doch er wußte, wie und, was noch wichtiger war, wann er zu sterben hatte. Ohne auf einen Befehl zu warten, schickte er die *Husha* und ihr Schwesterschiff in weitem Bogen zurück, um die herannahenden Tahn anzugreifen.

Die Tahn kamen in Sichelformation, mit den Zerstörern an den beiden Spitzen und, etwas vorgelagert, als Schutzschild in der Mitte. Direkt hinter ihnen waren sieben schwere Kreuzer und dann die beiden Schlachtschiffe, die *Forez* und die *Kiso,* positioniert.

Halldors zweiter Zerstörer wurde sofort vernichtet.

Die *Husha* hingegen durchbrach unglaublicherweise den Schutzschirm der Tahn.

Halldor befahl, sämtliche Raketen abzuschießen und die Ladevorrichtungen auf automatisches Nachladen und Feuern zu stellen. Die *Husha* spie Raketen aus allen Rohren, Raketen, die auf automatische Zielsuche eingestellt waren.

Dann fing die *Husha* heftig an zu trudeln, als sie in der Nähe des Hecks ihren ersten Treffer erhielt. Eine zweite Schiff-Schiff-Rakete der Tahn raste auf die *Husha* zu, fand ihr Ziel und riß die *Husha* in der Mitte auseinander. Wahrscheinlich waren Halldor und seine Leute schon tot, als sie ihre Rache doch noch bekamen.

Zwei Tahn-Zerstörer wurden so heftig getroffen, daß sie nicht mehr kampffähig waren. Und dann fanden drei von Halldors Raketen einen schweren Kreuzer.

Einen Augenblick lang sah es aus, als wäre die Außenhülle des Tahn-Schiffs durchsichtig; dann wurde sie flammend rot, und der Kreuzer zerstob in einer Serie von Explosionen in abertausend Stücke. Kurz darauf war an der Stelle, an der sich das Schiff befunden hatte, nichts mehr zu sehen.

Die 23. Flotte zeigte noch in ihren letzten Zuckungen gefährlich die Zähne.

Sten dachte, er könnte die Leuchtpunkte seiner Zerstörer noch auf dem Bildschirm sehen, obwohl die Schiffe schon vor mehreren Sekunden explodiert waren.

›Vielleicht eine Art geistiges Nachbild‹, dachte er.

Dann fragte er sich, was einem Menschen den Mut gab, sich in die Arme des Todes zu werfen und, anstatt zu fliehen, den Befehl zum Selbstmord zu geben. Und er fragte sich auch, ob er, sollte er einmal in der gleichen Situation stecken, den gleichen Mumm aufbringen würde.

Offiziell jedoch traf er diese große Entscheidung nicht. Es galt, zu viele andere Befehle herauszubrüllen.

»Navigation. Angriffskurs.«

»Jawohl, Sir. Eingegeben.«

»Achtung! Maschinenraum.«

»Maschinenraum, Sir.«

»Auf volle Notgeschwindigkeit. Jetzt! Mr. Foss. Alle in die Raumanzüge.«

»Jawohl, Sir.«

»Waffen … vergiß es. Stell mich durch.«

Foss stellte die Verbindung auf Schiffsfunk um.

»Hier spricht der Captain. Wir greifen an. Alle Waffenstationen, bereit machen zur individuellen Kontrolle.«

Foss hielt Stens Anzug vor ihn. Sten zwängte die Beine hinein, zog die Schultern nach und stülpte das Kopfstück über.

»Wir greifen jetzt«, sagte er und wählte seine Worte mit Bedacht, »die Schlachtflotte der Tahn an. Sie haben noch mindestens zwei Schlachtschiffe in dieser Flotte. Die werden wir in Stücke schießen.« Vielleicht hätte er seine Durchsage mit einem noblen Ausspruch beenden sollen, doch sein Verstand weigerte sich, etwas wie »jetzt tue jeder seine Pflicht« abzusondern. »Foss, geben Sie mir den kommandierenden Offizier der Zerstörer.«

Ein Schirm flammte auf und zeigte die Brücke eines der Imperialen Schiffe.

»Captain«, sagte Sten ohne lange Vorrede, »der Konvoi gehört Ihnen. Wir versuchen, die Bösewichter eine Weile aufzuhalten.«

»Sir, ich bitte darum –«

»Negativ. Sie haben Ihre Befehle. Bleiben Sie bei den Linienschiffen. *Swampscott*, out. Foss! Schadenskontrolle.«

»Hier Schadenskontrolle, Skipper«, ertönte es in gedehntem Tonfall. »Was brauchen Sie?« Sten bedauerte einen Moment, daß er diesen Offizier nicht kannte – jeder, der so entspannt klang, war mit Sicherheit brauchbar.

»Luft raus.«

»Ist draußen.«

Die Männer waren in ihren Anzügen zwar etwas schwerfälliger, doch das Vakuum verminderte den Schaden bei einem potentiellen Treffer.

»Gefechtsstand! Sind wir dicht genug dran?«

»Dauert noch'n Momentchen, Commander.«

So zog die *Swampscott* in ihre erste – und letzte – Schlacht.

Vielleicht waren die Tahn großspurig geworden. Wahrscheinlicher war, daß sie das aufgeblasene Monstrum, das sie da angreifen wollte, einfach nicht ernst nahmen.

Auch wenn die *Swampscott* hinsichtlich Schiffsdesign die reinste Katastrophe war und schon lange auf den Schrottplatz gehörte, so war sie doch ernstzunehmend bewaffnet. Sie verfügte über ein Bell-Lasersystem im Bug, Goblin-Raketenwerfer an Bug und Heck, kleinere, über das ganze Schiff verteilte Laserstationen und jede Menge Schnellfeuerkanonen entlang der schrecklich anzuschauenden Beulen auf der Außenhülle. Die Hauptwaffe des Schiffs waren die schon längst aus der Mode gekommenen Vydal-Schiff-Schiff-Raketen. Es gab zwei davon, und sie saßen mittschiffs, zwischen den beiden Pagoden der Kommandozentralen.

Kilgour sah die drei Leuchtpunkte der Tahn-Zerstörer im Bogen heranfliegen und aktivierte per Hand den Bell-Sturmlaser in der Schnauze des Schiffs. Der Laser war so veraltet wie das ganze Schiff; er wurde nicht nur robotgeführt, sondern reagierte auch mit gesprochenen Antworten.

»Feindliches Schiff in Reichweite«, sagte die künstliche Stimme tonlos, und Kilgour betätigte den FEUER-Knopf.

Der Laserstoß riß den Tahn-Zerstörer über die ganze Länge

auf, und das Waffensystem war der Meinung, daß das Ziel nicht mehr existierte. Ohne Kilgour um Rat zu fragen, schwenkte es auf einen zweiten Zerstörer um und feuerte drauflos.

»Ziel zerstört … zweites Ziel in Angriff genommen«, sagte die Stimme fast gedankenverloren.

Der Laser riß den Großteil des Maschinenraums dieses zweiten Zerstörers in Stücke.

»Zweites Ziel angeschossen … wird korrigiert.«

Kilgour schlug auf den LÖSCHEN/NEUES ZIEL-Schalter. Der Zerstörer war kampfunfähig, das reichte vollkommen.

Vielleicht war er eingeschnappt, weil ihm ein Mensch vorschrieb, was er zu tun hatte, jedenfalls schaltete der Laser auf Stakkato-Modus und perforierte den dritten Zerstörer vom Bug bis zum Heck, bevor er Bericht erstattete.

›Drei wären erledigt‹, dachte Alex. ›Bleiben nur noch eine Million andere.‹

Die *Swampscott* hatte den Schirm der Zerstörer durchbrochen und hielt auf das Herz der Tahn-Flotte zu.

Es gab drei Waffen, die nicht von Kilgour kontrolliert wurden. Das waren die drei riesigen Kali-Raketen, die für Stens Einsatzschiffe entworfen worden waren. In der Waffenkammer der taktischen Einsatzdivision waren noch drei von ihnen aufgetaucht, und Kilgour hatte zusammen mit Foss Abschußrampen für sie auf der *Swampscott* improvisiert. Foss hatte geschworen, es sei unmöglich, die Kontrollschaltungen in die Systeme der Waffenzentrale einzuspeisen, und daß es viel einfacher sei, direkt auf der Brücke selbst einen Kontrollhelm-Leitstand einzurichten.

Sten war sich ziemlich sicher, daß Foss log und nur lieber selbst einmal zurückschießen wollte, anstatt ständig den elektronischen Zauberer hinter den Kulissen zu spielen. Es war ihm jedoch egal. Alex würde garantiert mehr als genug Probleme haben, sich durch die bereits montierten veralteten und oft widersprüchlichen Waffenkontrollsysteme zu wursteln.

Foss hatte die Verbindung des Kontrollhelms in seinen Raumanzug gestöpselt. Sten starrte auf den Hauptschirm und erbleichte. Die monströse *Kiso* füllte den Schirm, und Sten dachte schon, sie müßten jeden Augenblick mit ihr kollidieren, bis er merkte, daß Foss den Schirm auf volle Vergrößerung gestellt hatte.

»Sir«, sagte Foss. »Ich habe eine Kali bereit. Ziel ... Ziel ... Ziel erfaßt.«

»Feuer«, befahl Sten ohne große Erwartungen.

Ohne die saubere Führung des Original-Torpedorohrs eierte die Kali aus der *Swampscott* heraus, pendelte sich ein, ging auf höchste Geschwindigkeit und schlug einen flachen Bogen in Richtung auf die *Kiso* ein.

Dann erhielt die *Swampscott* ihren ersten Treffer.

Der Tahn-Torpedo durchschlug die Hülle der Brücke, geriet außer Kontrolle und explodierte weniger als fünfzig Meter vom Schiff entfernt. Die Detonation war nahe genug, um die gesamte Brücke zu zerschmettern.

Sten wußte nur, daß er durch den Raum geschleudert und gegen eine Konsole geworfen wurde, von wo aus er direkt nach oben schaute und statt der stählernen Decke sah – und das ohne Sensoren –, wie es in der Schnauze des Tahn-Zerstörers aufblitzte und ein zweiter Torpedo abgefeuert wurde.

Seine Kopfhörer knisterten.

»Bereit halten.« Das war Kilgour. »Wir haben da etwas ... Ziel erfaßt ... ha-ho. Erwischt!«

Eine Fox-Rakete vernichtete den Tahn-Torpedo. Direkt hinterher hatte Kilgour eine Goblin losgeschickt. Die Goblin verteilten einen guten Teil des Tahn-Schiffs im weiten Umkreis ins All.

Sten ließ sich auf die Füße sinken und blickte sich in den Ruinen der Brücke um. Alle waren tot, bewußtlos oder ins All hinausgeschleudert worden.

Er fing sich wieder und schaltete sein Mikro ein. »Hier ist der Captain. Übergebe Kommando an Nachrichtenzentrale. Schadenskontrolle … Brücke abschotten.«

Er stolperte auf eine Luke zu, ließ sie aufgleiten und schob sich hindurch.

Etwas weiter draußen kreiste die Kali ziellos im All. Man hatte ihr einen Zielpunkt gegeben, doch ihr Pilot hatte seine Prozedur nicht beendet. Die Kali wartete auf weitere Befehle.

Die Brücke war nur noch ein Stilleben – »Technokratie mit Leichnamen«. Doch plötzlich bewegte sich eine Gestalt.

Es war Foss.

Er blickte auf die Metallsplitter hinab, dorthin, wo einmal seine Beine gewesen waren. Sein Anzug hatte sich selbst verschlossen und die wenigen Fetzen Sehnen und Fleisch chirurgisch amputiert.

Foss spürte keine Schmerzen.

Er schleppte sich auf den Händen zur Kontrollkonsole. Sie war noch immer halb intakt. Er schaltete auf ein noch unbeschädigtes tertiäres System um und wurde noch einmal eins mit seiner Rakete.

Die Kali schlug erneut Kurs auf die *Kiso* ein.

Der Raketenabwehroffizier der Tahn hatte den Treffer auf der *Swampscott* gesehen und registriert, daß die Kali ziellos umherflog; also hatte er die Zielerfassungssysteme der *Kiso* angewiesen, die harmlose Rakete zu ignorieren.

Die Kali erwachte zu neuem Leben! Die Hand des Tahn-Offiziers bewegte sich auf seine Computerkontrollen zu, da schlug sie auch schon ein.

Die Rakete erwischte die *Kiso* genau im Bereich des Hauptantriebs, zerriß die AM$_2$-Vorratsräume und schickte die Antimaterie in einer tödlichen Kaskade direkt in Richtung Bug.

Die *Kiso* verschwand in einer einzigen, höllischen, lautlosen Explosion.

Foss hatte noch genug Zeit, um zu sehen, wie der Lichtblitz das Innere der Brücke rötlich aufleuchten ließ, und dann erkannte er, daß das Rote sein eigenes Blut war, das über das Visier seines Helms sprühte, und dann sahen seine Augen hinter alle Dinge, und er sackte vornüber über seine Kontrollen.

Bevor Sten die Nachrichtenzentrale, seinen neuen Kommandostand, erreichte, fing die *Swampscott* drei weitere Treffer ein.

Sten kämpfte sich weiter voran und hoffte, daß überhaupt noch etwas zum Kommandieren übrig war.

›Wie ungewöhnlich‹, dachte er, als er sah, wie sich ein Korridor vor seinen Augen verdrehte und wand. ›Ich halluziniere. Aber ich bin nicht verwundet.‹

Er halluzinierte nicht. Eine der Tahn-Raketen hatte in der Nähe einer Hauptverstrebung des Schiffes eingeschlagen, und die *Swampscott* war wirklich grotesk verdreht.

Sten wankte weiter durch die verzerrte Stahlröhre. Sein Geist nahm alle möglichen Eindrücke auf, während sein Schiff um ihn herumschaukelte und Explosionen ihre Schockwellen durch die Hülle jagten:

Hier war eine Versorgungsstelle für Verletzte. Eine Schockwelle hatte alle dort drinnen getötet, sie jedoch in gefrorenem Zustand belassen. Dort stand einer von Stens Med-Offizieren, die Arme noch in den Zugangslöchern zu einem chirurgischen Bubblepack. Hinter ihm standen seine Leichenträger bereit. Und der Verwundete im Pack.

Alle tot.

Hier war eine ganze Abteilung mit Feuerlöschschaum überflutet; offensichtlich hatten die Sensoren durchgedreht und Schaum auf ein nichtexistentes Feuer gespritzt. Sten sah, wie sich drei Gestalten in Raumanzügen auf den Ausgang zukämpften, doch er hatte jetzt keine Zeit, ihnen zu helfen.

Eine improvisierte Schadenskontrollstation, wo ein Offizier – Sten erkannte die schwarzbeschichteten Anzugarme, mit denen man die Offiziersränge kenntlich machte – in aller Ruhe seine Kontrollteams dirigierte. Sten fragte sich, ob es sich um den Kontrolloffizier mit der gedehnten Sprache handelte, mit dem er sich vor einiger Zeit über Funk unterhalten hatte.

Dann fand er die Verbindungsluke in den Nachrichtenraum, öffnete die beiden Schotts und übernahm wieder das Kommando über die *Swampscott*.

Alle möglichen Nachrichten prasselten über Funk auf ihn ein, überall versuchten Spezialisten, einigermaßen Ordnung in dem Chaos zu halten: »Vordere Goblin-Werfer reagieren nicht. Keine verbale Reaktion von den Stationen.«

»Sekundärer Maschinenraum meldet Schaden mittlerweile unter Kontrolle.«

»Sämtliche Kontrollen der vorderen Laserstation reagieren nicht.«

Auf der *Swampscott* gab es wirklich nicht mehr viel zu kommandieren. Doch nach wie vor füllte eine massige Form einen der Schirme – und diesmal war es keine Vergrößerung, sondern die *Forez*, Lady Atagos Flaggschiff.

Das Schlachtschiff spie Feuer, es feuerte aus allen Rohren mit allem, was es hatte, um die *Swampscott* aufzuhalten.

Plötzlich ertönte ein ganz bestimmt nicht freigegebener Funkspruch: »Jetzt hab ich dich, Mädel.« Das Schnaufen kam aus dem

470

Waffendeck im Stockwerk über Sten. Dann feuerte Kilgour zwei Vydals ab, eine davon mit dem Torpedo gekoppelt, den er selbst unter Kontrolle hatte. Er dirigierte sie direkt auf die *Forez* zu.

Feuer wird von Sauerstoff genährt, und Flammen und Explosionen barsten durch die Korridore der *Forez*. Die Explosion riß eine Wandkarte von einem Pfeiler und schleuderte sie in Admiral Deska. Seine aufgerissene Leiche torkelte nach hinten gegen Lady Atago, die mit dem Helm gegen eine Kontrollkonsole knallte.

Sie kam erst wieder zu sich, als die Schlacht lange vorüber war. Doch zunächst ging das Kommando sofort an den kommandierenden Offizier der *Forez* über. Die Schlacht nahm weiter ihren Lauf.

Den nächsten Schlag mußte die *Swampscott* einstecken.

Er war tödlich. Er krachte durch die Panzerplatten in den Hauptmaschinenraum des Schiffs, bevor der Waffenoffizier, der den Torpedo gelenkt hatte, auf den Auslöser drücken konnte.

Eine plötzliche Flammenhölle erfüllte den Maschinenraum und war ebenso plötzlich wieder verschwunden.

Tapia fluchte gerade über die Temperaturanzeigen und betete, daß sie falsche Werte anzeigten, wobei sie wußte, daß das nicht sein konnte, als die Rakete explodierte. Ein winziger Granatsplitter zerschlug die Überdruckleitung, und Hydraulik-Flüssigkeit zischte mit einer Geschwindigkeit heraus, die Tapia wie die Säge eines Chirurgen in der Mitte entzweischnitt.

Die *Swampscott* schaltete mitten im Flug sämtliche Systeme ab; dabei hielt sie sowohl ihre Geschwindigkeit als auch ihren Kurs.

Die beiden Schiffe, die *Forez* und die *Swampscott*, glitten aufeinander zu. Keines der Kriegsschiffe der Tahn konnte jetzt noch feuern; zu groß war das Risiko, das falsche Ziel zu erwischen.

Das Schlachtschiff hing drohend über der *Swampscott* und wurde immer größer.

Dann fanden die Kanoniere der Schnellfeuerkanonen ein Ziel.

Die mittschiffs entlang der häßlichen Beulen aufgereihten Schnellfeuerkanonen waren eigentlich nur zum Einsatz gegen Truppen oder andere, nicht zu weit entfernte Ziele innerhalb der Atmosphäre gedacht. Doch jetzt, mitten im Weltraum, hatten die Kanoniere ein Ziel gefunden.

Sie gaben Dauerfeuer; ihre Granaten hämmerten auf die *Forez* ein und rissen die Seite des Schlachtschiffs auf wie Alufolie.

Sten stand wortlos auf dem Kommandodeck. Es gab keine Befehle mehr, die er noch hätte erteilen können.

Eine weitere Explosion erschütterte die *Swampscott*, und Sten hielt sich mit Mühe auf den Beinen.

Eine Luke wurde aufgerissen. Kilgour kam in den Nachrichtenraum heruntergesprungen. »Da oben gibt's nix mehr für mich zu tun«, erklärte er. »Sollen wir den verdammten Kahn entern?« Er klang noch immer völlig ungerührt.

Ein größerer Stoß brachte ringsumher alles zum Wanken; Sten ging zu Boden und verlor sekundenlang das Bewußtsein. Er kam wieder zu sich und rappelte sich benommen auf.

Wo war sein Nachrichtenoffizier?

Ach so, dort drüben. In seinem Visier steckte ein großer Stahlsplitter.

Benommen nahm Sten wahr, daß noch immer zwei Bildschirme leuchteten. Einer zeigte den sich rasch entfernenden Konvoi, der andere die ausgeweidete Hülle der *Forez*, die noch immer Feuer gegen ihn spie.

Wo war Alex nur? Er wußte vielleicht, was jetzt zu tun war.

Sten stolperte über einen Anzug. Kilgour lag ausgestreckt zu seinen Füßen. Sten beugte sich hinab und berührte einige Kontrollinstrumente. Sie standen alle auf Null.

Sten wankte auf eine noch immer funktionierende Funkkonsole zu. Seine behandschuhten Finger fanden einen Schalter, und er fing an zu senden.

»Y ... Y ... Y ...«

Das universelle Zeichen für Kapitulation.

Hörten die denn nie auf zu feuern? Empfingen die denn das Signal nicht?

Die *Forez* stellte das Feuer ein.

Sten sank auf dem Deck zusammen und wartete auf das Enterkommando der Tahn. Vielleicht würden sie nicht einmal entern. Vielleicht gingen sie einfach auf Abstand und vernichteten sein Schiff.

Was sie auch vorhatten, Sten war inzwischen alles ziemlich egal.

All das Töten und Sterben. Er hatte genug.

GOLDMANN

Der phantastische Verlag

Die Sten-Chroniken – der Welterfolg von Allan Cole und Chris Bunch, den Schöpfern der »Fernen Königreiche«.

Stern der Rebellen   25000

Kreuzfeuer   25001

Das Tahn-Kommando   25002

Division der Verlorenen   25003

Goldmann · Der Taschenbuch-Verlag

GOLDMANN

Der phantastische Verlag

Es war einmal vor langer Zeit in einer weit, weit entfernten Galaxis. Der Kampf gegen das Imperium geht weiter – mit waghalsigen Abenteuern, atemberaubender Spannung und den legendären Helden aus Krieg der Sterne.

Die Star-Wars-Saga 1–3   23743

X-Wing –
Angriff auf Coruscant   43158

Lando Calrissian   23684

Sturm über Tatooine   43599

Goldmann · Der Taschenbuch-Verlag

GOLDMANN

Der phantastische Verlag

Eine Raumstation im Zentrum des Sonnensystems. Babylon 5 – die atemberaubend packenden Romane zur Science-fiction-Kultserie.

Tödliche Gedanken   25013

Im Kreuzfeuer   25014

Blutschwur   25015

Goldmann · Der Taschenbuch-Verlag

GOLDMANN

Der phantastische Verlag

Es war einmal vor langer Zeit in einer weit, weit entfernten Galaxis. Die Star-Wars-Weltbestseller von Timothy Zahn – große Abenteuer um den heldenhaften Kampf der letzten Rebellen gegen das übermächtige Imperium.

Erben des Imperiums　　41334

Die dunkle Seite der Macht　42183

Das letzte Kommando　42415

Goldmann · Der Taschenbuch-Verlag

GOLDMANN

Der phantastische Verlag

Phantastische Sphären, in denen Magie und Zauberer, Ungeheuer, Helden und fremde Mächte regieren – das ist die Welt der Fantasy bei Goldmann.

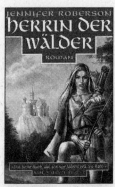

Jennifer Roberson:
Herrin der Wälder 24622

Allan Cole/Chris Bunch:
Die Fernen Königreiche 24608

Melissa Andersson: Das große
Lesebuch der Fantasy 24665

Gillian Bradshaw:
Die Ritter der Tafelrunde 1 24682

Goldmann · Der Taschenbuch-Verlag

GOLDMANN

Der phantastische Verlag

Literatur für das nächste Jahrtausend. Romane, wie sie rasanter, origineller und herausfordernder nicht sein können. Autoren, die das Bild der modernen Science-fiction für immer verändern werden.

Snow Crash   23686

Diamond Age   41585

Schattenklänge   23695

Satori City   23691

Goldmann · Der Taschenbuch-Verlag

GOLDMANN

Das Gesamtverzeichnis aller lieferbaren Titel erhalten Sie im Buchhandel oder direkt beim Verlag.

Taschenbuch-Bestseller zu Taschenbuchpreisen
– Monat für Monat interessante und fesselnde Titel –

✴

Literatur deutschsprachiger und internationaler Autoren

✴

Unterhaltung, Thriller, Historische Romane
und Anthologien

✴

Aktuelle Sachbücher, Ratgeber, Handbücher
und Nachschlagewerke

✴

Esoterik, Persönliches Wachstum und
Ganzheitliches Heilen

✴

Krimis, Science-Fiction und Fantasy-Literatur

✴

Klassiker mit Anmerkungen, Autoreneditionen
und Werkausgaben

✴

Kalender, Kriminalhörspielkassetten und
Popbiographien

Die ganze Welt des Taschenbuchs

Goldmann Verlag · Neumarkter Str. 18 · 81673 München

Bitte senden Sie mir das neue kostenlose Gesamtverzeichnis

Name: _____

Straße: _____

PLZ / Ort: _____